U0905340

大周互娱
DA ZHOU HU YU

开最快的车，
谈最甜的恋爱！

本 书 内 容 纯 属 虚 构

余生有你，甜又暖 4

囧囧有妖 著

廣東旅游出版社
GUANGDONG TRAVEL & TOURISM PRESS
悦读书·悦旅行·悦享人生
中国·广州

图书在版编目（CIP）数据

余生有你，甜又暖. 4 / 囧囧有妖著. — 广州：广东旅游出版社，2021.12
ISBN 978-7-5570-2666-0

Ⅰ. ①余… Ⅱ. ①囧… Ⅲ. ①长篇小说－中国－当代 Ⅳ. ①I247.5

中国版本图书馆CIP数据核字（2021）第255211号

出　　品：大周互娱
出 版 人：刘志松
总 策 划：周　政
总 监 制：曾筱佳
责任编辑：梁　坚　　杨　恬
责任技编：冼志良
责任校对：李瑞苑
特约编辑：非　蓝
封面设计：袁　芳
版式设计：Aso
封面绘制：容　境

余生有你，甜又暖. 4
YUSHENG YOU NI TIAN YOU NUAN

广东旅游出版社出版发行
（广州市荔湾区沙面北街71号首、二层　邮编：510310）
电话：020-87348243
印刷：湖南凌宇纸品有限公司
（长沙县黄花镇黄垅新村工业园区财富大道16号）
开本：880毫米×1230毫米 32开
字数：570千字
印张：15
版次：2021年12月第1版第1次印刷
定价：54.80 元

目录
CONTENTS

Part 1

"裴先生，你能点石成金吗？"
"只要你想，那就可以。"
♥

深夜时分，某处客房内。

裴泽有意无意地敲打着桌面，发出"砰砰"的声音。片刻后，他的目光落在一旁的青年身上。

"二爷，您好像有心事？"青年看向裴泽，出声问道。

裴泽若有所思地开口："人死如灯灭，灯油用尽后，灯还会亮吗？"

随着裴泽的话音落下，青年神色微微一变。他自然不清楚裴泽所指何事，更加不敢妄自揣测。

在裴家，裴泽的进化者能力虽说只是稀疏平常，没有特别之处，但是他的智商就高得出奇，几乎无人能够与之相提并论，因此他说的每句话都极具深意。

青年不敢去妄自揣测，更无法理解裴泽话语中的含义。

"二爷的意思是……"许久后，青年看向裴泽，开口问道。

"今日，我在云间水庄，见到了我堂哥的女朋友。"裴泽缓缓开口。

"裴聿城的女朋友？"闻言，青年蹙眉道，"二爷可是觉得有什么不妥？"

裴泽前往云间水庄的目的，青年自然知晓。

自从那个女魔头失踪后，外界都传言她已死，而当初女魔头所在的势力曾答应裴泽，帮助他覆灭裴家，让他成为裴家真正的掌控者。然而，随着女魔头的消失，一切承诺都已烟消云散，所以，裴泽如今只能靠自己。

裴家从来不缺优秀的后辈能人，他们大多数人心狠手辣，为达目的可以不择手段，在这样的家族内，裴泽能够活到今时今日，完全是因为他懂得隐忍，没有表现出想争夺继承权的心思。或许也正是如此，才没有人将裴泽当成一回事，所以他才能够活下来。

而随着时间的推移，裴泽在裴家的处境也越来越危险，如果没有强大的盟友，不要说去争夺继承权，就是到了最后关于继承权的争夺战中，能否保全自己的性命都得两说。

“可还记得那个女魔头？”许久后，裴泽开口。

“自然是知晓的。”青年点点头，“她的势力曾经让裴家归顺，不过裴家就婉言拒绝，后来便答应二爷帮助您覆灭裴家，让您来掌控裴家，成为裴家的新主人。”

裴泽的手指，依然在敲打着桌面，“砰砰”声也是愈发频繁。

女魔头的势力不知酝酿着什么阴谋，拉拢了许多进化者大族，轮到裴家时，裴家虽不敢得罪，但是也没有答应。当年，裴家在拒绝女魔头的势力后，裴泽便知道，这对于他而言或许是一个不可多得的机会。他曾联系到了女魔头的势力，并且表示如果他能够得到裴家的继承权，成为裴家之主，必会效忠女魔头。也正是因为他的承诺，女魔头的势力这才答应帮助裴泽成为裴家的新主人。然而，之后没多久，女魔头便失踪了，或许如今已经不在人世了。

“今日在云间水庄，我见到了那个女人。”裴泽若有所思地开口。

话音落下，身旁的青年神色骤变，难以置信地说道：“二爷您见到了那个女魔头？！”

“嗯。”裴泽淡淡出声。

然而，青年有些疑惑：“二爷，女魔头从来不以真实面容示人，您曾见过女魔头本人？”

那女魔头十分神秘，莫要说他们，即便是猎人公会的总部，似乎也极少有人见过女魔头的真实面容。甚至无人知晓女魔头的进化层次达到了何种境界。

猎人公会与女魔头的势力水火不容，多年来猎人公会都以覆灭女魔头为首要目标，然而，他们却连女魔头的真容都不曾见过，并且每次与女魔头势力对抗，结果都损失惨重，甚至猎人公会许多强大到离谱的A级进化者也都死在了女魔头势力手中。

青年没想到，二爷居然见过女魔头的面容。

“只是机缘巧合见到过。”裴泽不经意地说道。

“那……那就奇怪了，女魔头不是失踪了吗？外界都传言她已经死了，这些年，女魔头的势力也不如以往那般活动频繁，这也更让人确信她已经死去的事实，可是二爷又为何会在云间水庄见到她？”青年神色疑惑地开口。

“不仅如此，她还是以我堂兄女友的身份出现的。”裴泽也无法理解。

“竟有此事！”青年诧异道。

“她葫芦里究竟卖的是什么药？”裴泽陷入沉思。

“二爷，你能确定，你方才说的那个林小姐，当真就是女魔头本人？”青年问道。

对此，裴泽也不敢确定。他唯一能够肯定的是，林烟与那个女魔头的相貌惊人相似，几乎是一个模子倒出来的，但是言行举止就大有不同。

如果仅仅从相貌判断，裴泽可以肯定，林烟和女魔头是同一个人；但如果从言行举止、气质神态来看，她们又是完全不同的两个人。所以，直至此刻，裴泽依然无法肯定这两人就是同一个人。

“二爷，要不要找个机会问一下？”青年开口。

片刻后，裴泽摇头道：“万万不可。”

如果女魔头真是以裴聿城女友的身份出现在裴家，那她极有可能是在计划着什么，或是在布局，此刻，他若是去询问，万一林烟真是那个女魔头，那他岂不是办了坏事。

“我现在只是担心，她是否会对我堂哥下手。”裴泽的眸内浮现出一丝忧虑。

青年看向裴泽，也陷入沉思中。他跟在裴泽身旁多年，对裴泽以及他的过往十分了解。当年的裴泽在裴家并不受重视，那时的裴家后辈宛若群星，耀眼炫目，而裴泽却黯淡无光，在近乎没有亲情的裴家，唯有那时的裴聿城，曾真的当他是兄弟。

当初在与女魔头势力的商谈中，几乎每个对裴泽有威胁的人，都上了女魔头势力的清除名单，唯独裴聿城的名字，从来不曾出现在名单之上。青年知晓，那是裴泽出于对裴聿城的兄弟感情而手下留情。

“二爷，我认为应该不是这样。”青年分析道，“那女魔头如果真想对裴聿城出手，恐怕用不着这般麻烦，更用不着改头换面，亲自去接近裴聿城，甚至不惜当他的女友。裴聿城的进化等级虽然奇高，但即便如此，女魔头若真想除掉裴聿城，也不必这样。”

“你说的这些，难道我不知道吗？”裴泽瞥了青年一眼。

青年连忙道：“二爷，是我多嘴了。”

裴泽再度陷入沉思中，担心自是难免。

裴聿城多年来一直都很低调，在云间水庄不曾有过什么动作，更加没有得罪过女魔头的势力，按理说，女魔头不可能无缘无故对裴聿城下手，况且，裴聿城并不在裴泽的清除名单上。

退一万步来说，即便裴聿城在裴泽的清除名单上，裴泽也不相信女魔头会因为这点小事而亲自出手——不要说裴聿城，哪怕是整个裴家，女魔头都不会在乎。既然如此，根据裴泽的分析，只有三种可能性。

第一种可能，林烟是林烟，女魔头是女魔头，她们根本就不是同一个人。

第二种可能，林烟的确是女魔头，却陷入情网中，与裴聿城真心相爱，无论女魔头是何等身份，又是如何强大的进化者，她始终是个女人，遇上心爱之人，这并不稀奇。

前两种可能，裴泽都可以接受，反而能让他松口气。唯独第三种可能，只要一想到，裴泽便身躯发寒，这也是他最不希望成为现实的一种可能。

裴泽与裴聿城自幼亲密，知晓裴聿城的很多事。包括在那个神秘的圣地，裴聿城不曾和任何人说起过，他拜了圣地之主为师。

所谓圣地，按照当年裴聿城所说，那是进化者的圣地，是进化者秩序的起源之地。这个世界存在强大的进化者，之所以还能保持和平的秩序，完全是因为圣地的存在以及圣地定下的规则。

裴聿城儿时曾有幸在圣地学习，还拜师圣地之主。尤其是拜师圣地之主这件事，整个裴家除了裴泽之外，再无旁人知晓。

裴泽就怕女魔头也知晓此事，所以才掩盖身份成了裴聿城的女友，其目的便是接近圣地，甚至是那位有史以来最为强大的圣地之主！

只不过，裴泽心中还有疑虑：女魔头以及她的势力，虽然足够强大，但如何同圣地对抗？

尤其那圣地之主，传说是世间最为强大的进化者。

裴泽认为，如果正面和圣地作对，女魔头以及她的势力，恐怕会被轻易覆灭。而女魔头知晓裴聿城是圣地之主的徒弟，趁机接近裴聿城，或许是想以这样的身份让圣地放松警惕，实则酝酿着更大的阴谋。

一旦圣地消散，这个世界将会被彻底颠覆，就算明面上还有猎人公会在维持秩序，那也远远不够。

没有圣地的威慑，裴泽不敢想象这个世界将会变成什么样。

“二爷，您打算怎么办？”青年的目光落在裴泽身上。

“静观其变。”裴泽淡淡地开口。

不管林烟是不是女魔头，她又是否对圣地有不良企图，他都必须调查清楚这件事情。

其实，对于圣地之事，乃至这个世界会变得如何，裴泽并不关心，但裴聿城他必须要保住。如果林烟当真是那个女魔头，他绝对不能让裴聿城出事。当然，一切的前提是，他不能得罪女魔头和她的势力，否则，连他也会万劫不复。

“二爷，要不要跟裴聿城交流一下？万一林小姐是女魔头，而二爷不知情，恐怕会出大乱子。”青年蹙眉开口。

裴泽摇了摇头：“不必声张，静观其变即可。”

今日在云间水庄，裴泽哪里看不出裴聿城对林烟的那颗心？如果他将真相告诉裴聿城，只怕会适得其反，裴聿城不但不会信他，甚至还会以为他在帮唐蓉捣乱。

“堂兄，千万保重，这裴家的继承权，到了最后，能与我争夺的人，只能是你。”裴泽口中喃喃。

云间水庄。

房间内，隐约能够听见猫咪的呼噜声。床上，林烟的睡衣已经湿透。

睡梦中，林烟眉头紧蹙，似乎极其痛苦。梦中的画面，让她愈发恐惧。她像是在空中飞翔，又似被困在深海之下。她好像看见一副副笑脸，又彻底化作惊惧、绝望的呐喊……很快，一道淡淡的光晕浮现，将林烟整个人围住，在那一瞬间，所有痛苦的画面如镜面般破碎，只剩下美好。

片刻后，林烟睁开眸子。

看了看时间，还是凌晨，林烟坐起身，喝了一口水，神色有些疑惑。她刚才好像做了个不得了的梦，可就是无法记起。不知为何，醒来后她第一个想见的人是裴聿城。

这个时间，裴聿城不知道睡了没有。林烟换了身衣服，朝着书房走去。

到了书房后，林烟发现，裴南絮和裴宇堂两人也在。

“还没睡？”见到林烟后，裴聿城轻声开口。

“睡醒了。”林烟笑道。

“睡醒了？”裴宇堂诧异地看向林烟，“烟姐，你这是什么作息，昼伏夜出啊？”

“你们两个怎么没去休息？”林烟不解道，“这么晚了还跑来打扰你哥。”

看着林烟这副护短的架势，裴宇堂和裴南絮又被喂了一顿狗粮。

裴聿城摸了摸女孩的发丝，安抚道：“没关系，原本我也睡不着。”

林烟眨了眨眼睛，有些担心地问：“睡不着？怎么了？失眠了吗？要不要叫医生过来看看？”

裴聿城失笑，也不说话，只是静静地看着她。

林烟这才意识到，该不会是因为今晚承认了喜欢他，所以他才激动得睡不着吧？

裴宇堂不明所以，在旁边满脸兴奋道：“烟姐，这哪还能睡着！”

知道裴家是进化者大族，又知晓裴聿城是进化者后，裴宇堂和裴南絮两人自然也想多了解一些。他们虽然不是进化者，从小便被“流放”到云间水庄，但是说到底，他们还是裴家的人，这一点是无法改变的。

“大哥，你就跟我和二哥说说，你的进化者能力是什么？大哥你能飞吗，会不会遁地？”裴宇堂满脸兴奋地盯着裴聿城。

林烟看向裴宇堂，心想：果然，这二哈的属性是跑不了了。

“不会。”裴聿城回道。

“啊？这都不会？我还想让大哥带我上天呢。”裴宇堂叹了口气，满脸失落。

一旁，裴南絮沉思片刻后，目光落在裴聿城身上，满脸认真地开口：“大哥你会隐身吗？”

“不会。”裴聿城回道。

“大哥，你好歹也是个进化者，怎么这也不会那也不会，那你到底会什么？起码要有个超能力吧！”裴宇堂埋怨道。

“会打断你的腿。”裴聿城淡淡出声。

“大哥，别啊，你对非进化者的我动手不算本事。大哥，你平时要维护世界的和平吗？”裴宇堂继续问道。

裴聿城颇为无语：“……”

此刻，连林烟都有些听不下去了。

“大哥，你能一拳打碎一座山吗？”裴南絮也认真地开口。

林烟顿时目瞪口呆：“……”

这两兄弟今天到底怎么回事，裴宇堂倒也罢了，怎么连裴南絮也问这些古怪的问题？

“你们两个够了！是不是电影看多了，问的都是什么稀奇古怪的问题！”林烟忍不住开口。

“烟姐，本来就是啊，进化者！超能力！能飞、能遁地、能隐身，不都是很正常的吗？难道不行？”裴宇堂撇了撇嘴。

“别废话。”林烟叹了口气，有些无语地看着两人，旋即目光又落在裴聿城身上，严肃地说道，“裴先生，你能点石成金吗？就是手指放在石头上，然后把石头变成金子、翡翠、钻石之类的？”

裴南絮和裴宇堂瞬间有点懵。到底是谁问的问题有点稀奇古怪啊？难道不是她自己吗？还点石成金，把石头变成什么金子、翡翠、钻石，纯属是想钱想疯了！

“可以。”

然而，让两人万万没想到的是，大哥裴聿城居然说可以？！

“啊——”林烟明显一愣，她刚刚就是随口一说。

“只要你想，那就可以。”裴聿城盯着林烟，柔声笑道。

几乎在一瞬间，林烟明白了裴聿城的意思，以他的财力，别说金子、翡翠、钻石，就是龙涎香都能变出来。当然，并不是裴聿城真有这种进化能力，仅仅是因为——他很有钱。

裴宇堂若有所思，立即跑出书房，大概十数秒后，他搬着一块大石头走了进来，轻轻地放在书桌上。

“你干什么？”林烟神色古怪。

裴宇堂满脸媚笑地看着裴聿城：“大哥，来，变一个。我要金子，就当我这个月的零花钱了，你看行吗？”

裴聿城别有深意地打量着裴宇堂，那目光像在看一个智障。

“裴先生，我有个问题想问你。”许久后，林烟朝着裴宇堂开口。

“什么问题？”裴聿城问道。

“我就是想问问，裴宇堂和你真是一个爹妈生的？”林烟愈发狐疑，说裴南絮是裴聿城的亲弟弟，她相信，可说裴宇堂是裴聿城的亲弟弟，就这智商，不太像啊。

“烟姐，你什么意思？我怎么不是亲生的，我绝对是亲生的！”裴宇堂不服气，朝着裴聿城说道，“对吧，大哥？”

“不知道。”裴聿城淡淡地开口。

此时此刻，裴宇堂想死的心都有了，他那么优秀，怎么可能不是亲生的！他认为自己只有一个缺点，除了不是进化者之外，几乎完美，他的智商和情商不都和大哥差不多吗，当然，还有颜值也是。

“大嫂也是进化者吗？”很快，裴南絮看向林烟问道。

“嗯，是啊。”林烟承认道。

“厉害。”裴南絮若有所思。

“烟姐不行，太菜了！”裴宇堂说道。

之前在林烟的公司时，裴宇堂亲眼见过，林烟就是挨揍的。被两个老疯子揍，被老板揍，处处挨揍，忍气吞声，她这个进化者的日子过得那叫一个憋屈。

“菜？”裴南絮看向裴宇堂，满脸不解，“你见过？”

裴宇堂连连点头：“见过……呃……”裴宇堂想将之前的事情说出来，不过转念一想，似乎不太合适，所以改口道，“我早就知道烟姐是进化者了，我们还切磋过呢，也就那样，普普通通，上不了台面。”

林烟用一副不善的目光盯着裴宇堂：“我感觉，你在挑衅我。”

“烟姐，我没有啊，我只是在陈述一个事实。你什么都不会，只会动拳头，本来就比较菜。如果我是赛车界的耻辱，那烟姐你就是进化者界的奇葩！”

“你信不信我一拳下去你的小命就没了。”林烟盯着裴宇堂，恶狠狠地开口。别以为你是我“儿子”，我就不敢揍你！有句话怎么说的来着——“子不教父之过”？

“大哥，大哥你看烟姐，他要打你心爱的弟弟，你也不管管！你能眼睁睁看着你弟弟被强权威胁，被强权打死吗？”裴宇堂委屈巴巴地看向裴聿城。

“妇唱夫随。”裴聿城淡淡地开口。

“啊？”裴宇堂顿时一愣，满脸不解地问道，“妇唱夫随？什么意思啊？”

不等旁人开口，裴南絮沉思片刻后说道：“意思大概是……大哥会跟大嫂一起揍你。”

“哈哈哈，我刚才开玩笑的，你们那么认真做什么！君子动手不动口……不对，君子动口不动手。”裴宇堂立刻说道。

“大哥，大嫂，夜深了，你们早些休息，我和宇堂就先走了。”裴南絮识趣地向裴聿城和林烟告别。

“嗯。”裴聿城答应一声。

“走？”裴宇堂微微一愣，“走什么走，要走二哥你走，我才不走，我要看大哥的超能力！我不走，我不走，我就是不走！”

“那你一会儿被打死别找我。”说罢，裴南絮转身就要离开。

“唉，二哥你怕黑，算了……我陪你一起走。”裴宇堂急忙追了上去。

“我不怕黑。”裴南絮淡淡地说道。

“不不不，你怕……”

等两人离开之后，林烟看向裴聿城：“我饿了。”

裴聿城柔声笑道：“想吃什么？我给你做。”

林烟马上开口：“你忘记答应过我的事情了？”

裴聿城哑然：“……”

“对了，他们俩这么晚过来，就是为了要看你的超能力？”林烟满脸好奇地问。

裴聿城究竟拥有什么进化能力，连她都不知道。

“他们想随我一起去裴家。”裴聿城说道。

“那到时候你们一起去吗？”林烟问道。

裴聿城摇了摇头：“我没答应。”

对此，林烟很不解。裴南絮和裴宇堂难道不是裴家人吗，就算他们没能进化，难道连裴家的门都不能进？这进化者的家族如此冷漠绝情也未免太令人心寒了吧，不管怎样，都是血浓于水的后辈子嗣啊？

见林烟神色不对，裴聿城轻声道：“你心中所想，是进化者大族冷漠绝情，断情断义。”

林烟抬头狐疑地看向裴聿城。他的进化能力，该不会是读心术吧？连她想什么都能知道。她的表现有那么明显吗？

“我就是那么想的，难道进化者就没有亲情吗？”林烟直言道。

“不是。”裴聿城将手中的文件放了下来，盯着林烟，缓缓地开口，“正是因为亲情。”

“医为亲情？”林烟更加无法理解了。

因为亲情，所以把不是进化者的后辈赶走？

“其一，进化者大族内十分凶险，因为争夺继承权而明争暗斗，非进化者不必卷入其中，以免遭受无妄之灾。”裴聿城看着林烟解释道。

“是这样吗……”林烟若有所思。

“其二，内部隐患不提，外部隐患更加致命，两族对抗，非进化者的处境更加凶险，所以，几乎所有进化者大族都会将非进化者后辈送走，保证他们一世衣食无忧。”裴聿城继续解释道。

按照裴聿城的这个解释，似乎就可以理解了。进化者大族的确应该存在很多普通人无法预见的风险，如果将没有自保能力的非进化者后辈送走，并保证他们衣食无忧，其实也算是一件好事。

这样看来，倒是她认识浅薄，误会了那些进化者家族。

“所以，我不想宇堂他们过多接触裴家，接触得越多，就越有可能遇到危险。我不可能时时刻刻都在身边保护他们，甚至我的父亲，也是一样。”裴聿城说道。

“嗯，我明白了。那这次你要回去的话，也得万分小心，行事谨慎一些。”林烟看向裴聿城，有些担忧地开口。

方才听裴聿城说，因为争夺继承权，裴家内部明争暗斗不断，听上去十分凶险。

“无妨，谁又会在乎一个被流放的后辈。”裴聿城轻声笑道。

提及被流放，林烟的脑海中就会响起唐蓉所说的话。不管裴聿城如何说，她的心中，始终有些不太舒服。

翌日早晨，裴泽来到云间水庄，停留不久便和裴聿城一起离开，前往裴家。

至于此次裴家让裴聿城回去是因为什么，裴泽没有明说，或许连裴泽自己也不清楚。

裴聿城离开之后，林烟便开车去了公司。

车开到半路，林烟发现了两张较为熟悉的面孔。

“还真是阴魂不散啊……”

林烟通过后视镜，发现身后跟着一辆摩托车，一直不停地追着她的小车。

摩托车上的两人虽然戴了墨镜和头盔，但林烟还是能够一眼看出，正是张三和李四那对“奇葩”兄弟。对于这两个人，林烟有些无奈，他们如同狗皮膏药一般，打也打不死，甩也甩不掉。

林烟随意打了一把方向盘，将车子一个侧面横向飘移，直接停在了路中间，拦住了摩托车。将摩托车逼停后，林烟打开车门，下了车。

林烟看向摩托车上的张三和李四两人，眉头深深蹙起，不耐烦地说道：“张三，李四，你们到底想做什么？”

两人微微一愣。

李四一声冷笑道：“卿本佳人，奈何从贼……唉，可悲可悲。”

林烟腹诽：这傻子在这里跩什么文呢？

“李四，这句话是什么意思？”张三看向李四，满脸好奇地问道。

“张三，你算是问对人了，我告诉你，这句话的意思是你长得那么好看，为什么要做坏人，可悲啊！”李四笑道。

张三立即竖起大拇指：“可以啊，没想到我弟弟这么有文化！”

“有文化？”李四不由得冷笑，“我可是大文豪！”

看着兄弟二人在这里你来我往的，林烟不由得叹息，如果这都算大文豪的话，那她岂不是知识之神了？

“你们到底有事没？没事我就先走了。”林烟说道。

“休得无礼！你居然敢无视我们两兄弟？！”张三盯着林烟，怒声喝道。

明明是这两兄弟无视她，到了他嘴里却成了她无视他们。林烟见过不要脸的，诸如裴宇堂和贺乐风之流，但相比张三和李四，他们还差得远。

“说吧，你们屡次纠缠我，到底有什么事？”林烟盯着两人问道。

“废话少说……等下，你车上还有没有帮手，那个三重霄在不在？”张三神色戒备地朝着林烟的车内张望。

“不在，就我自己。”林烟说道。

张三点了点头：“嗯，不在就好，那我们就放心了。”

“你们很怕霄尧？”林烟似笑非笑地说道。

“哈哈哈！”两兄弟顿时好似听见了天大的笑话一般，捧腹大笑。

笑了片刻，张三说道：“无知小辈，我们会怕什么三重霄？会怕什么霄尧？他们算什么东西！我们只是……只是不想和年轻人动手，不然到时候传出去，说我们倚老卖老！”

李四瞥了张三一眼：“什么倚老卖老，你有没有文化，那叫老物可憎！”

“不应该是以大欺小吗？”林烟叹了口气。

“对对对！”李四连连点头，“你说得没错，我刚才就是这个意思。以大欺小，以多欺少，我们不屑这么做，这违背我们的原则！”

“大哥，我说得对不对？”李四看向张三。

“对，太对了！”张三点点头，“我们是有文化有素养的人，受过高等教育，以大欺小，以多欺少的事，我们绝对不会去做，因为这违背了我们心中的正道！”

“哦。”林烟若有所思地看着这两兄弟，旋即冷笑道，“那两位老前辈，现在是在做什么？”

“做什么？”李四撇了撇嘴，“自然是要将你这小辈带走，让你接受正义的审判！”

“你们刚才不还义正词严地说，不屑以大欺小，不会以多欺少吗，怎么现在又变卦了？”林烟冷笑道。

张三和李四顿时一愣，两人对视了一眼。

“大哥，她说得好像是有那么一丁点的道理啊。”李四蹙眉开口。

“我呸，我们怎么以多欺少，以大欺小了？”张三不服气。

“从年龄来说，两位比我大许多吧；从资历来说，两位都是前辈吧；从人数来说，你们有两人，我只有一个人，难道不是以大欺小，以多欺少？”林烟淡淡出声。

“大哥，她说得有道理啊！”李四附和道。

“有道理有道理，你能不能换个词！有个屁的道理！”张三骂道。

“大哥，不是我说你，这就是你不讲理了，你太为老不尊了，正所谓‘有理走遍天下，无理寸步难行’，你不能没理还要强词夺理吧。”李四劝说道。

“李四前辈说得对极了，我觉得，李四前辈的思想境界，比张三前辈高出太多，李四前辈才应该是哥哥。”林烟朝着李四笑道。

听闻林烟所言，李四顿时来了精神，急忙道：“对，你说得太对了！”

“对对对，对什么对！你没发现她在耍我们吗？”张三瞥了李四一眼。

“张三，你要不要脸！我觉得这位姑娘说得有道理，我本来就比你的思想境界高，比你更有正义感，我才应该是哥哥，你就是个弟弟！”李四说道。

“我懒得跟你废话。”张三看向林烟，“好，既然如此，那我们就不联手对付你了，你选一个作为对手，只要你赢了，你说什么就是什么。”

“真的？”林烟笑道。

“废话，当然是真的。我张三一言十八鼎，比一言九鼎还要多九鼎！”张三说道。

“好，那我姑且信了张三前辈的话，我选李四前辈作为我的对手。”林烟的目光落在李四身上。

因为不管怎么看，李四似乎都比张三更傻一些。

“哈哈哈，好，选得好！小姑娘，你果然有眼力见，选我就对了！”李四大笑。

根本不给林烟开口的机会，李四道：“这样吧，我让你三招，以表诚意。”

“不必了。”林烟摇头，“论进化者能力，我有自知之明，不如李四前辈，甘拜下风。”

林烟猜测，眼前的这两个人都是精神力进化者，但是他们的身体素质也强得可怕，不像那个能够掌控野兽的男人那般极致纯粹，所以无论是和张三还是李四比试，她都不可能赢。

“既然你认输了，那就跟我们走吧！”李四说道。

“不着急，我们还未比试过呢。”林烟笑道。

“你不是认输了吗？”李四神色不解。

“李四前辈，你以你擅长的来对我不擅长的，是胜之不武吧？难道不是违背了李四前辈心中的正道？欺负一个弱小的女孩，不像是李四前辈能够做出的事。”林烟说道。

“对，你说得对，我绝对不会欺负女人。好，你说，怎么比！”李四连连点头。

“我们不比进化者能力，我们比别的，如何？”林烟问道。

“比别的？”李四微微一愣，“比什么？”

“我们就比……比谁年轻行吗？”林烟试探性地问道。

“行！你说怎么比就怎么比，我不可能会输给你！”李四连声说道。

“你傻吗？！”张三惊诧地看向李四，难以置信地问道。

“你说谁傻？！你再说一次？”李四顿时怒了。

“张三前辈，这是我和李四前辈的较量，和你没关系。”林烟说道。

“对，和你这老东西有什么关系！你为老不尊，我不屑与你为伍，呸！”李四满脸嫌弃。

张三气得根本不想解释：“……”

“李四前辈今年贵庚？”林烟朝着李四笑道。

“什么意思？”李四不解。

“就是，你今年多大岁数了？”林烟问道。

“我今年五十八！”李四满脸骄傲。

“哦，我十八。”林烟嘴角微微上扬。

“那又怎么了？”李四继续不解。

“我赢了。”林烟说道。

闻言，李四顿时一愣：“你怎么就赢了呢？”

“李四前辈，您看，我们刚才说的，是不是比谁比较年轻？”林烟笑道。

“不错！”李四点头。

“那您五十八，我十八，我是不是赢了？”林烟笑道。

“好像……是这样……”李四皱着眉，口中喃喃，“可……你也不像十八啊……没那么年轻吧……”

闻言，林烟嘴角微微抽动：“就算……就算我不是十八岁，那我也比你年轻，还是我赢。”

“没想到，我李四纵横天下一辈子，今日居然输给了你这个女娃……好，我愿赌服输，算你厉害，我佩服！”李四说道。

林烟心想：这个李四可能是个好人，就是这智商有点不太正常。

Part 2

这两位老板难道是科幻电影看多了，
走火入魔？

“我呸，你赢一个傻子算什么本事！你就这点能耐？”张三咬牙切齿地盯着林烟。

“你说谁是傻子？”李四当即上前朝张三的胸口捶了一拳，“你再说一遍试试，你个为老不尊，输不起的老东西！输了就输了，愿赌就得服输，你找什么借口！”

“滚蛋，你比完了，该我了！”张三懒得搭理李四，目光落在林烟身上，“我可不傻！”

“那，我们就比智商，如何？”林烟微微笑道。

“比智商？”张三大笑，“好啊，那老夫今天就跟你比比智商，我要让你知道，什么叫大智若愚，外愚内智，大巧若拙，足智多谋！”

林烟瞥了张三一眼，还大智若愚和大巧若拙，智和巧没见到，愚跟拙倒是很突出。

“好，请听题！”林烟正色道。

“你只管放马过来，我要让你瞧瞧什么是秀外慧中！”张三冷笑道。

“地上掉了一张五十元面额的钞票和一张一百元面额的钞票，你会捡哪张？！”林烟盯着张三问道。

“这……这算什么比智商，你是在侮辱我吗？！”问题一出，张三顿时怒了，感觉自己被冒犯了。

“就是，这是哪门子智障问题，你这是瞧不起我大哥的智慧！”李四也连声附和道。

“你不必管我问什么问题，你只要回答即可，我输了便认。怎么，张三前辈这是玩不起吗？”林烟冷笑出声。

“哈哈，我玩不起？笑话，真是天大的笑话，小女娃，我今天就让你付出傲慢无知的代价！”张三瞪了林烟一眼，“如果地上掉了一张五十元和一张一百元，我肯定捡一百元的！”

“大哥，做人不能太贪心，捡五十的吧！”李四蹙眉道。

“捡什么五十，捡一百！”张三鄙夷地瞥了李四一眼。

“我觉得，做人最重要的是要有正义感，也不能太贪心，捡五十的就行了。”李四沉默片刻后，说道。

“晚上不想吃鸡腿了？捡一百，够我们吃一顿好的；捡五十，只够我一个人吃一顿好的，你说捡一百还是捡五十？你说，我听你的。”张三说道。

李四犹豫了片刻，说：“那……还是捡一百的吧，能够多买一些鸡腿。”

“小女娃，我捡一百的，怎么样，你服不服气？！”张三看向林烟，冷声笑道。

林烟嘴角微微上扬：“张三前辈，你确定捡一百的？”

“不错，我确定捡一百的，傻子才捡五十。这算是什么弱智问题？有没有更狠的？”张三说道。

“呵呵，张三前辈，我看您就挺傻的。”林烟笑道。

“你什么意思，愿赌不服输？”闻言，张三不由得怒气上涌。

“张三前辈，你想知道，我会捡哪张吗？”林烟问道。

“哪张？”张三下意识地开口。

“我会把五十的和一百的都捡了。”林烟忍着笑意，这哥俩是真傻啊！

“啊？两张都捡？”

张三顿时蒙了。莫说张三，就连一旁的李四也有点诧异。

“等等，你，你也没说都能捡啊！”张三蹙眉道。

“可我也没说不能捡吧。”林烟回答。

老哥俩哑口无言：“……”

“不算不算，你刚刚没说清楚规则。有本事再来，我要是再输，就叫你奶奶！”张三急得面色涨红。

看张三这副模样，林烟真怕把他逼急了，只能答应道：“可以。”

今天就让这哥俩见识一下，什么叫社会的毒打。

“请听题！”林烟说道。

“来来来，你来！”说着，张三撸起了袖子。

“一只鸡和一只鹅，同时放进冰箱里，鸡被冻死了，鹅却还活着，请问这是为什么？”林烟问道。

问题一出，张三的神色顿时变了，方才满脸的自信烟消云散。

“鸡死了，鹅还活着……为什么……”张三口中喃喃。

“哥，会不会是诈尸了？！”李四看向张三，小声问道。

“你是不是电影看多了，还诈尸……”张三白了李四一眼。

“那既然不是诈尸，为什么鸡都冻死了，鹅却还活着呢？”李四不解。

张三盯着林烟，猜测道：“主人心软，放了鹅一命！”

当即，林烟笑着摇了摇头。

“对嘛，我就知道不是，主人怎么可能会心软……”张三尴尬地一笑。

“鹅比鸡抗冻？”李四有些疑惑地猜测。

“别捣乱。”张三不耐烦地说。

片刻后，张三眸光一亮，盯着林烟说：“我知道了，鹅是进化者，鹅进化了，所以，冻不死它！”

“张三前辈，您确定吗？”林烟问道。

“我确定、一定、肯定！”张三胸有成竹地说道。

“那您回答错了，鹅不是进化者。”林烟叹了口气，露出满脸可惜的神色。

“你说什么？！鹅没进化？那是为什么？”张三急忙问道。

“因为是企鹅。”林烟嘴角微微上扬。

“企鹅？”张三面色难看，“你这不是耍赖吗，你明明说的是鹅，怎么变成企鹅了？！”

林烟不解地盯着张三：“张三前辈，企鹅不是鹅吗？”

“企鹅怎么能是鹅！”张三连连摇头。

“既然企鹅不是鹅，为什么叫企鹅呢。”林烟笑道。

“那，那是因为……”张三想了半天，也没想出个所以然来。

企鹅为什么叫鹅呢，这不是坑他吗，叫什么不好，非得叫企鹅，叫企鸭不行吗？

“白酒是酒吗？”林烟继续问。

“是。”张三面色愈发难看。

“啤酒是酒吗？”

“料酒是酒吗？”

“是……”张三说道。

“那企鹅怎么不是鹅呢？”林烟继续问道。

“还是不对，我问你，企鹅被关进了哪里的冰箱？”张三问道。

“我家里的冰箱，如何？”林烟不解。

“那不对，那企鹅是生活在南极的，怎么会在你家的冰箱？”张三问道。

林烟腹诽：果然，傻子的逻辑，都很诡异。

“我抓的。”林烟说道。

“你抓企鹅做什么？”

“我高兴，我乐意。我不止抓企鹅，我还去抓北极熊呢，怎么样，不行啊？”林烟无奈道。

“对啊，大哥，那是她的事，她想抓什么就抓什么。”一旁的李四连声道。

“你给我闭嘴！”张三很不耐烦地白了李四一眼，旋即满脸不服气地朝着林烟说道，“企鹅那么大，你是怎么把它放进冰箱的？”

“我有钱，我定制的大冰箱，不行吗？”林烟说道。

“豪横什么你……就算你有钱……你敢不敢，你再问一个！”张三着急道。

“那张三前辈是不是该履行之前的承诺了？”林烟笑盈盈地开口。

“奶奶！”张三咬牙切齿。

“嗯，真乖。”林烟颔首道，“那我再问一个，一加一等于几？”

“一加一等于几？”张三微微一愣。这是什么问题，肯定有陷阱！

“大哥，一加一等于二，这个问题傻子都知道啊！”李四接话道。

“你知道什么，你以为我傻吗！我告诉你，不可能那么简单，绝对有诈！”张三摇了摇头。

要真是那么简单，之前那两道题他就不会答错了。

“一加一等于几……”

张三左思右想，却不得其解。不管答案是什么，他都能肯定，绝不会是二。

“一加一到底等于几啊！”张三摸了摸鼻子，面色焦急。

“大哥，就是等于二，一加一不等于二还能等于几？你是不是个傻子啊？！”李四急忙道。

“滚，你懂什么，你那点智商，能和我比？”张三冷笑，旋即看向林烟，“你以为我是我弟弟？我告诉你，我才貌双全，举世无双，没那么好糊弄！”

片刻后，张三的眸光顿时一亮，一加一等于几，他终于知道了！

“我明白了！”张三神色激动道，“我知道了，我懂了！哈哈哈，你这小女娃，觉得这种问题能难倒我吗？一加一等于十！”

林烟像看傻子一样，看着激动万分的张三。

“一横一竖，刚好是十，一加一等于十，没错，我确定！”张三斩钉截铁地回答。

“很抱歉，张三前辈你答错了。”林烟微微一笑，眸底满是狡黠。

张三脸上的笑容彻底凝固，他又错了？！怎么可能会错！他难道就不能对一次吗！

“不可能，绝对是十！如果不是十，那是什么？！”张三问道。

“一加一，难道不是……不是二吗？”林烟满脸奇怪地说道。

张三差点喷出一口老血来。

“张三，你这个蠢货，我都说了一加一等于二！你真是个傻子，就你的智商，也配与我比？还等于十，我不屑与你为伍！”李四怒视着张三说道。

“不对啊，不应该是这样的……你赖皮，你耍诈！”张三盯着林烟，近乎咆哮。

“耍诈？”林烟疑惑道，“那，前辈，一加一难道不等于二吗？”

张三根本无法反驳：“……”

“既然一加一的确等于二，那张三前辈为何说我耍诈？”林烟继续问道。

张三哑口无言：“……”

“你怎么不按套路出牌！”张三怒不可遏却又毫无办法，这个小丫头片子也太狡猾了。

“嗯，我就不按套路出牌了。”林烟笑道。

“你你你……”张三气急，连说三个“你”。

“张三前辈，有什么问题吗？”林烟一脸不解。

张三恨得牙根痒，却又无可奈何：“没问题……”

“那么这场比试是我赢了。”林烟淡淡一笑道。

“不行，凭什么只能你出题，我也得出题，这样才公平！”张三反驳道。

林烟打量了张三几眼，可以啊，倒也傻得没那么彻底。

“好，那张三前辈问吧。”林烟点了点头。

“我这个问题，必须五秒内答出来，否则就算你输！”张三道，“你爸爸妹妹的表哥的表弟的妹妹的外甥的舅舅的爸爸和你是什么关系！”

林烟有点蒙：“……”

“哈哈哈，我就不信你能答出来，倒计时5……4……3……2……”

林烟脱口而出：“亲戚关系。”

张三脸上胜利的笑容再度僵住。

“没……没你这样的！”张三气得直跺脚。

“怎么了，和我就是亲戚关系，没问题啊。”林烟说道。

“对啊，大哥，就是亲戚关系！”李四也连连点头。

“不比了，不比了！”气急败坏的张三大声喝道。

“既然不比了，那张三前辈是否愿赌服输呢？”林烟看着张三问道。

张三一声冷哼，怒气冲冲地盯着林烟：“废什么话，我张三顶天立地男子汉，能赌就能输得起，不管你用了什么手段，我输了便无话可说！”

李四在一旁叹息摇头，道：“我只是输在了年龄上，我哥输在了智商上，这么说来，还是我输得比较好看。”

“呵呵，张三前辈果然是一条真汉子，佩服佩服。”林烟抱拳道。

“就这样吧，我们今天暂且放过你！”张三转身就要离开。

“且慢。”林烟忽然上前拦住了张三的去路。

“你还想怎么样？”张三盯着林烟，满脸不悦。

林烟嘴角微微上扬，说：“两位前辈要走自然是可以的，只不过，我还有一些问题要问。”

张三忽然笑了起来：“真是天大的笑话，我管你有什么问题，我凭什么要回答你的问题！你有问题问你老师去，跟我有什么关系？”

“哦？”林烟神色诧异，“难不成，张三前辈赌得起输不起？”

“你到底什么意思！我怎么输不起了，我这不是要走了吗！”张三怒道。

当即，林烟摇了摇头，说：“张三前辈，我们之前可是已经说得清清楚楚、明明白白的，如果前辈赢了，要打要杀我不反驳；可如果前辈输了，我说什么便是什么，前辈莫不是忘记了吧。”

听闻林烟的话，张三顿时老脸一红：“什么……谁能证明？我怎么不记得我说过。我告诉你，你莫要在此地胡言乱语，我张三可从来没有说过这种话。”

还不等林烟反驳，一旁的李四顿时勃然大怒：“张三，你还要不要你的老脸！正所谓‘树不要脸天下无敌，人不要脸必死无疑’……”

林烟腹诽：呵呵，好像说反了。

“你之前明明说了，只要她赢了，她说什么就是什么。你还说，你张三一言十八鼎，比九鼎还多九鼎！”李四说道。

“张三前辈，如何？”林烟笑道。

张三狠狠地瞪了李四一眼，旋即一拍脑门：“哦，对对，我忽然想起来了，我是说了。行，你问吧。”

“好，我想问问，两位是不是隶属于猎人公会？”林烟道。

“不错。”张三回答。

“我与猎人公会似乎没有什么仇怨，而且，猎人公会的宗旨是逮捕那些四处作乱的进化者，我从未作乱，也没有什么特别之处，猎人公会为什么要处处针对我？”

张三瞥了林烟一眼，说：“我怎么知道，不清楚，你要问就去问猎人公会。”

“我知道。”李四忽然开口，“是因为司白。”

“司白？”林烟神色疑惑——司白又是谁？

“司白是一位很强的进化者，能够掌控万物猛兽，乃至进化者兽类。”李四解释道。

林烟若有所思，这般说来，之前那个想要她的性命，肩上时刻带着金刚鹦鹉的神秘男人，就是李四口中所谓的司白了。

“我想，这可能是一个误会。”林烟说道。

“误会不误会，你与我们说不着。原本，我们也不想抓像你这样的小女孩，可司白却说，你是那个杀人不眨眼，四处作恶的女魔头！”张三盯着林烟说道。

女……魔头？她哪里长得像个女魔头了？

有这么娇滴滴、人见人爱、花见花开的女魔头吗，她分明是个女天使！

林烟忽然想起，第一次见到司白时，司白便说她像某个人，就连凌月也这样说过。如此看来，似乎还真有这样的可能，她或许与那个所谓的女魔头有些相像。

“既然如此，那个女魔头应该也是一位进化者，我想问问两位，她很厉害吗？”林烟看向张三、李四试探道。

“废话，都杀人不眨眼了，还到处作恶，能不厉害吗！”张三说道。

“既然如此，那两位前辈应该不是那个女魔头的对手吧？”林烟继续问道。

张三冷哼了一声，说道：“差不多吧，我们和她相比，也就稍差一筹。”

林烟腹诽：恐怕不是差不多，应该是差了十万八千里都不止吧。

“好，如果我真是两位前辈口中的女魔头，进化者等级极高且心狠手辣，那两位前辈在第一次招惹我时，应该……已经被我杀了才对吧。”林烟冷静分析道。

林烟的话刚出口，两兄弟顿时一愣——好像很有道理的样子，他们怎么从来就没有想到呢？

“大哥，对啊！她说得有道理！”李四盯着林烟，神色疑惑。

在两人眼中，林烟完全就是个弱鸡，与那个传说中的女魔头差了几百个世纪！

“是什么是，我们那么强，女魔头怎么可能轻易杀了我们。”张三说着白了李四一眼，又忍不住朝着林烟打量，“虽然我们也很强，但女魔头可能比我们稍强一丝丝，你这么说好像也有些道理。”

“张三前辈，我定然和那女魔头没有丝毫联系。我虽然是进化者，但也是一个普通人，你们也知道，我有自己的公司和赛车队伍，我每天就是上班下班，周而复始，怎么可能是女魔头呢！”林烟说道。

老哥俩陷入了沉思。

“我觉得，两位前辈完全是被那个叫司白的人给戏弄了。他对两位前辈没有丝毫的敬畏之心，反而这般戏弄。如果两位前辈失手打死了我，那传出去，岂不是一世英名一朝丧尽？”林烟继续说道。

“呸！那个司白，我早看出他不是什么好东西，他果然是在戏耍我们两兄弟！”李四怒火中烧。

“这般说来，我们是着了司白那小子的道了！”张三思考片刻后，也接受了林烟的说法。

“对，司白肯定有阴谋诡计，把两位前辈当成棋子了！”林烟继续添油加醋。

“走，大哥，去找他拼命！还从没有人敢如此瞧不起我们，竟然把我们当棋子！”李四咬牙切齿。

“我也想，但是我们两，不是他的对手啊……”张三有些犹豫。

林烟微微一愣。他们二人联手，都打不过司白？那个司白很强吗？之前还被她一拳捶飞来着，没感觉他有多强啊。

“两位前辈，我有个想法，不如我们合作，先把司白擒住，再逼问他一个究竟，怎样？也算是给两位前辈报仇雪恨了。”

当下，林烟和这两兄弟交头接耳聊了许久。

直到中午时分，林烟才赶回公司。

她走进办公室，发现除了贺乐风和莫书昀之外，老板霄尧居然也在。此时，三人正坐在沙发上吃盒饭。

看见林烟回来，贺乐风顿时来了精神，嘴巴里嘟嘟囔囔的，不知在说些什么。

“先把你嘴里的饭咽下去再说。”林烟看向贺乐风，满脸嫌弃道。

“姐，你终于来了！你到底跑哪儿去了啊！电话也不接！咱们不是说好了吗，今天先把设备都搞定！”贺乐风说道。

林烟很无语：“……”

她什么时候说去买设备了？买设备不要钱的吗？！

“不着急。”林烟随口说道，旋即看向霄尧，“老板，你怎么来了？”

霄尧看了林烟一眼，直截了当地说：“蹭饭。”

林烟心想：不管怎么看，老板都不像是一个会蹭饭的人吧。

说罢，霄尧取出一个公文包，丢到沙发上，淡淡道：“这个月的工资。”

林烟的脸上立即堆满了笑意：“老板，你太客气了，都这么熟了，不着急的。”

“不要？”霄尧问。

“不不不，我的意思是，我亲自去您办公室取就行了，怎么还劳烦老板您亲自送过来呢，太失礼了。”林烟笑道。

贺乐风打开公文包，看见里面一叠一叠的现金，顿时愣住了。

“把你的爪子拿开。”林烟当即将公文包夺了过来。

“姐，这……这是你的工资？”贺乐风难以置信地瞪大了双眼。

“是啊，怎么了？”林烟说道。

一个半吊子翻译，还不怎么需要去上班，每个月的酬劳竟然是天价？！

这老板真是人傻钱多啊！

贺乐风急忙擦了擦嘴巴上的油，看向霄尧，谄媚地喊道："老板，大哥，'爸爸'！"

林烟和莫书昀目瞪口呆："……"

"我会八国语言，而且，我的语言学习能力极强，可以在最短的时间内学成任何一门外语。老板，您的公司还要人吗？您还缺员工吗？"贺乐风迫不及待地开始毛遂自荐。

"不缺。"霄尧面无表情地淡淡开口。

霄尧的一句话，像是一道晴天霹雳，贺乐风整个人顿时陷入了绝望。

"老板，是这样的，如果不缺人的话，那您会不会考虑……换一名员工？"说话时，贺乐风偷偷瞥了林烟一眼。

"你找死是不是？！"林烟怒视贺乐风。这臭小子敢当着她的面儿挖墙脚？！

"不考虑。"霄尧说道。

"哦，那没事了，吃饭吧。"贺乐风摇了摇头，表情相当遗憾。

"贺乐风，你也太没出息了。"莫书昀看向贺乐风，眉头微蹙。

紧接着，根本不给贺乐风开口的机会，莫书昀朝着霄尧笑道："您缺司机吗？我车技贼好！"

这下，其余三人齐齐失语："……"

"老板，我们来应聘！"

正说着，办公室的门被推开，张三和李四迈步走了进来。

见到两人后，贺乐风着实吓了一大跳，下意识地抱住了霄尧的胳膊。

霄尧当即面无表情地看向贺乐风。有些尴尬的贺乐风被他冰冷的视线吓得缩了缩脖子，只得松开霄尧的胳膊。

"姐，这两个人阴魂不散啊，快，揍他们！"贺乐风紧张地说道。

"揍什么揍，这是新招的保洁员。"林烟解释道。

"保洁员？！"贺乐风满脸诧异。

烟姐脑子没事吧？把这两个人招来当保洁员？她是嫌自己命太长了？

"你们被录取了，明天来上班，每个月工资三千……不，两千。"林烟看着两人说道。

"我说你这小姑娘，之前咱们不是说好的吗，就算是演戏，每个月也付三千。这才多久，怎么就减了一千？！"张三喝道。

"不错，你怎么能言而无信，背信弃义！"李四冷哼一声。

"管饭。"林烟想了想，说道。

兄弟俩对视了一眼。片刻后，张三说道："管饭啊，那行吧，两千就两千。但是我告诉你，我们来演戏骗司白的事，你绝对不能告诉第三个人，你更不能和任何人说，我们打算联手制服司白！”

林烟颇为无语：“……”

她忽然有些后悔和这老哥俩联手了，这似乎是一个天大的错误。

“我们明天来上班。对了，中午多准备几只鸡腿，我弟弟饭量大，一顿能吃十只鸡腿五碗米饭。”

张三说罢，和李四转身离开了。

此刻，林烟才回过神来。十只鸡腿，五碗米饭？！

等等！她还是把工资加到三千，让他们自己去外面吃吧！

“这……啥意思？”莫书昀满脸疑惑。

“姐，你没毛病吧，什么演戏，什么联手制服司白？司白又是谁啊？”贺乐风同样不明所以。

“吃你的饭，饭都堵不住你的嘴。”林烟白了贺乐风一眼。

霄尧别有深意地看向林烟，问：“还记得，我之前跟你说过什么吗？”

林烟一愣：“什么？”

“不要招惹那个人。”霄尧淡淡地开口，“小心引火自焚。”

“老板，你认识司白？”林烟蹙眉道。

“听过，不熟。”霄尧说道。

“不熟吗？”林烟若有所思。

“他曾挑衅过我大哥。”许久后，霄尧说道。

“然后呢？”林烟满脸好奇。

“被他逃了。”霄尧回答。

莫书昀莫名其妙地看向林烟和霄尧，发现自己完全听不懂两人在说什么。

“老板，我之前和司白交过手，他好像没那么强。”林烟轻声道。

“他是纯粹的精神力进化者，并且进化能力近乎极致，可即便如此，当年如果不是我大哥将他打成重伤，他的身体素质同样世上罕见，只是如今，能力倒退了许多，更加虚弱。”霄尧说完，并没有给林烟再开口的机会，转身离开了办公室。

“我的天哪，你们到底在说什么？！精神力进化者？进化能力？”莫书昀惊得下巴都快掉到了地上，这两位老板难道是科幻电影看多了，走火入魔？

贺乐风没有多说什么，只是默默地吃盒饭。

那日，他冒充霄尧救下了林烟。从那时开始，他便知道，似乎这个世界和他所认知的有些许不同。但是林烟没有说，他也不会多问，毕竟，他就是一个普普通通的天才赛车手而已。

林烟看向莫书昀，沉默片刻后，才抬起头，说道：“你不知道，我除了是赛车手外，还有另外一个身份吗？”

“演员？”莫书昀下意识地问道。

林烟点头：“对啊，我和老板刚才在试戏，讨论剧本，有什么问题？”

“哦，我说呢。”

听闻林烟的解释，莫书昀这才恍然大悟，搞了半天，这两人不是疯了，而是在演对手戏。

“哎，不对吧？”莫书昀还是觉得哪里不对，奇怪地问道，“霄尧老板他又不是演员，怎么和你演起了对手戏，讨论起了剧本？”

林烟想了想，说道：“你看霄尧老板的颜值，是不是吊打现在圈内所有的小鲜肉？”

“那肯定啊，这点没的说！我要是女人，肯定得追他！”莫书昀连连点头，对林烟这番话十分认可。

“所以啊，我带老板入圈了，有什么问题吗？”林烟继续胡扯。

“那我就明白了，霄尧老板必然是未来的超级巨星，有钱有颜，我们必须要抱紧大腿！”莫书昀笑道。

一旁，贺乐风依旧默默地吃着盒饭，静静地听着林烟胡说八道。

酒足饭饱后，莫书昀将云轩叫了过来。

车队创立成功后，一直在招募赛车手。起初只有他们几个人，可这都过去多久了，一个人都没招到，除了刚才那两个看起来不太正经的保洁员。还好不用付房租，否则，这样下去，车队还没步入正轨就要宣布破产了。

云轩来了以后，朝着贺乐风说道：“老爷子在医院挺好的，恢复得不错，这几天我都在医院照看他，不必担心。”

林烟不善的目光落在贺乐风身上，恨不得上去抽他几个大嘴巴：“我让你看着外公，你自己不去照看，却让云轩去？！”

“姐，你听我跟你狡辩。我一直都有在看管，但我不可能二十四小时看管啊，公司的事还要忙。反正云轩是个无业游民，多的是时间，我就让云轩看了一会儿。”贺乐风解释道。

“无业游民”云轩很无语：“……”

“公司连个人都没招到，你跟我说有很多事要忙？”林烟冷声道。

难怪最近都没看到云轩出现，敢情是被贺乐风安排到医院去照看外公了。

“姐，我错了，我再也不敢了！等下次，如果你住院，我一定二十四小时守在你的身边！”贺乐风委屈巴巴地向林烟认错。

“你可真会说话。”莫书昀给贺乐风竖起大拇指，“你怎么不说你姐死的时候你会二十四小时寸步不离地为她守灵呢？”

见到林烟不善的目光，贺乐风吓了一跳，尤其是意识到自己说错话后，赶忙转移话题："那个……对了，我觉得，以我姐的赛车技术，咱们不需要找太多的精兵良将。我姐是顶梁柱，我、云轩，还有莫书昀队长是中流砥柱，再随便找点人凑个数，一样能把极光战队的名声打响。到那个时候，咱们还怕没优秀的赛车手吗？"

"你小子终于脑袋开光了！"莫书昀思考了可行性后，点了点头。

这倒是个不错的法子。林烟是什么水准，他们都心中有数。前段时间的H国定级赛中，完全可以说是她一个人单枪匹马把贺家战队扛到了C组冠军的位置上。所以，林烟一个人就能顶一整支车队。

"云轩，你觉得怎么样？"莫书昀朝着一旁不喜说话的云轩问道。

"嗯，姐姐很强。"云轩说道。

"啊哈哈哈，我果然是一个超级天才！"贺乐风笑道。

林烟没好气地瞪了他一眼，说："我被禁赛了，你不知道？"

贺乐风说道："姐，那有什么关系？在贺家的时候，你不也是被禁赛状态吗？不还是照样在赛道上大放异彩？你不说，我不说，谁知道？"

"情况不同。"林烟摇了摇头。

H国赛车公会对新赛队的资格检查极其严格。她之前所在的贺家车队虽然是个低级车队，但成立已久，检查反而没那么严格，外公会帮她处理好一切。可到了新赛队，情况就不一样了。

退一万步讲，即便能够蒙混过去，还有个定时炸弹在那儿放着，她不可能去冒这样的险。

贺乐风蹙眉道："姐，你说的定时炸弹是林书雅？"

林烟略感欣慰地摸了摸贺乐风的脑袋，臭小子总算是聪明了一回。

当年是林书雅害她被禁赛，在贺家车队时，林书雅没有举报她，或许是为她自己的名声着想。而现如今，林书雅淡出了演艺圈，开始进军赛车界，就不需要什么名声了，一旦她上了赛道被林书雅举报，那后果不堪设想。

"书雅姐……我呸，林书雅那个白眼狼，真是良心被狗吃了！姐你对她那么好，从小到大，你都偏心林书雅，好吃的也不给我吃，都给她，你还因为林书雅捶过我好几拳呢……"贺乐风委屈巴巴地看向林烟道。

林烟心道：这小子怎么越说越偏了。

"姐，你现在知道了吧，我才是你最亲的弟弟！你说，谁有我和你亲！"贺乐风说道。

林烟再次看向贺乐风的眼眸内，终于出现了姐姐该有的一抹温柔。

的确，贺乐风这个弟弟是她最大的欣慰。虽说，他的智商可能有些不够用，也时常嘴上答应她，行动却忤逆她……但是贺乐风对她，已经是一个弟弟所能做到的极限了。前些日子，他甚至冒着生命危险也要救下她。当然，如果那日遇到的不是张三、李四这两个智障，她和贺乐风恐怕都得魂归九幽了。

"姐姐以后一定对你好点儿。"林烟摸了摸贺乐风的脑袋，轻声道。

"姐，我们是姐弟，和亲姐弟没什么区别，不用这么说……姐你给我涨点工资吧……"贺乐风盯着林烟，满脸期待。

林烟脸上的笑容忽然僵住。

"滚。"片刻后，林烟重重地开口。

贺乐风腹诽：果然，姐姐的话不能相信！刚说了对我更好一点的呢！

上一秒那么温柔，下一秒就让他滚，翻脸比翻书还快！

林烟懒得继续跟贺乐风多扯，直接取出手机，登录了游戏。

狗富贵的头像，上一秒还是白色，下一秒却成了灰色。见状，林烟忽然怒从心涌。好你个汪景阳，看见我上线就下线了？！

紧接着，林烟强忍住怒火，给狗富贵发了几条短信。

深夜时分，天澜酒吧。

霓虹灯不停闪烁，众彩纷呈，年轻男女聚成浪潮，不断从附近涌现。

酒吧内播放着震耳欲聋的DJ音乐。汪景阳坐在吧台，点了一杯烈酒。旋即，他取出手机，登录了游戏。

林发财：狗子，快来啊，我带你飞！

林发财：狗子，你再信我一次行不行！前几次真的是意外，如果我再用蔡文姬打野，我就去死！

林烟直到现在才知道，坑了汪景阳他们的人，竟然是裴聿城。

林发财：你再不回话，信不信我去砸你家窗玻璃！赶快组我，第一把我只收你一百块，满意了你再付钱！

汪景阳盯着林烟给自己发来的信息，再看看林烟的头像，已经变成了灰色，这条信息应该是之前发的。

"好久没跟你喝啤酒撸串了，真怀念啊……你交了男朋友，都把我给忘了。"汪景阳满脸忧伤之色，暗自叹息。

几杯烈酒入肠，汪景阳起身，看着身旁相貌还算过得去的女孩，露出自认为十分有魅力的笑容，走至女孩身旁打招呼："嗨，美女。"

女孩闻言抬起头，朝着汪景阳打量几眼："什么事？"

"美女，约吗？"汪景阳笑道。

瞬间，女孩的面容浮现出一抹诧异："你也太直接了。"

"什么直接……哦，我的意思是，约会吗？我请你撸串，喝啤酒！"汪景阳说道。

“需要我带身份证吗？”女孩若有所思。

汪景阳挠了挠头，问：“你的意思是，吃饱喝足以后，我们去网吧玩通宵？”

女孩轻声一笑：“好啊。”

离开酒吧后，汪景阳将自己的外套脱下，给女孩披上。

“你倒是很绅士。”女孩轻声开口。

“那也得分人，像你这么漂亮的女孩，我可以绅士一辈子。”汪景阳笑道。

“你的嘴巴倒是会说，骗过不少女孩吧。”女孩盯着汪景阳说道。

汪景阳摇了摇头，用手指轻轻在女孩的鼻子上碰了碰：“你真美。”

女孩面色微红：“是吗，有多美？”

“有没有听过一句话，叫‘最毒妇人心’，蛇蝎心肠，心有多坏，人便有多美。”汪景阳忽然抱住了女孩的腰。

“所以，你到底是在拐着弯骂我毒，还是拐着弯夸我美？”女孩轻声道。

“美是美，就是很可惜。”汪景阳嘴角微微上扬，勾勒出一抹令人胆寒的莫名笑意，“你……以及你身后的人，挑错了人。”

女孩的瞳孔猛然一缩，下意识想要从他怀中挣脱。然而，汪景阳却像是一座无可撼动的巨山，女孩怎么也无法挣脱。

“你神经病啊！”女孩有些惊恐，“快放开我，不然我要叫人了！”

当即，汪景阳松开了手，朝着女孩尴尬地笑道：“跟你开个玩笑，至于吗！我喜欢的人是一位演员，所以我也立志想当一名演员。你觉得我演技怎么样，刚才是不是吓到你了？”

女孩嘴角微微抽动：“神经病！”

“美女，别走啊！”

见女孩转身就要离开，汪景阳急忙追了上去。

然而，就在他要追到女孩时，女孩忽然转过身，将一把泛着寒光的匕首径直朝着汪景阳刺去。女孩刺出的力道极大，甚至能够听见破空的声音。

下一秒，却传来金属断裂的声音。定睛一看，汪景阳的上衣被刺出一个洞来，露出了极其好看的肌肉线条。而女孩刺出的匕首却在接触到汪景阳的身躯后寸寸断裂，只剩下手柄。

此情此景，女孩顿时神色大变。

“美女，你还没说呢，我刚才演得到底好不好？”汪景阳盯着女孩，嘴角微微上扬，这一次，脸上并没有令人胆颤心惊的笑意，而是一脸邪魅，仿佛炼狱修罗的笑容。

“你……”女孩难以置信地盯着他。

“多好的匕首啊，一定很贵，太浪费了。”汪景阳叹了口气。

女孩转身就要逃离，可是无论她跑出多远，汪景阳总会在这条偏僻巷道的尽头等着她。

Part 3

他最担心的事，恐怕真的要来了……

♥

黑夜中，汪景阳靠在墙角，在月光的照耀下，完美的身线更加迷人。

此刻，汪景阳深邃的目光落在面容略带惊慌的女孩身上，轻声笑道："我的演技如何？"

女孩眉头深蹙，这个男人……

"好啊，演技挺好的。"终于，女孩将恐惧驱散，平静地笑着。

"你觉得，我进军演艺圈如何？"汪景阳继续问道。

"明日之星，国际巨星。"女孩答道。

"嗯……是谁让你来的，伤我的目的是什么，聊聊如何？"汪景阳状似漫不经心地笑着问道。

不等女孩开口，他又忽然笑道："等等，我来猜猜……是想制服我，然后从我口中问出某个人的下落？"

女孩虽然和汪景阳保持了一段距离，但是这个男人的笑容，以及他的每一句话，每一个字，都让她的灵魂颤抖。

已经多少年没有如此恐怖的感觉了——好似能将人命玩弄于股掌之间，却还能够笑颜面对的那种恐惧感。以她的先天进化者等级，到底是什么样的进化者，才能让她的灵魂都开始颤抖？

"看把你吓的。"说着，汪景阳瞬间移至女孩身旁。

此时此刻，女孩全身的衣服已经被冷汗浸湿。

快，快到了极限，这个男人的速度，已经无法用肉眼来分辨。他究竟是怎样极限的基因身体进化者！

"看你吓的，我有那么吓人吗？或者说，我很丑？"汪景阳笑着问道。

“很好看。”女孩尽量让自己心绪稳定下来。

“嗯，倒是实话。不过，你还没说，究竟是谁派你来的？”汪景阳的眸内，充斥着一片冷漠。

“是……”

女孩刚开口，汪景阳却忽然打断了她：“算了，我忽然不想听了，也没兴趣听。”

“所以，我会被你杀死？”女孩问道。

汪景阳将双手搭在了女孩的双肩上，仔细打量着她：“长得还不错，死了怪可惜的。”

说罢，他将女孩身上的外套拿下，披在了自己身上，又说：“先天进化者，级别又高，身份尊贵，但要记得惜命。”

“你当真不想问，却也不杀我？”女孩看着汪景阳的背影，蹙眉问道。

“拜拜。”汪景阳头也不回，只是随意地挥了挥手。

某个街角。

汪景阳取出手机，随手拨通了电话。

“过来见我，老地方。”

挂断电话后，汪景阳从外套口袋里掏出一瓶牛奶，喝了几口，便将牛奶丢进了垃圾桶。

大约十来分钟后，一位中年女性出现在此地。

“大人。”中年女性看见汪景阳后，神色恭敬，朝他鞠躬行礼。

“我说阿姨，你才是大人，我是小孩。”汪景阳看着中年女性，微微笑道。

中年女性戴着黑帽、墨镜和黑色的口罩，无法看清她的真实面容。

“口罩加帽子，不热吗？”汪景阳盯着中年女性笑道。

中年女性微微颔首，旋即将墨镜、帽子和口罩摘掉。

如果此刻林烟在这里，一定能一眼认出，这位中年女性正是她的母亲——贺暮云。

“大人，您深夜找我前来，可是因为……小姐的事？”贺暮云看向汪景阳，眉头深蹙。

“刚才那女人身上喷的什么香水，这么香，等下回去得洗个澡，然后把衣服给洗了。”汪景阳若有所思地说道。

“大人？”见汪景阳自顾自地说着什么，贺暮云轻声唤道。

“你刚才说什么来着？”汪景阳从外套中又掏出一瓶牛奶。

“我是说，大人您深夜找我，可是为了小姐的事？”贺暮云问道。

“哦，你问这个啊。”汪景阳擦了擦嘴角沾上的牛奶，看向贺暮云，笑道，“阿姨，我们玩个游戏好吗？”

看着眼前的男人，贺暮云额头渗出一丝冷汗。没人知道，这个看起来人畜无害的男人，究竟有多恐怖，有多心狠手辣。每次看见他的笑容，贺暮云便会不自觉地将他和死神联系到一起。

“阿姨，怎么了，不想玩吗？”汪景阳轻声笑道。

“大人，您说。”贺暮云低了低头。

“这游戏很简单的，它叫‘我问你答’，我问什么，你就回答什么，可不能说谎啊，阿姨。”汪景阳脸上的笑意丝毫未减。

“大人只管问，我不会有任何隐瞒。”贺暮云回道。

“嗯嗯，那我问了。”汪景阳将最后一口牛奶喝完，随手将空瓶丢进了垃圾桶。

旋即，他搓了搓手，问道：“阿姨，你有没有将小姐的身份以及下落，告诉其他人？”

汪景阳问得十分随意，可贺暮云如同遭遇晴天霹雳，身躯险些一个不稳摔倒在地。

小姐的身份和下落……告诉其他人，这……这是什么意思？！

汪景阳为何会问她这样的问题？他在怀疑她！

“大人，我从来没有！”贺暮云神色坚定，“小姐如果有什么事，我也不会苟活！”

“嘘。”汪景阳做出一个噤声的手势，看着贺暮云轻轻地笑，“阿姨，咱们得遵守游戏规则，我没问的问题，你不要抢答哦。”

“抱歉，是我失礼了。”贺暮云点头道。

“如果有一天，你的生命受到了威胁，你会把小姐的下落和行踪告诉别人吗？阿姨你要说真话才行，说谎话鼻子会变长的。”汪景阳笑道。

“不会！”几乎没有任何犹豫，贺暮云立刻开口。

“你爱小姐吗？”汪景阳又问。

“她……她是我的命，是我的全部。”贺暮云答道。

“哈哈，阿姨，你倒是像极了一个真正的母亲。”汪景阳打趣道。

“我早就认为，我是一个母亲了。”贺暮云说道。

“阿姨啊，可是如果你没有泄露的话，今天为什么会有人来找我麻烦呢？我最讨厌别人说谎骗我。”汪景阳叹了口气。

“我不知道。”贺暮云摇了摇头。

“嗯，阿姨，我们的游戏结束了，你快回去休息吧。天不早了，外面怪冷的。”汪景阳看着贺暮云，眸内没有丝毫情感波澜。

当贺暮云抬起头时，汪景阳已经消失在黑夜之中，就好像他从来都不曾出现过，一切都如同梦境。

云间水庄。

林烟洗漱完毕，躺在床上玩着手机，刚打开游戏，就发现狗富贵的ID亮了起来。

林发财：你在哪儿呢？刚才打你手机，居然欠费停机了，你没钱交话费啊？！

片刻后，狗富贵发来了消息。

狗富贵：林烟，你大爷的，你是真的抠，知道我手机欠费，二十块钱都不舍得帮我交一下！

看着汪景阳的消息，林烟冷笑不已。小伙子，想让我给你交话费，你是痴心妄想！我自己话费没了，都要等几天才交好吗！

林发财：来啊，我带你飞！

狗富贵：我忽然想起来，我还有点事……

林发财：输了我给你一千，赢了你给我一百！

狗富贵：哦，我忽然想起来，我没事了，那来吧。

林发财：老板，等等哈，我再叫一个人！很快就好！

一个也是带，两个也是带，不如再来一位老板，可以赚双份的钱！

我真是太机智了！林烟想着，在游戏里点开了裴宇堂的ID。

裴宇堂的微信昵称是“这不是开往幼儿园的车”，游戏昵称是“这是开往幼儿园的车”。

这个熊孩子就没有一个ID名是正常的。

林烟看了下，裴宇堂的游戏头像是暗的，便跑去微信找他。

烟城疏雨隔斜阳：老板，要带飞吗？我王者贼溜！

这不是开往幼儿园的车：消息已发出，但被对方拒收了。

林烟无语地看着裴宇堂自己手打的这句话，飞快地又发了一句话过去：

带你晋级，要是输了我给你一千，赢了你给我一百。

这不是开往幼儿园的车：你被盗号了？

林烟无奈地发了一段语音过去：没有，谢谢。

这不是开往幼儿园的车：那你怎么突然要往外送钱？

林烟很无语，那几次疯狂连败真的只是意外好吗！坑你的真的不是我，而是你大哥啊喂！

烟城疏雨隔斜阳：所以，你到底要不要带？

这不是开往幼儿园的车：要要要！你愿意白送钱那我还能不要么，马上来，等我！

很快，裴宇堂便登录了游戏。

林烟把他们俩拉到了一个队伍里，然后开始匹配。三人开了语音。裴宇堂和汪景阳之前已经被林烟拉着一起打过游戏，算是熟人，再次见面，便互相交流了起来。

裴宇堂好奇地问：“兄弟，她给了你什么好处，你居然还愿意过来？”

汪景阳说：“输了她赔我一千一局。”

裴宇堂有点兴奋：“兄弟你也是啊！她也答应我了，输了一千一局。”

“那今天你岂不是要输得倾家荡产了？”裴宇堂对林烟说道。

林烟在语音里“呵呵”了一声，摩拳擦掌地说道：“都说了上次是意外好吗？我马上就带你们飞！不过，我丑话说在前面，你们俩别拖我后腿！我们速战速决，时间就是金钱！”

裴宇堂吐槽：“就你那技术，我还有给你拖后腿的余地吗？”

林烟深吸一口气，看来为了她以后的生意，今天必须得认真点，证明自己真正的实力。

很快，开始选择英雄了。汪景阳生怕林烟又选择蔡文姬，不等她反应，就以迅雷不及掩耳之势率先选择了蔡文姬。裴宇堂则选择了走中路的法师钟馗。

林烟选了铠去打野。在这款游戏中，铠有个外号，叫“铠爹”。林烟选择这个英雄，明显是要狠狠秀一把了。

裴宇堂有些意外，之前他被坑的那十几把，她选择的全是蔡文姬，没想到这次居然选择了这么秀的英雄。

妈呀！林烟玩个蔡文姬都能把他们坑成那样，这次他们该不会被坑得更惨吧？

辅助坑还有可能挽回，要是打野坑的话，那可真是灾难了！

林烟这间屋子的窗户对着泳池，此刻，她拿着手机，斜倚在落地窗旁的椅子上。

池水波光粼粼，倒映着细碎的阳光。

林烟正悠闲地等着游戏加载结束，无意间余光一瞥，陡然看到裴聿城正朝着泳池的方向走去。

裴聿城似乎有游泳的习惯，只是之前她太忙了，很少白天会在家里，所以基本没撞到过。

此刻，裴聿城身上只穿着一件宽松的浴袍。还不等林烟反应过来，她就看到男人随手脱去浴袍，扔在一旁的躺椅上，露出了劲瘦有力的腰身，笔直修长的双腿，以及漂亮结实的腹部线条。

"咳咳咳咳……"这突如其来的一幕吓得林烟直接呛咳起来。

她的第一反应是挪开目光，非礼勿视。

但林烟转念一想，不对啊！为啥不能看？这是她男朋友！她亲自追到手的男朋友！完全可以光明正大地看！

就在这时，林烟的耳边传来一声清晰的系统提示音——First Blood（第一滴血）！

林烟这才回过神来去看手机，然后，就看到自己操控的英雄不知道什么时候跑过头了，居然跑到了对面的防御塔里，直接被防御塔给打死了，对方补了她一刀，直接送了对方一血。

"……"游戏里一阵尴尬的静默。

方才，看到熟悉的游戏界面之后，汪景阳和裴宇堂就已经心有余悸，两人都开始后悔为了那一千块钱答应再次跟林烟一起玩游戏了。

两人小心翼翼地摸去线上，正等着兵线过来呢，结果，眼睁睁看着林烟一路跑啊跑，都跑到对方的防御塔前了还不停，直接冲进了塔里面，被塔打得只剩下丝血，然后被对方一刀砍死，送了一血……整个过程实在是太快了，他们俩连喊都没来得及喊。

林烟这开局送人头的操作着实把他们给惊到了。

汪景阳说："我后悔了，这一千块钱，我能不能不要了？"

裴宇堂不满地说："我也不想要了，我的命难道只值一千块钱吗？不行！我要加钱！"

汪景阳很无奈："林烟，你到底什么情况？我们到底哪里得罪你了，你连虐了我们十二把还不解气？现在好不容易看你选了个正常点的英雄，居然跑去送塔，这段时间你是脑门和手都被门板夹了吗？"

他之前经常跟林烟玩游戏，所以很了解她的游戏水平。这段时间林烟的表现实在是太诡异了，汪景阳难免有些奇怪。

此时此刻，林烟简直是无语凝噎，根本不知道该怎么解释。

上次她是被附身，可这次，真的不是。这次嘛，她是被色欲熏心了……

林烟轻咳一声，摸了摸鼻子，开口：“刚才看到个帅哥，恍了下神，继续，继续……”

裴宇堂听到这话觉得有些不对劲——她不是在大哥那边吗？哪里来的帅哥？

汪景阳闻言也有些无语：“什么帅哥能让你在打游戏的时候分神？”

林烟托着下巴，一边操控着英雄重新回到野区，一边目光不由自主地继续往泳池的方向瞟。

裴聿城的精神似乎好了不少，很快便已经游了几个来回。

“哗啦”一声，裴聿城游完一轮，从泳池中起身，走回岸上，他伸出手随意地将湿淋淋的头发撩到耳后。

午后的阳光仿若给男人镀了一层淡金色的光圈，湿透凌乱的发丝也为这个平日里严谨的男人身上添了几分难得一见的随意不羁，透明晶莹的水珠顺着发丝滴落，缓缓滑至锁骨、胸口、小腹……

First blood（第一滴血）

Double kill（双杀）

Trible Kill（三杀）

……

接二连三的提示音终于再次拉回了林烟的神智，等她再去看手机的时候，却发现游戏屏幕已经黑了。

屏幕上只剩林烟、汪景阳以及裴宇堂的尸体，以及其他两个队友满屏的怒骂。

[这个铠怕不是对面派来的演员吧！]

[还铠爹呢，我看你是个孙子！]

[从开局送到现在，一人带崩全队，真是厉害了！]

[蔡文姬、钟馗你们俩脑子有坑吗，跟在一个傻子后面跑去送！]

“你们怎么都死了？刚才发生了什么？！”林烟一脸蒙。

裴宇堂崩溃地在语音里吼：“嫂子你在干吗呀！我们看你一直往前冲，以为你要开团呢，就跟上去了！结果冲进去了，你居然一动不动站在那里给别人杀？”

汪景阳痛心疾首：“是我蠢，居然还跑去救你……”

汪景阳不忍直视地看着队伍里另外两个队友的各种辱骂，才开局不到十分钟，他已经身心俱疲。

然后，他无奈地说："这样吧，我错了，我真的知道错了，我给你一千块钱，放我走，好吗？"

一想到自己的两千块钱，林烟抓狂地揉揉头发，说："意外意外！刚才纯属意外！现在我要认真了！"

林烟撸起袖子，深吸一口气，接下来真的要好好打了，不过只比对面少四个人头而已，还是有可能翻盘的。

她低着头，准备带飞。就在这时，林烟觉得头顶落下了一小片阴影。

随后耳边传来低沉的声音："在做什么？"

裴聿城已经游完泳了，不知道什么时候走到了她的身边。虽然男人身上已经披上了浴袍，不过，浴袍是敞开式的，只有腰间松散地系着一根腰带，基本上就是"欲盖弥彰"。

林烟只瞥了一眼，立即手抖了一下——然后，她就被野怪杀了。

林烟不太自在地移开目光："开了一把游戏，你游完啦……"

裴聿城的目光落在林烟的手机上，看到那个熟悉的游戏，开口："是你代练的那款游戏？抱歉，之前原本是想帮你，不过，我似乎玩得不太好。"

林烟腹诽：呵呵，大佬，您那何止是不太好啊！吓得汪景阳和裴宇堂现在都有阴影，见我就跑……

实际上她却是这样接口的："哪有！你作为一个新手，玩得已经很好了，天赋特别高，只需要勤加练习就好了！"

裴聿城轻笑："是吗？"

林烟一脸诚恳地点点头："当然了！我看过几局回放记录，你的蔡文姬玩得很有想法！"

裴聿城拿起白色的毛巾擦了擦头发，轻声开口："可以教我吗？"

林烟想了想，裴聿城现在在家养病也没什么事，于是点点头："当然可以！我还怕你不感兴趣呢！"

裴聿城笑了笑："不会，挺有趣的。"

然后，林烟和裴聿城一起拿着手机窝在了客厅宽大的沙发上。

就这么一会儿工夫，游戏里的林烟已经死去活来。

方才裴聿城过来的时候，她关了手机，所以没有听到裴宇堂和汪景阳两人在手机里的鬼哭狼嚎。

"我先打完这一把，这局结束我拉你进来！"林烟看向裴聿城，一边说着，一边手指飞快地操控着游戏里的英雄，"你先看下我是怎么操作的。"

"好。"裴聿城放下手机，自然而然地凑近了些，看向林烟的手机屏幕。

"这家伙丝血居然还敢在我跟前乱晃，这个人头我拿定了，等我开大……"

林烟正准备在裴聿城面前秀一下操作，结果，这突然凑近的气息让她手指一抖，瞬间又给对方送出了一个人头。

林烟看着黑掉的游戏画面，尴尬地轻咳一声："失误，失误，刚才手滑了……"

这是开往幼儿园的车：对面都已经肥得流油了啊，你养猪呢！

狗富贵：你如果现在挂机，我们还是兄弟！

这是开往幼儿园的车：你怎么突然关了语音，开始疯狂送人头！我知道了，我终于知道了，你是不是做了亏心事不敢面对我们！你告诉我，对面到底给了你多少钱，你要这么坑我们！

林烟看着屏幕上汪景阳和裴宇堂发的消息，满头黑线。

游戏里她玩的英雄已经复活，林烟深吸一口气，这次她下决心忽略掉裴聿城的干扰，一定要认真打游戏了。

林烟一边操控游戏，一边向裴聿城讲解："你看，现在我们的人头数和等级跟对面都相差太多了，正面刚肯定是打不过的，所以，我需要苟一下，攒点钱。"

裴聿城的手臂自然而然地横在林烟身后的椅背上，认真地看着她的操作："嗯，不过，要怎么攒钱？光是打野怪的话，经济应该是赶不上的。"

林烟点点头，说："说得没错，我现在必须得赶紧升级，但光是打野怪肯定是不够的，所以……去裴宇堂那儿抢吧！"

刚说完，林烟就操控着她的英雄去裴宇堂的中路抢兵线去了。

裴宇堂正在勤勤恳恳地刷小兵，结果，眼睁睁地看着林烟公然跑到自己这里抢钱，差点被气哭。

这是开往幼儿园的车：我的兵线！我的钱！你把我坑得死去活来也就算了，居然连我的兵线都要脏！从今天开始，我要跟你断绝"父子关系"！

林烟直接在游戏里面打字：反正你拿了钱也没用，还不如给我，你一个主力输出居然一个人头都没有，要你何用。

裴宇堂简直要气死了：我那还不是被你坑的！你以一己之力养肥了对面五个，你怎么不说！

林烟啧了一声：我那是为了加大一点游戏难度，不然太没意思了。

打完这段字，林烟果断把裴宇堂的兵线全都收完，一个不剩，随后，噔噔噔又跑去了下路，继续去汪景阳那儿抢钱。

下路的汪景阳正在辅助射手，这时林烟跑了过来，不顾射手的破口大骂，直接开始刷兵，还嚣张地在队伍频道里打字：

蔡文姬你跟我，别乱跑！你跟着个废物有什么用！

汪景阳看着她这大言不惭的话，简直想要敲死她：

还说别人废物？你是怎么有脸说这话的？

辅助一般是看谁最厉害就保护谁，林烟一个送了三路的人，还让辅助跟着她，能不把人气死吗？

果然，那个射手已经快被气疯了，频道里各种被和谐的*号。

林发财：蔡文姬，快跟上呀，愣着干啥！

汪景阳是一万个不愿意跟着林烟，但是又不敢不听她的，只能屈辱地迈着小短腿跟在了她身后。

林烟在一片骂声中抢了三路的兵线，其间有对面的敌人企图过来杀人，她见到就跑，等对方不追了，再继续刷兵线，很快将等级追了上来。

见差不多了，她摩拳擦掌，对一旁的裴聿城说道：“差不多了，我要去打人了，待会儿你看看我是怎么操作的。对了，我忘了你喜欢玩蔡文姬，那待会儿你看看我是怎么玩蔡文姬的。”

“好。”裴聿城一边说，一边拿起旁边的靠枕，放在了林烟的腰后，好让她靠得舒服一点。

裴聿城放靠枕的时候，身体靠过来，林烟下意识地抬起头，目光落在男人的身上，随后便对上了一双温柔得溺人的眸子。

裴聿城还没换衣服，身上穿的依旧是那件宽松的浴袍。

午后，她和裴聿城正一起懒洋洋地依偎在沙发上，二人之间是从未有过的亲密距离。

直到这时，林烟才意识到了两人现在的距离有多近，周围的空气似乎都在一点点升温。

好像从她重新追回裴聿城开始，他对待她的态度就发生了一些微妙的变化，不会再跟她那么相敬如宾。甚至，裴聿城会有意无意地一点点突破之前从不逾越的距离。

第一次见到这个男人的时候，林烟打死也不敢相信，有一天，他们的关系能走到今天这步。

First Blood！（一杀）

Double Kill！（双杀）

……

游戏画面第N次黑了下去，系统提示音传来，林烟跟汪景阳双双阵亡。

林烟和汪景阳这波的死亡影响很大，因为越到后面，英雄复活所需的时间越长，他们这边少了两个人，对面抓住这个机会，开始迅速推塔。

林烟这边剩下的三个人根本没办法阻挡，最后，只能眼睁睁被对面推上高地。

Defeat（失败)！

游戏屏幕上显示了大大的“失败”字样。

输了！她亲身上阵去打，居然输了！

她输了两千块！林烟的心都在滴血。

“你好像输了。”裴聿城的余光扫了眼林烟的手机，眸子里是揶揄的笑意。

林烟气呼呼地朝男人看了一眼：“你能不能去穿件衣服？！”

“怎么？”裴聿城面上表示不解。

“你这样……太影响我发挥了！”林烟移开视线。

裴聿城也不反驳，敛着那双好看的眸子，声音里满是宠溺：“嗯，我的错。”

林烟闻言，脑海中一阵恍惚，仿佛回到了第一次见裴聿城的时候。

当时，她从裴聿城的床上醒来，而裴聿城刚洗完澡从浴室里出来，看着眼前那幅画面，她压根就没办法思考，跟现在的情形一模一样。

“我输了两千块啊！两千块！”林烟痛心疾首。

果然，谈恋爱太费钱了！

虽然心痛，但林烟还是说话算话的，按照约定，用微信分别给裴宇堂和汪景阳各转了一千块钱。

汪景阳迅速领了钱，然后开始给林烟发信息：

所以，你非要我跟着你，就是为了拉着我一起死？你说清楚，对面到底给了你多少钱！我要分一半精神损失费！

很快，裴宇堂也发信息过来了：

到底是什么样的帅哥能让你把我们坑成这样？能不能让我长长见识？

林烟直接无视了汪景阳的信息，看到裴宇堂发来的信息后，她直接发起了视频通话。

很快，裴宇堂便接通了视频，义愤填膺地盯着林烟怒吼：“干吗？”

林烟白了他一眼：“不干吗，你不是想知道什么样的帅哥能让我把你们坑成这样么，我让你见见。”

说完，她将镜头往裴聿城的方向挪了挪，随后裴聿城便出现在了画面里。

裴宇堂盯着画面里那张帅裂苍穹的脸，凌乱微湿的头发，松散大半露出大片胸口的浴袍，直接大脑当机：“大……大哥？”

“还有问题吗？”林烟用眼神控诉，满脸都写着“这谁顶得住啊”。

裴宇堂咽了口唾沫：“没……没问题……打扰了。”

说完，“嘟”的一声挂断了视频通话。

打发走裴宇堂之后，林烟看向一旁的裴聿城，问：“对了，你什么时候走啊？”

之前因为裴泽临时有事耽搁了，所以裴聿城暂时还没回老宅。

“明天一早。”裴聿城回答。

“这么快？可是，你的身体还没完全恢复。”林烟下意识地蹙了蹙眉。

“家里出了点事情，我必须回去一趟。”裴聿城边说边点了点头。

“那你小心一些。”林烟若有所思地说道。

像裴家这样的进化者大世家，内部的明争暗斗是免不了的。之前她专门去问过星沉关于裴家总部的一些事，就拿裴泽而言，平日里不显山露水，但是似乎也在暗中部署着什么，对裴家的继承权没有彻底放手。

裴聿城虽然处于被“流放”的状态，但是也不可小瞧，毕竟裴家总部一直没有忘记他。星沉怀疑，此次裴泽前来，极有可能是想同裴聿城达成某种合作协议，或者说想拉拢他。

对于裴家的这些争斗，林烟并不太关心。只是不知为何，此次裴聿城要离开云间水庄，随裴泽前往裴家总部，她却有些心绪不宁。

这种感觉，林烟曾有过数次，而每次都会有不太好的事发生。因此，对于裴聿城此次前往裴家总部，她心中有些担忧。

“你是在担心我吗？”裴聿城深邃的眸子与林烟四目相对。

林烟轻咳一声，用理所当然的语气咕哝道：“我这么费劲追来的男朋友，能不担心吗！总之，你回去以后一定要谨慎一点。”

深夜时分，仿佛全世界都陷入了沉睡。

某处树林中，汪景阳惬意地躺在小溪旁，四周是溪水流动的声音。

他随手采下一朵身侧的小花，仔细打量了许久。

“这里是你的故乡，生在故乡，葬在故乡，你有自己的生命和自由，存在的使命便是绽放，真羡慕你啊。”

汪景阳盯着手中的小花朵，嘴角微微上扬。

深夜的树林中，水流声不断响起，清风缓缓吹拂，令人有些迷醉，却又不得安宁。

“累不累啊，跟一天了。”

说完，汪景阳从口袋里取出一瓶牛奶，喝完之后，将空瓶子重新装回了口袋里。

“再不出来，我可真生气了。”汪景阳轻声笑道。

片刻后，四周依然没什么动静。

汪景阳随手捡起一块石子，很快，石子从他手中飞出，落在林中深处。

不过一个呼吸的工夫，一道惊呼声响起。下一秒，十数个年轻男女从附近走了出来。

汪景阳随意地打量着这些陌生人，旋即笑道：“我与诸位既不相熟，也无恩怨，你们从白日跟到黑夜，是准备抢劫吗？我很穷的。”

“既然你发现了，我们就不必揣着明白装糊涂了，把那个女人交出来，之后的事情，就和你没什么关系了。”为首的年轻男人看向汪景阳，冷声笑道。

“女人？”闻言，汪景阳微微一愣，诧异道，“什么女人？你们要女人，找我做什么？我是单身狗，没女人交给你们。”

为首的年轻男人面色愈发冰冷。

还没等男人开口，汪景阳却忽然笑道：“算了算了，你说得对，揣着明白装糊涂，的确不太好玩。”

男人目光落在汪景阳身上：“你明白最好，正如我之前所说的，你只需要把那个女人交出来，之后便没有你什么事了。”

“那我要是不交呢，你们打算怎么办？”汪景阳问道。

“你猜呢？”男人冷声开口。

大约半小时后，看着之前威风凛凛的十几个男女此刻的狼狈模样，汪景阳坐在一旁，似笑非笑地开口：“人嘛，最重要的是认清自己，得亏我心善，不然今天你们可就没命回去了。”

那十数个男女看着眼前如怪物般的男人，心中已是一片冰寒。

放那群人离开之后，汪景阳随意地坐在地上，陷入沉思中。最近来的这批人，都是小鱼小虾，后面的黑手还没有浮现。原本他平静地度过了这些年，不曾想，终究还是暴露了。

“这次的麻烦可真不小。”许久后，汪景阳轻声一笑。

如果只是一个猎人公会，那倒无关紧要。只是，这些人的出现，却让汪景阳警惕了起来。

从那日在酒吧出现的高等级女进化者，再到今天出现的这些进化者，汪景阳总觉得，他最担心的事恐怕真的要来了……

“要找她的……应该不会是……”

汪景阳口中喃喃，片刻后，人已经消失不见。

裴聿城离开的这几天，林烟心中时刻牵挂。

每隔一段时间，林烟就会给裴聿城拨个视频电话。而裴聿城不论在做什么，都会在第一时间接通她打来的视频电话。甚至，林烟在上次视频通时看到裴聿城正在参加裴家总部的会议，无意之间还看到不少裴家的年轻后辈和高层。吓得她赶紧挂断视频电话，生怕打扰到他。

见这几天裴聿城那边也没什么事，林烟放下心来，开始将重心转移至极光战队。

就目前的情况来看，极光战队的发展不算乐观，并没有多少职业赛车手愿意加入这种刚刚建立且默默无闻的小车队。也就靠着莫书昀亲自出马，这才强行拉来了几位赛车手。

最近，除了前往公司之外，林烟还时不时去医院看看外公。

时至今日，外公还没有醒过来，好在也没有什么危险，目前情况还算乐观。

“姐，你回去休息吧，我来看着爷爷。”医院病房内，贺乐风看着坐在病床前的林烟开口。

林烟不太相信地瞥了贺乐风一眼：“你看？”

贺乐风尴尬地笑道：“姐，前几次只是意外，难道你真以为我不孝顺……”

还不等林烟继续开口，电话铃声响起。她取出手机看了一眼，是母亲贺暮云打过来的，当即接通电话。

“小烟，最近有时间吗？”贺暮云的声音从电话中传出。

“妈，有时间的，出什么事了？”林烟轻声问道。

“没什么事，你要是有时间的话，就回家吃个饭吧。”贺暮云柔声说道。

林烟忽然想起，自己的确是很久没有回家了。

“好，那我现在过去。”

挂断电话，林烟瞥了一眼不远处的贺乐风，嘱咐道：“好好看着外公，我有点事先走。”

贺乐风连连点头：“姐，你走你的，外公这里有我照看，你大可放一百万个心！”

林烟腹诽：就是因为有你看着，我才不放心的好吗！

离开医院后，林烟开车去了贺暮云的住处。

贺暮云穿着围裙站在门口，满脸笑意地迎接林烟。

“小烟，妈不缺东西，回家就回家，买这么多东西做什么。”看着林烟手中提着的大包小包，贺暮云说道。

“路过商场时，看到几件大衣挺适合您的。”林烟轻声一笑，跟着贺暮云进了屋。

对自己的母亲，林烟最了解不过，平日里十分节省，在贺暮云看来，不必要的东西，根本看都不需要看一眼。所以，看见适合她的东西，林烟赶紧买了下来。

进屋后，林烟刚把东西放下来，饭菜的香味已经扑鼻而至。

“妈，你今天做了什么好吃的？”她笑着看向贺暮云。

“都是你喜欢吃的。”贺暮云说道。

“云姨，好了没有啊，我都快饿死了！”

还不等林烟开口，屋内便传来男人的声音。

几乎是下意识地，林烟朝着四周打量。数秒后，她终于在左侧的沙发上看见了一个男人。

汪景阳正躺在沙发上玩手机。

“汪景阳？”看见汪景阳后，林烟神色微微一愣。

“干吗？”汪景阳依然盯着手机。

“你怎么在我家？”林烟有些不解。

“我来蹭饭不行啊？”汪景阳答道。

林烟竟无言以对：“……”

“妈，汪景阳怎么来了？”林烟走到厨房，朝着贺暮云问道。

“我今天上街买菜，刚好遇到景阳，他也没吃饭，就喊他来家吃饭了。”贺暮云说道。

林烟叹了口气，汪景阳蹭饭竟然都蹭到这里来了。

回到客厅，林烟走到沙发旁，将汪景阳的二郎腿踢至一旁，随意地坐在了他身旁。

“这沙发这么小，你挤什么。”汪景阳十分抗议地看向林烟。

“麻烦你给你的臭脚穿上鞋子好吗！”林烟说道。

“臭脚？”汪景阳眉头微蹙，“我的脚香到都可以吃好吗！”

“我呸。”林烟说着白了汪景阳一眼，“快说，你来我家有什么目的？”

“目的很强烈，肚子饿了，自己懒得下厨，来蹭饭。”汪景阳随意地说道。

“你可真不要脸。”林烟满脸无奈，“你就不能找个女朋友吗？天天蹭吃蹭喝的。”

“女朋友？”汪景阳看向林烟，嘴角轻扬，“我啊，孤家寡人一个，生来注定是天煞孤星，哪能找到女朋友。”

“找不到？”林烟一把抓住汪景阳的下巴，将他的脸转了过来，仔细地打量着。

“林烟，你干吗呢？！”汪景阳喝道。

“别动，我瞅瞅。”林烟说道。

“你大爷的，你当逛青楼呢？”汪景阳嘴角微微抽动。

“啧啧啧。”看着汪景阳这张脸，林烟不由得感叹道，“就靠你这张脸，如果不说话，那是妥妥的男神啊。”

“是吗，那要是说话呢？”汪景阳好奇地问道。

“说话？”林烟不禁叹息一声，“你的傻气会不由自主地让人忽视掉你的颜值，说话就是傻子，不说话就是男神。”

就是因为汪景阳的傻缺气息，让林烟一直忽略了他的这张脸，可惜啊，这张脸给了汪景阳，配上这种性格，简直是暴殄天物。

“好，从今天开始，我就是个没感情的杀手。”汪景阳面无表情地看着林烟，“只要我不说话，我就是个冷血男孩，你再看看，我有没有那种忧郁的气质？”

林烟腹诽：这人已经没救了。

“林烟，你说就凭我这颜值，要是进军演艺圈的话，会不会成为顶级流量明星？”未等林烟回应上一个问题，汪景阳又好奇地继续问道。

林烟沉思片刻才开口：“要是沉稳一些，应该有可能。”

“赶快找个女朋友吧，别浪费了你这张脸。”林烟又感叹道。

“我不是跟你说了吗，我生来就是天煞孤星，谁跟了我，都没什么好下场，何必去害人呢。”汪景阳笑道。

“你电影看多了？”林烟瞥了汪景阳一眼。

“林烟，你干吗那么在乎我找不找女朋友？你不会觊觎我这顶尖的颜值吧？你说，你是不是贪图我的美貌？”汪景阳蹙眉道。

林烟嘴角微微抽动，不得不说，汪景阳的想象力的确很丰富。

“我何止觊觎你的美貌，我还贪图你的钱财呢。”林烟说道。

“看在咱们这么多年兄弟的交情上，要不我就从了你？反正母老虎都命硬，我是天煞孤星，你是命硬的母老虎，我们配一脸。你觉得如何？”

汪景阳忽然坐起身来，将自己衬衫上的纽扣解开了一颗。

不得不说，如果他不开口说话，没那么贱兮兮，眼前这幅场景，的确能迷倒千万少女。

下一秒，屋内就传来了汪景阳的哭嚎声。

“林烟，你果然是一只母老虎……别拽我耳朵！”

“说谁是母老虎呢！狗子，你长大了，翅膀硬了是不？”林烟一脸冷笑，

“上一个叫我母老虎的人，坟头草都长一米多高了。”

“错了错了……我是母老虎。”汪景阳连忙求饶。

眼见他认错求饶，林烟这才松了手。

“我说林烟，我这么一个如花似玉的美男子摆在你面前，你居然不动心，你是不是不喜欢男人啊……你要是不喜欢男人你就直说，我去变个性，多大点事儿啊。”汪景阳边揉耳朵边吐槽。

“狗子，你该不会真对我有心思吧？我早跟你说了，我有男朋友。”林烟笑道。

“哈哈哈。”汪景阳不由得笑了，一双眸子忽然变得深邃，“对你而言，我只是一个见证者，我对你没有男女之情，我们之间是最纯粹的友谊。”

此刻，两人四目相对，不知为何，林烟总觉得，此刻的汪景阳，似乎哪里变得不同了，无论是说话方式还是眼神。

然而，还不等汪景阳说完，林烟又一把抓揪住了他的耳朵。

“林烟，你二大爷的……你有毛病啊！”汪景阳惊呼道。

“你跟我装什么深沉呢。”林烟冷笑道。

“谁跟你装深沉了，我认真的好不好。我告诉你林烟，你还真以为我对你有意思啊，我就是……我对你压根没兴趣！”汪景阳咬牙切齿地说道。

“狗子，你当真是皮痒了。”林烟冷笑道。

“我告诉你林烟，我对你的感情，最多用一首诗来形容。”汪景阳说道，“郎骑竹马来，绕床弄青梅。同居长干里，两小无嫌猜。”

“谁跟你青梅竹马？谁与你两小无猜？还说没企图，你好好查查这首诗是什么意思。”林烟说道。

“好好好，算我怕了你，我跟你是形同陌路，敬而远之，行了吧？”汪景阳答道。

Part 4

裴聿城的存在，

是林烟能够活下去的最大障碍！

♥

贺暮云端着饭菜从厨房里走了出来。

“云姨你看啊，你一出来就能看见常威打来福！”汪景阳急忙朝着贺暮云喊道。

贺暮云的目光落在林烟身上，眉头微蹙道：“小烟，你怎么又在欺负景阳？”

“妈，我欺负他？”林烟险些鼻子都气歪了。分明是这条来福先跟她耍流氓的好吗！

“云姨，你女儿觊觎我的美貌，我不同意她就打我！”汪景阳恶人先告状。

不给林烟开口的机会，贺暮云蹙眉道：“小烟，别欺负景阳。”

无奈之下，林烟只能松开手。

“狗子，你给我等着，等出了这个门，你看我怎么教你做人。”林烟轻声说道。

“小烟，你悄悄摸摸地说什么呢？”贺暮云问道。

“妈，没什么，我跟汪景阳道歉呢。”林烟笑道。

“云姨，你女儿说，等我出了这个门，她会继续揍我。”汪景阳说道。

林烟无语：“……”

“小烟，别胡闹了，吃饭吧。”贺暮云开口。

“哦。”林烟点了点头。

这一顿饭倒是和睦，只是吃到一半，贺暮云有意无意地问林烟：“小烟，最近好吗？”

林烟想都没想就回答：“妈，不用担心我，挺好的，车队那边也还可以。”

“嗯，除了工作呢？”贺暮云别有深意地问道。

“除了工作？”林烟微微一愣，不太明白贺暮云到底想说什么。

“小烟，你最近有没有得罪什么人，遇到什么事？”片刻后，贺暮云才继续问。

林烟的面色微变，最近的确发生了很多事，但是妈妈怎么会知道？

几乎一瞬间，林烟就想到可能是贺乐风告诉了妈妈。

“妈，你别听小风胡说，根本没什么事情。”林烟解释道。

“跟小风没关系，也不是小风跟我说的。”贺暮云说。

“不是小风？”林烟神色疑惑，如果不是贺乐风的话，那还能是谁？

一旁的汪景阳并未开口说话，只是一直盯着林烟。

最近这段时间，汪景阳觉得十分奇怪。他带着林烟躲了这些年，并未出现过什么事，可就在前几天，他最担心的事情终于发生了。汪景阳怀疑，是有人将林烟的身份透露了出去。

目前，知道林烟身份的只有两人。一个是他，另外一个则是贺暮云。

汪景阳怀疑过贺暮云，但是经过他的调查，此事应当与她没有任何关系。

如果同贺暮云没有关系，那或许就是有第三个人知晓林烟的真实身份。

今天让林烟回家吃饭，他就是想让贺暮云探探她的口风，或许能够找到些蛛丝马迹。只不过打探了好一会儿，依然没有什么收获。

现如今，汪景阳怀疑每一个在林烟身旁的人，包括裴聿城。

不管是什么人，要是触及他的底线……

“林烟，你刚才说你交了男朋友，真的假的？他喜不喜欢你？有没有可能另有所图啊，你可得防着点。”片刻后，汪景阳轻声笑道。

林烟瞥了他一眼：“废话，当然有所图了，图我的美貌不行吗！”

听完林烟的话，汪景阳陷入了沉默。

裴聿城这个人很危险。如果将他除掉，林烟会不会伤心，会不会怪自己？

可如果放任不管，这颗定时炸弹随时都有可能会被引爆，到时候，无人可以置身事外。

裴聿城的存在，是林烟能够活下去的最大障碍！

汪景阳已经尽力阻止两人相见，没想到他们还是几次三番纠缠在一起。

汪景阳时不时地抬眼看向林烟。如今的她，应该还算快乐。

如果她能够这样一直快乐下去，他也可以在这种地方守着她。

只可惜，对于普通人而言，最容易实现的也是最简单的愿望，到了他和她这里，却成了奢望。

“狗子，吃饭啊，一直盯着我看做什么。”见汪景阳迟迟不动筷，还时不时打量自己，林烟满脸的莫名其妙。

汪景阳轻轻一笑：“少吃点，吃胖了可怎么办？”

“吃胖了我高兴，要你管！”林烟不耐烦地瞥了汪景阳一眼。

汪景阳再次陷入了沉默。

这种简简单单的日子，甚至是洋溢在她脸上的笑意，恐怕以后会愈发难得。

之前，他可以守护着她，让她多年无忧，可是未来会如何，汪景阳无法肯定。

他的行踪应该已经被人发现了，从之前那个拥有高等级进化者的酒吧女人，再到昨晚的那些进化者。汪景阳心中清楚，他们的目标就是林烟。

他无法确定，裴聿城是否认出了林烟，是否识破了林烟的身份。如果是，后果不堪设想，这样的一颗定时炸弹随时都有可能被引爆。

“林烟，我有个问题想问你。”片刻后，汪景阳忽然看着林烟说。

“有屁就放。”林烟说道。

“你很喜欢你现在的男朋友吗？或者说，很爱他、很在乎他？”汪景阳沉默片刻后开口。

林烟眉头微微蹙起，有些莫名地打量着汪景阳：“狗子，你到底想说什么？”

汪景阳默默打量着林烟，心中有些纠结。

其实，这一切，都应该怪他。当年在国外时，他就应该极力阻止林烟和裴聿城的恋情。可他没想到，林烟和裴聿城进展得未免也太快了。不过，值得庆幸的是，两人虽然谈了很久恋爱，但是最终因为性格问题而分开。

汪景阳也清楚，林烟无法忍受裴聿城那近乎变态的占有欲和疑心。

他原本以为，等林烟彻底忘记裴聿城后，这一切都会告一段落。可是谁又能想到，林烟的确忘记了裴聿城，结果两人又阴差阳错地在一起了。而且，这次更离谱，为了林烟，裴聿城似乎改变了许多。

无论如何，林烟绝对不能够和裴聿城在一起。无关其他，汪景阳只是担心林烟有性命之忧。

“我说林烟，你到底喜欢他什么？你跟我说说呗，说不定，你会发现，他有的我也有呢！”汪景阳脸上挂着一丝笑意，朝林烟说道。

林烟瞥了汪景阳一眼：“我喜欢他有颜有钱，你有吗？”

林烟的话刚说出口，汪景阳就愣了愣神，诧异道：“就这样？”

“这还不够吗？”林烟比汪景阳更蒙。

“这些我都有啊，你看我长得那么帅。”汪景阳笑道。

林烟腹诽：这一点倒是无法反驳。

“钱……”汪景阳捏着下巴陷入了沉思，这些年他都不务正业了，好像也没赚什么钱。

“汪景阳，你没事吧？你这东扯西扯的，到底想说什么？”林烟感觉汪景阳今天有些反常。

“我问你，我和他……算了。”汪景阳摇摇头，“我跟你开玩笑呢。不过，如果你男朋友对你不好，或是欺负你，你告诉我，我打断他的腿给你出气。”

“我就怕气没给我出成，你的腿反被打断了。”林烟无奈地看向汪景阳。

汪景阳很是无语：“……”

吃饱喝足后，林烟离开贺暮云的住处，赶回公司。

不知为何，今天这顿饭，林烟总觉得有些怪异，尤其是母亲贺暮云和汪景阳两人，问了她很多令人摸不着头脑的问题。

林烟疑惑了片刻，也没有放在心上。

深夜时分。夜晚的繁华落幕，归于深夜的平静中。

汪景阳站在一旁，全身隐于宽松的黑袍之内，加上又是深夜，根本看不清其面容。

“大人！”许久后，另外一个男人出现，走至汪景阳身旁，朝他抱拳。

汪景阳闭着的眸子缓缓睁开，似笑非笑地打量着眼前的男人。

“大人，您深夜召我前来，可是有要紧事？”男人低头问道。

“秦欢。”汪景阳看着眼前的男人，面无表情地说道，“最近，裴聿城可有什么异常？”

“聿哥……裴聿城去了裴家总部。在未去总部之前，他的堂弟裴泽来过，之后不久他就与裴泽去了裴家总部。”秦欢回忆道。

“除此之外。”汪景阳说道。

“除此之外？”秦欢眉头深锁，“好像就没有别的举动了。”

“秦欢啊。”汪景阳盯着秦欢，嘴角微微上扬，“我让你跟在裴聿城身旁有多久了？”

“很多年了。”秦欢答道。

“那你觉得裴聿城这个人如何？”汪景阳问道。

“聿……裴聿城这个人……”说至此处，秦欢却是微微一愣，没敢继续多话，因为他根本不清楚，这个男人的哪句话中便会蕴藏着杀机。

“秦欢，我被仇家盯上许久，只怕在此处再也没有安稳之日，你跟在我身旁，或许只会白白丢掉性命。既然你觉得裴聿城此人不错，日后，你我之间，再无关系，全心全意跟着裴聿城即可。”汪景阳看着秦欢，一声叹息。

秦欢瞬间“扑通”一声跪在了汪景阳的脚边。

“大人……您这么说是什么意思，是我哪里做错了吗？”秦欢额头已有冷汗渗出。

“秦欢，你倒也不必如此。你我主仆一场，无论如何，情分尚存，我今日所说，也属真心话。”汪景阳苦笑道。

秦欢双眸微眯，不动声色地看着汪景阳。汪景阳的身躯被裹在宽大的黑袍之中，只能看见一双眸子。而他眸光平静，根本无法从中读出任何信息。

但是，起码有一件事可以确定，汪景阳的确是遇到麻烦了。或许，他今日所言都是真心话。

“大人，如果您有任何需要，秦欢万死不辞。我不知大人的仇家是谁，但是大人一声令下，我必万死不辞！”秦欢满脸认真地说道。

然而，还不等他再说什么，汪景阳眸色顿时一变，朝着四周打量。

便是秦欢，神色也为之一变。

“好强大的精神压迫……”秦欢万般警惕地朝着四周望去。

“是我的仇家。”汪景阳说道。

汪景阳神色诧异，仇家居然如此强大？这得是什么等级的精神进化者？！

“大人，你先走！”秦欢立即起身说道。

“笑话，就凭你，还想殿我的后？”汪景阳看着秦欢，冷声笑道。

不等秦欢开口，地面忽然震动起来，仿佛天灾突至，汪景阳所站之处瞬间塌陷。

汪景阳的两条腿被一双惨白的巨掌死死抓住。无论他如何挣扎，都无法逃离巨掌的束缚。秦欢倒吸一口凉气，难以置信地看着深藏在地底的怪物。

“这……这，这是什么怪物？！”秦欢神色惊恐，即便他身为进化者，也从未见过如此诡异的怪物。

“变异进化者……”汪景阳咬牙说道。

秦欢一时之间乱了方寸，哪里还有空去思考什么变异进化者，只是想着此刻应该如何应对。

“秦欢……救我……”

下一秒，脸色发白的秦欢听见骨碎之音响起，汪景阳的两条腿竟被那地底的怪物生生折断。

“大人！”

秦欢红了眼，自腰间取出一把匕首，立即飞跃至汪景阳身旁，将手中的匕首狠狠地朝着那一双巨掌刺去。

秦欢这一刺，四周的景象如同从高空掉落的镜片般支离破碎。

之前发生的一切，就如同做了一场梦。

等秦欢回过神后朝四周打量，汪景阳还完好无损地站在原处，地面根本没有塌陷，所谓的怪物也不复存在。

“这……”

秦欢满脸震撼。刚刚到底发生了什么？

“是幻觉。”许久后，汪景阳开口。

“幻觉？”秦欢微微一愣。

“秦欢，如果你的那把匕首帮助了我，这幻觉自会散去；可是，如果你那把匕首是刺在我身上……”汪景阳嘴角微微上扬，“现实中，你会用匕首，刺穿你的脖颈。”

“大、大人，您怀疑我？您不信我？”秦欢目瞪口呆地看着汪景阳。

汪景阳轻笑着摇头：“我这人啊，从来都不信任何人。”

“是，大人。”秦欢收回匕首，点了点头。

“我要你，杀了裴聿城。”许久后，汪景阳开口。

秦欢顿时一颤。

“怎么，不舍得？”汪景阳问道。

“不……大人，不是不舍得，只是，以我的实力，如果行刺聿哥……裴聿城，那和送死没什么区别。我死倒无妨，只是裴聿城生性多疑，只怕会追查到大人您的头上。”秦欢急忙说道。

汪景阳布置的这个任务，秦欢根本不可能完成。旁人不知道，但是秦欢很清楚，裴聿城何其恐怖，让他去杀裴聿城，这不是让蚂蚁吞噬猛虎吗？

“你说的倒是实话，既然如此，裴聿城交给我，而你，就把你带来的尾巴给处理了。”

汪景阳说完，带着笑意的目光落在了不远处。

“尾巴？”秦欢惊出了一身的冷汗，立即朝着汪景阳的目光所至处看去。

“还不快去。”汪景阳说道。

唰！几乎瞬间，秦欢就消失在原地，来到十数米外。

“留下！”黑暗中，秦欢见一道人影逃窜，立刻阻拦并一掌击出。

那道人影轻闪，躲过了秦欢的一击。直至此刻，秦欢才见到这条“尾巴”的面容。

“星沉！你怎么……”发现跟踪自己的人竟是星沉后，秦欢神色惊诧。

“秦欢！”星沉冷冷地盯着秦欢，“你居然背叛聿哥！”

原本今晚星沉找秦欢有事商谈，可是见秦欢行踪鬼祟，便一路跟在了他身后。星沉也没想到自己会见到这一幕，他更加无法相信，这个朝夕相处、同生共死的兄弟会是背叛者。

“别说了！”

秦欢立即给星沉使了个眼色，嘴巴轻张，虽是无声，但也能够读出秦欢的意思是让他快逃。

“废话少说，秦欢，你我兄弟一场，我们联手将你身后之人擒住，交给聿哥发落，我便不与你追究今日之事，并帮你保守秘密。你若不愿意，今后我们便是敌人。”星沉冷声道。

“傻子！”秦欢心中无比着急，这星沉脑子是有问题吗，拿下汪景阳？！开什么国际玩笑，他以为自己是谁！

“小朋友，你要拿下我吗？”说话之间，藏在黑袍中的汪景阳已来到此处。

“不管你是谁，想谋害聿哥，你不会有好下场。”星沉看向汪景阳，冷声喝道。

“哦？”汪景阳嘴角微微上扬，“那，你还在等什么？”

星沉的面色变得愈发凝重，他发现眼前这个看不清面容的男人似乎没那么简单。

当即，星沉取出类似手机外观的进化者鉴定器。

“F级？”看着鉴定器上显示的等级，星沉眸子微眯。

这个男人，居然只是F级的进化者吗？

“只是一个F级的进化者，就算你和秦欢联手，你们也没有任何胜算。”星沉此刻放下了心。

“秦欢，你这位朋友要杀我，你还不赶快将他处理了。”汪景阳面无表情地说道。

“秦欢，我希望你迷途知返，不要一错再错，毕竟聿哥待我们不薄！”星沉看向秦欢，劝说道。

秦欢沉默片刻，旋即走上来挡在汪景阳身前：“恕难从命。我的命都是这位大人给的，没有他便没有我秦欢，你我……各为其主吧。”

“秦欢，你知道的，你根本不是我的对手，别自寻死路！”星沉冷声开口。

“星沉，不必废话，今日你若杀了我，算我技不如人，我不会怪你的，动手吧！”说着，秦欢取出匕首。

“好，这是你说的！”星沉冷声道，“秦欢，是你执迷不悟，莫要怪我！”

此时此刻，云间水庄。

“烟姐！”

原本正在撸猫的林烟被忽然闯入的凌月吓了一跳。

“凌月？”看着气喘吁吁的凌月，林烟蹙眉道，“怎么了，别着急，慢慢说。”

“烟姐……救，救救……星沉！”凌月双眸微红。

“啊？”林烟彻底蒙了。

不等林烟开口，凌月就将手机递给了她。

手机里播放的是星沉发来的一段视频。视频中，秦欢正在同一位黑袍男人交谈着什么，画面一转——

秦欢说："星沉，你……怎么会？"

星沉怒道："秦欢，你居然背叛聿哥！"

到这里，视频已经结束了。

"这，到底……"林烟神色诧异地看着凌月。

"是秦欢背叛了聿哥，被星沉发现，星沉就拍摄了这段视频发给我。肯定是出事了，烟姐，我怕……我怕星沉回不来了！"凌月说道。

"秦欢是星沉的对手吗？"林烟蹙眉问道。

"应该不是。"凌月摇了摇头，"但是那个黑袍男人，他是什么身份，什么等级的进化者，这些我都无法确定，如果二打一，星沉肯定会出事的！"

"烟姐，求你了，赶快让聿哥回来，晚了我怕来不及……"凌月的眸内已经浮现出了雾气。

林烟咬了咬牙，说："裴聿城他在裴家总部，就算是飞回来，那也来不及！"

"那怎么办？"凌月顿时慌了神。

"这个地方我熟悉。"林烟若有所思。

她虽然不知道究竟发生了什么，但是有一点可以确定：星沉恐怕真的遇到了什么危险。

当即，林烟拨了个电话。

"说。"霄尧的声音传出。

"老板，十万火急，人命关天……"林烟焦急地开口。

轰隆！一声巨响，打破了黑夜的宁静。

秦欢被星沉一拳轰中，整个人横飞了出去。

"秦欢，我说过，你不是我的对手。"说着，星沉瞥了秦欢一眼。

此刻，秦欢面色苍白，捂着胸口直咳嗽。

星沉的目光落在汪景阳的身上："现在，是你跟我走，还是我打断你的手脚带你走？"

"小家伙，挺厉害的嘛。"汪景阳盯着星沉笑道。

"小家伙？"星沉嘴角微微抽动，眸光瞬间冷了下来，"你找死！"

眼见星沉对汪景阳出手，不远处的秦欢面色顿时大变："别……星沉，快住手！"

星沉一拳挥出，汪景阳却站在原地，一步也不曾移开。

星沉的眸内浮现出一抹不屑之色。不过是一个F级进化者罢了，如何能够躲开他的攻势？他很好奇，秦欢怎么会和这种人走到一起，他们又在密谋着什么。

不过，现在看来，这一切都已经不重要了。秦欢那边，他自会再去劝说，而眼前这个黑袍男人，就让聿哥亲自发落吧。

星沉这一拳力道极大，一拳挥出，破风之音不绝于耳。他有自信，这一拳如果击中，眼前的男人只会留下半条命。

“星沉！”不远处，秦欢目眦欲裂。

他太低估自己的对手，太低估汪景阳了。那个男人怎么可能是他能够对付得了的！他这是在找死！

此刻，星沉的拳劲难平，不偏不倚地朝着汪景阳轰去。骇人的进化者体魄力量横扫八方，地面上的碎石子也漂浮在了半空，发出巨大的声响。

然而，就在拳头要击中汪景阳的前一秒，他却后退了一步，看似艰难地躲过了星沉的致命一击。

见自己一拳落空，星沉眉头蹙起。

“你的运气倒是不错。”很快，星沉看向汪景阳，面无表情地说道。

“嗯，还行，昨天打麻将清一色对对胡杠上开花，玩斗地主起了两个王四个二。”汪景阳笑道。

“哦，那看来你的好运气要到头了。”星沉的声音愈发冷漠，“不过，听你的语气，似乎没有把我放在眼里。”

汪景阳笑了笑：“我只是没把你的个头放在眼里。”

“你还真是不见棺材不落泪，那我就让你看看，进化者和进化者之间的差距到底有多大。”星沉眸内寒芒一闪，区区一个F级进化者，居然敢瞧不起他的个头！

一瞬间，星沉的气势宛若狂暴的风雪，又似惊涛骇浪，周身仿佛在隐约之间沾染了一丝月亮的光辉。

星沉的火力全开，让不远处的秦欢也感受到了莫大的压力。星沉又进化了，而且，刚才他和自己对战时，还未尽全力。

“感受绝望，然后去死吧！”星沉一声怒吼，旋即一掌朝着汪景阳挥去。

“还不错……但，这样就叫绝望吗？”汪景阳嘴角微微上扬，“看来，你还没有感受过真正的绝望。”

话音落下，一股可怕极致的基因气势自汪景阳周身传出，如同无尽深海最底部的威压般，横扫八方。

在感受到这股气势的一瞬间，星沉呆滞在了原地。从四肢至百骸，好似都在颤抖。最多两个呼吸的工夫，星沉全身的衣服已经被冷汗浸透。

“怪……怪物……”

此刻，星沉心脏狂跳，下意识地想夺路而逃。然而，他的身躯却因为无尽的恐惧而无法抽离。

跑……快跑！快逃啊！

星沉全身都在颤抖，可是任凭他如何用力，身躯却无法行动。

汪景阳站在原地，始终不曾动弹半步，脸上那冰冷的笑意，如同毒蛇一般摄人心魄。

这个身着宽松黑袍的男人，就如同活生生的死神，只要他愿意，自己的命随时都会被他拿走。

在这千钧一发之际，星沉用尽全力才拿出匕首，并将匕首刺入自己的手背。巨大的痛楚袭来，这才让他恢复了一丝理智，驱离了无法忍受的恐惧。

“跑！”

星沉抬腿就要逃离。只是，汪景阳的速度却更快。下一秒，星沉就被汪景阳一把扼住脖子，提至半空中。

“小家伙，感受到绝望了吗？”汪景阳眸内一片冰冷。

“你……”星沉面色涨红，甚至已经无法呼吸。

砰！不知是哪里来的勇气，星沉一拳轰在了汪景阳的脸上。

然而，让星沉难以置信的是，汪景阳只是轻轻地蹙了蹙眉，没有受到丝毫的伤害。

“啊！”下一秒，星沉发出令人心绪难安的哀嚎之音。

他的右手骨，被汪景阳生生折断了。

星沉原本苍白的面色，如今已经变得无比惨白。

“星沉……”不远处，秦欢咬着牙，他想去救星沉，却始终没能鼓起勇气。

汪景阳不是裴聿城，没有丝毫的善心可言。他就是一个彻头彻尾的行走在人间的修罗，一个以自我为中心，傲慢到了骨子里的恶魔。人命，对于他而言，根本不值一提。

秦欢绝对不会怀疑，如果此刻他去救星沉，不仅是星沉，连他自己都会被杀死，绝对会被杀死！

“啊——”

前方，星沉的哀嚎之音还在持续。

“大人！”秦欢忍受着内心的恐惧，强撑着让自己站起身来，朝着汪景阳走去。

“你有事？”汪景阳瞥了一眼缓步走来的秦欢。

“大人，您……能不能，留他一条活路……我保证，今天的事，他不会告诉任何人！”秦欢说道。

“你，保证？”汪景阳斜眼看向秦欢，“所以，你是为他求情了？”

“大人……我……我……”秦欢深深地吸了口气，可他的心脏却跳动得越来越快。

“秦……秦欢……别……管我！”星沉艰难地看向秦欢，断断续续地说道，“秦……秦欢……你……与深渊为伍……最……最终会……被……被深渊……

吞……吞噬的！”

“小家伙，话还真多。”汪景阳轻笑一声，旋即右掌翻转，狠狠将星沉摔在了自己的脚下。

只听“砰”的一声巨响，脚下的地面破碎，星沉撞碎地面，倒在石坑内。

哇——星沉张嘴便喷出一口鲜血。

秦欢想要说些什么，可最终没敢说出口。他的身躯颤抖着，看着随时会被杀死的星沉，不知该如何是好。

此刻，汪景阳蹲下身来，一手捏住星沉的脑袋，嘴角微微上扬：“让我们结束这场不对等的游戏吧。”

“星沉！”忽然之间，凌月从暗中冲了出去。

林烟此刻已经急得不行，她没想到，她和凌月匆匆赶到此处，就遇见了这一幕。那个全身裹在黑袍中的男人居然会如此可怕。什么张三、李四，相比这个男人，简直相差几百万光年！

林烟本想拉住凌月，但是没拉住，这下怕是完了！

她四处打量，霄尧那个王八蛋，怎么还没来啊！

“混蛋！你敢如此对星沉！”

凌月已经红了眼，抬手便朝着汪景阳劈去。

砰！汪景阳随手一挥，下一秒，凌月的瞳孔猛然一阵收缩，好似忽然之间她的身躯撞上了全速行驶的火车。

哇——凌月喷出一大口鲜血，仿佛内脏都要破碎了一般。

凌月面色苍白，方才那个男人只是随手一挥，就险些将她的五脏六腑震碎。她并不知道，在这个城市中，什么时候出现了如此可怕的进化者。

此刻，汪景阳斜眼朝凌月看去，旋即对一旁的秦欢笑道：“见你一面可真不容易，惹出来这么多的麻烦。”

“大人，我已经很小心了，是我能力不足，没能仔细观察。”秦欢谨慎地回答道。

“能力不足倒是真的。”汪景阳开口，“既然被这两个人发现了，那我就替你除了他们，否则，这裴家你怕是回不去了。”

秦欢面色微微一变，立即答道：“大人，我对他们很了解，大人可以把他们交给我，我会说服两人，让他们为大人办事！”

“为我办事？”汪景阳面无表情地说道，“可惜，我并不需要。”

眼见汪景阳露出杀机，秦欢想要阻止也无能为力，若是再多言，不仅不能救下凌月和星沉，恐怕连他自己都要交代在这里。

秦欢虽然不了解汪景阳，但深知此人的心思深似海，无法捉摸，且手段凶狠。

很快，汪景阳走至凌月和星沉的身旁，冷声道：“不该见的非要见，不该听的非要听，那两位的命，便也不能留了。”

躲在暗处的林烟早已急得似热锅上的蚂蚁。左等右等，马上星沉和凌月的命都快没了，霄尧居然还没来，这老板也太不靠谱了吧，明明答应了立马赶过来的。

此时此刻，某处荒无人烟的郊区。

霄尧正开着车，面无表情地坐在驾驶位上。

将车辆停稳后，他打开车门，疑惑地朝着四周打量：“又迷路了……”

霄尧取出手机，看着自己的位置和林烟发来的定位愈发遥远，面色再度变得凝重。

林烟虽然万般着急，但是也明白，霄尧直到现在还不见踪影，今天晚上只怕是指望不上他了。

可是如果霄尧不来，她还能有什么办法呢？

林烟虽然对于进化者能力和等级这些不太精通，可是只要她有点脑子都能看出来，前方那位全身被裹在黑袍中的男人，绝对不是她能够对付的。理智告诉她，今天晚上她绝对不能逞强，否则连她都可能会命丧此地。只不过，让她眼睁睁地看着星沉和凌月丧命于此，她是无论如何也做不到的。

“不管了！”

眼看星沉和凌月即将死在那个男人手中，林烟头脑一热，瞬间冲了出去。

危急时分，林烟所爆发出的进化者之力十分惊人，只见她身躯化作一道残影，整个人近乎飞跃而起，抬手一拳便朝男人后背砸去。

见又有人冲出，汪景阳冷声笑道：“苍蝇太多了。”他边说边将手随意轻挥。

林烟刚接近黑袍男人，整个人便好似坠入冰窟，行动也变得迟缓，心中莫名升出一丝难以言喻的恐惧。眼前的男人如同一座不可逾越的高山，仅仅是接近他，那种铺天盖地的威压就让林烟感到万分心悸。

通过方才所见，林烟知道这个男人很强，但是近距离接触后，才对他的“强”有了更清楚的认识。

“完了……”林烟眼看男人朝她随手一挥，快到她根本来不及躲闪。瞬间，她心如死灰，后悔不该这么冲动。

直到林烟近在咫尺时，汪景阳才看清来人的面容。他脸上的笑意顿时僵住，瞳孔猛然一阵收缩。就在电光石火之间，他立即止住了攻势。

虽然汪景阳收住了攻势，可是林烟那一拳却丝毫未曾收手。

轰的一声巨响，在凌月和秦欢难以置信的注视下，林烟的拳头狠狠打在了汪景阳的脸上。

只见汪景阳被林烟的拳头瞬间掀翻，整个人在地面滑了数米后才止住身形。

“咦？！”林烟满脸惊诧地看着被自己打飞的男人，又看了看自己的拳头。

这一刻，林烟也蒙了。她有那么强吗？还是说那个男人比较弱？

可是之前星沉和凌月两个人都无力应对，那个男人怎么可能会弱？既然那个男人不弱，那么她到底是怎么得手的？

不要说林烟，就连秦欢和凌月也表示疑惑。

“烟姐……快跑！”很快，凌月回过神来，急忙提醒林烟。

且不论林烟方才究竟是如何得手的，但是如果继续留在这里，必死无疑！

“林烟小姐？”

看清林烟的面容后，秦欢的眉头深蹙，他没想到林烟居然也跟了过来。

“秦欢，你还是不是人，星沉平日里与你推心置腹，你看看他现在变成什么样子了！”林烟看向秦欢，冷声开口。

“林烟小姐，我……”

秦欢看了一眼处于半昏迷状态的星沉，心中五味杂陈。可是，他又有什么办法？

“大人！”没有再去看星沉，秦欢走到汪景阳身旁。

此刻，汪景阳已重新站起了身，朝着林烟打量数眼。

“我跟你拼了！”

林烟见男人朝自己这边看来，心中顿时一慌。她心想，反正这男人也不会放过自己，与其坐以待毙，倒不如先下手为强。于是，还不等汪景阳有什么行动，她就再度冲了过去。

“大人……手下留……”秦欢还未把话说完，他的声音就戛然而止。

“砰”的一声巨响，只见汪景阳竟然正面被林烟打飞了出去。

“这……”秦欢神色震撼，难以置信地看向林烟。

如果说之前林烟得手是因为偷袭，那他还能勉强接受，可是这次呢？

汪景阳的进化者之力宛若不可测的深海，怎么可能会被林烟打飞两次？

看着再次被自己击飞的汪景阳，林烟神色愈发疑惑，难以置信地打量着自己的拳头：“难道我真的很强？”

一直以来，林烟对进化者的实力都没有清晰的认知，虽然裴聿城之前为她专门讲解过一次，但她和进化者之间的实战少得可怜，对自己的实力也认知不足。所以，她会不会有可能是一位十分强大的进化者而不自知？

别的不说，这个身裹在黑袍中的男人究竟有多强，林烟之前是亲眼所见，他随手一挥就能够将星沉打废。并且，她也的确感受到了男人之前的进化者威压，直接压得她无法喘息。

而这么厉害的进化者，却被她两次揍翻！所以，她一定更强！

对，她只是不知道自己有多强罢了！

为了验证自己的想法，林烟谨慎地朝着刚刚爬起来的男人走去。

Part 5

不是你们死，就是我亡，
这，就是游戏规则。

♥

男人站在原地并没有任何动作，只是静静地看着林烟。

“你到底是什么人？目的又是什么？”林烟走至离汪景阳不远处，冷声开口。

片刻后，汪景阳压低了声音，对林烟说道：“阁下，我们井水不犯河水如何？”

井水不犯河水？闻言，林烟微微一愣，仔细分析这句话的含义。他是怕了她，说出这句话是在示弱？

若是之前，林烟巴不得和这个男人井水不犯河水，但是现在的情况却不同了。自己如果真的比这个男人更强，那为什么要和他井水不犯河水？

不等林烟开口，汪景阳继续说道：“我想知道，这几个人和你是什么关系，你为何要替他们出头？”

“是我朋友，怎么样？”林烟朝着汪景阳说道。

“朋友吗……”汪景阳若有所思。

他还真不知道，那个小家伙和女孩都是林烟的朋友。

今夜倒是他失算了，他无论如何也没有想到，林烟居然会出现。

秦欢……这个废物！带了这么多的尾巴来就算了，居然把林烟也带过来了。

“好，那我就卖阁下一个面子，这几个人，你都可以带走。”汪景阳说道。

听闻此言，林烟心中已经有数。此刻，她可以百分之百地确定，眼前的男人是怕了她，所以，他不是她的对手！

“废话少说，你还没有回答我的问题，你到底是谁？露出你的真实面容来！”林烟喝道。

汪景阳哑然：“……”

见汪景阳沉默，林烟立即冲了上去，一把抓住他的黑袍，作势想掀开。

然而，汪景阳这次罕见地动了真格，一把将林烟推开。

林烟也不甘示弱，瞬间和汪景阳扭打成了一团。

在与林烟的这场战斗中，汪景阳束手束脚，生怕一不小心将她打伤。时间一长，他就落了下风，几次险些被林烟掀掉黑袍。

而和汪景阳的这一战，林烟也从最初的迟疑打到了此刻的自信。

面对这么强的男人，她都能够游刃有余，甚至几次将他踹倒在地。林烟觉得自己绝对是一位能力被严重低估的超级进化者。

表面上她是个废物，只是区区F级进化者，可实际上她的能力巨大，很有可能是因为自己的进化者能力太强大了，导致仪器无法检测出来！

“束手就擒吧，你不是我的对手，别逼我出狠手！”林烟看着汪景阳，冷声喝道。

“……”汪景阳想要离开此处，奈何林烟压根没打算放他走，一直与他扭打作一团。

汪景阳后退数步后，斜眼看向林烟，她当真是打出自信来了。

林烟和汪景阳已经激斗了十多分钟，星沉才从昏迷中醒来。

“凌月……”星沉看着坐在自己身旁的凌月，眉头深锁。他万万没想到，自己居然没死。

“感觉怎么样？”凌月看向星沉。

“勉强能撑住……手断了，不过还好是机械手臂。”星沉停顿片刻后，说道。

说完，他目光一扫，整个人顿时愣住，只见林烟竟和那个神秘的黑袍人扭打在一起。

“林……林烟小姐！”星沉惊讶出声，却已惊出了一身冷汗。

星沉挣扎着想要起身，咬牙道：“谁让……谁让你们来的，林烟小姐……绝对，不能出事！”

“躺着！”凌月一把抓住星沉的肩膀，将他拽了回来，“那个人不是烟姐的对手。”

星沉满脸莫名之色：“小月，你没事吧？你怎么说起胡话来了？”

那个男人不是林烟的对手？莫非她脑子被打坏了？

神秘男人的进化者之力，根本就是深不可测，已经达到难以想象的境界，身躯的进化更是迈入了极限。这种纯粹的极限基因进化，恐怕连S级以上的进化者都未必能破开他身躯的防御。

林烟是什么水平的进化者，旁人不清楚，星沉自然知道。不过是一个F级进化者，他一拳都能解决林烟，何况那个男人。

“自己看吧。”凌月开口。

道理谁都清楚，可是事实就摆在眼前。

砰！林烟的膝盖狠狠撞在了汪景阳的腹部，直接将他顶飞了出去。

汪景阳借着惯性，作势就要逃离，可林烟就像狗皮膏药一般死死地黏着他。他还没跑出两步，就被林烟一把从后方抱住。旋即，她一个过肩摔就把汪景阳狠狠地摔在了地上。

“阁下玩够了吗？就此离开岂不好，何必逼我出手？”汪景阳冷声道。

“啊呸！”林烟不屑地瞥了汪景阳一眼，“你脸皮真够厚的，你也不看看自己都被我打成什么样了，还说不要逼你出手，你来啊！”

“莫要欺人太甚。”汪景阳说道。

林烟点点头道：“对，用欺人太甚的说法就对了，用逼你出手不合适。你刚才的嚣张劲儿呢？不是天老大你老二的气势吗？怎么现在反而怕了？”

此时，星沉瞪大了双眼，嘴角微动，眸内满是无法置信的神色。

怎么回事？他见鬼了？还是说，他的脑子被打坏了？林烟怎么可能把那个男人压着打？

“这是真的？那个男人怎么会这样弱？”星沉诧异道。

如果那个男人连林烟都打不过，自己又怎么会被打成这个样子？

“松开！”汪景阳喝道。

“想得美！”林烟一把从后方抓住黑袍男人的头发，死不松手。

“你放不放手！”汪景阳咬了咬牙。

“让我看看你到底是谁！”林烟一把将汪景阳的黑袍抓住，旋即右臂猛扬。

“唰”的一声，汪景阳的黑袍被扯掉，随风飘荡。

紧接着，汪景阳的眉头微蹙，一掌轻挥而过，强劲的掌风瞬间将林烟逼退数步。

下一秒，他转身便跑。见状，林烟急忙追了上去，奈何汪景阳的速度实在是太快了，转瞬之间便没了踪影。

“跑那么快？”林烟神色诧异，这速度，自己开车都未必能追上吧？

原本她还打算痛打落水狗，但见对方速度实在太快，无奈之下只能放弃追击。

“秦欢！”林烟转身，朝着四周打量。

然而，此刻哪里还有秦欢的踪迹，在汪景阳逃离之前，秦欢已经溜之大吉。

“烟姐，人跑了。”凌月的目光落在林烟身上，虚弱地开口。

“你和星沉怎么样了？”林烟急忙上前，查看两人的伤势。

看着倒很严重，尤其是星沉，身上的衣物已经被鲜血染红。

“坚持住，我帮你们叫救护车。”林烟立即取出手机。

然而，还没等她有下一步动作，星沉却忽然开口：“林小姐，不用了。”

“不用？”林烟看着星沉，神色诧异，他都伤成什么样了，还说不用去医院？

“烟姐，星沉伤成这样，去医院不好解释，而且，山庄有医生。”一旁的凌月轻声解释道。

林烟若有所思。凌月的意思她自然明白，像星沉这样的伤的确不好解释。

“林小姐，我没事的。”很快，星沉深吸一口气，朝着林烟开口，“我是纯粹的身体进化者，自愈力很强。”

林烟打量着星沉，他的面色的确比之前好了些许。

“烟姐，我们先回去吧，我怕那个人等下去而复返。”凌月神色担忧道。

“去而复返？”林烟不以为意地开口，“放心，他不敢回来。即便是回来，那也是自投罗网，他不是我的对手。”

凌月神色疑惑，本想开口说些什么，但最终只字未言。

之前那个男人，凌月可以指天发誓，绝对强大到了某种甚至连她都不了解的层次。仅在挥手之间便可轻易将她和星沉重创，甚至是覆灭。强大到如此令人发指的男人，却败在了林烟的手上，而且还败得十分儿戏。

当年凌月在女魔头的势力中时，也曾见过真正强大的进化者之间的战斗，亲眼所见后，她才知道什么叫做神仙打架。

然而，方才林烟和那个男人之间的对战，她完全没看出神仙架势。

如此一来，就只有两个原因：第一，那个男人根本没有认真和林烟动手。只不过，凌月想不通为何，按照正常逻辑，黑袍男人手段毒辣，应该不会给林烟留活路才是。

第二个原因，那就是林烟的进化者能力要超过那个黑袍男人太多，所以看起来十分简单。但凌月对林烟也有些了解，她不可能会有如此可怕的进化者之力，充其量就是个F级进化者。

所以，哪怕到了此时此刻，凌月还是一头雾水，好似刚才目睹的一切发生在梦中。她亲眼所见林烟将黑袍男人打跑，但是依然感觉很不真实。

“星沉你太弱了，你得多修炼。”林烟盯着星沉许久之后，才语重心长地开口。

“林小姐……我……我弱？”星沉面色苍白地盯着林烟。

林烟的目光在星沉身上不停扫视，缓缓道：“这……难道还不明显吗？”

星沉咬了咬牙，说：“林小姐，不是我太弱了，是那个男人，太强。”

“强？”林烟不屑地一笑，“我觉得他也挺弱的。”

星沉张了张嘴，本想开口说些什么，却又无法反驳。

大约半个小时后，汪景阳从暗中现身，眉头一直没有舒缓。他怎么也没想到，林烟居然会忽然出现，甚至差点让她看见自己。如果真的被林烟发现他的身份，他还真不好解释，而且也没办法解释。

多年前，他曾经答应过林烟，不会再骗她。他不希望自己有朝一日会食言，无法遵守对她许下的承诺。

“看戏看得够久了，出来吧。”片刻后，汪景阳眸内浮现出一抹冰寒，冷声开口。

话音落下，一男一女便从暗中走了出来。

汪景阳的目光落在两人身上，只是轻扫一眼，旋即笑道：“怎么，我认识两位吗？”

“汪景阳……曾经沐氏的小少爷，我说的没错吧。”女人盯着汪景阳，轻声笑着。

汪景阳也笑道：“看来你对我倒是很了解。”

“所以，我应该叫你汪景阳呢，还是称呼你为沐阳少爷？”女人的笑意愈发明显。

“名字只是一个代号，并不重要。我倒是很好奇，你们是如何知晓我身份的，是哪方势力让你们来调查我的？”汪景阳问道。

“你一个将死之人，问那么多也是无用功，我们的确是被雇佣而来的，不过，雇佣我们的人，可不是你和你的那位沐小姐能够招惹得起的。”女人淡淡地开口。

“你们还知道什么？”汪景阳问道。

“那位沐小姐，应该没死吧。”男人浑厚的声音传出。

汪景阳笑道：“这说的什么话，沐小姐早已死去多年，何来未死之说。”

“沐阳，你不用装了，当年发生了什么，我们没兴趣。我们这次的任务，就是找到那位沐小姐，如果你能把人交出来，我们可以留你一条命，否则，不仅是沐小姐要死，你，同样活不成。”女人冷笑道。

汪景阳刚想说些什么，女人又继续笑道：“方才和你交手的那个女孩，你对她如此手下留情，难不成她就是那位沐小姐？”

汪景阳忽然一笑，当即鼓起了掌：“厉害，真是厉害……不错，刚才那女孩叫林烟，她，就是你们要找的沐小姐。”

男人和女人对视一眼，似乎是在用眼神交流着什么。

许久后，女人重新看向汪景阳：“沐少爷，你说的可是真的？如果你说的是实话，你的命，我担保可以留下。毕竟，雇佣我们的人要的是沐小姐，而不是沐少爷你。”

“是实话。”汪景阳笑道。

“好，既然沐少爷如此诚恳，我们今日便不对你动手，但也希望沐少爷不要耍花样。沐少爷应该清楚，无论你和那位沐小姐逃到任何地方，我们都有自信能够在最短的时间内将你们找出来。”女人盯着汪景阳，轻声笑道。

“这我并不怀疑，但是有件事让我十分介怀，两位对我似乎也没有那么了解。”汪景阳面无表情地开口。

女人冷笑一声：“那倒未必。沐少爷生在沐氏一族，沐氏这样的庞大家族，几乎每一位后代都是先天进化者，唯独您沐少爷特殊，生下来就是个普通人，在沐氏一族受尽了冷眼。”见汪景阳神色不变，女人继续说道，“之后，沐少爷您成了一位低等的后天进化者，再次让沐氏这样的进化者大族丢尽了脸面。不过，老天倒也垂怜，您和那位沐小姐被圣地看中，通过了圣地考核，成了圣地学子，并拜了圣地之主为师……”

说至此处，汪景阳轻笑摇头：“我说了，你们对我，不太了解。”

“哦？”女人别有深意地看着汪景阳，“难道我说的还不够全面？”

“想听听我的故事吗？”汪景阳笑道。

“沐少爷想说，我们也可以听听。”女人说道。

“正如你们所说，我自出生便是一个普通人，被我的氏族所憎恨，自小被遗弃在荒野，我是被群狼养大的。”汪景阳看着眼前的一男一女，淡淡出声，就如同与老友诉说着自己不为人知的过往。

“被群狼养大的？”

一男一女面面相觑，眸内都浮现出一抹好奇之色。竟然未被群狼生食，却让他喝着狼奶长大。

“本该活在荒野，埋葬荒野，妙不可言的缘分，让沐氏见到了我，他们称狼奇，称我奇，我因此成了沐家养子。”汪景阳说道。

“沐少爷并非亲生，只是养子？”女人若有所思，这一点他们倒不清楚。

“在沐氏这样的进化者大氏族内，我仅是养子，并无尊贵身份，沐家人视我为己出，而旁人却笑话沐家有个连进化者都不是的普通人成了少爷。”

“所以，沐少爷一气之下，成了卑贱的后天进化者？”女人的声音明显有一些不屑的调侃。

像他们这种天生进化者，何曾将后天进化者放在眼中。

“卑贱的后天进化者……”汪景阳嘴角微微上扬，“何为卑贱？天生只是命好，基因强大罢了，后天，则需要更加努力，何来天生高贵，何来后天卑贱？”汪景阳面无表情地说道。

他从来不知道什么高低贵贱之分，他生来既算卑贱，可在高高在上的沐家，却从未有人让他感受过自己的卑贱。

“沐少爷的故事我们听完了，不过，我们还是对沐小姐更感兴趣一些。记住，别耍花样，否则，沐少爷您会死得很惨。”女人瞥了汪景阳一眼，与男人转身离开。

“所以，在两位的潜意识中，天生进化者就一定强过后天进化者？”汪景阳淡淡地笑道。

一男一女忽然停住了脚步。

男人转过身，眸内的不屑显而易见，仿佛在打量着不甘屈从于命运的小丑:“生来便是卑贱低劣，三六九等早已注定。”

“沐少爷，你还是不必纠结自己是否卑劣低贱了，我们当前的任务是捉拿沐小姐，可没工夫听你倾诉老天的不公。”女人淡淡地笑道。

然而，汪景阳并未回应两人，只是自顾自地笑着，他抬起自己的双掌，目光不停地打量。

“天生低贱，所以，我比任何人都要努力。努力凌驾在所有人之上，努力超越那些我曾可望而不可即，天生便尊贵的天生进化者。”

“你……超越天生进化者？”男人的目光落在汪景阳身上，似乎被这番话彻底吸引了。

紧接着，男人嘴角上扬，勾勒出一抹不屑且冰冷的讥笑：“来，沐少爷，证明给我看。”

唰！话音刚落，四周便狂风涌现，两人口中的沐少爷，如同一道火光，瞬间吞没了黑夜。

几乎在眨眼的一瞬，汪景阳已经来到两人中间。铺天盖地的威压仿佛化作远古戾兽，一股让人难以忍受的暴戾气息，将两人彻底笼罩。

见状，两人瞳孔瞬间收缩，额头冷汗渗出。在这股难以言喻的可怖气势下，两人不敢有任何动作，仿佛无形的刀刃已经置放于他们的脖颈处，可以随时将他们的鲜血泼洒在脚下这片大地上，是生命结束的预告。

汪景阳站在他们中间，双手分别轻放在了两人的肩上。

他朝着远处的黑夜打量许久，收回目光后，淡漠出声：“沐家儿女，哪一位不是天骄之子。你们也敢提其名，辱其人，胁其命？！”

说罢，汪景阳双手轻拍。

砰！砰！没能有任何的抵抗，两人的膝盖瞬间狠狠地撞击地面，当场下跪。

此时此刻，男人和女人难以置信地看向汪景阳。区区一个低贱的后天进化者，怎么可能将身躯的基因进化到如此可怕的程度？！

他们两人皆是大氏族的天生进化者，如今的进化者层次已经属于出类拔萃，哪怕放到大氏族中也属上乘。然而，此时面对汪景阳这样的后天进化者，他们竟然没有一点招架之力！

汪景阳现在所展现出的实力，已经完全超越了两人所能够理解的极限。他仅是靠着自身可怕到极限的体魄气势，就足以让他们这样生来便高高在上的天生进化者无法呼吸。

“沐家儿女，也是什么阿猫阿狗皆可欺的？”汪景阳冷漠彻骨的目光，落至跪在地上的男女身上。

“可知我今夜为何如此话多，与你们闲扯？”汪景阳淡淡地说道。

几乎下意识地，男人摇了摇头。

“一头狼如果孤独了太久，某日便是见到一只蚂蚁，也会凝神打量。”汪景阳说道。

男人的面色微变。所以说，汪景阳口中的狼是他自己，而蚂蚁就是他们两人？

女人抬头看向汪景阳，眸内充斥着愤恨与厌恶之色。她自出生起便是身份尊贵的天生进化者，在族中被众星捧月，傲视一切，那些低劣卑贱的后天进化者从来不曾入过她的法眼。对于她而言，后天进化者存在的意义，就是为那些高高在上的天生进化者服务，如同奴隶一般，奉献自己不堪的一生。

在那些最为古老的进化者大族中，天生进化者甚至可以随意掌控后天进化者的生死。而眼前这个在她眼中卑微不堪的后天进化者，却称她为蝼蚁！

“是幻觉吗？”

很快，女人的目光落在身旁的男人身上。她不相信，这个被沐家收养的低劣进化者，竟然能够拥有如此可怕的进化者之力。

后天进化者绝不可能同先天进化者相提并论，她是星空中的皓月，而他只是星空光芒照耀下的一粒尘沙。

男人眉头深蹙，轻声道：“我不清楚，但一个后天进化者怎么可能拥有如此可怕的进化力量？或许是幻觉，可即便是幻觉，能够让你我深陷其中，甚至无法看破，这位沐少爷的大脑进化程度也不会低。”

进化者的进化道路分为两条，首先是大脑进化，能够拥有不可思议的进化力量，诸如念力、精神力与控制力等。强大的大脑进化者的确能够很轻易便让人陷入幻境且深陷其中无法自拔，而这些都属于纯粹的大脑进化者，一些传说级的古老进化者，大脑进化开发到了极限，甚至能够拥有掌握操控自然的超世能力。

第二条进化道路是身体进化。人的身躯如同荒古猛兽，同时也受到种种限制，最为原始的力量早已被封印在基因内。而身体的进化道路，便是将这些封印着原始力量的基因打开。传闻身体的进化一旦达到极致，便可真正解开基因。

大脑进化者的进化力量达到极致后，又被称为自然进化者，属于大脑进化的升华。

而身体进化者的进化力量达到极致，解开基因后，又被称为基因进化者。

可无论是自然进化者还是基因进化者，都只在那些真正古老的进化者大族中才会偶然出现。

两人从未想过，在H国D城会有什么较为厉害的进化者，甚至于连B级都十分稀有，A级更是不曾听闻。

如今，两人却错误地将汪景阳当成了大脑进化者。

“他不太像是大脑进化者，他之前所展现出的更像是一位身体进化者。”男人若有所思地说道。

男人自己便是身体进化者，因此对于同类型的进化能够清晰地分辨。

“不可能。”女人冷声开口，“你的身体进化程度已经足够高，连你都无法抵抗，难不成他已经解开了基因？”

男人摇了摇头：“就算是天生进化者，想要达到极致，解开基因，也不太可能，更别提这种后天进化者。”

所有身体进化者的愿望只有一个，那就是解开身体内的基因，成为一名将身体进化到极致的基因进化者。

像这种低劣的后天进化者，怎么可能办得到！

“现在该怎么办？”男人的目光落在女人身上。

汪景阳所带来的压力，实在过于巨大。

若如女人所猜测的，他们正身处幻觉之中，可如果久久不能破去这个幻象，也会对精神力造成极大的损伤。尤其是对于天生身躯的进化者而言，他们的精神力本就十分薄弱。

女人并未开口，下一秒，强大的意念力量就在四周荡起。而随着女人的意念力量激发，汪景阳所带来的恐怖震慑压力便减缓了许多。

“感觉如何？”女人朝着男人问道。

“你的意念力量已经将沐阳的压制力破去，我现在可以行动了。”男人如实说道。

“如果沐阳真是一位大脑进化者，以你的水准，只要近身，他必死无疑。”女人开口。

“明白。”男人点点头，旋即，目光朝着四周打量，“人呢？！”

方才站在身前的汪景阳已经消失不见，现在男人的旁边连个鬼影都没有。

女人神色诧异，朝不远处望去，两人甚至能够听见汪景阳的呼噜声。

眼下，汪景阳正躺在不远处的草地上，呼呼大睡。

“他在睡觉？”男人的眉头深深蹙起，汪景阳的所作所为让他无法理解。

“敢愚弄我们，杀了他！”女人眸内浮现出一抹狠戾之色。

男人瞬间起身，眨眼工夫已移至汪景阳身旁。

“他好像真的在睡觉，而且睡着了。”男人疑惑地开口。

女人的意念之力再次涌现。

很快，女人睁开眸子，说道：“他的确睡着了，而且精神力根本不强，可能只比你高出一些。”

“所以说，他的确是大脑进化者，因为刚才对我们施展了幻术，所以精神力亏空，难以自制地陷入了昏睡？”男人若有所思地说道。

大脑进化者的主要力量来源便是自身的精神力量，每次施展强大的进化力量，都会消耗自身一定的精神力。如果精神力耗完，那么大脑进化者便会虚脱，原地陷入昏睡。

“别杀他，留他一条命，还得靠他找到那位沐小姐。”女人出声。

“明白了，我会留他一条命。”男人说罢，目光落在汪景阳身上，眸内一片冷漠。

这个卑贱至极的下等后天进化者，方才居然敢如此戏耍他们！

男人一把将汪景阳拎了起来，将他狠狠地朝着地面砸去。

“轰隆”一声巨响，地面上尘土飞扬，弥漫至半空中。

“你别把他摔死了！他要是死了，那位沐小姐的线索便会彻底断掉。虽然他说那个叫林烟的就是沐小姐，可我不认为他说的是实话。”女人蹙眉道。

男人沉思片刻后开口：“既然如此，我把他的手脚打断，只留一条命即可。”

“随你。”女人说道。

男人冷笑，一把扼住了汪景阳的脖子：“像这种劣质进化者，他的呼吸对这个世界都是一种侮辱。”

砰！说罢，男人一拳扬起，砸在了汪景阳的脸上。

男人刚准备下一步行动，汪景阳却缓缓地睁开了眸子。

“你们聊好了？”汪景阳似乎并不在乎被男人这样拎着，也没有任何反抗的举动，只是淡淡地看着男人。

“沐少爷，我们还真是小看你了，你的大脑进化层次的确尚可，连我们都差一点看不破你的幻术。”男人盯着汪景阳，冷笑道。

“幻术？”汪景阳淡淡地说道，“你以为我对你们施展了精神攻击类的幻术？”

“难道不是吗？否则，单凭你的进化者之力，怎么可能会让我们如此惊惧，甚至在你进化力量的镇压下，我们连头都无法抬起来？若不是精神力耗尽，你刚刚也不会在此处入睡吧。”男人说道。

“你说的原来是这个。”汪景阳旋即笑道，“我看你们在聊天，聊得兴起，我又不忍心打扰，实在无聊，于是就有了困意。”还不等男人开口，他继续笑道，“现在我睡好了，你们聊完了吗？”

“都死到临头了，还在这里一派胡言！”男人冷声一喝，旋即挥出蕴含着可怕力道的一拳，重重地落在了汪景阳的腹部。

然而，汪景阳并没有如男人料想的那般发出痛苦的哀嚎声，反倒像个没事人一般。

“忍得很辛苦吧，沐少爷。”男人笑道。

“咱们说得好好的，你为什么打我？”不给男人继续开口的机会，汪景阳接着说道，“还有，你的拳头是面团捏的吗？”

话音落下，汪景阳便抬起一指，狠狠地弹在了男人的额头上。

砰！伴着仿佛是巨石自高空坠落在地面上造成的炸响声，男人的身躯似被狂风吹起的布袋，眨眼间已横飞了出去。

紧接着，汪景阳的双脚就重新落在了地面上。

“谁告诉你们我是大脑进化者？”汪景阳边问边打了个哈欠。

女人站在后方，双眸微闭，铺天盖地的意念之力朝他袭去。

空无一物的虚空中此刻生出仿佛大千世界一般的玄奇景象。

意念的力量化作千军万马，席卷这片大地，欲让汪景阳死在意念的战蹄之下。

“不错，这意念之力的确不是那些后天大脑进化者可以相比的。”汪景阳轻声喃喃。

“我已经用意念将他封锁，不必留手，杀了他！”女人急忙朝着男人喊道。

此刻，女人的额头满是冷汗。她万万没料到，仅是用意念之力稍微控制住汪景阳的行动，瞬间便消耗了她大量的精神力。这个男人……真的是个怪物吗？！

男人见势不妙，将身体内的进化者力量提升至极限，一步冲出，宛若踏云纵横，携千军不可挡之势朝着汪景阳横冲撞去。

男人每行一步，脚下的大地便会出现肉眼可见的破碎，可见其力量已经蛮横到了一定程度。

这一击，男人抱着必杀之心。以仿佛陨星撞击之力，狠狠撞在了汪景阳的脸上。

巨大的力量荡起无形的气浪，甚至将方圆十数米内的碎石震飞。

“呼——”女人深吐一口气，面色开始泛白，代表着她的精神力量已经运用到了极限。

此时此刻，女人的心中升出一丝恐慌。她的精神力量十分强大，持续地使用进化者能力，足以支撑半天时间。然而，今天用意念力量去控制沐阳，只是几分钟不到的时间，她的精神力却几乎被抽空。这种情况，她还从来没有遇到过。

“得手了吗？”女人的目光落在前方。

等灰雾散去之后，女人期待的眸光瞬间消散，只剩下一片惊惧。

男人不知生死，被汪景阳随意地提着，地面被拖拽出一道明显的痕迹。很快，汪景阳将彻底昏死的男人嫌弃地丢了出去。

见汪景阳缓步朝自己走来，女人下意识地朝着后方退去。

“我说。”汪景阳走至女人身旁，“你的精神力挺纯粹，居然能限制我几秒钟的行动。”

“几秒钟？”女人的眉头深深蹙起。不给汪景阳说话的机会，她继续问道，“能不能放过我？”

“不行哦。”汪景阳轻声一笑，“还是别求饶了，毕竟是高贵的天生进化者，游戏既然开始了，我们就按照游戏规则将它进行到底好吗？”

“什么游戏规则？”女人问道。

“不是你们死，就是我亡，这，就是游戏规则。”

云间水庄。

房内，林烟看着已经恢复了七八成的星沉，神色诧异地说道：“恢复得这么快？”

星沉微微一愣，旋即点头道：“林小姐，我是纯粹的身躯进化者，到了我这个级别，再严重的外伤都可以恢复，除非一下把我打死。”

林烟托着下巴，若有所思地说道：“蟑螂？”

星沉很是无语：“……”

“还说你这个级别？你哪个级别？你照照镜子看看自己被打成什么样了！”林烟叹了口气，“今天要不是我，你肯定会被人家打死。”

“林小姐说得是，谢林小姐的救命之恩。”星沉赶忙道谢，不过依然有些疑惑，“我只是有些奇怪，以林小姐您的身手级别，怎么可能会将那个人打跑？”

对这一点，星沉始终百思不得其解。

“我的身手级别？”林烟眉头微锁。

当即，星沉拿出鉴定仪器在林烟身旁晃了一下。

“林小姐，你看一下，勉强是F级的身躯进化者。”星沉将仪器拿到林烟眼前。

“我不看。”林烟说话的时候瞟了仪器一眼，旋即不服气地开口，“这东西有什么用，你之前给那个人测过等级吗？”

“测过，也是F……应该是他对自己做了什么手脚，仪器测不出来。”星沉停顿片刻后开口。

“做什么手脚？”林烟瞥了星沉一眼，“这玩意儿就是不灵，像个玩具一样，那个人如果是F级，能把你和凌月打成这样吗？”

“肯定不可能。”星沉说道。

“那我要是F级，我能把他打跑吗？”林烟继续问道。

星沉无言以对：“……”

“所以啊，他把你们打成这样，他比你们强，我把他打跑了，我比他强！当然了，也比你们强。”林烟笑道。

“……”星沉根本无法反驳林烟的话，毕竟她将那个黑袍男人打跑，是已经发生的事实，做不得假。

但是，以他对林烟的了解，这件事的确很不可思议。上次林烟打了他一拳，他能够肯定，林烟充其量只是F级的身躯进化者。

“可上次林小姐打我的那一拳，我也没觉得……”星沉疑惑地看向林烟道。

林烟冷笑着开口：“这你就不懂了，我是遇强则强，遇弱则弱，你应该找找自己的问题。”

星沉叹气，心道：好吧，是我的问题，是我太弱了。

“要不，林小姐你再打我一拳试试？”星沉想了想，突然说道。

“这种要求，我一定满足你，反正你受了重伤后也会很快复原，应该没事。”

说罢，林烟大步走至星沉旁边，扬起拳头，满脸正色：“上次是个意外，这次，我一定用尽全力，绝对不让你失望。”

看着她的拳头，星沉的额头不知不觉地渗出一丝冷汗来。

眼见林烟就要对他出手，最后时刻，星沉急忙开口：“等等……林小姐，我忽然感觉是仪器的问题！”

“不试了吗？”林烟神色不解地道。

“不试了，肯定是仪器的问题，我觉得不用试了！”星沉连连点头道。

看着她有些失望地放下了拳头，星沉这才松了口气，他可不想再受一次重伤。

对于林烟的具体实力，星沉如今也不敢肯定，但她把那个黑袍男人打跑了，这一点毋庸置疑。

“我也没想到自己会那么强……”林烟看着自己的双掌，若有所思。

之前，她一直以为自己是个菜鸡，没想到，她错了，她根本强得离谱！

那个黑袍男人有多强，林烟亲眼所见，可自己居然把他打得落荒而逃，没想到，是她一直严重地低估了自己。以后遇到那些所谓强大的进化者，她再也不用当缩头乌龟了。

“对了，你说进化者有着快速的自愈能力，那裴先生是怎么回事？”片刻后，林烟朝着星沉问道。

“烟姐，这完全两回事。”说话的人是凌月。

“而且聿哥是大脑进化者，快速自愈能力是身体进化者所特有的，大脑进化者的身体都很弱，聿哥有这样的身手，已经很难得了。”

“你们的意思是，身体进化者就像一个防御高、回血快的坦克战士，就算空血了，也有着极快的恢复能力；而大脑进化者就是大魔法师，一旦魔法力用完了就只有等死，另外防御力也很差，没有恢复能力……”林烟轻声道。

凌月和星沉对视了一眼。

他们还是头一回听见有人这么形容身体进化者和大脑进化者，但是林烟说的似乎也没有什么问题，本质上的确就是这个样子。

凌晨时分，林烟刚刚回到自己的房内，电话就响了起来。来电显示是赵红绫。

“林烟，你今天晚上在做什么？”刚接通电话，赵红绫便好奇地发问。

“我？做什么了？”林烟神色疑惑。

“你现在上网看看，三个小时不到，上了热搜第一。”

热搜第一，还在三个小时不到的时间内，她到底做什么了？

挂断电话后，林烟狐疑地打开了手机。

热NO.1

标题：今夜晨跑，恰巧拍到这一幕，绝对不是合成，指天发誓，难道世上真有武林高手？

看到标题后，林烟的心中便升起一丝不祥的预感。将视频点开后，她嘴角微微抽动。

这条视频内容正是今天晚上所发生的事。包括黑衣人重伤星沉和凌月，甚至是与她的打斗，都被拍得清清楚楚。

林烟不得不怀疑，偷拍者的手机是不是4K激光的，这三更半夜的，居然还能拍得如此清楚。

而视频下方的留言，也在三个小时不到的情况下达到了五万以上，转发量无数。

爱生男人的孩子：真的假的，这也太夸张了吧！

二月剃头死个舅：不像是假的，该不会是在拍电影吧。

余生做你的爷爷：咦……那个和黑袍男人对打的女侠，我怎么看着如此面熟？

我曾有幸吃过猪肉：那不就是林烟吗！

化成鬼我都认识灰：对对对，就是林烟，化成灰我都认识她！

我给娃娃换个妈：实锤了，就是林烟，营销号吧，说什么夜跑拍到的，其实就是新戏的炒作！

一锤八十：林烟这身手也不行啊，你看那一招一式，明显没有经过强化训练，差评……对了，这是啥戏，啥时候上映？

还没等林烟看完，赵红绫的电话又打了过来。

“林烟，你看了吗？”

“看了……”林烟答道。

“到底怎么回事？”赵红绫的语气明显带着疑惑。

林烟沉思片刻，旋即道：“绫姐……这是演的啊，很明显，不是吗。”

“演的？什么戏，我怎么不知道？而且，也没拍摄道具。”赵红绫显然不太相信林烟的说辞。

“绫姐，这就是我们几个朋友录着玩的，用手机拍的，其实……是我一个朋友，从小心中就有一个武侠梦……”

林烟好说歹说，总算是把赵红绫给忽悠了过去。

对于这条视频，林烟不以为意。反正大家都相信是演戏，并不会对她造成什么影响。

然而，此刻的林烟绝对不会想到，这条她并不是十分在意的视频，会在不久后的将来，彻底打破她所拥有的平静生活，并掀起狂风巨浪。

翌日，汪景阳的家中。

汪景阳面色阴沉，盯着手机上循环播放的视频，一遍又一遍。

一旁，某个相貌俊秀的男人，恭敬地站在他身旁。

“大人，这种视频应该没那么重要吧？”见汪景阳一直盯着视频，男人轻声开口。

汪景阳的目光终于从手机上收了回来。

“要变天了。”许久后，汪景阳开口。

男人的神色微微一变。汪景阳这么说，一定有他的道理。

“大人，我不太明白。”男人沉思片刻后，疑惑地开口。

“你不必明白。”

汪景阳重新打开手机，眉头蹙起。这个视频，外行或许看不出什么，可能认为是在演戏，但是那些进化者，不可能只有这点眼力见。

这个视频的热度过高，已经完全传播开来，如果有人认出了林烟，或是认出了他的身手，所有的平静都会在顷刻之间被打破。

如果是别的进化者倒没什么，但是如果被他所忌惮的势力发现，后果不堪设想。

办公室。

林烟看着跟没事人一样的霄尧，颇有不悦地说道："老板，你也太不靠谱了吧！"

"怎么了？"霄尧看向林烟。

林烟嘴角微微抽动，他为什么还有脸问自己怎么了？

"老板，昨晚那是人命关天啊，你说好要来的，我差点死了都没等到你。"林烟叹息道，"差点被你害死。"

霄尧站起身，走至林烟旁边，目光在她身上四处打量："你不是没事吗？"

"老板，那是因为我太强了，别人不是我的对手，不然你今天就见不到我了。"林烟说道。

"你很强吗？"霄尧若有所思地问道。

"怎么样，要不要来试试？我感觉，现在的我比任何人都要强，之前是我低估了自己。"林烟冷笑道。

霄尧沉默片刻后才开口："既然你比任何人都要强，为什么昨晚还要找我？"

林烟无言以对："……"

不等林烟开口，霄尧继续说道："昨晚我迷路了，找了一夜。"

"迷路了？"林烟难以置信地盯着眼前这个男人。

"我不是给你发定位了吗？"林烟诧异出声。

"迷路只是一个意外，和定位无关。"霄尧说道。

意外？确定是意外？这男人该不会是看不懂导航定位吧！

某处巨大的庄园内。

男人穿着高贵，神态冷漠。

"沐枫哥！"一位小女孩跑了过来，满脸激动。

"沐云，慢慢说。"见到小女孩，男人脸上的冷漠散去，化作一抹温柔。

"姐姐，是姐姐！"沐云激动地将手机递给男人，"沐风哥你看，是姐姐，我要去告诉其他的哥哥姐姐，我要告诉父亲和母亲，是姐姐！"

标准的西方建筑，一座精心设计的宫殿。

四周荒无人烟，仿佛连秃鹫都不会光顾。很难想象，在这个地方，会有这样一座难以言喻的雄伟宫殿。

"咳咳。"昏暗的宫殿内，男人坐在轮椅上，不时地咳嗽几声。

"霄纪大人，您的身体……"一位老者看着男人，轻声开口。

"不碍事。"霄纪笑着开口。

"霄纪大人，我们已经找了最好的医生，应该能够维持现状。"

男人宛若星辰的眸内，仿若填满了璀璨的星光，只是可惜，近乎完美无瑕的面容上，却充斥着病态的白。

“大人！”不多久，从宫殿外跑进一位年轻女人，“您看！”

女人走至霄纪身旁，将手机放在他眼前。

当看见视频中林烟的一刹那，霄纪的眸内瞬间爆发出一阵莫名的光泽。

“大人，她是不是……”女人目光恭敬地看着霄纪。

霄纪盯着视频许久，片刻后，嘴角微微上扬，脸上带着一丝笑意。

“找到你了。”

某独立之处，像是不曾被发现的崭新大陆。

从远处打量，好似有一座仙宫漂浮在天之上，云之下。两侧的石柱高耸入云，如同连接着天与地。任何人一眼望去，恐怕都会被这片天地吸引目光。四周流水声不断，数百条小溪交错汇聚。树上有鸟，林中有兽，鸟兽之音在此处宛若琴音。

某座圣地。

山门内，一眼望去，到处都是强大的进化者。

在这座圣地之内，先天进化者与后天进化者的数量相差不大。但是无论先天进化者也好，后天进化者也罢，在圣地内都是平等的，并无世俗高低贵贱的区分。

“师兄，你看这是谁！”某位十七八岁的少年，看着一身雪白、正在入定打坐的男人开口。

闻言，男人睁开眸子，一股铺天的进化者威压将四面八方笼罩。

少年的面色顿时一变，额头冷汗渗出：“师兄！”

男人似有不悦地皱了皱眉：“我可曾告诉你，我修炼时，莫要打扰我？”

“师兄，我有急事……我真的，我……”

少年话还未说完，男人却不耐烦地挥手：“去找你别的师兄姐弟玩闹，莫在此与我闲扯，被误伤了我可不负责。”

少年嘴角微微抽动，问：“师兄，那圣主师父什么时候回来？”

白衣男人眸子轻闭：“不知。”

“那……”

打断少年，白衣男人淡淡地说道：“你很吵。”

少年看了看手机里的视频，又看了一眼白衣男人，最终没有再说话，转身离开。

“这真是师姐吗……”少年神色疑惑。

师姐明明已经死了才对，所以视频里的人不可能是沐烟师姐；可如果不是师姐的话，为什么他觉得有些相似，而且第一眼就感觉很亲切，是那种久违的亲切感？

他刚入圣地时，第一个认识的人就是沐烟师姐。可是后来，她发生意外离世，他还悲伤了许久。虽然很多年过去了，但他始终无法释怀。

“我觉得她就是师姐，师姐一定没有死，师姐那么厉害，怎么会死？我要去找到这个姐姐！”少年的目光依然盯着手机视频里的林烟，神色愈发激动。

虽然少年记忆中的师姐还是小女孩的模样，但是他有种直觉，或许真的会有奇迹发生。

他要下山！

Part 6

放心吧，都已经搞定了，
绝对的原班人马，你是主角！

H国，云间水庄。

这两天，林烟被各种电话骚扰。

她自己也没想到，这条视频依然还挂在热搜榜第一位。从最开始的惊奇，到越来越多人质疑，再到后来有人认出她、说是新戏的炒作，到目前为止，所有人都在问这是什么戏、什么时候上映了。

赵红绫的电话也被打爆了，都问林烟的近况，到底是不是新戏份的拍摄。还说，如果不是的话，他们可以按照这个题材，原班人马拍摄一部新戏。

林烟只觉得好笑，还原班人马，难道拉星沉和凌月去拍戏吗？还是说自己去把那个黑衣人找出来，跟他承诺，带他出道？

而且，最近她真的没有时间，H国赛车公会那边已经打来数次电话，让她去新队磨合训练。

一大早，林烟便开车前往H国赛车公会总部，刚好顺路去医院看看外公。

全球联赛再过不久便会在H国举行，在这段时间，许多国外的大型车队已经来到H国。目前，H国的赛车界已经掀起了腥风血雨。

最近一段时间，林烟虽然并没有过多关注赛车圈，但网上的消息已经是铺天盖地。她时不时能够看见类似的消息，今天某家赛车队被踢馆，明天某家知名赛车队遭国外车队挑衅……

赛车公会那边的脸面也不好看，普通车队的实力差距过大，根本无法应对；而H国赛车公会最新组建的强力车队因磨合时间过短，战力还无法完全展现。

目前，H国赛车界遭到国外赛车队的严重挑衅，H国赛车公会颜面全无，这才紧急要求所有新建赛车队伍的队员进行磨合训练。

林烟将车停靠在车位上，旋即走入医院住院部。

站在外公的病房外，她就看见贺乐风正靠在椅子上呼呼大睡。

走进病房后，林烟使坏地捏住贺乐风的鼻子。

“嗯？”贺乐风睁开双眸，有些迷茫地盯着林烟，回过神后立即站了起来，“姐？”

“都睡迷糊了。”林烟无奈地看着贺乐风说道。

贺乐风连连摇头：“没没没，我刚刚才睡，就打了个盹……”

林烟瞥了他一眼，还未开口说话，贺暮云就从门外走了进来。

“妈？”见到贺暮云后，林烟微微一愣，她是怎么知道外公住院的？

“小烟，出了这么大的事情，你居然还瞒着我。”贺暮云看向林烟，眉头微微蹙起。

“贺乐风！”林烟严厉的目光落在贺乐风身上。

他急忙说道：“姐，真不怪我啊……上次我不小心说漏了嘴，但我不是故意的！”

林烟腹诽：说漏了嘴，还真不怪他？

“小烟，小风如果不告诉我，你还打算瞒多久？”贺暮云看着林烟道。

“妈，我只是不想让你担心，而且现在外公的病情已经稳定了。”林烟轻声道。

“小风已经把事情原原本本地告诉我了，我真没想到你大舅是这种人。”贺暮云叹了口气，“我会找个时间，约你大舅和书雅谈谈。”

“妈，别去找他们。”林烟摇了摇头。

以贺暮云的性格，去找他们肯定要吃亏，这也是林烟没有将外公的事情告诉她的主要原因。

“书雅怎么会做出这种事来，我真是一个不合格的母亲。”贺暮云坐在病床的一侧，眸内满是伤感。

“妈，这不怪你。”林烟坐在贺暮云身旁，旋即狠狠地瞪了贺乐风一眼，这成事不足败事有余的饭桶。

“是妈的问题，妈没有把你妹妹教好，她变成现在这样，妈妈有不可推卸的责任。”贺暮云轻声道。

“姑，这真不怪你！”忽然，贺乐风看向贺暮云，“正所谓‘子不教父之过，教不严师之惰，子不学非所宜，幼不学老何为？’这要怪就怪二姑父，不，怪林跃通、怪老师、怪她自己，怎么也怪不到二姑你头上啊。”

“没看出来，你还挺有文化的。”林烟瞥了贺乐风一眼。

贺乐风嘴角微微上扬，满脸傲然的笑意：“姐，这你就小瞧我了，我不仅有文化，还有胆识。”

林烟懒得搭理他，看向贺暮云，安慰道：“妈，这一切都跟你没关系，你没必要为别人的错误买单，每个人的想法都不同，所做的事情也注定不同。”

林烟陪贺暮云聊了片刻，贺暮云的心情这才稍好了一些。

“小风，我刚才叫你找护士给你爷爷测量体温，你叫了吗？”贺暮云问道。

贺乐风微微一愣：“忘了……”

“没事，你们去忙吧，我来照顾。”贺暮云叹了口气。

“好的二姑，那跟我姐去做正事了。”贺乐风连连点头，然后看向林烟，“姐，我们走吧，我准备好了。”

“去哪儿？”林烟微微一愣。

“之前你不是说，今天赛车公会那边要进行磨合训练吗？我觉得我也得去，为H国赛车公会贡献出自己的一份力量。”贺乐风义正词严地说道。

“你好好照顾外公，没事的时候去公司看看，给我盯紧那两个保洁员。”林烟向贺乐风交代道。

“哪两个保洁员？”贺乐风一脸蒙。

“张三李四。”林烟说道。

“哦，那两个饭桶啊，光吃饭不干活，每天还没到饭点就吵着要吃饭，还找我借钱，我跟他们都不熟……不行就换两个保洁吧。”贺乐风说道。

“别多事。”林烟不耐烦地对贺乐风说道。

“好吧好吧。对了，姐，你最近是在拍什么新戏啊？你那个视频都上热搜了。”贺乐风好奇地问道。

贺暮云的面色有了一丝变化。

那晚的视频她也看过。如果是普通的热搜视频，进化者自然不会有一丝一毫的关注，但那晚的视频，绝不是普通视频。其中牵扯到了数位进化者混战，甚至还包括沐阳大人。

在这之前，还从没有哪位进化者的打斗被人拍摄下来放到网上过，并且传播力度如此之大，许多进化者势力都已经看过那个视频。普通人看不出什么门道，但进化者不一样，他们一眼便能瞧出其中的关键。

如今，视频已经传遍H国进化者的群体，众人都说H国出现了两位极其厉害的进化者，两人交手后，女性进化者略胜一筹，另外一位十分强大且神秘的进化者被打跑了。

看完那个视频，贺暮云便知晓此事不妙，但是视频已经流传出去，也没有办法阻止。

“小烟，最近一段时间，不要惹是生非，不要跟人打架，知道吗？”贺暮云别有深意地嘱咐林烟。

“妈，那个视频是假的，是我们朋友之间拍戏拍着玩的，不是打架。”林烟有些心虚地说道。

“小烟，不管是真的还是假的，出门在外一定要小心，注意安全，知道吗？”

林烟点点头：“妈，我知道了。”

离开医院后，林烟驾车前往H国赛车公会总部。

眼下，H国赛车公会总部人满为患，大多都是H国赛车队的优秀赛车手，其中还有一些国外赛车公会的工作人员。

“林小姐。”刚到总部，林烟便被齐枫拦住，“总部找你了吧？”

林烟点了点头，说道：“这几天我电话都快被打炸了，前几天有些忙，所以没能赶过来训练。”

“之前高层还发了脾气，这几天就你没过来。”齐枫笑道，“不过没事，你是我的领航员，只需要跟我磨合就行了，我也已经向总部那边解释过了。”根本不给林烟开口的机会，齐枫接着说道，“对了，林小姐，你是不是有什么新戏要上映？”

说罢，齐枫把手机递给林烟，上面正播放着热搜排名第一的那段视频。

林烟一时无语。

“林小姐，这部戏，感觉很不错啊，这个打斗场面太燃了！我跟你说，我从小就是一个武侠迷，特别喜欢武侠戏，几乎所有武侠戏我都看过。”齐枫对林烟笑道。

林烟嘴角微微抽动。这能叫武侠戏吗，就算是戏，也只能算是都市打斗戏吧。

“嗯，是在拍戏。”片刻后，林烟轻声笑道。

“能不能剧透一下？我昨天看了这段视频，特别喜欢那个穿黑袍的演员，他身手太厉害了，应该是哪个知名的动作演员吧？”齐枫问道。

“……”沉思片刻后，林烟轻声笑道，“这就是我们几个朋友拍戏拍着玩的。其实我有一个朋友，从小也有个武侠梦，为了帮他圆梦，我们用手机拍的，没想到被人给录了下来。”

“真的？”听了林烟的解释，齐枫眸光微亮。

“真的！”林烟连连点头，就差指天发誓了。

“林小姐，那我能拜托你一件事吗？”齐枫有些紧张地盯着林烟。

“什么事？”林烟好奇地问道。

“你那个团队能不能让我进去？我也有个武侠梦！这段视频拍得实在太好了，我能参与吗？”齐枫急忙开口。

“啊？”听闻齐枫的要求，林烟一脸蒙。自己上哪儿给他找团队去？

“我希望是视频里的原班人马，这次我们拍的时间长一些，起码拍半个小时。林小姐是专业的演员，做到这一点应该很简单吧？”齐枫继续问道。

林烟腹诽道：这叫简单？比登天还难好吗，还原班人马，我上哪儿去给你找那个黑袍男人？

只不过，齐枫之前帮了她那么大的忙，在苏彩针对她时，是齐枫出面，让她做了他的领航员，她才能留在赛车公会的新车队。所以，林烟也不知道该如何拒绝齐枫。

“林小姐，是有什么问题吗？”齐枫小声问道。

“齐先生，是这样的……你知道，就算是小视频，如果半小时，需要的经费也不少，尤其是……”

还不等林烟说完，齐枫忽然笑了笑，说道：“我当是什么事，林小姐，这个没关系的，所有的费用我全包了，包括林小姐请来的演员，我也会付钱。”

林烟的眸光顿时一亮：“齐先生，他们的出场费可不便宜啊，你看到视频里这几位的身手了吧？”

“我明白。”齐枫点了点头，“钱不是问题，我就是想圆一个武侠梦，这个数可以吗？”

听闻齐枫的报价，林烟满脸激动地说道：“可以，可以啊！”

“林小姐，那太好了！你到时候能把视频中的朋友叫出来吗？我请大家吃个饭，顺便给我说说戏，看看还有什么要准备的。”齐枫笑道。

“放心吧，齐先生，一切交给我！你出这个价格，我连那个黑袍男人都给你找来！”林烟拍着胸脯保证道。

“好，林小姐，那一会儿见。”齐枫说完转身离开。

林烟看了看时间，距离开会还有四十多分钟。她当即取出手机，给星沉打了个电话。

“林小姐？”星沉的声音有些诧异，似乎没想到林烟会给他打电话。

“星沉，这几天有事吗？”林烟笑着问道。

“这几天……没事啊。”

“嗯，没事就好，我跟你说点事……”

林烟将自己与齐枫的约定告诉了星沉。得知林烟要找他重新还原那天晚上的情景，还要重新拍个视频，他当即愣在了原地。

“林小姐……你这……这这这，这有点不太合适吧？”

云间水庄内，星沉苦着一张脸，让他去拍戏，这合适吗？还得重新还原那天晚上的情景，他可是被痛揍的那个，星沉感觉自己有被冒犯到。

“不仅是你，还有凌月。客户说了，得原班人马出动，你们一个也跑不掉。”林烟笑道。

“原班人马？”星沉的声音十分惊讶，“林小姐，那怎么可能，难道我们还把那个裹着黑袍的男人找来？”

星沉的话，让林烟陷入了沉思。的确，星沉和凌月都好办，至于那个黑袍男人……

片刻后，林烟眸光微闪，笑道："黑袍男人你不用管了，我来想办法解决。你和凌月准备好，钱，我不会少给你们的。"

说罢，林烟挂断了电话。

云间水庄内，星沉嘴角微微抽动，心想：我像是缺钱的人吗？我给你钱，求你别折磨我了，行吗？

林烟仔细想了想那晚黑袍男人的身材和身手，卫徐风倒是个合适的人选，她当即就给卫徐风打了电话。

"林烟，你那天晚上拍的什么戏啊？"还不等林烟开口，卫徐风先说话了。

"卫徐风，那个视频你看了吧？"林烟笑道。

"看了，挺不错的，是新戏吗？"卫徐风问道。

"先别管这个，我打算和朋友拍个半小时的微电影，让你去扮演视频中的黑袍男人，你看怎么样？你开个价。"林烟笑道。

"可以啊，友情客串，你随随便便给我个数……意思一下就行了。"

"哦，打扰了，再见。"

没给卫徐风继续开口的机会，林烟十分干脆地把电话挂断。

按照卫徐风的名气，他报的价格真的太低了，算得上是友情价，但是她出不起。

沉思许久后，林烟嘴角微微上扬，随手拨通了电话。

此刻，公寓中，汪景阳正在打游戏。

"找我干吗？"汪景阳斜着脑袋夹着手机，单手握着游戏手柄，很不耐烦地回应着，"快说，我最后一关了！我打了半个月才打到这里，没事我挂了！"

"狗子，有件事我想跟你说。"林烟的声音传出。

"那你就快点说行不行！"汪景阳吐着舌头，疯狂按着游戏手柄。

"黑袍男人，不用我说，你自己也应该知道怎么回事吧。"

汪景阳的身躯顿时一僵。电视屏幕上，被汪景阳控制的游戏人物瞬间被怪物击杀。Over！

"啊？黑袍人？什么黑袍人？我不知道，你为什么要来问我？"汪景阳有些心虚地开口。

"狗子，你不知道黑袍人？"

"不知道啊，我怎么可能知道黑袍人，跟我有什么关系吗？"

"是吗？"

汪景阳许久后才回过神来："林烟……你，你到底什么意思？"

“汪景阳，你在装什么！”

“你都知道了？”汪景阳将游戏手柄放在一旁，眉头深深地皱了起来。

那天晚上，林烟虽然将他的黑袍扯掉，但应该不可能看清他的面容，所以她怎么可能会发现他的身份？

“小烟，你听我给你解释，其实事情不是你想的那样……”汪景阳蹙眉开口。

“什么乱七八糟的，我问你，热搜第一的那个视频你看了没有？”

“我知道，我也看过，但是我没想到会出现这样的纰漏。”汪景阳说道。

“你看过就行，我跟你说，那天我们是在拍戏，朋友之间拍着玩的，现在黑袍人不拍了，你来顶上，钱我不会少你的。”

汪景阳顿时愣了：“……”

“说话啊！”

“林烟，你大爷的，吓我一跳！”汪景阳缓了口气，他还真以为自己暴露了。

“吓你一跳？”

“哦，不是，我是说……你给我多少钱？”

搞定汪景阳后，林烟挂断了电话。

这下子就没问题了，汪景阳和那个黑袍人的身材差得不是很多，到时候让他裹着黑袍，谁也看不出来。

还不等林烟深想，今天的会议马上就要开始了，她匆匆进入会议室内。

“林小姐，怎么样了？”齐枫坐在林烟身旁，轻声朝着林烟问道。

林烟点点头，对齐枫笑道：“放心吧，都已经搞定了，绝对的原班人马，你是主角！”

“主角？”齐枫一愣，旋即笑道，“我感觉我当个配角就行了，我也演不好戏。”

“没事，演不好我可以教你。”林烟笑道。

“好的，林小姐，到时候咱们这个视频也能发到网上吧？”齐枫问道。

“可以！”林烟笑道。

你出钱你说了算，别说发到网上，你发到月球上都行。

“谁是林烟？”此刻，赛车公会的一位老者，面无表情地朝会议桌四周扫视。

“我……我是。”林烟举手，看向老者。

“林烟队员，你的架子很大啊，公会找你几次你都有借口推脱，今天怎么来了？”老者看向林烟，眸内浮现出一抹不屑。

“梁老，林烟小姐是一位演员，人家可是有正经事要做的。梁老你没看见吗，人家林小姐半夜还要拍戏，都上热搜第一了。”一旁，苏彩看向老者，轻声笑道。

“演员？”梁姓老者瞥了林烟一眼，“既然是演员，又这么忙，那就好好地演戏吧，何必来参加赛车公会的新赛队训练？车队训练这么辛苦，岂不是委屈了大明星。”

林烟看向老者，眉头微蹙，这位老者显然是故意针对自己。看来，苏彩在H国赛车公会的确有些关系，只是不清楚她的亲戚是哪一位。

“梁老，林烟小姐是我的领航员，这几天我们都在外面进行磨合训练。”齐枫朝着老者说道。

梁老的目光落在齐枫身上，旋即开口：“齐枫，我不管她是谁的领航员，也不管她的身份是什么，我只知道，她是H国赛车公会组建的新赛队的一员。既然是新赛队的一员，就要有组织、有纪律，否则的话，趁早滚蛋！”

“梁老别生气，林小姐也不是有意的，下次肯定不会了。”齐枫笑道。

这位梁老在H国赛车公会的职位不低，齐枫也不好多说什么。

“林烟小姐，我不管你是多大牌的演员，但是既然加入了我们的新赛队，就希望你能遵守组织纪律。你要知道，以你的身份，能够进入我们新创立的赛队，根本就是一个奇迹。我都不知道那些管理层怎么想的，让你这样的新人赛车手加入。”梁老冷冷地看着林烟，“林小姐，你自己看看，在场的这些优秀赛车手，哪一位不比你的名气大？哪一位不比你的资历老？哪一位不比你的经验丰富？可他们没有一位在训练的时候缺席，唯独你！”

“梁老，别的我都认可，但是我们林烟小姐的名气应该比在座的各位更大吧。毕竟林烟小姐是一位演员，明星嘛，架子大，能够理解。”苏彩笑道。

“林烟小姐，如果你要演戏，就离开战队，好好去演你的戏，不要拖战队的后腿。还是那句话，我真不知道那些管理层怎么想的，居然让你这样的新人赛车手加入。”梁老冷声开口。

齐枫看了林烟一眼，旋即暗暗叹息。这个梁老正是苏彩那位亲戚的好友，他们属于同一个派系，只怕苏彩早就已经和梁老打过招呼了，所以他今天才会如此针对林烟。

“好吧。”林烟起身，双肩轻耸。

“林烟，你做什么？”见林烟转身离开，梁老眉头深蹙，“这是在开会！”

“你们开吧，我得去拍戏了。我很忙的，没急事别联系我，要联系我也请跟我的经纪人提前预约，否则我肯定没时间。”林烟头也不回地轻声笑道。

不是说她有明星架子吗，不让他们看看什么是明星架子，那还真是亏待了他们。

“你简直无法无天！你当这里是什么地方，说来就来，说走就走？！”

梁老似乎也是第一次遇到这种情况，当场震怒不已，还从来没有哪位赛车手敢在他开会的时候直接离开的。林烟刚才说的是什么话？什么她很忙，没急事别找她，找她还得跟她经纪人提前预约？！简直岂有此理！

“别说你这里，就是全球联赛的赛道上，我也是说去就去，说走就走，腿长在我身上，你还管得了我？”林烟不由得冷笑道。

“林烟，你真是岂有此理！你能加入H国赛车公会的赛车队……”

还不等他说完，林烟就开口打断：“那可不是我要加入的，是你们求着我加入的。”

说罢，她头也不回地离开了会议室。

齐枫有些诧异地盯着林烟，他没想到，她的脾气居然这么火爆，甚至连赛车公会的梁老都不给丝毫面子。今天这件事要是传出去，恐怕梁老的脸上会很不光彩。

苏彩见林烟离开，不由得冷笑。她今天踏出这个门，可就别想再进来了。赛车公会绝对不会容忍任何一位如此任性的赛车手，更何况是林烟这样的新人。

林烟刚刚离开办公室，一群国外赛车手迎面走来。

其中一位国外赛车手经过林烟的身旁时朝她吹了个口哨：“小妞，是赛车手吗？晚上要不要跟我们出去玩玩？”

林烟瞥了那位国外赛车手一眼，头也不回地说道：“回去找你妈玩。”

“这是H国的赛车手吗？她叫什么名字，这么嚣张？”

“你们看她的背影，像不像某个人？”

“像你前女友吗？”

“哈哈，别说，真有点像。”

几位国外赛车手身后，一个中年男人看着林烟的背影，眉头深深蹙起——这个人怎么会来H国？还出现在赛车公会总部，难道她加入了H国赛车公会？

中年男人眸内浮现一抹冷光。的确，Yeva几乎从不在人前露面，但是他们赛车公会的人却见过Yeva的真面目，刚才那个女人，绝对是Yeva，不会有错！

但是，Yeva分明已经被终生禁赛，她不可能加入任何国家的任何一支赛车队伍！H国赛车公会居然敢让被终生禁赛的Yeva加入他们的公会！

“领队，您怎么了？”见中年男人不说话，几位国外赛车手好奇地问道。

“没什么事。”中年男人摇了摇头，旋即取出手机，打了个电话。

“祁会长，是我，艾维斯。我到你们公会了，你在吗？我有一件事需要跟你谈谈！”

“对，现在，马上，事情很严重！”

会长办公室。

“祁会长，是国外赛车公会的那个艾维斯？”见祁会长面色不悦，几位高层对视了一眼。

祁会长怒道：“纵容他们的赛车队在我们的地盘上到处挑衅，现在又找上门来，真当我们没优秀的赛车手了？！”

“祁会长，说句不当说的话，现在我们和他们的实力还是有些差距，能忍忍就忍忍吧，也好让他们收敛一些。我们最近承受的压力很大，尤其是外面的流言蜚语，您也知道，现在是网络时代……”一位高层劝说道。

实力差距太大，除了忍让没有更好的办法。

“现在网上很多网民都在议论我们，之前国外的赛车队踢了我们好几个优秀的赛车队，都被人拍成视频传到网上去了。”那位高层说着叹了口气。

如今，网上的骂声已经越来越多，要是再这样下去，对H国赛车公会将是一个巨大的打击。

如果仅仅是赛车队与赛车队的触碰，倒不会引起这样的骂声，如今这种碰撞上升到了国与国之间，毕竟事关H国与国外的赛车队。

这一届全球联赛在H国举行，原本是H国赛车队扬眉吐气的好机会，结果却被国外赛车队蹬鼻子上脸，甚至国外赛车队挑衅踢馆的视频还被传到了网上，掀起了轩然大波。

“会长，您看看，”那位高层将手机递给了祁会长，“我们赛车队被挑衅踢馆的视频都曝到网上了，现在已经是热搜第一了。”

“热搜第一？”祁会长眉头微蹙，“热搜第一，我记得不是有人告诉我是那个林烟吗，好像是新戏炒作？”

“之前是的，但被踢馆的视频刚出来没多久，就把林烟那个给挤下去了。”

“……简直岂有此理！这视频是谁发到网上的？”祁会长震怒道。

“不清楚，应该是路人随手拍摄后发表的。”

祁会长面色难看，他真恨不得好好教训那些嚣张的国外赛车队。只可惜，他们目前的实力还没达到那种层次，虽说新赛队已经组建，但是还需要时间磨合。

正说着，敲门声响了起来。

“请进。”祁会长道。

下一秒，男人推门而入。

“艾维斯副会长，快请坐。”见到男人后，祁会长立马换了一副笑脸。

这个男人正是国外赛车公会的副会长，此次正是他带队来到H国参加比赛。

“祁会长，我想你们的赛车公会应该给我一个解释！”艾维斯扫了一眼在场的众人，冷声开口。

祁会长和几位公会高层都觉得莫名其妙。给他一个什么解释？

艾维斯带来的那些参赛队员，如此挑衅H国的赛车队，H国不找挑衅者要解释就不错了，还要公会给一个解释？这个艾维斯脑子没问题吧？

当然，想法如此，话却不能说得这般直白。

"艾维斯副会长，我想这中间是不是有什么误会？我们不是很明白你的意思。"祁会长出声道。

"误会？你跟我说误会？"艾维斯盯着祁会长，冷笑不已，"祁会长，你们H国赛车公会做了什么，难道自己不知道吗，还跟我说是误会？难道你忘记了所有赛车公会必须遵守的约定吗？"

"呵呵，约定太多了，艾维斯副会长有话直说吧。"祁会长说道。

"祁会长，你应该知道的，无论是哪个国家的赛车手，只要被一个国家的赛车公会禁赛，那她就无法继续赛车职业生涯，没有任何一个国家的赛车公会会接纳她，对吗？"艾维斯问道。

"这是自然。"祁会长点点头，并不太清楚艾维斯副会长这些话的含义。

"祁会长，既然是这样，那你们为什么要接纳已经被我们国家终生禁赛的赛车手？"艾维斯看着祁会长问道。

祁会长和数位高层面面相觑。

"艾维斯副会长，你是说，我们H国赛车公会接纳了被你们国家终生禁赛的赛车手？"一位公会高层诧异道。

"是的，我就是这个意思。"艾维斯点头。

"这不可能。"祁会长语气坚定，"我们没有接纳其他国家的赛车手，尤其是这次准备参加全球联赛的队伍和赛车手，都是清一色的H国人。"

"呵呵，刚才我分明看见了，祁会长还是不要说这些冠冕堂皇的话了，我有确凿的证据。"艾维斯说道。

祁会长沉思片刻后开口："既然艾维斯副会长这样说，那我想问问，是哪位赛车手？"

他们对于国外赛车手的审核极其严格，绝对不可能出现艾维斯说的这种情况，但是看艾维斯如此言之凿凿，祁会长也确实有些摸不准。

"你们赛车公会接收的就是Yeva！"艾维斯说道。

包括祁会长在内的众人都是一愣。

旋即，H国赛车公会的数位高层同时笑出了声。

祁会长捏了捏眉心，看着艾维斯说："您不是在跟我开玩笑吧，哪个Yeva？'赛道死神'Yeva？"

"不错！"艾维斯说道。

"哈哈哈……"

祁会长都被气笑了。这个艾维斯是什么意思，特意过来侮辱他们？

H国赛车公会要真有Yeva那样传奇的赛车手，还会被他们带来的赛车队给挑衅踢馆，还被录成视频传到网上，甚至成了热搜第一？

简直是无中生有，没事找事！

“艾维斯副会长，我知道你们国家拥有很多优秀的赛车手，但我认为你没必要拿‘赛道死神’Yeva来羞辱我们，说什么Yeva在我们赛车公会，您不觉得这番说辞很可笑吗！”祁会长的面色逐渐变得难看。

“祁会长，你还在装模作样？”艾维斯冷笑道。

“艾维斯副会长，你刚才说，你在我们赛车公会见到了Yeva？”一位公会高层看向艾维斯问道。

“当然。”艾维斯点了点头，旋即将手机丢在祁会长眼前。

当看见艾维斯手机上的照片后，祁会长神色不解地问道：“什么意思？”

照片上的人，祁会长倒不陌生，那是一个最近还算有些热度的演员，也是之前贺家战队的一员，最近被收编到H国赛车公会组建的新战队中，还当了齐枫的领航员。

林烟是一位演员，艾维斯有她的照片也算正常，但是艾维斯给他看林烟的照片是什么意思？

“祁会长，她就是Yeva！”艾维斯冷声说道。

“什么？！”闻言，祁会长立即自椅子上站了起来，神色震撼，眸内满是难以置信的神色。

这个林烟，就是那个教出了浪蟒、屠夫等一系列国际闻名赛道大神的“赛道死神”Yeva？！

不过，几乎是在瞬间，祁会长便冷静了下来，认为艾维斯的话根本是无稽之谈。

林烟是H国的演员，这是众所周知的事，前段时间一直都有着不小的热度，怎么可能会是“赛道死神”Yeva？！要么是艾维斯认错了人，要么就是他在故意挑衅搞事。

“艾维斯副会长，你说的这件事情我们会去调查的，如果一切如你所说，我们肯定会给你一个交代。”某位H国赛车公会的高层笑道。

“好，我等你们的消息，不要耍花样！”艾维斯说完就摔门而去。

Part 7

老大，马甲掉了……

等艾维斯离开后，几位公会高层的面色彻底冷了下来。

“他脑子是不是有问题？”

“他说那个林烟是Yeva？这是在故意羞辱我们H国赛车公会吗？”

“我看他就是变着花样来侮辱我们的。”

“会长，祁邵元不是和林烟的关系不错吗，要不你打电话问问祁邵元？”一位公会高层说着看向祁会长。

“我看没这个必要吧，你还真相信那个艾维斯所说的话？”

“我当然不信，但最好还是问一下。”

当即，祁会长拨通了祁邵元的电话，让祁邵元来他的办公室。

大约半刻钟后，祁邵元推门而入。

“爸，今天我休息，过来看看你。赛事准备得怎么样了？”祁邵元看向祁会长笑道。

话刚说完，祁邵元发现自己老爹的面色不太好看。

“邵元，我问你，你跟那个林烟是什么关系？”祁会长问道。

“啊……林烟？”祁邵元愣了愣神，不太清楚自己老爹为什么会忽然提及这件事。

“是……朋友，挺好的朋友。爸，我都这么大的人了，不会连交朋友的权利都没有吧？”祁邵元诧异道。他父亲从来都不会干涉他交友，今天这是怎么了？

“邵元，是这样的，今天国外赛车公会那位副会长艾维斯过来找麻烦，硬说林烟是‘赛道死神’Yeva。会长气得不行，知道你和林烟关系不错，所以找你来问问。没什么事，放心吧。”一位公会高层笑道。

祁邵元顿时一惊：“林烟被国外赛车公会的副会长看见了？”

见他神色不对，几位高层对视了一眼，总觉得祁邵元有什么事情瞒着他们。

“爸，你可千万别听那个艾维斯的，Yeva本来就是我们H国人，凭什么他们说禁赛就禁了。”祁邵元急忙说道。

在场几位高层包括祁会长的面色皆变。

“邵元，你说这话是什么意思？你别告诉我，那个林烟真是Yeva！”一位高层急忙站了出来，一把抓住了祁邵元的手腕。

“李叔，你轻点儿，手骨都要被你抓碎了！”祁邵元蹙眉道。

“好，抱歉……邵元，你实话实说，到底是怎么回事？那个林烟不是演员吗，她到底是谁？”那位李姓高层急忙问道。

祁邵元叹了口气，没想到林烟被国外赛车公会的人发现了，对方还跑来兴师问罪，这下想瞒都瞒不住了。

“爸……李叔，老大不让我说她的身份……我不是有意瞒着的，你们能不能睁只眼闭只眼？”祁邵元有些心虚，低声道。

祁会长和在场的几位高层对视一眼。那个贺家战队的新人赛车手，居然真是Yeva？！

所以说，艾维斯副会长并没有说谎！

“邵元，这种事情可不能开玩笑，那个叫林烟的女孩，的确是国外那位有着‘赛道死神’之称的Yeva？”那位李姓高层依然是满脸的难以置信。

“嗯……是的。”祁邵元点了点头。

如今的祁邵元，哪里还敢说谎，国外赛车公会的副会长都找上门来了，即便他不说，林烟是Yeva的事实也瞒不过去了。所以，他还不如坦诚一些，看看父亲和这些高层能不能网开一面，别在H国把他老大给终生禁赛了。

“邵元，我说的是浪蟒和屠夫那些人的师父Yeva，你确定跟我说的是同一个人？”

“李叔，真是同一个人，我没说谎。”祁邵元说道。

这些公会高层似乎并不太相信自己。

“邵元，你是怎么知道那位林烟小姐就是Yeva的？”祁会长蹙眉看向祁邵元，问道。

Yeva很少在外人面前露面，见过Yeva真实面容的，除了国外赛车公会主要高层外，应该也只有她的那几位徒弟了。

“我也是机缘巧合才知道老大的身份。”祁邵元叹了口气。

“老大，什么老大？”

“我是Yeva的铁粉，铁粉都称呼她为老大。”祁邵元解释道。

这就是代沟啊！

“你怎么证明林烟小姐的身份？”一位公会高层问道。

不仅祁邵元说林烟是Yeva，连国外赛车公会那位副会长也如是说，虽然她的身份已经八九不离十，但他们还是觉得这件事情太过诡异，有些不切实际。他们需要能够真正确定林烟身份的铁证，能够一锤定音的那种。

“那我要是证明了老大的身份，你们能不能网开一面？如果老大不能继续上赛道的话……”祁邵元有些疑虑地说道。

“别废话，我们会考虑。”祁会长有些不耐烦地道。

无奈之下，祁邵元打开了办公室的电脑，登录了他们的专用查询软件。

“老大的赛车执照已经被注销了，没办法查询，但领航员的执照可以。”祁邵元轻声解释着，旋即输入了林烟的领航员编码。

当初，林烟还在贺家车队时，第一次出场便是以贺乐风的领航员的身份参赛的，祁邵元之所以认出了她，也是因为林烟的领航员执照。

当林烟的照片和身份信息出现在电脑屏幕上后，祁会长和办公室内的一众高层立即围了上去。

片刻之后，祁会长和众人面面相觑，都从彼此的眸内看见了难以置信和震撼。

所以说，那个新人赛车手林烟，的的确确就是国外那位传奇赛车手，有着“赛道死神”之称并教出了浪蟒和屠夫等一系列赛道大神的Yeva？！

“我的天哪……”

被祁邵元称为李叔的那位公会高层，盯着电脑屏幕上林烟的照片仔细打量，又盯着身份信息看了许久，最终确定，这的确是一个人，没有错。

“哈哈哈……真是世界之大无奇不有，我真是服了！”一位公会高层忽然笑道。

不一会儿，办公室内的公会高层都笑了起来。

祁邵元站在原处，盯着这些公会高层，神色疑惑，也不知道他们到底在笑什么。

“几位叔叔……爸，那个……能不能睁只眼闭只眼，你们全当不知道老大的身份……”祁邵元小声嘀咕着。

“邵元，把林烟的联系方式给我。”某位公会高层笑道。

祁邵元只能乖乖将林烟的手机号码交了出来。

那位公会高层就马上给林烟拨打了电话。

数秒后，林烟接通电话。

“喂，是林小姐吗？”

“嗯，是我，请问哪位？”林烟的声音从电话中传出。

“林小姐，冒昧打扰了。先自我介绍一下，我是H国赛车公会负责此次新赛队人员的组长。我和我们会长，想请林小姐吃一顿便饭。”

“哦，赛车公会的……我现在很忙，有事请打给我的经纪人，先预约吧。”

“啊？”公会高层莫名其妙，还不等他继续开口，电话内已经传来了忙音，显然，林烟已经将电话挂断。

公会高层很是无语：“……”

“这怎么还要预约？我又不是找她拍戏。”老者一脸疑惑，不清楚发生了什么。

“邵元，你给林小姐打个电话，再把饭局定一下。”忽然，祁会长朝自己的儿子开口。

“我？”祁邵元挠了挠脑袋，“那老大不就知道是我出卖了她？我还能有好下场吗？！爸，你别坑你儿子啊。”

“废什么话！”祁会长盯着祁邵元，“人家艾维斯副会长都找上门了，你以为这件事还能瞒得下去？就算你不说，我们难道查不出来？”

祁邵元心想：似乎是这个道理，可总觉得哪里不对劲。

迫于亲爹的威压，祁邵元只能硬着头皮给林烟拨了电话。

“老大，有时间吗？”

“有，怎么了？”

“没什么事，我想约你吃个饭。”

“你请客？”

“嗯，我请。”

“位置发我。”

挂断电话后，祁邵元道：“已经约好了。”

祁会长看向其中一位高层吩咐道：“你去安排一下，要最高规格的，按接待国外赛车公会会长级的待遇办。”

“好，我明白！”

傍晚时分，林烟按祁邵元给她发的定位，来到了目的地。

看着眼前金碧辉煌的酒店，林烟不由得咋舌，这个祁邵元抽的什么风，请她吃个饭这么破费？

走入酒店，她告知接待包房号，就被带至包房门前。

推开房门之后，林烟顿时一愣，只见包间内坐着一群自己不认识的陌生人，而且都是中老年级的大叔。

“不好意思，走错了……”

林烟刚要退出去，祁邵元却忽然站了起来：“老大，没走错！”

看见祁邵元后，她微微一愣，满脸疑惑地走入了房间。

"邵元，这些人是？"林烟看着祁邵元，疑惑地开口。

"老大，我来给你介绍，这位是我父亲。"祁邵元指着一位威严的老者介绍道。

"你父亲？"林烟眉头微蹙，这祁邵元好端端地带自己来见他父亲做什么？太诡异了吧。

"林烟小姐，您好，很荣幸认识您。"此刻，祁会长站起身来，很绅士地为林烟拉开椅子，方便她入席。

"林烟小姐，这位不仅是邵元的父亲，还是我们H国赛车公会的会长。"一位老者笑道。

"H国赛车公会的会长？"林烟看向祁会长，神色诧异。祁邵元的父亲居然是H国赛车公会的会长？她怎么从来没听他提过。

"林烟小姐，您好，初次见面。"祁会长伸出手。

出于礼貌，林烟和祁会长握了握手。

"这些都是H国赛车公会的高层，这位是李副会长。"祁会长朝着一位穿着黑色西装的老者介绍道。

"哦，李副会长，您好。"林烟朝着李副会长点头。

"林烟小姐，您好，初次见面，十分荣幸。"李副会长连连点头。

此刻，林烟心中充斥着各种疑惑。这些H国赛车公会的高层怎么对她如此客气？还请她来这样的酒店吃饭，这是为什么？

"服务生，可以上菜了。"一位公会高层对房内的服务生说道。

"对了，林小姐喝不喝酒？这里的酒水很不错的，要不要试试白酒、啤酒或者葡萄酒……"一位公会高层老者问林烟。

"……不用客气，饮料就可以了。"林烟尴尬地笑道。

"好的。"高层老者点头，"服务生，加一瓶你们这里最好的饮料。"

这个包间有三位服务生陪伴左右，为顾客服务。

等菜上齐后，祁会长使了个眼色，一位高层立即会意，朝几位服务生说道："辛苦诸位了，我们有事情要谈，你们可以先离开，麻烦将房门关严，不要让人打扰。"

等服务生离开后，祁会长将酒杯倒满了酒水，旋即站起身来，朝着林烟举杯道："我们这些人都是第一次和林小姐您吃饭，这样，我们集体先敬林小姐一杯，林小姐您喝饮料就可以了，我们喝完，您随意。"

"啊？"林烟一脸蒙。这到底是个什么情况？

按照身份，她只是一个新人赛车手，而这些人是H国赛车公会的顶尖高层；按照辈分，这些人都能做她的父亲甚至是爷爷了，怎么一起来敬她的酒？

来不及多想，林烟立即将饮料喝完，又往自己杯内倒满了酒。别人可以这样敬她，但她总不能真让这么多前辈、长辈喝酒，自己喝饮料吧，这也太不礼貌了。

紧接着，林烟也站起身，随着众人一饮而尽。

“林小姐，初次见面，这是见面礼，希望您能喜欢。”说着，祁会长拍了拍手，朝副会长望去。

李副会长连忙取出一个礼盒。

“这么客气？”林烟稀里糊涂地接过了礼盒。

“林小姐要不要打开看看，或许您会喜欢。”李副会长笑道。

林烟下意识地打开了礼盒。璀璨的光芒简直闪瞎了她的眼！礼盒里面装着玻璃打造的小猫和小狗，栩栩如生，十分可爱。

“这玻璃猫和玻璃狗，挺可爱的。”林烟笑道。

李副会长神色尴尬，道：“林小姐，那可不是玻璃的。”

“不是吗？”林烟仔细打量。

“是钻石的。”李副会长解释道。

林烟双手一抖，险些把手中的钻石猫和钻石狗丢出去。钻石？！

她面色顿时一变，急忙将钻石猫和钻石狗推了回去：“不行不行，这个礼物太贵重了，无功不受禄，我不能接受。”

“这东西，只有林小姐才配拥有。林烟小姐您一手创立了天使之家这样的慈善机构，我们都十分佩服，这些权当是我们的一点心意，就算是给那些无家可归的小可怜的狗粮猫粮，如何？”李副会长笑道。

林烟若有所思，要是这样，那还能接受……可仔细一想，还是觉得哪里不对。

接受啥呀！这怎么感觉像是聘礼？

祁邵元约她来这样的地方吃饭，又把他的亲爹带来了，还送她这么贵重的礼物，这货该不会是……

林烟的目光落在了祁邵元的身上。

祁邵元触碰到林烟的目光立即红了脸，转过头，满脸的心虚。见他这副表情，林烟更加确定了心中的猜测。

毕竟她从来没想过祁邵元会将她的身份曝出来。

“那个，叔叔，我想可能是有一些误会吧……”林烟沉思片刻后，朝着祁会长说道。

“误会？当然没有误会了。”祁会长微微一笑。

“叔叔，是这样的，邵元的确很优秀，应该找一个更好的女朋友。”林烟尴尬地说道。

祁会长一声冷笑，说：“他优秀？还找女朋友？他就是个火坑，哪家姑娘瞎了眼会往火坑里面跳？”

“哎，爸……你这……”祁邵元看向自己的亲爹，嘴角微微抽动。有这样说亲儿子的吗？

“呵呵，不过，邵元最优秀的地方就是认识了林小姐您。”祁会长笑着补充道。

“……”林烟说道，“叔叔，我有男朋友了。”

“有男朋友？”祁会长顿时一愣，“有男朋友又怎么了？”

“……”林烟无语。

李副会长似乎意识到哪里不对，走到祁会长身旁，轻声说了几句话。

祁会长恍然大悟，连忙道：“林小姐怕是误会了，这次我们请林小姐来，可不是要提亲的……”

难怪之前的对话总感觉有些不对劲。

“林小姐的确是想多了，邵元何德何能配得上林小姐？”李副会长也连忙开口。

“……”轮到祁邵元也无语了。

他就是想不明白，他到底干啥了，大家为什么要这样猛踩他。

“林小姐，既然这样，我们还是开门见山地说吧，我们希望林烟小姐能够加入我们H国赛车公会。这一次，H国赛车公会的脸面，就全倚仗林烟小姐您了。”李副会长说道。

“老大，掉了……”不给林烟开口的机会，祁邵元尴尬地朝她说道，“马甲掉了……”

马甲掉了？所以说，H国赛车公会的这些人，已经知道她就是Yeva了？

林烟惊讶地看向祁邵元——亏自己那么信任他，这个叛徒！

“老大，不怪我，跟我没关系！是那个国外赛车公会的副会长艾维斯，他认出了你，找到会长办公室，找我父亲要说法……”祁邵元忙解释道。

听闻祁邵元的解释，林烟眉头微蹙。艾维斯……

对于艾维斯，她自然不陌生。当年在国外时，就是艾维斯大力赞成将她永久禁赛，而艾维斯这么做，只是为了一些赛车队的利益罢了。

如果祁邵元所言属实，应该是之前她在H国赛车公会总部时被艾维斯看见了。

林烟想起，那日离开后，她的确遇到了一队国外赛车手，或许艾维斯就在其中，只不过她没有注意到。

“林小姐，邵元这孩子虽然不懂事，但对林小姐是专一的……不，是忠心的……不，是很在乎的。他说的没错，是艾维斯副会长发现了林小姐，并且来质问会长。”李副会长向林烟解释道。

“好吧，原谅你了。”林烟瞥了一眼祁邵元后说道。

祁邵元这才松了口气。

“林小姐，我们真是万万没想到，珍宝就在眼前，我们却没认出来！鼎鼎大名的‘赛道死神’Yeva，居然成了我们H国赛车公会新赛队的一名领航员，这不是开国际玩笑吗！还好那个艾维斯认出了您，不然我们这样是会遭报应的。”一位公会高层说罢，看向祁会长，笑道，“会长，我说得对吧？”

威严的老人配合着点头：“没错，是这样。”

“Yeva女士，您可是我们H国人，当然属于我们H国赛车阵营，凭什么让国外的赛车公会指手划脚，他们配吗！”李副会长义愤填膺道。

“Yeva女士，国外赛车公会虽然没有明说您被永久禁赛，但是我们各国都清楚您已经被禁赛了，而且他们给出的禁赛理由十分可笑——赛车手服用兴奋药物，我这辈子都没听说过这么可笑的禁赛理由。赛车手吃兴奋药物参赛，等同自杀，这个道理谁还不明白呢。”某位高层嘲讽道。

“是啊老大，我都明白的事，国外的赛车公会能不懂？分明就是找个借口故意把你弄下去，免得老大太强，影响了其他赛车队的利益！”祁邵元也连忙点头。

“会长，副会长，还有几位叔叔，其实大家都明白的，我已经被禁赛了，各国的赛车公会同属一体，我在国外被禁赛，即便是在H国，也不能上赛道。”林烟沉思片刻，说道。

反正她的身份已经被艾维斯识破了，继续装下去似乎也没有什么必要。

“您说的是哪里话，H国赛车公会才是Yeva女士您的家，您为国外赛车公会已经做出了太多贡献，也是时候回家了吧。”李副会长笑道。

“就是啊，老大，咱们把浪蟒和屠夫那些人都带回来，干死国外的赛车公会，谁让他们这样卑鄙！”祁邵元激动地说道。

还不等林烟开口，祁会长就瞥了他一眼，蹙眉道：“闭上你的嘴！”

祁邵元一愣，满脸莫名其妙地问：“爸，我哪里说错了吗？”

“大人说话，你个小孩子插什么嘴，饭能堵住你的嘴吗，堵不住你就滚出去。”祁会长怒道。

祁邵元的心在滴血：“……”

他到底是不是亲生的，小时候爸妈说他是垃圾桶里捡回来的难道是真心话？

还说什么大人说话小孩别插嘴，那老大跟他也差不多年纪吧，有本事让老大也别开口啊？

“Yeva女士，小孩子说话不必当真，我们没有想让您那几位徒弟来H国的意思，主要还是Yeva女士您这边。”祁会长十分诚恳地对林烟说道。

“我考虑一下吧。”林烟答道。

祁会长和几位公会高层对视一眼。

“Yeva女士本来就是我们H国人，H国赛车公会就是您的家，Yeva女士在外面受了委屈，难道不应该回家吗，还有什么需要考虑的呢？”李副会长问道。

林烟看向李副会长，话虽如此，但……

“副会长，主要是我已经被禁赛了，即便是我同意，你们也不能违背各国赛车公会之间的条约吧？”林烟疑惑地说道。

“Yeva女士，这种事情，我们会处理的，您不必操心。”李副会长胸有成竹地说道。

如果Yeve不是H国人，那他们的确没什么话语权，但是现在的情况就不同了。

我们H国的顶级赛车手，他们凭什么给禁了？开哪门子国际玩笑！当H国赛车公会是摆设吗？居然欺负到我们头上来了？！

“我可以答应，但是我也有条件。”林烟沉思片刻后说道。

“Yeva女士，您请说。”祁会长说道。

“首先，我还不希望身份被曝光。”林烟说道。

“那是自然的，我们知道Yeva女士您的底线，我们完全给予绝对的尊重。”祁会长点头后，看向祁邵元，“听见没有，Yeva女士的身份，绝对不能泄露出去，否则拿你是问。”

话音落下，正用饭堵嘴的祁邵元顿时愣住。

当初是谁威逼利诱让他说出老大身份的？现在好处没看见，锅全让他背了！

“爸，我干脆改个名字叫祁邵锅吧。”祁邵元若有所思地说道。

然而，根本没人搭理他。

“第二点，我希望有自己的队伍，而不是公会创立的。我已经新建了一个极光战队，但是没有赛车手愿意加入。”林烟继续说道。

李副会长疑惑地问道：“极光战队是在H国建立的吗，是不是H国的赛车战队？”

“是的。”林烟点头。

“好，那就没问题。Yeva女士您可以自由分配赛车手去极光战队，我们会授予您这样的权限，公会的优秀赛车手，您可任意挑选。”李副会长笑道。

只要是属于H国的赛队战力，那就完全不成问题。

“目前就这两个条件，主要还是看你们这边如何同艾维斯去解释，毕竟我目前是被永久禁赛的状态。”林烟说道。

“林烟小姐，这个不需要您来操心，我们会和他们进行交涉的，不过……能否把您的身份证借我们用一下。”李副会长说道。

林烟也未多想，依言将身份证递给了李副会长。

“好，欢迎老大加入我们这个大家庭。”一位公会高层朝着林烟笑道。

“老大？”闻言，林烟神色怪异。

那位高层有些疑惑地说：“难道不对吗？我听邵元说，Yeva女士的粉丝，都称您是老大，我也是您的粉丝啊。”

“……”有些无语的林烟转而看了一眼钻石打造的猫和狗，说道，“这礼物你们还是收回去吧，真的太贵重了。”

“Yeva女士，就像我之前说的，这个不是送给您的，是我们资助给天使之家的，算是我们对流浪猫狗的一些心意。”李副会长笑道。

林烟沉思片刻，这才点头道：“好，既然是这样的话，那我就替那些流浪猫狗谢谢赛车公会了。”

不得不说，姜还是老的辣，每句话都说得滴水不露。

翌日，H国赛车公会总部办公室，还是昨天饭局上的几位公会高层。

“会长，艾维斯副会长来访。”一位工作人员敲开办公室的门，朝着祁会长汇报道。

祁会长点了点头说：“带艾维斯副会长进来吧。”

片刻后，艾维斯副会长走入办公室。

“快请坐。”祁会长站起身来，朝着艾维斯说道。

艾维斯板着一张脸，坐下后，翘起二郎腿，盯着祁会长问：“祁会长，调查得怎么样了？”

祁会长微微一笑：“艾维斯副会长，调查得差不多了。不过，我很好奇，Yeva女士被终生禁赛的理由是服用了兴奋药物，对吧？”

“什么意思？”艾维斯瞥了一眼祁会长，“这件事，虽然没有对外界公布，但各个国家的赛车公会高层都应该清楚，的确是这样，还需要重复询问吗？”

只要被任何一个国家的赛车公会禁赛，其他国家的赛车公会都应该去遵守，这是早已明确的约定。

“我只是好奇，赛车手服用兴奋药物参赛导致被禁赛，这还是破天荒的头一次，尤其是像Yeva那种级别的赛车手。”祁会长笑道。

“祁会长说得没错，赛车手服用兴奋药物上赛道比赛，那不是自杀就是要和别的赛车手同归于尽，这个道理，三岁小孩子都明白吧。”李副会长笑道，“所以，这也是为什么贵国的赛车公会没敢对外界公布Yeva被终生禁赛的原因吧？”

此刻，艾维斯眉头紧锁，有些不耐烦地看向祁会长等人：“你们这是什么意思，我们禁赛Yeva是什么理由，和你们有关系吗？你们无权过问，只需要遵守规则就行！”

“的确，我们无权过问，只不过是随口一提罢了。”一位公会高层点头道。

“我不管你们怎么说，Yeva在H国绝对不能上赛道。”艾维斯开口。

“Yeva？”李副会长神色诧异，“哪里来的Yeva？我们H国可没有Yeva。”

艾维斯顿时拍案而起，怒声道：“你们胡说什么！昨天那个女人就是Yeva，我已经明确告诉你们了，想要花样？”

“艾维斯副会长，您这生的是哪门子气？”当即，李副会长等人轻笑，安抚起了艾维斯。

“艾维斯副会长，您这就不讲道理了，昨天那位女士，是我们H国人，您怎么能说她是贵国的Yeva呢？您放心，如果她是Yeva，我们绝对不可能让她上赛道去比赛的。”祁会长笑道。

“她是！”艾维斯说道。

“不不不，她不是，她是H国人，叫林烟，隶属于我们H国赛车公会。不仅如此，她还是我们H国的一位明星演员，这一点大家都是知道的。”李副会长说道。

“我明白你们的意思了，要花招对吗？想把Yeva收入H国赛车公会！”艾维斯冷声道。

“哈哈哈，艾维斯副会长，说得那么直接做什么，大家心照不宣地互相给个台阶下，难道不好吗？撕破脸，对大家好像都没什么好处吧……哦，不，最没好处的，可是你们。”

李副会长若有所思地笑道：“你说，如果被大众知道Yeva被禁赛的原因，是你们判定她服用了兴奋药物……啧啧，我都不敢想会引起怎样的舆论风暴，我记得Yeva的粉丝可是遍布全球吧。”

艾维斯顿时涨红了脸，眸内满是怒火。

“还有，我说了，那位林小姐是H国人，在我们H国是合法居民，有身份证的。”李副会长说着，直接将林烟的身份证甩在了桌上，“艾维斯副会长，你看看这张身份证上，她的名字到底是林烟，还是Yeva？你公然要把我们H国优秀的赛车手终生禁赛，这是赤裸裸的挑衅，是站不住脚的。”

艾维斯副会长咬牙切齿，狠狠捏住了拳头：“你们这是在强词夺理！”

当即，办公室的数位公会高层对视一眼，不由得笑了起来。他们的确是在强词夺理，但是那又怎么样？

Yeva本来就是H国人，本就该属于H国赛车公会，本就是H国的顶尖级战力。

再说了，那张身份证上的名字不是“林烟”吗，他们用的人是林烟，又不是Yeva。让Yeva被终生禁赛可以，让林烟被禁赛，抱歉，他们不答应！就算是撕破脸皮，他们也不怕，舆论肯定会站在他们这边。

没点准备，还敢跟他们硬刚？也太小看他们H国赛车公会了！

看着艾维斯气冲冲地离开，祁会长和李副会长等众多高层大笑不已。之前在心中积攒已久的怨气，今天算是好好发泄了一通。

“Yeva女士……不，林小姐，您出来吧，人走了。”一位公会高层朝着里屋喊道。

林烟大步走了出来，对众人竖起了大拇指。

真厉害！这些人做事说话，当真滴水不漏，不服都不行，姜还是老的辣，今天她算是见识了。

“林小姐，您放心吧，他们不敢撕破脸的。”李副会长冷笑道，“那对他们只有坏处，没有好处。”

各国的赛车公会之间常有博弈，像林烟这样的赛车手，对其中的门道也有一些了解。既然H国赛车公会这边说没事，那肯定就没什么事了。

“林小姐，我先去会议室，你等半刻钟再过去即可。”李副会长说道。

林烟点了点头，应道：“好的。”

大约半刻钟后，林烟推开了会议室的门。

此刻，李副会长坐在会议室的正前方，下方坐着H国许多优秀的职业赛车手。昨日的梁老和苏彩等人也在其中。

见林烟不请自来，并且如此随意地推门进入，梁老顿时一怒，冷声喝道：“林烟，谁让你来的？！没看见我们在开会吗！”

林烟耸了耸肩，看向一旁的李副会长。

下面的苏彩则是一副等着看好戏的模样。

“梁明，你喊什么！”李副会长瞥了梁老一眼，眉头蹙起。

“副会长，这个林烟，我已经把她踢出队伍了。目无纪律，这样的人，简直是老鼠屎。”梁老对李副会长说道。

李副会长面无表情地看了一眼梁老，不耐烦地道：“林烟小姐是我请来的，有问题吗？”

话音落下，在场众人都是一愣。

“什么？副会长请来的？”梁老看着副会长，神色诧异。副会长怎么可能亲自出面请那个林烟过来？

“梁老，你好歹也是赛车公会的一员，言行举止都代表着公会，动辄说旁人是老鼠屎，这样的措辞，你为何不用在自己身上？”李副会长盯着梁老，冷声道。

“副会长……这是……”梁老难以理解地看向李副会长。

“什么这那的，赶紧向林小姐道歉。”李副会长催促道。

会议室内顿时一片哗然。众人还以为自己听错了。H国赛车公会的副会长，居然让梁老给那个林烟道歉？还是当着这么多人的面，这是没给梁老留一点儿情面。

“副会长，你是说，让我给她道歉？”梁老难以置信地开口。

“是的，你没听错，向林小姐道歉。”李副会长盯着梁老道。

“副会长，你没开玩笑吧？”梁老无法理解，李副会长今日这样的举动到底是什么意思。

“你觉得我在和你开玩笑？”李副会长淡淡地说。

虽然不清楚发生了什么，但是看李副会长的神态，绝不像在开玩笑。

犹豫了许久之后，梁老咬了咬牙，看着林烟说：“林烟，很抱歉，我之前不该那样说你，希望林烟小姐能原谅我。”

当即，李副会长对林烟笑道：“林烟小姐，梁老也是性子比较火爆，其实没什么坏心的。”

李副会长已经给足了她面子，林烟自然不好多说什么，只是笑道：“没关系的。”

“好，既然是这样，那这件事，咱们就翻篇了。”李副会长笑着点头。

此情此景，苏彩看在眼里，神色古怪，这李副会长到底抽的什么风？对一个林烟用得着这么客气吗？

“我给大家介绍一下。”李副会长看向众人，“这位是林烟小姐，以后就是H国赛车公会旗下所有赛队的总队长。”

总队长？！在场众人难以置信地朝林烟望去。他们没听错吧？让林烟这个新人来担任赛车公会旗下所有赛队的总队长？！

“副会长，是不是搞错了？”苏彩忽然站起身来，看向李副会长发问。

李副会长瞥了她一眼，旋即轻声笑道：“没弄错，是会长亲自指派的。”

“会长亲自指派的？”

苏彩神色惊诧，她哪里知道发生了什么。就连齐枫也十分意外，对于公会的做法有些不解。就在昨日，林烟还是他的领航员，可今天摇身一变就成了H国赛车公会旗下所有赛队的总队长。这种事情，可以说是史无前例的。

公会旗下的赛队，根本就没有设立总队长的职位，一般而言，是由公会的高层直接管辖的。别说是林烟这样的新人赛车手，即便是那些资历深厚的顶级赛车手也没这样的资格。

苏彩一直盯着林烟，心中暗暗思忖着。她不傻，自然知道事情不会这般简单，林烟恐怕是和公会的高层搭上了什么关系，否则不可能会发生这样的事情。

“对了，这次全球联赛，除了我们自己创办的赛队之外，林烟小姐创办的极光战队也会参加。”李副会长补充道。

“极光战队？”在场众人神色莫名，好像从未听闻过这个战队。

“极光战队……我好像之前在某个赛车网站上看见极光战队在招募赛车手，那是一个刚刚建立的初级车队，连足够的赛车手都没找到。李副会长，您说的极光战队，不会就是这个车队吧？”一位赛车手看向李副会长，诧异地开口。

李副会长的目光落在林烟身上。

林烟轻轻地点了点头。

李副会长当即笑道：“嗯……就是这个，极光战队虽然是一个新建立的战队，但我相信，在林烟小姐和我们H国赛车公会的努力下，极光战队一定会有远大的前程。”

在场众人面面相觑：“……”

有没有远大前程，似乎跟他们没有关系，反正他们和极光战队也没什么关系。

“因为极光战队是新赛队，目前还没有足够的赛车手，为了能够让极光战队成功登上全球联赛的舞台，并使之发光发热，公会决定，公会旗下三大赛队的队员，任由林烟总队长挑选，带入极光战队。”李副会长笑道。

话音落下，全场又是一片哗然。开什么国际玩笑，让他们去一个刚刚建立的初级战队，还是一位新人创立的！

“我反对！”

“反对无效，这也是会长的决定。”李副会长挥了挥手。

“林烟总队长，你可以先选一些人，还有两个赛队的赛车手，明天也会来总部，你可以随意挑选。”李副会长道说。

林烟一眼扫过下方人群，目光落在了齐枫身上，笑道：“齐枫先生，有兴趣吗？”

齐枫心想：他能说什么，没有吗？

“呵呵，都行。”齐枫沉思片刻后，尴尬地笑道。

除了齐枫之外，林烟还挑选了两位综合实力不俗的优秀赛车手，只不过，那两位赛车手看起来并不是很情愿，只是碍于公会施压，不得已答应了下来。而被没林烟选中的赛车手几乎都松了口气，庆幸林烟没有看上他们。

离开赛车公会后，林烟返回了云间水庄。

然后，她将凌月和星沉两人叫到自己的房间内。

“林小姐，我能不演吗？我又不是演员，我不会演戏。”星沉刚见到林烟，急忙开口。

“不行，我都已经答应别人了，而且还收了定金，岂能出尔反尔？就当帮我一个忙，钱我不会少给你们的，怎么样？”林烟看向星沉说道。

星沉心想：我看上去就那么缺钱吗？

“星沉，我们的命都是烟姐救下来的，帮个小忙没关系的。”一旁的凌月对星沉说道。

“那好吧，但我事先说明，我真的不会演戏，到时候我只能现场发挥，演得不好别怪我。”星沉说道。

林烟轻声一笑：“放心，雇主也不是专业的，随便演演就行，又不是真让你拍电影挣票房。”

紧接着，裴聿城给林烟发来了视频通话的邀请。

星沉和凌月对视一眼，星沉旋即道：“林小姐，那我们就先走了，到时候怎样演，你安排就行。”

说罢，凌月和星沉两人并肩离开。

片刻后，林烟接通了视频电话。手机屏幕中，裴聿城穿着一身睡袍，手边还放着书籍。

“这会儿怎么想起我了？”林烟看着视频中的裴聿城开口。

这几天裴聿城都没跟她联系，今晚倒是挺意外的。

裴聿城的目光落在林烟身上，轻声道：“刚把族里的事情忙完。”

“什么时候回来？”林烟问道。

“最近就会回去。”裴聿城答道。

她刚想继续开口，裴聿城却说：“你上热搜了。”

林烟顿时有点不知道该说什么。

最近这几天裴聿城一直在忙，两人几乎没怎么联系，所以，林烟没将那晚的事情告诉裴聿城。

“秦欢的事……”林烟轻声开口。

还没等她说完，裴聿城就轻声说道：“我是故意将秦欢留在身边的。”

“故意的？”林烟一愣。

“嗯。”裴聿城点头，“只可惜，他身后的人，我一直未能查出。”

“就是那个黑袍男人，我差点看见他的真面目了，可惜。”林烟叹了口气。

“下次不要这样，很危险。”裴聿城沉默片刻后开口。

“刚开始我也觉得很危险，不过，当我动手后，却发现一点都不危险。”林烟笑道，“你觉得那个黑袍男人怎么样？”

“少见的强。”裴聿城如实说道。

“那如果你和他交手，谁更强？”林烟满脸好奇。

“不能比较。”裴聿城微微一笑。

“不能比较？为什么，不都是进化者吗？”林烟不解。

“虽然同为进化者，可进化方向不同，他是身体进化，体魄进化力量近乎无可匹敌，甚至已经像是解开了基因。”裴聿城若有所思。

裴聿城说的话，林烟并不是很懂，譬如基因的进化，让她一头雾水。

“解开基因是什么意思？”林烟好奇地问道。

身体进化与大脑进化，林烟已经明白，就是类似战士与大魔法师的区别，可基因进化又是什么意思？

“身体的进化之路，进化到了极限，就有可能打开体内的基因，可以随心所欲地掌控基因。”裴聿城说道。

“啊？”闻言，林烟眸内满是难以置信的神色。

如果是这样，那真的太恐怖了。可以完美地控制自己的情绪，不会生病，即便是生病，无论什么样的绝症都能痊愈，还能随意地改变肤色、样貌……这还是人吗？

“如果可以随意控制基因，那岂不是无敌了？”林烟口中喃喃。

“你说的是改变基因。”裴聿城笑道。

“控制基因和改变基因有区别吗？”林烟又问道。

“有区别。”视频中，裴聿城点了点头，“控制基因，任何疾病和普通外力威胁都已经无法伤害到他的生命，且能够完美地控制自身的情绪，如果有必要，甚至能够真正意义上放弃所谓的三情六欲。”裴聿城顿了顿，继续说道，“控制基因达到极限后，才有可能改变基因，让基因重组，那时，才是真正意义上的无所不能，与大脑进化到百分百一样。”

“如果能够改变基因，会怎么样？”林烟愈发好奇。

对于进化者的力量以及理论知识，她早就有了浓烈的兴趣，而这种兴趣，甚至超过了其他的一切。仅对于进化者这条路而言，她好像就是一个刚刚出生的婴儿，对这个世界的一切都有着强烈的兴趣，想要去探索与发掘。

视频中，裴聿城罕见地陷入了沉默。似乎连他也没料想到林烟会问出这样的问题，一时间也不知道究竟应该如何形象地去解答，但如果是很专业的解释，林烟必然听不懂。

“见过狮子和老虎吗？”许久后，裴聿城轻声笑道。

林烟嘴角微微抽动，说：“见过吧。”

“如果能够彻底改变基因，可以把自己的基因改变成狮虎的基因，这样就可以变成狮子或老虎，或者变化成一条鱼……诸如此类，这仅是冰山一角。”裴聿城说道。

“太神奇了。”林烟不由得咋舌。

只不过，那个黑袍男人好像没裴聿城说的那么可怕吧。

即便无法改变重组基因，能够控制基因，也已经足够吓人了。

“如果你和那个黑袍男人打起来，谁输谁赢？”林烟好奇地问道。

“我们的进化之路不同，战斗方式也不同，结果无法判定，但有一件事可以肯定。”裴聿城轻声笑道。

“什么？”

“如果我的精神力消耗严重，他在近身的情况下，我必死无疑。”裴聿城说道。

“所以，你打不过他？”林烟瞪大了眼睛。

裴聿城轻声一笑：“我说的是被他近身的情况下。”

“那如果他无法接近你呢？”林烟又问道。

“如果无法接近我，我可以彻底将他摧毁。”裴聿城轻声开口。

林烟想了想，这样看来，裴聿城也应该不是自己的对手……

“你在视频中看见了吗，他打不过我，如果他是基因进化者，能够掌控基因，那我有没有可能已经能够改变基因了？”林烟满脸期待地问。

视频中，裴聿城盯着林烟看了许久，也不知应该说些什么。这种感觉就好似一个青铜级玩家，忽然认为自己能够血虐王者。

“我认为他可能是故意让着你。”片刻后，裴聿城将自己的想法说出。

“让着我？”闻言，林烟顿时一愣，满脸诧异道，“怎么可能？你没看见他有多凶残，我要真打不过他，他估计能扒了我的皮，怎么可能让着我？再说，我也不认识别的进化者啊。”

裴聿城陷入沉思，这也是他无法理解的地方。

“不信你问星沉和凌月他们，我跟他打了很久才把他打跑的，应该靠的是实力。”林烟面不改色地说道。

“或许吧。”最终，裴聿城只能如此说道。不等林烟开口，他又面色凝重地说，“你们被拍下的视频，在进化者的圈子内流传很广，近期务必小心谨慎，先等我回去。”

林烟微微一愣。在进化者的圈内流传很广，意思是她在进化者圈中出名了吗？

“嗯，我知道了，我会等你回来的。你自己在外面也要多加小心。”林烟点了点头。

Part 8

那些陌生又无比熟悉的记忆接踵而至。

挂断视频后，林烟把两只猫挨个儿撸了一遍。

没多久，齐枫打电话来，要跟林烟说下自己的戏份。

最终，拍摄时间定在第二天的晚上九点。

第二天一早，林烟去了一趟医院看望外公，给贺暮云带了饭，随后开车去找汪景阳。

林烟轻车熟路地来到汪景阳的家门前，从脚垫下取出钥匙，直接打开了房门。

汪景阳正坐在沙发上握着手柄，聚精会神地打游戏。

“狗子？”林烟走至汪景阳身旁，却发现他的状态很奇怪——

只见汪景阳一双眸子死死地盯着屏幕内的游戏人物，无比专注，就连自己在他眼前晃了晃都没反应。

“汪景阳！”林烟见叫了他数分钟都没反应，对着汪景阳的后脑勺就来了一下。

刹那间，汪景阳的眉头忽然深深蹙起，看见身旁的林烟后，神色诧异地问：“你是怎么进来的？！”

“光明正大拿着钥匙开门进来的，你还以为你家的备用钥匙藏在脚垫下面是什么秘密吗？”林烟瞥了汪景阳一眼。

汪景阳有些无语。

“你刚才干吗呢，打个游戏打得走火入魔了？叫你几十遍都听不见。”林烟面色不虞地说道。

汪景阳想了想，笑道：“那关不好打，我必须聚精会神……哎，不说这个，你找我干啥？”

“我来跟你说下戏。”林烟直奔主题。

“什么戏？”汪景阳莫名其妙。

林烟看着汪景阳，蹙眉道：“上次不是跟你说了吗，让你去演那个黑袍男人，就是我上热搜的那个视频。”

“啊……黑袍男人？”汪景阳不自然地看了林烟一眼，旋即道，“演什么黑袍男人啊，我又不会演戏，你就不怕我给演砸了？”

“没事的。”林烟轻声一笑，“找我拍戏的雇主要求很低，随便演演就行了。”

汪景阳叹了口气，林烟总有诸如此类的古怪要求，他真的很想拒绝。

“我能拒绝吗？”汪景阳满脸认真道。

“不行。”林烟摇了摇头。

“先吃饭吧，吃完饭带我去买衣服。”汪景阳无奈地叹了口气。

“买什么衣服？”林烟不解。

“让我演黑袍男人，你得给我买一身黑袍吧。”汪景阳说道。

林烟微微一笑：“这个要求我可以满足你，吃完午饭去买衣服，走，出去请你吃大餐。”

然而，汪景阳摇了摇头：“早不说，我饭菜都做好了。”

“哦，那就在你家吃。”林烟笑道。

汪景阳很无语。

客厅内，看着汪景阳端出的饭菜，林烟不自觉地流下了口水。

“狗子，这是你做的？”林烟诧异地看向汪景阳。

汪景阳一愣，朝着屋内四处打量：“除了我……难道还有别人？”

“你什么时候会做饭了？以前都是我做给你吃，我记得你连煮饭都不会吧。”林烟好奇地问道。

“以前是你在啊，现在你不在了，我只能学着自己做饭，很容易的。吃吧。”汪景阳先是沉默了一会儿，旋即看向林烟说道。

林烟尝了一口，就觉得自己的味蕾都快要炸开了。

“天哪，狗子，这也太好吃了吧！”林烟难以置信地盯着汪景阳道。

如果说，这些简单的家常饭菜都能做出这样的美味，她愿称汪景阳为食神！

汪景阳冷笑道：“低调一些，都是天赋惹的祸。”

林烟很无语。

“多吃点，你看你都瘦了。”汪景阳继续笑道。

片刻后，林烟吃完，将碗筷放在一旁。

对面，汪景阳一脸蒙地盯着她，他还没吃呢……

“吃啊，盯着我做什么？”林烟问道。

汪景阳眉头蹙起，看着几个空盘子，指着其中一个空盘子道：“这个是什么菜？”

“番茄炒鸡蛋！”林烟笑道。

汪景阳点了点头：“哦，你要不说，我以为是炒空气呢……番茄呢，鸡蛋呢？”

林烟有些尴尬地笑了笑，才发现菜好像都被她吃完了。

“这个又是什么菜？”汪景阳又指了指另外一个盘子。

“土豆青椒炒肉丝。”林烟下意识地说道。

“哦，你要是不说的话，我还以为是炒青椒呢……土豆和肉丝哪里去了？”汪景阳问道。

林烟哑然：“……”

“林烟，你大爷的，你让我吃空盘子啊！你也太能吃了吧，以后谁娶了你，还不得被你吃破产！”汪景阳埋怨道。

“谁让你做的菜那么好吃，连米饭都那么香，这可不能怪我。”林烟理所当然地说道。

闻言，汪景阳嘴角微微抽动：“你的意思是怪我？”

林烟眼珠子微转，忽然满脸兴奋地说道：“狗子，我想到一个赚大钱的门路！”

“什么意思？”汪景阳好奇道。

“我出钱，咱们合伙开一家饭店，你当厨师，我保证生意会好得不得了！我们五五分账，好不好？！”林烟激动地说道。

林烟发誓，汪景阳做的饭菜，是她这辈子吃过最好吃的饭菜，没有之一。

“好啊，我当厨师，你当服务生招揽客人，要不了多久，我们就发财了。”汪景阳点了点头。

“我给你投资开饭店，你却让我去当服务生？”林烟瞥了汪景阳一眼。

她可是异于常人的进化者，她的人生价值除了赚钱之外，还有拯救世界，她是超级英雄好吗！

“不吃了，你个饭桶，下次再来我家蹭饭，我就把煤气罐丢你脸上。”汪景阳冷哼道。

“看你那小气欠揍的模样。”

林烟说完，将桌上的碗筷端起，走进了厨房，十分自然地将碗筷洗干净。

“你干吗？”汪景阳好奇地问道。

“你不是没吃吗，我帮你收拾。”林烟说道。

汪景阳连连点头：“这还差不多，好兄弟讲义气！”

林烟随口吐槽："呸。"

看着她在厨房忙碌的身影，汪景阳陷入了沉默，一会儿眉头蹙成一团，一会儿嘴角扬起一丝温暖的笑意。

他的一颗心，起码在这一刻，有了可以暂时停留的港湾。

半个小时后，林烟系着围巾，端着饭菜走了过来："还有个汤。还有，你别天天打游戏，也要锻炼锻炼身体！"

"谢谢你……"汪景阳轻声道。

"什么？"林烟顿时一愣，还以为自己听错了。

"我说味道不错。"汪景阳笑道。

"我就说我听错了，你汪景阳会谢我，那真是太阳打西边出来了。"林烟冷笑道。

"我会谢你？你把我的饭菜都吃完了，给我做一份那不是应该的吗，我凭啥谢你？"汪景阳不服气地说道。

"别废话了，快吃吧，饭都堵不住你的嘴。"林烟说道。

"熟悉的味道。"片刻后，汪景阳放下碗筷，眸内浮现出一抹莫名的神色。

"味道怎么样？"林烟笑着问。

"嗯，好吃……"

汪景阳的表情，有点像是在笑，又有点像是在忧伤，可眨眼之间又恢复正常，再也看不出任何的情绪。

"要听歌吗？"忽然，汪景阳问林烟。

"什么歌？"林烟好奇地问道。

"到我旁边坐下。"汪景阳说道。

林烟走至汪景阳身旁，十分自然地坐下。

"给。"汪景阳将左耳的耳机取出，递给了她。

两人坐在一处，彼此无言。

……

风带着他走上最长的旅途
一路跟着晚霞再没有停下
拥过温暖星光，也吻过夜里最美的花。
一路肆意流浪……
还记得……故乡吗？
任生命穿梭
时间的角落
他静静看着人们爱过和恨过

随时间漂泊……
随她忘了或记得
他离开她的记忆，重复地活着。

“走，打游戏去！”

说着，汪景阳拽着林烟的胳膊，将她带到沙发旁。两人坐在沙发上，汪景阳将其中一个游戏手柄丢给林烟。

“你还在玩这个？”林烟诧异地看向汪景阳。

“嗯。”汪景阳点了点头。

林烟记得，这个游戏实在是太难了，当初还是自己拉着汪景阳开始玩的，因为单人模式她闯不过关。可没想到，都这么久过去了，他居然还在玩这个游戏。

“以前你在的时候，我们经常通宵打游戏，很容易就能闯过去。现在虽然我玩的是单人模式，但是也闯过了很多关，之前我们一起没闯过的关卡，我都自己闯过去了！”汪景阳看向林烟，像是在笑着说话。

“不错啊，你还挺执着的，我都放弃了。”林烟点点头。

“我只是，不想放弃……”汪景阳口中喃喃。

和汪景阳打了一下午的游戏后，两人来到商场。逛了不知多久，汪景阳的手中已是提着大包小包。

“林烟，你不是来给我买衣服的吗！”汪景阳对林烟怒声喝道。

林烟淡淡地瞥了汪景阳一眼：“你怎么那么自私，我先买点东西怎么了？你个大老爷儿们，提这点东西还能把你累着？”

“你也太无耻了吧！”汪景阳怒视林烟，这哪里是来给他买黑袍的，这分明是找人来进货的！

夜半时分，当初汪景阳与秦欢会面的地点。

汪景阳穿着一身黑袍。

“天哪。”林烟不停地打量着汪景阳，神色诧异地说道，“我简直神了！”

她到底是什么眼光，一挑一个准，这也太像了！汪景阳穿上这身黑袍后，和那晚遇见的黑袍男人的相似度起码能达到百分之八十！

“狗子，你看，像不像！”林烟打开之前的热搜视频，放在汪景阳眼前。

汪景阳万分无语。

还不等林烟再开口，星沉和凌月两人姗姗来迟。

“烟姐，我们来了。”凌月走至林烟身旁，轻声说道。

星沉打量着眼前穿着黑袍的汪景阳。

“看什么看，没看过黑袍人啊，再看眼珠子给你抠出来！”汪景阳瞪了星沉一眼。

“林小姐，你该不会是把黑袍本人找来了吧，太像了！”星沉朝着林烟说道。

林烟微微一笑：“主要是我眼光好。”

“这有什么像的，穿着黑袍不都一样吗，哪里看出来很像了……”凌月奇怪道。

“对嘛，这位姑娘说的话很实在，找谁不行，非要找我来受罪。”汪景阳说道。

几人正交谈着，齐枫开车来到此处。

下车后，他满脸兴奋地看着几人，说道：“大家好，我是赛车手齐枫，很荣幸认识几位专业的演员！”

星沉等人都是一愣——专业的演员？

“专业的价钱高。”林烟悄悄朝着星沉和凌月说道。

“对，我们都是极其专业的演员，好了，开始拍戏吧。”星沉点了点头。

“您好，您上次被打的那个戏真的太好了，就像真被人打得很惨一样。我记得那次是被打成重伤，差点被打死。”齐枫笑道。

星沉不太友善地盯着齐枫。

“怎么拍大家应该都知道了，就是还原上次的热搜视频，黑袍男人把星沉还有凌月打成重伤，然后齐枫出面，制止了这场打斗，成功赶走了黑袍男人。”林烟在一旁解说道。

“知道了知道了，快点开始吧。”一旁，汪景阳满脸不情愿地开口。

“林小姐，那你呢？”齐枫看向林烟。

“我负责拍摄啊，拍摄我是专业的！”林烟笑道。

“快开始吧，我还等着回家打游戏呢！”汪景阳不耐烦道。

“好了好了，开始！”林烟说着取出手机，对着几人开始录。

“狗贼，受死吧！”黑袍男人看向星沉，大声喝道。

“放马过来吧，我可不怕你！”星沉大声道。

林烟腹诽：这也太浮夸了吧？

“我要取你狗命，嘿！”汪景阳说着走到星沉身旁，一拳朝他挥了过去。

砰！下一秒，星沉本能地抬起腿，将汪景阳踹飞了出去。

林烟一脸蒙地看着星沉。

“抱歉抱歉，本能反应，兄弟你没事吧？！”星沉这才意识到了什么，急忙跑到汪景阳身旁。

“我们不是拍戏吗，你玩真的？”汪景阳被星沉扶起来后，大声喝道。

“没玩真的，我要玩真的你已经被我踢死了。”星沉尴尬地说道。

“我被你踢死，你吹牛呢？你来，你把我踢死我看看。”汪景阳不服气道。

“能不能专业一点？”林烟蹙眉走上前，“就按上次一样的来演行吗？”

被林烟一顿训斥后，汪景阳叹了口气，说：“好吧，我知道了。”

“失误失误，这次保证按照剧本来演！”星沉点头道。

林烟回到原处，举起手机，喊道：“认真点……开始！”

“你到底是什么人！”星沉盯着汪景阳，冷声开口。

“小朋友的问题不要太多。”汪景阳淡淡出声。

“找死！”星沉顿时一怒，朝着汪景阳冲了过去。

当即，汪景阳随意地挥了挥手。

下一秒，星沉十分浮夸地倒在了地上，咬破口中的鸡血袋，鸡血顺着嘴角流出，他还喃喃道：“好强……不可能！”

“……”汪景阳感觉自己受到了莫大的侮辱，他快演不下去了。

“你敢将星沉打成这样！”此刻，凌月冲了出来，怒视着汪景阳，一步踏出，速度极快地朝他冲去。

当即，汪景阳手臂轻挥，凌月也十分配合地倒在了地上，又是鸡血溢出。

汪景阳都快崩溃了——

有没有人来救救他？！

“住手！”

当即，齐枫跑了上来，看向星沉和凌月：“两位没事吧？不能说话吗？看来伤得的确很重，不要担心，我会保护你们的！”

“你到底是谁？为什么出手伤害我的朋友？”齐枫看向汪景阳，大声喝道。

汪景阳瞥了齐枫一眼，无精打采道：“别废话，你也来受死吧。”

“我劝你束手就擒，你不是我的对手。”齐枫说道。

紧接着，附近却传来了阵阵笑声，林烟等人纷纷朝着四周望去。

大约数秒后，足有十数人从附近走了出来。

齐枫盯着忽然出现的这些人，有些不解地看向了林烟。这又是什么戏，他记得没有那么多的人吧？

“真没想到，守株待兔居然也能守到。”其中一位留着寸头的年轻男人冷笑道。

“你们是什么人？”林烟蹙眉开口。

“进化者。”

“进化者？”林烟微微一愣。这是哪门子的戏码？拍个视频怎么还把进化者招来了？

“几位，你们最近可是很火啊，猎人公会对你们深恶痛绝，进化者之间的斗殴厮杀还被普通人录成视频传上网，影响了D城进化者圈内的评价。”

“你们是什么人，也想伤害我的朋友？”齐枫忽然站出身来，“有我在，不会让你们得逞的！”

在场的进化者顿时一愣。

“哪里来的傻子，滚开，与你无关。”

“既然如此，那就不必多费口舌了，出手吧！”齐枫冷声道。

林烟腹诽：大哥，这不是拍戏啊，你难道看不出来吗？

当即，齐枫朝着其中一人冲了过去，举起手掌，砍在了那位进化者的脖子上。

等了数秒后，齐枫轻声道：“兄弟，你应该倒下。”

那位进化者无语。

齐枫举起手掌又给了他一记掌刀，还不忘提醒：“兄弟，倒下啊。”

“找死！”被齐枫连砍了两记掌刀的进化者冷喝一声，一拳挥出。

巨大的力道袭至，拳劲带起一阵呼啸的狂风。直到这一刻，齐枫才意识到事情不对。几乎在须臾之间，他脚尖轻点地面，快速后退，看起来灵巧非凡，轻松躲过了一击。

见状，林烟盯着齐枫，神色诧异。这货刚才是不是飞起来了？！

只是，以目前的情况，林烟也来不及多想，急忙朝星沉和凌月说道：“猎人公会是来找事的，揍他们！”

“啊？不演了？”星沉擦了擦嘴角的鸡血，站起身来。

“演什么演，有人来找麻烦了！”林烟喝道。

星沉看向那十数位进化者，眉头猛然蹙起——根据这些无意之间释放出的进化之力来看，他们绝对不是普通的进化者。即便是他和凌月联手，也丝毫没有胜算可言。这些人不可能是猎人公会的人，应当是属于进化者中的亡命之徒，不会遵守任何进化者的规矩。

“诸位，我们是裴家的人，给个面子，都散了吧。”片刻后，星沉开口。

“裴家？”闻言，小部分的进化者面面相觑。

“哪个裴家？”其中一位进化者问道。

“云间水庄。”星沉如实说道。

有人出了很高的价码，要林烟的命，价码的确很诱人，但是没想到居然还牵涉着裴家。

“裴家又怎么了，我们连猎人公会都不放在眼里，还怕你裴家？光脚的还会怕穿鞋的？”一位进化者冷声笑道。

“你们当真不给裴家面子？”星沉的神色也逐渐冷了下来。

“自然是不给。”

“那没办法了。”星沉看向林烟，“烟姐快跑！”

如果让他们对付几个人，还没什么问题，但是眼下这么多人……真的打不过啊！

几乎下意识地，林烟拉着汪景阳就朝后方跑去。

“这就不管我了？！”齐枫的速度也极快，死死地跟在林烟左右。

“齐枫，你该不会也是进化者吧？”林烟瞥了一眼齐枫。

“现在不是说这些的时候吧。”齐枫有些尴尬地笑道。

林烟心道：早知道这活儿这么危险，我就不该接。

后方十数位进化者中，除了有身体进化者之外，也许大脑进化者也不在少数，他们岂会让林烟等人如此轻易地离开。

只过了几分钟，林烟和星沉等人已经被众人围了起来。

“不对啊！”忽然，林烟意识到了什么，蹙眉道，“我为什么要跑，我还怕他们？黑袍人都不是我的对手，就凭这几个臭鱼烂虾……”

汪景阳很无语：“……”

“对啊！”星沉眸光微闪，“烟姐，好好教训这些不知天高地厚的东西！”

“我劝各位从哪里来就回哪里去，否则的话，别怪我辣手无情了。”林烟一眼扫过四周的进化者，冷声道。

闻言，十数位进化者忽然笑了起来。

其中一位进化者说道：“你还真以为自己有点斤两了？”

“林小姐，这杂碎瞧不起你！”星沉看向林烟。

凌月眉头蹙起，说：“烟姐，我不知你是如何想的，但如果是我，我肯定让他们知道什么叫残忍。”

林烟腹诽：这星沉和凌月一唱一和的，是在挑事？

“我们只要这个女人的命，至于旁人，想走便走，但是如果你们想要保她，那今夜也得死在这里。”

“你们还真是好大的口气！”林烟冷声道。

其中一位三十出头的女人冷笑道：“是不是挑衅，试过才知道。”

说罢，那女人纵身一跃，瞬间来到林烟身旁，进化者之力疯狂涌现，要将她一击必杀。

下意识地，林烟一拳挥出。

此刻，汪景阳站在林烟身后，无人瞧见他藏在黑袍内的手指轻轻地动了动。

“哇——”须臾之间，女人重重摔落在地，自口中喷出一大口鲜血。

此刻，女人面色煞白地盯着林烟，眸内浮现出一抹震撼。

“我的天……”星沉和凌月对视一眼。这……也太恐怖了吧！

之前两人还怀疑，林烟到底是不是很强，但是现在看来，她的确很强。所以说，那晚的黑袍人，的确是林烟靠着自身的实力打跑的？

林烟看着被自己轰倒在地的女人，脸上洋溢着迷之自信：“还来吗？”

“一起上，这女人也不简单，不要留手，直接杀了她！”其中一位进化者大声道。

当即，十数位进化者一起压了过来，另外几位大脑进化者则是在后方施展进化者能力。

然而，如今的林烟，面对着这些人，却没有丝毫畏惧之心。

汪景阳眸内浮现出一抹寒芒。几个呼吸之间，一股难以形容的进化者威压，如同翻江倒海一样朝着四面八方袭去。下一秒，无论是在远处的大脑进化者，抑或是试图接近林烟的身体进化者，都纷纷如遭雷击，十数人如同商量好一般，在同一时间“砰”的一声倒在地上，彻底昏死。

看着之前还无比嚣张，此刻却已经彻底昏死的十数位进化者，星沉和凌月两人脸上写满了难以置信。

没人看见林烟究竟做了什么，但是十数位能力不俗的进化者就这样彻底地昏死过去了。

“这，这这这……”星沉先是看了看林烟，旋即，又朝着那十数位昏死的进化者打量。

林烟的所作所为，已经完全超脱了星沉与凌月所能够了解的极限。她到底做了什么？

莫要说旁人，就连林烟自己也神色震撼，她也不知道自己到底干了什么，那些人好像是自己倒地昏死的。

“林小姐，你做了什么？怎么会这样？”星沉看向林烟，眸内满是钦佩之色。

“我也不知道……”林烟一脸蒙。

“林小姐，你缺不缺徒弟？你是身体进化者，刚好我也是……要不，我拜你为师，你认我为徒怎么样？”星沉盯着林烟道。

同为身体进化者，星沉看看林烟，再看看他自己，差距还真不是一般的大。

到了如今，星沉终于相信，林烟绝对不可能只是F级进化者，肯定是仪器出了什么问题，要么就是林烟的进化者等级太高，普通仪器已经完全无法检测出了。

“我们是不是先离开这里比较好？”一旁的齐枫开口。

“小子，这些人该不会是你带来的吧？”此刻，星沉的目光落在齐枫身上，冷声问道。

齐枫连连摇头，急忙道：“当然不是，我都不认识他们，你怎么会这样想呢？”

突然，远处传来了鼓掌声。

林烟等人朝着远处打量。只见一个年轻男人，步伐缓慢，一步步地朝着他们走来。

“我早就应该猜到的，如果真的是你，这些小鱼小虾，如何会是你的对手？我说得对吗？”男人走近，嘴角带着笑意，朝着林烟开口。

看见眼前的男人，林烟眉头微微蹙起。对于这个男人，她当然不会陌生，纯粹的大脑进化者，甚至能够操控猛兽。如果她没记错的话，他的名字叫司白。

“这些人是你找来的？”林烟盯着司白，冷声开口。

司白点点头，说道：“的确，我让他们来杀你，可惜，这些人不是你的对手。”

“你是什么人？”星沉的目光落在司白身上，厉声喝道。

司白看向星沉，眸内浮现出一抹莫名的光泽。下一秒，星沉的嘴角便有鲜血溢出，整个人向后退了数步。

“你干什么？鸡血还没用完？”林烟突然莫名其妙地看向星沉。

星沉眉头深锁：“林小姐……不是鸡血，是我的血。这个人的精神力好强大！”

闻言，林烟若有所思地看着司白。很强大？应该没有吧？上次司白被她揍得可是够惨的。

“我早就告诉过你，你认错人了，如果继续纠缠不休，别怪我不客气了。”林烟对司白说道。

“认错人了吗？”司白嘴角微微上扬，“这世上，难道还真有如此巧合的事情？但，不管是否认错人，你承认也好，不承认也罢，自己种下的恶果，还是得由自己来承担。死在自己亲手打造出的第一代完美试验品手中，这种滋味应该很不错吧。”

林烟满脸莫名其妙的神色，什么第一代完美试验品？

司白说的每一句话，她压根都听不懂。

唰！根本不给林烟开口的机会，星沉忽然动了。

他速度极快，瞬间来到司白面前，一拳朝司白挥出。

像这样强大且纯粹的脑力进化者，身体都十分孱弱，只要被他们这样的身体进化者近身，一切都好说。星沉早已经打定主意，趁这个男人不备，用最快的速度接近他，然后给他致命一击。只要他来不及反应，他们就赢了！

然而，让星沉诧异的是，一面铜墙仿佛变魔术一般忽然落下，正巧挡在司白的身旁。

轰隆隆！震耳欲聋的声音袭至，仿佛清晨的敲钟之音，震得人耳膜生疼。

“这是什么？！”林烟神色诧异，还带这么玩的？

这司白不仅能控制猛兽，还是个魔术师吧！

“创造物质？”见状，凌月不由得瞪大了眸子。

“不可能！”星沉眉头深深蹙起，“除非他是神，否则不可能创造物质！”

“那为什么……”看着挡在司白身旁的铜墙，凌月难以置信地说道。

星沉将拳头收回，铜墙上已经被他一拳轰出一个深坑。下一秒，铜墙却消失不见，仿佛从来没有出现过。

“你是变魔术的？”林烟看向司白，诧异道。

“这种能力，你应该很了解不是吗？你才是起源。”司白看着林烟，轻声笑道。

后方，汪景阳打量着司白，神色古怪。这个男人，应该真是认错了人，否则他不可能不认识。可如果是认错人……想到此处，汪景阳的面色顿时一变，已经不敢继续深想下去。

恐怕，事情远远没有这般简单，他曾以为结束的事情，未必真的结束了。

“说什么胡话，我都告诉你认错人了。”林烟冷声道。

然而，司白没有再开口，铜墙消失之后，一股强大的意念力量瞬间涌现，仿佛要将林烟的灵魂都燃烧得一干二净。

一瞬间，林烟感到噬骨般的痛苦。在这一刻，她的大脑之中一片混乱，无数模糊的景象刹那间浮现在她的脑海中，那些陌生又无比熟悉的记忆接踵而至。

脑海中首先浮现的，是狰狞不已的群狼。小女孩躲在大人的身后，探着脑袋，好奇地打量着站在狼群中央、长发披肩、裹着兽皮的男孩。

男孩的眸内没有丝毫人类的感情，只有野兽的凶狠。这种凶狠让女孩心生惧意，不敢靠近，却依然很好奇。

没有见过外界事物的女孩，第一次拥有了好奇心。

Part 9

希望你以后的每一天，都可以像太阳一样温暖。

一直待在沐氏，几乎过着与世隔绝的生活，小女孩从来不曾与外人有过任何的接触。

每日读书、写字、画画，还有训练，她的生活似乎每天都在重复着。

这一天是女孩首次离开庞大的沐氏，她对外界的一切都感到无比新奇。而站在狼群中，眸内始终透着凶狠的小男孩，则是她跟着父母离开沐氏后见到的第一个外人。

女孩看见，许多随从上前，对群狼追逐殴打。小男孩的动作与狼无异，他拼死反抗，却遭到了随从的拳打脚踢。普通人如何能与进化者相提并论？何况只是一个小男孩？

“妈妈……”女孩神色不忍，看向了身旁相貌绝美的女人。

“小烟乖。”女人蹲下身子，将女孩抱了起来。

“都住手。”很快，女人出声制止。

原本正在驱赶狼群的随从依言停了下来。其中一条白狼嘶吼，见小男孩被人按在地上，疯了似的扑上去。

“松开他。”女人说道。

“是的，主母。”

小男孩被松开，冲过来的白狼轻轻舔着小男孩的面颊。

“这小孩不会是被狼给养大的吧，居然混在狼群中？看他的那些招式，里面只有兽性的凶狠，只怕以后是个祸害。”一位随从开口。

此刻，女人朝小男孩走去。

见状，几位随从面面相觑，有些担忧地道：“主母……”

“没事的。”女人笑道。

随从们也没有继续出声。

很快，女人已经成功接近小男孩，蹲下身子。

小男孩很警惕地看着女人，但还是站在原地，没有动弹。

“你有父母吗？”女人的语气很温柔。

小男孩没有开口，直勾勾地盯着女人。

“你有名字吗？”女人继续问道。

然而，小男孩依然没有说话。

“妈妈，他是哑巴吗？”女孩拉着女人的手，好奇地问道。

“主母，这孩子恐怕真是群狼养大的，应该不会说话。”一位随从开口。

“这孩子，真可怜……”女人伸手，想要摸一摸男孩的脑袋。

只不过被男孩本能地避开。

女人叹了口气，对随从道：“拿点食物来。”

很快，女人将食物递给男孩。他接过食物，眸内终于有了一丝涟漪。

然后，他拿着食物，迅速跑到狼群处，细心地将食物放在一匹白狼的嘴边。

白狼全身脏兮兮的，雪白的毛发已经呈褐色。它吃了一些食物后，就不肯继续进食了，只把剩下的食物用嘴巴叼至小男子的手中。

小男孩这才狼吞虎咽地吃起来。

“走吧。”许久后，女人才开口。

“妈妈，他没有父母吗？”小女孩瞪大了眼睛，不时地回头打量着小男孩。

而小男孩也站在原地，有些好奇地看着女孩。

“那匹白狼就是他的父母。”女人轻声解释道。

“可是那匹白狼很老了，应该活不久了，那他怎么办呀？”小女孩有些担忧地说道。

女人叹了口气，没有继续开口。

走了许久后，小女孩忽然说道：“妈妈，我们沐家有那么多那么多的人，我们可不可以把那个小哥哥带回沐家呀？”

“小烟乖，你要记住，只有足够努力，等以后强大了，才能帮助更多像他这样的人，明白吗？”女人蹲下身子，握住小女孩的一双小手掌。

“嗯，是的！”小女孩重重点了点头，“等我长大了，如果我有能力，我就会帮助很多很多这样的人，让他们不用再忍受饥饿和痛苦。”

女人满脸欣慰之色。

“那你要记住今天自己说的话哦。”女人笑道。

“嗯，妈妈，我不会忘记的！”女孩重重点头。

“那好，妈妈也答应你，带小哥哥回家。”女人轻声道。

车队原路返回，小男孩依然站在原地没有离开，抱着白狼，后方则是狼群。

“主母，那条白狼死了……”一位随从说道。

女人叹了口气，走向小男孩，问道：“你愿意跟我回家吗？”

小男孩看了一眼女人，又看了看怀里已经死去的白狼。

没多久，小男孩流下了眼泪，他轻轻为白狼拂去皮毛上的灰尘。

“小哥哥，你跟我们回家吧。这个地方好冷，也没有东西吃，我们家很暖和的！”小女孩壮着胆子朝小男孩轻声开口。

小男孩擦了擦眼泪，抬头看了女孩一眼。

“妈妈，我们帮小哥哥把那匹白狼埋了好吗？”女孩问道。

“好。”女人点点头。

女人柔声细语安抚了小男孩许久，才从他的怀中将白狼的尸体取了出来。直至将白狼埋在大地中，小男孩忽然又流下了泪水。

不知过了多久，小男孩被小女孩牵着，朝着远方走去。

每行一步，小男孩都会回头，朝着身后的狼群打量，仿佛在与家人告别。

没有一匹狼离开，它们的目光都集中在小男孩的身上，兽性的眸内，罕见地出现了不舍的情绪。

“我们会好好照顾小哥哥的，你们放心吧，我们会来看你们的！”女孩转过身，朝着狼群挥手。

话音落下，狼群这才舔了舔舌头，发出一声声的狼嚎后，转身离开。

偌大的氏族中，小男孩好奇地打量着一切，仿佛这一切本该存在他的记忆中，却又不该存在。

一切都如同镜花水月，让他已经分不清真真假假。

“这个是鸡腿。”女孩盯着男孩，将手中的鸡腿放在了男孩的手中。

“是鸡腿。”男孩轻轻说道。

“嗯，是鸡腿，是妈妈亲手做的！”女孩笑道。

“谢谢。”小男孩眸内的兽性似乎已经逐渐消散，面容上也罕见地带着一丝害羞。

“狼哥哥，妈妈给你取的名字，你为什么不喜欢啊？”小女孩问道。

“嗯……我……我……我不……不喜欢。”小男孩摇了摇头。

“那我给你取个名字好不好？”女孩笑道。

“好……好啊。”小男孩看向女孩，连连点头。

“沐……什么呢……”小女孩低头沉思，片刻后，她忽然说道，“就叫沐阳好不好？沐浴阳光，希望你以后的每一天，都可以像太阳一样温暖。”

本该不属于她的记忆，就如同潮水一般涌入了林烟的脑海深处。

那一张张她不甘忘记的面孔，还有那些从不曾忘怀却已经逝去的音容笑貌。

“沐烟……你还好吗？可不能忘记了我呀！”

“沐烟，加油啊！”

“沐烟，你给老娘活着……一百年内别让老娘在下面看见你……小烟……救我……我……不想死……”

“小烟……别死啊！”

“沐烟，你混蛋，就这样把我忘了？我们可是铁三角……好好活着，爱过。”

……

“啊！”黑夜之中，林烟口中发出一阵阵惨叫，周身扬起可怖的气浪，四周原本昏死的十数位进化者瞬间便被这道气浪掀飞。

“林烟！”汪景阳立即蹲下身来，不停地安抚着她，“我在……我在……小烟！”

此刻，星沉和凌月面面相觑，到底发生了什么？前后不过数秒的时间……

“肯定是那个男人用意念力量攻击烟姐了！”凌月急忙道。

星沉的眉头忽然蹙起：“就算林小姐的进化程度再高，但也没什么经验，而且她是身体上的进化，肯定没办法招架那种纯粹的意念攻击。”

“混蛋！”星沉猛声一喝，再度飞跃至司白的身旁。

然而，和之前如出一辙，铜墙再度出现，将星沉挡在了外面。

星沉的拳头虽硬，可铜墙却更硬，以他的实力，目前还无法破去铜墙的防御。

痛苦的记忆，如同潮水一般，将林烟彻底淹没。

他们存在过，每个人都让她如此刻骨铭心，每一位都曾经在她的生命中不可或缺。

而现如今，那一张张熟悉的笑脸，那一幕幕嬉笑打闹的场景早已不复存在。

他们微笑着祝福，在绝望来临的最后一刻，依然将自己的身体挡在了最前方。

她怎么能忘记？她有什么权利和资格忘记他们？

“沐烟，送你一朵小花花……”

“沐烟，你记住……死不可怕，可怕的是，你对生再也没了欲望……我知道，我知道你会忘记我们的……好好活着吧，你的骑士永远都在。”

“沐烟，老娘可喜欢你了……别死在我前面哦。如果哪天我死了，记得烧几个男人给我，要好看的。但在此之前，我们会……”

“会一直陪在你的身边。”

“加油！”

“加油！”

“加油！”

这些记忆如同梦魇一般，让林烟的脑袋欲炸裂。

她记起了那些面容，以及让她永远无法释怀的那些曾经。

林烟口中的惨叫声愈发震耳。

星沉咬了咬牙，折返回来，急忙道：“我们先带着林小姐离开……那人太强了！”

“为什么……”忽然，林烟停止惨叫，长发披散在地，痛苦地喃喃。

“什么？”凌月走上前，蹲在林烟身旁问，“烟姐，你说什么？”

“为什么……为什么是我？！”一道夹杂着无可抑制的狂怒之音，自林烟口中发出。

此刻，星沉和凌月都彻底傻了。只见林烟一会肆无忌惮地笑着，一会又悲痛欲绝，泪如雨下，他们以为她精神遭受重创，疯了……

“为什么是我……”林烟小声呢喃。

“林小姐，你没事吧，你到底在说什么？”星沉神色担忧。

凌月将手轻轻放在了林烟的肩上。

“给我滚！”让人意料不到的是，林烟却如遭雷击，顿时站起来怒吼道。

刹那间，仿佛连时间都在她的这一声咆哮下彻底静止。

蹲在林烟身旁的星沉和凌月两人，只觉得心脏瞬间被无形的巨掌握住，瞳孔猛然一阵收缩。

下一秒，“砰”的一声，在林烟无法抑制的失控气势下，星沉和凌月彻底昏死过去。

“小烟……”汪景阳站起身来，看着几乎失控疯魔的女孩，他已潸然泪下，“我一直……都在。”说着，他上前，将林烟抱在怀中。

“而且……我也一直都在准备……我会让你好好地活着，他们再也无法伤害你和你身边的人……只要，我还在；只要，我还没死……如果有一天，我真的离开了，你也会忘记我……会忘了这一切吧……好不甘心啊……”

两人的额头紧紧贴在了一起，泪水也混合在了一处。

没有人知道，他们究竟经历过什么，又在忍受着什么。

“你们的戏，唱完了吗？”司白站在远处，似笑非笑地开口。

汪景阳缓缓转过头，一双平静到可怕的眸子，仿佛要穿透他的心脏。

见状，司白不由得蹙眉，他还是第一次见到如此可怕的眼神。

这是人类的眼睛吗？可是为什么在男人的眸内有可怖的兽性？！

“你……该……死！”汪景阳松开林烟，面色阴沉地朝着司白一步一步走去。

“哦，倒是疏忽了……你的确是很可怕的身体进化者，但你不是我的对手，止步吧，与你无关。我只是要她的命，她的债，她来还。”

“是你让她再次回忆起了绝望和深渊……”汪景阳没有接话，只是阴沉地自言自语。

“有趣。”司白嘴角微微上扬，“你若自寻死路，也别怪我不给你生路。”

“你该死。”说着，汪景阳一步踏出，瞬间来到司白的面前，如同戏耍了时空，重新定义了时间。

见状，司白的面色顿时一变，下意识地后退。

“改变时间秩序，扭转空间？”司白诧异地看着汪景阳，可很快，他又摇了摇头，“不可能！难道是因为……速度太快造成的错觉？你……你解开了基因？！”

唰！汪景阳没有言语，直接一拳挥出。

然而，与此同时，一道巨大无比的铜墙铁壁挡在了司白的正前方。

这道铜墙铁壁比之前拦住星沉的铜墙，不知强出多少个次元，仿佛一座真正的铜墙城堡降临世间。

汪景阳看着身前的铜墙铁壁陷入了沉默。

“这是最强的防御，哪怕你解开了基因……”

还没等司白把话说完，汪景阳已经一拳挥出。

轰隆隆的爆炸之声朝四面八方传出，面前的铜墙铁壁瞬间炸裂。

两人面前，再也没有任何隔阂。

司白看着近在咫尺的汪景阳，眸内浮现出难以置信的神色。

怎么可能？！怎么会有进化到如此可怕境地的进化者？！

仅是一拳，他引以为傲的防御就瞬间支离破碎，不复存在。

司白来不及震撼，后退的同时，控制着几只难以形容的巨大猛兽凭空出现，拦在了汪景阳身旁。

“第八阶进化兽，每只都是S级进化力量，你可以试试你们的身躯谁更强一些。”司白冷笑道，“我今天就不陪你玩了，你想保那个女人，那就记住，时时刻刻待在她的身边，寸步不离，因为我将无处不在。”

说罢，司白转身消失在黑夜之中。

看着朝自己扑来的几只巨兽，汪景阳眉头微蹙，那个男人的进化之力当真有些奇怪，他还从未见过这种进化之力。

解决完几只猛兽，汪景阳瞬间回到林烟的身旁。

此刻，她依然蹲在地上，双手捧着脑袋，似乎正在经历常人难以理解的痛苦。

“小烟……一切都会恢复平静，我会陪着你，等那个人找上门来……然后，我会带着他……一起永远地消失……我或许……已经准备好了。”汪景阳蹲下身，看着林烟。

“沐……阳……”林烟睁开微红的眸子，神色疑惑，情绪复杂。

“小烟……好久不见了……好想你。”汪景阳盯着林烟。

两人四目相对，却又在一瞬间，同时红了眼眶。

“我……想你……想他……想她……”林烟说着伸了伸手，“我害怕……我怕……”

“我已经打开了第三阶的基因，小烟，我已经准备好了。”汪景阳笑着说。

“第三阶基因……你……不可以……”林烟摇头。

“我们已经逃了好久好久不是吗，我们已经没什么可失去的了，你被夺走的，我会亲手讨回来。我的第三阶基因，随时在等待这一战。”汪景阳口中喃喃。

“会……会死……”林烟咬牙。

“比起我死……我更怕……”汪景阳看着林烟，眸内充斥着不舍，他想说些什么，可最终没有说出口。

“还记得吗，我们偷偷溜出去旅行，那是我们第一次看见湛蓝的海水……”

看着林烟身上逐渐散发出一丝丝光泽，汪景阳闭上了眸子。

能不能再让我听听你的声音……

在这个世上，到处都是你的倒影，可是我的你，你又要去哪里……

“小烟，我知道，你从来就不会向命运屈服，而这一次……求你，别再想起……”

汪景阳轻轻擦干林烟眼角的泪水，他不知道自己的脸上是否还挂着笑。

林烟看着汪景阳，不舍地伸出手，想要抓住什么，可四周空无一物。

脑海中，男人出现，他伸了伸手，冷酷的面容却遮不住眸内的柔情。

最终无法忍受，她开始逃离，撞车……

遗忘……

看着林烟身上的光泽愈发浓烈，汪景阳嘴角微微上扬，从不抽烟的他，从星沉身上取出一盒香烟和一个打火机。

他将香烟点燃，四周烟雾缭绕。

他们，只是想活着，仅此而已。

可是，好难。

不过，她的能力，真的好美，好特别……却也很残忍。

“睡吧，我一直都在。”汪景阳坐在林烟身旁，轻声笑道。

不知过了多久，林烟只觉得头痛欲裂。她的脑袋像是要炸开，眼前的一切都有些模糊。

数分钟后，林烟才回过神来。

“林烟，你终于醒了。”汪景阳看着她，轻声笑道。

“沐阳……”林烟看着汪景阳，轻声开口。

闻言，汪景阳脸上的笑意顿时消散，眸内起了一层雾，潸然泪下。

“狗子……你，你怎么哭了？”林烟看着汪景阳，拍了拍脑袋，“是不是刚才吓着你了？对不起，我真的没想到会这么危险，否则我不会让你来的，别哭了，我错了……”

“是啊，吓到我了，我很怕。”许久后，汪景阳脸上重新挂着笑，对林烟说道。

“怎么回事，司白呢？”林烟摇摇晃晃地起身，还是有些疑惑，沐阳是谁……为什么她刚才会如此强烈地想喊出这个名字。

但是，她一点也记不起之前发生的事情了。

到底怎么回事？司白出现后，她头痛欲裂，之后发生了什么，她居然没有一丁点的印象。

“星沉，凌月……”见两人还处于昏迷状态，林烟急忙上前查看。

“啊！”星沉猛地喘了口气，这口气好像是憋了好久。

“谁，谁偷袭我！”星沉立即站起身来，警惕地朝着四周打量。之前他好端端的，心脏却好似被人死死捏住，再之后他便失去了意识。

没多久，凌月也苏醒了过来。

“烟姐，你没事了？”见林烟完好无损，凌月这才松了口气。

林烟点了点头：“我没事。”

“没事就好，那个男人的进化之力好厉害！不过……他人呢？”凌月朝着四周打量。

星沉和凌月以为，他们之所以昏死过去，完全是因为被司白的进化之力攻击了。

“被打跑了。”汪景阳说道。

“啊？被谁打跑的？”林烟好奇地开口。

“被你啊。”汪景阳笑道。

“我？”林烟微微一愣，司白怎么会被她打跑？她一点印象都没有。

“嗯，反正我看见就是被你打跑的，别的我就不知道了。”汪景阳说道。

“林小姐，你也太强了吧。”星沉瞪大了双眼，诧异地看着林烟。

林烟晃了晃脑袋，说：“唉，我记不清了，不过被打跑就行……对了，齐枫呢？”

“那小子早就跑了。”汪景阳说道。

今天真是差一点阴沟里翻了船。

之前面对那个司白，她是在对方毫无准备的情况下一拳把他揍翻，可今天那个司白学乖了，上来就针对她。

这也是林烟真正意义上领会了大脑进化者的威力。说白了，之前的林烟，虽然和司白这种大脑进化者交过手，但仅仅只是打了一个照面而已，与其说是交手，还不如说是偷袭，才有了一拳把司白这种大脑进化者打翻在地的后果。

今天晚上的司白显然是有备而来的，连星沉也没能得手，差点让他们全军覆灭。

之前一直小看了司白，林烟也没想到，大脑进化者的能力会如此特殊，如果是这样的话，那根本防不胜防，以后得万分小心。

“狗子，没事吧？”林烟看向身旁的汪景阳，满心愧疚，如果不是她的话，汪景阳哪里会身犯险境。

“没事，就是受到一点惊吓，不过……你们到底怎么回事？”汪景阳看着林烟等人问道。

林烟尴尬地笑了笑：“说了你可能不信，可你都看见了，我就告诉你吧……”

无奈之下，林烟只能将进化者的事告诉给了汪景阳。

“你一点都不觉得惊奇？”见汪景阳脸上没什么表情，林烟很是不解。

“惊奇，当然惊奇啊，我刚才只是没回过神来。哇，这也太酷了！”汪景阳无精打采地开口。

“兄弟，今天晚上的事，不要告诉别人啊。”星沉走过来，看向汪景阳叮嘱道。

“好，我保证守口如瓶，绝对不说。”汪景阳点了点头。

“烟姐，那咱们的视频还拍吗？”凌月问道。

林烟腹诽：眼下都什么情况了，还拍视频，开什么国际玩笑！再多钱也没命重要吧。

当即，她给齐枫打了个电话，让他麻溜地滚回来。

几人等了大约半个小时，齐枫才开车返回。

“你小子跑得倒是比谁都快。”星沉看向齐枫，冷声开口。

这得亏他们没什么交情，要是关系稍微好点，人稍微熟点，齐枫的行为，那就是彻彻底底的大叛徒。

“我不是逃，其实……其实我是去找帮手！”齐枫走下车，看向星沉等人说道。

星沉嘴角微微抽动，问：“帮手呢？”

“哦，没找到。”齐枫尴尬地笑了。

星沉心道：害怕就害怕，跑了就跑了，非要说得那么仗义，还找帮手。

“真没义气。”林烟看了齐枫一眼。

齐枫连忙说道：“我没义气？开什么玩笑！我是出了名的有义气，我真是去找帮手。但你们也知道，帮手这种东西那得随缘，我可能没什么缘分吧。”

“等你找来帮手，黄花菜都凉了，到时候你能做出最义气的事，就是帮我们收尸，烧点纸钱什么的。”星沉不满地说道。

“放心吧，这些小事我肯定不会推脱。”齐枫点头道。

“……”林烟四人真想用眼神杀死他。

其实，林烟并不怪齐枫，这件事原本就跟他没有什么关系，没必要因为她而卷进来。

只不过，她完全没想到，眼前的齐枫居然也是一位进化者。

“齐枫，你是一位进化者？”林烟看着齐枫，若有所思地问道。

齐枫陷入了沉默，片刻后才承认：“我的确是一位进化者。”

星沉眉头忽然蹙起，说：“你是进化者，那你找林烟小姐拍视频的用意是什么？今天如果说不出一个理由来，你想要离开，恐怕也没那么容易。”

齐枫的眉头紧皱，看向星沉：“小朋友，你什么意思？”

“谁是小朋友？你喊谁小朋友呢！”星沉取出一根棒棒糖丢到口中。

“林小姐，我怀疑之前的那个男人，就是和齐枫串通好的，故意把我们骗到这里来。”星沉对林烟说。

齐枫连忙否认：“这跟我可没一丁点儿的关系，你们想，如果我真是和他一伙的，直接带他去找林烟小姐就好了，何必这么麻烦，还带着你们几位帮手，对不对？”

“齐枫说得有道理。”林烟点头道。

“烟姐，就算他和那个男人不是一伙的，此人肯定有什么目的，必须让他老实交代。”凌月出声提醒道。

林烟的目光落在了齐枫身上，打量数眼后道：“齐枫，你说你从小就有个武侠梦……”

还不等她将话说完，齐枫指天发誓道：“林烟小姐，我如果骗你我就不是人，我真的从小就有个武侠梦……”

“你是一位进化者，还需要武侠梦？”林烟表示疑惑。

齐枫不解道：“进化者是进化者，武侠梦是武侠梦，这两者难道有什么冲突吗？”

“这……”星沉盯着齐枫，本想开口反驳，却发现这货说得有理有据。

“难道我睡惯了五星级酒店，就不能睡旅馆吗……”

“难道我吃惯了山珍海味，就不能吃蛋炒饭吗？”

“难道我……”

“停停停！”星沉急忙止住了还欲开口的齐枫，“行了，我们相信你有个武侠梦，我求你不要解释了，我怕我会失控。”

“齐枫，你找我们来拍视频的目的到底是什么？我希望你能够说实话。”林烟目不转睛地盯着齐枫。

齐枫却陷入了沉默。

许久后，他才开口：“我有一个武侠梦……”

“……”林烟很无语。

星沉怒道：“你够了啊你！”

“好好好，我说还不行吗？”齐枫叹了口气，“你们知道那个大魔头吧。”

“什么大魔头？”星沉不解。

“就是那个女魔头……”齐枫说道。

“你玩我呢？哪个女魔头？”星沉怒道。

“我怎么知道哪个女魔头，反正大家都这么叫，挺狠的一个女魔头，名气在进化者的圈内也很大，但是身份十分神秘，几乎没人见过她。”齐枫说道。

林烟和凌月一时说不出话：“……”

齐枫口中的那个女魔头，该不会就是司白将她当成的那个人吧……

不仅是司白，连凌月都说过，自己和那个女魔头很像。

难道说她真是个女魔头？失踪是因为遭到重创，然后失忆了？

否则，她怎么会如此厉害？先是打跑了黑袍男人，后面又打翻了司白，她也太强了吧。

而如果自己是那个女魔头的话，那就能解释清楚了。

可林烟仔细想着，她似乎没有什么残缺的记忆，自己怎么会和女魔头联系到一起的？

难道她有双重人格？还是说，裴聿城附在她的身上混成了女魔头？

林烟越是想得仔细，越是发现可笑得离谱。自己的脑洞好像太大了一点！

“我怎么没听说过什么女魔头？”星沉若有所思。

“那肯定就是你孤陋寡闻了，没事的话，多去进化者的论坛看看，上面有好多秘闻。”齐枫笑道。

“什么东西？进化者论坛？还有这个？”星沉一愣。

“你会上网吗？”齐枫问道。

星沉十分自然地摇了摇头：“我不会啊。”

“哦……那没事了。”齐枫说道。

星沉腹诽：感觉自己被瞧不起了是怎么回事？

“那么，你接近我们，还要原班人马来拍视频，和女魔头有什么关系？”

林烟看着齐枫，问道。

“其实，是有个老头让我这么做的。他说你和女魔头有些相似，而且，这位姑娘也像某个人，所以要我把你们聚齐了，然后拍成视频让他仔细看看。”齐枫说道。

“老头，什么老头？”凌月忽然警惕起来，连她也要拍进去？

“不清楚。”齐枫摇了摇头。

“不清楚？你最好说实话！”凌月有些反常地怒道。

“我真的不清楚啊……”齐枫叹了口气。

“如果你连他是谁都搞不清楚，为什么要答应他做这样的事情，甚至花钱请我们来拍视频？”林烟开口。

“世上文字有千千万，你们觉得，哪一个字可以让人奋不顾身、迷失自我？”齐枫叹了口气。

“权！”星沉下意识地开口。

齐枫摇了摇头，目光落在林烟身上。

林烟毫不犹豫地开口：“钱！”

齐枫有些无语：“……”

“情？”一旁的汪景阳轻声问道。

齐枫的眸光微闪烁，忍不住鼓起了掌：“对，就是情。”

林烟和星沉面面相觑：“……”

“这位兄弟理解得透彻，就是一个‘情’字。”齐枫叹了口气。

林烟诧异地盯着齐枫：“所以……你喜欢那个老头？”

齐枫忙道：“什么我喜欢那个老头，我喜欢他女儿。他说了，只要我拍到林小姐和这位凌月小姐的视频，他就答应让我和他女儿交往。”

“我不管你喜欢那个老头还是喜欢那老头的女儿，你就这么把我们给卖了是什么意思！”林烟满脸不悦。

“其实这些都不重要，卖你们……不是，喜欢她女儿只是顺带，主要还是我从小就有个武侠梦。”齐枫说道。

“那老头长什么模样？”凌月急忙问道。

听齐枫将老头的大致模样描述完，凌月面色大变，身躯不由得颤抖起来。

林烟察觉出了凌月的异常，忙问道：“凌月，你怎么了？”

凌月看向林烟，挤出一丝笑意，说道：“烟姐，我没什么事。”

“真的没事？”林烟见凌月的神色并不太好，有些担忧，总觉得她有什么心事。

“烟姐，我真的没事。”凌月勉强挤出一丝笑意，朝着林烟说道。

“你说的女魔头，是不是Death的势力？”汪景阳看向齐枫，问道。

“对对对，就是这个势力，Death，完全没错。”齐枫连连点头。

在场除了齐枫以外，林烟众人的目光瞬间落在了汪景阳身上。

“怎么了？”见状，汪景阳满脸莫名之色，为什么都这样看着他？

“狗子，你是怎么知道这个势力的？而且还被你说中了，最重要的是，听你的语气，你好像听说过女魔头啊。”林烟十分狐疑地盯着汪景阳。

林烟觉得：连她和星沉这样的进化者都不知道，汪景阳身为一个普通人，怎么可能会知道？

不仅是林烟，就连星沉和凌月两人也诧异地盯着汪景阳。

听了林烟的质疑之后，汪景阳这才微微一愣，忽然想起，他现在就只是一个普通人的身份罢了，作为一个普通人，他怎么可能说出Death这个进化者势力的名号？

失误，完全是失误！

“这个啊，你听我说……刚才那位兄弟说的那个进化者论坛，其实我之前也无意之间点进去过，看了很多帖子……我以为都是一群神经病瞎编的呢。”汪景阳眼珠子一转，立即找到了借口。

“兄弟，你开玩笑的吧？”齐枫盯着汪景阳说道。

“没有，我说的都是真的。”汪景阳说道。

“不可能。”齐枫摇了摇头，说道，“那个进化者论坛，从建立的最初就经过层层加密，如果没有多重密码，根本不可能登录进去的。如果你只是一个普通人的话，从哪里弄来的密码？还是说，你根本就是一个进化者？你故意伪装成普通人……哦，你是想过普通人的生活，我猜得对不对？”

汪景阳腹诽：对你个锤子。

听齐枫说汪景阳是个进化者，还故意伪装成普通人，林烟哑然失笑。在这个世上，恐怕连汪景阳的爹妈都没她了解汪景阳。

林烟和汪景阳不知道认识了多少年，对方是什么性格，几斤几两，肚子里有什么东西，他们都太清楚不过了。

甚至可以说，他们了解彼此的程度，比了解自己更甚。

汪景阳如果是个进化者，她愿意当场一头撞死。

“其实是这样的……”汪景阳想了想，继续说道，“我是一位专业的黑客，别说层层加密了，你就是加密一百次，对我这种级别的黑客，那也是轻轻松松破解，简简单单搞定。”

“你是黑客？”林烟莫名其妙地看向汪景阳，她怎么不知道？

“那当然，你不知道的事情还多着呢。”汪景阳冷笑道。

“你有黑客的技术我会不知道？还是我不知道的事情多着呢？你举个例子说明，譬如呢？”林烟盯着汪景阳开口。

汪景阳沉思片刻，旋即冷笑：“譬如，我是食神？”

林烟嘴角微微抽动，这打脸来得过于突然，她情感上有些无法接受。

的确，她也是今天才知道，汪景阳的厨艺居然那么好，可能也是因为之前汪景阳从没有下过厨。

片刻之后，汪景阳继续说道："黑客嘛，破解一两个密码，那还不容易？所以我说，你们那个所谓的进化者论坛加密系统根本不怎么样，还不如请一个专业的黑客人才，例如我，去给你们完善加密，这样就很安全了。"

"嗯，兄弟你说的有道理，留个联系方式，我跟论坛的管理员是铁哥们，我们打算找你给论坛设计一套加密系统。"齐枫说道。

汪景阳心道：我只是随便说说，根本不懂什么黑客技术啊。

"不行！"林烟眉头深锁，朝着齐枫说道，"做这种加密软件系统，没十天半个月都做不好，实在是太辛苦了！"

汪景阳有些感动地朝林烟看去。

没承想，下一秒，林烟却咬牙道："得加钱！"

汪景阳无奈地吐槽："林烟你这个钱罐子！"

林烟瞥了汪景阳一眼，也吐槽："你个哈士奇。"

"我们是不是跑题了，刚才不是说Death吗？"星沉忍不住开口。

林烟点头道："Death到底是什么势力，有什么含义吗？"

"毁灭世界，逐渐走向死亡……"凌月轻声道。

"的确是够嚣张的，还毁灭世界，怎么不去毁灭宇宙！"星沉冷笑道。

汪景阳的神色也愈发疑惑。对于沐烟，他太了解了，如果林烟是女魔头的话，他不可能不清楚。林烟和那个女魔头，同Death根本没有丝毫的关系可言。让汪景阳无法理解的是，为何旁人会将林烟认成那个女魔头？

自然，汪景阳和Death也没有任何交集。对于Death这个势力，他有所耳闻，只知道势力的首领是个女人，在进化者的圈内被称为"女魔头"。

他未见过女魔头，女魔头本身就像一个谜团。而女魔头的年龄以及相貌和性格等，很少有人知晓。这其中到底发生了什么？

Part 10

在这个世上，居然还有如此相似的两个人，
当真不可思议。

♥

还不等汪景阳继续深想，一道微弱的光芒忽然闪烁了一下。

他不动声色地朝着暗处打量。

意识到现阶段自己只是一个普通人的汪景阳并没有亲自动手，而是朝着林烟等人说道："有人在偷拍我们。"

星沉瞬间动了。

不过十数秒的工夫，一个小胖子便被他抓了过来。小胖子脖子上挂着照相机，穿着一身简单的休闲服。

"你是谁？"星沉盯着小胖子问道。

小胖子身躯微微一颤，额头已经有冷汗流出。

"我……我我我，我只是夜跑路过而已……"小胖子眸内浮现出一抹恐惧的神色。

"你带着相机夜跑？"林烟不相信地问道。

小胖子连连点头："嗯……是的，我只是想记录一下这夜晚的美好，就带着相机夜跑，这也是我的习惯……这好像没什么问题吧。"

"星沉，你看看他的相机里都拍了什么。"林烟朝着星沉说道。

星沉点了点头，立即将小胖子的相机从他脖子上取了下来。

查看一番后，除了大量照片之外，还有许多关于他们的视频，甚至是上次林烟打跑黑袍男人的视频。

"林小姐，你看一下……"星沉将小胖子的相机拿到林烟面前。

接过星沉递来的相机，林烟仔细翻看着。没多久，她就皱起了眉头。

“之前我们上了热搜的视频，也是你拍的？”林烟的目光落在小胖子身上。

小胖子面色顿时大变，连忙摇头：“不……不是我，真的不是我！我什么都没看见，什么都不知道！”

“不是你？！”星沉走上前，扬起巴掌，旋即冷声道，“低头！”

小胖子下意识地弯腰低头，星沉一巴掌便拍在了他的脑袋上。

“啊，疼啊，疼死我了！”小胖子鬼哭狼嚎。

“我都没使劲！”星沉怒骂，“你是个戏精吧？”

“真的不是我拍的呀，和我没关系！”小胖子说道。

“你在侮辱我们的智商？相机里面的东西，不是你拍的，难不成是我拍的？”星沉冷笑道。

“相机……对了，其实相机是我刚才捡的，根本就不是我的！”小胖子狡辩道。

星沉感觉自己的智商被这小胖子按在地上侮辱。

“你刚才不是说，你有记录夜晚美好世界的习惯吗，怎么现在相机又成你捡的了？”星沉冷笑着质疑。

“大哥，我错了，我删了行不行？我再也不敢了，上次也是我拍的……你们千万不要杀人灭口！我上有八十岁的老母亲，下有三个孩子嗷嗷待哺，我老婆是个残疾人，我自己身体也不好，我是家里唯一的依靠，如果你们杀了我，我们家的天就要塌了！”小胖子惶恐地看向众人。

“身份证。”星沉不耐烦地开口。

“有有有！”小胖子急忙取出钱包，将钱包递给了星沉。

“我是要你的身份证，谁要你钱了，你以为我是抢劫的？！”星沉怒声喝道。

“身份证在……在钱包里面……”小胖子小心翼翼地说。

星沉狠狠地瞪了小胖子一眼，旋即从钱包里面将他的身份证取了出来。

看了一下小胖子的出生年月日后，星沉眉头紧锁，盯着小胖子，冷冷地说道：“今年刚好十七岁。”

“嗯嗯，是的，我还只是一个孩子……”小胖子点头。

“你刚才说你老母亲八十岁，你还有三个嗷嗷待哺的孩子，老婆是个残疾人……”星沉冷声说道，“来，低头。”

啪！星沉又是一巴掌拍在小胖子的脑门上。

“啊，大哥别杀我！我错了，我再也不敢撒谎了！”小胖子吓得哇哇叫。

“小小年纪你不学好，喜欢偷拍是吧，喜欢撒谎是吧……我让你八十岁的老母亲，我让你残疾的媳妇，我让你三个嗷嗷待哺的孩子！”说着，星沉踮起脚，给了小胖子三个脑瓜崩。

“今天晚上拍的视频，老老实实地给我删除。如果我发现你耍花样，你就死定了！”星沉将相机丢给小胖子。

小胖子满脸委屈地接过相机，十分不舍地将视频删除。

“大哥大姐们，你们真的是进化者吗？人类真的可以进化吗？会有超能力吗？就像电影里面演的那样？”小胖子见星沉和林烟等人似乎也没有自己想象中的那样凶残，于是壮起胆子问道。

“还没被揍够是吧？”星沉怒道。

“不不不，我不问了，我什么都不知道，我什么都没听见，求大哥别杀我。”小胖子差点哭出声来。

星沉转过身看向林烟：“林小姐，这小胖子的演技怎么样？”

林烟笑道：“我估计裴南絮都比不上他。”

“我也这么认为，纯纯的一个戏精。”星沉叹了口气。

林烟叹了口气，说道：“我们从来没想过要杀你，也没想过灭口什么的，你是不是戏演得太过了……”

“林烟姐姐，我错了，我是你的铁杆粉丝！”小胖子盯着林烟说道。

林烟腹诽：哪有粉丝比自己戏还演得好的，我不承认有这样的粉丝！

“听我说，你上次拍摄的视频传播到网上，其实对我们已经造成了很大的困扰，你知道吗？我希望你下次不要这样了。”林烟语重心长地教育小胖子。

就上次那个视频，据裴聿城所说，在进化者的圈子内传播很广，甚至传到了国外的进化圈，日后很有可能会带来很多的大麻烦。至于为什么会有麻烦，裴聿城没有明说，林烟也不清楚。但是，既然裴聿城提及了这件事，那就肯定会有麻烦。

这一切的一切，都是因为这个不负责任的小胖子！

“林烟姐姐你放心吧，我绝对不会继续偷拍乱发表了。上次……上次是因为我没认出林烟姐姐你来，不然的话，我肯定不会乱发的！”小胖子指天发誓，天打五雷轰的那种。

林烟神色有些古怪地看向小胖子：“你说上次没认出我来？你刚才不还说是我的铁杆粉丝吗？”

小胖子无言以对：“……”

“林烟小姐，你看我都说了吧，这小子就是个戏精，得好好教训一顿，否则不长记性。”星沉气得牙根痒。小小年纪就这么会演戏，他怎么不去当影帝！

“别打我，我错了！”小胖子下意识地捂住了脑袋。

“算了，让他走吧。”林烟哭笑不得，她也是第一次见到这样的戏精。

星沉盯着小胖子的身份证，说：“我告诉你，我记住你家的地址了，你千万别耍花样。如果再给我乱传什么东西到网络上，我就按照你身份证上的地址去找你！”

“好的好的，我明天就搬家……不，我明天就戒了照相，我再也不偷拍了！”小胖子信誓旦旦地说道。

“走吧。”星沉将身份证还给了小胖子。

小胖子跑得飞快，生怕星沉追上来揍他。等跑了足足数公里后，他才气喘吁吁地停了下来。

“哼，蠢货，都知道我是个戏精，还那么容易被骗！”小胖子满脸笑意，从裤子里掏出一张记忆卡。

旋即，小胖子将记忆卡插入相机内。

“沐阳……沐烟……林烟姐姐的名字是叫沐烟吗？”小胖子坐在草地上，看着自己今天全程拍摄下来的内容，若有所思地说道。

从司白的出现，直至林烟失控，再到林烟被汪景阳抱住安慰，所有的一切，包括对话，清清楚楚地在小胖子的相机内播放出来。

“太感人了吧……本来以为是超能力大片，结果是爱情片……那个小哥哥好厉害，好感人……我一定要把这些传到网上，我要让大家看看最纯粹的爱情……”说着，小胖子从口袋里取出纸巾擦了擦鼻涕。

“难道这个世界上真的有进化者吗？”小胖子关掉视频后，满脸的兴奋和激动。

虽然是亲眼所见，但小胖子还是有些难以接受，尤其是看见汪景阳和司白的对战，以及凭空出现的巨兽，甚至是那骇人的铜墙铁壁。这也太夸张了吧！

“他们肯定是进化者，有着绝对的超能力！”小胖子愈发肯定。

如果真把这个视频传上网，林烟和那个小子会不会真找到他家，把他干掉？

实在不行的话，他只有搬家了。

此刻，林烟和汪景阳等人还没有离开。

凌月显得心事重重，很不在状态，星沉问了数次，她都有些心不在焉。

“那个，没事的话，我先走了。”齐枫看向林烟等人说道。

“走吧。”林烟挥了挥手，“没义气，出卖朋友，王八蛋。”

刚转身离开的齐枫忽然又走了回来：“林烟小姐，请注意你的言辞，你去打听打听，我齐枫是出了名的讲义气，为朋友两肋插刀。”

“我看你是为利益插朋友两刀。”林烟不耐烦地说道。

“唉，好吧，我错了，但我真的没什么坏心。那老头的女儿确实漂亮……不对，那老头确实不像坏人，我也就顺手帮个忙，下次肯定不会了，行吧？”齐枫叹了口气。

“原谅你也可以，但是有条件。”林烟没好气地道。

齐枫微微一愣，旋即拍着胸脯道：“行，只要我能做到，你说吧。”

“把今天晚上拍视频的钱结一下，付双倍，就当是赔偿我们的精神损失费了。”林烟满脸严肃地说道。

“……”傻眼的星沉、莫名其妙的汪景阳和心不在焉的凌月一齐望向了林烟，都没说话。

“你……也太黑了。”齐枫咬牙道。

他之前开出的价已经奇高了好吗，还让他付双倍……他想去死。

“手机，二维码，我扫！”也就几秒停顿，因为有些愧疚，齐枫咬牙切齿地开口。

原本满脸严肃的林烟忽然笑道：“我果然没看错人，我们相信你，你够义气！”

星沉内心：我不信！

汪景阳内心：什么？

凌月依旧不在状态。

等扫完码，林烟看着自己的账户余额，心满意足地笑了笑：“饿不饿，我请你吃饭？”

“林烟小姐，今天我算是见识到了，翻脸比翻书还快的，你还真是第一位。”齐枫叹了口气，之前心中的一丝愧疚，现在已经荡然无存。

“吃不吃？不吃就回家，明天去极光战队报到！”林烟瞥了齐枫一眼。

“吃，肯定吃，有便宜不占是王八蛋！”齐枫怒气冲冲地说道。

他给了那么多钱，凭什么不吃？今天晚上得好好宰林烟一顿。

“你们要不要先回家休息啊？”林烟看向星沉等人问道。

星沉看向林烟，嘴角微微抽动：“林烟小姐，你让我们来拍戏，我们二话不说，辛苦了一晚上不说，连命都差点丢了……你一毛钱不给我们也就算了，你请客吃饭还让我们回家休息，是不是有点太……”

林烟无言以对：“……”

平常还没觉得，听星沉这么一说，自己难道真的有点抠门？不应该啊。

“我知道了，一起吧。”林烟叹了口气，看来今晚又要破费了。

然后，林烟的目光落在了汪景阳身上。

汪景阳盯着林烟，冷声喝道：“我说林烟你个钱罐子！我跟你来拍戏一毛钱没给，还让我身犯险境，你要是敢问我吃不吃，我就弄死你！我来真的！”

林烟眉头皱起，盯着汪景阳打量了许久。

片刻后，她才开口：“就算我不带全世界，也不会不带你。”

汪景阳的神色有些不自然，他的心隐隐作痛。

“狗子，我给你两百块钱，你去买点菜，我们去你家吃。”林烟微微一笑，说着从口袋里掏出两张百元大钞，递给了汪景阳。

此言，别说汪景阳愣在了原地，就连齐枫和星沉等人也彻底蒙了。

给汪景阳两百块钱买菜……去汪景阳家里吃饭？这就是林烟说的请他们吃饭？！

“林烟，你个钱罐子，我缺你这两百块钱？”汪景阳死死地盯着林烟，咬牙切齿道。

“好狗子。”林烟给了汪景阳一个大大的拥抱。

忽然被抱住的汪景阳，眸内浮现出一丝复杂的神色。

旋即，林烟松开汪景阳，把他手中握着的两百块钱又抽了回来。

“你干吗？”汪景阳有些不解。

“你不是不缺这两百块钱吗……我缺啊，你自己买，乖。”林烟笑道。

“拿回来！谁说我不缺。”汪景阳白了林烟一眼。

林烟腹诽：怎么还出尔反尔啊？这狗子……

无奈之下，她只能把两百块钱又递给了汪景阳。

汪景阳接过钱后，直接塞进了口袋里，根本不给林烟反悔的机会。

“去我家吃饭，还让我下厨，得加钱。”汪景阳说道。

“我们这样的关系，提钱不俗吗？你不是青铜吗，我带你上白银！”林烟说道。

汪景阳沉思片刻后，提条件：“上黄金！”

林烟很干脆地说：“成交！”

这一顿饭吃得也不容易，众人在汪景阳的家里一直等到凌晨，价值两百块钱的菜才上齐。

闻着菜香，星沉神色震撼：“不会吧，厨艺这么好，简直是色香味俱全！”

汪景阳冷冷一笑，说：“低调低调，都是天赋惹的祸。”

就连心事满满的凌月，也瞬间对汪景阳做的菜有了兴趣。

“都来尝尝，别客气。”林烟笑道。

“那我们可就不客气了。”

星沉第一个动起了筷子，夹了一块烧鸡，刚刚放到嘴边，却发现凌月正冷冷地盯着他。

紧接着，星沉便将鸡块从自己的嘴边移开，放进了凌月的碗内。

林烟腹诽：瞧这满满的求生欲……

众人动筷后，各种惊叹声传出，对汪景阳的厨艺简直是赞不绝口。

“汪景阳兄弟，我有个想法！”星沉的目光落在汪景阳身上，豪气地说道，“我出钱开一个五星级酒店，你当主厨，赚的钱我们五五分！”

还不等汪景阳开口，林烟怒道：“滚蛋！敢当着我的面挖我的人？”

星沉尴尬地笑道："林小姐，要不我们一起合伙？我觉得，汪景阳兄弟的这个厨艺，如果不去做点事业，不去当厨师，那真是……真是……"

"我们赛车队缺个厨师，如果汪景阳兄弟愿意来，我们车队愿意出这个数！"齐枫对汪景阳比了个手势。

"滚蛋，我何止是厨艺好，我还是个黑客，我是不是要去当网管？"汪景阳冷声道。

"也行啊，我出资，我们开一家网咖，赚的钱五五分账！"齐枫紧接着说道。

黑客和网咖，这到底是怎么联系到一起的？

"酒呢，怎么没买酒啊，林小姐？"吃得正兴起，齐枫发现桌子上居然只有白开水！

"喝什么酒，我们是赛车手，喝酒不开车，开车不喝酒。"林烟回道。

齐枫满脸莫名其妙的神色："我说林小姐，我知道我们除了是进化者之外，还是优秀的赛车手，但这跟我现在喝酒有什么关系？我现在没比赛，又不上赛道，我也不开车，怎么就不能喝酒？"

"林烟，你也太抠了，人家给你那么多酬劳，你说请我们吃饭，却连酒都不准备，你好意思的？"汪景阳忍不住抱怨。

林烟无言以对："……"

"星沉兄弟，你想喝酒吗？"齐枫看向星沉，问道。

星沉笑了笑，点头道："无所谓想不想，喝也行，不喝也行，主要还是菜太美味了，总觉得不喝两杯有点对不起汪景阳兄弟的厨艺了。"

"你看看，你听听！林烟小姐，去买酒啊！"齐枫朝着林烟说道。

林烟无语："……"

"小烟，我去吧。这边新开了一家酒柜，卖的酒不错，你不认识路。"汪景阳冲着林烟说道。

"嗯，好，你去吧，路上小心一些。"林烟点点头。

"完了？"说着，汪景阳直勾勾地看着林烟。

"怎么了？"林烟莫名其妙道。

"我去跑腿买酒，你倒是给我钱啊！不是你请客吗？"汪景阳怒道。

林烟有点无奈地问："要多少钱啊？"

"一千一瓶。"汪景阳如实回答。

"狗子，我虽然不是人，但你是真的狗！我再给你一百块钱，你马上去买一箱啤酒回来，今天晚上我要不把你喝死，我就跟你姓！"林烟恶狠狠地盯着汪景阳道。

"现在这个点儿，超市都关门了，只有酒柜开门，三瓶起卖，一千一瓶，你看着办吧。"汪景阳笑道。

“我们喝啤酒……”林烟说道。

“喝什么啤酒啊？”齐枫顿时不乐意了，“我痛风，不能喝啤酒！”

“你一个进化者，你痛风？”林烟嘴角微微抽动，感觉自己的智商被冒犯了。

“进化者就不能痛风吗？我又不能控制基因，别说痛风，我就是得了癌症都很正常。我不管，我要喝一千块钱一瓶的酒，我不能喝啤酒。”齐枫有些无赖地说道。

林烟欲哭无泪，好端端的喝什么酒啊，节省这三千块钱，她又能救助很多小动物好吗！这些人太奢侈了！

话虽如此，但是她自己说了请客，现在要反悔也有些不太合适。

“扫码！”林烟咬牙切齿对汪景阳说道。

“来！”闻言，汪景阳快速地将二维码放在林烟眼前。

收到三千元后，汪景阳满脸笑意。

“去买酒啊！”林烟朝着汪景阳吼道。

“急什么！”汪景阳白了林烟一眼。

旋即，在众人诧异的目光下，他打开抽屉，从里面取出三瓶红酒……

此情此景，让林烟目瞪口呆。

“小烟，你看清楚啊，这红酒一千块钱一瓶，我可没骗你。”说着，汪景阳将三瓶红酒放在了餐桌上。

星沉盯着汪景阳，忽然鼓起了掌，对于这波骚操作，他当真是佩服得五体投地。

对林烟的吝啬，星沉还是有所耳闻的，能这样坑走林烟三千块钱的，在这个世上，恐怕就只有他汪景阳一个人了。

“呵呵，狗子，我说你怎么那么殷勤，要主动去买酒呢，现在我明白了……”林烟盯着汪景阳，恨不得把他给生吞了。

见过不要脸的，还从来没见过这么不要脸的，家里有酒不拿出来，居然还让她主动掏了三千块钱！

“你个骗子，无耻！”说着，林烟瞪了汪景阳一眼。

汪景阳撇撇嘴，盯着林烟道：“我怎么是骗子了？酒的确是我买的吧，难道是飞到我家里来的？一千块钱一瓶，也没错啊……我又没说我现在下楼去买酒，我之前买的不行吗……”

“算你狠。”林烟给汪景阳竖起大拇指。

林烟发誓也就这一次，汪景阳以后再也别想坑到她一分钱！

“对了，你买酒做什么？”片刻后，林烟看向汪景阳，神色有些不解。

按她对汪景阳的了解，他既不抽烟也不喝酒，为什么家里会有酒？

“买来洗脚。”汪景阳冷笑道。

“狗子，是不是我三天没打你，你皮痒了？”林烟盯着汪景阳，咬了咬牙。

“买酒当然是用来喝的，难道我真用来洗脚吗？”汪景阳无奈地叹了口气。

“你不是从来都不喝酒的吗？”林烟神色诧异道。

“你忘了，我们以前一起喝啤酒……”汪景阳说道。

“你每次喝几口就不喝了，大多都悄悄吐掉，别以为我不知道。”林烟吐槽。

汪景阳笑了笑，沉默片刻后开口：“偶尔会睡不着……想尝尝喝醉的感觉。”

林烟气得根本说不出话。

“我跟你们说，那个女魔头的势力很可怕的，你们都小心一些，千万不要得罪女魔头的势力！”酒过三巡，齐枫有了些醉意，朝着众人说道。

听闻此言，星沉接话道：“兄弟，你刚才不是说，女魔头人都死了吗？那……还有什么可怕的，真没出息。”

星沉也喝了不少，处于微醺状态，已经和齐枫开始称兄道弟了，要不是林烟拦着，两人差点就磕头拜了把子。

“女魔头是失踪了……她这个失踪也……也未必是真的死了。这个女魔头神秘得很，她创立的势力也很神秘，说不定是在搞什么阴谋诡计呢……当然了，咱们今天说的话，可千万不要传出去，万一被女魔头的势力知道了，那还不得弄死我……”齐枫说道。

星沉指着齐枫大笑：“你也……太把自己当回事了吧，人家的进化者势力那么强大，谁知道你是哪位啊，还来报复你，没点自知之明……”

“我，我怎么了，我也很牛好不好……我牛的地方多着呢，咱们兄弟相处的时间长，以后你就知道了。”齐枫看着星沉说道。

“烟姐，差不多我们就回去吧，他们好像喝多了。”凌月朝着林烟开口。

林烟点了点头。

等众人都出门后，汪景阳站在门前，看着林烟的背影，忽然开口：“小烟……”

随着汪景阳话音落下，林烟转过身与他四目相对。

从汪景阳的眸内，林烟好似看见了什么，但某种情绪一闪而过，又好像从来都没有出现过。

“狗子，怎么了？”林烟盯着汪景阳，好奇地问道。

汪景阳沉默片刻后才说道：“没什么，你回去的时候小心一些，知道吗？”

“放心，我可是进化者。狗子，以后谁欺负你，告诉我，我一定帮你狠狠修理他。”林烟朝着汪景阳轻声一笑。

等林烟离开之后，汪景阳将房门关上。看着桌上剩下的一瓶红酒，打开瓶塞，一饮而尽。

回去的路上，凌月仍旧显得心事重重，似乎有什么话想要对林烟说，却一直没有说出口。

回到云间水庄后，林烟回了自己的房间。

没多久，敲门声响了起来。

林烟起身将房门打开，正是凌月站在门外。

“烟姐，我有点事情想和你说。”凌月朝着林烟开口。

“进来说。”林烟看了凌月一眼，转身走入房内。

凌月坐在沙发上，不知应该如何开口。

林烟打量了她片刻后，说道：“小月，先前你就有些反常，感觉不太对劲，如果你有什么事情，都可以说出来，没关系的。”

凌月咬了咬牙，说：“烟姐，我们……恐怕遇上大麻烦了。”

“大麻烦？！”听闻凌月的话后，林烟神色微微一变。

凌月向来比较稳重，从来都不会胡乱说话，从她口中说出“大麻烦”来，那这个麻烦，究竟得有多大？

“烟姐，你知道齐枫今天说的那个老者是谁吗？”凌月神色焦虑。

“是谁？”林烟好奇道。

“进化者势力Death的一位干部。”凌月对林烟解释道。

听闻此言，林烟的神色微微一变，是女魔头的部下？！

“小月，你别太着急，会不会是搞错了？没那么巧吧。”林烟分析道。

“不会搞错的。”凌月摇了摇头，“他所说的一切都很吻合，而且，如果不是Death的人，绝对不会让齐枫把我也拍进去。当年女魔头失踪后，我们没了联系，所以，我就离开了Death，一直留在聿哥身边。如果被他们发现，肯定不会放过我……我一直以为，自己隐藏得很好，都怪那个胖子拍的视频。”

听闻凌月的话，林烟陷入了沉默之中。

的确，正如凌月所言，一个十分严格的进化者势力，绝对不能容许自家的进化者背叛。虽然凌月算不得背叛，但从某种意义上而言，其实也和背叛差不多。

“还有，不仅是我，烟姐，你和女魔头的相貌很相似，这次他们让齐枫把你拍进去，肯定是对你也有了一些想法。我最怕这场火会烧到你的身上，如果真是这样，后果将不堪设想！”

林烟一时没有说话。片刻之后，她笑道：“小月，别太担心了。”

其实，对于Death这样的进化者势力，林烟并没有太放在心上。且不说那个女魔头早已失踪，生死不知，下落不明，就算没失踪，要是真打起来，自己还未必就怕了她。

前有一个黑袍男人，后有一个大脑进化十分纯粹且拥有不可思议力量的司白，哪个不是BOSS级别的进化者？可那又怎么样，两个人都是她的手下败将。就算女魔头比司白和神秘黑袍男人厉害，也不一定有她厉害吧？而且，这里是云间水庄，想要动她们，只怕也得掂量掂量。

“小月，你先别怕，也许只是一个巧合，未必是你想的那样。就算是，我也会帮你出头的，好吗？”见凌月的神色愈发慌张，林烟只能不停地安慰她。

紧接着，院子里传来了一阵杂音，凌月的面色顿时大变。

“不好……是他们来了！”当即，凌月惶恐地看向林烟。

林烟觉得凌月就像一只惊弓之鸟。

“凌月，还不现身，更待何时？”

还没等林烟开口，一位老者的声音忽然传了出来。

声音刚落，林烟的面色也微微一变。

这算是……史上最快打脸？！

“烟姐，我们快跑吧！”凌月一把抓住林烟的手。

林烟摇了摇头，脸上没有丝毫的慌张，朝着凌月笑道：“他们就在外面，我们往哪跑？这几天，云间水庄也没什么人，我们只能靠自己了。”

“那我出去，你留下，在屋子里面藏起来，千万别露面！”凌月的眸内浮现出一抹决绝之色。

“你以为你烟姐和那个齐枫一样，是不讲义气的人？”林烟笑道，“别怕，不管对方是人是鬼，咱们一起出去见见。”

说完，林烟就拉着凌月朝门外走去。

“吱呀”一声，林烟将房门推开。

院子里大约站了七八个人，都是年轻男人，只有一位老者。而这位老者的相貌，正如齐枫形容的一般，当真是有些辨识度。

当林烟现身的一瞬间，老者的目光便被她吸引，他仔细地看着她那张脸。

像……太像了，简直就像同一个人！在这个世上，居然还有如此相似的两人，当真不可思议。

很快，老者从林烟身上收回了目光，再度看向了凌月。

“凌月，你应该知道自己的下场是什么吧？”老者看着凌月，面无表情地说道。

话音落下，凌月的神色顿时一变。

“你们是自己跟我走，还是我带你们离开？我不想浪费时间，也希望两位不要浪费我的时间，更不要浪费自己的时间。最起码，此刻的你们，还可以好好爱惜自己。”老者继续说道。

“你是话痨吗，废话连篇，Death很牛？”林烟不耐烦地朝着老者说道。

老者微微一愣，有些不敢置信。

这女人如果不知道他们是Death的人也就罢了，既然知道，却还是一副毫不在乎的模样，甚至言语之中夹杂着一丝的不屑和挑衅……说实话，这种人，他还从来不曾遇到过，还有人嫌自己的命长？

凌月一直没有开口，正在绞尽脑汁地思考着对策。

片刻后，凌月眸光微闪，心中有了个大胆的计策。

“放肆！”忽然，凌月朝着老者厉声喝道，“主上在此，岂由得你来撒野！”

“主上？”老者盯着凌月，又看了看林烟，嘴角微微上扬，“呵呵，凌月，你所谓的主上，莫非就是她？”

“怎么，你不认识主上？！”凌月冷声道。

“这女人虽然和主上有些相似，但绝不可能是同一个人。”老者又看向林烟，颇有兴致地朝她问道，“怎么，你当真是主上？”

“我当然不是。”林烟无所谓地开口。

林烟的回答，让老者有些诧异，他原本以为，这女人会一口咬定自己就是主上，但她却否认了！

“怎么，我真和你们所谓的主上如此相似？以至于很多人将我认错？”林烟随即又好奇地问。

一旁的凌月有些无语，她好不容易想到的绝世计策，烟姐居然压根不配合！

“我劝告诸位，以后不要找凌月的麻烦，她已经和Death没有任何关系了。如果你们继续找她的麻烦，找我的麻烦，会有什么样的后果，你们自己得掂量掂量。”林烟笑道。

“你是在挑衅我们Death？”老者面无表情地看着林烟。

林烟嘴角微微上扬，冷笑道：“怎么，我表现得还不够明显？猎人公会我都不放在眼里，你们算什么？难道还怕你们一群虾兵蟹将不成？”

老者刚想开口，林烟继续说道：“不要说你们，即便你们的主上亲自来了，我也未必就放在眼中。”

一旁的凌月吓得面色惨白。

的确，林烟是很强，但是相比主上来说，还是差了整整一个次元……两人压根不是同一个等级的好吗。

凌月原本以为，林烟的这番话一定会触怒老者。然而，让她没想到的是，偏偏是林烟的这番话，让老者有些举棋不定。

此刻，老者盯着林烟，神色愈发疑惑。这个女人到底是什么来头？居然能够说出即便是主上亲临她也不怕……

不仅如此，他也从林烟身上感受到了某种不属于她的强大念力波动，好像只要自己一出手，就会触怒某位隐藏的存在。

裴氏老宅，书房内。

裴聿城将眼镜取下，全身散发出骇人至极的强大念力波动。这股强大的念动力，仿佛时刻会冲破云霄，到达彼岸。

Part 11

她是我的……初恋……

♥

云间水庄。

老者没有说话，也没有出手，甚至没有任何的动作，好像在静静地思考着什么。

“呵呵，我们主上已经失踪了许久，所以，主上自然不可能亲临。你和主上真的很像，像到连我都分辨不出是否为同一个人。”片刻后，老者朝着林烟笑道。

“所以呢，要动手的话就利索点，不要废话连篇。”林烟不耐烦道。

其实，林烟心里也没底。虽然她打跑了黑袍男人，又揍翻了司白，但是对于自己的实力，她还没有一个明确的认识。

不管怎么样，事情到了这个地步，她无论如何也不能认自己技不如人。打架可以输，气势绝对要拿住！

“好，果然有我们主上的一些魄力，我就卖你一个面子，今后，凌月和我们Death再也没有关系，我们也不会再找她的麻烦。不过，林小姐，山水有相逢，我们往后还有很长的时间可以了解彼此。”

说罢，不给林烟和凌月反应的机会，老者便带着众人迅速离开。

等老者离开后，林烟和凌月两人有些蒙，这就没事了？

尤其是林烟，她都准备好打架了好吗！

“大人，为什么就这样离开？”一个年轻男人不解道。

闻言，老者目光阴沉，冷声道：“这女人如此嚣张，恐怕不简单。而且，她的确和主上很像。除此之外，她的身上有一股不属于自己的强大念动力，仅是你我，动她不得，今天先回去禀报，以后再作打算。”

虽然凌月不知道是怎么一回事，但是那老者的确离开了，毋庸置疑。

接下来的几天，虽然凌月还是有些提心吊胆，但也没有什么事情发生。

林烟也暂时放心下来，抓紧时间赚钱。这阵子赛车队和进化者的事情都耽误她太多时间了。

巅峰娱乐。

赵红绫将一堆文件从抽屉里拿了出来，看向林烟说道："目前你的资源还不错，我已经开始尝试着给你接一些更高端的代言，提升你的个人形象。这是我最近给你争取的一些资源，你自己挑选一下。"

林烟手肘撑在书桌上，支着下巴，眨了眨眼睛，问道："哪家给的钱最多？"

一旁正在给她倒水的多多嘴角抽搐，吐槽："你挑选代言的标准就这一个？"

林烟挑眉："有什么不对吗？我告诉你啊多多，我这是敬业，公司最喜欢我这样为公司利益考虑的艺人了！"

多多一脸无语，明明是贪财还要说是敬业……

赵红绫轻笑一声，从中间抽出一个红色的文件袋，介绍道："酬劳最高的是KNO的服装代言，我帮你争取到了试镜资格。不过，这个代言不好拿，对代言人的要求非常苛刻。我不建议你在这个代言上花费太多时间。"

林烟闻言顿时也有些丧气："KNO啊，难怪，那确实不好拿，竞争应该很激烈。"

一旁的多多一边将水递给林烟，一边开口："那当然了，KNO可是M国的顶级奢侈品牌之一，这个牌子在高知圈子里非常受欢迎，因为这个牌子的衣服风格都比较知性和端庄，是高端的代名词。

"虽然相比其他奢侈品牌，KNO可能没有那么出名和高调，但是水准特别高，代言过他家的艺人几乎都是德艺双馨的圈中模范！"

多多继续吐槽："听说他家挑代言人跟皇帝选妃似的，得长相好、出身好、学历好，甚至还得会琴棋书画，精通八国语言……"

林烟一边听，一边露出讶异的表情："咦，长相好、出身好、学历好，会琴棋书画，精通八国语言……这不就是为我量身准备的吗？我多合适啊！"

又开始了……到底是谁给你的勇气……

多多满头黑线，简直都不想吐槽她了。别的不说，光是她这高中毕业的学历，就绝对踏不进KNO的门槛。

多多最终还是没有开口，怕刺激到林烟的自尊心。

林烟轻笑一声，说："不过他家牌子我倒是挺喜欢的，没那么花哨，穿着也很舒服。"

记得在国外赛车那会儿，这个牌子还找过她代言，但是，那会儿她忙着比赛就拒绝了。不过，对方态度倒是挺好的，虽然没能达成合作，但还是赞助了她不少衣服。她确实挺喜欢他们家的设计，于是经常穿，也算是给他们做了一波宣传。

只是现在身份不同了，以艺人的身份，林烟拿到这个代言的可能性确实不大。

虽然有上次慈善大会的铺垫，她目前的形象还不错，但和高端与高知还是扯不上什么关系，和他们家的定位不符。

多多正翻看手里的相关资料，突然激动地惊呼一声："哇！KNO的总裁纪明哲好帅啊啊啊！六国混血，还是MS理工的高才生……"

"MS理工？"林烟摸了摸下巴，"哪一届的？"

说完，她便凑近多多手里的资料看了一眼："咦……是我上一届的师兄……"

只是，纪明哲这个名字她似乎没什么印象，应该并不认识吧。

那会儿她天天忙着学习和比赛，不怎么跟人打交道，连本届的同学都认得不全，更别说是上一届的学长了。

多多狐疑："烟姐，你说什么？什么师兄？"

林烟摇摇头："没什么，你继续说。"

多多一边翻资料，一边继续八卦："资料上说，纪明哲在MS理工的时候，修的是双学位，除了金融专业，居然还修了一个……一个……空气动力学专业……绫姐，空气动力学专业是干什么的？"

赵红绫想了想，说："我也不太了解，这个专业确实有些生僻。"

话音刚落，耳边便传来了林烟的声音："空气动力学是力学的一个分支，研究飞行器或其他物体在同空气或其他气体作相对运动情况下的受力特性、气体的流动规律和伴随发生的物理化学变化。它是在流体力学的基础上，随着航空工业和喷气推进技术的发展而成长起来的一个学科，对口专业大多是航天、航空以及汽车设计之类……"

林烟说这些话时也没经过大脑，直接脱口而出。正说到一半，她就发现多多和赵红绫都一脸讶异地看着自己。

"烟姐，你怎么知道得……这么清楚啊？"多多满脸意外，赵红绫也有些惊讶。

林烟这才反应过来，忙轻咳一声，解释道："哎，我不是挺喜欢玩赛车嘛，所以之前对这个专业有些了解……"

说得这么专业，几乎跟资料上的一字不差，这叫只是有些了解？

可能是因为感兴趣吧……多多也没有多想。

林烟见状松了口气，她的毕业院校曝光倒是没什么，但是凭借网友八卦的能力，万一顺藤摸瓜扒出她Yeva的马甲，又要惹出不少麻烦来。

毕竟当时她的专业成绩不错，全揽所有科目第一，有心人只要去查，很容易就能查到她。

林烟摆摆手道："既然拿到这个代言的可能性不大，那就算了，回头去试下镜碰碰运气好了。"

赵红绫颔首："嗯，不过这样的试镜机会也很难得，多积累一些经验也是好的，你尽力就好。"

林烟应道："好嘞！"

很快到了试镜当天，林烟和多多一起到了KNO的试镜地点。

结果，刚到地方，两人便遇到了林书雅和贺姗姗，她们旁边还跟着一个生面孔的经纪人。

林书雅之前的经纪人已经被她用来背锅炒了鱿鱼，现在这个是凯胜娱乐的金牌经纪人，特别擅长公关。

多多附在林烟耳旁说道："啧，这女人脸皮可真厚，这才过了多久，又出来蹦跶了。不过也没办法，网友的忘性都很大。

上次的事情对林书雅的影响还是挺大的，信誉度受损严重，所以沉寂了一段时间，就是想等公众遗忘，舆论也平息下来。

直到最近，林书雅才慢慢开始活跃起来，而且这次还换了路线，跟D城影视学院频繁联系，又是去开各种励志的演讲、讲座，又是捧场人家的周年庆，还跟德高望重的冯教授一起参加了某档访谈节目，想树立励志学霸人设。"

林烟闻言，也不置可否。她在林书雅的身上花了那么多钱，供她去学才艺，考大学，她当然知道，林书雅确实是有两把刷子的，否则也不会立这种人设。

其他人设好立，但是才女学霸人设还是需要一点真才实学的。毕竟学历不可能作假，因为太容易被扒出来。之前好几个立学霸人设的艺人，就是因为学历造假导致人设崩塌的。

"气死我了！她现在抱上冯老的大腿，网上都说她是冯老的接班人……"多多越说越恼怒，"要是KNO的这个广告被她拿到手，她估计还真要彻底洗白了！"

从目前的情况来看，林书雅塑造的人设，确实挺符合KNO的要求，她拿到这个代言的可能性很大。

林烟摊手说道："行了，别生气了，那还能怎么办呢，人家可是影视学院的高才生，而你家烟姐却只是MS理工硕士而已！唉！差距确实太大啊！"

多多听到前半句的时候，本来是想安慰林烟的，结果听完后半句，脸色直接黑如锅底："烟姐！你清醒一点！现在还是大白天呢！"

做什么白日梦！MS理工！还硕士！

林烟哈哈一笑，揉了揉小丫头的头发，逗多多这小丫头实在是太有意思了。每次她说大实话，这小丫头每次都不信。

林烟正和多多聊着天，这时，林书雅和贺姗姗已经走到了跟前。

林书雅的气质似乎发生了一点变化，大概是经历了上次的挫折，性子反倒比以前更加沉稳了。

见到林烟后，她淡淡一笑，打了声招呼："姐姐，你也来试镜啊。"

一旁的贺姗姗上下打量了林烟一番，鄙夷道："既然是来试镜的，难道之前都不做一做功课的吗？KNO有个约定俗成的规矩，就算是再有名的艺人，只要是低学历都不要，你这高中学历，也敢过来试镜，怕不是来搞笑的吧。"

旁边林书雅的新任经纪人神色似乎也有些讶异："没想到赵红绫会给你接这个代言，倒是挺有野心的。"

只是可惜，这个代言早已经是他们的囊中之物了。

"姐姐是天使之家的创始人，又是宝贝回家的会长，形象这么好，应该机会也很大……"林书雅柔声开口。

"那又怎样，人家KNO又不是做慈善的！人家的衣服又不是随便什么猫猫狗狗都能穿的！"贺姗姗冷笑道。

贺姗姗这话虽然说得难听，不过林烟现在的人设确实是因为之前做慈善，越来越往接地气的方向发展，高端品牌领域的资源并不太好，何况是KNO这样专门针对高知人群的品牌。

林烟自然也清楚这一点，所以她今天过来试镜只是抱着积累经验的态度。

正说着话，那边工作人员出来通知："各位准备一下，试镜马上就要开始了。"

眼见着试镜快要开始了，虽然他们只是来陪跑刷经验的，但多多还是有些紧张，她附在林烟耳旁说道："听说这次是他们总裁亲自试镜呢！就是昨晚我跟你说的那个长得特别帅的纪明哲！"

林烟倒是没什么兴趣，小声咕哝道："反正再帅也不可能比我男朋友帅！"

多多愣了愣，说道："你说裴南絮？他确实挺帅的……只是……不能这么比，他们不是一种风格！裴南絮是温润如玉的帅，纪明哲看起来比较有精英贵族范儿，不知道他真人会不会跟照片上一样帅！"

多多不知不觉间已经默认林烟嘴里经常提到的那个男朋友是裴南絮。林烟在纠正几次都无果后，干脆也不再费劲去解释了。

不远处的贺姗姗似乎是听到多多的话，一脸得意地开口："真人当然帅了，前几天的饭局上，我们还见着了呢！纪总可是逸轩哥哥的好哥们儿！"

多多听到这话，脸色顿时有些不太好看："纪明哲居然跟韩逸轩是哥们儿……"

韩逸轩的家世虽然也算不错，但跟纪明哲还是无法相提并论的，他怎么可能跟纪明哲是哥们儿？八成是贺姗姗在吹牛。

不过，就算韩逸轩跟纪明哲的关系不是那么亲密，只要他能帮林书雅牵上线，都会给林书雅带来很大的便利。难怪林书雅看起来如此志在必得，如果是这样的话，那这个代言她们是彻底没戏了。

林书雅在圈子里的人脉确实非常广，没想到连KNO的总裁都能搭上线，要不怎么都说她是后台最多的艺人呢……

说话间，试镜已经正式开始。

试镜的场地是一个很大的T台，艺人们依次穿着KNO的服装上去展示，KNO的试镜官和工作人员都在台下。

伴随着后台入口处的一阵喧哗声，一个身材颀长、面容俊逸的男人在众人的簇拥之下走了过来。

男人穿着一袭黑色西装，背后是华丽的星座图案刺绣，银色的袖扣设计独特，似乎是汽车上的某个齿轮配件的样式。他宽肩窄臀，一双大长腿相当惹眼，那双潋滟的桃花眼似乎会放电一般，嵌着星光。

“纪总，这边已经准备好，随时可以开始了。”旁边的工作人员小心翼翼地开口。

纪明哲百无聊赖地抬了抬手，说：“开始吧，速度快点，待会儿我还有事。”

“好的，好的，马上！”

很快，去后台换好衣服的艺人们陆续登场。

这次的竞争果然很激烈，来的都是圈子里一线甚至是超一线的女艺人。就算没有林书雅，以林烟现在的咖位也够不上他们的要求。

女艺人们挨个儿登场，每人的出场时间都不超过三分钟，速度很快。到了后面，已经变成了三五个人一同登台。

纪明哲始终是一副漫不经心的表情，目光挨个从试镜的女艺人身上掠过。

旁边的助理给他端过来一杯咖啡：“纪总，您的咖啡。”

助理一边看着台上，一边提醒：“纪总您稍安勿躁，马上就轮到林书雅小姐了……”

纪明哲接过咖啡，抿了一口，没什么表情地点了点头。

之前有人给他推荐林书雅，他看了一眼资料，确实还算合适。

纪明哲一边看着手里的资料，一边朝着台上的林书雅看去。试镜效果也不错……

助理在一旁开口：“纪总，林书雅小姐的气质可真是不错，很适合我们的风格。”

纪明哲轻点了下头："还可以。"

虽然不能算太惊艳，但国内圈子里满足条件的人选不多，林书雅这样的已经算是可以了。

助理看纪明哲的表情，心中有数，这个代言人的人选，林书雅应该八九不离十了。

看旁边其他几位面试官的脸色，应该也挺满意。

"这个还不错，符合我们的受众。"

"据说当年是以第一名的成绩考进D城影视学院，冯老的学生！"

……

助理暗中拿出手机，给韩逸轩发了条短信告诉他这个好消息，算是卖他一个人情。

既然纪明哲已经决定了林书雅，那么接下来试镜的女艺人只能算是走个过场了。于是，助理给后面的工作人员使了个眼色，让他们加快速度。

很快后面剩下的七八个艺人便一起被安排上了台。林烟被安排在了最后一批试镜者当中。

纪明哲漫不经心地扫了一眼，已经准备离开了。

可是，就在准备起身的瞬间，他余光扫到某个角落，眸子就好像被烫到了一般，随后，他几乎全身的血液都沸腾了起来……

纪明哲端着咖啡的手猛地一颤，还剩下大半的咖啡瞬间泼到了自己的西装裤上，一片狼藉。

"纪总！纪总您没事吧！"助理吓了一跳，赶紧飞奔着去拿纸巾给他擦拭。

纪明哲一把将他推开，目光灼灼地朝着台上某个方向看去。

"纪总……纪总……"

"闭嘴！"

纪明哲的视线如同生了根。直到台上试镜的艺人全部下去，他才回过神来，焦急地吩咐道："简历！简历给我！"

"啊？"助理一脸迷茫，以为他是要林书雅的简历，于是赶紧把林书雅的简历找了出来递给他。

纪明哲只扫了一眼便扔在一旁："不是她，台上刚刚这八个人的简历，找出来给我！"

助理不知道发生了什么事，只能赶紧按照纪明哲的要求，将最后一批试镜者的简历全都找了出来递给他。

纪明哲一一扫了过去，神色越来越焦急。

最后，他终于在最后一份简历上看到了一张熟悉的脸。

"林烟……"纪明哲盯着那个名字，目光熠熠生辉，"原来……她的中文名是林烟……"

“纪总……”助理还从来没见过自家老板这么失态的模样，不由得有些担心地问道，“是有什么问题吗？”

纪明哲捏着那份简历，如同拿着一件珍宝，他转过身，对助理以及在场的其他面试官说道：“KNO今年的最新代言人我已经决定了。”

“纪总定的人是谁？”

“是林书雅吗？”

众人虽然是在询问，但是基本上可以断定纪明哲定下的人是林书雅了。

纪明哲微微闭上眼睛，似乎是在回忆什么，随即他抬起头，开口：“林烟。这一届的代言人，是林烟。”

当从纪明哲的口中听到“林烟”这个名字后，其他面试官全都满脸诧异，助理也是一脸震惊。

“什么？林烟？！”

助理已经彻底被纪明哲这个惊人的决定给吓到了，焦急地开口：“老板，这个艺人恐怕不合适啊，她的形象跟我们的定位不符合！”

一旁的另一个面试官也连忙说：“这个艺人的资料我有印象，她的学历太低了，才高中学历，怎么能做我们的代言人，这简直是开玩笑……”

“是啊！这样的形象做我们的代言人，让我们的顾客怎么想？我们的顾客可都是高级知识分子甚至是顶尖领域的科研工作者！”

纪明哲做的这个决定一出来，几乎遭到了所有人的反对。

不过，也有比较精明的面试官，发现纪明哲的态度异样，于是试探着询问道：“纪总，之前您不是一直都有意让林书雅小姐做我们的代言人吗？为什么突然又改变了主意？这位林烟小姐是您的……”

除非林烟跟纪明哲有什么关系，否则纪明哲为什么突然要换人？

被这个面试官一提醒，其他人也反应过来了，都在好奇林烟跟纪明哲是什么关系。

纪明哲笑了笑，随后垂下眸子，极其虔诚地在手中那份简历上亲吻了一下，轻声道：“她是我的……初恋……”

听到纪明哲这句话的瞬间，所有面试官全都惊呆了。

林烟居然是老板的初恋？！

既然是初恋，那么一定很早就认识，老板不是在国外长大的吗？连大学都是在国外上的！老板到底是怎么认识林烟的？而且，重点是……

“老板，即使如此，可……可这位林烟小姐，也不太合适啊……”虽然不敢忤逆老板的意思，但还是有人壮着胆子提醒道。

纪明哲眉梢轻挑，淡淡地道：“没有人比她更合适。”

说完，他直接拍板把代言人定了。

见他主意已定，在场的人也不敢再多言。毕竟纪明哲是纪家唯一的继承人，

KNO总裁，只是决定一个小小的代言人而已，还没人敢忤逆他。

彼时，后台。

林烟对里面发生的事情一无所知，换下衣服之后，便和多多一起离开了。

回到巅峰娱乐之后，林烟跟赵红绫汇报了一下试镜的情况。

林烟一边喝水一边开口："绫姐，今天的试镜还算顺利，不过肯定没戏了！我看林书雅试镜的时候，他们老板和其他面试官的脸色似乎都挺满意的。"

多多也在一旁开口："我也听说那边已经定下来是林书雅了。好生气啊！这个林书雅太过分了，怎么干啥都要走后门！最讨厌他们这种有后台走后门的人了！"

只是赵红绫的脸色有些异样，听到多多这话后，脸色更复杂了。

林烟发现后，不解地问道："绫姐，你怎么了？是想说什么吗？"

多多也发现了赵红绫的表情不对劲，忙问："绫姐，出什么事了？不过是试镜落选而已，没什么大不了的吧！反正我们也没抱希望！"

赵红绫轻咳一声，看向林烟，有点犹豫地开口："林烟，刚才我接到KNO那边打来的电话，说你入选了……他们已经定了你做他们的最新代言人。"

瞬间，办公室里诡异地沉默了好几秒。

半晌后，林烟才回过神来，吓得差点被一口水呛到："绫姐！你说什么？"

多多比她还要震惊："烟姐她被选上了？怎么可能！她光是学历就会被刷下去吧！绫姐你是不是听错了？"

赵红绫叹了口气，从一旁的打印机上拿起一叠文件："怎么可能听错，那边效率很快，连合约都已经发过来了。"

刚刚还在骂林书雅走后门的多多，脸色相当精彩："烟姐，你……你也走了后门？"

林烟一脸蒙："开玩笑吧，我哪有后门可以走？"

多多挠挠头："也是啊！这到底是怎么一回事？"

林烟沉吟良久才开口："那一定是因为我的实力吧！太强了，没办法！"

"绫姐，这到底是怎么一回事啊？"多多白了林烟一眼，直接问赵红绫。

赵红绫失笑道："说老实话，我也不清楚，电话里那边什么也没说，只说选了林烟，然后就把合同发过来了，还说……"

林烟问："说什么？"

赵红绫如实说："说代言费比原先定的涨了三成，还说如果我们觉得低的话，可以随便提。"

林烟顿时蒙了，摸了摸下巴，说：“奇怪了，难道我还真有后台？可我真不认识KNO的任何人。”

“合同你先看一下吧，这个代言费，我觉得已经非常高了，不适合再要高价，否则对你不太好。”赵红绫说，“如果你觉得没问题的话，签完约，然后去参加KNO这一届时尚晚宴，他们就会官宣。”

林烟听得一愣一愣的：“我怎么感觉像天上掉馅饼一样，不会有诈吧？”

还没见过谁这么往外送钱的，就好像生怕她不答应似的。

赵红绫笑道：“这个倒是可以放心，合同我已经看过了，没有任何问题，何况KNO这么大的公司，没有任何理由坑我们。只是，这件事情确实有些奇怪，或许是你的表现确实不错，合了面试官的眼缘，这种事情也不是没有的。”

而且，她也确实对林烟有这个信心。如果不是因为林烟的学历是块短板，其实这个代言合同，她完全可以争一争。相比林书雅有些柔弱的风格，林烟的干练更加适合KNO的品牌风格。

林烟想了半天，似乎也只能想到这个可能了。

最后，她也不多想了，既然有赵红绫把关，没有“到手的钱不要”的道理，于是爽快地签了合同。

彼时，KNO分部大楼，顶层总裁办公室内。

纪明哲的烟灰缸内已经堆满了烟蒂，办公室内烟雾缭绕。

男人似乎很焦急，神色忧虑。直到办公室的门被敲响，他立即朝着门口的助理看去：“怎么样？同意了吗？”

助理急忙回复：“同意了同意了，合同已经签了，老板您放心！”

纪明哲像是完成了什么非常重要的任务一般，猛地松了口气，他捏了捏眉心，说道：“那就好。对了，这次KNO的时尚晚宴，我要亲自策划。”

“是……”助理脸上的神色更加惊讶了。

他们老板是什么人啊，KNO商业帝国总裁，M国老牌华裔贵族纪家的继承人。

不同于那些依靠家族不学无术的花花公子，他们老板自身也特别优秀，拿到了MS理工的双学位，无论是家世还是才学都是数一数二的。

而这个林烟不过就是国内的一个小艺人而已吗？听说连高中都没毕业，靠着做慈善才有了点知名度。

这样一个不上台面的女人，到底何德何能成为老板的初恋？还让老板这么多年都念念不忘，甚至为了她力排众议，一定要让她做KNO的代言人？

老板自从接管公司以来，还从来没有做过这么为色所迷的事情，没想到居然为了这么一个小艺人而破例。

就在林烟收到消息不久，林书雅那边也接到了KNO的通知。

林书雅被遗憾地告知，没有入选。

从经纪人那里听到消息之后，原本志得意满的林书雅彻底僵在了原地，难以置信地问："你说什么？"

贺姗姗也急了："你是不是搞错了啊！刚才表姐夫还打来电话说，这个代言人已经定了书雅姐了，怎么会落选呢！"

经纪人的脸色也不太好看："我也很奇怪，所以跟那边的人再三确认了，他们确实没有选书雅，而是定了别人。"

"别人？是什么人！连书雅姐的代言也敢抢！"贺姗姗怒道。

经纪人摇摇头："没打听出来，那边说在官宣之前都需要保密，现在只能等KNO时尚晚宴的时候才能知道了。"

林书雅在经过短暂的气恼之后，稍稍冷静了下来，开始分析道："这次试镜的很多艺人条件都不错……"

经纪人点点头，说道："是啊，聚星的乔安，还有盛华影视的赵艺璇，都很有可能……"说完又安慰林书雅道，"没事，也不用灰心，这个代言确实不好拿，原本我们也不是十拿九稳的。回头我们再找其他资源。"

林书雅的脸色微白："可是KNO已经是目前能找到的最好的代言，也很符合我现在的人设，再到哪里去找同等级的代言呢？"

经纪人的脸色有些尴尬，林书雅说得没错，可是，KNO那边的人选都已经定了，这也是没有办法的事情。

"不然，书雅，你再找韩少帮忙看看？他不是跟纪总认识吗？"经纪人建议道。

林书雅捏了捏眉心，说："逸轩哥哥他最近很忙，我不想用这些事情来烦他。算了，既然都已经被抢了，想必是不可能再有变动了。"

上次的事情之后，韩逸轩已经对她冷淡了不少。她好不容易费了九牛二虎之力才重新赢回了韩逸轩的心，深知不能再因为这些事情去求他帮忙，以免韩逸轩认为她是在利用他。

不过，她倒要看看，到底是什么人有这么大的本事，连她的代言也敢抢！

不管是什么人，到时候她完全可以用舆论造势，说自己的代言是被人中途截胡的。

很快便到了KNO时尚晚宴当天。商界和娱乐圈的诸多名流都受到了邀请。

前一天晚上，林烟便收到了KNO总裁助理亲自送过来的一套高级定制的礼服、鞋子，以及全套的珠宝首饰。要不是林烟推辞说自己有常用的化妆师，对方甚至还要给她安排一个化妆造型团队。

因为今天的场合比较重要，除了多多这个助理之外，赵红绫也陪着林烟一起过来了。

林烟刚刚把热情的助理给送走，咂舌道："KNO这么豪横的吗！"

多多双眼放光地看着她这一身的行头，感叹道："烟姐，你这一身衣服加配饰怕是要上千万呢！这次的金主爸爸真的是太豪横了！"

因为行头太贵，林烟现在连走路都很小心翼翼，生怕不小心把哪里给弄坏了。

赵红绫其实心里一直都很疑惑，今天过来之后，看到对方的态度，更加心中存疑了："KNO代言人的待遇自然不会差，但也没听说有这么周到的。"

提供服装就算了，连珠宝首饰都准备了全套，还都贵得如此吓人。甚至还带了一整个造型团队过来。而且这次的时尚晚宴现场，更是前所未有的奢华和梦幻。

多多扫了一眼宴会现场，感叹道："这会场也布置得太美太梦幻了吧！我感觉他们KNO总裁的结婚现场也就这种规格了！"

多多的话听得林烟嘴角一抽，结婚现场什么鬼！话别乱说啊喂！

"KNO近年来开始扩展H国市场，所以难免比往年重视一点，你瞎想什么呢！"林烟瞪了多多一眼，分析道。

多多撇撇嘴："可是真的很像嘛！你看着玫瑰花海铺的红毯……太夸张了吧！"

林烟心道：好吧，是有点过于夸张了……

"对了，我还听说这次的KNO时尚晚宴是他们总裁纪明哲亲自策划的呢！"多多八卦道。

林烟嘴角微抽，艰难地开口："那他们总裁的审美可真够那啥的……他真是MS理工学院毕业的理工男？"

审美这么梦幻，不应该啊？

别说，弄得还真像是婚礼现场一样。

此刻，外面的宾客已经陆续到场。

圈子里比较知名的艺人都受到了邀请，连贺姗姗也蹭到了一张请柬。

今天林书雅是跟韩逸轩一起过来的。最近韩逸轩工作很忙，原本是没时间的，但是他之前答应了林书雅帮她拿到这个代言，最后事情没有办成，韩逸轩心中有愧，所以还是陪着林书雅来了一趟。

"不知道是哪个艺人，抢了书雅姐姐的代言！"贺姗姗在韩逸轩身边抱怨道。

林书雅闻言立即柔声开口："姗姗，别这么说。本来就是公平竞争，KNO毕竟是顶级奢侈品牌，竞争自然激烈，那么多有实力的前辈，我会落选，也是很正常的事情，下次再努力就好了。”

韩逸轩本来不太高兴，因为事情没办成，让他脸上无光，听到林书雅这么说，神色才舒缓了些，便安慰道：“书雅你这么努力，又上进，只是缺少一些资历而已。我上次跟纪总提过你，他很看好你。只是公司的代言也不是他一个人说了算，这种小事情，估计他都是交给手下的人办的。”

言外之意就是他把话带到了，但是纪明哲的位置太高，代言人这样的小事情可能不会多过问，所以才导致了林书雅落选。

林书雅想了想，觉得很有可能。听说这次的主要负责人还是广告部的总监迈瑞，纪明哲应该只是走了下过场而已，不会太干预广告部的决定。

她的条件肯定是没问题的，只怕是有什么人走了迈瑞那边的关系。

觥筹交错之间，宾客们都到得差不多了。

很快，在一众高层和名流的目光之下，KNO的总裁纪明哲也到场了。

今晚，一向穿得比较时尚跳脱的纪明哲难得地穿了一身复古的黑色西装，非常经典又正式的款式，整个人显得更加贵气逼人，丝毫不逊于在场的任何一位男艺人。

纪明哲一边跟周围认识的名流打着招呼，一边踏入会场。

类似这种场合，他本应该轻车熟路的，但是不知为何，今晚的纪明哲似乎有些紧张，时不时地伸手抚摸着腕上的袖扣，偶尔还会紧张地朝着某个方向张望。

“我这身衣服怎么样？”纪明哲垂眸问一旁的助理。

“帅！老板，今晚您特别帅！放心吧！”助理摸着额上的汗，极其诚恳地回答，然而表情很快就变成了满脸的无奈。

老板啊！您放松一点！您只是来参加自家公司的时尚晚宴，然后宣布一下代言人而已，不要弄得好像马上就要去婚礼现场宣读誓词一样紧张好吗！

他现在真的对那位林烟小姐有些刮目相看了！老板在遇到和她有关的事情的时候，简直就像个未经人事的毛头小子一样青涩！

助理忙完之后，正巧看到了韩逸轩和林书雅，神色不免有些尴尬。

“韩先生，林小姐！”助理打了个招呼，随即轻咳一声对韩逸轩说道，“韩先生，实在是抱歉，之前的消息有误，我也没想到后来定的人选是其他人。”

韩逸轩和林书雅闻言，脸色都变了变。这意思就是说，确实是有人中途抢走了林书雅的代言。

韩逸轩面上依旧是绅士优雅的表情，状似不在意地开口：“海伦，你言重了，这种事情也不是你可以决定的。只是，不知道后来定下的代言人是哪位前辈？当然了，如果不方便告知，那就算了。”韩逸轩认为以KNO的高标准，最后拿到代言人的，应该是圈子里实力很强的前辈。

林书雅也朝着助理看去，明显很想知道KNO最后定下的代言人是谁。

助理面色有些犹豫，不过，想着老板待会儿就要宣布人选了，也没有必要再瞒着，便如实告知：“这个也没什么不好说的，反正待会儿老板就要宣布了。其实这个人，二位应该也认识，她就是巅峰娱乐的艺人，林烟，林小姐。”

助理话音落下的瞬间，林书雅和韩逸轩都愣住了，似乎完全没有想到最后拿到代言的人，竟然会是林烟？！

这……这怎么可能？怎么会是林烟？！

论条件，怎么也不可能轮到林烟啊！林烟根本就不符合KNO代言人的标准。

“海伦，是不是哪里弄错了？怎么可能会是林烟？据我所知，林烟应该并不符合贵公司代言人的标准吧？”林书雅强压下震惊，试探着询问。

旁边的贺姗姗也是满脸的不可思议：“林烟高中都不知道毕业没！她怎么有资格代言KNO？”

助理闻言有些尴尬，只能模棱两可地回答：“这个……是公司的决定……”

林书雅目光微转，状似不经意地开口：“冒昧多问一句，请问，这次挑选代言人的负责人，是广告部的总监迈瑞吗？”

助理点点头：“是啊，确实是他。”

而助理没说完的是，虽然负责人是迈瑞没错，不过，最后拍板定音的人是他们老板。

林书雅听到这里，心中已经大致有数了，果然是林烟不知道使了什么手段，走了迈瑞那边的关系。

呵，林烟可真是找死！

逸轩说得没错，纪明哲作为总裁，自然不可能事无巨细地去了解林烟的背景，怕是压根就不知道林烟是个什么货色。但只要这个消息一公布，以林烟那种条件，让她代言KNO将会引来巨大的风波。到时候，就算是广告部那位迈瑞总监也兜不住。

确定这个消息之后，林书雅朝着一旁的经纪人投去一个眼神。

经纪人刚听到助理的回答之后便已经会意，她向林书雅点了点头，随即便暗暗退出会场打电话。

KNO这次的代言人非常受关注，早就已经有人在到处打听。

虽然人选是保密的，但还是提前走露了风声……

一开始大家猜测的人选都是圈子里的几个超一线女星，猜测是林书雅的人也很多。后来，有个自称是内部人员的人曝出消息，说这次定下的代言人是林烟。

一开始，这条爆料被淹没在众多八卦之中，并没有引起什么注意，也没人当真。但是，就在今天的时尚晚宴开始不久，热度却开始一点一点冒头……

到晚宴进行过半的时候，网上的热度几乎已经沸腾了。

所以，当林烟穿着KNO的限定版礼服出现的时候，现场所有人看向林烟的表情都是相当意味深长。

“快看林烟身上的衣服！那不是KNO这一季还没上市的高定吗？而且这件据说是KNO总裁亲自参与设计的，不对外出售，只做展览！”

“可是，这套高定礼服现在居然穿在了林烟身上，看来网上的消息是真的，这一届的代言人居然真的是林烟！”

“我的天，不会吧！KNO疯了吗？虽然林烟现在的口碑还不错，但是以她的出身和学历，根本就不适合代言这种高奢吧！何况KNO的客户大多还是高知人群！”

“林烟进了巅峰娱乐之后资源可真是越来越好了，要说这背后没猫腻，我可真是一点都不信！”

……

林烟穿着KNO那件特殊的礼服出来的瞬间，她被选为代言人的事情便已经是板上钉钉了。

一时之间，宴会厅内所有人都开始窃窃私语起来。

虽然林烟确实热心公益，做了不少实事，但是她之前在圈子里的名声确实不太好，绯闻漫天飞，还有学历这个硬伤，所以外界还是有很多质疑她的声音。

人家穿KNO的大多是高端科技科研圈子里的大佬和精英，找她一个高中学历的女明星来代言，这不是在打那些顾客的脸吗？

KNO这波操作简直太让人迷惑了！

网上相关言论也发酵得愈演愈烈。有些比较激愤的网友吐槽道——

[太搞笑了吧，做公益这点我承认，但也不能利用做公益来抢资源啊！不然，以后岂不是大家都去装模作样地捐点钱，就能得到大牌代言了？这和花钱买代言有什么区别？]

[就是就是！一码归一码！这太不公平了！]

[内部消息，据说一开始这个代言人已经定了林书雅，后来是被林烟中途截胡的！]

[不会吧？以林烟和林书雅之前的恩怨，还真有可能！虽然林书雅抢了林烟的天使之家，但林烟当初做第三者企图勾搭林书雅未婚夫的事情也是事实，这件事情你们可别忘了！]

[这波我站林书雅，论形象和条件，确实还是林书雅比较适合KNO的代

言人。]

……

一开始大家还是在讨论这个代言人的合理性，到了后来都变成了为林书雅打抱不平。

林烟之前好不容易挽回的一点形象，当下又成了利用慈善抢夺资源的小人。

人群中的林书雅挽着韩逸轩的手臂，漫不经心地听着周围刺耳的议论声，掩去眸中的冷意，面上是一副落寞的神情。

“天使之家那件事情，是我处理不当，不应该任由公司发表那些惹人误会的通告。但是，我没想到姐姐会这么做……”林书雅看向韩逸轩，眸中满是委屈和伤心的神色。

韩逸轩面色微动，轻轻摸了摸林书雅的脑袋：“这件事情小烟确实有些过分了……别难过了，也不是没有转圜的余地，待会儿我帮你跟纪总聊聊。”

林书雅闻言，眸子顿时亮了亮，含着泪光，满脸感激和崇拜地朝着韩逸轩看去：“逸轩哥哥，其实你不用这样的……这个代言给了姐姐也没什么，是我欠她的，毕竟你和她……”

林书雅脆弱卑微的模样，终究还是让韩逸轩心软了：“书雅，你不欠任何人。当初是我逼你跟我在一起的，跟你没有任何关系，错也不在你。”

何况林书雅不说出真相，也是为了维护他，以免外界说是他劈腿。当时林书雅连他的真实身份都不知道，只是一心喜欢他。这份真情，也是韩逸轩最感动的地方。

不远处的林烟倒是挺淡定的。不管外界怎么说，这个代言她确实是凭实力拿到的，没有动用任何关系。

Part 12

他想让林烟做的，可不是KNO的代言人，
而是KNO的女主人。

♥

自从林烟出现的一瞬间开始，纪明哲的目光就已经牢牢地粘在了她的身上。

旁边的助理海伦看不下去，轻咳着提醒了一句："老板，老板，诚源的刘总跟您说话呢……"

纪明哲这才回过神来，朝着一旁被当成空气、显得有些尴尬的刘总看去，跟他碰了碰杯，开始寒暄起来。

助理无奈地为自家心早已经飞走的老板抹了把汗。

贺姗姗一边刷着网上的八卦，一边幸灾乐祸地开口："表姐，可真是笑死我了，瞧她那个样子，还有脸得意呢！你看网上都把她骂成什么样子了，就她那种上不了台面的，穿上龙袍也做不成太子！"

贺姗姗故意放大音量说着这话，生怕林烟听不到似的。

说完，她又凑到林书雅耳边开口："表姐，我看啊，这个代言人非你莫属，林烟怕是屁股还没坐热就要被换掉了！"

旁边几个眼红的女艺人也附和道："要是书雅拿到这个代言的话，我倒是服气，至于林烟……这不是在开玩笑吗？"

"KNO的高层是智障吗？什么人都选？"

"就是啊！选林烟的人脑子是怎么长的，吃错药了？"

……

彼时，KNO广告部的负责人迈瑞也在场。

外界只知道代言人是由他总管和负责的，却不知当时定下林烟的人根本不是他，那是他们家老板力排众议、独自定下来的，他完全没有发言权啊！

可是现在，骂名却全都由他背了，他也是有理说不清。他总不能说这事儿跟他没关系，要找就去找纪明哲吧！他哪有这个胆子！

所以，别人跑过来打听消息的时候，他只能含泪认了下来，默默地为老板背了锅。

此刻，林书雅暗自留意着迈瑞那边的态度，更加确定这件事情是迈瑞决定的了。

见纪明哲跟人寒暄完，腾出空来，林书雅便和韩逸轩一起，迈步走了过去。

“纪总，又见面了。”

纪明哲好不容易把那些上来搭话的老总打发走，准备去找林烟，结果又被韩逸轩和林书雅拦着，脸色顿时有些不太好看。

韩家跟纪家分公司有些生意上的往来，他和韩逸轩不过是在几个饭局上一起吃过饭，并没什么太多的交集。

上次吃饭的时候，韩逸轩提过几句代言人的事情，说他的未婚妻林书雅很喜欢他们的品牌，也希望可以代言KNO，他才有些印象。

韩逸轩先是寒暄了几句，随即，试探着开口：“听说贵公司已经找到了合适的代言人，恭喜。”

“客气了。”听到韩逸轩恭喜自己找到代言人，纪明哲的脸色倒是缓和了几分。

恭喜完，韩逸轩开始引出真正的话题：“只是，有些话，不知道该不该说……”

纪明哲眉梢微扬，不动声色地用炙热的余光朝着不远处的林烟看了一眼，随即才漫不经心地扫了韩逸轩一眼，说道：“既然韩先生觉得不该说，那就别说了吧。”

韩逸轩没想到纪明哲不按照套路出牌，不由得愣住，有些尴尬地轻咳了一声。

还是一旁的林书雅适时解围道：“是这样的，纪总，我非常喜欢贵公司的品牌，也是KNO的忠实粉丝，KNO每一届的代言人都是我的学习目标，是业内德艺双馨的前辈。但是，我没想到，这次贵公司挑选的代言人竟然会是林烟……”

听到林书雅提到林烟，纪明哲才稍稍将目光落在了她的身上：“林烟怎么了？”

林书雅面露为难，似乎有什么难言之隐。

这时，旁边的贺姗姗适时跳了出来，一脸义愤填膺地说道：“表姐，有什么不好说的啊，你也是因为真心喜欢KNO才会找纪总说这些的。”

贺姗姗说完又看向纪明哲，斟酌着开口：“纪总您日理万机，大概对有些事情不太清楚，也不了解林烟的真实背景，其实她在圈子里的名声很差的，绯闻满天飞不说，还企图插足书雅表姐和逸轩哥的感情。最重要的是，林烟才高中学历！她怎么可能有资格代言KNO呢！之前代言KNO的艺人，哪个不是高学历、高智商并且品学兼优？”

纪明哲不动声色地晃着杯中的红酒，从头到尾面上都没什么表情，只是在听到贺姗姗说林烟插足林书雅和韩逸轩之间感情的时候，眉梢才挑了挑。

“你方才说，林烟曾经插足林书雅小姐和韩先生的感情？”纪明哲幽幽地问道。

“是啊！林烟抢我表姐男朋友这件事情，圈子里谁不知道？之前她还大闹过很多次呢！”贺姗姗理直气壮地说。

纪明哲抿了口红酒，低笑一声：“这件事情，想必是有什么误会吧……”

“误会？怎么可能有误会呢？”贺姗姗立即说道。

韩逸轩轻咳一声，说：“让您见笑了……”

林书雅垂着眸子，没说话，但也算是默认了。

贺姗姗继续开口：“纪总您若是不信的话，可以去网上看爆料的，大家都在反对，觉得林烟不配做KNO的代言人。我们也是怕纪总您刚到国内，不知晓情况被人骗了……我看八成是林烟用了什么见不得光的法子，走了贵公司广告部总监那边的关系。为了KNO的形象，纪总您可一定要查清楚啊！否则，对您以及贵公司的名誉怕是都会造成很大的损失！”

贺姗姗的这一番话实则是在暗暗提醒纪明哲，林烟和广告部总监之间存在权色交易。

林书雅见贺姗姗这么上道，说出了关键信息，面上露出满意的神色。这个话她不好亲自出来说，由贺姗姗说出来却正好。她就不信，纪明哲知道林烟的真面目和网上那些舆论之后，待会儿还能上去宣布代言人是林烟。

搞不好，今晚林烟这个代言人还没坐上去，就要被扒下来！

若是平常的情况下，林书雅他们这番谏言，肯定会引起重视，只可惜，他们完全不知道真实的内情。

纪明哲听到这话，感觉像是听到了什么好笑的事情。他垂着眸子笑了笑，在那双桃花眼的映衬之下，那张轮廓分明堪比男模的混血面庞更是令人心神摇曳。

然后，纪明哲嘴角噙着笑意，扫视着三人，懒洋洋地开口：“实在是抱歉，这次KNO的代言人，并非是迈瑞决定的。”

不是迈瑞，那是谁？林书雅和贺姗姗对视了一眼，面露狐疑。

三人正狐疑着，便听到纪明哲继续说道：“若是说我们公司内部有什么权色交易的话，或许确实有，不过，是我单方面的为色所迷，力排众议，定下了让林烟小姐做KNO的代言人而已。”

纪明哲话音落下的瞬间，贺姗姗如同被人掐住了嗓子眼一般，眼珠子都快瞪出来了。

林书雅和韩逸轩也呆滞在了那里，两人盯着纪明哲，脸色一点一点地变白，似乎是不敢相信纪明哲方才说出的话。

他……纪明哲方才说什么？

他为色所迷，单方面的力排众议定下来让林烟做这个代言人？

让林烟做代言人的，是纪明哲这个总裁？！

林书雅等人听到纪明哲的回答，都迟迟回不过神来。

他们都猜测林烟是走了KNO内部的关系，但是怎么也没想到，林烟走的关系，竟然是纪明哲！

纪明哲看了韩逸轩和林书雅一眼，眸底是二人没有察觉的嘲讽，不紧不慢地继续说道："林烟连我的追求都拒绝了，会去抢林书雅小姐的男朋友？这倒真是有些意思……"

听到纪明哲这话，韩逸轩的脸色顿时黑如锅底，林书雅的脸色也是青白交加。

纪明哲……追求过……林烟？

不仅如此，还被林烟……拒绝了？

林书雅、韩逸轩和贺姗姗三人，全都被纪明哲的这句话惊得一个字都说不出来。

这……这怎么可能！这是什么时候的事情？

林烟怎么可能认识纪明哲这样身份地位的男人？

林书雅死死地握着拳头，指甲都掐进了掌心里，脸色几乎有些撑不住："没……没想到原来纪总您和姐姐认识……"

贺姗姗也是好半天才回过神来，一想到纪明哲竟然追求过林烟，眸中满是嫉妒之色。

当初，林烟就是抢了她的角色才开始走红的。如果当初那个女总裁的角色让她来演，那现在还有林烟什么事情！她没想到连纪明哲都被林烟迷惑了！

她到底哪里不如林烟？以她的条件，凭什么一直被林烟压着？

新仇旧恨一起浮上心头，贺姗姗有些焦急地提醒道："纪总，您这样做，怕是有些不妥吧？您可别被林烟骗了！我跟林烟很熟，对她再清楚不过了，她就是个不学无术的小混混，连学都没上过几天！"

纪明哲闻言没有开口，似乎是在思索着什么。

贺姗姗以为自己说服了他，急忙继续说道："现在网上都在骂她，如果让她做代言人，肯定会有损KNO的声誉！"

纪明哲点了点头："说得有道理……"

如果可以的话，他想让林烟做的，可不是KNO的代言人，而是KNO的女主人。

贺姗姗和林书雅倒是不知纪明哲的内心想法，听其表面之言还不禁面色一喜。

纪明哲毕竟是KNO的总裁，肯定是要把公司的利益放在第一位的，知道林烟是这种货色之后，肯定会改变主意。

这时，助理海伦过来提醒道："老板，这边已经准备就绪，林小姐那边也没有问题，仪式随时可以开始了！"

原本这一年一次的时尚晚宴主要目的是邀请各界一起交流，不过今年的重点却放在了宣布代言人的事情上。

一方面是因为林烟这个代言人的争议很大，另一方面也是因为今年KNO对于这个代言人的过度看重，几乎所有人都将注意力放在了今晚的官宣上。

"现在网上都已经闹开了，事情闹得这么大，林烟这个代言人也不知道能不能保得住啊！"人群中，不少艺人在窃窃私语。

"我看悬，纪明哲正准备拓展H国的市场，对今年代言人的人选应该还是蛮重视的，你看这次的宴会场地布置得多隆重就知道了！"

"是啊，结果下面不知道哪个脑残选了这么个代言人，纪明哲估计这会儿也很恼火！"

众人一边吃瓜议论，一边幸灾乐祸地准备看好戏。

纪明哲已经迫不及待地准备上台去官宣，没想到又被公司几位高层给堵住了。

很明显，他们也已经注意到了网上的舆论。

"纪总，网上的消息您应该也看到了吧，这代言人……还是要定林烟小姐吗？"为了公司的形象，高层也只能硬着头皮出来劝说。

纪明哲越听越不耐烦了，目光凌厉地朝着几位高层扫了一眼："怎么，你们是在质疑我的决定？"

本来剩下的几人还准备再劝几句，现在看到纪明哲这个态度，顿时吓得又缩了回去，只能暗自干着急。

纪明哲不再跟这些人废话，整理了一下领口和衣袖，迈着大长腿朝着林烟的方向走去。

几位高层只能在下面急得团团转。

"唉，这可怎么办？你们说老板会不会改变主意啊？"

"事情都闹成这样了，老板应该不会这么不知轻重吧？"

但是，现在他们也没办法，只能看纪明哲的选择了。

台上，主持人的讲话结束，邀请总裁纪明哲上台讲话。

刹时间，所有人的注意力都放在了纪明哲的身上。

纪明哲越靠近林烟，脚步越慌乱，他强撑着才没让自己失态。

最后，纪明哲终于保持着翩翩风度地走到了林烟的跟前。

林烟心大，连周围的人都隐约注意到纪明哲的目光过于炙热了，她还是完全没意识到纪明哲看自己的目光有什么不同。

只是，当纪明哲走近之后，林烟觉得他似乎有些眼熟，不知道在哪里见过。

纪明哲终于走到林烟身前站定，手心里已经汗湿一片，目光专注地盯着眼前的女孩，生怕眼前人只是自己的幻觉，轻声开口："好久不见……"

林烟一脸迷茫地眨了眨眼睛："哈？"

好久不见是什么意思？他们见过吗？

纪明哲见林烟完全一副看陌生人的表情，脸色微微有些发僵。

见纪明哲不说话，林烟还以为自己听错了，于是便主动跟金主打了个招呼："纪总好，初次见面，请多多指教！很荣幸可以和贵公司合作。"

林烟还没说完，纪明哲就感觉自己好像被一盆冰水劈头盖脸地泼了下来，整个人都呆在了那里。

他的表情看上去又懵懂又无措，还有几分委屈，像是一只被主人遗忘的小狗。

"你不记得我了？"纪明哲捏了捏手指，心痛得要窒息。

他怎么也没想到，自己心心念念这么多年忘不掉的白月光，居然已经把他忘得干干净净了。

后知后觉的林烟听到这话更加蒙了，偏偏她说话又不会拐弯，于是下意识地开口："纪总，我们……认识吗？"

"……"这下子，纪明哲的心是真的碎了一地。

他深吸一口气才缓了过来，耷拉着脑袋，苦笑着说："没关系，重新认识一下，也挺好的。"

说完，纪明哲目光灼灼地看向眼前的女孩，朝着她伸出手："自我介绍一下，我是纪明哲，你未来的合作伙伴，很开心你能代言KNO。"

林烟自然也客气地伸出手跟他握了一下。

"林小姐，请。"纪明哲绅士地开口。

林烟略点了下头，和纪明哲一起并肩朝着台上走去。

于是，两人便在众目睽睽之下，踏上了那条相当夸张的由玫瑰花瓣铺成的红毯……

今天的时尚晚宴，同时也是KNO官宣代言人的记者发布会。

圈子里有名的顶级媒体悉数到场，所有的镁光灯都对准了台上的两人。

纪明哲扶着话筒，清了清嗓子，先是和往年一样说了些客套的开场白，随后朝着一旁的林烟看去，开口："非常感谢诸位来宾的到来，今晚，我们还有一件非常重要的事情，相信大家也知道了，我要宣布一下我们KNO的最新代言人。”他顿了顿，随后继续说道，“也就是我身边的这位，巅峰娱乐的林烟，林小姐！”

如果说之前大家都以为林烟这个代言人最后可能有变的话，现在纪明哲的这句当众官宣算是板上钉钉了。

顿时，在场的所有人皆是一片哗然，正在看直播的观众也是义愤填膺。

[不会吧！我还以为是假新闻呢！居然真的是林烟！]

[有没有搞错？这是KNO哪个脑残高层选的人？]

[林书雅难道不香吗？放着影视学院的学霸不要，去选林烟这个不学无术的学渣？]

……

果然，现场有记者开始提问和发难。

“纪总，不知道贵公司挑选代言人的标准和条件是什么？”

“众所周知，KNO针对的是高端人群，为什么这次却选择林烟做代言人？”

“对于网上一些关于林烟并不符合KNO定位的言论，不知道纪总您怎么看？公司高层在选择代言人的时候，是否有些失职？”

面对一连串的质疑，纪明哲表情异常淡定，没有丝毫变化，微笑着回应：“正好，趁着今天这个机会，我也回答一下很多朋友比较关心的问题。”

记者们即时安静了下来，静静地听纪明哲讲话。

纪明哲继续说道：“KNO今年的最新代言人人选，是由我亲自定下的。”

什么！纪明哲亲自决定的？

众人听到这个回答都有些惊讶，本来都以为应该是广告部那边的决定，毕竟纪明哲这个总裁不了解娱乐圈，所以不知情。

但是没想到，纪明哲居然直接告诉所有人，这个代言人是他亲自挑选的。

台下，被迫背锅的广告部总监迈瑞则是眼泪汪汪，老板太帅了！

“我刚还说哪个智障高层挑的人呢，结果居然是纪明哲亲自挑选的？”

“纪明哲是怎么想的啊？”

众人都纳闷了，纪明哲这到底是什么操作？

在现场所有记者和宾客狐疑的目光之下，纪明哲面上依旧是那副淡定自若的笑容，他无视所有人质疑的目光，接着说出了那句第二天让全网爆炸的话——

“至于挑选林烟小姐的理由。是因为，林烟小姐，她是我的……初恋。”

然后，整个宴会厅里诡异地静默了下来，现场一片死寂。

所有人的脑海里都在回荡着那句话："林烟小姐，她是我的初恋。"

别说在场的记者和宾客，连当事人林烟都惊呆了。

她是纪明哲的初恋？她怎么不知道！

可别乱碰瓷啊！

[天哪！惊天大八卦啊！爆料人还是当事人自己！]

[KNO总裁纪明哲，居然自曝林烟是他的初恋！]

[纪明哲这么挑，居然能看上林烟？还是他的初恋？我是不是在做梦？]

此时，现场的记者、宾客以及直播间的粉丝，几乎全都炸锅了。

众人猜到林烟是走了什么关系，有后台才拿到了这份代言，只是没想到她的后台居然这么硬。

林书雅面色黑沉，林烟是纪明哲的初恋？

她没想到，林烟跟纪明哲居然还有这样一段渊源，而且看样子纪明哲一直对林烟念念不忘。

不过，那又怎样？纪明哲现在有多高调，待会儿林烟就会摔得多惨。

贺姗姗咬着牙说道："纪总当场说因为林烟是自己的初恋，所以才选她做代言人，这不就等于说他是出于私心给林烟开的后门吗！林烟这次绝对完蛋了！"

林书雅叹了口气，说道："以纪总的身份地位，他这么做，对他自己倒是没什么太大的影响，只怕是姐姐那边，不太好收场了……"

众人只会把锅都推给林烟，KNO的公关到时候也只会把责任归咎于林烟。

果然，记者们在短暂的震惊之后，很快就发现了问题的关键。

"纪总，方才您说林烟小姐是您的初恋，而您也是因为这个才选择了林烟小姐作为KNO的代言人，那么我是否可以认为，林烟小姐拿到这个代言并非是靠自己的实力，而是因为您的私心？"

"众所周知，以林烟小姐的条件，无论如何也不可能够上KNO代言人的标准！"

"就是，这样对其他艺人也不公平，林烟凭什么可以获得这个资格？"

……

在有心之人的推动之下，整个会场乱成了一锅粥，所有人都在质疑纪明哲的这个决定。

台下的KNO高层也是焦急不已，看着林烟的眼神都有些愤怒，也不知道这女人给总裁灌了什么迷魂汤，让他做出这么没轻没重的事情来。现在可怎么收场？

这一点也不像纪明哲的行事风格。

而林烟这会儿满脑子只有纪明哲那句“初恋”，以及她回家以后要怎么跟裴聿城交代？

无奈之下，她只能压低了声音跟一旁的纪明哲说道：“纪总，您是不是弄错了？或者你认错人了？”

纪明哲神色无奈地朝林烟看了一眼，又露出如同被抛弃的宠物一般的眼神，神情低落地开口：“小学妹，你还真够伤人的，我以为就凭我这张脸，就算你当初拒绝了我，应该也不会忘了我才对……”

闻言，林烟有点蒙：“……”

等等，小学妹？什么意思？

林烟还没反应过来，便看到纪明哲对着话筒，扫了在场的所有人一眼，随即开口：“虽然选择林烟小姐做KNO的代言人，确实有一部分原因是出于我的私心，但是，同时也因为她是最合适的人选。”不等众人发出质疑的声音，他继续说道，“林烟是我的初恋，同时，也是我在MS理工学院读大学时的小学妹。”

紧接着，众人都被“MS理工学院的小学妹”这几个字炸得眼冒金星了。

纪明哲一个又一个的大瓜扔下来，简直让他们无法消化。

“刚刚纪明哲说什么？林烟是他在MS理工学院读书时的学妹？”

“林烟上过MS理工？开什么玩笑！我没记错的话，林烟不是只有高中学历吗？”

“这可是纪明哲亲口说的话，应该不会随便乱说的吧？”

……

一时之间，所有人看林烟的表情都很震惊。

“林烟居然是MS理工毕业的？如果是这样的话，以她的条件，确实还挺适合KNO的，毕竟她的形象和风格其实都挺不错的，只有学历这块是短板！”

台下，林书雅和韩逸轩对视了一眼，都有些惊讶。

“小烟怎么可能跟纪明哲一个大学，她根本就没有上过大学……”韩逸轩纳闷地开口。

林书雅喃喃：“姐姐的事情我不可能不知道，可是，纪总为什么要这么说？”

此时，一旁的贺姗姗满脸嘲讽地笑了起来：“纪总为了给林烟洗白，居然说这种谎话，太可笑了吧！林烟的底细，我们还能不清楚吗？当初她明明是放着好好的学不上，跑去国外鬼混了！”

林书雅也是眉头紧蹙，林烟的事情她最清楚，当时她确实放弃了上大学，说是不想上学，要出去赚钱，这不可能有错的。

只是，林烟去国外之后的经历，她确实不太了解。但如果说林烟在国外上了MS理工，她是无论如何也不会相信的。

MS理工是什么地方，哪里是林烟想上便能上的？

台上，纪明哲继续说道：“林烟在MS理工跟我是同系，并且每次考试排名都是第一，包揽了他们那一届的NO.1，创造了当时的纪录。如果大家是因为她的学历，而认为她不符合我们KNO的标准，我想，诸位应该是多虑了。”

纪明哲说这话时，脸上一副骄傲的表情。他喜欢的女孩子，怎么可能不优秀？

听到这里，林书雅的目光落在旁边一个科技公司的海归高层身上，目光微凉地说道：“对了，乔总，听说你也是MS理工毕业的，而且跟纪总是同一届，也是金融系。纪总刚刚说林烟是他同系的小学妹，你在金融系有听说林烟这个人吗？如果说她成绩那么优秀，还是破过纪录的，乔总您应该会有印象吧？”

海归高层闻言思索良久，这个问题实在是不太好回答，于是只能委婉地开口：“这……我只知道……当时破我们专业纪录的人……不就是纪明哲本人吗？怎么会成了这位林小姐？”

听到这位高层的话，林书雅的神色顿时亮了起来。纪明哲果然是在撒谎。

贺姗姗闻言，更是迫不及待地直接扬声道：“纪总，破金融专业纪录的人，不是您本人吗？怎么就成林烟了？”

纪明哲的资料在网上都是透明的，他的光辉事迹大家都很清楚。听到这话，众人顿时想了起来，向他投去狐疑的目光。

难道是纪明哲在说谎？

此时此刻，作为当事人的林烟抚了抚额头，头疼不已。

她没想到自己和纪明哲是在MS理工认识的，还有这样一段故事。她真的一点都想不起来了！

当时她心心念念的都是比赛、赚钱，学业任务又那么重，哪里有时间谈恋爱啊！

可看现在这种情况，怕是没办法再瞒下去了。

她当然没破过金融专业的纪录，她又不是金融专业的，但是……

纪明哲扫视众人，开口：“谁说是金融专业了？我当时修了两个专业，一个是金融，另一个专业，是空气动力学。林小姐并非金融专业的学生，而是空气动力学专业的学生，她破的自然是空气动力学专业的纪录。”

空气动力学？

这时，那位海归高层似乎回忆起了什么，说：“啊……要说空气动力学专业，我倒是有点印象，多次打破那个专业纪录，还被HT科研所邀请的那个学霸，确实是一个H国的女孩！对了，我这儿似乎还有当时他们专业的大合照，因为我弟弟也是那个专业的，而且跟她是同一届。”

听到这话，不少人的目光都朝着那位高层看去。

海归高层说着，便拿出手机，从他和弟弟的聊天记录里，翻出了一张毕业大合照。

仔细一看，站在中间那个导师旁边的人，正是林烟。

虽然相比现在的相貌略显青涩，气质看上去也比现在冷冽，但确实是林烟。

紧接着，旁边不少宾客和记者都挤过去看照片，赫然在那张大合照里看到了位置显眼的林烟。

刹那间，所有人看林烟的神情都变了。

“大佬啊！还真是MS理工毕业的？林烟也太低调了，之前为什么传闻她只有高中学历？”

“空气动力学是什么专业？听起来好高端的样子。”

“之前是谁说林书雅最适合为KNO代言的？林烟大学读的可是MS理工啊，这可以甩影视学院好几条街了吧！难怪纪明哲选林烟呢！这也太不可思议了……”

“我倒觉得应该是真的，你们也不想想，纪明哲是什么身份地位，会做那么没脑子的事情吗？还当众为林烟说谎？学历这种事情，有心之人去查的话，一查就知道了！怎么可能作假！何况人家校友连毕业照片都翻出来了……”

“所以说，林烟还真是MS理工的学霸啊！”

林烟的学历一曝光，在场所有人的质疑顿时消除。

毕竟以她的条件和形象，如果没有学历这个短板的话，代言KNO，确实没有任何问题。

何况，这样的高学历，放眼整个娱乐圈也没几个人。

林书雅毕业的D城影视学院已经算是科班学校中最好的了，但是放在MS理工这样的世界级名校面前，却什么也不是。

林书雅和贺姗姗盯着那位高层手里的照片，依旧是满脸的不敢相信。

韩逸轩也是满脸的震惊，他一直以为林烟当时在国外只是打工，没想到，她同时还完成了大学的学业，还是在那样著名的高等院校。

看着台上和纪明哲站在一起，气场却丝毫不逊色的女孩，韩逸轩心头划过一抹连自己都没察觉的憋闷，就如同失去了某件极其珍贵的东西般。

从那次的慈善晚宴开始，他便发现，他好像从来都没有真正了解过林烟……

台下，有记者开玩笑般地提问：“纪总，您方才说林小姐是你的初恋，那么现在呢？现在你们是什么关系？”

纪明哲似乎有些紧张，小心地朝着林烟看了一眼，随即才开口："要说我和林烟现在的关系……我们是……如果她愿意……随时都可以成为KNO老板娘的关系……"

"哇！"纪明哲的话一出，众人顿时一片惊呼。

这是当众告白啊！而且还是这么霸气的告白！

此刻，众人总算是知道为什么今晚的宴会现场布置得这么浪漫梦幻了。怕是纪总一开始就抱着要告白的打算了吧！

虽然纪明哲可能是有一点私心，但林烟因为自身的实力确实有这个资格，所以这点私心便成了浪漫和深情，自然不会再有人拿着这个说事儿了。

其他人都在看八卦，看这场浪漫的告白。而被告白的当事人林烟，内心却是冰天雪地……

多多这个乌鸦嘴！居然还真被她说中了……虽然不是婚礼现场，但这个告白现场也差不多了……

可林烟又不能当场说她已经有男朋友了，于是只能保持着僵硬的微笑站在那里。

好不容易等到记者发布会结束，林烟正准备闪人，那位海归高层看着照片有些激动地朝她走了过去："林小姐，没想到能在这里遇到你，我弟弟是你的粉丝，上学那会儿天天在我跟前提起你，你……你可以帮我签个名吗？"

"当然可以。"林烟轻咳一声，帮那位高层在一张临时找来的纸上签了名。

"谢谢，谢谢！"海归高层满脸感谢，"我弟弟肯定特别开心，真没想到，林小姐不仅长得漂亮，还这么有才！"

"您客气了。"

林烟正跟人寒暄着，纪明哲迈步走了过来，看着那位海归的面色有些不善："在聊什么，这么开心？"

那位高层一看纪明哲过来，立马识相地闪人了："没什么没什么，我弟弟很崇拜林小姐，所以我找林小姐帮我签个名。已经签好了，那我就不打扰了。"

高层走后，纪明哲的表情顿时又恢复了忐忑和紧张："你……现在想起我来了吗？"

林烟面色尴尬，莫名地有点心虚。她能不能说没有……

她本来就不太记得这些无关紧要的事情，更别说她的记忆还因为车祸出现了一些缺失。

纪明哲看林烟的表情，有些落寞："还是没有啊……算了，反正也不是什么很好的记忆，我们可以重新开始。方才我在台上说的话，都是真心的。所以，可以给我一次机会吗？"

纪明哲这么直白，弄得林烟一时之间还真不知道该怎么回答才好了，无奈之下只能如实相告："那什么……虽然没有公开过……但其实……我已经有男朋友了……"

纪明哲闻言，面色僵硬了一下，但很快便恢复正常，说道："其实我也料到了，毕竟你这么优秀……不过，只是男朋友而已，只要没有结婚，我就有机会，不是吗？我可以公平竞争。"

林烟本来是准备用这个理由来让纪明哲死心的，却没想到对方不仅丝毫不在意，还变得更有斗志了。

而且，他这话也确实没什么问题，她无法反驳。

还好这时赵红绫和多多走了过来，纪明哲的助理似乎也有事情找他，纪明哲这才依依不舍地走了。

纪明哲刚一走，多多便激动不已地抱着林烟摇晃起来："我的天哪！烟姐，你居然是MS理工毕业的，是纪明哲的学妹！"

"你瞒得也太严实了吧！居然连我们都不告诉，好过分！"多多生气不已地控诉道。

林烟闻言，白了她一眼："宝贝儿，请你好好回忆一下，我什么时候瞒着你了，我是不是清清楚楚地告诉你了我是MS理工的硕士？"

这话是林烟不久前刚说的，多多很容易就想了起来，一下子被林烟堵得哑口无言，惊讶地眨着眼睛，说道："我……我哪里知道你说的竟然是真话啊！我以为你开玩笑骗我的呢！"

林烟揶揄道："我什么时候骗过你了？"

多多仔细地回忆了一下，好像每次她觉得从林烟嘴里说出来的不可思议的话，最后都被证明是真的。

多多一脸惊悚地说："烟姐，你这也太吓人了，你确定没有什么更吓人的事情瞒着我了？"

林烟摸了摸鼻子，有点心虚地说："咳，没有了吧……大概……"

她的马甲都快掉完了！

Yeva和裴聿城是她最后的倔强……

KNO的时尚晚宴结束之后，"KNO总裁当众对林烟告白""林烟MS理工""KNO总裁初恋"等关键词就迅速占据了各大平台的热搜。

闻讯，之前那些用林书雅来压林烟、嘲讽林烟的网友也瞬间倒戈。

林书雅一直引以为傲的才学和学霸人设，在林烟面前瞬间就成了笑话。

[林书雅不过是一个影视学院毕业的艺术生，却天天吹什么学霸人设，人家林烟MS理工毕业的都没说什么好吗？]

[那可是世界公认的难考，理工科的圣殿！什么是真大佬？这才是！人家

这么牛逼的学历，却从来没有拿来炫耀过！]

[只是，我很好奇啊，林烟为什么要选这么冷僻的专业，难道大佬原来是想往航天航空方面的专业发展吗？这还真是现实版的想上天啊！]

因为对这个专业了解的人不多，大家暂时没有往赛车方面去想，也没有继续深挖，大部分人的关注点，还是放在绯闻和八卦上。

[啊啊啊！我粉上KNO总裁了，之前还以为他是那种为色所迷的人呢，现在居然觉得他好宠啊！你们看到他说林烟是自己小学妹时候的表情了吗？]

[是啊是啊！爱了爱了，突然觉得他们好般配有没有？]

……

晚上，林烟回到别墅后，看着网上那些热搜和评论，一直战战兢兢。

裴宇堂大概是看到了网上的八卦，给她打了不少电话，不用说，肯定是想问这件事情。

林烟正烦着就没有接电话，只是给他发了信息，再三警告他不许告诉裴聿城。

还好裴聿城现在不在国内，消息传播得没有那么快，还是等她想到完美的解决办法再说吧。

夜晚，云间水庄。

隐约在房间内可以听到两只小猫打呼噜的声音。

卧床之上，林烟早已陷入深睡。

此刻，她全身的衣物被冷汗浸透，痛苦地在床上轻微翻动着。

也不知道是不是因为今天的发布会受到了太多刺激，半夜她突然做起了噩梦，无数的记忆碎片组合成一幅幅完整的画面，将她的大脑侵占。

睡梦中的画面令人匪夷所思——小女孩被丢入深海之内，无尽的黑暗将一切笼罩。冰冷的海水没有一丝一毫的温度，强大的水压仿佛随时都可以将她挤成碎片。

在她绝望时，一只虎鲸以极快的速度游至，带着小女孩冲出深海，来到海面上。女孩不断地呕吐着，狼狈至极。

四周只有海水，在月光的照耀下，海面呈现出诡异的光亮。不时有巨大的鱼类飞离水面，不久之后又落入海洋中，激起无数的浪花。

……

陆地，黄沙万里。一行年轻男女在荒漠中行走。

这队青年男女穿着统一的披风，每一位身上都散发着令人胆颤的强大进化者威压，因为行走在一处，强烈的威压汇聚，仿佛要将天地吞噬。

四周的暴风将黄沙卷起，乌云笼罩，不时有惊雷闪现。

然而，这样极其恶劣的天气并没有对这些年轻男女造成丝毫的威胁。

这些年轻人身上散发的强烈威压似一道无形的屏障保护着这个行进的队伍，强大的震撼余波，足以将暴风震散。

偶尔有一些运输着进化者物资的商队经过，看到这些年轻男女身上的服装后面色大变，急忙改变方向。

“山海？！”

“山海是什么？”

“你连山海都不知道？”

“山海是一个团体，在进化者圈中十分出名，是一个很神秘的组织……不少进化者大势力都被他们吞掉了，但是在低阶进化者中的声望却很高。”

“山海的成员不多，但是每一位都至少拥有S+以上的进化者实力。任何一个人，都足以在任何地方的进化者圈内掀起狂风巨浪。”

“我听说最近一位加入山海的是三重霄之首——霄纪大人，被赐代号白泽？”

“不要乱说，会引来杀身之祸！每一位成员都有着固定的代号，目前有天狗、朱雀、玄武、白泽、烛龙、麒麟、毕方……只要记住这些代号就好，至于真实身份，还是不要妄加猜测。”

许久后，年轻人中一个女孩朝一位相貌俊俏的男人开口：“白泽，你过于张扬了，连普通商队都知晓山海的白泽就是三重霄之首霄纪。”

女孩似乎听到了经过身边的所有谈论。

“小烟……”霄纪看向身旁面无表情的小女孩。

女孩双眸仿佛经历过无尽沧桑，眸内只有寒冷，完全看不出竟是一个六七岁的孩子。

男人刚开口，女孩的眉头便皱起。

“白泽，忘记规矩了吗？”天狗沐阳似笑非笑地朝着霄纪打量。

山海的每一位成员，都没有姓名，只有代号。

现如今，女孩在山海的代号为九凤，并非沐烟。

“明白了。”霄纪轻声一笑。

黄沙荒漠中，山海众人的背影渐行渐远。

Part 13

天狗回归

云间水庄。

林烟忽然睁开双眼，大口喘息。她的身上，竟泛着一层微弱的光泽。

梦中的记忆原本无比清晰，可随着光芒闪现，仿佛一切都即将被遗忘。

“怎么回事……”

林烟迅速起身，来到镜子面前。深夜中，她身上的光泽尤为刺眼。

此刻，无数的疑惑在林烟的脑海中浮现。

她不明白究竟发生了什么。然而，这些白色的光泽却如同有意识一般，在发现她苏醒后逐渐散去。

随着光泽散去，林烟睡梦中的记忆却出奇地被保存了下来。

“烟姐？！”

听闻房内有异动，凌月立即冲了进来。这段时间，她一直都十分谨慎，生怕Death的人会卷土重来。

“小月，你看我！”见到凌月，林烟急忙开口。

凌月立即走上前打量着林烟，似乎没有发现什么异常。

“烟姐，怎么了？”凌月不解地问道。

“你没看见我身上泛着光吗！”林烟满脸激动，“是我的进化者力量要觉醒了，或者我又要进化了？”

“啊？”凌月有些疑惑地看着林烟，“烟姐你身上没光啊。”

林烟赶紧照了照镜子。之前她身上的光泽真的已经消失不见，就好像从来没有出现过。

“奇怪，我刚才身上真的有光，我发誓。”林烟神色疑惑，口中喃喃。

“烟姐，是不是因为Death的关系，让你这几天太紧张了？”凌月笑着问道。

“我紧张什么？”林烟不以为意地说道，“我又不怕他们。”

凌月心想：当我什么也没说。

此刻，林烟不由得回味着刚才的梦境。这个梦境过于真实，真实得让她都以为是真的。只是可惜，刚才她的身上忽然出现了神秘的光泽，让她忘记了一部分。

她忘了梦中那个神秘可怕的组织名号，光记得一个天狗……好像还是狗子扮演的。可是，为什么会梦见狗子？

“我刚才做了一个梦，很真实的梦，然后我的身上出现了白光，原本我还记得梦的详细内容，可白光出现后，我却忘记了很多。”林烟神色古怪道。

闻言，凌月嘴角微微抽动，这是睡迷糊了吧……

“我梦到一个小女孩，好像叫什么九的来着……还有很多强大的进化者，他们有个团队……叫什么海……好像是叫海天！”林烟口中喃喃。

凌月顿时笑出声来：“烟姐，我就听说过山海，海天是什么？”

“是酱油？”林烟下意识地问道。

“……”凌月很无语。

“小月，山海是什么？”林烟满脸好奇。

“烟姐，山海你不知道很正常，现在很多进化者都不知道山海。”凌月笑道。

“说说。”林烟饶有兴致地开口。

现阶段，林烟对一切和进化者有关的东西都十分感兴趣。

“对我们来说，山海应该是一个很久远的组织了，那是很多年前的事了，那时候我都还小呢。”凌月说道。

“也是一个进化者团队吗？”林烟问道。

“是的，是一个很可怕很强大的组织，听说人数不多，但是名气很大。”凌月点点头。

“跟Death比呢？”林烟问道。

“没法相比，因为二者性质都不一样。Death这样的势力，是一个庞然大物，进化者众多，而山海是一个超级精英团体，一共没多少人，但每一个拿出来，都可以与Death的女魔头相比。”凌月说道。

“这么厉害？”林烟神色诧异。

“具体情况不太了解。不过，我以前听说过一些小道消息，说山海十分神秘，到底有多少人，没人清楚，实力到底有多强，也没人知道。但山海曾有过几次非常著名的战役，其中最夸张的是，山海只用了3个小时27分钟，就毁掉了一个十分古老的进化者大氏族。”

“一个团队，居然那么强……只用3个多小时就毁灭了一个进化者大族……”林烟满脸佩服。

凌月微微一愣，旋即摇了摇头，笑道：“烟姐，谁说的是一个团队啊，用3小时27分钟毁掉一个进化者氏族的，仅仅是山海的两位成员，好像代号是叫什么烛龙的，还有一个好像是叫……白泽。”

林烟满脸诧异：“这么可怕？！”

幸好，他们得罪的是Death，而不是山海。

“烟姐，山海可是我的童年偶像，小时候每次听见山海的故事，我都很激动。”凌月笑道。

“为什么？”林烟问道。

“虽然很多进化者大势力对山海都是谈之色变，但是山海对低层的进化者很友好，帮助了很多被大氏族欺压的小氏族。而且，山海的每一位成员，颜值都超高，这要是放在今天，我估计能吊打各路小鲜肉。”凌月笑道。

林烟瞥了凌月一眼，差点忘了凌月以前是巅峰娱乐的幕后大人物。

“你见过？”林烟诧异道。

“我只见过其中一位成员，代号应龙，特别好看。”凌月说道。

“难道比裴南絮还好看？”林烟好奇地问道。

“不能这么比……我说的是气质！气质，烟姐你懂吗，就是那种……不好形容，仅仅是靠着气质，就能让你彻底忽略掉颜值的那种，更别提应龙的颜值的确非常高。”凌月说道。

林烟满脸疑惑，捏着下巴若有所思：“我懂了。”

“懂什么？”凌月下意识地问道。

“这个山海，如果不出意外的话，应该是看脸选成员的吧。”林烟猜测道。

凌月无奈地看了林烟一眼，不得不说，烟姐的脑洞也太大了，这样的进化者队伍，怎么可能是看脸选成员？

“这么可怕的进化者势力，现在还在吗？”林烟好奇地问道。

“不清楚，很多年都没有听说过了，应该是不在了，或许早就解散了。”凌月说道。

“小月，有没有更厉害的进化者团队什么的？都跟我说说。”林烟笑道。

反正醒了也睡不着，还不如听听凌月知道的一些进化者秘闻，毕竟自己也是进化者，什么都不知道，总感觉怪怪的。

拉着凌月聊了几个小时后，林烟才肯放她离开。

天刚亮，汪景阳就给林烟打来了电话，要请她吃早餐。本着“有便宜不占是王八蛋”的心思，林烟欣然答应了。

一大早，林烟开车来到汪景阳家附近的早餐店。

“林烟，这里！”汪景阳老远便朝林烟笑着挥手。

林烟当即走了过去，在看见桌子上的豆浆、油条和包子后，她陷入了沉思。

这一顿她好像也没占到什么便宜，还不够她的油费呢。

“坐啊，一起吃，这家店的包子、油条可好吃了。”汪景阳笑道。

林烟点点头，坐在一旁，喝着碗里的豆浆。

“你那么早找我，不会就是为了让我来跟你一起吃早餐吧？”林烟看向汪景阳问道。

“有点事跟你商量一下。”汪景阳盯着林烟，嘴角微微上扬。

“什么事？”林烟问道。

“借点钱……”汪景阳说道。

林烟腹诽：我把你当好兄弟，你居然问我……借钱！！

“林烟，你不会那么抠吧，我又不是不还你！再说了，你不是刚接了KNO的代言吗？你会没有钱？”汪景阳见林烟诧异的表情，顿时急了。

“你要钱做什么？”林烟问道。

“有点事，要出趟远门，我不得买机票吗，不得住五星级酒店吗，不得去吃个三星米其林吗？”汪景阳蹙眉道。

“你吃冰淇淋去吧！”林烟瞪着汪景阳道，“我长这么大都没这么奢侈过，你居然问我借钱去吃三星米其林？没钱！”

“嘿嘿，多少借点……我真有事。”汪景阳讨好地说道。

“你到底有什么事？直接说，不然不借。”林烟面色不善地说道。

“还不是因为你，那天晚上把我吓死了……我想出去旅旅游，散散心。”汪景阳很随意地说道。

“真的？”片刻后，林烟好奇地问道。

闻言，汪景阳点了点头：“真的！”

如果汪景阳说的是真的，那她当然也有点责任。

“扫码！”很快，林烟豪气地说道。

看着林烟给自己转钱的数额，汪景阳微微一愣：“那么多？我可还不起！”

“谁让你还了，这都是我帮你存的钱。还有一部分在我这里呢，到时候给你结婚用，不够我再补。”林烟笑道。

汪景阳满脸疑惑：“你帮我存的？”

“不然呢，你花钱那么大手大脚，我不坑你一点，全被你花了，以后你有女朋友了怎么办，结婚怎么办？”林烟理所当然地说道。

当即，汪景阳差点流泪满面，他从来都没想到，这么多年来，林烟居然坑了他这么多的钱！

林烟，我真是谢谢你啊！

吃完早饭，林烟开车将汪景阳送到了机场。

“你现在就要去旅游？”林烟有些诧异。

汪景阳叹气道：“我早想去旅游了，只不过没钱。”

“天狗，在外面自己多注意一些啊。”林烟笑道。

汪景阳眸内的神色忽然一变。

“你叫我什么？”汪景阳看向林烟。

“天狗，是不是很好听？”林烟笑道。

汪景阳的身躯微微一颤，眉头也随之蹙起。

“林烟，你……为什么会这样叫我？”汪景阳问道。

天狗，是他当年在山海时的代号。

除了天狗外，还有烛龙、应龙、白泽、麒麟、毕方、玄武和朱雀……

这些记忆，对于汪景阳而言，就好像已经隔了几个世纪般久远。这么多年来，再也没有人称他为天狗。

属于他们的时代，早已经落幕，是被人亲手终结的。

“天狗是不是很好听？”林烟见汪景阳有些呆滞，继续笑道，“我跟你说，昨天晚上我做了一个梦，梦见一个海天团队，你就是我们团队里的一员，你叫天狗，哈哈哈。”

海天？不是山海吗？！

“然后呢？”汪景阳面无表情地看着林烟。

“然后我就醒了。我跟你说，当时我的身上居然泛着光，但没多久光就没了。”林烟有点激动地说道。

林烟口中所谓的光，汪景阳自然知道，这正是沐烟的能力之一。

这种能力可以自动调节自身的情绪，如果情绪起伏过大，这种能力会让她快速地冷静下来。如果她陷入痛苦且无法自拔、连情绪都已经无法调节时，痛苦的根源就会被斩断。当出现生命无法承重之痛时，所有痛苦的记忆都会被清除。

沐烟的能力不只有这一种，每一种能力都非常特殊，而这种特殊却成了厄运。否则，他们也不会沦落到这般田地。

所以，她的能力很美好，但也很残忍。

此刻，汪景阳若有所思地打量着林烟。

为什么会出现这样的情况？记忆被清除后，会出现在梦中吗？

“路上小心点，我回去补觉了。”林烟朝着汪景阳挥了挥，“一路顺风。”

“抱一下。”汪景阳朝着林烟笑道。

林烟微微一愣：“这么恶心干吗，你要跟我生离死别啊？”

然而，不等林烟继续开口，汪景阳就轻轻地抱了抱她，说：“我走了。别惹事，等我回来带我打游戏。”汪景阳犹豫了一会儿，又接着道，“对了，那什么，其实我觉得KNO那小子还不错，你要不要考虑换个男朋友？”

只要不是裴聿城，换谁都行！

林烟的脸色顿时一黑：“暂时没有这个打算，多谢关心。”

毕竟她都已经确定心意了，哪里还能三心二意。

“好吧……”汪景阳似乎料到了林烟的回答，叹了口气，说罢，不再给林烟开口的机会，就转身走进了机场。

飞机上。汪景阳从背包中取出一枚十分古朴的戒指。戒指上刻画着天狗的形象图腾。

“老朋友，好久不见了。”看着这枚戒指，汪景阳微微一笑，旋即将它套在了中指上。

天狗回归。

M国。

荒漠之地，一座巨大的宫殿前。

汪景阳将自己裹在黑色的披风之下，看不清面容。

汪景阳的出现，瞬间引起了震动。几乎眨眼的工夫，数十位至强进化者出现，将他围了起来。

当看见汪景阳的黑色披风后，几位从宫殿出来的老者神色震撼。

“山……山海？！”

“怎么可能！”

“是山海的成员？！”

对于他们这样级别的进化者，山海之名，如雷贯耳。

山海的可怕，不是针对某一位成员或整体，而是每一位成员！甚至，这么多年过去了，也无人知晓，他们的主上——三重霄之首的霄纪，曾经也是山海的一员。

“敢问阁下是？”一位老者上前，惊疑不定地看着汪景阳。

然而，汪景阳并未开口，只是将套在中指上雕刻着天狗图案的戒指扬起。

“天天天……天……天狗？山海天狗！”见状，老者倒吸一口凉气，如临大敌。

山海天狗，山海至强成员之一，拥有着绝对力量的基因进化者！

或许，到了如今，很多人已经将山海遗忘。但是，他们这些上了年岁的进化者，如何可能不知道山海的存在？

“霄纪死了没？没死的话，让他出来见我。”汪景阳说道。

“霄纪大人？”老者眉头深锁，朝着汪景阳说道，“霄纪大人已经离开数日，并不在此处。”

“每次有事找你，你都不在……”汪景阳自言自语道。

还不等老者继续开口，眼前的山海天狗已经消失在了原地，就好似从来都未出现过。

等汪景阳离开之后，老者这才松了口气。

“山海居然还在！”

“山海天狗……他找霄纪大人做什么？”

“难道霄纪大人与山海天狗认识？”

另外一位老者眉头紧锁，他曾无意之中在霄纪的房内见过一枚一样的戒指，只是上面雕刻着的是白泽图腾。

M国某处。

巨大的庄园内，汪景阳如鬼魅般出现在此。

在这个进化者大族裴氏的老宅，他如入无人之境，进入庄园内部。

观察许久后，他终于锁定了裴聿城所在之处。

“吱呀”一声，汪景阳将书房门打开。

书房内，裴聿城轻轻扶了扶眼镜，头也未抬地看着桌上的书本，轻声道：“来者是客，阁下自便。”

“裴先生不问来者何意，倒是悠闲自信。”汪景阳轻声笑道。

“那阁下的来意是什么？”裴聿城放下书本，目光落在汪景阳身上。

“裴先生是希望动静大一些，还是动静小一些？如果希望动静小一些，便随我来。”说完，汪景阳转身离开书房。

然后，汪景阳来到裴氏老宅附近的一片深林中，裴聿城则漫不经心地跟在后方。

“阁下还要走多远？”裴聿城淡淡出声。

“此处刚好。”汪景阳转过身来，目光落在裴聿城身上，笑道，“裴先生难道对我的身份不感兴趣？”

“山海的图腾，只是不知真假，但阁下能悄无声息潜入我裴氏老宅，或许这山海图腾是真的。”裴聿城盯着对方衣服上的刺绣图腾，开口。

裴聿城自然知晓山海，多年之前曾震慑过太多大氏族，连曾经的裴氏也因为山海而惶恐。只不过，这么多年来没有山海的消息，就连裴聿城也认为，山海早已不复存在。

然而，他没想到的是，今时今日，此时此刻，会有穿戴山海标志的人来找他。

“若阁下真是山海成员，不知阁下是山海中的哪一位？”裴聿城盯着汪景阳问道。

当即，汪景阳将套在中指上的戒指扬起。

见到汪景阳手上的古朴戒指，裴聿城眉头不由得微蹙。

天狗图腾……山海天狗……传说中的至强基因进化者。

“天狗之名，早有耳闻。为何不将山海服脱去，让我见见阁下的真面目？”裴聿城说道。

汪景阳轻声笑道：“裴先生，我并不是来跟你交朋友的，今日前来，是想问裴先生借一样东西。”

“借我的命吗？”裴聿城淡淡地问道。

“裴先生果然聪慧过人。”汪景阳说道。

裴聿城脸上没什么表情，声音也听不出有任何的情绪，只是静静地看着汪景阳。

他不记得自己与山海有什么矛盾，更不知晓他与山海的天狗有何恩怨。

然而，今晚山海的天狗突然到访，并问他借命，这让裴聿城百思不得其解。

“裴聿城，其实，杀你，我也于心不忍，只是……我没办法。”汪景阳的语气中透着一丝复杂的情绪。

“不忍心？”闻言，裴聿城的眉头轻蹙。

两人既然从不曾有交集，又何来不忍心一说？

“裴聿城，我要出手了，给你三秒时间准备。”忽然，汪景阳开口。

裴聿城站在原地，没有任何动作。

“三！”汪景阳轻数，“二！”

“一！”话音落下，一股罡风袭至，汪景阳已经以肉眼不可见的速度朝着裴聿城冲去。

每踏出一步，汪景阳脚下的地面便会被踩出一道深坑。四周地面破裂，裂缝如细蛇般朝着四面八方散去。

刹那间，两股骇人的进化者威压互相碰撞，虚空中发出“隆隆”的闷响之声。

唰！几乎眨眼的工夫，汪景阳便夺步来至裴聿城身旁，一掌扬起，一掌落下，抬掌之间灌入惊雷般的呼啸声，震慑人心。

汪景阳一掌朝着裴聿城轰出。

地面的尘土飞扬，附近的巨石震碎，两股毁灭性的进化者威压纠缠在一处，气浪轰鸣，将两人身边的一切都震飞出去，“轰隆”一声巨响传遍方圆百米。

汪景阳的力量巨大，无法形容，可随着一掌击落，裴聿城的周身却浮现出无形的气墙。

汪景阳这一掌落在气墙之上，仿佛连虚空都为之一滞。

“基因进化者，果然可怕。”无形气墙内，裴聿城看向汪景阳，面无表情地开口。

“裴聿城，你的防御倒是堪称世间一绝，的确不凡。”汪景阳说道。

“不仅如此。”裴聿城开口之间，眸内仿佛有雷光闪现。

旋即，汪景阳脚下的大地忽然裂开，一团诡异的火焰自地底深处快速涌出。

汪景阳的反应极快，瞬间躲过地心之火的攻击，躲至一旁。

“控制自然之力……”汪景阳口中喃喃。

与裴聿城这种进化者交手，不宜拖久，否则将对他不利。最好的战斗方式便是快速接近，然后在最短的时间内彻底结束战斗。

“破。”汪景阳一声轻语，变掌为拳，狠狠撞击在裴聿城周身的气墙上。

轰隆隆！在汪景阳近乎无可匹敌的一击下，无形气浪被彻底崩碎，这虚空仿佛有镜子破碎般的声音响了起来。

“结束了。”说着，汪景阳以极快的速度，一把抓住裴聿城。

“还没。”裴聿城却不见丝毫慌张，在汪景阳的手中，他整个人连同身上的衣物，竟诡异地化作了流沙。

见状，汪景阳眉头轻锁。

大约数秒后，裴聿城竟然又完好无损地出现在了原位。

“瞬间幻术？”汪景阳若有所思。

在他抓住裴聿城的一瞬间，自己却陷入了裴聿城制造的精神幻术中。

此刻，汪景阳若有所思地看着裴聿城。能够瞬间让他陷入精神幻术，的确有些不可思议，裴聿城的大脑进化愈发可怕了，只是不清楚他与白泽相比，孰强孰弱。

汪景阳叹了口气。原本是十拿九稳的事，只是可惜，他每次有事找白泽霄纪，他都会掉链子。

如果今天白泽跟他一同前来，裴聿城不可能有丝毫的活路。

汪景阳是极为纯粹的基因进化者，精神能力原本就无法同裴聿城这种大脑进化者相提并论。时间拖长了，战局只会对他不利，除非他能够撑到裴聿城将自身的精神力耗尽。

然而，这恐怕不太现实。

紧接着，汪景阳没有丝毫犹豫，带着宛若远古猛兽般的气势，再度朝裴聿城袭去。

当他与裴聿城近在咫尺时，裴聿城的眸内闪过一丝莫名的光泽。仅是一瞬，汪景阳却好似遭遇雷击。

强力的意念攻击，让他的灵魂都在颤抖。汪景阳面色煞白，嘴角有鲜血溢出。

“你没胜算的。”裴聿城负手而立，站在远处似乎一步也未移开过，只是静静地看着汪景阳。

“是吗？”汪景阳轻声笑道。不等裴聿城继续开口，他又说道，“你不好奇我为什么要来杀你吗？”

裴聿城面无表情地说：“不必问，我只需要清楚你是来杀我的就足够了。既然你已生出杀我之心，今日我也不会让你活着离开。”

“裴聿城，你太自负了，你真以为，我奈何不了你吗？”汪景阳轻声笑道。

“你说呢？”裴聿城淡淡出声。

下一秒，汪景阳嘴角微微上扬。

刹那间，一股猛烈的进化威压自汪景阳身上浮现。甚至于，他周身似有雷光浮现。

裴聿城盯着汪景阳，眸内终于露出一丝谨慎的神色。眼下的汪景阳，与刚才的汪景阳，可以说是判若两人，足以用天差地别来形容。

唰！忽然，汪景阳消失在了原地，四周黑色的残影闪烁，一阵猛烈罡风扫过。

裴聿城眉头轻蹙，汪景阳已经从他的视线中消失不见。连裴聿城耗费无穷的精神力量也很难捕捉到他的踪迹。

“我来了。”

未见其人，汪景阳冷漠的声音忽在裴聿城的耳边响起。

紧接着，一道难以形容的拳劲就自裴聿城的背后传出，似乎带着死亡的气息，冰冷彻骨。

可在下一秒，裴聿城的身躯突然化作数不尽的飞鸟，朝着四面八方飞去。

汪景阳知道自己再次陷入了裴聿城的幻术中。当即，他闭上眸子，以肘为击，狠狠朝着左侧撞去。

砰！幻觉消散，裴聿城被汪景阳击中，身躯朝着后方退了数步。

然而，在裴聿城被击中的同时，裴聿城的意念之力也如同雷霆一般轰出，将汪景阳笼罩。

数秒后，汪景阳和裴聿城四目相对，两人的嘴角皆有鲜血溢出。

“可惜……”许久后，汪景阳眉头轻锁，刚才那么好的机会，却没有让他一击得手，反而让他们两败俱伤。

如今，裴聿城有了防备，恐怕再难得手。要想杀裴聿城，只能将第一阶的基因提升到极限。可如果真这样做，他的损伤也会很大，没有这样的必要。

无论是第一阶基因的极限，抑或是第二阶，乃至是第三阶，都是他特意为了那个人准备的。

汪景阳没有想到，裴聿城的进化者之力会强到如此地步，如果他仅仅依靠第一阶基因，恐怕他和裴聿城谁也奈何不了谁。

当下，汪景阳再度出手，只要能够近身，他还是可以轻易解决裴聿城的。

眼见汪景阳出手，裴聿城的眸子微微转动，几个呼吸之间，那一双眸子仿佛化作了漩涡。紧接着，无尽的地心之火自地底涌现，四周仿佛成了火的国度。而裴聿城站在这片地心之火中，仿佛火焰之主宰。

“怎么，动真格了？”汪景阳似笑非笑道。

“你的确有这样的资格。”火焰中的裴聿城，淡淡开口。

裴聿城的一双眸子，化作赤红色，无穷无尽的精神力量，仿佛海水一般涌现而出，刹那间便将汪景阳埋葬。

只见汪景阳站在原地，神色有些呆滞，看样子已经深深陷入裴聿城的精神幻术中，身躯无法动弹。

当即，裴聿城手指轻轻勾动，四面八方无比炙热的地心之火同时朝着汪景阳冲去。这地心之火的温度，足以将钢铁融化。

裴聿城淡漠地看着一切发生。

结束了。

正当汪景阳即将被地心之火吞噬时，一股冰冷的寒意涌出。

他立即打了个激灵，在最后一刻，从裴聿城可怕的精神幻术中逃脱出来。

炙热的温度让汪景阳汗流浃背，他纵身一跃，立即逃离了地心之火的包围。

“好险！”汪景阳嘴角微微上扬，轻声笑道，“谢了啊。”

此刻，裴聿城也没有继续出手，他的目光朝着某个方向望去，轻声道：“来者是客，现身相见。”

话音落下，裴聿城目光所至之处，有轮椅转动，其上坐着一位丰神俊朗的男人。

男人穿着一身雪白色的西装，气质不凡。

“阁下也是山海成员？”裴聿城的目光落在霄纪身上。

“曾是。”霄纪轻声答道。

下一秒，霄纪的目光落在汪景阳身上：“好久不见。”

“幸好你来了，你帮我限制住他的精神力，我来除掉他。”汪景阳朝着霄纪说道。

然而，霄纪笑道：“没兴趣。”

“没兴趣？”汪景阳瞥了霄纪一眼。

霄纪叹了口气，说：“我找你有事，跟我走。”

汪景阳的目光落在裴聿城身上，他的事还未做完。

“走。”片刻，汪景阳终于下定决心说道。

眼见汪景阳要离开，裴聿城的意念之力却忽然如海啸般袭至。

“看来你是不打算放我走了。”汪景阳笑道。

他抱着杀心而来，裴聿城不可能就这样放他离开，没人比他更了解裴聿城。

“白泽，你可能要等一会儿。你若不出手，就滚去一旁看戏，别靠太近，莫要碍我的眼，我也怕误伤了你。”汪景阳笑道。

霄纪似乎并没有搭理汪景阳的欲望，只是看向裴聿城，轻声道：“裴先生，你觉得，你可以挡住我们两个人吗？”

“或许可以试试。”裴聿城面无表情地说道。

“裴先生，且不说你无法抵挡我们两个人，哪怕只有天狗一人，你同样无法抵挡。他已经解开了第三阶基因，裴先生是打算与他同归于尽吗？我认为，天狗只需要解开第二阶基因，裴先生便已经无法抵挡。”霄纪说道。

“三阶基因……”裴聿城眸底暗芒微闪。

像裴聿城这样的高阶进化者，自然知道三阶基因。只不过，他也只是听闻而已，对于基因进化者的三阶进化并不是很了解。

三阶基因进化是一个异常凶险的过程，一共分为三个阶段。如果彻底掌控了三阶基因，那么进化者将会拥有毁天灭地的可怕力量。当然了，进化者想要释放三阶基因的力量也要付出极其惨烈的代价。

解开第一阶基因，等同热身运动。

随着第一阶基因的打开，体内的远古基因细胞逐渐复苏，战力将会成倍提升。而释放出这种力量后，进化者的身体也会有一定的损伤。当身体损伤到了极限后，可以解开第二阶基因进化。

随着第二阶基因进化的解开，进化者的战斗力再次以数十倍提升，远古基因细胞也将在进化者体内彻底复苏。对于进化者而言，一旦开启了第二阶基因，那么自身的损伤将不可逆，轻则一身进化力量废去，重则当场暴毙。

而打开第三阶基因后，体内远古基因细胞会开始燃烧，进化者将在一段时间内拥有无异于神的力量，直至细胞燃烧殆尽，彻底死去。

三阶基因进化之路过于凶险，而且很难完成，就算是裴聿城也从未听闻有人真正开启过第三阶基因。

正如方才霄纪所言，如果汪景阳打开第二阶基因进化，裴聿城未必能挡得住。即便是挡住了，汪景阳一旦开启第三阶基因进化，他们两人便只有一种可能性——同归于尽。

除此之外，再无第二种可能。

此刻，裴聿城的目光落在汪景阳身上，眸底光泽微闪。

如果山海天狗开启第二阶基因，他可能都会惨死当场。既然如此，天狗不会就此罢手，反正都是要死，他一定会开启第三阶基因，让两人同归于尽。

眼下，裴聿城的脸上没有任何表情，脑海中却在计算着，是否有可能在山海天狗还没来得及开启第二阶基因时以最快的速度将其格杀。否则，一旦天狗开启第二阶基因，后果不堪设想。

这么多年以来，裴聿城还是第一次发现竟然有人能够对他造成如此大的威胁。不仅如此，一旁坐在轮椅上的男人也绝非善类。

“裴先生，你与我并无任何交集，但我曾是山海一员，你若继续对天狗出手，面临的将会是两位山海成员。倘若天狗发疯，解开了第二阶基因，你们两人只有同归于尽这一种结局，若没有血海深仇，我认为没有必要发展到这一步。”轮椅上，丰神俊朗的男人轻声笑道。

“既然两位如此自信，倒不妨一试，恰巧我也从未见过有进化者开启第三阶基因。”裴聿城饶有兴致地开口。

此刻，裴聿城的目光落在远处，是裴氏的人赶来了。

而正当裴聿城的目光被裴氏众人所吸引时，汪景阳与霄纪两人瞬间消失在原地。

“裴聿城，今日没玩够，等下次，你我之间再分个高低。”汪景阳的笑声从远处传来。

Part 14

不是你追求小九的方式有问题，而是
可能你的脑子有些问题。

♥

M国，荒芜之地的一座巨大宫殿外。

汪景阳推着轮椅来到此处。

“大人！”见到轮椅上的霄纪，众多进化者立即上前行礼。

“大人，您和山海的……”一位老者上前，神色古怪地看向霄纪和汪景阳。

“下去。”霄纪淡淡地开口。

“是。”

宫殿内，汪景阳喝着霄纪泡的茶。

“小九可好？”许久后，霄纪出声问道。

“好个啥！”汪景阳将杯中茶水一饮而尽。

“这些年，你和小九在H国？”霄纪若有所思地问道。

“谁跟你说我们在H国？不在不在。”汪景阳说道。

“是吗，可我看过那个视频。”霄纪微微一笑。

汪景阳心道：都怪那个小胖子，偷拍可耻。

“白泽，你还是离小九远一些，她很危险……”汪景阳叹了口气。

“那我更要去了。”霄纪说道。

“不怕死？”汪景阳眉头蹙起。

“死？”霄纪淡淡一笑，“在这世上，何人能杀我？”

当即，汪景阳的目光落在霄纪的双腿上：“看来你的进化已经到了极致。”

霄纪云淡风轻地说道：“这具残躯已经承受不住我的进化力量。”

当大脑进化者的进化层次越来越高时，身躯自然无法承载。

大脑进化者的身躯本就十分虚弱，尤其是精神力越来越强后，身体迟早有一日会崩溃。

当然了，身体进化者则没有这种担忧，如同汪景阳，他的身躯素质已经达到了极限。

“白泽，你说如果我们合二为一，以我的身体，加上你的精神意念力量……”汪景阳啧啧道。

“你的想象力很丰富。”霄纪淡淡地说道。

“还有，当年小九很喜欢裴聿城，你今日对他出手，不怕小九知道后伤心吗？”霄纪看向汪景阳。

“我更怕她会死。”汪景阳面无表情地说道，“你应该知道，我和裴聿城当年的关系。”

“最好的兄弟吗？”霄纪若有所思，“所以，你不想让裴聿城见到你的真面目。”

“他在H国已经见过了，只是没认出我来。”汪景阳笑道。不给霄纪开口的机会，他继续说道，“今天为什么不帮我？你的精神力不会弱于裴聿城，如果你帮我限制住他，只要他被我近身……”

霄纪打断了汪景阳：“裴聿城已经掌控了自然之力，他没有你想的那么容易对付。”

“如果我没记错的话，你也已经掌控了自然之力吧，这是借口。”汪景阳说道，“所以，你不出手的原因只有一个，你怕小九会伤心，你怕她记起一切后会怪你，再也不会帮你修复你这具残躯！”

霄纪没有开口，只是静静地盯着汪景阳。

“白泽，你不要告诉我，你现在想要接近九凤，只是想借她的力量，帮你修复身躯，从而达到争夺整个天下的目的。一直以来，你的目标不就是想将全天下所有的进化者踩在脚下吗？可惜，你做不到，因为即便你的精神力再强大，进化层次再高，你的身躯始终承受不住你的力量，我说得没错吧？”

座椅上的霄纪没有说话，仍是静静地看着汪景阳。

“白泽，你默认了？”汪景阳问道。

沉默片刻后，霄纪淡淡开口：“旧时王谢堂前燕，飞入寻常百姓家。”

“白泽，你曾经的野心太大了。”汪景阳盯着霄纪，“我不信你。”

曾经的霄纪，拥有着令人闻风丧胆的进化者势力，而他本身就是一位强绝的大脑进化者。

对于霄纪，汪景阳自认为还算比较了解。这样的人，怎么可能为了沐烟而让自己处于危险境地？

“你应该知道我对小九的心意。”许久后，霄纪才轻声开口。

“你说你喜欢小九，但我始终认为，你只是看中了小九的能力。”汪景阳说道。

“你是妒忌吗？”

“妒忌？”汪景阳眉头忽然蹙起，他并不知道霄纪说这话究竟是什么意思。

“你……喜欢小九。”霄纪若有所思道。

“我？”汪景阳死死盯着霄纪，“你疯了？你说什么胡话，她是我妹妹！”

“所以，你才妒忌。偏偏是因为这层关系，让你连喜欢她的资格都被剥夺了。”霄纪面无表情地说道。

“你给我闭嘴！我怎么可能……会喜欢自己的妹妹！”汪景阳的眸底忽然浮现出一抹阴森。

“真可怜。”霄纪盯着汪景阳，淡淡出声。

“你再说！”忽然之间，汪景阳一步踏出，瞬时来到霄纪身旁，一把提起他的衣领。

听闻有异动声响，十数位进化者冲了进来。眼见山海的天狗对自家大人做出如此举动，这些进化者顿时震怒。

“即便你是山海的一员，这里也不是你能撒野的地方！”一位老者厉声喝道。

“下去。”忽然，霄纪冷声道。

“大人……”

“我说下去。”霄纪严厉地瞥了老者一眼。

无奈之下，这些进化者也只能退了下去。

很快，霄纪的目光又重新落在了汪景阳的身上，淡漠地开口：“你妒忌，却始终压抑着，所以你排斥一切喜欢小九的人，不仅是我，还有裴聿城……可惜，你没有理由对我出手，否则你或许也会借着某种理由来除掉我。而说到底，还是因为你的嫉妒心。”

汪景阳没有说话，眸内的厉色愈发明显。

“当然，你现在就有这样的机会，我的本事再大，这样被你近身，你也可以很轻易地除掉我。”霄纪说道。

“我为什么要除掉你？小九根本不喜欢你。”汪景阳阴冷地开口。

“是吗？”霄纪云淡风轻道，“即便我爱而不得，可你连爱她的资格都没有，你说你是不是很可悲？”

话音刚落，汪景阳一拳挥出。轰！刹那间，仿佛天灾降临，整座宫殿都在摇晃。

霄纪身后的墙壁被轰成雪白的碎末。

“她……是我妹妹，我只是想让她活着，简简单单地活着。”汪景阳松开霄纪的衣领。

“如果是这样的话，你更应该帮我。”霄纪看着汪景阳道。

“帮你？我凭什么帮你？”汪景阳冷笑道。

“因为我们的目的相同。”霄纪看着汪景阳，“你应该清楚，裴聿城，绝对不会是小九的活路。”

说至此处，汪景阳微微一愣。

“其实，你比任何人都要清楚这件事，否则，你不会千里迢迢来到这里杀裴聿城，哪怕你们曾经是最好的兄弟。但是，他曾出卖过你们，不是吗？”霄纪淡淡出声。

汪景阳眸内浮现出阵阵寒芒。

霄纪说得没错，他曾经最好的兄弟……却给了他们最狠的一刀！

见汪景阳陷入沉默，霄纪继续说道：“其实，你没有必要想方设法除掉裴聿城，有一个非常简单直接的办法。”

“什么办法？”汪景阳问道。

“只需要让小九离开他，一切问题都会迎刃而解。”霄纪说道。

汪景阳瞥了霄纪一眼：“你说得未免也太轻松了。”

“所以，你来帮我，我可以让小九离开他。”霄纪轻声笑道。

“你？怎么做……用你的精神力催眠？”汪景阳托着下巴沉思，“其实，以你的能力，倒还真能做到，你完全可以使用催眠，让小九讨厌他，这样她就能离开裴聿城了。”

“……”霄纪有点无语。

“我说得不对？”见霄纪神色不对，汪景阳蹙眉道。

“我不会这样做，也不屑于这样做。”霄纪说道。

“那你凭什么？”汪景阳不解。

“光明正大地竞争。”霄纪轻声笑道，“争得过也好，争不过也罢，起码我未向命运妥协过。”

“我欢迎一切有力的竞争者，无论是你，还是裴聿城，抑或是旁人，都可以。”霄纪继续说道。

“你就死了这条心吧，当年她在M国赛车的时候，我没帮过你吗？你是怎么追她的？！”汪景阳冷笑道。

霄纪微微一愣，不由自主地忆起当年。

“她说自己的手脚很没用，练个横漂都需要很长一段时间，你还记得你是怎么说的吗？”汪景阳有些不满地瞥了霄纪一眼。

霄纪没有说话。

“你说，既然这么没用，那就别练了。”汪景阳冷笑道。

霄纪仍旧保持沉默。

“对了，还有一次，小九对你说她发烧了，你是怎么说的？”汪景阳冷笑道，“你说，才烧到四十度，没关系的，是身体在除菌。”

“难道我说错了吗？”霄纪莫名其妙地朝着汪景阳问道。

汪景阳看着霄纪，嘴角微微抽动，这种人也配有女朋友？！

“白泽，别说追小九，如果我是女的，你连我都追不到，你信吗？”汪景阳不屑地冷笑道。

“即便你是女的，我对你也没有兴趣。”霄纪淡淡地说道。

“……”被这话噎到的汪景阳语重心长地劝道，“你是追不到小九的，想个别的方法吧，我对你不会抱有任何希望。”

“不试试怎么知道。”霄纪开口。

“还要怎么试，之前你没追过小九吗？我记忆最深刻的是，小九跟你说，人的一生太短暂了，你又是怎么说的？人死了没关系，消散的只是躯壳。如果你恐惧死亡，那就死一次试试。这说的是人话吗？！”

此刻，霄纪若有所思地看向汪景阳，轻声道：“所以，你认为我追求小九的方式有问题？”

闻言，汪景阳笑了，十分自然地摇了摇头：“不是你追求小九的方式有问题，而是可能你的脑子有些问题。”

“脑子有问题？”霄纪眉头轻蹙，“何以见得？”

“看来我刚才那些话，都白说了，我感觉我和你没有共同语言。你就别想着追求小九了，还是想想未来如何才能得到自己的子嗣吧，我觉得这是你目前最该解决的问题。”说着，汪景阳鄙夷地瞥了霄纪一眼。

就这样的脑子还想去追求小九，在梦里或许没问题，现实世界只怕这辈子都注定是单身了。

“我认为，我追求小九的方式没有太大问题，或许是因为她更喜欢裴聿城。”霄纪沉思片刻后分析道。

汪景阳走至霄纪身旁，轻轻拍了拍他的肩膀，笑道：“就算没有裴聿城，就算全天下的男人都死绝了，就算那时候只剩下你，小九，还有一条狗……”

不等汪景阳把话说完，霄纪轻声道：“你想说，她宁愿选择狗也不选择我。”

闻言，汪景阳神色诧异：“你怎么忽然变聪明了！我有些不习惯。”

“难怪之前小九一直躲着我，发信息也从来没有回复。”霄纪若有所思道。

“你都让她去死一次看看了，她不躲着你躲着谁？”汪景阳冷笑道。

“而且，你明明知道小九的性格，当年你请她吃饭，带她去最贵的餐厅，一顿饭吃了多少钱，你自己心里没点数吗，付账的时候你竟然跑了！你还记不记得？”汪景阳看向霄纪道。

霄纪点点头，说：“嗯，可这是你教我的，做一些特别的事情，好让她记住我，对我印象深刻。”

听闻霄纪所言，汪景阳嘴角微微抽动，这货是故意的吧，欠抽？！

“是我说的没错，但我让你跑单了吗？”汪景阳被气笑了。

“那她记住我了吗，印象深刻吗？”霄纪面无表情地开口。

汪景阳无奈地说：“再见，我回去了。”

汪景阳发现自己如果再和霄纪聊下去，可能会真的忍不住出手揍他。

他承认，霄纪的智商的确奇高，毕竟白泽是山海中的智囊。然而，汪景阳始终想不明白，为何智商奇高的白泽，情商却如此之低。

让他做一些特别的事，好让小九对他记忆深刻。可言外之意是让他做一些浪漫的事情，不是让他结账的时候跑单啊。

那一次，汪景阳记忆犹新，他差点让小九直接破产。

汪景阳刚准备离开，转念一想，又返了回来，目光落在霄纪身上，轻声笑道：“泽哥，借我点钱……”

“借钱？”闻言，霄纪眉头轻蹙，“要钱做什么？”

“回家啊。来的时候我是问小九借的钱，结果没忍住都用完了，我现在身上只有十几块钱了，你借我一点，让我买机票回家。”汪景阳看着霄纪道。

“你连钱都没有吗？”霄纪的神色有些古怪。

“你说这话就是欠揍，你知道吗？”汪景阳看向霄纪，“钱是那么好赚的吗？”

“不好赚吗？”霄纪的神色愈发疑惑。

汪景阳发誓，眼前的这个男人情商真的很低，跟他两个弟弟相比，差了何止是十万八千里。这种人都能拥有这么多财富，凭什么他那么穷，身上就十几块钱？

“别废话，借我点钱。”汪景阳说道。

“不借。”霄纪淡淡出声。

“不借？”汪景阳一愣，他着实没想到霄纪会拒绝。

“这么多年的交情，问你借点钱买机票都不肯？”汪景阳诧异道。

“嗯，不借。”霄纪说道。

“你确定？”汪景阳盯着霄纪，“你到底借不借？”

“怎么，看你的态度，是打算抢钱吗？”霄纪说道。

“我？抢钱？”汪景阳愣了愣神，旋即冷笑道，“我需要抢钱？我只是不像你们，赚那么多钱有何用，如果我想赚钱，我也会拥有数不尽的财富。”

“可你现在连买回程机票的钱都没有。”霄纪无情地说道，“当然了，要我借钱给你也没问题，除非你帮我，否则免谈。”霄纪继续说道。

“你别做梦了，我是不可能帮你的。”汪景阳冷笑出声。

“你会的。”霄纪说道。

“我不会。”汪景阳回道。

H国，一架直升机缓缓落地。

汪景阳和霄纪两人从直升机上走出来。

“这里就是小九现在住的地方。”汪景阳指着远处的云间水庄，不耐烦地说道。

“幸川，在云间水庄旁边盖一座庄园。”当即，霄纪朝着身后的年轻男人吩咐道。

“好的。”幸川颔首。

汪景阳腹诽：原来有钱真的可以为所欲为！

“晚上可以让小九出来吃个饭吗？”霄纪轻声问道。

“你就死了这条心吧，我不叫。要叫你自己叫，如果她愿意的话。”汪景阳说道。

霄纪看向汪景阳，轻声道：“你如果不帮我的话，那我就告诉小九，当年在M国时，一切都是你出的主意，包括跑单。”

“你是无赖吧？！跟我有什么关系，我让你跑单了？”汪景阳顿时一愣。

“是的。”霄纪说道。

“……”对于霄纪的无赖，汪景阳很无语。

云间水庄。

林烟正在撸猫，汪景阳的电话打了过来。

“狗子，你疯了吗，跨国电话多贵啊！”接通电话后，林烟说道。

“我回来了，今天晚上请你吃饭。”

“回来了？！你这才去几天啊，怎么就回来了？你个败家子，机票多贵啊，不知道多玩几天？”林烟蹙眉道。

挂断电话后，林烟也没多想。当她将车开到汪景阳发来的定位后，整个人都愣住了。眼前的酒店，是H国最高档的酒楼，没有之一。

汪景阳请她在这里吃饭？一顿饭就能让她倾家荡产！

林烟忽然想起，当年在M国时，那个叫霄纪的男人……说好请她吃饭，去了最高档的餐厅，结果付账的时候人却跑了，那一顿饭让她肉痛到今时今日。

当年刚到国外，林烟第一个认识的人便是霄纪。

不得不说，见到霄纪的第一面，她的确十分惊艳，不仅仅是颜值，还有谈吐之间所体现的气质。

然而，谁能想到，那霄纪居然是个智障！

林烟还记得，自己那年练习赛道横漂，十分艰难，就同霄纪抱怨了一句，结果那男人十分认真地告诉她，既然那么没用，就别浪费时间练了，不如换个行业试试……

这也就罢了，自己还跟他说过，人的一生过于短暂。然而，谁能想到，霄纪居然让她去死一次试试！

最夸张的一次，是霄纪说请她吃饭，去了最昂贵的餐厅，点了最昂贵的食物。结果，她也得到了最昂贵的教训——本该买单的人……跑了！

自己不止一次告诉他，随便吃点就行，没必要破费，花十块钱就能吃饱的事，非要花几千上万去吃，这不是嫌钱多没地儿花吗？

林烟后来算是明白了，难怪他愿意花那么多钱去吃饭，反正他跑单，又不要他出钱！

要不是霄纪在国外的名气实在太大，有钱有权有势，她真恨不得开车撞死他！

到了此刻，林烟仍旧想不明白，那么有权有势的一个大人物，为什么要坑她一顿饭钱？

或许那顿饭钱对他来说什么都不算，可是对她来说……那是要了她半条命啊！

林烟狐疑地看着眼前的酒楼。狗子哪来那么多钱请她到这里吃饭？

当即，她心中有一丝不祥的预感，难不成，狗子是想效仿那个男人？

紧接着，林烟摇了摇头，她家狗子不是那种人。如果是的话，她会把他活活打死的，他不敢！

“小姐，请问您有预约吗？”

当林烟踏入酒楼内，立即有人拦住了她的去路。

“我找人。”林烟说道。

“找人？请问您找谁？或者是哪个楼层？”

“十六层。”林烟说道。

“您找十六层的客人？”西装革履的服务生眉头微蹙。

这家酒楼一共有十六层，每层只接待一桌客人，每层的价格也各不相同，最贵的就是顶层。而眼前的女孩，穿着普通，怎么看也不可能和十六层的贵客有什么交集。

“抱歉，您可以稍等一下吗，我们需要核实一下，请问您贵姓？”

“林。”林烟说道。

片刻后，服务生走了出来，轻声道：“林小姐，很抱歉，耽误您的时间了。我们已经核实过了，林小姐请随我来，会有专人带您上十六层。”

到了十六层，林烟不由得感叹。露天全景，一眼望去，能够看见D城最美的景色。四周花香扑鼻，令人心旷神怡。

“林烟！”

忽然，汪景阳的声音从前方传了过来。

林烟眯着眼朝汪景阳打量，旋即快步走了过去。

看着一桌子美味佳肴，林烟盯着汪景阳问：“你……抢银行了？”

“呸！”汪景阳瞥了林烟一眼，“我能有那胆子？”

“也是。”林烟点了点头，又神色诧异地追问道，“到底怎么回事，你哪来那么多钱？你知道这顿饭得花多少钱吗？”

汪景阳朝着四周打量片刻，旋即有些心虚地看向林烟。

见汪景阳神色不正常，林烟的眉头忽然蹙起。心想，这货该不会真有什么花花肠子吧？

“你说不说？不说我走了。”当即，林烟警惕地开口。

汪景阳心虚地笑了笑，摸了摸鼻子，轻声道：“我哪有那么多钱请你到这里吃饭啊。”

听闻此言，林烟微微一愣，一双眸子死死盯着汪景阳：“狗子，你别作死啊，到底怎么回事？”

林烟知道汪景阳不可能有钱来这种地方消费，可饭菜都上桌了，这是打算吃霸王餐？

“小烟，其实……我有件事想要跟你说。”汪景阳看向林烟，轻声笑道。

“什么事？”林烟问道。

“也没什么事，你还记得吧，我们有一位老朋友……”汪景阳说道。

“老朋友？”林烟的神色愈发疑惑。

汪景阳还未答话，一个让林烟毛骨悚然的声音就自后方传出：“小烟，好久不见。”

霄纪缓缓从后方走上前，脸上挂着柔和的笑意。

看见霄纪的第一眼，林烟顿时呆滞在原地。这张脸，她无论如何也不会忘记，让她刻骨铭心，记忆深刻。即便霄纪化成了灰，她也能认得出。

“我的妈……”几乎是下意识地，林烟的身躯微微一颤。

她无论如何也想不到，霄纪会忽然出现在这个地方。

见到林烟的表情，霄纪和汪景阳心中便已经清楚，林烟还记得当年的事。

当年在国外，因为裴聿城的关系，林烟发生过一次车祸。而在车祸后，她彻底失去了和裴聿城有关的记忆。恰巧，车祸当天，霄纪的弟弟霄尧也到了现场，连带着，林烟也失去了和霄尧有关的记忆。可她还保留着所有和霄纪有关的记忆。

盯着眼前的男人，林烟的大脑似乎有些短路。许久之后，回过神的林烟，这才挤出一个十分难看的笑容。

对于霄纪，她本能地想要远离，但又不好得罪。当年在国外，霄纪的名号那可是如雷贯耳，有钱有权有势！

哪怕林烟心中恨不得立刻上前抽他，但脸上也只能勉强挤出一丝难看的笑容。

“啊……霄先生，您怎么会在这里？”林烟看向霄纪，轻声开口。

“对于许久没见的老朋友，林烟小姐没有丝毫的想念吗？”霄纪盯着林烟笑道。

林烟立即点了点头，说道：“想想想，时常想起！”做鬼都不会忘记！

“那……小烟，我们结婚吧。”霄纪盯着林烟说道。

话音落下，莫要说眼前的林烟，就连身旁的汪景阳也彻底呆滞在了原地。

结婚？！汪景阳诧异地看着霄纪，他怎么会说出这种话来？

“霄先生……”林烟也彻底蒙了，“你说什么？”

霄纪柔声笑道：“我们结婚吧。”

霄纪忽然出现在眼前已经让林烟大吃一惊了。

霄纪的一句“我们结婚吧”让她彻底蒙了。

无缘无故地，狗子请她在D城最好的酒楼吃饭。紧接着，让她唯恐避之不及的霄纪也出现在了这里，而且，霄纪居然还要跟她结婚？！

她是谁？她在哪儿？谁能告诉她究竟发生了什么事？

林烟愣了许久之后，目光重新落在了霄纪的身上，有些难以理解地问道：“霄先生……我们之间是不是有什么误会？”

当年在国外，林烟和霄纪的确关系不错，称得上是朋友。只不过，相处的时间久了，林烟才发现霄纪的身份并不一般。甚至直到现在，她都不清楚霄纪在国外究竟拥有着怎样可怕的势力。

后来林烟才发现，霄纪这种人，似乎并不适合当她的朋友。除了前面想到的那几次事件，还有一件事，让她到现在也无法释怀。

当初在赛道上，她的实力还没达到顶尖，败给了一位很有名气的赛车手。结果，这件事被霄纪知道，他居然让人打了那位赛车手一顿，还把那位赛车手的车队给收购了，让那位林烟很敬佩的赛车手去洗厕所！

做完这一切，霄纪居然还跑来问她，惊不惊喜，开不开心？

这哪里是惊喜，简直是惊吓！

赛道上交锋，原本就是靠实力说话，那时的她技不如人，自然没什么好说的，可霄纪的所作所为，的确让她无法理解。

霄纪就像是一团迷雾，她永远看不透。而且，她永远也想不到，这个男人下一秒会做出什么有违常理且惊世骇俗的事情来。

“小烟，你愿意和我结婚吗？”霄纪嘴角挂着淡淡的笑，看着林烟轻声问道。

“霄先生，我们之间，是不是有什么误会？您为什么这么突然要和我结婚？”林烟无法理解地看向霄纪。

“突然吗？”霄纪有些莫名其妙地看着林烟，“你不是喜欢我吗？”

林烟：我喜欢他？他到底是从哪儿看出我喜欢他的？

“我问你是否想我，你承认了。既然想我，那便是喜欢我；既然喜欢我，自然是想与我结婚的。”霄纪理所当然地说道。

林烟不由自主地嘴角微微抽动。这个男人的想象力是不是太丰富了一点……刚才那只是客套话好吗！难道这个男人连这个都听不出来？！

此刻，林烟忍住揍人的冲动，脸上勉强挤出一丝笑意，盯着他说：“霄纪先生，我想您真的是误会了，其实……实不相瞒，我已经有男朋友了，而且，我男朋友……”

然而，她话还没有说完，霄纪却不以为意地说道：“有男朋友了吗？没关系，我不在乎。”

林烟微微一愣。不在乎？

你不在乎……我在乎啊！

“其实，有男朋友也没关系的，毕竟恋人可以分手。即便是结了婚，也可以离婚，两个人在一起，并非是绑死的。”霄纪盯着林烟，轻声笑道。

一旁的汪景阳神情复杂地看着霄纪，他真的不该对这个情商低到吓人的蠢货抱有一丝一毫的希望。就算是要从裴聿城手中把小九抢走，那也得循序渐进慢慢来，找准时机才求婚吧？

一见面就让小九跟她结婚，还说不在乎她有男朋友，这人完全没救了！

他到底是造了什么孽，居然把这个男人带到了H国！

“幸川，你家主子说你情商很高，你这次来是帮他出谋划策的？”当即，汪景阳将一旁的年轻男人拉至一旁，轻声开口。

幸川轻轻颔首：“是的，大人。”

“别大人大人的叫，叫我汪景阳就行了。”汪景阳朝着四周打量，“你再继续让你家主子这样下去，那就可以从哪里来回哪里去了。”

“明白。”幸川轻声道。

旋即，幸川走至林烟和霄纪的身旁，淡淡笑道：“先生，老友许久不见一定有许多话想说，菜上齐了，不如边吃边聊。”

霄纪原本还想说些什么，可被幸川这么一打断，没能将想说的话说出来。

“对对对，霄先生，咱们先吃饭，先吃饭吧！”林烟连连点头，有些感激地看了幸川一眼。这样聊下去，她哪顶得住啊。

林烟没直接转身离开，有三个原因。

第一个原因，毕竟是狗子把她叫来的，要是这样走了，不太合适。

第二个原因，这霄纪绝不是一般人，不能轻易得罪。

第三个原因，当年在国外，她没什么朋友，除了汪景阳之外，霄纪算是一个，而且那时的霄纪也比较照顾她。如果不是当年霄纪做了一系列让她匪夷所思的事，他们现在应该还算是铁哥们儿。不过，幸好她悬崖勒马，没有和霄纪继续深交下去。

“先生，林小姐有男朋友了，相信以林小姐的眼光，绝对不会看错人，先生应该祝福林小姐，不是吗？”幸川坐在霄纪身旁，轻声笑道。

霄纪若有所思，旋即点了点头，目光诚挚地看向林烟：“小烟。”

林烟微微一笑，刚想说话，霄纪却说道：“祝你早日分手。”

“……”其余三人都被雷得目瞪口呆。

汪景阳下意识地看向霄纪，嘴角微微抽动。但凡霄纪的智商能分一些给他的情商，裴聿城当年根本就没有一点机会！

汪景阳无奈地擦了擦嘴角，他能不能反悔，现在把霄纪带回去算了。

此刻，坐在霄纪身旁的幸川笑了笑，一双灵动的眸子看向林烟，嘴角微微上扬，露出两颗小虎牙：“林小姐，先生的意思是说，祝林小姐和林小姐的男朋友早日修成正果，步入婚姻殿堂。”

话音落下，林烟眉头微蹙，当她是傻子？刚才霄纪的原话，难道不是说祝她早日分手吗！

“如果林小姐您和男朋友结了婚，那林小姐自然只有丈夫而没有男朋友，这就等同是和男朋友分了手，先生说的是早日分手，但意思是祝您早日与男朋友修得圆满。”幸川轻声笑道。

汪景阳口中的饮料差点喷出来。

眼前的男人看起来倒是十分清秀，尤其是笑起来很有感染力，那两颗虎牙也是十分可爱。

看起来如此率直阳光的清秀男孩，居然能昧着良心且神色如此自然地说出这种话，要不是他深知霄纪的情商，她差点就信了。

不得不说，这个幸川当真很会说话。

“林小姐，其实这些年，先生很挂念您，他时常对我们说曾经有过一位女性挚友，可惜后来失去了联系，这一直都是先生心中的遗憾。今日能够找到林小姐，先生也就没了遗憾，尤其是得知林小姐您有了归宿，先生自然开心且欣慰。”幸川看着林烟，轻声开口。

“其实，我也不是不辞而别，当年离开，也是迫不得已。”林烟说着看了霄纪一眼。其实她就是不辞而别！

“先生说过，林小姐您不辞而别，肯定是有自己的原因。只是，一直没有林小姐您的消息，先生心中不仅是牵挂，还很担心，不知林小姐是否安全。”

不给林烟继续开口的机会，幸川叹了口气，继续说道，“其实，这些年，先生的身体一直都不是很好……”

林烟这才认真打量起霄纪来。

这一打量之下她神色微微一变。原来霄纪是坐在轮椅上的，她刚才一直都没有留意！

“霄先生，您的双腿？”林烟蹙着眉头开口。

霄纪轻声一笑：“其实，没关系的……因为……”

还没等他把话说完，汪景阳迅速上前，一把捂住他的嘴：“快快……吃，这个好吃，你多吃点！”

你可千万别说话！

汪景阳说完，就夹起食物急忙往霄纪嘴里塞。

“当年，先生听闻林小姐您出了车祸，心中甚是焦急，他在医院外守了数日，但那时的林小姐似乎对先生有什么误会，所以先生只是在病房外守着，并未露面。之后林小姐您不辞而别，离开了M国，先生很怕林小姐想不开或是出意外，寻找了林小姐许久……之后他的身体就每况愈下了。”说着，幸川叹了口气。

汪景阳偷偷瞥了幸川一眼，这话说得真好听，凭他这情商，霄纪带他来，真是做对了！

幸川并没有说谎，当年的霄纪，的确是在病房外守了许久，之后也找了林烟许久。只是通过幸川的嘴说出来，感觉就完全不一样了！

林烟诧异地看着霄纪，他的腿，是因为……自己？

“霄……先生，您的腿是因为我才变成这样的？”林烟有些难以置信。

“自然不是。”霄纪轻声笑道。

“嗯，先生的腿和林小姐您没有丝毫的关系，林小姐大可不必因此愧疚。只是先生自己的执念很深，相信今日先生与林小姐重逢，心中的郁结已然打开，往后，身体也会慢慢恢复的。”幸川笑道。

“霄先生……”

话虽如此，但是林烟听着感觉很别扭，似乎霄纪现在变成这样，跟她有一些关系？这倒是让她有些愧疚。但她还是很疑惑，当年在国外，她没觉得霄纪有多重视自己啊。否则他怎么能做出那些丧心病狂的事情来！

想到这里，林烟就气不打一处来。可是看看如今的霄纪，又加上方才幸川说的那些话，她对霄纪，似乎气不起来了。

“霄先生，您的双腿……还能复原吗？”林烟蹙着眉头，看向坐在轮椅上面色有些苍白的男人。

“嗯，如果你愿意帮忙，或许还有机会。”霄纪想了想，轻声笑道。

“啊？我？”闻言，林烟不由得一愣。

幸川急忙解释道："先生的意思是，如果林小姐您不再躲着先生，常联系，先生心中的郁结就能打开，这样他的身体还是有希望恢复的。"

此刻，汪景阳不动声色地看向霄纪。

以霄纪如今的身体情况，别说是现在的林烟，哪怕是当年的林烟，恐怕也未必有什么太好的办法。

他的身体状况已经完全恶化了。如果不是霄纪的精神能力过于强大，他的身体恐怕早已彻底崩溃。

"霄先生，您来H国，有什么想做的事吗？"片刻后，林烟轻声问道。

"我最想做的事吗？"霄纪微微一愣。

林烟点了点头。

"我想挑战世间最强，即便是战死，这具残躯也值了。"霄纪轻声笑道。

林烟腹诽：他在说什么胡话？挑战世间最强？什么意思？

"咳咳，先生的意思是，即便他的身体不好，也要找到林小姐您这位好朋友……"幸川说道。

听到幸川的解释，林烟神色有些狐疑：霄纪居然这么重视我？

按照正常的逻辑来说，也不应该吧？霄纪是何等地位，对于他而言，她只是一个极其普通的女孩，一位普通赛车手。霄纪会把她当成最好的朋友？还找了她那么多年？怎么感觉有些不合常理呢！

只不过，这些话从幸川的口中说出，好似一切又是理所当然。但到底是哪里不对……

"小烟，你现在还在赛车吗？"忽然，霄纪看着林烟开口。

"嗯，在H国的赛队。"林烟点了点头。

"要不要考虑换一个职业？"霄纪轻声问道。

"为什么？"林烟不解。

"因为你曾出过车祸。"霄纪若有所思地开口。

"……"林烟很无语。

紧接着，汪景阳就朝霄纪的大腿狠狠地掐了一把。如果目光能杀人，霄纪恐怕早已被他杀了千百次。

这货到底还有没有救？幸川方才好不容易才把话圆了回来，让小烟对他的印象有所缓和，现在马上又被打回原形。

"小烟出了车祸，腿部受伤，应该好好休养。"霄纪若有所思地说道。

闻言，幸川在一旁急忙点头，说道："对，先生就是这个意思。"

汪景阳叹了口气，他感觉自己的处境太难了。这一顿饭吃得他冷汗直冒，他永远不知道霄纪下一秒会说出什么惊世骇俗的话来。

吃完饭，林烟和霄纪告别，汪景阳则被林烟拎上了她的车。

“林烟，别这么客气，我自己打车回去就行，就不用麻烦你送我了。”见林烟神色不善，汪景阳额头渗出一丝冷汗，显得很心虚。

“你怎么把他给带过来了？”林烟瞥了一眼副驾驶座上的汪景阳。

汪景阳着实吓了一跳。

“小烟，你这话说的，什么叫我带他来的？霄纪来H国跟我有什么关系……我们只不过是坐了同一班飞机，他要请我吃饭，顺便让我叫上你，这很正常。”汪景阳眼珠子微微转动，旋即说道。

他答应过她，再也不会欺骗她。他和霄纪的确是坐了同一班飞机，也的确是霄纪要请他吃饭，所以这根本不算欺骗。

“你说的都是真的？”林烟有些狐疑地看向汪景阳。

汪景阳连连点头：“我对天发誓，绝对是真的……如果我骗你，我就不得好死。”

“好，这是你说的。”林烟点了点头。

“就是我说的。”汪景阳微微一笑。她又不能把他怎么样，难道还会打电话给霄纪去问个清楚？

然而，下一秒，汪景阳就不由得慌张了。

只见林烟取出手机，拨通了霄纪的电话，并打开了免提。

“小烟，有事吗？”霄纪的声音自电话中传出。

“那个，霄先生……其实也没什么事情，我就想问问，您是怎么到H国来的？”林烟轻声笑道。

一旁，汪景阳撇了撇嘴，就算给霄纪打电话又能怎么样，难道霄纪还能把他卖了？

“汪景阳带我来找你的，的确是应该好好谢谢他。”

“霄纪……”汪景阳暗暗咬牙，这个孽障，自己一定不会放过他！

挂断电话后，林烟一双眸子死死地落在了汪景阳身上。

汪景阳立刻故作轻松地扭过头，朝着车窗外看去，并且吹起了口哨。

“狗子，你转过头来。”林烟嘴角微微上扬，声音十分温柔。

“小烟，我忽然想起来，我出门时家里的煤气还没关，正烧着水，我得回家关煤气去了。”汪景阳说罢，就想打开车门。

林烟眼疾手快，立即将车门锁死。

见状，汪景阳眉头微微蹙起，转过头，若有所思地盯着林烟，轻声道：“小烟……你这样就过分了，光天化日之下，锁死车门，就算是贪图我的美色，我们也不应该在白天……妈呀，别打脸！”

林烟揪着汪景阳的左耳冷笑道：“我家狗子翅膀终于硬了。”

“等等！”汪景阳的目光朝着车外看去，眸内浮现出一抹寒芒。

紧接着，他就喝道：“快跑！”

见汪景阳神色不对，林烟也有些莫名其妙。好端端的为什么要跑？

“还愣着干什么，跑啊！”眼看林烟没有丝毫动作，汪景阳转过头，朝着林烟喊道。

“你见鬼了？”林烟不解。

“可不是见鬼了吗，我说你能不能别磨叽！”说话之间，汪景阳急忙转动方向盘。

当即，林烟瞥了汪景阳一眼，说：“我没踩油门。”

“那你快踩啊！”汪景阳喝道。

林烟一脚踩下油门。车辆瞬间启动，朝着前方冲去。

当即，汪景阳将车窗摇下，伸出头朝后方看去。

“你不要命了？！”林烟一把抓住汪景阳的衣领，将他提了回来。

“狗子，到底怎么回事？你该不是骗了哪个小姑娘，现在被人追吧？”林烟别有深意地朝着汪景阳开口。

汪景阳老脸一红：“胡扯，我汪景阳是什么人，只有小姑娘来骗我，何来我去骗小姑娘？就我这正义的颜值……算了，现在不是说这个的时候。”

林烟下意识地朝着后视镜打量。

不看还好，这一眼望去，她着实吓了一跳。从后视镜中，她隐约见到一团黑影正以极快的速度朝着自己所驾驶的车辆追来。

“狗子，有条狗在追我们！”林烟的声音有些诧异。

“那是狗吗？那是人！”汪景阳喝道。

“人？”林烟顿时一愣，怎么看也不像是个人啊。

“是高阶进化者，跑快点！”汪景阳蹙眉道。

林烟若有所思地看向汪景阳：“你怎么对进化者这么了解？”

汪景阳一愣，旋即笑道：“上次被你们吓得半死，再说了，小烟你是进化者，我当然得多去了解了解。”

“是吗？”林烟神色狐疑。

汪景阳叹了口气，说：“那……我要是告诉你，我也是进化者，你信吗？”

“你是进化者？”林烟不太相信地瞥了汪景阳一眼。

“对，我是进化者，而且我的进化等级和实力，比你高出几十个次元。”汪景阳笑道。

林烟冷笑一声，说：“你要是进化等级比我高出几十个次元的进化者，我就是大脑开发到了百分之百的神级进化者。”

汪景阳心道：这次，我可没骗你，是你自己不信，总不能算我说谎吧。

“等等。”汪景阳朝着车窗外打量。

“又怎么了？”林烟神色不解。

“好像没追了。”汪景阳说道。

“我感觉就是一条黑狗，你是不是眼花看错了？”林烟看向汪景阳。

“希望是吧。”汪景阳轻声道。

后方，某处。

男人一头白色长发至腰，眸内仿佛是星辰运动的轨迹一般，缓缓转动。

随着男人眸子的转动，一只巨大的眸子自虚空中浮现，仿佛能够窥破世间的一切奥秘。

“大人，不追了吗？”一位少女站在男人身后，言语恭敬。

“不必着急，那个女人身边的男人有些棘手……时间还很多，我要先看看那个女人的身上究竟有没有我需要的东西。”

Part 15

林小姐若是愿意叫我一声老公，
我倒是可以考虑。

莫名其妙的一顿饭吃完之后，林烟回到了云间水庄。

话说，最近她的桃花貌似有点多……纪明哲刚消失没几天，现在又冒出了个霄纪。

她也不知道怎么回事，从刚才起眼皮就一直跳，似乎有什么不祥的预感……

“不会的、不会的！裴聿城远在天边呢，又这么忙，不会知道这些的。”林烟摇摇头，挥去脑子里乱七八糟的东西，就进了浴室去洗澡。

待会儿她还要做个直播。赵红绫觉得她跟粉丝的互动太少了，所以让她有空直播一下，跟粉丝聊聊天什么的。

与此同时，裴家总部。

裴聿城正在翻看文件，站在一旁的程默在低头看手机，也不知道是看到了什么，满脸惊恐的表情。

程默一边看，一边抬头小心翼翼地偷瞄裴聿城。

裴聿城察觉到了程默的异样，头也没抬，随口问道：“怎么了？”

程默被裴聿城的突然出声吓了一跳，下意识地把手机放了下去，急忙回道：“没……没什么……”

裴聿城抬起头，朝着程默看去，扫了一眼他手中的手机，直接朝他伸出了手。

程默见状不敢不给，只能硬着头皮把手机递了过去，随后，暗暗地退后了几步，尽量离裴聿城远一点。

程默手机上的页面还没来得及退出，裴聿城刚拿过去便看到了一张林烟和别人一起走在玫瑰红毯上的画面……那现场布景极尽浮夸，两人身上的礼服也相当华丽，不知道的人还以为是婚礼现场。

程默吓得双腿直发抖，额上一层一层地出冷汗。

只见裴聿城的神色没有任何波动，他点击了一下手机，随后便看到了各种八卦信息。

“KNO最新代言人林烟”“林烟真实学历为MS理工学院空气动力学专业”“KNO总裁纪明哲当众表白林烟，称其为自己的初恋”“KNO总裁当众告白‘只要你愿意，你随时可以是KNO老板娘’”……

裴聿城的目光落在“KNO老板娘”这几个字上，另一只手有节奏地敲击着玻璃茶几。

程默咽了口吐沫，小心翼翼地开口：“娱乐圈就这样，喜欢乱写，应该是为了这个代言人造势弄出来的绯闻，要不要我把这些消息撤下去？”

“不必。”裴聿城轻声说着，将手机还给程默。

程默闻言，心中无比佩服，老板答应了林烟不会干涉她的工作，就真的一次都没有干涉过，连这种情况都能保持淡定，不愧是老板！

然而，程默正这么想着，便见方才还好好的裴聿城突然失去了意识，晕倒在沙发上。

程默焦急地唤道：“裴总！裴总……”

云间水庄。

林烟放松地洗了个澡，敷了张面膜，然后画了个淡妆。随后，她脱掉身上的浴袍，打开衣柜，挑了件浅色的裙子，正准备穿衣服，身体突然出现了一种极其熟悉的感觉。

她顿时头皮发麻，有种不祥的预感……

果然，还不等她反应过来，便猝不及防地眼前一黑，她拿衣服的手陡然失去力气，裙子掉落在床上。下一秒，她已经失去了对身体的掌控，意识仿佛轻飘飘地浮在空中。

因为已经知道附身的人是裴聿城，所以林烟多少有点心理准备。

但是，此时此刻，她实在是一点都没办法冷静！

因为这会儿她身上几乎是真空的，只穿了内衣啊！

林烟拼命想要回到自己的身体里，以前这种情况下也是成功过的。可是，这一次她却怎么也回不去。

最后林烟只能放弃，她抱着一丝微弱的希望，试探着跟此刻掌控了自己身体的意识对话——

“裴……裴聿城？”

或者她只是脑子抽了而已，并不是裴聿城呢？

空气静默了几秒钟。随后，她的身体用裴聿城的语气发出了声音：“是我。”

林烟顿时绝望。

“抱歉……”“裴聿城”似乎没料到是这种情形，声音显得有几分尴尬。

话音刚落，“裴聿城”手指迅速一挥，扯过了一旁的裙子。

“林烟”身上的这件裙子是敞口式的，穿上去之后再系个腰带就可以了。“裴聿城”很快便将裙子穿好了。

林烟简直欲哭无泪。

穿上衣服之后，林烟咕哝着控诉：“你不是答应过我，不会再附身了吗？”

裴聿城这会儿已经恢复了平静，立刻道歉：“对不起，只是有些情况下，并非是我自身可以控制的。”

林烟哭道：“还带这样的？那你什么情况下会控制不了？”

裴聿城说：“想你的时候，或者受到了什么外力的干扰和刺激。”

林烟闻言不解地问：“外力的干扰和刺激是什么意思？比如说……？”

裴聿城直言：“比如说，吃醋。”

“呃……”林烟顿时无言以对。

与此同时，她陡然一阵心虚，裴聿城该不会是知道了什么吧？

KNO总裁纪明哲当众向她告白的事情还没过去多久，紧跟着又冒出了个霄纪，简直让她心惊胆战。不知道裴聿城知道的是哪件事……

“裴聿城”一边拿起旁边的干毛巾擦头发，一边问道：“你们是怎么认识的？”

这种情况下的林烟意识有些不太受控制，于是不假思索地就回了一句：“你是问哪个人？”

“裴聿城”的手指一顿，语气幽幽地说道：“看来，不止一个？”

这下，林烟连想死的心都有了，赶紧拼死克制住自己的意识不要再乱飞。

“那什么，确实有那么两个，但是真的不关我的事！第一个我压根就已经不记得他是谁了，记者发布会上他突然说我是他的初恋还跟我告白，我也是一脸蒙。另外一个就是个脑子有问题的家伙，但凡是个脑子正常的人，都不可能喜欢上他的！”

“是吗？”裴聿城顿了顿，随后漫不经心地开口，“最好是这样，否则，怕是有些麻烦。”

林烟疑惑：“啊？什么麻烦？”

裴聿城风轻云淡地说道：“我说过，我的意识偶尔会不受我的控制，若你跟别的男人在一起，我可能会在一些不合时宜的时候附身到你的身体里。”

林烟听到裴聿城的这句话之后，脑子里翻腾起各种不堪入目的画面，旋即魂飞魄散地说道：“不可能不可能！我绝对不会喜欢上别人的！”

裴聿城显然很喜欢女孩的这句话，连声音都放软了：“我大概明天才能回来，想我吗？”

林烟急忙开启彩虹屁模式：“当然想了！特别想！”

“哦？想了几次？”裴聿城显然并不相信，这丫头一忙起来，能想起他一次就已经不错了。

求生欲满满的林烟毫不犹豫地答道：“想了一次！一次二十四个小时！”

“呵……”听到女孩的甜蜜情话，裴聿城轻笑了一声。

等“裴聿城”将头发吹干后，林烟也没等到自己的意识回到身体里，于是忍不住问道：“那什么，你什么时候走？你别误会，我不是赶你走啊，只是我今天晚上还有工作……”

“游戏代练？需要帮忙吗？”裴聿城问道。

“不不不，大可不必！不是游戏代练！”林烟赶紧拒绝，心中万分庆幸今晚没接代练的单子，忙解释道，“今晚，我得跟粉丝直播！”

“直播？”

“是啊，今晚八点准时开始直播，都已经官宣过了，不能改时间的，要是放鸽子，绫姐一定会骂死我的！现在已经七点五十分了，还有十分钟就开始了，怎么办！”林烟着急地说道。

说到这里，她突然想到什么，试探着问：“裴聿城……你会直播吗？要不，你帮我播？”

“不会。不过，可以试试。你教我。”裴聿城说道。

“那好吧，好像也只能这样了……”这个时候，林烟也来不及多想了，准备好直播的支架，又急忙抓紧时间教裴聿城直播的方法。

林烟一边教裴聿城，一边碎碎念地告诉他各种注意事项：“直播是不能后期剪辑的，所以待会儿你说话可一定要注意。你看下这个文档，是绫姐给我的，上面列了一些不适合提的话题，你看一下。”

“好。”

“还有还有，如果粉丝提到一些敏感的问题，比如……比如我跟其他男艺人或者合作伙伴的关系之类的，你模棱两可地带过去就好……”林烟知道前几天的事情闹得太大，粉丝肯定会提到这个问题，只能提前跟裴聿城打好招呼。

“可以。”

“在家里直播可以轻松一点，你待会儿随便跟粉丝闲聊几句就行了，回答一下他们弹幕上的问题，可千万别一句话不说，这样会冷场的……”

在林烟的千叮咛万嘱咐之下，十分钟很快过去，直播开始了。

“裴聿城”按下开始按钮后，“林烟”便出现在了直播镜头里。

赵红绫之前就已经进行过预热了，所以这会儿直播间立即涌进了大量粉丝。

[啊啊啊！老婆你终于开直播了！老婆好美！]

[老婆看我！老婆你终于营业了！]

看着满屏幕的“老婆”，“裴聿城”眉梢微扬，语气带着几分疑问：“老婆？”

这个非常平常又细微的小动作，由“裴聿城”做出来却充满了魅惑的味道，直播间的粉丝们顿时又是一阵疯狂刷屏——

[啊啊啊！我的天哪！刚才林烟的眼神好飒啊！帅爆了！]

[没错啊，你就是我老婆！这辈子非你不娶！]

林烟看着弹幕一阵尴尬，赶紧跟裴聿城解释：“这是粉丝的昵称而已……”

“这样啊。”“裴聿城”点头，随后跟粉丝们打了个招呼，“你们好。”

“裴聿城”非常轻松淡定，完全不像是第一次直播的样子，举手投足之间的那股霸气根本就掩饰不住，惹得小粉丝们激动得嗷嗷直叫。

[啊啊啊！今天的宝贝怎么这么飒啊！简直是霸道总裁林翩若附体！]

[爱了爱了！]

……

[咦，你后面怎么挂着一面八卦镜啊，旁边好像还有一串……大蒜？]

林烟看到弹幕上的提问，顿时脊背一僵，腹诽道：完了，屋子还没来得及收拾，这要怎么解释？

“个人收藏喜好。”“裴聿城”淡定自若，语气自然得就好像是在说“今天天气很好”。

听到林烟的回答，直播间里顿时一阵哈哈哈。

[这喜好也太搞笑了吧，哈哈哈……]

[我家就是卖大蒜的，你要是喜欢，你这辈子的大蒜我都承包了！]

[我姥爷是道士，你还喜欢什么？我都可以帮你弄来……]

林烟看着弹幕无语凝噎，好吧，也算是个勉强说得过去的解释。总比说出真相好吧，林烟这么安慰自己。

[你这是住在哪里啊，看起来好高档啊！我似乎看到后面的清风山了，那一片全都是高档住宅吧，而且还是有价无市的，能住在那里的全都是大佬！]

[烟姐，你住在哪里啊？]

不是吧，这乌漆嘛黑的，窗帘只露了一道缝都能看出来？现在的网友都是火眼金睛吗？

"抱歉，私人住宅不方便透露。""裴聿城"直接将问题带了过去，粉丝们也很体贴地没再追问。

[啊啊啊，宝贝今天的口红色号好好看啊！]

[求口红色号！]

[有知道的大佬吗？]

……

林烟看着弹幕中的问题，想赶紧提醒裴聿城，告诉他该怎么回答。

谁知道，还没等她提醒，"裴聿城"便回答了粉丝的提问："自然堂520诗词唇膏，502肉桂裸色号。"

听到裴聿城这么精准地报出自己的口红色号，林烟心里一阵惊讶，他怎么连这个都知道？

听到"林烟"的回答之后，下面的粉丝纷纷发弹幕。

[我也买了这支，特别温柔的色号。这个礼盒里的其他两个色号302胡萝卜色和70胭脂红也都很好看，而且这套唇膏的礼盒包装非常精致，很适合拿来送女孩子哦！]

[买买买！这波种草我吃下了！]

林烟看大家的反响还不错，便对裴聿城说道："绫姐说让我自己准备一些小礼品出来抽奖，就抽一套这个唇膏好了，我抽屉里还有一套新的！"

"裴聿城"闻言，双眸微眯。开着直播，他没办法开口跟林烟说话，也暂时无法用意识跟林烟对话。

他能读取林烟的意识，但是林烟无法读取他的想法。

于是，"裴聿城"随手抽出一支笔，在手边的本子上写了一句："这似乎是自然堂520的情人节礼盒，谁给你买的？"

林烟看到“裴聿城”背着粉丝写的这个问题，回答道：“没有谁，我自己买的！”

“裴聿城”叹了口气，继续在纸上写：“林小姐，你似乎经常会忘记，你还有一个男朋友。”

林烟咕哝着反驳：“谁说口红这种东西一定要男朋友送？”

“裴聿城”轻叹一声，似乎有些无奈。

粉丝们只看到“林烟”在写写画画，却不知道她在写什么，很是好奇。

大家正准备追问，“裴聿城”拿出了那套唇膏，说要抽奖送一套，这才转移了粉丝们的注意力。

只见设计精美的复古红色礼盒上书写着“情不知所起，一往而深”。

见字如面，以诗传情，非常浪漫的设计，而且三只炫彩唇膏都是闪亮的爱心形状膏体，特别好看。

粉丝们立即疯狂刷屏。

“裴聿城”看着屏幕，随后，抽了一个ID名为“我赌林烟是JM集团老板娘”的粉丝。

看到这个ID，林烟都震惊了！

这位朋友，你还真是活神仙啊！赌她是JM集团老板娘？这也敢想？

裴聿城谁都不选，偏偏选中了这个ID是几个意思？

这个令人大开眼界的ID，果然成功引起了直播间里粉丝们的一阵热议。

[哈哈哈，这个粉丝的ID玩得也太大了吧！这也敢赌？]

[我赌林烟是KNO的老板娘！赌一块钱的！]

[烟姐，你是不是真的要成为KNO的老板娘了啊？]

终于，林烟还是悲催地看到了这道送命题。

“裴聿城”靠坐在椅背上，正对着镜头，放置在扶手上的手指习惯性地轻轻敲击着，淡淡地开口：“希望大家不信谣不传谣。”

粉丝们全都被林烟的这句话逗得乐不可支。

虽然这算是否认了，但也用了一个比较委婉和容易接受的方式，毕竟她刚跟KNO合作，不能弄得太难看。对这波公关和回答，林烟也是挺佩服的。

见林烟有问必答之后，粉丝们突然放飞自我，开始疯狂提问。

[那你跟裴南絮到底是什么关系啊？我真的觉得你们好般配啊！坊间一直有你们俩的传言，大家都说裴南絮在公司特别照顾你来着！]

[还有传言说你跟沈朝暮正在交往，是不是真的？]

[总该不会是韩逸轩吧？之前还觉得是林烟倒贴，但是现在以林烟的条件，

我怎么感觉她跟韩逸轩可能真的有什么？]

[怎么都在问纪明哲、沈朝暮和韩逸轩，难道卫徐风不配拥有姓名吗？]

……

林烟简直都没眼看弹幕了。这哪里是直播，简直就是刑场！

她看着手机屏幕里“自己”脸上始终挂着的淡淡笑意，只觉得一阵发寒。

紧接着，“裴聿城”嘴角微弯，低声轻笑道：“大家这么关心这个问题，我倒是挺想告诉你们，我到底是哪家老板娘。”

“林烟”这句话音落下的瞬间，不仅是直播间里的粉丝们，就连林烟也被吓得差点魂飞魄散。

大佬你冷静点！你该不会是要自曝身份吧？！

这可是直播！千万人观看的直播啊！

[什么意思？什么叫要告诉我们，你到底是哪家老板娘？我听到了什么？]

[不是吧！你难道要自曝！]

[这难道是要官宣了吗？]

“你冷静啊！”林烟激动得直接咆哮了，“千万别曝马甲！这可是直播！求你了！”

迄今为止，她做过最错误的决定就是让裴聿城帮她直播！早知如此，她就算是放粉丝鸽子，也不会冒这个险。

他自己约自己，自己给自己做饭，自己给自己买生日礼物……裴聿城附在她身上时做的这些奇葩的事情已经足够刷新她的认知了。但她万万没料到，他居然让她被迫“自曝”……

“裴聿城，你可是答应过我的！”林烟急道。

“裴聿城”面上依旧是那副令人心惊胆战的微笑，笑意却不达眼底，在纸上写道：“答应你的是裴聿城，从某种意义上说，我并不算食言。”

林烟腹诽：大哥，简单点！谈恋爱的套路简单点！

林烟已经被裴聿城的话惊呆了，哀求道：“大哥，不带这样玩的吧……”

此刻，弹幕已经刷爆了，林烟的另外一部手机响个不停，是赵红绫打过来的电话和发过来的信息。

不用看也知道赵红绫肯定要骂死她了。林烟拼命想要回到自己的身体里。但是一点用都没有，她好像是被一股无形的巨大压力牢牢地压制着。

林烟有些生气地继续对话：“之前你答应过我绝对不会再附身过来了，后来又说不受控制，那现在呢？也是不受控制？”

她明显感觉到了意识被压制，绝对不会是错觉。

“现在不是。现在是我的主观意愿。”“裴聿城”用苍劲有力的字迹写道。

林烟简直要被裴聿城这种理所当然的态度给气晕了，怒道：“裴聿城！”

就在林烟的意识被气得奄奄一息的时候，正在直播的“裴聿城”突然取下了直播的耳麦。

摘掉耳麦之后，直播间内的观众就听不清“林烟”说话了。

接着，裴聿城便懒洋洋地对着奓毛的林烟，用他那大提琴般低沉的声音说道：“林小姐若是愿意叫我一声老公，我倒是可以考虑。”

林烟顿时愣住了。

……什……什么？！让她叫“老公”这么肉麻的称呼，开什么玩笑！

光是想想这幅画面她就要起鸡皮疙瘩了！

林烟怒道：“你在开玩笑？我林烟就算是脑子被裴宇堂的车轮子轧了，也绝对不可能叫出这两个字！”

听着女孩的话，裴聿城的眸底划过一抹无奈。她虽然失去了记忆，但某些方面还真是一点都没变。他不过是行使一下正当权利而已。

就在“林烟”摘下耳麦开口的时候，直播间里已经炸锅了。

[烟姐为什么突然摘下了耳麦！发生了什么？]

[烟姐刚才好像说了什么话，而且表情超飒的！]

[林烟刚才到底在说什么？！啊啊啊太好奇了，有没有会唇语的小伙伴啊？]

[感觉看口型好像是在说“叫我一声”什么来着……]

林烟看着屏幕上的弹幕，心惊胆战，网友们也太强大了，不会真有人看出来吧！

直播间内气氛正热烈，突然，连续十个火箭的打赏特效华丽地闪过，大屏幕上显示：“KNO日月皆是你”给你打赏了一艘火箭！

火箭是最大额度的打赏，除非是土豪，一般很少有人打赏，而且这个人还一下子连续发了十个，瞬间吸引了直播间里粉丝们的注意力。

[哇！十个火箭！哪里来的土豪！]

[KNO日月皆是你？我发现了什么！]

[还有！日和月加起来不就是个明字吗？KNO……明……KNO总裁纪明哲？哈哈哈，不会错！肯定是他！这暗示也太明显了吧！]

[哈哈哈，这哪里是暗示，这已经是明示了吧！]

……

就在粉丝们纷纷八卦猜测的时候，KNO日月皆是你发了一句话：

感谢大家来支持小学妹的直播！

本来大家还只是抱着猜测的态度，这句一出来，顿时证实了。

[哇！真是纪总啊！大佬也太宠了吧！亲自来直播间打赏撑场子！]
[酸了酸了！我突然有点粉这一对，怎么回事？]
[学霸CP什么的，确实好萌啊！还是纯纯的校园初恋……]

裴聿城双眸微眯，扫了眼屏幕上那个“KNO日月皆是你”正在非常活跃地回复网友们的评论。

[林烟既是我的小学妹，也是KNO的合作伙伴，更是我心悦的女孩，自然要来捧场了。]

[小烟确实是我的初恋，只可惜，她似乎已经不记得我了。不过没关系，从现在开始，她可以重新认识我！]

[般配吗？我也这么觉得！谢谢大家这么觉得！你们很有眼光！]

纪明哲一边发着评论，一边又“嗖嗖嗖”地刷了十几个火箭，欢快地跟林烟的粉丝互动着。看这架势，仿佛已经开始宣誓主权了。

林烟被这铺天盖地的火箭给迷了眼，好半天才回过神来，危机感也浮上了心头。

她看了眼屏幕里的“裴聿城”，陡然有种不好的预感。

偏偏这种时候，纪明哲居然还在作死……

有网友提问：你可是KNO集团的总裁，你真的打算娶林烟，让她做KNO的老板娘吗？

KNO日月皆是你：我说过，只要她点头，她随时都可以成为KNO的老板娘，我说过的这句话，永远有效。

这顶情敌扣的绿帽子，简直都要砸在裴聿城脸上了！

裴聿城轻笑一声，林烟却因为这一声轻笑而毛骨悚然。

下一秒，只听到“裴聿城”淡淡开口：“这位纪先生是吗？”

纪明哲听到林烟的话，顿时激动地发评论：

小烟，我在！

弹幕这会儿也纷纷激动地八卦着林烟接下来会说什么。

[哇！我粉的CP是要互动发糖了吗？]

林烟一听到这里就发现不对，紧张得心脏都快炸裂了："喂！裴聿城！你来真的？"

"裴聿城"顿了顿，面上一副漫不经心的表情，继续缓缓道："纪先生，我想有句话，应该让你清楚。"

"……"林烟有点担忧。

"裴聿城"继续说："就是方才大家很关心的一个问题。"

"……"无语，林烟震惊得一时说不出话。

"裴聿城"幽幽地说："关于，我到底是谁家老板娘……"

林烟赶紧投降，脱口而出："老公！"

"……"这下，轮到"裴聿城"无语了。

林烟这一声用意识咆哮出来的"老公"，成功打断了"裴聿城"接下来要说的话。

而下一秒，林烟惊喜地发现，她重新获得了身体的掌控权。

这声"老公"这么有用的吗？居然把裴聿城的意识都给震出去了！

看着弹幕上的疯狂刷屏，林烟赶紧回复："那什么，好了，今晚的时间差不多了，我们就聊到这里吧。最后，感谢纪总的打赏，今晚所有的打赏都会用作公益慈善，感谢纪总为慈善做出的贡献！"林烟非常有求生欲地划清了跟纪明哲的关系，随后迅速开口，"关于你们非常关心的那个问题，就让我未来的老公来回答大家吧！"

匆匆丢下这一句后，林烟迅速下了直播。她哪里敢多待，万一等会儿裴聿城又附身过来可怎么办！

她刚下线没多久，就接到了裴聿城的助理程默的电话。

程默怎么这会儿打电话给她？

林烟狐疑地接通电话，随后便听到程默在手机那头用一副天塌下来的语气说道："林小姐！不好了！裴总被您气晕过去了！"

林烟满头问号："什么？"

裴聿城被她气晕了？

程默惊慌失措道："刚刚裴总看到网上您跟纪明哲的绯闻之后，突然晕倒失去了意识，这会儿人正在医院抢救，医生说他连呼吸都没了，已经下了病危通……通……通……裴总！您醒了？”手机那头的程默话说到一半，突然激动不已地开口，似乎是裴聿城突然醒过来了。于是，他又赶紧对林烟说道，“林小姐，裴总醒了，我待会儿再给您打电话！”说完就挂了电话。

林烟盯着手机看了一会儿，大致理清了事情的经过。

裴聿城刚才口中所谓的“刺激”和“吃醋”，原来就是看到了她和纪明哲的绯闻？

然后，他又因为她的这声“老公”，意识就乖乖回去了？

林烟正思索着，手机又响了起来，这次是裴聿城亲自打过来的。

“你没事吧？”林烟关心地问了一句，“你这意识来来去去，对你身体会不会有影响？程助理说你突然晕倒，连呼吸都停……”

裴聿城笑了笑，说道：“程默没跟你说我为什么晕倒吗？”

林烟轻咳一声，说：“那什么……我跟纪明哲真的没有任何关系，他一直说什么我是他的初恋，还说大学那会儿追过我，跟我告过白，可是我一点都不记得了。大概是因为我之前车祸的时候伤到了脑子，记忆有些受损……当然了，就算是我记忆没受损，大概也不会记得……”

其实这种事情好像已经不是第一次了，经常会有人跟她八卦，说谁谁谁喜欢她，甚至还有朋友说谁谁谁追了她那么久。但问题是，她压根就没看出有人喜欢她，甚至连对方在追她都不知道。

裴聿城闻言，不知道是该无奈还是该庆幸了。

“所以，别生气了，你的身体好不容易恢复一点，可别再加重了。”林烟有些担心地说道。

“已经没有大碍了。”裴聿城顿了顿，随后继续说道，“当然，林小姐若是能再叫一声方才的称呼，会有助于稳定病人的情绪。”

“……”林烟无语了。

裴聿城似乎料到了林烟的反应，在手机那头低笑了一声，说：“好了，不打扰你了，早点休息。”

林烟顿时松了口气，说：“你也早点休息，晚安。”

裴聿城又说：“晚安，裴夫人。”

昨晚的直播再次将林烟送上了热搜，她看着手机上的内容，有些无奈地叹了口气。

这次热搜的内容更加过分——KNO总裁纪明哲亲临直播间强势表白，林烟害羞匆匆下播。

刚看完热搜没多久，林烟就接到了纪明哲打来的电话。

“林小姐，今天有空吗，一起吃饭可以不？”纪明哲的声音从电话中传出。

林烟沉默片刻后，轻声问道：“是公事吗？”

“不是，纯粹是想请林小姐吃个饭。”

林烟有些尴尬地开口：“今天可能不行，车队需要整合。”

纪明哲微微一愣：“车队？什么车队？”还不等林烟回答，他忽然笑道，“我想起来了，林小姐还有自己的赛车队伍……那明天呢，有时间吗？”

“明天也没什么时间。”林烟轻声道。

万一和纪明哲吃饭的时候被裴聿城附身，那画面太美，林烟几乎不敢想象。

所以，只要不是公事，能推就尽量推了吧。

挂断电话后，林烟打算先去公司一趟。

H国赛车公会那边已经谈妥，极光战队的事已经拖了好几天，她也必须负起应有的责任来。

出门时，林烟总觉得哪里有些不对。仔细打量许久才发现，云间水庄的右侧，居然新建了一座庄园，目前还在施工中。

看到这一幕，她神色有些诧异，这未免也太夸张了，看这架势，那座新建庄园的规模和云间水庄不相上下。

林烟心中好奇，这到底是哪位土豪的大手笔？

Part 16

狗子，永别了。

林烟到了公司后，齐枫首先迎了上来。

“林小姐，之前你挑选的队员都已经到齐了，在这里等了你好几天。”齐枫走至林烟身旁，轻声说道。

林烟的目光落在齐枫身上，神色有些古怪。

“林小姐，你为何这样看我？”齐枫盯着林烟，有些不解地问。

“齐枫，你真的是赛车手？”林烟蹙眉道。

通过上次的了解，他是一位进化等级不低的进化者，怎么可能会是一位赛车手？

齐枫微微一愣，满脸莫名地说道：“我当然是一位赛车手了，林小姐怎么会这么问？”

“你的进化程度不低吧？”林烟直奔主题。

“所以，林小姐认为我是一位进化者，为什么又会成为一名职业赛车手？”不给林烟开口的机会，齐枫继续说道，“我是进化者，但这不妨碍我成为一名职业赛车手啊，我从小就有一个赛车梦……”

林烟瞥了齐枫一眼，问：“你不是从小有个武侠梦吗？”

齐枫笑了笑：“我从小就比较善变……”

“再说了，林小姐你也是一位进化者，你都能成为一名职业赛车手，我为什么不可以？”齐枫又道。

这话虽然没什么问题，但林烟总觉得哪里有些古怪。

“走开，好狗不挡道。”

说话间，张三拿着扫帚从里屋走了出来，将正与林烟闲聊的齐枫推开。

见状，齐枫有些疑惑地看了眼“保洁员”张三。

“看什么看，再看把你眼珠子抠出来。”张三冷声道。

不等齐枫开口，张三的目光又落在林烟身上，说：“这些天你怎么都不露面？我有重要的情报要告诉你，等没事的时候来保洁部找我。”说完便转身离开。

“林小姐，这是车队的保洁？”齐枫看向林烟问道。

林烟有些尴尬地点了点头，目前来说，这个张三的确是极光战队的保洁员。

“这样的保洁我倒是从没见过，他刚才说的情报是什么意思？”齐枫盯着林烟好奇地问道。

“或许是卫生间的厕所堵住了……”林烟若有所思地道。

齐枫鄙夷道：“这算哪门子情报？”

“工作情报。”林烟答道。

林烟和齐枫进入办公室。

一眼望去，除了贺乐风外，前段时间她从赛车公会选定的赛车手都到齐了。只不过，这些赛车手一个个都像打了霜的茄子，似乎对新加入的极光战队并没有任何的兴趣。

“大家好，先自我介绍一下，我是林烟，也是极光战队的老板兼队长。”林烟的目光扫过眼前的这些职业赛车手，轻声笑道。

众人无精打采地朝着林烟瞥了一眼。

“林小姐，你在H国的赛车公会关系一定很好吧，你是不是认识会长？”一位赛车手坐起身来，朝着林烟问道。

林烟微微一愣。不过，转念之间她便明白了话中的含义。

这些赛车手一定认为她是靠着H国赛车公会的关系才完成的逆袭，否则，她一个连替补队员都算不上的赛车手，怎么可能一跃成为他们这些正式队员的队长。甚至，公会还允许她随意挑选队员进入她自己的车队。

“呵呵，也不知道公会高层是怎么想的。”一位戴着棒球帽的职业赛车手冷笑道，“看来，H国赛车公会压根就不在意这一届的全球联赛，否则也不可能让我们进入林小姐的车队吧。”

“周悦，别乱说话。”一旁的齐枫劝道。

“乱说话？”那个叫“周悦”的职业赛车手不屑地说道，“齐枫，这怎么是乱说话，难道你认为事实不是如此？”

“哈哈，全球联赛一共分为三个等级，从第一联赛到第三联赛，但我们林小姐的车队，别说第一联赛，原本连第三联赛都没资格参加，我听说还是会长那边破格给了她一个全球第三联赛的参赛名额。那这林小姐和会长的关系，得好到什么程度啊？”

“所以嘛，大家说话可得小心点，别得罪了林小姐。否则，会长要是记仇，我们以后的日子可不好过。”

此话一出，不少人陷入了沉默。

他们倒还真没考虑过这个问题。

眼前这个女人，不用多想，肯定和H国赛车公会有着很深的牵连，像极光战队，刚刚创立没几天，最多只能参加一些国内的小型比赛。然而，因为林烟的关系，会长破格让这支战队拿到了全球第三联赛的参赛资格。

并且，如果这支战队能够在第三联赛中取得好成绩，还能够参加全球第二，甚至是全球第一的顶尖联赛。如果真的得罪了这个女人，被公会记恨往后遭到报复的话，也不是不可能的事情。

“林小姐，算我们倒霉，我们怕了你，你说需要我们做什么吧。”其中一位职业赛车手看向林烟，有些无奈地叹了口气。

“倒霉？我看未必。”林烟看向这些职业赛车手，轻声笑道。

“林小姐，你该不会认为，你真的能带我们赢下全球第三联赛吧？”周悦朝着林烟说道。

“或许是全球第一联赛呢。”林烟语出惊人。

在场众人面面相觑。这个女人莫不是疯了，她到底知不知道什么叫全球联赛？

几位职业赛车手相视一笑，但也没有继续反驳林烟。

“好吧，林烟小姐，那我们现在需要训练吗？”周悦看向林烟道。

林烟摇了摇头，说：“训练就不必了。”

这些职业赛车手的底子，她还是相信的，没必要进行什么特别训练。

“那我们应该做些什么？”

“看看书，看看电影，放松放松。”林烟笑道。

众人叹了口气，显得愈发无奈。全球顶级的赛事即将开启，这女人不仅不让他们训练，反而让他们放松？

不过，仔细想想，反正到时候也是没什么希望，还真不如看看书或是看看电影。反正那些国外的战队，压根就没把他们放在眼里。这些日子，H国凡是有些实力的赛车战队多多少少都被踢馆了，再看看极光战队，一片安宁祥和，该看书的看书，该打游戏的打游戏，完全没有要被踢馆的征兆。

办公室内，林烟打开电脑，查了查最近都有哪些国外的战队来到H国。

“林小姐，你打算怎么办？”齐枫推门而入。

林烟看了一眼齐枫，说道：“就像我刚才说的，该干吗干吗。”

“林小姐，你不会一点都不担心吧，还是过于自信了？”

“你一个进化者，对副业还挺上心。”

齐枫叹了口气，说：“也不是副业，我挺热爱赛车这个行业的。虽然说，以我的实力，的确还不够在全球联赛上大放异彩。”不等林烟开口，他继续说道，“林小姐，时间很紧张，要不我带他们下去训练吧？我看咱们车队的训练场很奢华啊！”

“都行。”林烟点了点头。

等齐枫离开之后，张三和李四两兄弟鬼鬼祟祟地推开门走进了林烟的办公室。

“两位前辈，你们之前说的情报是什么？”林烟的目光落在两人身上，轻声问道。

这两兄弟朝着四周仔细打量。

“两位前辈，这里是我的办公室，不会有外人的。”林烟叹了口气。

“我怕有窃听器什么的。”李四开口。

“对，最近闲着没事，看了一些警匪大片，现在我们就怕这里装了窃听器。”张三连连点头。

林烟嘴角微微抽动，这两兄弟果然是电影看多了。

“这里是不会有窃听器的。”林烟保证道。

“那好吧。”张三点点头，盯着林烟，轻声道，“小丫头，我告诉你啊，我们有个天大的情报：司白打算跟你玩阴的！”

林烟的神色微微一变。

司白？就是那个整天没事带着一只金刚鹦鹉、还被她打跑两次的进化者？

“小丫头，听说你身边有很强的进化者，是你请的保镖吗？”李四看向林烟，好奇地问道。

“我身边有很强的进化者？”林烟满脸莫名之色。

她身边哪里有很强的进化者？除了一个裴聿城，但是裴聿城此刻并不在国内。

“谁说的？”林烟问道。

“还能是谁，司白呗。他上次去擒你，没擒到，我们听司白说，你身边有个很强的进化者，所以他才会失败。”张三解释道。

林烟若有所思，两人说的应该就是前段时间的那个晚上，司白对她再出手，不过被她打跑了。

片刻后，她笑了笑。

那司白明明就是打不过自己，两次败在她的手中，还死要面子不肯承认，硬说她身边有个很强大的进化者。那个很强大的进化者是谁，是星沉还是凌月，难不成还能是汪景阳？

“小丫头，你上次说的真对，司白那小子，根本就不是一个好东西，对付你这样的小娃娃，失败了好几次不说，现在居然还要玩阴的，也太不是个东西了！我们虽然是猎人公会分部的一员，跟总部比起来微不足道，但我们就是不屑于与司白为伍！”李四冷哼了一声。

林烟默不作声地看着眼前的两兄弟，这两人虽然平时脑子有些不正常，看起来傻乎乎的，但是心中居然还有一丝难得的正义感，这出乎了林烟的意料。

“两位前辈可知道司白下一步的动作？”林烟沉思片刻后，出声问道。

虽然林烟此刻压根不惧怕司白，但老话说得好，不怕贼偷就怕贼惦记。她根本就不认识那个司白，却耐不住那人一直对她死缠烂打，数次找她的麻烦。

“下一步的具体动作我们不清楚，但是他这次肯定是要玩阴的，不和你正面交手，肯定是想让你防不胜防！”

“对对对，小丫头你可得小心一点。司白让我们等他的吩咐，目前还不知道他要做什么。不过，我有一个大胆的猜测。”张三说道。

“张三前辈请说。”林烟的目光落在张三身上。

“小丫头，我估计，那司白会对你身边比较亲近的人出手，逼你就范！”张三想了想，分析道。

林烟皱了一下眉头，她虽然不太相信张三的猜测，但是这个猜测让她十分忌惮，万一……

“你有没有姐姐、妹妹什么的？我怕张三会对她们出手。”李四问道。

林烟微微一愣，旋即道：“哦……那就没事了……”

“没事了？什么意思？”张三不解。

林烟笑了笑，说：“两位前辈辛苦了，如果司白那边有具体的消息，麻烦随时告诉我。”

如果能得知司白下一步打算做什么，她自然有应对的办法。

目前，林烟唯一担心的就是贺暮云那边，尤其是这段时间，恐怕得麻烦星沉和凌月两人帮忙看着母亲。恰巧这段时间，贺暮云在医院照顾外公，就连着外公一起保护了。

“那行，我们先去吃午饭了。小丫头，你跟你那个没出息的弟弟说一声，把伙食弄好一点，那家伙吃得比谁都多，却干啥啥都不行。”张三嘀咕了一声，和李四走出办公室。

片刻后，林烟给汪景阳打了个电话。

那天晚上，汪景阳也在现场，虽然他穿着黑袍，看不清面容，但谁知道那司白是否手眼通天，万一把汪景阳给擒走了，她还真不好办。

“干什么？”汪景阳的声音从林烟的手机中传来。

H国某处，汪景阳躲在暗处，小心翼翼地接着林烟的电话。

“狗子，最近一段时间别乱跑，来我公司，我得看着你。”

汪景阳一愣："看着我？我这么大的人了，要你看着？你以为你是我妈啊？"

"我是你祖宗，少废话，让你来你就来。"

"怎么的，你要跟小爷我同吃同睡？吃不吃不是重点，你就说睡不睡吧！"汪景阳说道。

林烟怒道："我睡你大……"

"好了，别废话了，我一会儿就去找你，现在没时间。挂了，滚吧。"汪景阳打断林烟的话，当即挂断了电话。

然后，汪景阳面色凝重地看着前方的实验室。他没想到，这里的实验室居然和Death有关。

这么多年来，他对Death并不太了解，而最近发生的一些事情让他十分不解。前段时间，Death居然找上了林烟。可如果林烟和Death有任何的牵连，他一定会知道。

如今，最让汪景阳担心的只有一点，那就是Death发现了林烟的秘密……

如果真的是这样，那他只有将Death彻底毁灭！

汪景阳对Death这个进化者组织并不熟悉，加上Death首领女魔头的种种传闻，他行事难得慎重了起来。

他在暗处等待了许久，直到深夜时分，才潜入实验室。

Death这个进化者组织一直以来都十分神秘，尤其是他们的首领女魔头几乎不曾在人前露过面。只不过，让汪景阳诧异的是，实验室内空空如也，除了一些不明的设备之外，连一个人都没有。

汪景阳一脸蒙地看着空荡荡的实验室。他从白天等到晚上，是在和空气斗智斗勇？！

片刻后，他阴沉着脸，本想打开实验室的门离去，然而，实验室的铁门却像是被焊死了一般，根本无法打开。

还不等汪景阳多想，实验室前方的一块巨大屏幕忽然打开，一位年轻貌美的女孩出现在了屏幕上。

此刻，女孩正透过屏幕面无表情地看着实验室内的汪景阳。

"阁下胆量不小。"

许久后，女孩冰冷冷的声音传遍整个实验室。

汪景阳的眉头深深蹙起。此情此景，他这是中计了？

"这是一个美丽的误会，你先把门打开，我好好跟你解释。"汪景阳看着屏幕上的女孩，轻声笑道。

"如果我没猜错，阁下就是曾经山海组织的一员，山海天狗。"女孩面无表情地开口。

闻言，汪景阳脸上的笑意逐渐敛去。

“Death果然手眼通天，连我的身份都能调查得一清二楚。”汪景阳眸内寒光微闪，“既然知道我是谁，那你也应该清楚，这种地方困不住我。”

“我有两个提议。”女孩盯着汪景阳淡淡地说道。

“说来听听。”汪景阳开口。

“加入我们，或者从这个世界上消失。”女孩说道。

听闻女孩此言，汪景阳嘴角微微上扬，说：“加入你们可以，只要是认我做老大，那一切都好说。”

“所以，你宁愿从这个世界上消失？”女孩问道。

“既然你不肯开门，那就别说我破坏财物了。”说完，汪景阳转身走至门前，直接一拳挥出。

“砰”的一声巨响，实验室的铁门被汪景阳一拳震飞。

然而，他刚走出实验室，就有大批的进化者自四面八方涌出。这些进化者并没有上前，而是分布在各个角落，彻底封死了所有的出路。

见状，汪景阳叹了口气，朝四周扫了几眼，神色有些无奈地说：“这么多人？早知道不来了……”

“有没有管事的？没必要让这些小鱼小虾来送死吧。”汪景阳站在原地，淡淡出声。

话音刚落，数位老者从暗中走了出来，而站在这些老者中间的则是方才在实验室屏幕上出现的那个女孩。

见状，汪景阳嘴角微微上扬，目光落在女孩身上，问：“你难道就是传说中Death的那位女魔头？”

“山海天狗，你不应该招惹我们Death。”其中一位老者冷声道。

汪景阳轻声笑了笑，对老者的话并不在意，他先是朝着分布在暗中的进化者扫了一眼，旋即好奇地开口：“你们Death这个组织到底是做什么的？像这样的实验室，应该不少吧。”

“如果你愿意加入Death，所有的秘密你自然会清楚，可有兴趣？”站在几位老者中间的少女，面无表情地开口。

“有啊。”汪景阳笑道，“让我当大哥吗？如果你们全部认我做大哥，那肯定没问题。”

少女的眸内浮现出一抹光芒，她若有所思地打量着汪景阳。

“说说吧，Death为什么要找我朋友林烟的麻烦？”汪景阳笑道。

他此行的目的，正是弄清楚这件事情。

“这件事与你没有任何的关系。既然你不愿意加入Death，那就只会妨碍我们，今天你自投罗网，自然是再好不过了。”少女淡淡出声。

“自投罗网？”汪景阳饶有兴致地看着女孩，“你的口气有点大，买点去火的牙膏试试。”

"找死！"

当即，几位老者瞬间飞奔至汪景阳身旁。然而，不一会儿，数位老者就被他打得节节败退。

"就这身手？"汪景阳一眼扫过几人，冷声笑道。

"你们不是他的对手，退下。"少女说道。

"您打算亲自出手？"听闻少女此言，其中一位老者神色诧异。

"嗯。"少女应道。

"这……"

几位老者面面相觑。万一出了什么差错，他们可吃不了兜着走。这位少女乃是第四代最完美的试验品。

"退下。"少女继续发号施令。

无奈之下，几位老者只能退了下去。

紧接着，少女一步踏出，速度快得惊人，宛若一阵轻风，瞬间便来到汪景阳的身旁。

"我是实验室第四代最完美的试验品。"说着，少女的目光与汪景阳的目光碰撞在了一处。

"试验品？"汪景阳朝着少女仔细打量，诧异道，"不会吧，你是机器人？有这么夸张的高科技？"

"放肆！"一位老者冷声喝道。

少女挥了挥手，让老者住口，旋即看向汪景阳道："我不是机器人，只是通过实验室才成为后天进化者的。而在我之前，有三代进化者试验，我是第四代。"

"哦，明白了。"汪景阳盯着少女，"这和我有什么关系吗？"

"如果你愿意，可以成为我们的第五代试验品，有可能会变得比我更强。"少女说道。

"让我成为试验品？"

汪景阳神色诧异，旋即，以极快的速度朝着少女的脑门上弹出一指。

下一秒，只听"轰"的一声巨响，少女被汪景阳一指击飞。

"也没发烧啊。"看着飞出去的少女，汪景阳喃喃自语道。

见状，几位老者立即上前将少女扶了起来。

"山海果然名不虚传，我从小就听说，山海的每一位成员都有着可怕的进化者力量。"少女嘴角有一丝鲜血溢出，面容上却看不出有任何的痛苦。

"小女孩，我刚才已经手下留情了。你还是老老实实回答我的问题，生命只有一次，你妈没告诉过你要珍惜生命吗？"汪景阳看向女孩道。

"我没有妈妈。"女孩朝着汪景阳开口。

汪景阳心道：你有没有妈妈是重点吗？

不等汪景阳开口，女孩继续说道：“你真的很强，但可惜了，你不是我的对手。”

话音落下，一阵骇人的进化者力量自女孩周身涌现，如同狂风暴雨般的声势瞬间席卷全场。

感受到这股力量，汪景阳也忍不住眉头轻蹙：“这是三阶基因？”

没人比汪景阳更熟悉三阶进化之力，只有身体进化到了极限才有可能打开基因。

极少部分的基因进化者有能力解开三阶基因。每解开一阶基因，体内的基因细胞就开始燃烧，直至解开了第三阶基因，将会短暂地拥有近乎神的力量，而解开第三阶基因的进化者也会因为基因细胞燃烧殆尽而死去。

汪景阳没想到的是，这个女孩居然是一位基因进化者，而且此刻已解开了第一阶基因。

上次他在国外对战裴聿城时，也解开了第一阶基因。

“山海的天狗，这是我的第一阶基因。如果你的实力足够强大，我还可以解开第二阶甚至是第三阶基因，希望你不要让我失望。”女孩面无表情地朝着汪景阳走近。

见状，汪景阳神色疑惑，古往今来，拥有三阶基因的进化者的确不少，但几乎都是跨时代才会出现一位。在这个时代，他还从未听闻，除了自己外，还有第二个掌握了三阶基因的进化者。

“你很疑惑，对吗？”女孩见汪景阳面色古怪，淡淡出声，“因为掌控了三阶基因的你无法理解，为什么在这个时代，除了你还有第二个人掌控了三阶基因。”

“你知道我拥有三阶基因？”汪景阳深邃的目光落在女孩身上。

“当然，我知道你的全部。因为我的体内……流着你的血。”女孩轻声道。

汪景阳的面色顿时一变。这女孩刚才说什么？！

她的体内，流着他的血？！

汪景阳的大脑飞速转动。这些年，他到底干过什么没有……

可思来想去，他对天发誓，他绝对什么事都没做过，连女人的手都没兴趣碰，他绝对是清白的。

“不管你如何矢口否认，这都是事实，并且是无法改变的事实——我的体内，的确流着你的血，有着你的基因。”女孩看着汪景阳说道。

“我再说一遍，我不是你爸。”汪景阳冷声道。

这女孩怕不是脑子有点不正常吧，自己同她素未谋面，这就开始乱认爹了？

他若是真的有过不检点行为，或许还会疑惑片刻，可从小到大，他从未碰过任何一个女人，怎么可能忽然蹦出一个这么大的女儿？

莫名其妙地就当了爹，简直天理不容！而且，这个女孩跟他哪里像了？

再说了，他才多大，更不可能有个这么大的女儿。

“不管你如何愤怒与不解，但这都是事实，无法改变。”女孩说道。

“别乱泼脏水，我不是你爸。”汪景阳眉头深深蹙起。

“你当然不是我父亲。”女孩冷冷地看着汪景阳，“只不过，我的体内，有着你的基因罢了。我之所以能成为第四代完美试验品，正是因为你的基因。而拥有你的基因的我，能掌控三阶基因也是顺理成章的事吧。”

汪景阳这才松了口气。他就说，自己长那么大，连女孩的手都没兴趣碰，怎么忽然蹦出来个这么大的女儿……

“等等，你说你有我的基因？”汪景阳眉头深锁，“你到底是什么人？或者说，你们的首领是什么人，怎么会弄到我的基因？”

女孩的一番话，让汪景阳的神色愈发惊诧。如果说，这些年有机会弄到他的基因的，并且是他从不设防的人，只有一个……

汪景阳的脑海中，瞬间浮现出林烟的面容。

这些年，如果有人要获取他的基因，那就只有一个时间点。

几年前，他因为进化到全新的层次，身体短时间内无法承受，在身体崩溃的临界点，被不知情的林烟送进了医院。别人如果想要获取他的血液基因，也只有在那个时候才能得手。

他只对林烟从不设防，尤其是在自己最为虚弱的时候，有任何人接近他都能够轻易感知，即便是在医院昏迷的时候也不例外。所以，旁人想要接近他，获取他的血液基因，是绝对不可能的，除了……林烟？！

“你说你体内流着我的血，拥有我的基因……你觉得，像我这样的进化者，很容易被别人获取血液基因吗？”汪景阳冷声笑道。

他并不相信女孩的话，于是想要套一套她的话。

“或许对旁人很难。”女孩面无表情地看着汪景阳，“但是，对主人而言，却很简单。”

“主人……他是谁？”汪景阳问道。

“你没资格知道。”女孩说道。

汪景阳叹了口气，颇为头痛地捏了捏眉心：“真绝情啊，这么快就不认我这个爸爸了。”

“我会杀了你，取而代之。从此以后，在这个世上，就只有我一个人掌控了三阶基因。”

女孩话音落下，整个人已横跨至汪景阳身旁，旋即一拳挥出。可怕到极限的进化者力量在这一刻彻底散开。

轰隆！震耳欲聋的炸裂之音响起。汪景阳和女孩的拳头如陨落星辰般撞击在了一处。

下一秒，女孩和之前如出一辙，瞬间飞了出去。

汪景阳站在原地，看着爬起来面露不解的女孩，淡淡说道："你的确掌控了三阶基因，但想杀我，再过一千年吧。"

"这怎么可能！大人已经解开了第一阶基因，居然还是被山海天狗以平常的状态一击震飞！"一位老者神色极为诧异。

女孩盯着应对自如的汪景阳，虽然被他以摧枯拉朽之势打飞了两次，但是她的脸上依然没有表情。

"如果，你的基础实力是10，即便开启三阶基因，战力乘以100，最多也就只有1000的战力。"汪景阳的目光落在女孩身上，淡淡笑道，"如果，我的基础战力是10000，你以开启三阶基因后1000的战力，又如何能战胜拥有10000战力的我？"

也就是说，因为两人基础战力差距过大，即便女孩开启三阶基因后的进化力量飙升，同样也不是汪景阳的对手。

"你对三阶基因很了解吗？"女孩看向汪景阳，淡淡说道。

此时，女孩的面容终是有了一丝变化，可很快又敛去："如果没有你的血液基因，我也不会拥有三阶基因。但唯一不同的是，我比你更加了解三阶基因。"

汪景阳笑道："你还真是大言不惭。"

汪景阳还是第一次听闻，居然有人号称比他还要更加了解三阶基因。

"我有着你的基因和鲜血，但可惜，你解开第二阶基因后，身体会付出巨大的代价，变成普通人，如果解开第三阶则是必死无疑。而我，不用付出任何代价。"

话毕，女孩的气势再次有了翻天覆地的变化。此时此刻，女孩的长发在空中舞动，衣襟飘飘，一股无形的气浪从她周身朝着四面八方涌去，尘土飞扬，四周的巨树被气浪拦腰斩断，在一片灰蒙蒙中，仿佛远古的猛兽苏醒。

这股令人骇然的进化者之力久久不散，四周的数位老者面露惊恐之色，生怕遭受无妄之灾，连忙后退。

"这就是第三阶基因，你从来没有见过吧？"

女孩深邃的目光落在汪景阳身上，仅仅一句话，却好似有着莫大的威压，令人心生惧意，不敢靠近。

汪景阳虽然掌握了第三阶基因，却从来不曾见识过，因为一旦施展出第三阶基因他必死无疑。既然没有施展过，自然也就不曾见过。

女孩的一举一动，让汪景阳有些惊诧。此刻的女孩，仿佛高高在上的真神降临凡尘，从出场到现在，气质有了翻天覆地的变化。即便是汪景阳，也能够在女孩身上感受到一丝基因的压迫力量了。

“这就是第三阶基因……”汪景阳若有所思。

“如假包换。”女孩淡淡出声。

对于女孩的话，汪景阳并未怀疑，虽然他没有开启过第三阶基因，但是三阶基因的种子一直深藏他的基因血脉中。直觉告诉他，女孩眼下的状态，的的确确是开启了第三阶基因后才应该有的状态。

“你不会死？”汪景阳眉头微微蹙起。

这种事情，他当真闻所未闻，见所未见。理论上，开启三阶基因后，基因细胞会加速燃烧，直至殆尽，而进化者必死无疑，没有任何幸存的可能。

一旦开启了三阶基因，短时间内的战力会提升数十倍，甚至是上百倍，而进化者必然要付出极其惨烈的代价。让汪景阳无法理解的是，眼前的这个女孩，竟能随意使用第三阶基因。

如果，他能够掌控这种力量……如果，他能够反复使用三阶基因，他和小烟，就再也不会惧怕和绝望，更不用将自己藏在暗无天日的深渊之中。

但很快，汪景阳摇了摇头，抛开了自己的幻想。他目光内的诧异散去，看着前方的女孩，眸内浮现出了一抹嘲意。

她，会死。

汪景阳能够感受到，女孩的基因细胞正在燃烧，他从不会对自己的感知力有任何怀疑。

“小妹妹，我到底跟你有什么深仇大恨，让你不惜开启三阶基因？”

眼下的汪景阳，着实有些疑惑。他并不相信女孩的话，没有人可以使用三阶基因而毫发无损。

他只是好奇，到底有怎样的深仇大恨，才会让这个女孩宁愿放弃生命也要开启三阶基因来杀他?

“看来你并不相信。”女孩轻声开口，“不过，你信不信对我而言，并没有什么意义，我的任务只是拿走你的命。”

还不等汪景阳继续开口，女孩便瞬间从原地消失，人已来至他身旁。

唰！她一掌挥出，速度快到极致，巨大的力量宛若倾泻洪流。汪景阳甚至还未来得及做任何反应，腹部就被击中了。

“轰”的一声巨响，汪景阳被巨力掀飞，整个人如狂风中的一张纸。

他重重地摔落地面后，许久才爬起身，用力晃了晃脑袋，目光直勾勾地看向女孩。

“她的基因细胞……”此刻，汪景阳神色诧异，女孩原本在燃烧的基因细胞，竟在快速地修复着。

这种细胞自我修复的方式，令汪景阳觉得不可思议。难怪刚才那女孩说，即便使用三阶基因她也不会死去。

汪景阳虽然不信，但眼下的情况让他不得不信。

“你是怎么做到细胞一边燃烧一边修复的？”汪景阳缓缓站起身来，朝着女孩问道。

“很羡慕吗？这种能力。”女孩淡淡说道。

汪景阳点了点头：“的确，这种能力，我很羡慕。”

“将死之人，何必羡慕。”女孩说道。

汪景阳笑了笑，说：“刚才还真是低估你了。不过，你的三阶基因并不纯粹，想见识真正的三阶基因吗？”

不给女孩开口的机会，汪景阳脸上的笑意顿时散去，第一阶基因启动。

紧接着，汪景阳周身爆发出骇人的进化力量。仅仅是打开了第一阶基因，而进化者力量的笼罩范围，却比女孩所打开的第三阶基因还要可怕。

“对付你的第三阶基因，这种状态下的我，应该绰绰有余了。”汪景阳看着女孩说道。

见状，女孩的瞳孔猛然一阵收缩，她的喉咙好似被无形的巨掌扼住，力道大到让她的双足离开地面，无法呼吸。

“看来，你不是完美的试验品，你是个失败品。”汪景阳冷视女孩，“你偷了我的东西，得死。”

无论女孩如何挣扎，根本无法逃脱这个状态下的汪景阳。

正当女孩的喉咙要被捏碎时，一道声音让汪景阳神色顿变。

“狗子。”

汪景阳难以置信地朝着身后看去。

当目光落在那女人身上时，他的瞳孔一阵收缩，怎么可能！

看着眼前女人熟悉的面容，汪景阳神色震撼，眸内满是不可置信。只不过，熟悉中又透着一丝陌生。她眸内熟悉的光泽早已消失不见，被一抹幽冷所取代。

在汪景阳错愕的神色之下，女人一步一步朝他走来，嘴角的笑意似乎并没有那么真诚。

“到底……怎么回事？”汪景阳的目光始终不曾从她的身上移开。一瞬间，他好像有太多的事不了解。

女人没有出声，脸上依然挂着淡淡的笑容。

汪景阳凝神蓄势，骇人的进化者之力朝着四面八方涌现，感知之力愈发强悍。

片刻后，汪景阳的神色愈发错愕。一切并不是幻觉，也没有人对他使用精神攻击，所以说，眼前的女人……

很快，女人走至汪景阳身旁。两人站在一处，四目相对，汪景阳看着女人，没有做出任何的防备。

女人轻轻抬手，好似是想抚摸汪景阳的脸庞。

“你欠我一个解释。”汪景阳盯着女人，轻声开口。

女人笑颜如花。

然而，在电光石火之间，她脸上的笑意忽然消失，眸底浮现出一抹难以察觉的狠厉。

下一秒，女人的手掌就狠狠地拍在汪景阳的额头上。

一股难以言喻的冰冷，瞬间将汪景阳笼罩，奇异的精神力量自女人的手掌心涌出。

“你！”汪景阳神色顿变，本能地想要抽身离去，但此刻他的身躯已经无法行动。

一旁，被汪景阳数次击飞的女孩走上前，看向女人，恭敬地唤道：“主人。”

“主人？”

汪景阳的意识越来越弱，仿佛自己的灵魂都要在这股精神力量下被抽离。他没有任何防备，被一击得手，否则他如何可能会任人宰割？

“狗子，这些年，辛苦你了。”女人的目光落在汪景阳身上，面容再次恢复了笑意。

“你……为什么要这么做？！”汪景阳强守着自己即将消散的意识，不甘心地问道。

他特别需要一个答案。

“林烟！”汪景阳厉声喝道。

女人的笑意不减：“现在，已经不需要你了。”

“不需要我？”汪景阳神色错愕，“你到底在说什么？你恢复了记忆吗……你为什么要对我出手？”

自己一直在守护着她，汪景阳不明白，她为什么要对自己出手。

“狗子，永别了。”

云间水庄。

林烟忽然睁开双眼，全身已被冷汗所浸湿。她看了看时间，才下午两点多钟。

最近几天午睡，她几乎每次都会梦见一些奇怪的场景，虽然醒来之后没有丝毫的印象，却依然让她心有余悸。

林烟走下床，倒了半杯水一饮而尽，看了看手机，依然没有任何的回应。

“怎么回事？”

汪景阳已经失联好几天了。林烟按下通话键，继续拨打汪景阳的电话。

“对不起，您拨打的电话不在服务区，请稍后再拨。”电话里传来熟悉的声音。

林烟揉了揉有些胀痛的太阳穴，心中涌现出一丝不祥的预感。

虽然按照正常情况，汪景阳偶尔会失联，但是失联时间从来没有超过二十四小时。

而眼下却不同，这是有史以来，汪景阳第一次出现失联数天的情况，没有一丁点的消息，就好像是人间蒸发了一般。

当即，林烟开始给汪景阳发消息。

“你被哪个小狐狸精拐走了？”

“是不是交女朋友了？”

“要是交了女朋友，带回来给我看看啊，帮你把把关！”

“有异性没人性？交了女朋友，连我都不理了？看见回话，找你有事！”

才一个下午，她就给汪景阳打了七八个电话，发了数十条短信。

汪景阳失联这几天，林烟给他打了上百个电话，发了数百条短信。

然而，她发的这些消息像是石沉大海，汪景阳没有任何的回应。

林烟虽然心急如焚，却丝毫没有办法。

她和汪景阳认识那么多年，知道他没有父母，孤家寡人一个，只有她这一个朋友。他就算是失踪了，也没人会注意到，她更不知道该去联系谁。

沉思许久之后，林烟终于拨通了本不想拨通的电话。

片刻后，霄纪的声音从电话中传出：“小烟，找我有什么事吗？”

“霄纪先生，是这样的，我想问一下，汪景阳有没有和您在一起？”林烟急忙问道。

除了她之外，汪景阳也就和霄纪比较熟悉了。

这段时间，霄纪来了H国，以汪景阳脸皮的厚度，缠着霄纪，让霄纪带他吃香喝辣、游山玩水，也并不是没有这个可能。

“小烟，出什么事了吗？”

“霄纪先生，没出什么事，就是我找汪景阳有点事，但好几天都没联系上他。”林烟解释道。

“他没有和我在一起。不过，你不必担心，他不会出什么事的。”

“您怎么知道他不会出什么事？”林烟很好奇，难道这两人真在一起？

似乎没想到林烟会这么问，霄纪微微一愣，以汪景阳的实力而言，他能出什么事？

当然，这种话，霄纪自然没办法与林烟直说，只能回道：“我猜的。不然，我应该如何说？他会出事，节哀顺变吗？”

“……”林烟瞬间哑口无言。

一旁的幸川听闻主子的话，差点当场昏死，哪有这么说话的……

挂断电话后，林烟一筹莫展。

霄纪那边是她最后的希望，如果汪景阳没和霄纪在一起，会不会如张三、李四那天所说，司白准备对她身边的人出手，所以把汪景阳抓走了？

她点开微信里汪景阳的头像，给他发了个十块钱的红包。

见没有任何回应，林烟又发了个一百块的红包，最后还发了个一千块的红包。

然而，这些红包都没有被领取。

终于忍不住的林烟径直出门，开车到了汪景阳的公寓。

她从地毯下找出钥匙，打开汪景阳公寓的门，大步走进去。

房间内被收拾得干干净净，连床上的被子都叠得整整齐齐。

“不会吧……”林烟朝着四周打量，很是疑惑。

按照她对汪景阳的理解，以这货宁愿懒死都不动的性子，不应该把房间打扫得那么干净才对。难不成他真交女朋友了？

林烟用手在桌子上擦了擦，已经落灰了。所以，这些天，汪景阳应该没在家，房子至少有一段时间没有住人了。

走进汪景阳的房间，林烟微微一愣——墙上挂着许多照片，都是汪景阳和她的合照。有一部分是在国外时的合影，还有一些是国内的合照。每一张照片中，汪景阳都笑得很灿烂。

床上还有个巨大的布偶娃娃，看起来很新。看见这个布偶娃娃，林烟顿时想起，这是几年前，汪景阳过生日的时候自己送给他的。

为什么会送娃娃？主要是因为娃娃比较便宜，而且很大，很划算。

在汪景阳的家里待了半天，也没得到任何线索，林烟只能先行离开。

车上，林烟心急如焚，一时间也不知道应该怎么办。她本想打电话报警，可到时候怎么去解释？

说汪景阳被进化者抓走了？

如果真的这样说，自己会不会被当成神经病？

Part 17

谁都可以使用美人计，
你不行。

♥

片刻后，林烟开车来到公司。

今天齐枫带队员去训练了，所以办公室里只有张三和李四两人。

刚走进公司，林烟就看到两人正在吃饭，桌上的饭菜还挺丰盛。

此刻，两兄弟吃得满嘴是油。见到林烟忽然出现在公司，张三擦了擦嘴角的油，朝着林烟问道："你也吃点儿？"

林烟看向他们，回道："我不吃。两位前辈，司白那边动手了吗？"

两兄弟都是一愣。

"动手了吗？什么时候的事？我不知道啊。"张三连连摇头。

"这几天，司白也没联系我们，是不是出了什么事情？"李四好奇地问道。

林烟眉头微蹙，解释道："我有一个很好的朋友，他已经失踪好几天了。这不合常理，我怀疑，会不会是司白那边有了行动，把我朋友抓走了？"

李四一拍大腿："居然有这样的事情！那还用说吗，肯定是司白那小子干的！"

"对对对！"张三连连点头附和，"一定是司白干的！你看你，我前几天就跟你说过司白最近会有行动，很可能是对你身边人出手，又不是没给你打预防针，你太大意了！"

林烟叹了口气，颇为无奈。

这哪里是她大意？腿长在汪景阳的身上，自己又管不住他。再者说，她着实没有想到，司白居然会对汪景阳下手，他只是一个普通人，手无缚鸡之力，抓这样的人有什么意义？

如果她是司白的话，铁定是抓她的亲妹妹，亲爹啊，抓哪门子汪景阳！这司白脑子是不是有什么问题？不按套路出牌，他会不会报复人，会不会抓人？！

林烟虽然万分着急，但一时半会儿也没有太好的办法。目前而言，汪景阳失踪是事实，但他到底是不是被司白抓走了，现在还是一个未知数。

林烟思来想去，汪景阳的失踪，根本没有任何道理可言，除非是司白出手，否则根本解释不通。

“小丫头，不用想了，肯定就是司白那个小王八蛋干的。”李四对林烟说道。

“我是真没想到，司白那个王八蛋好歹也是一位高等级进化者，居然会对一个普通人出手。小鬼，你到底怎么得罪司白了，让他这么恨你，甚至不惜对一个普通人下手？”张三的目光落在林烟身上，眸内充满了好奇。

林烟满脸无奈，她压根就不认识司白，又怎么可能和他有仇怨？

“我跟那个司白没什么仇。”片刻后，林烟如实说道。

“小鬼，你跟司白没仇？”

听闻林烟的话，张三和李四两兄弟都是一愣，然后对视了一眼。

“小鬼，你还是实话实说吧，到底怎么得罪司白了？”张三并不相信林烟的说辞。

这要是没有血海深仇，司白会几次三番找林烟麻烦，甚至去抓一个普通人？

“真的没仇，他说我欠他钱。”林烟叹了口气，如实说道。

“你欠司白钱？”

两兄弟又是一愣。所以说，搞了半天，这两个人是有经济纠纷？

不过，欠债还钱……应该是天经地义的事吧。

“你到底欠了他多少钱啊？”李四问道。

“他说我欠他一百亿。”林烟下意识地回答。

当“一百亿”从林烟的口中说出后，张三和李四的面色顿时一变，两人同时起身。

“多少钱？！”

“一百亿？是我们常规认识中的那个一百亿吗？还是天地银行的一百亿？！”

林烟说：“应该是常规的一百亿。”

两兄弟立刻倒吸一口凉气，满脸震撼地看着林烟。

“我说小鬼，你这欠得也太多了吧！你知道我们两兄弟每个月的工资才多少钱吗？一百亿！一百亿啊！”张三惊道。

“哥，这跟我们两个的工资有什么关系？这件事，分明就是这个小丫头不对，正所谓欠债还钱天经地义，她既然欠了司白那么多亿，那就应该还给司白吧！”李四蹙眉道。

张三点了点头：“对对对，你说的不错，欠了钱就得还。我说司白怎么会因为你去找一个普通人的麻烦，一百亿啊，要是我的话，别说普通人，换谁我都得找上门去。”张三说道。

“小丫头，这件事是你的问题，你欠他那么多钱你怎么不早说啊？我跟你说，你还是乖乖把一百亿还给司白吧。”李四看向林烟说道。

林烟诧异地看向张三和李四两兄弟。

这两兄弟说的是人话吗？还司白钱，还一百亿？把她卖了也还不起啊。

“等等，谁欠司白一百亿了？”林烟蹙眉道。

“刚才不是你说的吗，你欠了司白一百亿，并且不是天地银行的，是常规的一百亿。”张三说道。

林烟正色道：“那是司白说我欠他一百亿，但是我压根就不认识这个人，怎么可能找他去借钱？再说了，他有那么多钱借给我吗？他这明摆着是敲诈勒索，不……是碰瓷！”

两兄弟对视一眼后，张三率先开口：“哦，我明白了，你的意思是，你根本不认识司白，可司白说你欠他一百亿，那是无中生有，他想勒索你。”

“对！肯定是这样！或者是他根本就认错了人。”林烟说道。

“不会吧，司白那小王八蛋那么膨胀，直接敲诈一百亿！那他也得看看人啊，你哪里像是个有钱人？”李四说道。

“对啊。”林烟连连点头，“你们看，我哪里像个有钱人！”

说着，她站起身来，指了指自己的上衣：“地摊买的，九十九块钱。”旋即，又指了指自己的裤子和鞋子，“网上淘的，加一起才一百五。我要是有那么多钱，就在家混吃等死，还开什么赛车队赚钱呀，我闲的吗！”

“那按你说的，他可能真是认错了人？”张三若有所思地开口。

虽然司白很有钱，但随手借出去一百亿，也不太可能啊。司白的全部家产能有多少钱？

“两位前辈，我怀疑我的朋友是被司白抓走了，你们可不可以帮我找到司白？”林烟急忙开口。

当务之急，不是认没认错人，或是借没借一百亿，而是首先得找到汪景阳，或者说是从司白手中把汪景阳给救出来。

毕竟，这件事是因她而起的。林烟绝不可能眼睁睁看着汪景阳因为自己陷入险境，虽然说他现在可能已经陷入险境了。

“小丫头，找到司白这没什么问题。但你确定吗，帮你找到司白，岂不是让你自投罗网？”张三有些担心地说道。

林烟微微一笑，说："没关系，帮我找到他就可以了。"

对于司白，林烟倒还真没把他放在眼中。不过是自己的手下败将而已，还被自己打跑了两次，有什么可怕的？

"我觉得这样不太好，容易打草惊蛇。司白抓了你朋友，肯定是冲着你来的，那他肯定有自己的目的，我相信很快司白就会联系你的。"李四想了想，分析道。

林烟微微一愣。这两兄弟怎么忽然开窍了？这不符合他们的风格。

林烟因为汪景阳失踪的事有些焦头烂额，忽略了很多东西。李四说的没错，如果汪景阳真是被司白抓走了，那么司白一定会联系她。而在这段时间内，汪景阳应该比较安全。

只不过，她也得做几手准备。万一司白没有联系她，或者仅仅是因为想要报复她才抓走她身边的人……

当即，林烟定下了一个期限。如果三天内，司白没有联系她，那么，她只能挖个坑让司白自己跳进来，到时候逼问出汪景阳的下落即可。

她沉思片刻，心中有了初步的计划。就如之前张三和李四两兄弟说的那般，这个时候找到司白，跟司白玩硬的并不理智，更不可取。即便是找到司白，也必须要把他一举拿下，不能让他逃走。

然而，之前两次和司白交手，林烟都没能留下他，尤其是第二次，自己还被司白给偷袭了，听汪景阳说，是她在昏迷之前把司白打跑了。万一这次和司白继续交手，又让他跑了，司白气不过，回去再把气出在汪景阳的身上，一不小心把汪景阳给宰了……似乎有些不太好。

"两位前辈，你们知道司白有什么爱好吗？"林烟的目光落在张三和李四身上，轻声问道。

"我们跟司白又不熟，"张三摇了摇头回道，"怎么可能知道他的兴趣和爱好呢？"

"我知道，哥，这个我知道！"忽然，李四的眸光一亮。

"你知道？"张三微微一愣。

"我就告诉你们，你们千万别说出去啊，是分部会长说的……司白这小王八蛋，最喜欢约女孩了！"李四神神秘秘地说道。

"约女孩？什么意思，约女孩干什么？"张三一脸不解。

"听说是带女孩去酒店，还必须得是漂亮的女孩！"李四笑道。

张三怒目一睁："司白那个小王八蛋……我……我……我真羡慕啊！"

"……"林烟和李四不知道该说什么。

见林烟和李四同时朝着自己投来古怪的目光，张三眉头深蹙，喝道："不不……我的意思是，我是羡慕那个女孩……"

这下，林烟的神色更加古怪了，不停地朝着张三打量。这老大爷……兴趣还真挺独特的，口味未免也太重了一点点。

李四目瞪口呆："啊？！哥，你居然……你！"

"不不不……我不是羡慕那个女孩，我都被你们弄迷糊了……我的意思是，我是羡慕这些年轻人，在哪里都能过夜，不像我，认床，认家，去了陌生的地方睡不着。"

李四神色不解："认家，认床？哥，不对吧，我们经常外出任务，一两个月在外地都是常态，我看你每天睡得比谁都早，比谁都香！"

"放肆！"张三狠狠瞪了李四一眼，"你懂什么，吃得比谁都多，干得比谁都少，啥都不行，你给我闭嘴！"

"先说说司白的兴趣爱好吧。"林烟无奈地说道。

"司白还喜欢赌钱。"李四说道，"漂亮的女孩和赌钱，别的好像就没了。"

林烟若有所思。赌钱不重要，重要的是，上哪儿去找漂亮女孩？

"实在不行，设个赌局，然后再来个美人计。"林烟说道。

"这个可以啊，赌局很简单，可美人上哪儿找？"张三的目光落在林烟身上，可后一秒又移开了目光。

林烟腹诽：张三看向我时那嫌弃的眼神是怎么回事？感觉有被冒犯到！

不等林烟开口，她就收到了霄尧的短信。

"来我办公室。"

等张三和李四两兄弟下班后，林烟直奔高层，来到了霄尧的办公室。

看到霄尧的那一刻，林烟眸光微微一亮。

霄尧坐在办公室内，见林烟大步走到自己身旁，看向自己的目光还冒着星星，不由得疑惑。

"我脸上有花吗？"霄尧的目光落在林烟身上，轻声开口。

林烟摇了摇头，旋即又点了点头，回道："老板，我发现你今天真帅！"

如果自己没有十足的把握拿下司白的话，那再加上一个霄尧如何？

虽然说，林烟对于霄尧的进化程度不太清楚，但是她可以肯定，霄尧的进化程度绝对不会低，甚至要超过她。

如果霄尧愿意出手帮忙，还搞什么美人计，直接让张三和李四将司白给骗出来，然后她和霄尧就能将司白一举拿下！

"帅……"听闻林烟所言，霄尧的神色有些莫名其妙，"什么意思？"

"没什么，老板，能不能跟你商量一件事？"林烟看着霄尧，轻声笑道。

霄尧瞥了林烟一眼，说："我让你来，是有工作上的事情要安排，你是否有些本末倒置了。"

"好吧，什么工作？我会尽快做完的。"林烟点了点头。

霄尧的公司虽然挺大的，但是到目前为止，林烟也没有看见过任何一位顾客。这么大的公司丢在这里，难道真的不用做生意盈利吗？太奇怪了。

“翻译的工作，不过现在不着急，你可以先说说你的事。”霄尧说道。

“老板，我有个朋友被一个很厉害的进化者抓走了。我想把那个进化者抓起来，然后逼问出我朋友的下落。”林烟急忙说道。

“嗯，那你去吧，我给你批几天假。”霄尧淡淡地开口。

林烟嘴角微微抽动，这货是认真的吗？自己要有把握的话，还求他帮什么忙？再说了，她缺的是假吗？！

“老板，是这样的，绑走我朋友的进化者，进化层次不低，我怕我一个人没办法拿下他，所以……”林烟有些尴尬地看着霄尧。

霄尧若有所思地看着林烟，猜测道：“所以，你打算放弃自己的朋友，不去管他的死活？”

“……”林烟很无语。

看着眼前的霄尧，林烟不知为何，脑海中忽然浮现出霄纪的影子。这两人的说话风格可真像啊，而且都姓霄，该不会是失散多年的兄弟吧？

“不是不是！我这么讲义气的人，怎么可能会对自己的朋友见死不救啊！我的意思是，我自己没把握拿下司白，所以想让老板帮帮忙。”林烟盯着霄尧笑道。

“请我帮忙？”霄尧微微一愣，“我为什么要帮你去对付一位进化层次不低的进化者？”

林烟神色一顿。这个理由，她还没想好。

“我为什么要因为你去树敌，你觉得合理吗？”霄尧说道。

“因为……”林烟陷入沉思。

“因为什么？”霄尧继续问道。

“因为……”林烟有些犯了难，霄尧说得也对，他为什么要因为自己去树敌？这得不偿失。

“因为我们是朋友，你是想这样说吗？”霄尧盯着林烟说道。

几乎下意识地，林烟点了点头。

“这个理由我能接受，我可以勉强帮你。”霄尧淡淡地出声。

林烟满脸莫名其妙地看着霄尧，他这是拿她寻开心呢？！

只不过，看霄尧的样子，似乎又不像是故意在逗她，神色还有些认真。

“看来，被绑走的，应该是你很重要的朋友。”霄尧淡淡地开口。

林烟顿时一愣，诧异地看向霄尧：“老板，你怎么知道的？”

“因为你很着急，急到连让我出手的理由都想不出来，甚至还得我来帮你想。”霄尧面无表情地说道。

林烟腹诽：你是认真的吗？！

“说说来龙去脉，你被绑的朋友是谁，绑你朋友的进化者又是谁？”霄尧说道。

当即，林烟来了精神，开口：“我那位朋友叫汪景阳，只是一个普通人而已。”

“你刚才说，你的朋友是谁？”霄尧蹙眉道。

“是一个普通人。”林烟解释道。

“我没问你他是不是普通人，我说他叫什么？”霄尧开口。

“叫汪景阳，狗叫的汪，景色的景，阳光的阳。”林烟如实说道。

“汪景阳……”霄尧坐在办公椅上，将办公椅转了一个圈，看向落地窗外的景色。

“霄纪的一位朋友是不是就叫这个名字？”霄尧若有所思。

霄尧记得，当年在国外，林烟的身边的确有一个关系非常好的铁哥们儿，看似是个普通人，但是进化者之力却深不可测，并且和霄纪的关系还不错。难道说，那个人就是汪景阳？

这样实力深不可测的进化者，被人绑走了？似乎有些不太现实。

“绑你朋友的是谁？”霄尧继续问道。

“绑我朋友的是司白，一位实力不错的进化者。而且，我听说，他和猎人公会的某位高层有关系。”

林烟必须将自己知道的都告诉霄尧，甚至是司白和猎人公会高层有关系的事实。如果瞒着这件事，霄尧可能会因此得罪猎人公会。所以，是否愿意出手，全在霄尧决定。

“老板，我一定要事先声明，如果你愿意帮我，可能会得罪猎人公会，所以……”林烟叹了口气。

“司白？”霄尧的眉头再一次挑起，“你确定，是司白绑了汪景阳？”

以司白的进化者层次，想要绑了当年林烟在国外时形影不离的那位朋友，这可能吗？！

而且，即便是汪景阳在虚弱崩溃期，丧失了理智，最大可能也是他重伤司白，而不会被司白绑走。

当然，还有另外两种可能：那就是他当年看走眼了，或许，林烟在国外时的那位朋友，并没有当初自己预料的那么强。再者，汪景阳没度过虚弱期，进化倒退，这也不是没有可能。

“百分之九十九是他。”林烟说道。

“抱歉，我不能帮你。”片刻后，霄尧说道。

林烟的眸内浮现出一抹失落，但她也没怪霄尧。毕竟，司白和猎人公会总部的高层有关系，霄尧也有他自己的顾虑，这没有错。

“我不是怕猎人公会。”似乎猜到了林烟心中所想，霄尧说道。

“那……老板您是？”林烟不解。

霄尧盯着林烟沉默了片刻，旋即开口：“你还记得吗？”

“记得什么？”

“我当初提醒过你，不要招惹司白。”

林烟腹诽：我哪记得这事？不过，提醒我小心司白？

“老板，您和司白认识？”林烟微微一愣，听出了霄尧的潜台词。

“很久之前，我和司白是朋友。”霄尧看着林烟，轻声说道。

林烟顿时一愣，他说什么？他和司白是朋友！

这个世界未免也太小了吧！自己的老板，居然和绑了自己朋友的司白是朋友，而自己居然来求老板帮忙对付他朋友……

不过，林烟很快又抓住了一个细节。如果她刚才没听错的话，霄尧说的是，很久以前是朋友……以前是朋友！

“那，老板您和司白现在的关系呢？”林烟好奇地问道。

“现在没关系，但毕竟还有往日的情分在，我不方便对司白出手。”霄尧说道。

林烟沉思片刻后点了点头：“老板，没关系，我能理解的。”

“不过，我虽然不好对司白出手，但是可以协助你，提供一切你所需要的便利。只要我不出手，一切皆可。”霄尧说道。

林烟眸光微微一亮，急忙道：“老板，既然您和司白以前是朋友，还有情分在，那你能不能联系司白，让他放了我的朋友？我跟他真没什么仇，都是误会，他非说我欠了他一百亿。”

“一百亿？”霄尧微微一愣，“你借他那么多钱做什么？！”

“我都不认识他，怎么可能跟他有经济往来？我要是真有一百亿，还能来给您打工？”林烟无奈地看向霄尧。

霄尧的反应和张三、李四两兄弟的一模一样。他们未免也太看得起她了，借一百亿啊，又不是借一百块！

“算了，我不想知道原因，和我也没关系。”霄尧说道，“你刚才说，让我联系司白，放了你的朋友。”

“嗯。”林烟点点头，如果这样能够解决，那是最好不过了。

“我可以这么做，但你也得做好心理准备，如果司白不同意，这样反而会打草惊蛇。”霄尧说道。

林烟顿时沉默了：“……”

仔细想想，还是算了，霄尧说的不是没道理，万一他的面子没那么大，反而会害苦汪景阳。

“老板，我之前打听过，司白这个人，很好赌……而且……而且他还……

喜欢……”

“还喜欢结交漂亮的女性，是吗？”霄尧说道。

林烟笑了笑，说：“是吧。”

“你想怎么样？”霄尧问道。

林烟不假思索地开口：“既然老板你不能出手，那我就想办法在他的水杯和食物中下毒，将他放倒，让他丧失战斗力，然后逼问出我朋友的下落。”

“这点我倒是可以帮你解决，不过普通的毒药没用。而且司白这个人的防备心很强，你想接近他都十分困难，谈何下毒放倒？”霄尧问道。

听闻霄尧的话，林烟也犯了难，这也不行那也不行，难道就没别的办法了？

“我还有一个办法！”林烟盯着霄尧，眸光微动。

“说。”霄尧说道。

“美人计！只要接近司白，总能找到机会把他毒倒。”林烟笑道。

“的确可行，但是美人在哪儿？”霄尧下意识地问道。

林烟腹诽：我真的错了，霄尧不是霄纪失散多年的兄弟，是张三和李四失散多年的兄弟。

“你看我怎么样？”林烟指了指自己。

还要问美人在哪里吗？明明远在天边近在眼前，这几个人的眼睛到底长哪儿去了？

霄尧的目光顿时落在林烟的面容上，淡淡地说道：“美人这两个字，你应该只占了一半。”

林烟嘴角微微上扬：“美？”

霄纪摇了摇头，轻声道：“人。”

“……”林烟顿时哑然。

此刻，林烟忽然非常想念裴聿城……如果裴聿城在的话就好了，她和裴聿城联手，一定能轻易拿下司白，哪里还需要这么麻烦。

也不知道裴聿城在裴家怎么样了，林烟并不想在这个节骨眼去让他分心。

“老板，你有没有办法让司白认不出我来？”林烟朝着霄尧问道。

“可以，而且很简单，我可以用精神干扰。这样，即便你出现在他的面前，他看你也是另外一副模样，不会认出你来。”霄尧说道。

“厉害了！”林烟对霄尧竖起大拇指，信心满满地说道，“好，那就这样决定了！”

“决定什么？”霄尧不解。

“老板你使用精神干扰，只要司白认不出我来，我就能使用美人计，然后找机会毒翻他。”

“我拒绝。”霄尧毫不犹豫地说道，“谁都可以使用美人计，你不行。”

“我不行？！”林烟顿时被气笑了，这也太看不起人了吧！而且，霄尧可以使用精神干扰，只要让司白觉得她很美不就行了？

“我说不行。如果你坚持，那我不会帮你。”霄尧说道。

林烟腹诽：果然是人在屋檐下，不得不低头。

“计划我已经有了，我会邀约司白来参加赌局，然后在赌局中安排一个女孩，美人计交给她即可。她会完成毒倒司白的任务，而你，只需要跟在我身旁。”霄尧说道。

林烟点了点头，这倒也可以。霄尧安排一个赌局，以司白好赌的性格，一定会去参加，再在赌局上安排个大美女，司白一定能看得上……一切都顺理成章。

“等等，是不是有些想当然了，万一司白看不上你安排的女孩怎么办？”林烟蹙眉道。

“那就没办法了。”霄尧面无表情地说道。

林烟叹了口气，为什么感觉如此不靠谱？而且，就霄尧这怼天怼地的性格，真的有朋友吗？

“回去等我消息吧。明天我会把女孩带过来，你们可以见一见，商量一下具体计划。”霄尧说道。

林烟点点头，见一面最好，起码她心中能有个底。而且，人家女孩愿意帮这种忙，自己也得好好感谢一下。

翌日，霄尧的办公室。

到了和霄尧约定好的时间，林烟推门而入。

办公室内，一位相貌美艳的年轻女孩正坐在霄尧的位置上。

女孩看见林烟后，顿时站起身来，朝着林烟笑道：“您就是林烟小姐吧？”

林烟点点头，仔细打量着女孩。不得不说，眼前的女孩相貌十分出众，这要是丢进娱乐圈，妥妥的小仙女级别。

林烟猜想，这个女孩应该就是霄尧施展美人计的主角了。相貌倒是没得挑，的确算得上美人。

“老板呢？”林烟这才发现办公室内除了女孩并没有其他人。

“老板……哦，您说的是先生。先生一早就带着极光战队的成员去训练了，现在应该在跟他们吃午饭。”女孩笑道。

“带我的队员去训练？”林烟神色诧异。

就霄尧那个技术水平，带那些职业队员去训练？他到底怎么想的，谁给他的勇气？

还不等林烟继续开口，门外传来了一阵脚步声。

数秒后，房门被打开，霄尧走入办公室。

“来了。”霄尧的目光落在林烟身上，轻声道。

“先生，林烟小姐刚来不久。”一旁的女孩出声。

“老板，你带车队的队员去训练了？”林烟的目光落在霄尧身上，有些诡异。

“嗯。”霄尧回道。

“训练得怎么样？”林烟尴尬地问道。

“还可以。”霄尧说道，“在我的指点下，队员都有很大的提升。”

林烟腹诽：你说的这句话是认真的吗？那些是什么人，都是H国小有名气的职业赛车手，随便挑出一个来都能当你的祖师爷！结果，你带全队去训练，还大言不惭地说在你的指点下队员们都有了很大提升？

“霄尧老板，您的车技简直是太棒了，堪比‘赛道死神’Yeva啊！”

还不等林烟开口，包括齐枫在内的一众成员走了进来。这些人的脸上，个个都挂着让人莫名其妙的笑意。

“姐，你也在呢。”贺乐风看向林烟。

“……”林烟还在无语中。

刚刚是谁说霄尧的赛车技术堪比Yeva的，请他站出来给自己一个大嘴巴好吗，这说的是人话？

“霄尧老板，您真是太厉害了！明天有没有时间，我们继续训练怎么样？”一位极光战队的队员看向霄尧笑道。

“对啊对啊，自从今天跟霄尧老板训练了以后，我忽然感觉自己的实力有了前所未有的提升！”

“霄尧老板对于赛车的理解实在是太厉害了，把握细节的程度无人能及，听君一席话，胜读十年书！”

霄尧瞥了众人一眼，面无表情地说道：“这两天没时间，等等吧，你们可以先和林烟一起训练。”

“林烟？”

“霄尧老板，林烟小姐哪里能跟您比啊！你们两人对于赛车的理解和对细节的掌控，那完全是天差地别，皓月与萤火的差距，哪里能相提并论！”

林烟嘴角微微抽动，这些人到底是怎么回事？就这样贬低她去抬高霄尧？

再说了，这些人跟她训练过吗，既然没训练过，凭什么这样说！

“就是啊！霄尧老板，我姐跟您比差远了！”贺乐风连忙说道。

“对对对，她跟您不在一个层次！”莫书昀也开口附和。

“你们是不是眼瞎？”林烟瞥了众人一眼，“你们确定，老板的赛车技术比Yeva还要好？”

齐枫忽然跳了出来："那是当然了，咱们霄尧老板那赛车技术，前无古人后无来者，你根本不懂！"

"就是啊，林烟小姐，你懂什么？霄尧老板的赛车水准，已经超出了我们能理解的极限！"一位极光队员说道。

林烟一脸蒙，到底发生了什么？

"你认为我的赛车技术没Yeva好？"忽然，霄尧的目光落在林烟身上，眸色似乎有些不悦。

还不等林烟开口，霄尧就从抽屉中取出一张邮票。当看见那张邮票的一瞬间，林烟的瞳孔微微一缩。

"这个……"

别说林烟，就连在场的莫书昀和齐枫等众人，眸子也直勾勾地看着那张邮票。

"赛车之父的限定邮票？！"林烟神色震撼，难以置信地说道。

"这张太厉害了，和这张相比，刚才霄尧老板给我们的那张邮票，根本不够看啊！"齐枫急忙开口。

林烟微微一愣。所以说，这些人在这里大吹特吹，完全是因为霄尧给了他们一些赛车之父的限定邮票？

赛车之父的邮票是用来纪念上世纪的赛车之父SD的限定邮票，全球仅有不到一百张，每一张都十分珍贵。而此刻霄尧手中的那张邮票更是万分珍贵。

这种邮票，对于不喜欢赛车的人而言可能分文不值，但对于他们这样的职业赛车手来说，却是稀世珍宝。

"霄尧老板为了纪念我们的车队成立，给每人都送了一张赛车之父的邮票。"齐枫解释道。

"你们就这点出息？"林烟瞥了众人一眼，冷声道，"一张邮票而已，有什么可说的，重要的是技术！老板能带你们训练，那是你们的福气，老板的赛车技术够你们学一辈子的，邮票有老板教你们的技术重要吗？？"

在场众人一脸蒙，这女人变脸变得也太快了吧？刚才还愤愤不平，怎么转眼就跟他们一起开始拍马屁了？

"对对对，林烟小姐说的就是我想说的。邮票重要吗？并不是，主要是霄尧老板的赛车技术以及经验！"

"可惜啊，要是霄尧老板亲自出马，我们还参加什么全球第三联赛，直接去全球第一联赛都能随随便便拿个第一！"齐枫正色道。

"这还用说吗，就算'赛道死神'Yeva亲临，那也得向老板虚心求教！"林烟连连点头。

贺乐风看向林烟，嘴角微微抽动。他以为他们已经很能拍马屁了，没想到，跟自己这个姐姐比起来，还是差太多了……

林烟一直打量着霄尧手中的那枚邮票。

“送你了。”说着，霄尧将邮票递给林烟。

“老板，这多不好意思……”林烟笑盈盈地接过邮票。

手中赛车之父的邮票货真价实，从发行到现在，应该快有一百五十年了。

SD是林烟的超级偶像，当年她在国外时便想弄一张赛车之父的限定邮票，可是一直没有邮票的消息。

她没想到，霄尧的手中居然会有一套赛车之父的邮票，尤其是她手中这张，尤为珍贵。

“这个东西很值钱吗？”霄尧身旁的女孩好奇地看着林烟手中的这枚邮票。

“可能对你来说一分钱都不值，对我们来说却很珍贵。”齐枫笑道。

这种邮票并不值钱，但对于赛车手而言，它有着极为特殊的意义。哪位赛车手手中有这样的邮票，往后就够他吹嘘的了。

“诸位没事的话先回去吧，我还有工作。”霄尧朝着贺乐风等人说道。

“好的好的，老板您忙，有空一定要带我们去训练，狠狠地鞭策我们！”齐枫点头道。

等众人离开后，霄尧向林烟介绍道：“她是这次美人计的主角，叫彩虹。”

“彩虹小姐好。”林烟朝着女孩笑道。

“林烟小姐，您太客气了，您叫我小彩虹就行。”彩虹说道。

“你觉得什么时候约司白出来比较好？”霄尧问林烟。

“今天晚上，可以吗？”林烟开口。

汪景阳到现在还没消息，她十分担心。

紧接着，她又看向彩虹，问道：“可以吗，彩虹小姐？”

彩虹笑了笑，说道：“林烟小姐您放心，我的表现一定会让您满意的。”

林烟腹诽：让我满意没用啊！得让司白那个混球满意！

“你觉得司白能看上她吗？”霄尧朝着林烟问道。

林烟连连点头：“我要是司白，我一定能看上她！”

霄尧没说话，而是直接拨通了司白的电话，并且示意林烟等人不要说话。

“说事。”

很快，司白的声音就从电话中传出。

“有个赌局，要玩吗？”霄尧淡淡出声。

听到“赌局”两个字，司白的声音明显有了莫大的兴趣：“赌局……什么赌局，多少人，怎么玩？”

“人不多，但钱多。”霄尧说道。

“霄尧，你什么时候也喜欢赌了？我可记得你没这爱好。”

“玩，或者不玩。”霄尧有些不耐烦地开口。

“玩玩玩，自然是要玩的。把时间地点发给我就行，我随时都可以，晚点见。”

看霄尧挂断电话，林烟神色有些古怪，这也太简单了吧？

“这司白是个赌鬼吧。”一旁的彩虹说道。

“他只是很喜欢赌，但是很少赢，或许是对赢有执念。”霄尧说道。

“很少赢？”林烟神色好奇。

“对，我几乎没听说他赢过，赌百次或许能赢一两次。”霄尧说道。

林烟诧异道：“这……就是传说中的散财童子？！”

“可以这么理解。”霄尧点头。

“我决定了！”忽然，林烟咬牙道，“我也要参加这个赌局，我帮你们凑人数！”

“原本我也是这么打算的。”霄尧说道。

“好……那赌什么？别的我都不会，斗地主行吗？”林烟好奇地问道。

“应该可以，只要是赌就行，至于玩什么，司白不会在乎。”霄尧说道。

林烟微微一笑，心中顿时有了底，玩斗地主她就从来没输过。

此刻，霄尧的目光落在林烟身上，似乎猜到了她的心思，蹙眉道：“这次的赌局是要让彩虹顺利施展美人计，好让司白上钩，逼问出你朋友的下落，不是让你去赢钱的。”

林烟腹诽：自己心里的这点小九九，瞬间就被霄尧看破了？

“老板，一共需要几个人，我们人手足够吗？”林烟直接忽略了这个问题，朝着霄尧问道。

“你可以多带点人，但最好是普通人，进化者太多可能会引起司白的疑心。”霄尧说道。

林烟犯难了，她身边似乎没有这样的人。

汪景阳不在，难道她带贺乐风过去？

Part 18

远离赌博，珍惜生命，没想到我斗王之王斗穿肠，
居然会被猪队友终结！

♥

傍晚，郊区的一处别墅。

贺乐风跟在林烟身后，感叹道："姐，咱老板真是太豪了，一个人住那么大的房子，他不害怕吗？"

林烟瞥了他一眼，说："要不要跟他商量一下，让你也住进去陪着他？"

"行啊！"贺乐风急忙点头，"我觉得可以，没事我还可以给咱老板做做饭。"

林烟嘴角微微抽动，她这个弟弟的脸皮，怎么可以厚到如此地步！这都是跟谁学的？

"别废话，我之前跟你说的，你都记住了没？"林烟朝着贺乐风嘱咐道。

"姐，你看我这满脸精明的样子，难道你对我还不放心？"贺乐风微微一笑，"别忘了，当初你被张三、李四那两个怪物追杀，还是我冒充老板才救了你。"

林烟腹诽：虽然很想反驳，但似乎没办法反驳，事实好像的确就是这样。

原本林烟并没打算带贺乐风过来，但是这小子那天一直赖在霄尧的办公室外不肯走，所以她和霄尧的谈话被他听见了，他就死皮赖脸地硬要跟着过来凑人数。无奈之下，林烟只能将贺乐风带了过来。

"姐，太刺激了，你说我能不能成为进化者？姐，连你都是进化者，那说明我们这个家族有这样的基因啊，我觉得我很有可能是还没觉醒！"贺乐风一把抓住林烟的手腕，满脸激动地说道，"姐，你放心，等我觉醒成为进化者后，

就再也没有人敢欺负你了，到时候你就在家享福，我给你搞几座金山银山！”

林烟看着贺乐风，蹙眉道：“你打算去抢银行？”

“不可以吗？”贺乐风微微一愣，“我都成进化者了，拥有超能力，我干啥不行？”

“当然可以了。”林烟笑道，“第二天你就会被猎人公会总部发出通缉令追杀。”

“猎人公会总部？”贺乐风满脸不解地问道，“那是干什么的？”

“据说猎人公会总部内全是高等级进化者，专门追杀有你这种不良思想的进化者。”林烟解释道。

贺乐风冷冷一笑，说：“笑话，我要是觉醒成为了进化者，还怕什么猎人公会？不过，我当然不会去抢银行了，我会努力维护世界和平……”

“我看你这辈子都没办法成为进化者。”林烟说道。

“啊？”贺乐风满脸失落，“姐，为什么啊？你之前不是说，你能成为进化者，是因为被带进过什么实验室吗？要不，你跟那个实验室联系一下，把我也抓进去研究研究？”

不给贺乐风继续开口的机会，林烟就一脚将他踢进了别墅。

别墅里，除了霄尧和彩虹，还有两位西装革履、身材有些发福的中年男人。

林烟打量着这两位中年男人，他们似乎并不是进化者。

“霄尧，我看这位小美人比彩虹更加适合当美人计的主角啊。”其中一位戴着眼镜的中年男人，目光落在林烟身上，轻声笑道。

“哈哈哈，我也是这么认为的。彩虹，这么说你不会生气吧？”另外一位中年男人说道。

彩虹轻轻一笑：“当然不会，林烟姐姐的确比我好看多了。”

“我说霄尧，你不会是对这位林烟小姐有意思吧，不然怎么不让她给司白施展美人计？我看司白百分百能上钩。”

霄尧瞥了两人一眼，说：“司白认识她。”

“哈哈，认识有什么关系，以你的手段，用精神屏蔽，司白应该认不出她来。”

“闭嘴。”霄尧冷声道。

“老板，这两位是？”林烟好奇地看向霄尧。

这两位中年男人并不像是进化者，可似乎对进化者知之甚多。

“哈哈，林烟小姐，你有所不知，我们以前是很强的进化者，也是霄尧的老朋友了。”戴着眼镜的中年男人说道。

“进化者？”林烟微微一愣，似乎也不像啊！

“退化了。”似乎看出了林烟的疑惑，霄尧解释道。

“退化？”林烟若有所思。

之前裴聿城跟她说过，进化者实力到了一定的程度，会存在一个虚弱崩溃期。如果撑过去，那么进化者的实力将会大幅度增强，进入下一个进化阶段，反之就会退化，重新成为普通人。

而眼前的两位中年男人，并没有撑过虚弱期，所以退化成了普通人。

“太可惜了。”林烟说道。

“不可惜不可惜！”其中一位中年男人笑道，“无敌也是一种寂寞，退化成为普通人，享受普通生活，做点生意，有着花不完的钱，不用再想着什么时候会被别的进化者干掉，更不用继续忍受虚弱期的痛苦，简直太棒了。”

林烟腹诽：做点生意，有着花不完的钱才是重点吧！

霄尧看向林烟道：“这两位是我的朋友，他们并不参与今天的计划，我只是纯粹邀请他们来玩玩，而且他们也不认识司白。你们表现得正常一点，等司白来了，和他玩玩即可，其余的就交给彩虹。”

“好的，明白了。”林烟点头道。

“霄尧老板，我问下，既然是要玩……那是真玩还是假玩？”贺乐风问道。

“真玩。”霄尧说道。

“那我可以赢钱吗？”贺乐风又追问道。

霄尧看向贺乐风，淡淡地说：“如果你有这个本事。”

“霄尧老板，你要这样说，那我就明白了！”贺乐风神色有些激动，“还有最后一个问题。”

“说。”

“谁给我点钱？我是这样想的，老板你给我点钱，赢了我们一人一半，输了算你的，你看这样成吗？”贺乐风连忙笑道。

“输了算我的，赢了分一半，你觉得合理吗？”霄尧问道。

眼见贺乐风还要说话，林烟一把将他拉到自己身旁，满脸尴尬地笑道：“让大家见笑了……这钱我出，我出……”

戴眼镜的男人笑道：“没关系没关系，我就喜欢这小兄弟没见过世面的样子。”

“……”林烟哑然。

霄尧看了一眼手机，止住了众人的对话，说道：“司白已经在路上了，彩虹，你准备准备。”

在司白到来之前，一切准备就绪。

贺乐风从地下室搬出一张麻将桌，激动地说道：“我们来打麻将吧，我号称雀王之王搓穿肠！”

林烟不满地瞥了贺乐风一眼：“还打麻将，你打麻雀去吧！三六九筒你都认不全，我可没钱给你输！”

“姐，你要相信我，我真的是雀王之王搓穿肠，就没有我搓不到的牌！曾经我和三个老大娘打麻将，把她们都赢哭了！”贺乐风吹嘘道。

“呵呵，小兄弟，我太喜欢你这没见过世面的样子了！打麻将有什么好玩的。”中年男人说罢，又看向林烟，“林小姐，你说是吧？”

林烟毫不犹豫地点了点头：“嗯，我们玩斗地主吧。”

中年男人脸上的笑意逐渐凝固，嘴角微微抽动：“斗……斗……斗地主？”

那不是他们小时候玩的过家家游戏吗？

“姐，斗地主也行啊！”贺乐风立即说道，“我号称，斗王之王斗穿肠！”

“……”林烟很无语。

“姐，你信我，我要是地主，就没有我斗不过的农民；我要是农民，那就没有我斗不过的地主！”贺乐风喋喋不休地说道。

还不等林烟开口，霄尧就做出了一个噤声的手势。

随后，有敲门声响起。

“司白来了？”林烟轻声问道。

霄尧并没有出声，而是径直走至门前，旋即将大门打开。

司白便站在门前，下一秒走进了别墅。

众人的目光纷纷落在司白身上。

“贱人，贱人……还钱，还钱！”司白肩上的那只金刚鹦鹉看向林烟，忽然叫道。

林烟眉头深蹙，心生疑惑：那死鹦鹉难道还认识我？不然为什么大厅有那么多人，它就冲着我叫？

“闭嘴。”司白瞥了金刚鹦鹉一眼。

如今，林烟的面容在司白的眼中，完全是一副陌生的模样。

林烟松了口气，不由得多打量了霄尧几眼，这种能力也太强了吧！

“司白，给你介绍一下。”霄尧站在司白身旁，指了指两位中年男人，“这两位是我朋友，空闲时间也喜欢玩两把。”

司白瞥了两人一眼，挥了挥手，说道：“不必介绍了，我是来玩的，不是来认识朋友的。不过先说好，玩什么都行，但是小的不玩。”

“斗地主玩不玩？”林烟看向司白说道。

司白的目光瞬间落在林烟身上，盯着她打量了许久。

“这位美丽动人的小姐如何称呼？”司白看向林烟，脸上不耐烦的神色立刻消散，被一抹笑意取而代之。

“呃……我叫……我叫林发财。”林烟说道。

“发财？”司白微微一愣，旋即说道，“好名字，这名字又大气又好听。”

“司白先生您好，我叫彩虹，之前就在一些赌场上听闻过司白先生的大名。”忽然，彩虹上前一步，挡在林烟身前，朝着司白柔声笑道。

“这位小姐，你能让开一些吗？你挡着我的视线，妨碍我和发财小姐交流了。”司白蹙眉道。

在场众人都是微微一愣，包括林烟身旁的贺乐风。

贺乐风先是看了看彩虹，然后又朝着林烟打量了一番。

妈呀，这下出大事了！这人不会是看上我姐了吧？！贺乐风心中有些焦急，这人怎么不按套路出牌？

看看彩虹那温柔多情的模样，当真是风情万种，再看看林烟那傻呵呵的样子……虽然说，单看脸的话，好像的确是他姐占优势，但是……

司白的表现，让彩虹有些猝不及防，本以为一切都会按照计划进行，可似乎司白对她没什么兴趣，他看上的反而是林烟。如果是这样，那下面的计划又应该如何按部就班地进行？

无奈之下，彩虹不动声色地朝着霄尧看去，希望霄尧能够给她一些暗示。然而，霄尧面无表情，依然是一副冷冰冰的模样。

“司白先生，时间宝贵，我们还是先玩玩吧。”彩虹笑道。

司白一愣，旋即道：“说的也是，开始吧。就按刚才发财小姐说的，我们斗地主。”

司白说罢，走至林烟身旁，轻声笑道：“发财小姐，我斗地主玩得不好，你可要手下留情，好吗？”

林烟心中冷笑，跟她打牌，还想让她手下留情？

开什么国际玩笑，就算是裴聿城亲自来了，她也会让裴聿城输个底朝天！

“不行，赌场无父子！”忽然，站在林烟身旁的贺乐风冷声喝道。

众人立时朝他望去。

赌场无父子？谁是父，谁是子？

“不不不，我的意思是，赌场无情侣……也不对，无夫妻……不对不对，反正就是不能留情，不然我赢谁的钱去？”贺乐风急道。

“这位是？”司白冷冷地看向贺乐风。

“我弟弟。”林烟无奈地叹了口气。

“原来是弟弟啊。”司白眸底的冷漠散去，笑道，“弟弟说得对，赌场嘛，不是我赢就是你输，还是认真点好。”

“可以开始了吗？”霄尧淡淡出声。

“可以是可以，但是七个人怎么斗地主？”戴眼镜的中年男人问道。

“彩虹小姐负责发牌，剩下六人，三人一伙，牌先出完为赢。”霄尧说道。

“那行吧。”

桌上，彩虹开始发牌。

林烟、司白和戴眼镜的中年男人一伙，贺乐风、霄尧和另外一位中年男人为一伙。

“发财小姐，你吃晚饭了吗？”在彩虹发牌时，司白的目光落在林烟身上，轻声问道。

“吃了吃了。”林烟说道。

“发财小姐介不介意再吃一顿，或者等晚些时候我们去酒吧喝一杯？”司白笑道。

林烟顿时一愣，满脸莫名其妙。这司白又要带她去吃饭，又要请她去酒吧喝酒，不会是没看上彩虹，而是看上她了吧？

按理说，不应该啊！

“司白先生，我晚上有空哦……”彩虹将最后一张牌发给司白，顺势用手指轻轻拂过司白的手背。

“有空你就回家睡觉。”司白不耐烦地瞥了彩虹一眼。

听闻司白的话，彩虹勉强挤出一个微笑，心中却是有些苦闷。司白的表现十分明显，对她没有兴趣，反而对林烟很感兴趣。若是这样发展下去，霄尧交给她的任务肯定无法完成了。

彩虹的心中也有些诧异，既然司白没有认出林烟来，那足以说明霄尧的精神印记起了作用，林烟的相貌在司白的眼中应该是被另一种不同的模样取代了。难道如今的林烟在司白眼中刚好就是喜欢的模样？

如果真的是这样，那或许有些麻烦。

在赌局进行时，彩虹换着花样和司白套近乎拉好感，可司白油盐不进，正眼都未瞧她。

坐在司白身旁的林烟神色也是愈发古怪。不是都说司白喜欢漂亮的女孩吗，这彩虹难道还不够漂亮？

“喂喂喂，可都看清楚了啊，四个A，我炸了，还剩一张牌。司白先生，你要不要？”其中一位中年男人看向司白笑道。

司白的目光这才从林烟的身上收了回来，看向了自己手中的牌。然后，他眉头轻蹙，问：“这把咱们打的是多大的？”

“反正不小，都翻好几倍了。”中年男人笑道，“怎么，现在都开始算自己要输多少钱了？”

司白瞥了男人一眼，随后将手中的牌盖在了桌上，说道：“要不起。”

“发财小姐，你要吗？”中年男人问道。

林烟看了看手中的牌，黑着一张脸说：“不要！”

“哈哈哈，那各位，不好意思了，看来这把是我们赢了。”中年男人嘴角微微上扬，准备将手中最后一张牌丢出去。

“等等！”忽然，贺乐风激动地出声，“我要我要！”

“小兄弟，我们是一伙的，你确定要打我的牌？”见状，中年男人看向贺乐风。

“废话，你先看看我这是什么牌！”贺乐风将一对大小王丢在了桌上。

“都看好了，王炸，再翻一倍！”贺乐风笑道，“我还剩两张牌，有没有要得起的？”

坐在对面的林烟狠狠瞪了贺乐风一眼。不愧是她弟弟，这是往死里坑她啊，王炸又翻一倍，她得输多少钱……

“没人要，我出牌了啊。”贺乐风抽出一张牌，“一张2。”

“不要……”

“要不起……”

“哈哈哈，小兄弟，玩得挺好啊。”与贺乐风一伙的中年男人很是欣赏地看了一眼贺乐风。

“难道我没说过，我是斗王之王斗穿肠吗？”贺乐风冷傲地一笑。

“四个7。”

正当贺乐风要把最后一张牌丢掉时，同伙的霄尧轻声道：“又翻一倍，我也还剩两张牌。”

见状，贺乐风与中年男人的脸上都挂着得意的笑，这下又翻了一倍。

林烟咬了咬牙，面色不善地瞥了一眼身旁的司白。这货完全就是个送财童子啊，自己为什么会跟他一伙？这不是帮着他一起送钱给别人吗？！

“一张3。”霄尧说着丢出一张3。

“等等，什么牌？3？”原本无精打采的林烟顿时来了精神。

见霄尧丢出一张3后，与他同伙的贺乐风还有中年男人脸上的笑意逐渐凝固。

“我赌你没有4。”霄尧盯着林烟道。

林烟点了点头：“还真让你赌对了……不过，我剩的这张牌，虽然不是4，但却是7……打你一张3，能追着你打几条街吧？”

林烟说罢，将手中最后一张小7丢了出去。

“赢了？”司白明显没回过神来。

“大哥，你会不会打牌？”与霄尧一伙的中年男人有些激动地站起身来，“她就剩一张牌了，你为什么出3，你不能出另外一张吗？！”

当即，霄尧将手中最后一张牌翻开丢在桌面上：“最后一张也是3。”

中年男人微微一愣，懊恼地摸了摸头：“可惜，那是我们运气不好……你要是不炸就好了。”

此刻，贺乐风一脸无奈地看着霄尧手中的最后一张3，然后将霄尧丢出去的那张3拿了回来，蹙眉道：“等下，我们来捋一捋……这两张3，难道不能一起出吗，直接出一对3？”

中年男人微微一愣，一拍脑门，瞪着霄尧：“对啊，你为什么不直接出完，一对3却要拆成一张一张出？”

霄尧面无表情地说道：“我喜欢。”

贺乐风和中年男人很无语：“……”

“哈哈哈，愿赌服输，给钱。”司白冷声笑道。

“啊，我破产了！”贺乐风欲哭无泪，“不玩了，我不玩了！远离赌博，珍惜生命，没想到我斗王之王斗穿肠，居然会被猪队友终结！”

“猪队友”三个字刚说出口，贺乐风便感觉后背一阵发寒。

看着霄尧冰冷的目光，贺乐风立刻看向中年男人，埋怨道：“都怪你，猪队友。”

中年男人原本正在气头上，立刻火冒三丈：“你说谁是猪队友！跟我有什么关系，难道不是霄尧吗？”

感受到霄尧冰冷的目光后，中年男人痛心疾首地说：“你说得没错，都怪我……”

裴氏，某间书房。

裴聿城趴在书桌上，手中的书籍缓缓地掉在了地上。

“林发财小姐，我们果然是极好的搭档，才第一局就赢了这么多，今天很高兴，不如晚上我们去酒吧喝一杯？”司白看向林烟笑道。

林烟微微一愣，刚想要开口说话，却发现无论如何也说不出话来，意识仿佛被压制了一般，身体也无法继续动弹。

如此熟悉的感觉让林烟有一种不祥的预感。下一秒，她重新睁开一对眸子，冷冽的光泽自双眸一闪而过。

“林发财小姐，如果不想去酒吧的话……去我家也可以。我珍藏了许多珍稀昂贵的红酒，只留给有缘人，要不要去我家尝尝？”司白看向“林烟”说道。

此时此刻，“林烟”的目光落在司白身上，问：“你是说，让我去你家喝酒？”

司白微微一笑，手心轻轻覆在了“林烟”的手背上，说道：“这么说，发财小姐是同意了？”

“我的妈呀！”

林烟虽然不能用自己的身体开口说话，也无法掌控身体，但是意识十分清醒，知道是裴聿城附身后，她就感觉大事不妙。果然，下一秒这司白就说出惊世骇俗的话来，让她去他家喝酒！此刻更是离谱，居然抓住了她的手！

从某种意义来说，这司白抓的应该不算是她的手，而是裴聿城的手。

“那个，你在吗？你听我跟你解释……”

林烟欲哭无泪，就算是要解释，她应该怎么解释？这来龙去脉有点长啊。

她能够与裴聿城的意识直接沟通，但是此刻的裴聿城却丝毫没有和她沟通的欲望。

“林烟”看了看自己的手，又看了看司白的手，她的眸内闪烁着一抹彻骨的寒芒。

然而，还不等“裴聿城”有任何动作，一旁的贺乐风就直接站起身来。

只听“啪”的一声，贺乐风走上前把司白的手拍开，冷着一张脸说道：“你什么东西？竟敢当着我的面，在众目睽睽之下调戏我姐？！”

下一秒，司白的目光落在贺乐风身上，脸上的笑意散去，被一抹阴沉取而代之。

贺乐风喝道：“看什么看！你以为我怕你？！”

“好弟弟……”林烟满心感动。

“难道你就不能等我看不见的时候再调戏吗？”说罢，贺乐风有些尴尬地转过身，“好了，现在我看不见了……”

“……”林烟目瞪口呆。

“发财小姐，你这弟弟可真幽默。我看今天时间也不早了，不如去我家喝酒，你觉得呢？”司白重新看向“林烟”。

“好啊。”“林烟”面无表情地开口。

见状，彩虹神色诧异，这完全没按照剧本来啊，美人计的主角不是她吗？这是完全不给她发挥和表演的空间。

听闻林烟答应自己的请求后，司白嘴角微微上扬：“那太好了，我相信发财小姐一定会对我家的酒很满意的。”

“那还等什么？走吧。”“林烟”站起身来看向司白。

正当司白和“林烟”准备离开时，霄尧却拦住了两人。

“改天再玩，让开。”司白看向霄尧。

然而，霄尧却站在原地，丝毫没有让开的意思。

“带彩虹去你家喝酒吧，把她给我。”霄尧面无表情地说道。

话音落下，一旁的“林烟”又朝着霄尧开始打量。

她倒是挺抢手。

“霄尧，那可不行，我对那位小姐没什么兴趣，你要有兴趣就自己留着。你还是快点让开，别耽误我和发财小姐回去喝酒。”司白冷笑道。

霄尧点了点头，问：“那就是没得商量了？”

“没得商量。”司白说道。

“既然没得商量。”霄尧的目光逐渐变冷，“那就别商量了。”

“你什么意思？”司白神色疑惑。

然而，还未等司白将话说完，霄尧的重拳便如同一座山峰，狠狠地砸在了司白身上。

几乎刹那之间，司白就倒在了地上。

“不演了，没意思。”紧接着，霄尧面无表情地开口。

眼看着霄尧忽然出手，一击将司白打翻在地，在场众人都是一愣。

“怎么不演了？那我刚才输的钱是不是不用给了？”贺乐风急忙开口。

林烟也没料到霄尧会莫名其妙地翻脸。当然了，霄尧翻脸这不是重点，重点是她得跟裴聿城好好解释。

“你听到了吧？我们这是演戏呢！演戏！”林烟急忙朝着裴聿城解释道。

“摄像机呢？”“林烟”问道。

“不是那个演戏，是纯粹的演戏，就是演他。”林烟急忙解释。

“裴聿城”的目光落在司白身上。他第一眼便觉得这个男人眼熟，只是没来得及细想。打量数眼后，忽然想起他似乎就是上次为难林烟的男人，也是一位进化者，能够操控猛兽。

“他把我朋友抓走了，不过他实力很强，所以我们打算先用美人计，再用毒药把他放倒，借此逼问出我朋友的下落。不过，美人计的主角不是我，是那个女孩。”

“裴聿城”朝着身后的彩虹看了一眼。

“也不知道他怎么想的，居然看上我了……”林烟有些无奈地叹了口气。

当下，“裴聿城”的面色才稍缓一些，朝着林烟的意识说道：“他倒还算有眼光。”

紧接着，“裴聿城”又朝着身旁的霄尧看去。

“这是我老板……帮了我大忙！”林烟赶紧解释。

“给你两个选择。”裴聿城淡淡地说道。

“什么？”林烟一愣。

“换个工作，或者换个老板。”

“……”换工作和换老板，这两者到底有什么区别？这个醋王不会连她老板的醋都吃吧，可霄尧什么也没做啊！

“我想……”林烟说着看向贺乐风。

“想什么？”

“我想换个弟弟……”

“……”这下，轮到裴聿城无语了。

“是你？”不等林烟和裴聿城继续交流，原本被打翻在地的司白缓缓站起身，目光落在了“林烟”身上。

“看来，先生的精神印记解除了。”彩虹若有所思。

“霄尧，你居然阴我，对我使用精神印记。”司白收敛心绪，朝着霄尧冷笑道。

“是的。”霄尧淡淡地说道。

“呵，居然是她，那我就明白了。”司白嘴角微微上扬，趁众人不备，快速伸手朝着“林烟”的肩膀抓去。

“林烟”面无表情地看向司白，说道：“摸够了吗？”

说话之间，“林烟”不见任何动作，司白的右掌瞬间就被震开，整个人仿佛被巨力撞击。

司白来不及多想，重新抓向“林烟”，打算将她带离此处。

只不过，还未等司白近身，“林烟”的眸子微微转动。旋即，一股奇强的引力迸发，司白整个人凌空而起，仿佛是被吊在了半空。

“这是……”司白看向“林烟”，神色诧异。

“你朋友被抓走，为什么不告诉我？”裴聿城朝着林烟的意识问道。

“怕你分心，都不知道你在裴氏总部会不会有危险。”林烟解释道。

“没什么比你的事更重要。”裴聿城说道。

“那你什么时候回来？”林烟问道。

然而，裴聿城一直没有回话。

过了一会儿，林烟发现自己重新拿回了身体的掌控权。

“走了？”林烟神色微微一愣。

她发现裴聿城每次来得都很突然，走的时候更加毫无征兆，她还有许多事情没来得及问。

“林烟小姐这能力很厉害啊。”

两位中年男人走至林烟身旁，惊异地打量着她，尤其是戴眼镜的中年男人，似乎对她的进化者能力十分感兴趣。

林烟有些无奈，夸她厉害，她并不否认，但是刚才所展现的进化者能力的确和她没有什么关系，那是属于裴聿城的，与她无关。

“姐，你不是说你是身体进化吗，怎么还能用……对，精神力，这是精神力吧？太可怕了！”贺乐风盯着林烟，眸内满是激动。

不等林烟开口，只听“砰”的一声，司白从半空狠狠地摔至地面。裴聿城的精神意识离开后，他的进化者力量自然而然也就失去了作用。

司白刚想起身反击，却被霄尧死死地限制住。此刻，林烟的目光落在霄尧身上，之前不是还说司白是他朋友，不方便出手吗？

这哪里像是不方便出手的样子？看着应该是恨不得司白立即去死才对吧。

“呵呵，霄尧，还真是中了你的套。”被霄尧压制住无法行动的司白冷声笑道，“所以，从一开始你就在算计我。”

霄尧并没有回答司白，反而朝着众人看去，开口：“谢谢诸位了。”

彩虹和两位中年男人当即明白了霄尧话中的含义。

“那我们就先走了。”

“小风，你也先回去吧。”林烟看向贺乐风说道。

“姐，那我今晚输的钱……”贺乐风站在门前，朝着林烟问道。

“等我回去就还给你。”林烟无奈地说道。

此刻，别墅内就只剩下林烟和霄尧，还有被制服的司白。

“从一开始就设局，倒是费心了，说吧，有什么目的？”司白看向林烟和霄尧。

“这是你们之间的事，与我无关。”霄尧淡淡说道。

“司白，应该我问你才对，你到底有什么阴谋？你要有本事就冲着我来，别害我朋友！”林烟盯着司白喝道。

“什么害你朋友？”司白疑惑道。

“司白，我问你，我朋友现在怎么样了？”林烟蹙眉道。

“呵，你朋友怎么样了，我怎么知道？”司白冷笑道。

“你到底把我朋友抓哪儿去了？”林烟眸底浮现出一抹冰寒。

“谁告诉你说我抓了你的朋友？”司白瞥了林烟一眼，“真不明白你在说些什么。”

“司白，你最好配合一些。现在是什么局势，你心里应该有数，你的生死，我说了算。”

“即便是这样，我也没抓你的朋友。”

“真不是你抓的？”

“当然不是我抓的，我为什么要抓你的朋友？”司白反问道。

林烟盯着司白打量了许久，对于他的话，林烟并不相信。

张三和李四两兄弟说过，司白打算对她身边的人出手。而在那之后没多久，汪景阳便彻底失去消息，好像人间蒸发了一般。现在，司白说他并没有出手，林烟如何会相信？

“司白，你不必装蒜。这是我们之间的事情，我们打开天窗说亮话，没必要牵扯到无辜的人。”林烟盯着司白，冷声开口。

听闻林烟所言，司白冷声笑道：“你说的很有道理，但你可能是误会了什么。我刚才说了，我没有抓你的朋友，不管你怎么问，我都只有这个答案。”

“司白，我实话告诉你，我从猎人公会得到了消息，你近期打算对我身边的人下手。之后我朋友就失踪了，你说，在这个世上，会有这么巧的事吗？”林烟看着司白说道。

林烟并没有把张三、李四两兄弟说出来，这两兄弟也帮了她不少忙，她总不能把他们给出卖了。

“怎么，猎人公会也有你的人？哦，对了，的确是应该有你的人，总部的那位副会长，应该也是你得意的试验品之一吧？”司白笑道。

“我不知道你在说什么，别浪费大家的时间，你把我的朋友交出来，我就把你放了，很公平的交易。”林烟盯着司白说道。

如今，林烟只担心汪景阳的安危，至于司白说些什么，她没心思去分析。而司白误会了什么，她也没时间和耐心去解释。

“你说的是真的？我交人，你就放了我？”司白说道。

林烟点头：“我说话算话，只要我朋友安然无恙，我就会放了你。”

“好，我带你们去。”司白嘴角微微上扬，“霄尧，还不松开我，不然我怎么带你们去找人？”

霄尧的目光落在林烟身上，淡淡出声道：“十有八九。”

“什么意思？”林烟不解。

“十有八九他是在骗你。”霄尧说道，“他在拖延时间，利用去找你朋友的机会逃脱。”

不等林烟开口，司白却笑了起来：“哈哈哈，霄尧，你又不是我，你怎么知道我在想什么？说不定，真是我绑了这女人的朋友呢。其实，这个交易也很公平，不是吗？”

“我更确定了。”霄尧看向林烟，“他就是在骗你。”

林烟盯着司白，恨不得将眼前的男人千刀万剐，这可真叫飞来横祸，自己压根就不认识他。

“司白，你最好不要挑战我的耐性，我对你的忍耐，已经快要到极限了。”说着，林烟额头浮现出青筋。

虽然她没办法完全肯定汪景阳的失踪和司白有关系，但起码从已知的线索而言，至少百分之八十和他有关。如果她没办法从司白口中得出有用的线索，那司白也别想好过。

“我说实话你又不信，啧啧……真没办法。”司白笑着开口，“我连你的朋友是谁都不清楚，你还是先告诉我你这位朋友的身份，或许我能想起来。”

林烟瞥了司白一眼，将汪景阳的事告诉了他。

得知林烟口中被抓走的朋友的身份后，司白明显一愣。林烟说的男人，分明就是那天晚上的超强进化者。而司白这段时间之所以没有对林烟动手，也是因为那个男人守在她身边，导致他不敢轻举妄动。

“你说我把他抓走了？”司白看向林烟，“你是在和我开玩笑吗？”

“你觉得我像是和你开玩笑？”林烟蹙眉道。

听闻林烟所言，司白冷声笑道：“哈哈哈，你说的这个男人，还真不是我抓的。我觉得，他可能就是去哪儿旅游了。”

司白真不知道，谁能把那种级别的进化者抓走，起码他没这个本事。很明显，这个女人找错了人，这件事跟他没有任何关系。

此刻，霄尧将左手轻轻放在司白的眉心处，旋即又收了回来。

“他应该没有说谎，你朋友的失踪，估计和他没关系。”霄尧看向林烟说道。

“你怎么知道？他太狡猾了。”林烟并不相信司白会说实话。

“他再如何狡猾，目前的状态也逃不过心灵感知，他的确没说谎。”霄尧说道。

“你确定？”林烟神色有些诧异。

“目前确定，除非是他让自己失去了抓走你朋友的这段记忆。”霄尧说道。

“司白，你真没抓走汪景阳？”林烟收敛心绪，耐着性子问道。

“霄尧说得很清楚了吧。”司白看向林烟笑道，“我若真抓了你的朋友，你以为我当真不敢承认？”

此时此刻，林烟有些慌了神。如果不是司白干的，那究竟是谁？

林烟虽然不相信司白，但相信霄尧的话。而按照霄尧所说，一旦司白说谎，霄尧一定能够有所感知。所以就目前来看，司白并没有说谎，的确不是他抓走了汪景阳。

“你朋友的失踪，确定是和进化者有关系吗？”霄尧问道。

林烟先是点了点头，旋即又摇摇头。最开始林烟很确定，但如果不是司白做的，那她就不敢肯定了。

如果是进化者做的，她还能查到，可如果不是进化者做的……

这么多年下来，林烟对汪景阳了如指掌，他并没有什么朋友，也没有过女性朋友，更加没有什么仇家。就算是有人想要谋财害命，可汪景阳是个出门时连钱包里都掏不出来两个硬币的人，也是寒碜到家了。

没有仇家，也没女朋友，更是穷得叮当响，还从来不惹事，这种人能出什么事？

汪景阳的失踪，绝对没有表面上那么简单，更不可能是某种巧合。

林烟与汪景阳最后一次通话时，他说自己正在办一件很重要的事。如果知道汪景阳在办什么事，或许……可现在的林烟，对此连一点头绪都没有。

“你先回去吧。”片刻后，霄尧开口，打断了林烟的沉思。

“那他呢？”林烟的目光落在司白身上。

“就让司白先留在我这里，我还需要一点时间来确认一下我的判断有没有错误。”霄尧说道。

林烟点了点头。就目前而言，似乎也只能这样了。

放人肯定是不可能的，首先汪景阳的事情没解决之前，不可能让司白就这样轻易地离开。退一万步来说，即便没有汪景阳的这件事，林烟也得和他好好算一笔账。不管司白是出于怎样的目的来找她麻烦，或者两人真有什么误会，都必须解决了。

Part 19

师姐，我可找到你了！

离开霄尧的别墅后，林烟徒步朝着云间水庄走去。

她没有开车，也没有打车，此刻她的脑子里有些混乱，需要好好捋一捋。

汪景阳是她最好的朋友，她绝对不能让他出事。然而，汪景阳失踪了这么久，她却连一丁点的线索都没有。

原本以为，今天晚上将司白拿下之后就能得到汪景阳的消息，可谁能想到，事情竟然会发展成现在这样。

林烟在国外的那些年，最开始艰辛难熬，在她最失落、最无所依靠的时候，是汪景阳一直陪在她的身边。他们一起吃过苦、享过福、打过架、挨过揍……两人可以说是相依为命。

他们虽然没有血缘关系，却比亲兄妹还要亲。她已经失去了自己的亲弟弟，绝对不能再失去汪景阳。

无论是进化者也好，普通人也罢，如果有人伤害了汪景阳，她一定要那人跌入深渊！

走到半路的时候，林烟忽然停了下来，神色诧异地朝着前方望去。

正前方，年轻男人的身躯漂浮在半空中，一双眸子缓缓转动，在月光的照耀下，显得有些诡异。

“进化者……”林烟喃喃出声。

她从这个年轻男人的身上感受到了一股很强的压迫力，甚至让她有些呼吸困难。

“这位美丽的小姐，我们又见面了。”

说着，男人的目光落在林烟身上，打量她片刻后，身躯缓缓从虚空轻落在地面上。

林烟心中十分警惕，开口：“我们好像并不认识，更没有见过。”

“呵呵，倒也不是，前段时间见过，那时候小姐你正在开车。”男人笑道。

林烟微微一愣，忽然想起，前段时间她和汪景阳还有霄纪吃饭，离开后的确有什么东西追着他们。她当时还以为是一条速度很快的大黑狗来着，反正自己没有看清。

“你找我有什么事吗？”林烟朝着男人问道。

“小姐的身上，有我家主人需要的东西，麻烦小姐跟我走一趟。当然了，小姐也不必担心，我不会伤害你。”男人笑着开口。

“我身上什么都没有。”林烟冷淡地说道。

“呵呵，这位美丽的小姐，你身上有或者没有，你和我说了都不算，只有我家主人能判断，所以小姐还是跟我走一趟吧。”男人说道。

“那我要是不跟你走呢，你打算怎么样？”

男人似乎有些犯难，他看向林烟，叹了口气，说道：“这位美丽的小姐，你还是不要给我出难题了，你这样不止是难为我，也是难为你自己，你说是吗？”

林烟站在原地，并没有开口说话，目光却一刻未从男人的身上离开。

“你的主人是谁？”很快，林烟又问男人。

男人微微一笑，做出一个噤声的手势：“我可没义务告诉你这些。”

“你刚才说，我身上有你们需要的东西？这其中是不是有什么误会？”

她身上除了钱包之外可什么都没有，这种级别的进化者，半夜把她拦下来，并且要把她带走，那应该不可能是想抢她的钱包。

“有没有我们需要的东西，带你回去之后，我们自然会查清楚，这些都不是你应该问的。”男人笑道。

“那就是没的商量了。”

“商量？”男人微微一愣，“怎么，你觉得我是来和你商量的吗？”

当下，林烟似乎想到了什么，看着朝自己走来的男人，试探性地问道：“你们是不是抓了我的一位朋友？”

汪景阳的失踪，即便不是司白做的，也肯定和进化者有关。前一段时间，这些人似乎追过她的车，恰巧汪景阳当时也在车上，所以，她怀疑，是他们把汪景阳抓走了。

“你朋友？”男人的眸底浮现出一抹疑惑，“谁是你朋友？我怎么不知道。”

看男人的反应，林烟心中有些失落，看来汪景阳的失踪跟他们没什么关系。

林烟叹了口气，很是无奈。司白的事情还没处理完，现在又杀出个程咬金。最可恼的是，无论司白也好，还是站在她眼前的男人也好，林烟一个都不认识。

“既然没得商量，那就没办法了。”林烟看着缓步走来的男人，神色逐渐坚定。

“这位美丽的小姐，我劝你最好不要动手，你应该清楚我们之间的差距。如果你不听劝告的话，那……”

男人的话还没说完，只见林烟速度极快，一个转身，瞬间朝着后方逃去。仅仅眨眼的工夫，一个大活人就在黑夜里消失得无影无踪。

看林烟的气势，男人原本还以为她要硬碰硬，他怎么都没想到，林烟逃得一点征兆都没有。

“连逃跑都逃得那么有……气势？”男人愣在原地，她刚才不是准备动手吗，这女人怎么不按套路出牌？

“这种进化者，身上真有主人需要的东西？”男人的神色有些疑惑。

片刻后，男人的身形一跃，消失在黑夜中。

大约半刻钟后，林烟才停了下来，朝着后方打量。

不朝后看还好，她一转身便发现男人不疾不徐地一直跟着自己。虽然男人的速度看起来不快，但是林烟无论如何就是甩不掉。

“这是什么，缩地成寸？！”

林烟神色震撼，她如果没看错的话，那男人应该是缓步而行，如同漫步赏景一般。他仅仅用走的，都比她全速要快？

林烟认为自己的速度起码比高速上行驶的小轿车还快，那男人凭什么比她还快？

“怎么不跑了？”

林烟刚停下，身后便传来男人带着一丝戏谑的声音。

“都这么晚了，你早点回家睡觉不行吗？你妈有没有告诉过你，熬夜对身体不好？”林烟盯着男人，不给他开口的机会，继续说道，“你真以为我打不过你？”

“所以，你这是放弃逃跑，准备拼死一搏吗？”男人问道。

“看来，你对我的实力有什么误解。”林烟冷笑道。

跑不过他，未必打不过他，自己起码有过很多光荣战绩！

“对你的实力有误解？”男人笑了笑，“是不是你对自己的实力有什么误解？”

“那就不必废话了，动手吧，今天晚上谁被打死算谁倒霉。”林烟说道。

“好啊。”男人点了点头，“这样，我只出一招，只要你能扛下不受伤，我便放了你，此后不再纠缠。”

林烟冷笑：“你也太嚣张了，一招就打算将我拿下。行，你开心就好。”

这男人未免也太瞧不起她了。

林烟发现，这个男人应该也是一位身体进化者，既然都属于身体进化者，只要不遇上像裴聿城那样的大脑进化者，她就没什么好畏惧的。她只烦大脑进化者，因为他们战斗的方式都十分诡异，而身体进化者的战斗方式比较简单粗暴，抡起拳头就上，“勇”字当头。

“我要出手了，你准备好了吗？”男人盯着林烟，嘴角微微上扬。

下一秒，男人的速度快到极致，一步踏出，附近的地面都在剧烈震动。

眨眼工夫，他便已经来到林烟身旁，下一秒就一拳朝她轰去。

拳还未至，拳风已达。在这股难以形容的进化者威力下，林烟眸内浮现出一抹难以置信的神色。

她第一次发现自己错得如此离谱，之前还以为自己起码能和这个男人交手几个回合。直至男人出手后，她才发现，自己连他的一招也无法承受，交手几个回合的想法，完全是一个天大的笑话。

然而，还没等林烟回过神来，黑夜中一道人影闪过。下一秒，长相俊俏的陌生少年不知何时已拦在林烟身前。

唰！少年一掌拍出，四周响起一阵骇人的龙吟声。

少年与男人拳掌猛烈撞击在一处，宛若两颗星辰碰撞，无形的气浪令尘土飞扬，四周的树木成群倒塌。

“噗——”男人的身躯踉跄倒退，他勉强将身形定住后，口中喷出一大口鲜血。他面色惨白，诧异地看向拦在林烟身旁、满脸云淡风轻的少年。

“你……是什么人？”男人将嘴角的血迹擦去，警惕地看着少年问道。

“宵小之辈，你也配知道我的名号。”少年冷声开口。

“好好好！”男人怒极，冷笑着连道三声好，“既然选择与我的主人为敌，你会付出代价的！”

男人说罢，直接转身逃离了此处，彻底消失在黑夜之中。

“想跑，妄想！”见男人逃离，少年一声冷喝，作势便要追击。

只不过，还未追几步，少年又折返而回，说道：“哼，算你命大……先饶你一命。”

此时此刻，林烟终于回过神来，诧异地看向这个比自己矮了半截的少年。

“小弟弟，谢谢你。”林烟首先道谢。

“师姐，我可找到你了！”少年哪管林烟说什么，一把抱住她的腰，一头钻到了她的怀里。

见状，林烟低下头，一脸蒙地看着少年。这又是从哪个精神病院跑出来的高手？

“等等……你叫我什么？”林烟看着少年问道。

“师姐啊！”少年把脑袋从林烟的怀中移了出来，睁着一双水汪汪的大眼睛盯着她。

“师姐？”林烟神色愈发疑惑，“你师父……贵姓啊？”

少年一愣，旋即蹙眉道：“师姐，师尊就是师尊，你怎么能直呼师尊的姓名呢？”

“……”林烟很无语。

“师姐，我终于找到你了！真是太好了，师父要是见到你，一定会非常开心激动的！”少年盯着林烟，手舞足蹈地说道。

林烟托着下巴，盯着少年，疑惑地问道：“你叫我学姐……你也是MS理工空气动力学的？”

不过，林烟看这个少年的样子，似乎不像啊，而且自己好像也从来没有见过他。

“什么MS理工动物学……我没叫你学姐，我叫你师姐啊。师姐，你怎么了，你不认识我了？我是白鹤啊！”少年白鹤急忙说道。

“小弟弟，你是不是认错人了？”林烟无奈地说道。

这个人不仅她没见过，连这个名字她也没听过。

“你不是小烟姐吗？”白鹤诧异地盯着林烟。

“小烟？”林烟微微一愣，“说个全名给我听听？”

“不知道。”少年摇了摇头。

“……”林烟很无语。

“我是叫林烟，但应该不是你口中的小烟姐。”林烟沉思片刻后开口。

“你果然就是小烟师姐！师姐，你为什么不认我啊，你是不是有什么苦衷？你告诉我，我一定给你出头！”少年死死地抓着林烟的手臂不放。

“我……真不是。”说着，林烟叹了口气。

“你是，你就是我的小烟师姐！小时候就师姐最疼我了，我怎么会认错！”少年急忙说道。

林烟嘴角微微抽动。这孩子还是个倔脾气，自己都说不是了，居然还不肯放弃，说自己是他师姐，怎么不说是他妈呢。

少年一直纠缠，死活不肯离开林烟半步，似乎认定了林烟就是他师姐，无论她如何解释都没用。

“师姐，你跟我回去吧。”少年拽着林烟的手臂劝说道。

“你到底让我跟你回哪儿去啊？”林烟叹了口气，问道。

“回山上啊。”白鹤说道。

“你口中的山在哪里啊？”林烟又问道。

“我有山门的地图！”

少年微微一笑，然后双手在身上开始摸索。

片刻后，白鹤脸上的笑意忽然僵住。

“呜呜呜……师姐，完蛋了，我的地图不见了！我把地图弄丢了……只有拿着那份山门特制的地图才能找到圣山，这可怎么办啊？！”

白鹤差点哭出声来，他之所以能够离开圣山，找到这个地方，完全是因为那份只有圣山才有的地图。如果没有那个地图，他是不可能回到圣山的。

虽然白鹤知晓圣山的大概位置，但是他必须要穿过禁忌之地才能到达圣山。没有那份地图，以他们的实力而言，进入禁地必死无疑。

“等等，你刚才说，你是从山上下来，然后找到这里的对吗？”林烟看着白鹤问道。

白鹤连连点头：“嗯，是的师姐。”

林烟点点头，问：“那你不能原路返回吗？路都走过一遍了，为什么还要地图？”

“师姐，我一路上光顾着玩了，没记路。”白鹤说道。

“很远吗？”林烟好奇地问道。

“很远很远，不在这个国家，用极速赶路的话，需要一个月的时间。”白鹤如实回答。

林烟的脑子有些疼，这个少年说的话，她有一大半是听不懂的，什么不在这个国家，什么用极速赶路。

“要不要我给你买一张机票，你坐飞机回去呢？”林烟问道。

少年满脸疑惑：“飞鸡？”

“对，飞机。”林烟点了点头。

“师姐，我从小就在山上，可能见的世面少了，飞鸡是什么鸡？”白鹤好奇道。

林烟彻底呆滞在原地。这孩子哪里是没见过世面啊，这完全是与现代社会脱节了好吗。还飞机是什么机，就是飞机啊，难不成是战斗机。

“飞机你都不知道？”林烟诧异地盯着白鹤，“那你知道手机吗？”

“手机我知道啊，是用来和别人联系的，不过山门很少有这东西。我也有一部手机，不过下山后光顾着玩，把手机也弄丢了。”少年说道。

“……”林烟很无语。

知道手机却不知道飞机。好吧，也不算完全和现代社会脱轨，勉强算个半脱轨。

“那你地图也丢了，手机也丢了，打算怎么办呢？”林烟看着这个纯净如水，如同一张白纸，什么都不懂的少年，确实有些于心不忍。

不管怎么说，是这个少年救了她。

少年摇了摇头：“我是偷偷溜下山的，还把地图弄丢了，我也不知道该怎么办。小烟师姐，你带我回去吧。”

此刻，林烟已经懒得去和少年继续解释自己的身份，解释无用，还不如省点口舌。

“我不认识路。”林烟说道。

白鹤急了：“那怎么办？！我已经几天都没吃饭了，我好饿……也没有地方休息……”

“跟我走吧。”林烟无奈地说道。

“师姐，我们去哪儿？”白鹤看着林烟朝前走，急忙追上去。

“你不是饿了吗，我带你去吃饭。”林烟说道。

片刻后，林烟带着少年来到一家大排档，给他点了几个菜。

坐在店内，白鹤有些不太自然，他朝着林烟说道：“师姐，好香啊，比山上的饭菜都香。”

林烟并不太想和少年继续交流他口中山门的事，只能转移话题：“你今年多大了？”

她看白鹤的年龄应该不大。

“今年……不知道。”少年摇了摇头，“可能十几二十几岁，应该不到三十岁吧。”

林烟有些奇怪地瞥了少年一眼，问：“那你知道我今年多大了吗？”

“多大？”白鹤好奇道。

“不到一百。”林烟说道。

白鹤若有所思地点了点头：“哦……”

闲聊之际，饭菜已经端上了桌。

“师姐，好香啊！”白鹤盯着桌上的炒菜，眼里冒着光。

看着狼吞虎咽的白鹤，林烟满心无奈，这是饿死鬼投胎吗？

“师姐你……你吃啊……”白鹤边吃边说道。

林烟朝着桌上瞥了一眼，无奈地说道：“这不都让你吃完了吗？”

白鹤擦了擦嘴，笑道：“师姐，不好意思，今天让你破费了。我身上没钱，等我有钱了，我请你吃好吃的。”

“这不重要。你以后打算怎么办？”林烟盯着白鹤问道。

林烟心想，白鹤说的那些，她听不太懂，这少年应该是认错了人。

只不过，一次是巧合，两次怕是有些奇怪。

司白对她有误会，口口声声说自己欠他一百亿，可这个不知从哪里冒出来的少年又是怎么回事？

非说自己是他的师姐，但是她真的不认识这个少年，今晚是他们第一次见面。

将这两件事联系到一起，林烟总觉得有些蹊跷，难道她真的和某个人撞脸了？或者说，她的记忆有一些残缺？

尤其是最近，每次深夜入睡后，她总会梦见一些并不属于自己经历的场景，醒来后又会忘记得七七八八，但总觉得很熟悉，似曾相识。

梦这种东西，林烟自然不会当真，可司白和眼前的少年都将她错认，倒是可以去详细了解一番。

“师姐，今天晚上那个对你出手的男人是谁啊？”白鹤吃完饭后，盯着林烟问道。

“我也不认识。”林烟出声道。

“不认识？”白鹤有些疑惑，“既然不认识，那他为什么要对师姐你出手？”

“这个我也不清楚，他只是说，我身上或许有他主人需要的东西。”林烟如实回答。

即便是到了此刻，林烟依然很疑惑，她身上到底有什么？

“师姐，你身上有什么值钱的东西吗，会不会是被人给盯上了啊？”白鹤又问道。

“不可能，我身上绝对没有值钱的东西。”林烟十分肯定。

开什么国际玩笑，值钱的东西她会随身带着吗？而且，那种级别的进化者，总不可能沦落到要去抢钱吧？否则，那简直是把这世上所有进化者的脸都丢尽了。

进化者做什么的都有，但是抢钱的，她从来就没听说过。

“对了，你有什么打算？”林烟言归正传。

白鹤往林烟身前靠了靠，一双水汪汪的大眼睛盯着她，奶声奶气地说道：“我要跟在师姐的身边啊，反正地图也丢了，师姐你又不认识回去的路。”

“……”眼下，林烟满心无奈，她到底应该如何跟这个少年去解释，自己真不是他的师姐，是他认错了人？

不久后，林烟盯着眼前的少年说：“咳咳，白鹤，我得很严肃地跟你说一件事。”

白鹤点了点头：“师姐你说吧。”

林烟满脸正色：“我真的不是你师姐，你认错人了，我这么说，你相信吗？”

白鹤的面色顿时一变，立刻说道：“不不不，我不相信，师姐你骗我！你是不是嫌弃我太能吃了，养我浪费钱……我能赚钱的，你就是师姐，你不能不要我，呜呜呜……”

如果不是今天晚上亲眼所见，即便打死林烟，她都不会相信，这个长相清秀喜欢哭哭啼啼的少年，居然是一位进化层次极高的强大进化者。

“好吧好吧，你怎么认为都行，你开心就好。”林烟无奈地看着白鹤，嘴角微微抽动。

“不行，我要师姐你亲口说。”白鹤拉着林烟的胳膊不依不饶。

“说什么？”林烟莫名其妙。

“师姐你必须亲口说‘我是白鹤的小烟师姐，我最疼白鹤了！’”白鹤说道。

“冒昧地问一句，我可以不说吗？”林烟盯着白鹤问道。

“不可以！”白鹤连连摇头。

无奈之下，林烟只能说道：“我是白鹤的小烟师姐……行了吧？”

“还有一句，‘我最疼白鹤了。’”白鹤说道。

“我最疼白鹤了。”林烟说罢，朝着白鹤的脸颊狠狠地捏了一把。

还别说，这手感真不错，满脸的胶原蛋白，年轻真好！

“师姐，你终于承认了吧，那你之前为什么说我认错人了？真是的，越漂亮的女人越不可信。”白鹤老神在在地朝着林烟撇嘴。

林烟腹诽：这不是你逼着我说的吗？！

不给林烟开口的机会，白鹤又说道：“师姐，那个进化者的实力不弱，你要小心一点，我想他应该还会来抢你东西的。真可惜，今天让他跑了。”

对此，林烟也很奇怪，眼前少年的实力，可是比那个男人强太多。

“以你的实力，追到他应该是轻而易举的事吧。”林烟将自己的疑惑说出。

“是啊，很容易。”少年点了点头。

“那为什么……”

“我怕黑。”白鹤说道。

“……”林烟目瞪口呆。

深夜，某地。

数位年轻男女突然在此凭空出现，其中一位穿着红衣的女人，口中发出如铃般的笑声：“呵，连我的小妹都敢动！”

很快，另外一道阴沉的声音在黑夜中响起：“他说小妹身上，有他主人需要的东西。”

女人不屑地轻笑道：“那就让他和他的主人，一起离开这个温暖的世界。”

“桀桀……”某个男人沙哑的阴笑声在黑夜中回荡，“有趣……太有趣了……敢动我小妹的，都得死……”

“哈哈，看到小妹这样被人欺负，父亲一定会很生气吧。”

“都闭嘴。”说话之间，一位身材高挑的男人从暗处走出。

“老大。”见到男人，几位年轻男女点头示意。

男人穿着一身华贵西装，脸上没有任何表情，淡淡地扫了身旁的兄弟姐妹一眼。

此刻，几位男女的目光落在为首的男人身上，似乎在等着男人开口。

过了一会儿，男人才面无表情地出声："小妹的事，暂时不要告诉父亲。"

话音落下，在场数人都愣了。

"老大，你应该知道父亲的性格，如果我们隐瞒不报，一旦被父亲知道，恐怕……"红衣女人看向西装男人道。

"我感觉老大说的对，父亲的性格我们太了解了。万一被父亲知道，恐怕会引起轩然大波，父亲太暴躁了。"

"桀桀……"一个男人阴笑道，"老大，你能代表父亲吗？父亲对小妹的感情你应该清楚，如果这件事被父亲知道，那到底是由你来负责，还是我们来负责，嗯？"

穿着一身华贵西装的男人沉默未语，目光落在说话之人身上许久。

"所以，"西装男人冷漠出声，"你是在质疑我？"

"二哥，老大这么做，必然有他这么做的理由。我觉得还是先把事情弄清楚之后，再考虑是否告诉父亲。"红衣女人走上前，笑道。

被称为二哥的男人，瞥了西装男人一眼，旋即不再多言。

"去把威胁到小妹安全的那个人找出来，不管你们用什么手段，问出缘由，包括他背后的人。"西装男人淡淡出声道。

男人话音落下后，原本站立在四周的年轻男女瞬间消失不见。

黑夜中，西装男人眸底浮现出一抹幽冷。

"小妹，这些年，你受苦了。"

数十里外。

男人面色苍白，将嘴角已经干枯的血迹擦净。他怎么也想不到，会半路杀出个年龄不大，但进化层次极高的少年。

如果不是那个半路杀出的少年，此刻他应该已经将那个女人带了回去。

无功而返，主人必会严惩。

"是谁？"男人的神色微微一变，警惕地朝着四周打量。

"桀桀，我说是个什么东西，这样的货色，也敢伤害我妹妹。"黑夜中，一道阴笑声传遍全场，刺耳之音令人毛骨悚然。

不一会儿，数位年轻男女自暗中走出。

男人原本并未在意，可当看见那些男女的面容后，身躯不由得一颤，眸内浮现出难以置信的惊恐。

"你们……你们是？"男人下意识地朝着后方退去。

这些年轻男女身上并没有特别的进化者气息，但是这些面孔，太有辨识度了。

忽然出现的这些男女，每一位都是进化者世界内的穷凶极恶之徒，甚至连圣地的那些怪物级进化者，都有许多死在他们手中。

他们每一人，都敢当着猎人公会总会长的面行凶，而猎人公会也只敢怒不敢言。

“小哥哥，有点事想要问你，你可不要调皮。”红衣女人看向惊恐的男人，嘴角微微上扬，满脸的妩媚之色，仿佛那一双眸内满是人畜无害的温柔。

男人深吸了一口气，尽量将心绪收敛。这些人，怎么可能会出现在这个地方，而且还现身拦住他的路？按照常理来说，绝不应该。

不仅如此，最离谱的是，这些人居然一起出现了。

“我们之间是不是……是不是有什么误会？”男人看向眼前的年轻男女，额头有冷汗渗出。

“小哥哥，你之前还打算对我们的小妹出手，这怎么能是误会呢？”红衣女人轻声笑道，“她可是我们最疼爱的小妹，小哥哥你准备行凶之前，难道都不了解一下情况吗？”

“你们的小妹？”男人神色疑惑，“我……没有啊，等等……你们的意思是，今天晚上的那个林烟，是你们的小妹？！”

“林烟？”红衣女人神色也有点疑惑，“奇怪，小妹不是跟沐家的姓，应该叫沐烟吗？”

“现在是叫林烟。沐家那群废物，恐怕他们到现在都不知道究竟发生了什么事。”某个男人淡淡说道。

“别说沐家了，连我都有点糊涂。小妹的事的确太复杂，恐怕连父亲都没弄清楚吧。”红衣女人笑道。

“还是先把眼前的事情解决吧。”红衣女人笑着看向满脸惊恐的男人，“你有什么要说的吗？”

“误会……我……我根本不知道她是你们的妹妹，如果我知道……”说至此处，男人微微一愣。

即便他知道林烟是这些怪物的妹妹又如何？那可是主人下的命令。

他终于明白了，难怪，一个普通的低级进化者，身上怎么可能会有主人需要的东西？可如果那个林烟是这些怪物的妹妹，或许她的身上真的隐藏着一些秘密。

“乖，告诉我，是谁让你去做这件事的？”红衣女人走上前，将自己的耳朵与男人贴近，轻轻地在他耳边低语。

“不……我……我不……我不知道……”

男人的眸内满是惊慌，主人的身份，他绝对不能说出来。否则，不仅他得死，他所有的亲人，都会因他而死！

“呵呵，所以你的意思是，没人让你对我小妹出手，全是你自己的意思，对吗？”

女人如铃般的笑音像是某种魔咒，让男人心神愈发慌乱。

眼前的红衣女人，妩媚温柔，可男人看过她的资料。这个红衣女人就是个残忍的深渊恶魔，没有一丝一毫的人性！

“我不能说……”片刻后，男人咬了咬牙，说道。

不说的话，最多死他一个；如果说了，恐怕就不是死他一个这么简单了。

“小哥哥，真的不说吗？”红衣女人微微一笑，“如果你不说，我会把你做成木偶的。”

“桀桀，你的木偶够多了，让我把他带回去，我会让他开口的。”被称为二哥的男人阴声笑道。

红衣女人面色微微一变，看向男人说：“小哥哥，你应该知道他是谁吧？如果被他带走，他会吃了你的。”

此刻，男人全身已经被冷汗浸湿，无论如何，他都不能说。

红衣女人随手一挥，将男人打晕，旋即丢给被称为二哥的男人，说道：“我对他的脸没什么兴趣，还是你带走吧。”

被称为二哥的男人瞥了那个男人一眼，阴声笑道：“我也没什么兴趣，不过，为了小妹，我还是乐于从他嘴巴里面套点话出来。”

“二哥如果愿意问话，我相信这个人应该会把知道的全部说出来。”此刻，一位身材壮硕，看起来身高至少有两米以上的男人说道。

“那当然了，这种人心志不坚，二哥愿意出手，肯定没问题。”红衣女人轻声笑道。

“桀桀……”男人阴声一笑，“可是，你们也知道，父亲不太喜欢我用一些手段去对进化者进行逼问，这事千万不要让父亲知道。而且，我这都是为了小妹。”

“既然小妹出现了，我想去见见她。”壮汉说道。

“看情况吧。这些年在小妹身上到底发生了什么，我们暂时不太清楚，还是先把小妹的消息告诉父亲，让父亲来决定。”红衣女人说道。

“也好。”

林烟已经带着白鹤来到了汪景阳的公寓。

“师姐，这是你家吗？”进到房间后，白鹤好奇地四处打量。

“这是我朋友家，你暂时先住在这里。”林烟朝着白鹤说道。

原本，她打算将白鹤带去云间水庄，可仔细想想觉得不太合适。毕竟，她并不清楚白鹤的身份，能够确定的事实只有一件：这个少年是一位进化层次很高的进化者。

而这段时间汪景阳失踪，这间公寓空了下来，将白鹤暂时安排在这里，倒是不错的选择。

“师姐，你朋友呢？”白鹤好奇地问道。

林烟眸内的光泽瞬间暗淡了下来。原本以为能够通过司白找到汪景阳，可事到如今，她才知道，这件事情远远没有她想象的那般简单。

汪景阳至今下落不明，生死不知。

“我朋友失踪了。”许久后，林烟朝着白鹤说道。

“失踪？”闻言，白鹤微微一愣，旋即道，“那怎么办？”

林烟叹了口气，说：“我也不知道。我找了他很久，但一直没有他的消息，我现在只是怕他……”

“师姐是怕你朋友死了？”白鹤问道。

林烟虽然不想承认，但目前的情况的确如此，她的确是怕汪景阳已经不在人世了。

“太可惜了。师姐的那个朋友是个男的吧？他和师姐的关系一定很好。”白鹤轻声说道。

“你怎么知道？”林烟微微一愣，她并没有将汪景阳的事情告知白鹤。

“师姐，我不想知道都不行啊，这满屋子都是你们的照片，你自己看。”白鹤朝着四周墙壁上挂的照片指去。

林烟朝着四周扫视。在汪景阳的公寓内有很多照片，都是她以前和汪景阳的合照。

“师姐，你那个朋友，是被人抓走了还是怎么样？”白鹤又问道。

“我怀疑是被人抓走了。”林烟说道。

白鹤沉思片刻后，朝着林烟说道：“师姐，需要我帮忙吗？我可以帮你去找你的朋友。”

话音落下，林烟神色微变，诧异地看向白鹤。眼前这个少年，能够帮她把汪景阳找出来？

“白鹤，你说的是真的？”林烟急忙开口。

“师姐，我什么时候骗过你，我说能帮你就一定能帮你的。”白鹤点了点头，继续说道，“师姐，但是我丑话还得说在前面，如果你觉得自己那位朋友已经不在了，那还是不要去找比较好，省得到时候找出一具尸体来，自己心里过不去。要是不找，起码心里还能有个念想。”

听闻白鹤所言，林烟嘴角微微抽动，这熊孩子，还真会说话。

“活要见人，死要见尸，即便他真的死了，我也要亲手把他安葬！”林烟看着白鹤，神色坚定地说道。

“那好吧。”白鹤点了点头，“既然师姐你都这么说了，那我肯定没有问题。”

“白鹤，你打算怎么做？”林烟的目光落在白鹤身上，“只要你真的能把我那位朋友找出来，我就欠你两个天大的人情。”

第一个人情是今天晚上白鹤救了她。

“师姐，这个我不敢保证，但我会尽力去试一试。”白鹤说道。

“我相信你！”林烟说道。

林烟今晚亲眼所见白鹤的进化者层次，他说有办法，那就一定会有办法。不管能否将汪景阳找出来，她也一定要去尝试。

很快，白鹤走进卧室，将衣柜打开，然后拿出一件睡衣放在鼻前嗅了嗅。

林烟腹诽：这是什么癖好？

片刻后，白鹤的眉头微微蹙起，口中喃喃：“怎么感觉有基因进化的气息……”

“什么？”林烟好奇地问道。

白鹤摇了摇头，说：“没什么。”

白鹤心中觉得有些好笑，如果师姐那位朋友当真是基因进化者，谁有那么大的本事，能将他抓走？那可是身体进化的极限，绝无可能。

“师姐，这件衣服上有你那个朋友仅剩下的一丝气息，我应该能找到他。”白鹤开口。

林烟腹诽：这人是不是属狗的？

林烟觉得白鹤说的话有些夸张，即便是闻出汪景阳衣物上的一丝气味又如何，难道还能够凭着这一点气息找到他？这得是什么样的变态能力……

“如果是普通气息，我还真不一定能找到，不过……”白鹤若有所思。

“不过什么？”林烟问道。

“你朋友的气息有些特殊，可以说是千万人中也挑不出一个来。”白鹤如实说道。

“啊？”林烟微微一愣，汪景阳的气息有那么特殊吗？

“我也说不好，我感觉是基因进化的味道……算了，死马当活马医，我们去找找吧。”白鹤说道。

“基因进化？”林烟此刻一头雾水，她完全听不懂白鹤的话是什么意思。

“师姐，基因进化你可以理解为超级进化者，是一种非常可怕、非常恐怖的稀有进化者。”白鹤认真地解释道。

林烟一脸蒙地盯着白鹤。这熊孩子是认真的吗？

超级进化者？非常恐怖？非常可怕？还是超级稀有的进化者！

谁啊？汪景阳？？

林烟嘴角微微抽动，要真是如白鹤说的这般，汪景阳是一个极其可怕的进化者，他还能被人抓走？

“你是不是发烧了？”林烟轻声问道。

“没有，我不会生病的。”白鹤说道。

“你刚才说，我那位失踪的朋友，是一个超级可怕的进化者？”林烟问道。

白鹤摸了摸鼻子，有些尴尬地笑道：“师姐，我可没这么说，因为这道气息很薄弱，判断出错也是很正常的。如果真是基因进化者，谁能把他抓走啊？”

听到这里，林烟才松了口气。白鹤说的和她所想的如出一辙，自己和汪景阳那么多年的交情，她敢说，她比汪景阳的亲妈还要了解他。

“等等，你说有没有这样的可能。”林烟忽然蹙眉道，“譬如，我朋友刚刚觉醒成为进化者？”

要是这样，她还觉得有可能。如果汪景阳之前一直都是普通人，最近才成为进化者，那也不是没有可能，虽然也很狗血。

“不可能的。”白鹤摇了摇头，直接否定了林烟的猜测，“基因进化者可不是随便就能够达成的，条件过于苛刻，别说是后天进化，就算某些有着强力基因的先天进化者，想要成为基因进化者都是无稽之谈。”

林烟托着下巴，沉思片刻后，说道：“那肯定就是你判断出错了。”

“嗯。”白鹤点点头，“我也是这么认为的。不过这也是好事，我起码能够凭这样的气息找到他。”

“我们什么时候动身，需要做什么样的准备？”林烟问道。

“就现在吧，趁着这件衣服上还有点气息。”

Part 20

她从来不曾称我为“宝宝”，
只是一直称我为“裴先生”。

深夜，林烟开车带着白鹤，在马路上狂飙。

“还有很远。”

白鹤闭着眼，周身浮现出一抹暗淡的光泽。

“你这能力还真挺特殊的。”

“我在山门时，所有的师兄姐弟都说我是狗鼻子！”白鹤浅笑道。

林烟腹诽：英雄所见略同。

天将亮时，白鹤让林烟停下了车。

林烟的车停在路口，此处是极为偏远的地区，前方就是一处幽深的树林。

白鹤打开车门，目光朝着四周扫去，旋即又闻了闻随身带着的睡衣。

“这个地方的气息很浓烈了。奇怪，为什么有两股相同的味道？”白鹤神色古怪。

“两股相同的味道？”林烟满脸莫名其妙的神色。

“我也不知道，但的确是这样，就好像……分身术一样。”白鹤说罢，朝着前方走去。

林烟虽然不清楚发生了什么，更不知道白鹤说的是什么意思，但也只能跟上他。

目前来说，白鹤是她唯一的希望。如果连白鹤都无法找出汪景阳的下落，那恐怕她这辈子都未必能够再见到汪景阳了。

“白鹤，两股一样的味道是什么意思？”林烟看着白鹤问道。

“就是气味一样。”白鹤向林烟解释道。

林烟陷入沉思，片刻后，又发问：“如果气息都一样，为什么判定是两个？”

“这个……”白鹤挠了挠头，说道，“反正就是一样的气息，但的确有两个，我也不知道怎么解释。”白鹤见林烟还想开口，急忙出声道，“师姐，咱们还是别纠结这个问题了，先把人找到才是正事。”

林烟点点头，示意白鹤带路。

靠着白鹤的狗鼻子，两人在幽深的树林中步行了大约有一个小时。

“师姐，你快看，有火光！”忽然，白鹤停住身形，朝着前方指去。

林烟也迅速上前，打量片刻后，说道：“不是火光。”

“不是火光？”白鹤微微一愣，“那是？”

“灯光。”林烟说道。

此刻，林烟看着前方的灯光，心中暗觉奇怪，在这样人迹罕至的地区，怎么会有灯光？而且这里四周都透着不寻常，看起来十分诡异。

“师姐，先回来。”说着，白鹤一把将林烟拽到自己身边。

“怎么了？”林烟问道。

“师姐，这附近有不少进化者巡视。”白鹤轻声道，“咱们慢慢来，别打草惊蛇，被发现就不好了。”

林烟朝着四周打量，她倒是没发现白鹤口中说的那些巡视的进化者。

“白鹤，你确定这里有我朋友的气息吗？”林烟盯着白鹤确认道。

这里的确很不寻常，如果白鹤说的不假，四周有很多进化者巡视，而汪景阳又被关押在这样的地方，那么问题来了，汪景阳到底得罪了什么人？

当然了，未必是汪景阳得罪了谁，也完全有可能是因为自己的关系，汪景阳才被抓到这种地方来的。可林烟思来想去，她似乎也没得罪什么人，尤其是进化者。除了猎人公会和司白找她麻烦外，她几乎都不认识别的进化者。

司白如今在她的手里，汪景阳应该不是他抓的，而猎人公会更不可能会因为她这样的进化者去抓一个普通人。

林烟发现，自从她知道自己是一个进化者后，事情似乎越来越扑朔迷离了。

“有什么办法潜过去吗？”林烟看向站在自己身旁的白鹤，轻声问道。

“没有，我又不会隐身。”白鹤摇了摇头。

“那没办法了。”林烟淡淡说道，“你告诉我那些进化者的位置，我悄悄过去把他们放倒。”

白鹤盯着林烟打量数眼，说道：“师姐……我觉得还是我去吧，你就在这里等我消息。”

看刚才白鹤朝着她打量的眼神，怎么感觉自己有被冒犯到？这是看不起她，一点也没把她放在眼里啊？

“师姐，你站在这里千万别乱走动，我很快的，别动啊。”

白鹤说完，轻手轻脚地朝着前方走去，片刻后便不见了踪影。林烟听了白鹤的话，站在原处动也没动，等待他的消息。

黑暗之中，林烟躲在一棵大树后方，有些心绪不宁。

仔细捋一捋最近发生的事，当真让她感觉有些不可思议。猎人公会和司白也就罢了，毕竟她之前得罪过猎人公会，而司白那边林烟相信他是认错了人。可之后的事情又如何解释？除了司白，又来了一些进化层次更高的进化者。尤其是今晚，那个男人说她身上有他主人需要的东西，如果不是白鹤出手，后果不堪设想。而提及白鹤，这个身份成谜、进化层次极高的少年，却一直叫她师姐。

一次是误会，两次是误会，三次、四次也是误会？

林烟自己也不会相信真的是误会。但若不是误会的话，其中的原因，恐怕要复杂很多。

不仅如此，最近一段时间，她深度睡眠后，每次都会梦见许多场景，还有醒来之后她发现自己的身上正在消散的白色光泽……

正当林烟沉思时，肩膀被人拍了一下。几乎下意识地，她立即站起身。

“是我。”白鹤朝着林烟轻声道。

林烟有些诧异地看向白鹤，这孩子走路居然连一丁点声音都没有。

“师姐，都摆平了，一共七个人。”白鹤朝着林烟笑道。

林烟微微一愣，七个进化者？

白鹤才离开最多十分钟，这一会工夫，七个进化者都让他撂倒了？

“师姐，现在很安全，我们走吧，去找你朋友。”白鹤笑道。

“好。”

林烟跟着白鹤，朝前方走去。

越来越接近有光亮的地方，两人才发现，前方有一座堡垒般的房子。

“师姐，你的朋友，应该就在前面的房子里。”

大约半刻钟后，林烟和白鹤两人，悄悄地摸了进去。

这座堡垒内，并没有他们预想的那般防守森严，四周静悄悄的，连一个人影也没看到。

“这些容器……”林烟看着四周的容器，神色微微一变。

“师姐，怎么了吗？”见林烟神色不对，白鹤问道。

“实验室……”林烟口中喃喃。

当年她和弟弟，就是被人带进了类似这样的实验室中，经历了一段极其黑暗的时光。只不过，这个地方和当初的实验室并不是同一个。

那时的她根本不懂实验室的意义，哪怕在逃出来后的很长一段时间，她都不知道自己在实验室中成了进化者。

当看见眼前的这些容器后，她才意识到，恐怕自己记忆中的实验室并非只有一个，她也不清楚，这个实验室和小时候自己被抓进去的那个实验室到底有没有特别的关联。

这地方恐怕是用来创造后天进化者的。林烟心中暗暗思忖。

所以说，汪景阳也被人拐到实验室中，打算把他变成后天进化者？

林烟无论如何也没想到，汪景阳居然会被抓进这样的实验室内。此刻，她有点摸不着头脑，不清楚在汪景阳身上究竟发生了什么。

正当她想要说些什么时，一阵刺耳的声音忽然响起，下一秒，所有的出口都被紧密闭合。

“被发现了吗？”白鹤朝着四周看去。

林烟瞥了白鹤一眼，说：“这还不明显吗？”

下一秒，自后方传来一阵轻巧的脚步声。不多久，一个身穿白纱的女人来到此处。

“主人……”看见林烟的一瞬，女人的神色有了些许变化。

“主人？”林烟也愣在了原地。

白鹤原本已经准备好随时出手，可眼下的情况让他有些猝不及防。

“主人，您不是……”白纱女人盯着林烟，轻声开口。

林烟虽然不知道发生了什么，但是反应极快，眼珠微微转动，旋即道：“我来还需要向你汇报吗？”

“自然是不用的。”白纱女人说完，朝着林烟身旁的白鹤看了一眼。

“只是，主人……外面的几位进化者，好像是被他……难道说，他是九号实验室的最新完美试验品？”白纱女人盯着白鹤，眸内浮现出一抹狐疑。

九号实验室，完美试验品？

林烟表面镇定，心中却慌得不行——这个女人说的话，她可是一句也听不懂。可即便是听不懂，遇到这种难得对她有利的误会，她是怎么也要抓住机会的。

她对这个实验室内的情况一概不知，更加不清楚其中的凶险程度。一个不慎，她和白鹤都有可能会被留在这里。

“嗯，他就是九号实验室最新的完美试验品，是我的得意之作，外面的几个人，只是让他试试手。”林烟淡淡地说道。

眼下，她只能硬着头皮接话。她好歹是个演员，无剧本硬演，这也难不倒她。

“没想到九号实验室的完美试验品会在这么短的时间内出世，主人果然厉害。”白纱女人颔首道。

现如今，林烟心中大概有了数。白纱女人口中的主人，应该就是实验室的主人，而九号实验室应该是另外一间实验室，其口中的完美试验品也不难理解，应当是实验室中被制造出来的超强力后天进化者。

当然，这些仅仅只是林烟的理解，如果理解错了，那这戏真没办法接着演了。

好在她的理解似乎并未出错，白纱女人也没有察觉出什么不对。

“那个……”白鹤轻轻拽了拽林烟的衣角。

林烟低头看向他，用眼神制止了想要开口说话的白鹤。白鹤会意后，没有多说什么。

“前些天抓来的人呢？”片刻后，林烟朝着白纱女人问道。

“抓来的人？”白纱女人神色有些莫名其妙。

见白纱女人如此，林烟微微一愣，难道她说错话了？

可白鹤明明说，汪景阳的确是在这个实验室中。该不会，汪景阳不是被抓，而是他死皮赖脸主动求人家来改造他的吧？！

以汪景阳的性格，林烟并不相信他会主动要求进这样的实验室。而且，汪景阳只是一个普通人，不太可能接触到这样的实验室，除非他是被强迫的。

“师姐……”白鹤轻声说着，又拉了拉林烟的衣角。

林烟神色疑惑，朝着白鹤看去。这熊孩子在这关键时刻老拉她做什么，没看出来她演戏很辛苦吗？

“来，你过来呀。”白鹤朝着一旁走去，回头朝着林烟挥了挥手。

林烟有些尴尬，但也只能跟着走到一旁。

“干什么？”林烟看向白鹤，满脸不解。

“师姐，那个女人，不就是你朋友吗？”白鹤诧异地问道。

“什么？”听闻白鹤所言，林烟神色微愣，那女人是她朋友？

旋即，林烟蹙眉道：“我朋友是男的！”

“那怎么回事，变性了吗？”白鹤疑惑地问道。

“她不是我朋友，我都不认识她。”林烟解释道。

白鹤神色愈发古怪，口中喃喃：“奇怪，是我脑子出问题了，还是我鼻子出问题了？”

“师姐，你确定吗，这个姐姐的身上和你朋友的气息一模一样。”白鹤看着林烟，小声说道。

听闻白鹤所言，林烟微微一愣，眼前这个女人身上有汪景阳的气息？

有汪景阳的气息……这句话似乎有些怪怪的，总觉得哪里不对劲。

“就是我之前说，有两股一样的气息，这个姐姐就是其中一股，所以我才想问你，她是不是你那个朋友。”白鹤解释道。

“她身上为什么会有汪景阳的气息……”林烟看向白鹤，口中喃喃。

白鹤摇了摇头，猜测道：“那我就不知道了，有没有可能是父女什么的？”

“那肯定不可能。”林烟毫不犹豫地说道，“你要说女朋友……女朋友也不可能，她估计看不上狗子……”

“师姐，我想了想，父女也不可能，就算是父女，两人的气息也不可能如此的一致。”白鹤说道。

白鹤沉思片刻后，又说：“要不你问问她？”

林烟白了他一眼，这种情况她要如何去询问？本来就是那女人认错人，她这么去问，岂不是直接暴露了？

此刻，林烟心中满是疑惑，这段时间怎么会有这么多人将她认错？先是司白，后有白鹤，现在这个白纱女人又称她为主人。

“主人，有什么需要我做的吗？”白纱女人看向林烟，轻声问道。

林烟的目光落在白纱女人身上，沉默许久没有开口。

女孩见林烟不说话，只能安静地站在一旁，并不敢去揣测主人的心思。

“最近这里有没有什么情况？”过了一会儿，林烟硬着头皮开口。

毕竟总这样不开口说话也不行。

“除了父亲的事，再无其他。”白纱女人看向林烟道。还不等林烟开口，白纱女孩又继续说道，“主人，我体内虽然有父亲的基因，但还是和父亲相差甚远，不知父亲是否还活着？如果活着，能否借助父亲的基因让我更加完善？”

白鹤盯着林烟，随后又朝着白纱女人看了几眼。原本对于他而言，今天晚上就是暴力救人，但眼前的情况却让他有些不知所措。林烟和白纱女人的对话着实让他摸不着头脑，不知道下一步应该做些什么，又可以做些什么。

父亲，基因……

林烟头都大了，她已经完全不知道如何去接白纱女人说的话。即便是随意发挥地演戏，好歹也有个大致的方向，现在这是个什么情况？

“这件事暂且不提。”片刻后，林烟只能硬着头皮接话。

“是。”白纱女人颔首出声。

随后，此地陷入了沉默。林烟不知要说些什么，而白纱女人则是站在一旁盯着林烟，等待她的吩咐，至于白鹤，更不清楚自己该有怎样的行动。

“哦，我知道了。”忽然，白鹤看向林烟，一脸恍然大悟的神色。

“你知道什么了？”林烟问道。

“你还记得我之前告诉你的吗，两股相同的气息。”白鹤给林烟打了个眼色。

林烟点了点头。

白鹤的话中含义，她自然明白。早在之前白鹤已经提过，狗子的气息有两股，而其中一股就是这个女人。可这件事她已经知道了，白鹤再次提及有什么特别的意义？

“你刚才说的父亲，现在怎么样了？”白鹤看向白纱女人问道。

“父亲？”白纱女人眸内浮现出一抹狐疑，父亲不是被主人带走了吗？现在怎么会反过来问她？

林烟也明白了白鹤之前所说的。他该不会认为，狗子是这个女人的爹吧？

就不说狗子能不能找到女朋友，退一万步来说，年龄也对不上。狗子上哪儿弄来这么大的女儿？

再说了，即便是亲生父女，身上的气息最多也只是相似，怎么可能一模一样，除非是分身术。

不等林烟继续说话，白纱女人的手机铃声响了起来。

当看见来电显示时，她微微一愣。

林烟也吓了一跳。

因为，来电显示的备注是“主人”。

白纱女人先是看了林烟一眼，旋即接通电话。

当下，林烟的心已经提到了嗓子眼，不会暴露了吧！

“抓住他们。”一道不带丝毫情感的冷漠女声，自电话中传出。

即便没有开扩音，从电话中传出的声音也能让人听得一清二楚。

“主人，我明白了。”白纱女人轻声开口。

说罢，电话被挂断了。

“师姐，现在这个情况，我们应该是暴露了吧？”白鹤一双水汪汪的大眼睛盯着林烟。

林烟瞥了白鹤一眼，淡淡地说：“你可真聪明。”

这种事情还需要特地跟她求证？这不是明摆着已经暴露了吗。

这个实验室内到处都是监视器，恐怕他们刚一进门，就已经彻底暴露了。

刚才那个电话，一定是实验室的主人打来的。所以说，林烟真的和这个实验室的主人撞脸了？

要是不考虑安全的问题，林烟还真想见见这个实验室的主人，看看她们到底有多像。

“师姐，现在应该怎么办？人都还没找到呢。”白鹤看向林烟问道。

林烟并未开口，目光落在白纱女人身上。

其实暴露了也不算坏事，就这样一直冒充下去，她的压力也不小，而且能够得到的信息太少，但此时已经暴露，便不必再有所顾忌。

“你们好大的胆量。”白纱女人分别朝着白鹤和林烟看去，之前的毕恭毕敬早已不复存在，眸底只剩下冷漠。

“看来，你主子的相貌和我的确很相似。”林烟面无表情地朝着白纱女人说道，“被你们识破便识破了，刚好我也未必能继续装下去。”

紧接着，林烟继续说道：“把我朋友交出来。”

“你朋友是谁？”

“别装蒜了，就是和你身上气息很接近的人。”一旁的白鹤开口。

话音落下，白纱女人沉思片刻后，嘴角微微上扬：“我明白了。”

“我管你明白不明白，识相一点，把我师姐的朋友交出来。我答应你，只要你交人，我们井水不犯河水。”白鹤冷冷地说道。

当即，林烟瞥了白鹤一眼。这熊孩子倒是天真，刚才没听见电话中实验室的主人要白纱女人把他们全抓起来吗，怎么可能还会交人？

白纱女人似乎并未将白鹤的话当回事，她的目光落在林烟身上，淡漠地出声：“是你们束手就擒，还是……”

砰！白纱女人的话还没说完，就听到一声轻响。

白鹤不知何时已经来到白纱女人的身后，以迅雷不及掩耳之势，一记手刀砍在了她的后颈处。

在林烟诧异的目光下，白纱女人遭受白鹤忽然的重击后，身躯软绵绵地倒在了地上。

“……”林烟见状有些震惊。

“废话真多，啊呸！”白鹤有些嫌弃地朝着白纱女人打量几眼，“让你说你不说，像个小丑一样在那儿自言自语，先拿下，带回去再问。”

说罢，白鹤朝着林烟问道：“师姐，我做得对吗？”

林烟腹诽：这孩子太暴力了，我要是说个“不”字，他会不会连自己也一起打？

“呃……你做得太棒了。”林烟嘴角微微抽动，随后对着白鹤竖起了大拇指。

白鹤面色微微一红，兴奋地说：“师姐，以前你也经常这么夸我的！”

此刻，林烟的心中有些疑惑。白纱女人将她认错，由此可见，这个实验室的主人，与她的长相应该十分相似。会不会有这种可能，这个实验室的主人，才是白鹤真正的师姐？

要真是这样，白鹤知道真相后，会不会把她打死？

心里虽然是这样想，但是林烟不会将心中所想告诉他。不管如何，她也一定得调查清楚，而这个白纱女人是目前唯一的突破口。甚至于，林烟已经开始怀疑，欠司白钱的，会不会也是这个实验室的主人？

就因为样貌相似，所以她一直都在给这个实验室的主人背锅？！

“师姐，我们走吗？”白鹤先是看了一眼地上躺着的白衣女人，再朝着林烟问道。

“不走还等着实验室的主人来请我们吃夜宵吗？”

“为什么要让别人请我们吃夜宵，我们自己不能吃吗？而且我也不饿。”白鹤说道。

林烟腹诽：这熊孩子可爱是可爱，好看是好看，进化层次也很高，但唯一的缺点就是有些不太能听懂人话。

“白鹤，你把她带着，我们先离开这里。”林烟朝着白鹤轻声说道。

“我不要！”白鹤看向林烟，“师父说过，男女授受不亲！我一个堂堂男子汉，怎么可以去抱一个陌生的女孩子！”

林烟腹诽：这师父倒是挺会教育人的。

“我师父说，除非是我喜欢的女孩，我才可以抱着她！”白鹤继续说道。

林烟点了点头，说：“嗯，你……咱师父说的对！”

“所以……”白鹤用一双水汪汪的大眼睛看向林烟，“师姐，你抱着她。”

“好吧，那交给我。”林烟点了点头。

“我抱着你！”白鹤又说道。

“哈？”听闻白鹤的话，林烟一脸蒙地站在原地，这熊孩子在说什么？

“师姐，你抱着她，我抱着你呀，这样不就行了吗。”白鹤严肃地说道。

林烟微微一笑，朝着白鹤说：“大可不必！”

“为什么呀？”白鹤既有些不理解，又有些委屈地开口。

“因为我觉得你在侮辱我的智商。”林烟说道。

说完，她径直走到白纱女人身旁。

“师姐，你能抱得动她吗？”白鹤轻声问道。

话音刚落，林烟一把将白纱女人扛在了自己的肩上，转过头看向白鹤：“还愣着干什么，此地不宜久留，咱们还是先走吧。”

“好的好的！”白鹤用力点了点头。

然后，林烟带着白鹤，肩上扛着白纱女人，一路跑出了实验室。

谁也不知道实验室的主人到底是怎样的进化层次，万一白鹤打不过，她和白鹤可就得交代在这儿了。当然了，最有可能交代在这里的是她，毕竟实验室的主人与她相貌相似，说不定是白鹤的亲师姐呢……

原本，林烟想将白纱女人带去汪景阳的住处，并让白鹤照看，只不过，白鹤坚决不同意。

“师姐，孤男寡女共处一室，成何体统！我师父教育过我，这样绝对不行！”白鹤急忙说道。

见白鹤不愿意，她自然不能勉强，只好说道：“如果你不愿意就算了，师父教导得不错。”

“师姐，晚上我要跟你睡。”白鹤委屈巴巴地盯着林烟。

林烟微微一笑，又说：“大可不必！”

她收回自己刚才说的话，这都什么师父，教的什么徒弟呀！前一秒还义正词严地说不能孤男寡女共处一室，后一秒就死皮赖脸地要跟她一起睡。老话说得好，上梁不正下梁歪啊。可话说回来，如果白鹤不愿意看着她的话，那只能让她和司白待在一起了。

“白鹤，你真的不愿意看着她？”林烟扛着白纱女子和白鹤两人躲在暗处，轻声问道。

白鹤瞥了一眼林烟肩上的白纱女人，十分坚定地摇了摇头：“不，我不愿意。我晚上要和师姐一起睡，谁要看着她！”

林烟嘴角微抽。白鹤不愿意看着她，除了让她和司白待在一起，恐怕没有别的地方能留下她了。

无奈之下，她拿出手机，拨通了霄尧的电话。

“滴”了数声后，电话被接通。紧接着，霄尧的声音传出：“说。”

“老板，这么晚了还打扰你，真的太不好意思了！”

“既然不好意思，那就明天再找我。”

说完，霄尧不给林烟继续说话的机会，电话里已经传来忙音。

“……”林烟很无语，自己只是客气地说一句，老板未免也太实诚了。

当即，林烟只好厚着脸皮再一次拨通了霄尧的电话。

“看来你并没有觉得不好意思。”片刻后，霄尧的声音再次传出。

“老板，十万火急、人命关天的大事，我也没办法啊。现在，除了你，没人可以帮我了。”林烟有些尴尬地说道。

“你又被谁打了？”电话中，霄尧语气平淡。

“我倒是没被人打。”林烟说道，“主要是……把别人打了。”

“你把别人打了，应该找医生，而不是找我。”霄尧冷淡地说道。

林烟又解释道：“这个人知道我朋友的行踪，也清楚我朋友到底出了什么事，但现在人被我打晕了，没办法问。所以我想，把她先放在你那里，和司白丢在一起，等醒来后我可以问出我朋友的下落。”

“哦。”霄尧淡淡地应道。

“哦”是几个意思啊？

“老板，你家大别墅方便我再丢个人进去吗？”林烟轻声问道。

“随便。”

“那我去了，一会儿就到！”

说罢，林烟急忙将电话挂断，生怕霄尧反悔。

林烟挂断电话后，一旁的白鹤瞪着一双大眼睛看向她，问：“师姐，跟你打电话的男人是谁啊？”

“我朋友。”林烟说。

“朋友？”白鹤看着林烟，撇了撇嘴，“师姐你怎么有那么多朋友？”

林烟又说：“我老板，行了吧。”

“老板？”白鹤有些不满地撅着嘴，“师姐，你为什么会有老板，你很缺钱吗？”

“对！”林烟看着白鹤，毫不犹豫地点头，“缺很多钱！”

“钱财乃身外之物，生不带来死不带去，师姐你要钱做什么？那东西会让人迷失本心，不好！”白鹤急忙说道。

看着义正词严的白鹤，林烟嘴角微微抽动：“我不赚钱你吃什么？你喝什么？今天晚上的夜宵还是我请你吃的！”

听闻林烟的话，白鹤双拳紧握，顿时憋红了脸。最后，他咬咬牙说：“看来师父说的也不一定全对……”

林烟十分欣慰地看向白鹤，这熊孩子，终于顿悟了吗？

稍晚时，林烟带着白鹤来到了霄尧的别墅。

客厅内，霄尧看向林烟肩上的白纱女人，开口：“她知道你那位失踪的朋友在哪儿吗？”

林烟点头：“她知道我朋友在哪里。”

霄尧朝着依然处于昏迷中的白纱女人打量片刻，问道：“她是什么人？你又是如何发现她的？”

话音落下，林烟的目光落在身旁的白鹤身上，逐一道来：“今天晚上我从你这里离开后，发生了很多事情，我先是被人追杀，随后被他救了，再之后……”

林烟将今晚所发生的事原原本本地告诉给了霄尧，只是省去了实验室主人和她相貌几乎一致的事。毕竟，这件事连她自己都还没有弄清楚。

“师姐，他是谁？你为什么跟他说那么多？”白鹤说着看向林烟。

不给林烟开口的机会，霄尧饶有兴致地打量起了白鹤，随后说道：“小小年龄，有这样的进化层次……着实不易。”

“你说的是实话，我爱听。”白鹤脸上的不悦散去，挂着一丝笑意。

“人留在我这里倒无妨，但这也不是长久之计。”片刻后，霄尧随意地坐在沙发上，淡淡开口。

“也是……只要能找到我朋友，那这件事就算过去了，我也不会为难他们的。”林烟出声。

“既然你朋友的失踪和这个女人有关，那司白应该是无辜的，不如先将司白放了，如何？”霄尧说道。

对于霄尧的提议，林烟并不接受，司白和她之间的事情到现在都没有说清楚。尤其是林烟知道实验室的主人和她相貌相似后，就十分怀疑司白是不是将她错认成了实验室的女主人。不管怎么样，她和司白之间的误会一定要解开。

其他的都不重要，主要是司白死咬着说自己欠他一百亿，这绝对不行！别说一百亿，就算说她欠一百万，林烟也没办法接受。她赚一百万得用多长时间，哪能说欠就欠？！

“司白被我关在房间里，有什么事情要解决可以趁现在。”霄尧说道。

“还是等她醒了比较好。”林烟看向白纱女人道。

“随你。”霄尧满不在乎地说。

“我下手不算太重，她明后天应该就能醒过来了。”白鹤说道。

“……”林烟很无语。

明后天才能醒过来，这还叫下手不算太重？

离开霄尧的别墅后，林烟好说歹说才把白鹤暂时安置在汪景阳的公寓。

林烟回到云间水庄，洗漱完毕之后，躺在床上。

最近发生的离谱的事情实在太多了，像是一个谜团，可进入这个谜团后却发现还有许许多多别的谜团，让她永远也看不清事情的真相到底如何。

片刻后，林烟拨通了裴聿城的视频。

裴聿城出现在她的手机屏幕上，视频内的背景是一个偌大的书房，裴聿城穿着睡衣，手旁有一大叠文件。

“你什么时候才能回来？”林烟看着视频里的裴聿城，轻声问道。

“事情已经处理好了，近期就会回去。”裴聿城柔声说道。

“太好了。”林烟不由得松了口气。

裴聿城离开国内已经有一段时间，林烟对于他在裴氏的情况一概不知，只能听裴聿城自己说。尤其是最近一段时间，发生的怪事太多，林烟像没了主心骨，她对裴聿城也十分担心，如果裴聿城回国陪在她身边，她或许能安心一些。

“近期有什么事情发生吗？”裴聿城轻声问道。

“你放心吧，家里一切都好，没什么特别的事情，我只是有点想你了……”林烟说道。

“想我了？”听闻林烟所言，裴聿城的眸底划过一抹异样的光彩。

“嗯……我告诉你，你要是再不回来，我就过去找你了。”林烟朝着裴聿城笑道。

“你认识路吗？”裴聿城问道。

“不认识，但是我可以问星沉他们，肯定有人知道。”林烟说道。

“……”话音刚落，裴聿城就愣住了。

见裴聿城不开口，林烟忽然从床上一跃而起，坐了起来，不满地说：“你这是什么表情，不愿意让我去啊？”

“不是。”裴聿城轻声一笑，“只是……”

“只是什么？”林烟好奇地问道。

“你想我时的模样，只是忍不住想多看几眼。”裴聿城柔声道。

林烟顿时一愣。

“如果你想来，随时欢迎。等我回去后也可以带你过来，见见我的族人。”裴聿城说道。

“那我还是先等你回来吧。”林烟说道。

目前还有许多事情都没解决，尤其是都不清楚汪景阳的下落与生死，她没心情去任何地方。

林烟偶尔会觉得自己过于弱小，因为她连自己生命中最重要的朋友也无法守护。

两日后，M国，裴氏总部。

书房内，裴聿城穿着一身得体的西装，他刚刚参加完裴氏的家族会议。

刚坐下没多久，书桌上的手机忽然响了一声。这部手机是他专门用来和林烟联系的。

听到手机铃声后，裴聿城嘴角扬起一抹笑意。

手机上有一条未读短信。

林烟：宝宝，你在干吗呢？

裴聿城：想你。

林烟：真的？

裴聿城：你认为呢？

林烟：那你什么时候才能回来啊？前天晚上不是说，就这两天吗，怎么还没回来？

裴聿城：族内发生了一些意外情况，所以推迟了行程。

林烟：我就知道……不过也没关系，你能出来一下吗？

看见这条短信后，裴聿城有些不明所以。

裴聿城：出来？

林烟：嗯嗯，宝宝……你出来一下，我给你一个惊喜。

当即，裴聿城站起身来，朝着书房外走去。大约半刻钟后，裴聿城来到裴氏外围。

“宝宝！”数秒后，女孩从一棵大树后走出。

当见到女孩的一瞬，裴聿城的眸底浮现出一抹惊诧。

“我都告诉过你，你要是再不回来，我就来找你。别问我是怎么知道地址的，我也告诉过你，我会问星沉他们的。”女孩见裴聿城的表情有些许不对，笑道。

“我以为你是说笑的。”裴聿城缓步走至女孩身旁。

裴氏外围，一棵遮天大树下，裴聿城看向身旁笑盈盈的女孩，轻声问道：“怎么来了不提前告诉我？”

女孩轻轻拽着裴聿城的衣角，柔声道：“当然不告诉你了，如果我提前告诉你了，那还能叫惊喜吗？”

“你今天在这儿出现，的确让我很意外。”裴聿城微微一笑。

“宝宝，你难道就让我一直站在裴氏的大门外吗？”女孩幽幽地看了裴聿城一眼，“难道你不想把我介绍给你的族人认识？”

“相信我的族人看见你，也会很意外。”裴聿城说着轻轻拉起女孩的小手，“既然来了，便带你去看看。”

裴聿城说罢，就带着女孩朝着裴氏走去。

走出数步后，跟在裴聿城后方的女孩眸内闪过一抹寒芒，她的嘴角微微上扬，勾勒出一抹极其诡异的笑容。而她的左手上，不知什么时候多出了一根针管，针管内有着某种透明液体。

刹那之间，女孩拿起针管，将针尖朝着裴聿城的后背刺去。

唰！下一秒，在女孩的错愕之下，裴聿城忽然转过身，一把扼住了她的手腕。

裴聿城的脸上没有什么表情，只是好奇地看着女孩手中的针管。

“你随身带着这东西做什么，身体不舒服吗？”裴聿城轻声问道。

听到裴聿城的话，女孩眸内的冷漠很快散去，脸上的笑意再次浮现而出，轻声道：“嗯……可能有些水土不服，这是给我自己用的。”

裴聿城颔首，柔声道：“那用吧。”

“现在觉得没那么难受了，等身体不舒服的时候……”

还没等“林烟”将话说完，裴聿城一把将她手中的针管夺下，说：“还是现在用吧，我帮你。”

话音刚落，他便将针尖朝下，迅速向“林烟”刺去。

“林烟”嘴角微微上扬，须臾之间，整个人已经从原地消失不见。

见状，裴聿城的脸上并未有意外的表情，只是淡淡地看向针管，说：“这个气味，如果我没猜错的话，应该是特制的镇定剂。即便是高层次的进化者，这种剂量也足以昏睡多日。”

“林烟”站在不远处，与裴聿城四目相对。

数秒后，她轻声笑道：“我很好奇，你是怎么发现的？”

“发现吗……”裴聿城若有所思地说道，“即便有着一样的皮囊，也难以掩盖不同的灵魂。”

“我自认为已经模仿得足够像了，为此我还每天监听你们的联系。但我就是想不明白，到底是哪里出了问题，会被你识破。”“林烟”叹了口气，表情有些可惜。

“她从来不曾称我为‘宝宝’，只是一直称我为‘裴先生’。”裴聿城淡淡开口。

“就这？”闻言，“林烟”眸内浮现出一抹疑惑。

“当然不全是。她的一举一动，甚至是每一个笑容我都很熟悉，你想模仿她，除了相貌之外，别的地方还相差太远。”裴聿城淡淡出声，“而且，星沉那些人，并不知道裴氏的具体位置。”

“看来真是我大意了。”“林烟”轻声笑道。

“也未必，起码在你出现的一瞬间，让我难分真伪。”裴聿城站在原地，目光打量着“林烟”的面容，神色平静地说道，“我很好奇，你究竟是谁？”

眼前的女人，与林烟的相貌一模一样，甚至连他也找不出任何的不同。不仅是相貌上，甚至连气息都如出一辙。

只可惜，再完美的模仿也总会有些许痕迹可寻。首先就是林烟的性格和习惯，她模仿得不好，仅仅这一点，便足以让裴聿城起疑。除此之外，林烟也绝不可能会找到裴氏的总部来。不要说星沉等人并不知晓裴氏总部的具体位置，就算是知道，并告诉给了林烟，她想要一个人穿过致命地域，也绝无可能。

“我是谁并不重要，今天的确是太可惜了。”“林烟”盯着裴聿城，无奈地叹了口气。

“我们有什么仇怨吗？”裴聿城看着“林烟”问道。

“说起来并没有什么仇怨。”“林烟”摇了摇头。

“既然如此，阁下此番操作的目的是什么？”

“这正是我所可惜的。”“林烟”笑道，“你有着非常好的进化基因，如果把你带回实验室，应该能够制造出很多强大的后天进化者。”

“原来如此。”裴聿城说道。

此人口中所说的实验室，对裴聿城而言并不陌生。

在这个世上，那些有着强大实力的进化者一族，多多少少都会有着类似的实验室，用这样的实验室来为自己的氏族增添新鲜血液，并可以获得更多更强的进化者。只不过，这样的实验室都十分隐蔽，没有谁会将之公开。甚至裴氏曾经也有着类似的实验室，不过后来因为某些原因，族内将实验室关闭了。

“裴聿城，你要不要乖乖跟我离开，成为我实验室的本体之一，为我创造更多更强的进化者？”“林烟”盯着裴聿城，嘴角微微上扬。

“我倒是没什么兴趣。”裴聿城冷淡地说道。

“看来你是不愿意跟我走，既然如此，那我只能强行带你离开了。”

裴聿城看向“林烟”，淡淡地说：“当然了，如果你有这个本事。”

还不等“林烟”继续开口，裴氏总部的方向传来一阵脚步声，且脚步声越来越近。

“看来今天并不是一个好时候……毕竟是在你裴氏的地盘上，想将你带走，还真没那么容易。不过，你不可能一直留在裴氏，我会慢慢等你。”

“林烟”轻声一笑后，身躯化作虚影，逐渐消散不见。

返回裴氏后，裴聿城思绪万千。那个和林烟相貌一样的女人，究竟是什么来历？两人的气息为何几乎没有区别？

如果不是一些细微的不同，他还真无法识破。而今日过后，如果那女人模仿得更加完美，他又当如何分辨？

并且，这件事，是否需要和林烟交代一声？

裴聿城原本想和林烟联系，可是最终放弃了。毕竟那女人应该是用了某种手段，甚至克隆出林烟的电话号码，他和林烟的所有联系，都能被她监听。

Part 21

她什么时候多了一个哥哥，
自己怎么不知道？

D城。

林烟打开汪景阳的公寓房门，白鹤正侧躺在汪景阳的床上，身上穿着汪景阳的睡衣。

“白鹤，起床了。”林烟走至床边，朝着白鹤说道。

“哦……”白鹤睁开眼，有些迷茫地看着林烟，“师姐，我饿了。”

“那你先起床，不然我点个外卖，喂你吃？”林烟说着别有深意地瞥了白鹤一眼。

白鹤点点头：“好……师姐你点外卖，喂我吃。”

林烟腹诽：这家伙小小年纪，脸皮怎么可以厚到这种地步！这都不算什么，主要是他连一丁点的羞耻心都没有。

“听话，起床我们出去吃，等下还要去老板那儿问我朋友的下落呢。”林烟说道。

等白鹤起床后，林烟先带着他去大排档吃了一顿，然后打车前往霄尧的别墅。

到了别墅后，大门紧闭，林烟敲了好一会儿门，还是无人应答。

她拨通了霄尧的电话。

“什么事？”霄尧的声音从电话中传出。

“老板，我在你家别墅门口呢，你帮我开一下门。”林烟笑道。

电话中沉默了许久后，霄尧的声音才再度传出：“是在我哪个别墅？”

林烟的笑容逐渐僵硬。

他说什么？在他的哪个别墅？他还有多少别墅？还有这样炫富的？！

林烟的嘴角微微抽动，说："老板，在……就是关司白的那个别墅……"

"哦，我知道了。钥匙我随手放在了花盆里，你自己找。还有，司白和你抓来的那个女人，大概三天没吃饭、喝水了，如果还没死的话，你弄点吃的给他们。我在公司办业务，走不开。"

三天没吃饭？！

"不是吧！老板，我是要问他们我朋友的下落，不是要弄死他们啊……"

还不等林烟说完，电话中便已传出了忙音，看来霄尧已经将电话挂断。

"……"

她特别疑惑，压根想不明白，公司开业至今，她身为公司的唯一员工，连一个客人都没见过，还办理业务，有什么业务需要办理？

在附近的小花园绕了一圈，林烟终于找到了霄尧随手丢进花盆的钥匙，并用钥匙打开了房门。

"师姐，人呢？"白鹤扫了一眼大厅问道。

"找找。"林烟叹了口气。

这栋别墅楼上楼下，外加两层地下室，少说也有几十个房间。

大约一刻钟后，她终于在地下二层的大厅看见了被捆住的司白和白纱女人。司白的嘴唇呈白色，明显有一些脱水的症状，白纱女人的精神状态似乎还不错。

"一个是大脑进化，一个是身体进化，当然不一样了。"似乎看出了林烟的疑惑，白鹤解释道，"就这个女人，别说三天没吃喝，一个月不吃喝她也不会死。不过，这个男人是大脑进化者，再不吃饭、喝水，恐怕就要去给阎王爷当女婿了。"

"别胡说。"林烟蹙眉瞥了白鹤一眼。

"我没胡说啊……"白鹤有些委屈。

"我是说，阎王爷哪能看上这样的女婿。"林烟说道。

"……"白鹤有些无语。

司白一双阴鸷的眼睛看向林烟，癫狂地笑道："你知道吗……"

林烟朝着司白望去，好奇地问道："知道什么？"

"我不会放过你的。"司白冷声笑道。

"哟呵。"林烟走至司白身旁，蹲下身子，死死地盯着他，"你好像没明白自己的处境啊，都落在我手里了，还那么嚣张，我看你可以改个名字，以后就别叫'司白'了，你改叫'嚣张'吧。"

"就是，你敢对我师姐这么说话，信不信我打死你！哼！"白鹤说罢，朝着司白便踹了一脚。

"你别动手。"林烟严肃地看了白鹤一眼，"自己什么实力心里没点数吗，他再被你一脚给踹死可怎么办？"

“踹死就踹死，我又不认识他。”白鹤无所谓地说道。

“白鹤乖，你先出去，我有点事要跟他们聊聊。”林烟朝着白鹤笑道。

白鹤摇了摇头：“我不，我要保护师姐你的人身安全。”

“保护我的人身安全？”林烟眉头微蹙，“白鹤，你是不是瞧不起我？”

白鹤沉默片刻，旋即朝着林烟点了点头。

忍住想踹死他的冲动，林烟换上一副笑脸，劝道：“白鹤听话，他们现在已经没有战斗力了，你先出去转转。这么大的别墅，卫生间一定有好吃的，你去找找，吃点喝点。”

“啊？”白鹤微微一愣，看向林烟的目光有些古怪，“卫生间……能有什么好吃的？”

林烟一拍脑门：“看我被你气的，不是卫生间，是厨房。厨房里有冰箱，里面一定有好多好吃好喝的。”

“哦，那好吧，我去厨房找找看。师姐，这边如果有什么情况，你就大声呼救，我一定能及时赶过来的。”白鹤点了点头。

临走之前，白鹤严厉地扫了一眼司白和白纱女人，警告道：“你们这对狗男女，给我老实一点，如果你们胆敢对我师姐有什么歹心，我管杀不管埋，哼！”

说罢，他大摇大摆地走上楼梯，离开了地下室。

此刻，偌大的地下室中，只剩下林烟三人。

看见白鹤离开，林烟这才松了口气。她真怕白鹤一脚把司白给踹死，她和司白之间并没有什么实质上的仇怨，只是存在一些误会，把误会解开就行了。

“司白，听说你几天没吃没喝了，吃点喝点？”林烟说着将送来的外卖丢在了司白身旁。

司白嘴角微微上扬，说：“你有这么好心？这里面不会有见血封喉的毒药吧？”

“你爱吃不吃。”林烟无所谓地说道。

“吃，我当然要吃……不过，你先把我解开，这些绳索是特制的，我没有一点力气。”司白说道。

“哦……”林烟看着司白身上的特制绳索，想了许久后道，“那你还是先饿着吧，等我们之间的误会解除再说。”

林烟可是吃过司白的亏，对于他的实力心中也有一个大概的认知，大脑进化者的进化能力对她而言诡异万分，防不胜防，她可不敢将这些绳索解开。

“你说，你跟我有误会……你自己信吗？”司白盯着林烟，眸内的寒光闪烁不停。

“司白，我们有话直说，我真不认识你，更不可能找你借一百亿。你可以去打听打听我林烟有多抠……不对，是有多节省，我要真有一百亿，我顿顿燕窝、鱼翅，我吃一碗倒一碗……再说了，我真不相信你有那么多钱，随手借出去一百亿，你自己信吗？你老实说，你是不是来找我碰瓷的？如果是，我建议你换个人，我是真的穷！”林烟盯着司白，咬牙切齿地说道。

“呵，事到如今，我落在你手里……胜者为王败者为寇，我无话可说，你也不必揣着明白装糊涂。”司白盯着林烟，冷笑出声。

林烟被气笑了：“好，我揣着明白装糊涂，你不糊涂。你说，我们到底有什么恩怨？！你最好别再说我欠你一百亿，如果还是这样的说辞，大可不必。”

司白的笑声愈发癫狂：“说起来我倒还要谢谢你，零号，你的实验室把我创造得如此完美。怎么，现在不敢认我了？我不是你曾经最得意的试验品之一吗？”

闻言，林烟眸光一亮，瞬间站起身来，打了个响指：“对，这就对了，这就能说通了！”

“你承认了？”司白冷笑道。

“我承认个毛线。”林烟瞥了司白一眼，满脸鄙夷之色，“你认错人了你知道不知道？”

“认错人？”司白道，“你就是化成灰我也不会认错。”

“你先别犟嘴。”林烟蹲下身，拍了拍司白的肩膀，“你说的实验室我知道，那个实验室的主人，也就是你口中的零号，和我长得是一模一样，跟你有仇的是她，不关我的事。”

“哈哈哈，一模一样，你自己信吗？”司白冷笑道。

沉思片刻后，林烟冷静地为司白分析道：“你想一想，你现在落在我手里，我可以让你永远从这个世界上消失，为什么要跟你费心费力地去解释这么多？是你有毛病，还是我有毛病？”

司白这次倒是没多说什么，这也是他所不能理解的。

“我跟你说，我真不是你口中的零号，也不是那个实验室的主人。对了，你要是不信的话，可以问问她，她就是我从实验室抓来的，她最开始也把我认成了实验室的主人。”林烟指了指一旁沉默不语的白纱女人。

司白的目光落在白纱女人的身上。自从白纱女人被抓进来后，一句话都没有说过。

“我问你，我是你的主人吗？”林烟用手指朝着白纱女人的肩膀戳了戳。

“你配吗？”此刻，白纱女人冷冷地看向林烟。

“你听！你听见了吧！”林烟满脸喜色，“她都说我不配，我是真不配啊，我和实验室的主人真没关系！”

白纱女人抬头看着司白，问道：“你叫什么？”

“跟你有什么关系？”司白瞥了白纱女人一眼。

“他叫司白，你的主人欠了他一百亿，你帮我跟他解释一下。”林烟朝着白纱女人开口。

“司白……实验室第一代完美试验品……可惜，后因缺陷被主人抛弃。”白纱女人面无表情地说道。

司白的眸内浮现出一抹骇人的寒光。

林烟托着下巴，若有所思地看向司白。她刚才从白纱女人的口中听到了什么？实验室第一代完美试验品？

可司白不是说，实验室的主人欠了他一百亿吗，这故事怎么有两个版本？

“你是那个女魔头的人？”司白冷声开口。

“女魔头？”林烟惊呆了，所以说，从始至终，那个一直不曾出面的实验室主人，居然就是那个传说中的女魔头！

“难怪……”

这样一来，终于能解释得通了。凌月最开始也差点将她认错，甚至凌月还让她冒充过女魔头。也就是说，她和那个传说中的女魔头的确相貌很相似。这也就说明，女魔头和实验室的主人根本就是同一个人。

“她不是零号？”司白说着，有意无意地朝着林烟打量。

“当然不是，除了相貌相同，无一相似，她如何配！”白纱女人冷声道。

“说得好。”林烟微微一笑，忽然觉得这白纱女人正义感爆棚是怎么回事。

“司白，你仔细想想，我要是实验室的主人、你口中的零号女魔头，我还跟你费这么大的劲做什么，一刀宰了你岂不省事？”林烟叹了口气，盯着司白解释道。

“可你们太像了，连进化者的气息都很接近，这要怎么解释？”司白问道。

“不知道，或许我比你更想知道为什么。”林烟说道。

“你有没有双胞胎的姐姐或者妹妹？”司白继续问道。

“没有！”林烟连连摇头，“绝对没有双胞胎姐妹。”

“你确定？”司白眸内浮现出一抹疑惑。

“司白，你想一下，如果那个女魔头是我的双胞胎姐姐或是妹妹，会这样害我吗？我跟你口中的女魔头也有仇，之前错怪了你，其实把我朋友抓走的就是女魔头。”林烟说道。

“那就奇怪了。”司白也无法猜出其中缘由。

“大千世界无奇不有，你要问我，我也没办法给你答案。不过，我可以告诉你一个秘密，我小时候也被抓进过实验室，你说这两者之间有没有什么关联？”林烟好奇地问道。

“你被抓进实验室过？”听闻林烟的话，司白眉头微微蹙起，“你为什么不早说？！”

“你问过我吗？”林烟问道。

“没有。”司白开口。

“你没问过我，我怎么告诉你？”林烟满脸莫名其妙。

“如果你被抓进实验室进行过改造，那就我明白了。”司白若有所思，“或许是零号以自己为本体的进化基因创造了你，所以你们的气息很接近，相貌也一样。”

听闻司白的解释，林烟匪夷所思，经过实验室的改造后，连相貌都能一样？

看出她的疑惑，司白解释道：“据我所知，高等级的实验室有着最强基因改造，但有一点很奇怪，当年的女魔头可没有这样的改造技术。”

“除非……”司白盯着林烟打量。

“除非什么？”

“除非你有个双胞胎姐妹，这也有可能达到一样的效果。”司白说道。

“我真没有，要不到时候我去问问我妈，如果有的话我一定告诉你。”林烟无奈地说道。

“我信你了，你现在可以放了我。”司白说道。

“放了你？”

林烟盯着司白，片刻后做出了决定，将他身上的绳索解开。

恢复自由的司白，盯着林烟，冷声道：“你倒是天真，我随口说说便放了我，你不怕我是跟你演戏？”

“首先，你未必打得过我；其次，我还有个很强的帮手，即便我打不过你，你也得想想自己能不能走出这个地下室。”林烟看着司白笑道，没有丝毫的惧色。

“林烟，你果然很有胆识。之前是我的问题，没有将事情调查清楚，但即便如此，你与那女魔头一定有某种关联。”司白说道。

“信不信随你，反正我不认识她。而且，她将我朋友抓走了，我不会放过她的。”林烟说道。

“很好，我相信你，我们现在有共同的敌人。但我还是不甘心。”说着，司白眸内寒光阵阵。

“又怎么了？”林烟愈发无奈，这人怎么像个孩子一样，还需要她一直哄着？

“我与霄尧的关系不错，他居然为了你出卖朋友，他不是人！”司白愤恨地说道。

这件事，林烟只能打个哈哈糊弄过去，不然还陪他一起骂霄尧？那她也太狼心狗肺了。

“林烟，这个女人怎么回事？”司白看向白纱女人。

林烟也未隐瞒，一五一十地将事情的始末告诉了他。

“这件事绝不简单，她抓走你朋友，恐怕是想用你朋友的基因作为母体去创造出更强大的进化者，恐怕你没这个本事将你朋友救出来。”司白说道。

“汪景阳？强大的母体？”林烟嘴角微微抽动，她无论如何也没办法将汪景阳和强大的母体联系在一起。而且，汪景阳并不是一个进化者。

“我还有点私事需要处理，算我欠你一个人情，骚扰了你那么久。”

不等林烟开口，司白便离开了此处。

司白走后，林烟开始对白纱女人逼问汪景阳的下落和起因。可谁知，白纱女人的嘴像是铁打的，林烟用尽各种手段也没能让她开口。

无奈之下，林烟只能强行将白鹤留在了此处，让他继续逼问白纱女人。

离开别墅，林烟来到了商场，打算给贺暮云买些礼物，然后回去问问她关于“双胞胎”的事。

“不好意思……”林烟手中提着大包小包，心中想着女魔头的事，一不小心与人撞了个满怀，大包小包洒落满地。

“没关系。”

男人穿着定制西服，身材修长，仿佛从骨子里透着一股清冷。不过，眸子落在林烟身上的瞬间，又浮现出一抹难以言喻的温柔。

“妹妹，好久不见……”

男人的目光落在林烟身上，嘴角微微上扬，勾勒出一抹淡淡的笑意。这一抹笑意，仿佛是冰与火的碰撞，与男人本身形成了两个极端。

林烟下意识地朝着眼前的男人打量。一身得体的定制西装，没有一丝褶皱，衣角处刺着一枚月牙图案，十分精致。整个人透着一股生人勿近的冰冷气息，脸上的笑意看着有些不太“熟练”，眸底却带着一抹既不符合他自身冰冷气质的温度。

不知为何，林烟对眼前的这个男人产生了一些好奇，不过，让她更好奇的是他妹妹究竟长什么模样。

随后，林烟朝着左右前后不停地打量，却发现这个男人身旁，除了她自己，并没有旁人在场。他到底在管谁叫妹妹？

“我帮你。”男人朝着林烟轻声开口。他俯下身帮她拾起掉落在地的东西，将大包小包从地上捡起递给她，随后轻声问道，“买这么多补品，最近身体欠佳吗？”

“啊？”林烟看着男人，有些不明所以。

她根本不认识眼前的男人，甚至连一次面都未见过。可男人的语气，就仿佛与她认识了许久，甚至没有丝毫的生疏感。

“不好意思，您是在和我说话吗？”林烟问道。

“嗯。”男人并未否认。

果然是和她在交流，可他们并不认识。还有，刚才的那声“妹妹”，也是和她说的？她什么时候多了一个哥哥，自己怎么不知道？

不一会儿，林烟想起了什么。该不会，眼前的男人也将她认错了吧？！他难道也把自己当成了那个实验室的女魔头？！

“不好意思，你认错人了，我没有哥哥。”林烟连忙撇清关系。

“是吗……”男人一双璀璨的眸子盯着林烟，“这样呆呆傻傻地活一辈子，或许也很幸福……”

林烟听到这话，顿时脸色转黑，这人说谁呆呆傻傻呢？

他连自己的亲妹妹都能认错，就算是傻，傻的也应该是他好吧。

林烟轻咳一声，郑重地解释道：“抱歉，这位先生，您确实是认错人了，我应该只是跟您口中的妹妹长得有点像而已……”

说到这里，她突然反应了过来。她不正好想知道自己到底有没有双胞胎姐姐吗？

既然眼前这个人自称是那个跟她长得很像的女人的哥哥，那么这个男人或许对此有所了解吧？

于是，林烟试探着开口：“冒昧问一句，你是不是有两个妹妹？你妹妹是双胞胎吗？”

男人神色柔和地摇摇头，说：“没有。”

没有？林烟暗自思索，那就是说，她只是单纯地跟那个女人长得像而已了？

不过也不一定，毕竟眼前这个男人的身份都还不确定，他说的话也无法判断真假。

无论如何，这个男人如果真的跟那个女魔头有什么关系的话，肯定也是个危险人物，还是离远点比较好。

这时，手机弹出了一条短信，是裴聿城发来的。

裴聿城：在做什么？

林烟急忙腾出手来回复信息：我在商场给我妈买东西呢。

回复完信息之后，林烟摇摇头，甩掉脑子里更加混乱的思维，重新看向眼前的男人，说道：“总之，您真的认错人了，我只有一个弟弟。”

男人闻言倒也没多说什么，只是点了下头，说道：“无妨。”

林烟嘴角微抽，这还能无妨？

正说着话，一阵急促的手机铃声响了起来。林烟随手抬起手机看了一眼，下一秒，直接瞪大了眼睛。

来电显示：汪景阳！

“狗子！？”林烟看到来电显示，心脏狂跳，飞快地按下了接通键。

只不过，她并没有着急开口说话，只是屏住呼吸，安静地等待着。

汪景阳已经失踪很长时间了，现阶段得到的消息是他的失踪和实验室有关。所以，林烟猜测，是实验室的人用他的手机给自己打来了电话，估摸着是要谈条件。她把那白纱女人抓了回来，是不是实验室想来一次人质互换？

如果是这样，她倒是可以接受，这应该是最好的结果。只要汪景阳能够安全回来，别说一个白纱女人，让她加点钱都行。

“说话。”电话里一直没声音，林烟终于率先开口。

然而，让她没想到的是，下一秒，手机那头却传来了白鹤哭唧唧的声音：“师姐，救我！”

林烟乍一听到白鹤的声音，顿时愣住了：“白鹤？怎么回事，你也被实验室的人抓住了？！”

此刻，她的心绪有些乱，并不知道究竟发生了什么。如果因为这些事而连累了白鹤，她如何心安。

“什么实验室啊，跟实验室没关系……”白鹤说道。

“白鹤，你在哪里？”林烟急忙问道。

“我在你朋友家里。”白鹤如实回答。

“在狗子家？”

不是让他留在霄尧的别墅继续审问那个女人吗，他怎么跑了？

白鹤哼哼唧唧，有些委屈地说道：“师姐你不在，我跟那个女人孤男寡女单独在一起，成何体统！所以我就回去了啊！结果，有个特别凶的男人突然闯进来，还打电话要叫你们人界的执法者来抓我！师姐，快来救我！师父说不可以做违法乱纪的事情，我绝对不能被人界执法者抓住！”

林烟听得一个头两个大：“什么鬼？什么人界执法者？”

这时，手机那头传来汪景阳的声音：“我刚回家就看到家里多了个陌生人，所以打电话报警了。林烟，你什么时候有个这么傻头傻脑的小师弟？”

林烟的瞳孔微微缩动。这个声音……不可能有错，是汪景阳的声音！

汪景阳……回来了？！

“你……你是汪景阳？”林烟有些不敢相信，试探性地问道。

“废话，小爷我这么有磁性的声音你都听不出来了？”

不会有错，是熟悉的声音，也是她最熟悉的交流方式，这条死狗！

“狗子，到底怎么回事，你从实验室逃出来了？还是他们把你放了？你老老实实告诉我！”林烟急忙开口。

“什么实验室，什么乱七八糟的，我都不知道你在说什么，我刚打完工回来。”汪景阳的声音传出。

“你这蠢狗！死到哪里去了！一个多月不出现，你是不是要上天！”

“我还要问你呢，这小不点到底怎么回事？他居然穿着我的睡衣……穿我的睡衣也就算了，他居然还喝我冰箱里的饮料，吃我冰箱里的巧克力！我一说要报警抓他，他就说自己是你师弟。林烟，你要不跟我解释清楚，我和你没完！”

“……”林烟很无语。原来那什么人界执法者说的是警察，这孩子电视看多了吧，以为自己是神仙呢，还人界！

紧接着，她急忙解释：“你别报警了，确实是我让这孩子去你那里住的，说来话长，我现在去找你！等我过去！我还没找你算账呢！”

再三叮嘱之后，她“啪”的一声挂了电话，随后一阵风似的冲出了商场。

半个小时后，林烟打车到了汪景阳的公寓。

刚到门口，她就看见公寓的门敞开着，屋内一片狼藉。

白鹤一见到林烟，立即乳燕投林似的朝着她扑了过来，大叫道：“师姐！”

不过，他还没来得及靠近林烟，就被汪景阳提着后衣领给拉了回去：“把话说清楚，乱认什么亲戚，你私闯民宅的嫌疑还没洗清呢！”

不给林烟和白鹤开口的机会，汪景阳冷笑道：“我冰箱里十六瓶饮料，还有三盒没开封的限量版巧克力，以及乱七八糟的零食……算上你开空调的电费，上厕所冲马桶的水费，没个万把块钱，咱俩不算完。”

“根本就只有一盒巧克力、三瓶饮料，而且零食都是吃剩的……”白鹤委屈地说道。

“住口，我说有十六瓶就有十六瓶，我说三盒巧克力就是三盒巧克力！”汪景阳冷哼道。

白鹤只好无奈地说：“好吧……”

林烟看到汪景阳，先是上上下下地仔细打量了他一番，见他一副生龙活虎的模样之后，总算是放下心来，急忙问道：“狗子你怎么样，有没有受伤，那些人有没有为难你？你是怎么从实验室逃出来的？”

汪景阳闻言，眸底划过一抹冷意，不过，转瞬便消失不见，化作茫然的表情，挠挠头说道：“什么实验室？什么逃出来？我怎么听不懂你在说什么？”

林烟蹙眉道：“你不是被实验室的人抓去做人体试验了吗？”

汪景阳眨了眨眼睛，莫名其妙地说：“林烟，你是不是电视剧看多了，什么人体试验？”

“狗子，到底出了什么事？你不要怕，告诉我，我给你做主。我不会害你的，你不要对我有所隐瞒！”林烟盯着汪景阳，眉头深锁。

她觉得汪景阳可能是被吓坏了。就像是小时候上学时，被同学欺负了，回家也不敢告诉家长。

汪景阳捏了捏下巴，盯着林烟说：“你有病吧，你就不能盼着我点好吗？还被什么实验室抓走，做什么人体试验，等下我是不是要被解剖研究了？”

林烟也有些疑惑，看汪景阳的状态，不像是撒谎。难道她真的搞错了？

下一秒，林烟的目光落在白鹤身上，面色严肃地询问道：“白鹤，到底怎么回事？你上次追踪汪景阳的气息……”

白鹤捏了捏鼻子，解释道：“我之前不都说了吗，时间太长了，气息很微弱，我也没有百分之百的把握……搞错了也是说不定的。”

搞……搞错了？她揍了实验室的人，还抓了实验室的白纱小妹妹，结果他就来一句搞错了？！

“以后零食减半！”林烟不满地瞪了白鹤一眼。

白鹤一听，顿时委屈得要哭出来：“师姐……”

林烟没搭理这熊孩子，又看向生龙活虎的汪景阳，问：“那你消失的这段时间跑哪里去了？”

“我找了个活儿干，去工作了啊！”

林烟听到这话简直要抓狂了：“什么？工作？什么工作能消失这么久，电话不接，短信不回，人间蒸发！你是被抓去挖煤了吗？”

汪景阳“啧”了一声：“瞧你这话说的，敢情在你心里，我就只配去挖煤吗？”

林烟看着对方这没心没肺的样子，气不打一处来：“你给我老实交代，到底干吗去了！真的没遇到危险？”

汪景阳无奈地说道：“我是真的接了个私活，这活儿有点保密性，所以不能对外联系。我能遇到什么危险啊？”

林烟瞥了汪景阳一眼，将信将疑，难道被抓去实验室的那个人真的不是他？

林烟一边思索，一边喃喃自语道：“也是，你这家伙比我还穷，又是个单身狗，还是个战五渣，人家没事抓你做什么，还多张嘴吃饭……”

汪景阳听到她的吐槽，嘴角抽搐。

话音落下的瞬间，林烟突然飞起一脚，凌空踹在了汪景阳的狗腿上。

这下，林烟是真的信了。白鹤都说气息判断不一定准确，再加上汪景阳眼下的精神状态和模样……看来真是她搞错了！

搞错不要紧，可是她抓回来的那个白纱女人该怎么办？玩笑开大了！

汪景阳差点被踹趴下，盯着自己裤子上鲜明的脚印，一脸茫然：“林烟你干啥！”

“还敢问我干啥！我踢断你的狗腿！一个月！整整消失了一个月！你怎么不明年再回来？就算是去工作了，你就不知道跟我说一声吗？”不给汪景阳开口的机会，林烟咬牙切齿道，“你知不知道，就是因为你装神弄鬼不接电话，我要被你害死了，你这蠢狗！”

汪景阳听着林烟话音里的关心，不由得有些感动。

结果，下一秒便听到林烟咆哮道：“父母在不远游，儿行千里爹担忧，这个道理你懂不懂！”

汪景阳顿时面色黑如锅底。

林烟冷哼一声：“谁能想到你突然转了性，居然跑去赚钱了！”

狗子去赚钱了……说到这里，林烟的眼珠子转了转，状似不经意地说道：“哦，对了，我记得你的生日快到了，是吧？”

汪景阳莫名地有种不太好的预感，说：“你居然还记得我的生日？”

林烟挑眉：“那是当然了，我们俩是什么关系！”

汪景阳半信半疑地看了她一眼，不过多少心里还是有些感动，说：“真是难得！”

林烟笑呵呵地搭着他的肩膀，说：“狗子，既然如此……不如你就送我一瓶护肤品吧。我也不挑，自然堂的那个小紫瓶精华就不错！”

汪景阳闻言，怀疑自己的耳朵出问题了，满脸的无法置信：“我过生日，凭什么是我给你送礼物？”

刚刚才感动了一秒钟的汪景阳，现在就发现一个事实：林烟摆明是听到他赚钱了，要坑他一笔！

林烟双臂环胸，理直气壮地说道：“谁规定不可以的！而且，你知不知道？在你消失的这段时间，我有多担心，你这个不孝子！”

这时，一直躲在林烟旁边的白鹤探出脑袋，一脸嫉妒地说道：“这位哥哥，师姐真的很担心你，找了你好多天，还去了那个很危险的实验室呢。我觉得师姐真的对你很好，要是师姐对我的关心能有对你的万分之一，我就算是死都无憾了，真的好羡慕你呀！”

林烟听着白鹤的话，表示很满意。这孩子总算是靠谱了一次。就是说话的语气，怎么听着有点怪怪的呢？

听到白鹤的这番话，汪景阳虽然觉得有些不对，但又说不清哪里不对，只注意到了那句林烟担心他。

然后，他面色有些不自然地轻咳了一声，说：“这家伙居然还会担心我，她如果哪天突然担心我了，那只有一个理由，就是我欠她钱了。”

汪景阳嘴上说着不相信，却是心口不一地拿起手机在自然堂的旗舰店里搜索了起来，随后问道：“双酵母精粹*2倍虾青素，黄金浓度烟酰胺，是这个精华吗？”

林烟一听，立即凑过去，兴奋地点点头：“没错没错，就是这个！”

汪景阳轻咳一声开口：“为什么是精华？我看那个唇膏和口红也不

错啊！”

林烟一听立即摇头道：“我只要这个精华就够了。”

汪景阳面露狐疑，觉得这有些不符合林烟的性格，问：“为什么？”

林烟眨了眨眼睛，理所当然地说道：“因为如果别的男人送我口红的话，我男朋友会吃醋！”

汪景阳颇为无语：“……”

他过个生日，不仅要送她礼物，还要被她塞狗粮，有天理吗？！

刚才的那点小感动，瞬间灰飞烟灭！

汪景阳正要吐槽，这时，门口突然传来了一阵脚步声。紧接着，便看到两个身形颀长，气场强大的男人一前一后地朝着他这间小公寓的方向走来。

林烟留意到汪景阳的目光，也顺着他的视线看了过去。随后竟看到了霄纪，旁边的另一个男人，竟然是霄尧！

霄纪和汪景阳是朋友，霄纪会来这里还算正常，霄尧若是单独来也有可能，但是，这两个人同时出现在这里，也太奇怪了吧！

尤其当霄纪和霄尧同时出现的时候，林烟竟觉得他们虽然气质不同，但是眉宇之间有些神似。而且这两个人都姓霄……

林烟看看霄纪，又看看霄尧，下意识地脱口而出道：“霄纪，还有老板……你们俩怎么一起过来了？你们该不会真是失散多年的亲兄弟吧？”

霄尧面无表情地开口：“不是。”

林烟顿时松了口气：“我就说嘛，怎么会有这么巧的事情，你们怎么可能会是兄弟？！”

一旁的霄纪轻笑一声，补充了一句：“不是失散多年。”

林烟听到这话，顿时愣住，一时有些没反应过来：“什……什么意思？”

白鹤眨了眨眼睛，说：“师姐，他们的意思应该是，他们没有失散多年，他们就是亲兄弟。”

林烟直接瞪大了眼睛：“不会吧！！”

霄纪以一种难以言喻的表情看了她一眼，吐槽道：“是我的错觉吗？似乎比之前更傻了。”

林烟脸色一黑，这家伙，怎么说话的！今天之内，这已经是第二个人说她傻了！

她难以置信地看着霄纪和霄尧，这两人，居然是亲兄弟！

她怎么没想到，不，她怎么可能想得到！

“老板，你真是他哥哥？”林烟难以置信地看向霄尧。

“不是。”霄尧摇了摇头，“他是哥哥。”

这简直比电视剧更加狗血！世界难道就这么小？世界不应该很大吗！

她在国外遇到哥哥，又在国内遇到弟弟，说出去谁信？

这时，霄纪突然漫不经心地朝着汪景阳投去一眼。

“你看什么？”汪景阳感受到霄纪的目光后，忍不住也朝他看去。

“看你长得丑。”霄纪盯着汪景阳，面无表情地开口。

话音落下，汪景阳嘴角微微抽动：“霄纪，你可以侮辱我，但是……不可以睁眼说瞎话，我哪里丑？今天你要是说不出来，我们没完！”

霄纪盯着汪景阳打量许久，淡淡地说：“脸。”

“你丑，你脸丑，你全家都丑！”汪景阳立刻怒道。

霄纪也不在意，盯着汪景阳淡淡道：“我听说你失踪了很久，小烟找了我很多次，你做什么去了？”

汪景阳一声冷笑：“关你什么事！我那是保密工作，有着绝对的私密性，任何人都不能说的，这是工作素养，你懂不懂？”

霄纪说：“那我知道了。”

“你知道了？”汪景阳眉头微蹙。

林烟也好奇地看向霄纪：“你真知道他做什么去了？”

“嗯。”霄纪颔首，朝着林烟道，“很容易分析，只是你太傻了。”

“那你快说啊！”林烟嘴角微微抽动。

“他应该是被抓了。”当即，站在霄纪身旁的霄尧开口。

“我也觉得他被抓了。”霄纪点点头，说道。

“说仔细点。”林烟先是看了一眼霄尧，旋即又朝着霄纪打量。

这个霄纪，好像知道一些什么。

“你今天才刑满释放，被关了一个月，没错吧？”霄纪盯着汪景阳，轻声开口。

“刑满释放？”汪景阳一脸蒙。他怎么就刑满释放了？

不对，他为什么会刑满释放？！这个用词是不是有些不对劲？

这下，不仅是汪景阳，连林烟都一头雾水。刑满释放，不是犯了事被抓进去后，关押到期才这样说吗？

“笑话！霄纪，你知道什么，别乱说！”汪景阳不满地瞥了霄纪一眼。

“你怕了？”霄纪道。

“我怕了？”汪景阳莫名其妙地看着霄纪，“我怕什么，我有什么好怕的！”

“你怕我把真相告诉大家。”

“你知道什么真相？我有什么好怕的，好，你说，你要是说不出来……”

“那我说了。”

霄纪看着汪景阳，面无表情地说道：“你玩女人被抓了。”

话音落下的瞬间，林烟呆立当场！

这个霄纪可真会聊天啊！一来就把天给聊死了好几次……而且还是无差别攻击！

汪景阳气得差点一口气没提上来，怒吼道："你才被抓了！你个死瘸子，今天怎么站着走路？你的轮椅呢，今天不用人推着你走啊？"

霄纪笑了笑，说："不碍事，最近身体还不错，能勉强走走。你是被我说中了，所以很生气吗？"

"胡说八道！你这是嫉妒我，陷害我，你还是不是人！"

见汪景阳反应过激，林烟有些怀疑，上下打量起他来："狗子啊，你该不会是真的那啥被抓了吧？消失这么久，还说什么是需要保密的工作，真的有点可疑……霄纪说的也不是没有道理！"

"你可闭嘴吧！就不能盼我点好！你觉得以哥的颜值需要吗？"汪景阳快被这两人给气死了。

这时，身后传来"叮"的一声，走廊尽头的电梯升了上来，电梯门在这一层开启。

Part 22

介绍一下，这位裴先生，我男朋友，
未来老公！即将的丈夫！望周知！
♥

林烟原本只是不经意地朝着电梯门的方向扫了一眼，正准备收回视线，下一秒，电梯门打开，当她看清电梯里的男人，顿时瞪大了眼睛……

只见男人穿着一袭宽大的黑色风衣，戴着金丝眼镜，风尘仆仆，目光径直穿越这短短的距离，落在她的身上。

与此同时，裴聿城自然也看到了林烟身边的其他四人。

霄纪和霄尧用探究的目光朝着裴聿城看去，汪景阳的表情几乎是瞬间收敛，白鹤也投去狐疑的视线……

林烟这会儿没工夫去管他们四个人的反应，她的第一反应是惊喜，第二反应却是惊恐。

裴聿城！他不是在裴家总部吗？前一刻还在给她发短信呢！现在怎么会突然出现在这里？

而且，偏偏还是这种时候！林烟看看左边的霄纪，又看看右边的霄尧，再看一眼对面的汪景阳，手腕上还缠着一个美少年，此刻她恨不得飞天遁地……

完了，她刚刚还给他回复信息说自己在商场给妈妈买东西呢，现在可怎么解释！这场景也太容易让人误会了！

裴聿城怎么突然回国，还找到这里来了？

林烟的大脑飞速转动着，下一秒，在大脑反应过来之前，身体已经朝着裴聿城的方向飞奔而去。

林烟和裴聿城四目相对，似乎都没料到会是这幅场景，两人同时呆滞了片刻。

下一秒，林烟直接飞扑到了裴聿城的怀里，撒娇道："亲爱的，你什么时候回来的？怎么也不跟我说一声！"

裴聿城听着女孩那句"亲爱的"，神色微顿，原本落在她身后四人身上的目光缓缓收回，又落在女孩满是欣喜的面上。

"刚回。"裴聿城顿了顿，继续道，"抱歉，想第一时间见到你，给你一个惊喜，所以，用了些特殊方法。我以为，你在商场。"

所以，裴聿城可能是给她发完信息之后，想要给她一个惊喜，就动用精神力定位了她的位置，过来找她。结果却没想到找到了这里……

林烟见裴聿城居然向自己道歉，瞬间更加愧疚了。这好端端的，她怎么又领了"渣男剧本"！她也太冤了！

如果不是这会儿空气里的威压都快把人吓得寒毛直竖了，林烟估计真的以为裴聿城依旧和往常一样风轻云淡。也不知道是不是因为最近接触的进化者有点多，她渐渐可以感知到进化者身上的特殊气场。

裴聿城的目光，并未在林烟身上过多停留，反而看向了一旁的霄纪。前段时间，他在裴氏遇袭，霄纪就曾出现过，带走了那个想杀死他的神秘男人。

而此刻，霄纪忽然出现在这里，的确有些耐人寻味。这次，霄纪的出现代表着什么？

林烟急忙指了指角落里的一堆补品，解释道："我刚刚确实是在商场买东西的，临时接到一个电话，有点事情要弄清楚，所以来了这里……"

对于她的解释，裴聿城不置可否，淡淡说道："不介绍一下？"

刹那间，几人的视线对在一起，气氛一触即发。

林烟这会儿已经稍稍冷静了下来，她有啥好心虚的，本来就是个误会，解释清楚就好了，裴聿城又不是那种不讲道理的人。

"哦对，差点忘了，这位是……"她先是看向霄纪，介绍道。

结果，这边不等林烟说完，霄纪直接打断了她："自我介绍一下，霄纪，林烟的男朋友。"

"你说啥？！"霄纪话音落下的瞬间，林烟气得整个人像要炸裂，旋即用杀人一般的目光朝着霄纪扫去。

这人不仅情商有问题，脑子也有问题吧。他什么时候成她男朋友了？

本来是很好解释清楚的事情，结果硬生生被他给弄成了修罗场。

就连一旁的霄尧表情都有些错愕，白鹤也瞪大了眼睛。

至于裴聿城的表情，那就更不用提了……这气压的恐怖程度根本不亚于他暴走那一次……

"什么男朋友，你不要胡说八道！会不会说话！"不等林烟开口，汪景阳已经率先站出身来，朝着霄纪怒声喝道。

见状，林烟险些流下了欣慰感动的泪水。

“你应该是她未来的老公才对！”汪景阳又纠正道。

此刻，林烟脸上的笑容彻底僵住。

霄纪也陷入了沉思中，很快点了点头，轻声笑道：“对，我是她丈夫。”

汪景阳朝着霄纪挑了挑眉，暗示他说得不错。这才叫宣告主权，最好弄得裴聿城大发雷霆，让林烟被迫分手，那他的目的就达到了。

听到这话，林烟简直恨不得把霄纪和汪景阳一起咬死。

她瞪着两人，咬牙切齿，一字一顿地开口：“我郑重地重新介绍一下！霄纪，已经被我拒绝的追求者！”

说完，她立刻又转向一旁的霄尧，继续介绍道：“这位是霄尧，我目前的老板，是这位已经被我拒绝的追求者的弟弟！”

紧跟着看向汪景阳介绍道：“汪景阳，已经被我拒绝的追求者的狐朋狗友！”

随后看向白鹤介绍道：“这位少年，我不认识，是这位被我拒绝的追求者的狐朋狗友的租客！”

“……”听完林烟的这番介绍后，目瞪口呆的四人一齐陷入了沉默。

林烟说完，这才看向裴聿城，一把牵过男人的手，掷地有声地说道：“介绍一下，这位是裴先生，我男朋友，未来老公！即将的丈夫！望周知！希望诸位不信谣不传谣，谢谢！”

见状，对面汪景阳的脸色已经黑如锅底，本以为霄纪那番话加上他的添油加醋会让裴聿城当场发飙，没想到林烟这死丫头居然有异性没人性，直接和他撇清了关系。

怎么介绍他来着？已经被她拒绝的追求者的狐朋狗友？

虽然知道林烟是在满嘴跑火车，不过裴聿城的神色还是稍稍缓和了几分。

他看向汪景阳，说：“我听小烟说，你被抓走了，没事就好。”

汪景阳眼看计划失败，只能暂时作罢，但也下意识地否认道：“没没没，别听她瞎说，我只是……”

“他玩女人被执法者抓走了。”这时，一旁的白鹤说道。

话音刚落，汪景阳就看向白鹤，嘴角微微抽动。

而裴聿城则盯着汪景阳，陷入短暂的沉默，最终，别有深意地说道：“虽然年轻，也得保重身体。”

汪景阳：“我……”

白鹤因为被林烟这么撇清关系有点难过，但是被她用眼神强烈警告了，不敢再跟过去，只能委屈地咕哝：“师姐，我不是什么租客啊，你怎么又不认我了？！之前师兄他们说你被山下的野男人拐走了，原本我还不相信，没想到你居然真的为了这个人抛弃我们……”白鹤越说越生气，义愤填膺道，“这个男人哪里好了！长得这么丑……”

白鹤的“丑”字只说了一半，余光瞥到裴聿城那张倾倒众生的脸后，就怎么也说不下去了，只能硬生生地别开头，把“丑”字收了回来，改口道：“好吧，就算长得还可以，但是他一看就很穷！”

这句话连汪景阳都听不下去了，他嘴角抽搐地纠正道：“他是JM集团的老板……”

白鹤迷茫地问：“老板很有钱吗？”

汪景阳叹气：“你可以理解成咱们山下最有钱的人。”

白鹤顿时一脸受打击的表情，不知想到了什么，突然狐疑地盯着裴聿城打量起来：“我们是不是在哪里见过啊？你看上去好眼熟……”

林烟实在是不想让裴聿城继续在这里待下去了，不然还不知道这些家伙能说出什么惊世骇俗的话来！

“抱歉诸位，我男朋友过来接我了，我就先回了，你们请自便！狗子你放心，你的小秘密我会守口如瓶的！还有那什么，白鹤，以后你就住这儿吧，就当做是自己的家一样，别客气！”

汪景阳见林烟居然就这么走了，只能在后面干嚎道：“你就这么走了，你把这只什么鸟带走啊！扔给我算什么事！为什么是他的家，这明明是我家！吃我的，喝我的，还没给钱呢！还有，我没有小秘密……”

然而，林烟早已经拉着裴聿城跑没影了。

汪景阳气得几乎要昏厥，恨铁不成钢地朝着霄纪看了一眼，真是白瞎了他这么助纣为虐！

云间水庄。

好不容易离开汪景阳那个鸡飞狗跳的地方，到家后，林烟总算可以好好跟裴聿城解释清楚了。

“裴先生，刚刚确实是个误会，他们俩完全就是在胡说八道，你肯定不会为这种事情生气的对不对？”

裴聿城脱了身上的外套，在沙发上坐了下来，淡淡地朝着林烟看了一眼，问：“如果我生气了呢？”

“呃……”林烟愣了愣。

她换位思考了一下。他们分开这么久，好不容易裴聿城赶回来还想给她一个惊喜，结果却凭空冒出来一个男人，自称是她男朋友，换做是谁都会生气的。但这次，她也是受害者啊！

林烟满脸纠结，只能老老实实地交代：“裴先生，那个霄尧是我兼职公司的老板，这个你是知道的。那个少年我确实不认识，只是他好像认错人了，非说我是他师姐，他没地方住，又找不到回家的路了，我就把他安顿在狗子那里住了。至于那个霄纪，你真的没必要理会他，就是个无关紧要的人，再说他长那么丑，还那么穷，我怎么可能看得上他，您说是不是……”

裴聿城朝着林烟看了一眼：“那汪景阳呢？”

林烟眨了眨眼睛，这次，她很认真地思索了一下，随即回道：“你说狗子啊！他……他就没办法了，穷就穷点，丑点就丑点吧，我也不能介意，毕竟母不嫌子丑嘛！”

“……”裴聿城哑口无言。

林烟又一脸真诚地说道：“总之，亲爱的，对我来说，没有什么比你更重要了，你一定要相信我！”

这边林烟哄人的话刚开了一个头，突然从她卧室里传来了一阵轰隆隆的声响。

她扭头一看，就看到那只调皮的小布偶正在翻箱倒柜，书桌上的东西都被它弄翻了。

眼见着它伸出爪子，又要朝着梳妆台上的瓶瓶罐罐下手，林烟哀嚎一声，也顾不得裴聿城了，立即以光速冲进卧室。

只可惜，猫爪速度太快，她赶过去的时候，那瓶她刚拆封不久的自然堂雪域冰肌水已经遭了殃，一大半都被泼洒了出来。

“小混蛋！我跟你什么仇什么怨！把你捡回来，供你吃供你喝，你就是这么报答我的！这已经是第几回了！”林烟一阵心绞痛，赶紧用化妆棉尽量挽救一些，手忙脚乱地拍在了自己的脸上和脖子上。

裴聿城眼睁睁地看着刚说完那句“没有什么比你更重要”转头就因为一瓶护肤水把他忘在脑后的媳妇，脸上的表情一言难尽。

林烟此刻依旧沉浸在悲痛之中，完全没发现裴聿城的异常。

裴聿城轻叹一声，捏了捏眉心。下一秒，男人刚一抬眼，只见方才还在卧室的林烟突然火急火燎地朝着他飞奔过来。

他还没反应过来，只感觉到眼镜被摘了下来，随后，双颊一凉，女孩的两只小手已经严丝合缝地贴在了他的脸上。

林烟一边给他涂抹，一边急吼吼地道：“快快快！多抹一点！别浪费了！脖子也抹一点！”

裴聿城看着林烟在自己脸上忙碌、甚至还要把他衬衫扣子也解开涂抹，面色彻底黑了下去。

“没有什么……比我更重要？”男人眉梢微扬，用低沉的声音开口。

林烟听到这话，动作顿时一僵，面露尴尬地说道：“那什么，不……不是我抠啊！绝对不是我抠门！是这个冰肌水真的很好用，这个是自然堂的明星产品，喜马拉雅5182米的小分子冰川水，保湿滋润、抗氧鲜活……”林烟越说声音越小，最后，估计是自知理亏，只能放出大招，“裴先生，我们都这么久没见面了，好不容易等到你回来，不如，我们明天出去约会吧！”

裴聿城的神色总算是缓和了几分，有些意外地朝着林烟看了一眼，问：“你可以？”

当然是不可以了！要是被绫姐知道就死定了！如果被拍到，更加完蛋！

但是，自从上次裴聿城给自己的手机发约会短信后，她就发现，裴聿城似乎对约会很有执念。不过，他们这恋爱谈的也确实太不像是在谈恋爱，连约会都没有过。所以，现在能哄好裴聿城的大概只有这个方法。

于是，她只能硬着头皮开口：“可以啊，当然可以了。反正我绯闻男友满天飞，就算被拍到也不是什么大事。”

“……”裴聿城有点无语。

反应过来的林烟立刻补充道：“呃……我的意思是，你跟那些绯闻不一样，我们俩约会是光明正大！”

裴聿城继续问道：“那如果，被拍到了呢？”

“呃……”林烟突然意识到，这似乎又是一道送命题……

如果被拍到……绫姐那边肯定会用公关给遮掩过去。可是求生欲告诉她，绝对不能这么回答！

对上裴聿城清冷深邃的眸子，她一咬牙，斩钉截铁，豪气万千地开口：“拍到就拍到吧！要是被拍到了，大不了就公开呗！”

林烟一边说着，心中一边暗想，到时候她戴个墨镜和帽子，去个人少点的地方不就行了，又不一定会被拍到！

裴聿城看着林烟这副大义凛然的表情，嘴角缓缓勾起，似笑非笑地开口：“既然如此，那我就放心了。”

林烟讨好地说：“嗯嗯，你放心好啦！”

裴聿城点了点头，说道：“明天，我们去游乐园。”

“……”林烟立刻哑然。

游……游乐园？听到这三个字的瞬间，林烟如同晴天霹雳！

游乐园这种地方人多眼杂，她现在的人气也还不错，被认出来的可能性太大了，而且裴聿城本人也够引人注目的。明天还是大周末，到时候游乐园人满为患……

“怎么？”裴聿城向她投去狐疑的神色。

自己吹的牛，哭着也要继续飘上去……

林烟抱着最后一丝希望询问：“裴先生，这好像不太符合你的喜好啊！你……你喜欢游乐园？”

“喜欢。”

没办法，林烟只能含泪说道：“哦，没……没事……游乐园挺好……挺好的……”

当天晚上，林烟忐忑难眠，最后还是忍不住爬起来给多多打了一个电话。

“多多宝贝啊，我有个事情……想问你一下！”

“这么晚了给我打电话，什么事情这么重要？”手机那头传来钱多多充满困意的声音。

“还挺重要的……”林烟斟酌了一下措辞，随即说道，“就是……如果……我是说如果啊……如果这个时候我爆出恋情……会怎么样？”

手机那头稍稍沉默了一下，随后传来钱多多的声音：“不怎么样。”

林烟浮现一丝希望，说：“不怎么样？就是没关系的意思？”

钱多多打了个哈欠，淡淡地回道：“不怎么样，只不过会被绫姐打断腿而已。”

林烟嘴角微抽：“有这么严重吗？我以前也经常有绯闻啊？”

钱多多怒道：“这次和以前能一样吗？！你有没有想过，这次爆出来会是什么后果？！你现在的事业好不容易有点起色，要是恋情曝光，你会被裴南絮的粉丝撕得连渣都不剩！裴南絮的粉丝到底有多可怕，你心里没点数吗？！”

林烟听着手机那头多多的咆哮，满脸无语，这丫头，怎么就是说不听呢，非要认定她男朋友就是裴南絮。

“烟姐，你要是不想死的话，最好把裴南絮给藏得严严实实的，否则到时候我可不会给你收尸！”

林烟说：“宝贝儿，冷静，我都说了，我男朋友不是裴偶像！我们真的只是单纯的亲戚关系……”

多多吐槽：“你骗鬼呢！这方面你可瞒不了我，我的猜测不会有错！”

林烟腹诽：你只猜对了三分之一，一个“裴”字。

她跟多多解释了半天也说不通，都快成复读机了，最后只能无奈地挂了电话。

第二天，林烟顶着黑眼圈醒了过来。

想了一晚上，她也算想明白了，兵来将挡，水来土掩吧！

要是真的被拍到了，大不了就公开好了，她什么风风雨雨没见过。不过，虽然林烟这么想着，但是，一想到裴聿城家的粉丝，她还是有点犯怵。

裴聿城虽然不是圈内人，但是他家死忠粉的战斗力可比裴偶像的粉丝还要可怕一百倍！

“确定要去？”似乎是看出了林烟的犹豫，裴聿城在门口顿住脚步。

她对上裴聿城那双仿佛看穿了一切的眸子，立即说道：“当然，昨晚都说好了，怎么能说话不算数！何况平时我也很少花时间陪你，难得你有想去的地方，别说是个游乐园，就算是上青天揽月，下五洋捉鳖，我也得陪你去！”

裴聿城轻笑一声，温柔地揉了揉女孩的发丝，说："那倒不必。"

终于，林烟抱着壮士断腕般的心情和裴聿城来到了游乐园。

果然，周末的游乐园人山人海。不愧是D城最大最豪华的游乐园，如同童话世界一般梦幻。不过，收费也是高得出奇，还不能自带食物，园区里的食物价格是外面的十几倍，不想排队还得另外花钱买票走快速通道。可就算是这样，一年三百六十五天都始终有人排队。

幸好大家都在开心地玩乐，并没太在意旁边的人，林烟戴着宽大的墨镜，并没有引起注意。

头疼的是，来游乐园应该干什么，林烟真是一点经验都没有。谁能想到，外人眼中绯闻满天飞、阅人无数的绯闻女王林烟，其实是个恋爱白痴且毫无浪漫细胞的耿直女。

她感觉自己有些格格不入，这时，放置在身侧的掌心突然一暖。裴聿城不知什么时候牵住了她的手，小心地避开人群，拉着她走到了一处卖各种可爱发箍和饰品的小摊前。小摊旁边还有几对小情侣也在挑选发箍。

其中一个女孩开心地跟旁边的男朋友撒娇："宝贝，这个好可爱啊！好想要！你陪我一起戴好不好？"

"我戴？这个粉色的我怎么戴啊……"男孩看着那个过于可爱的粉色米奇耳朵的发箍，神色有些为难。

"哎呀，陪我一起嘛！我一个人戴多没意思！多可爱呀！"

最后，男孩还是抵不住女朋友的撒娇，投降道："行行行，都依你！"

裴聿城拿起一个粉色猫耳朵的发箍看向林烟，问："要吗？"

林烟盯着那个可爱的发箍，挠挠头："会不会太幼稚了？而且这个发箍这么贵，九十九块九一个？九块九我都不乐意买！"

裴聿城闻言，稍稍倾身，用额头轻轻抵住女孩的额头，低声开口："我喜欢，陪我戴，嗯？"

林烟瞬间犹如掉进了火山岩浆，全身温度升高，差点冒烟，像被人改了程序的电脑主机，立即改口："行行行！买买买！给你买！我陪你戴！"

林烟陪着裴聿城戴上粉色猫耳朵发箍，随后被他牵着，径直朝着一个拍摄大头贴的地方走去。

她看着眼前贴满花花绿绿照片的大头贴小屋，又看了看身旁的裴聿城，实在是有些颠覆裴聿城在她心目中的形象。

"裴先生，您……想拍这个？"林烟的神色有些难以置信。

裴聿城垂眸，捏着女孩的手指紧了紧，问："可以吗？"

林烟瞄了一眼价格，拍一张照片只要十块钱，还挺便宜的。

"可以啊，当然可以了！我请客！"林烟当即豪气地说道。

十分钟之后，两人终于从拍摄大头贴的小屋里出来了。

裴聿城一共拍了六百多张照片，而且一张不落地全都打印了出来。

一分钟六十秒，十分钟六百秒，他俩平均一秒拍一张……

一张十元，六百多张照片，一共要六千多块！

林烟本以为裴聿城是要随便拍几张，但是万万没想到他口中的“拍照”居然是这样的！

她盯着那一大包照片，整个人都呆住了……

“我来结账吧。”裴聿城似乎看出了林烟的肉疼，于是说道。

林烟一边咬牙扫码支付，一边说道：“不要，说了我请客的。而且，我们俩谁付还不都一样！花我男朋友的钱，我也一样肉疼啊……”

裴聿城听着林烟的后半句，神色一怔，随后眼眸内划过一抹温柔。

“不过，我真没想到，你这么喜欢拍照！”林烟对于裴聿城的认知又一次被颠覆了。

裴聿城看着女孩面上意外的表情，眸色渐深，低语道：“我们从未一起拍过照片。”

就连结婚证上的合照，也是用软件合成的。

“确实没拍过。”

林烟没有看出裴聿城眸底异样的神色，所以还是无法理解，心想就算没一起拍过，也不用一次拍这么多啊！

离开大头贴小屋之后，裴聿城拿出手机，发了半天的信息。

林烟看裴聿城拿出手机发信息，完全没有多想，毕竟他日理万机，难得抽出时间来约会。

而她不知道的是，裴聿城将刚才他们俩拍的大头贴发到了一个微信群里。

裴宇堂：大哥你不是回总部了吗？你回来了！你什么时候回来的？你回来都不跟我们说一声，居然就这么跑去跟嫂子约会了？还有，我的眼睛是不是瞎了，哥，你头上戴的啥玩意儿！

裴聿城：你大嫂喜欢。

裴宇堂：不是吧……大哥你这宠得也太没下限了……

裴宇堂：你居然还陪大嫂拍大头贴！你跟我这个亲弟弟都没拍过大头贴！哥，我也想要拍！

裴南絮：大哥，虽然我知道你不喜欢人多的地方，不过，女孩子都喜欢去游乐园。大哥你出国这么久才回来，就好好陪大嫂吧！

裴聿城：知道。

裴宇堂：咦？等等！这个游乐园看起来怎么这么眼熟？

……

拍完照之后，林烟又陪着裴聿城去玩了游乐园的很多项目，旋转木马、碰碰车、鬼屋……

此时此刻，林烟和裴聿城正坐在云霄飞车上。

在极快的速度之下，所有游客都失声尖叫，甚至还有人被吓哭了。

“啊啊啊啊——”

“放我下去！我不坐了！放我下去啊啊啊——妈妈救我——”

坐在林烟前面的是两个嗓音相当嘹亮的女孩子，林烟的耳膜都快被震破了。

坐在她后面的男生是个一米九几的彪形大汉，叫得比那些女孩子还要夸张，哭得梨花带雨，一直喊着放他下去。

林烟在前后左右的夹击之下满脸木然，甚至还打了个哈欠，有点犯困……

如果她那些徒弟、队友、死敌、粉丝们知道“赛道死神”Yeva跑去游乐园开碰碰车、玩云霄飞车，估计会怀疑人生。

她无意间扫了眼身旁的裴聿城，男人的表情不像是在坐云霄飞车，反而像是在闲庭漫步。人群之中，他也是一样的格格不入。

见状，林烟嘴角微抽，原来裴聿城也跟她一样毫无游戏体验啊！所以，他们花这个钱，到底是干吗来了？

她忍不住凑近一旁的裴聿城，问道：“裴先生，你真的喜欢玩这些？”

裴聿城侧身看向身边的女孩，森林般幽深的眸底泄露出一丝笑意，如同涟漪荡漾开来，不紧不慢地开口：“倒是没什么兴趣。”

林烟瞬间有点蒙，完全无法理解裴聿城的思维：“既然你都不喜欢这些，为什么还要挨个项目玩一遍？这也太浪费钱了吧！当然了，我的重点不是说浪费钱，重点是，你既然不喜欢，就没必要做这些事情啊！”

裴聿城沉默半晌，目光专注地看向眼前的女孩：“我喜欢的，不是做这些事情，是和你一起做这些事情。”

林烟心里顿时咯噔一下，心头的小鹿又开始超速飙车了！

裴聿城看着女孩呆呆的表情，问：“觉得这个不够刺激是吗？”

林烟实在没办法违背本心，忍不住开口：“确实是不怎么刺激。”

对她这种老司机来说，云霄飞车简直跟开幼儿园的校车差不多。

就在她话音落下的瞬间，眼前落下一片阴影，下一秒，唇上蓦然一软，裴聿城微凉的唇猝不及防地吻住了她。

林烟下意识地惊呼一声，想要往后闪避，但下一秒，却被吻得更深。男人用一种几乎要将她融入骨髓的力度近乎凶狠地吻着她。

原本在她眼中无比缓慢的云霄飞车，突然好像增速了千百倍！

不知过了多久，云霄飞车的速度终于越来越慢，缓缓朝着终点驶去……

直到飞车停止，林烟才被松开。

裴聿城伸出手，修长的手指缓缓地在女孩殷红的唇上擦过，轻声问：“现在呢？刺激吗？”

“……”打住，这……这不是开往幼儿园的车！

她这辈子坐过最快的车，不是在世界第一联赛上，而是在这辆云霄飞车上！

下了云霄飞车之后，两人进了一家餐厅稍作休息。

裴聿城点了一个很可爱的卡通造型冰淇淋，还有一杯饮料。

林烟扫了一眼桌面，发现冰淇淋只有一个，饮料也只有一杯，不由得问：“都只买了一份吗？”

裴聿城开口：“嗯，一份够了。”

林烟有些不好意思地说道：“我其实也没有那么抠门的，要么还是多买一份吧，我去买……”

不等她说完，裴聿城随手拿了两根吸管放进饮料里，然后动作无比自然地挖起一小勺冰淇淋喂到了她的嘴边，柔声说道：“张嘴。”

林烟顿时僵在原地，眨了眨眼睛，下意识地张开了嘴巴。

裴聿城的眼底泛着笑意，轻轻喂了她一口，问：“好吃吗？”

“好吃……”林烟捂住弥漫着甜蜜的腮帮子，总算后知后觉地理解了为什么只点一份了。

与此同时，她也恍然大悟地回忆起了什么。

去游乐园、拍大头贴、鬼屋冒险、坐云霄飞车、同吃一个冰淇淋、用两根吸管喝一杯饮料……这些不都是她当初在笔记本上写过的“谈恋爱应该跟男朋友一起做的一百件事”里面的吗？

当初刚跟裴聿城在一起的时候，她压根就不知道该怎么谈恋爱，所以上网查了很多资料，还做了不少笔记！不过，为什么裴聿城会这么清楚？

好吧，八成是他附身的时候看到了。

所以，裴聿城今天带她来游乐园，一件一件地做这些事情，也是因为在帮她完成“愿望清单”？

想到这里，林烟莫名地就感受到了裴聿城的那句话：不是因为喜欢做这些事情，只是因为喜欢和你一起做这些事情。

在本应该玩闹的年纪，因为家中遭逢巨变，她全部的生活重心都是不停地想办法赚钱。那些同龄人喜欢的东西，她似乎全都没有体验过，也一度以为自己并不喜欢，并不需要。这种被人如此细心珍重地放在心上的感觉，让她无比满足和感动，就好像是生命中缺少的那一部分，被填补了。

“天哪……”林烟长叹一声，扶住额头。

裴聿城见状，眉梢微扬：“怎么了？”

“没什么，就是有点感慨，我到底是走了什么狗屎运，找到一个这么完美的男朋友！重点是，这么完美的男朋友都不用我自己追！这会不会太容易了一点？有点太不真实了！”林烟感叹道。

仔细想一想，能和裴聿城在一起，她好像啥也没做，完全是裴聿城“自己追自己”……

不然，要是以她的情商，恐怕花八辈子也追不上！

裴聿城镜片后的眸子里满是笑意，他揉了揉女孩的发丝，说道：“林小姐，我追你，可不容易。”

若不是他的意识突然不受控制地附身到她的身体，若不是得到这重来一次的机会，或许，这辈子她都不会再让自己靠近她。

林烟挠挠头，说：“好吧，你一个人做完了两个人做的事情，确实也挺不容易的。”

出了餐厅之后，林烟准备和裴聿城找些地方再多拍些照片留念。

结果，没走多久，林烟便蹙起了眉头，她总有种被偷窥的错觉。

“等等！我们被跟踪了！”林烟神色警惕地停住脚步，“可能是狗仔。”

“分开走？”裴聿城开口。

林烟摇摇头：“如果是狗仔，我们肯定已经被拍了，现在分开走也没用。”

她想了想，直接拉住裴聿城的手，看向不远处一个人比较少的地方，说：“我们去那里！”

林烟和裴聿城走到了园区一个比较幽静的小花园里。果然，那个人紧接着跟了上来。

走到一个拐角处时，林烟当即一个急转身，动作飞快地朝着后面那个人影追去。

这个人应该是为了伪装，穿了一身大熊的玩偶服，之前混在人群里的时候很难被发现，现在在没人的地方就很显眼了。

不过，林烟倒是没想到，那家伙穿得这么笨重，速度倒是不慢，跑起来飞快，而且好像对这个游乐园也很熟悉，很快就把她给甩在了后面。

“怎么跑这么快！”林烟看着前面的三叉路口，头疼不已，一旦让那家伙混进人群里就不好找了。

裴聿城跟在她身后，稍稍闭上了眼睛，几秒之后，睁开眼睛，开口：“左边。”

林烟扭头朝着裴聿城看去，诧异地问：“你怎么知道？”

“刚才捕捉了一些他的精神力。”

“我怎么就没有这么厉害的异能呢！这也太好用了吧！”

林烟立即按照裴聿城指的方向跑去，果然，两人很快看到了那只玩偶大熊。眼见着那只玩偶大熊又要往岔路跑，她急忙飞起一脚，凌空踹在了那只玩偶大熊的屁股上。

“嗷——”玩偶大熊哀嚎一声，摔在了地上。

林烟立即用脚踩住玩偶大熊的腰，怒道：“跑！我让你跑！还不快把胶片交出来！”

“嗷……呜呜呜……”那只玩偶大熊一边哀嚎一边说话，但是因为戴着厚厚的头套完全听不清他在说什么。

林烟踩着他，正要继续威胁，结果看到那只玩偶大熊抱住自己的脑袋，下一秒，“噗”的把“脑袋”给摘了下来。然后，她就看到裴宇堂的脑袋从玩偶服里露了出来。

“嫂子！是我！是我呀！脚！脚快松开！我的腰要断了，嫂子！”裴宇堂鬼哭狼嚎道。

“裴宇堂？怎么是你？！”林烟完全没想到跟踪他们的人会是裴宇堂，整个人都惊呆了，赶紧松开脚扶他起来，“你穿成这样在这里做什么？”

“我在这儿打工兼职啊！”裴宇堂哭丧着脸，用胖乎乎的熊掌揉着自己的屁股。

林烟上下打量着他，难以置信地问：“你在这里兼职？”

“是啊！不行吗？”

“你是有多缺钱……”林烟很纳闷。

裴宇堂哀怨地朝着裴聿城看了一眼，说：“车队马上要比赛了，花销太大。我答应了我哥要赛车就要自己赚钱，下星期我有一场特别重要的比赛，必须得把我那辆车的零部件换一下……”

“那你干吗跟踪我们？”

“我兼职，顺便八卦一下不行吗……我看到我哥在群里发的照片，发现你们正好是在我打工的游乐园，所以我就好奇，想看看你们是怎么约会的……”

林烟闻言一脸无奈：“约会有什么好看的！你在这里兼职看得还不够多？”

裴宇堂一边偷看裴聿城，一边说：“别人我看得多了，看我大哥是第一次……”随后，裴宇堂又激动地说道，“嫂子，我真没想到，你居然还玩云霄飞车！云霄飞车对你来说，简直就跟小朋友的玩具车一样吧！一点都不刺激好吗！”

林烟下意识地朝着裴聿城瞄了一眼，摸了摸鼻子，道：“不，不会啊……还挺刺激的……”

“刺激？不是吧！烟姐你摸着你的良心再说一遍！到底哪里刺激了？”裴宇堂一副难以理解的表情。

“我说刺激就刺激，你可闭嘴吧！对了，你来得正好，既然你这么喜欢看你哥约会，那就看个够吧！过来给我跟你哥拍照！”林烟直接把裴宇堂征用了。

裴宇堂猛地摇头：“这不行啊，我还要工作呢！”这一路的狗粮他已经吃得够多了！

“给你钱，十块够不够？”

裴宇堂不满地说：“十块钱也太少了吧！你打发叫花子呢！大嫂你好歹多给点！”

“那你要多少？”

没想到，裴宇堂伸出五根手指头说：“至少多加五毛钱才干！”

林烟肉疼了半天才开口：“行吧！成交！你这身玩偶服也挺好看的，待会儿给我们当背景板一起拍吧！”

裴宇堂讨价还价道：“可以是可以，但是得加钱！也要加五毛！”

“这还要加五毛钱？你少坑我！跟游客拍照本来就是你的工作，我门票钱已经付过了，不用再另外付钱了。”林烟严肃地说道。

裴宇堂沉默了好半晌，终于忍不住开口：“嫂子……”

“干啥？”

裴宇堂神色复杂地问：“你是不是对我哥有什么误解？”

林烟白了他一眼：“我对你哥能有什么误解？”

裴宇堂：“你知不知道现在H国最有钱的人是谁？你知不知道我哥名下到底有多少资产？嫂子你真的不用这么抠！真的！JM集团老板的女朋友在游乐园为了五毛钱跟一个临时工讨价还价，要是被媒体知道，还以为我哥他破产了……”

“跟我有啥关系，你还是JM集团老板的亲弟弟呢，你还在游乐园做临时工呢！再说了，你哥的钱又不是我的钱！”林烟脱口而出。

一旁的裴聿城不紧不慢地说了一句：“也是你的钱。”

瞬间，林烟感觉自己被一座金山砸下来，差点被砸晕过去！

大佬！别说这么吓人的话好吗！

经过一番讨价还价之后，林烟总算以十一块钱的价格成交，顺利拍好了照片。

照片拍好之后，裴宇堂第一时间将照片发到了三人的兄弟群里跟裴南絮炫耀。

裴宇堂：二哥二哥，快出来看！我就说我没看错人吧！我在游乐园看到的那两个果然是大哥和大嫂，真可惜你不在！快来看我们拍的全家福！我终于有跟大哥的合照了！

过了大概有半分钟，裴南絮回复了。

裴南絮：全家福？这不是大哥和嫂子的合照吗？你发错照片了？
裴宇堂：你睁大眼睛看清楚！就是全家福！
裴南絮：抱歉，我应该看得很清楚了，照片里只有两个人，除非你隐身了。

裴宇堂用软件把那张照片中间的玩偶大熊用红圈标注出来，重新发到了群里。

裴宇堂：我这么大一只你看不到吗？二哥你是不是眼神不好？

“……”裴南絮盯着照片里充当背景的那只熊很是无语。

裴宇堂正乐呵呵地炫耀，林烟随口问了一句：“对了，你刚说你下周比赛，现在战绩怎么样了？”

裴宇堂有些心虚地说：“目前……目前是第五十名……”

林烟顿时嘴角微抽，恨铁不成钢地说：“你直接说倒数第一名不就行了？”

垫底小王子果然名不虚传，她就不该问这个问题！当年她会选择赛车这个行业，是为了赚钱，而裴宇堂，完全是去烧钱的。

说起裴宇堂和赛车的关系，真是应了那一句：你我本无缘，全靠我花钱。

“三少啊，我觉得吧，你需要重新认识一下自己，你有没有考虑过改行？”林烟都忍不住为他心疼钱了。

裴宇堂一听立即摇头：“那不行，我这辈子最大的心愿就是打进全球第一联赛，让我哥在电视上亲眼看到我乘风破浪的英姿！”

林烟满头黑线地劝道：“少年，天还没黑呢，你醒醒！而且，我觉得你大哥大概并不怎么想看。”

裴宇堂顿时泪奔：“我大哥只想看你！”

“你知道就好！所以啊，你与其让这些钱打水漂，还不如拿来赞助我呢，我来帮你完成这个心愿。反正咱们俩都是一家人，我打进全球第一联赛了，不就等于是你打进全球第一联赛了？”林烟循循善诱道。

裴宇堂挠挠头说：“我觉得你说得有点道理，但是又好像哪里不对……”

“哪里不对了？难道我们不是一家人？”

裴宇堂说：“是一家人，但是，虽然你的赛车水平比我高多了，可那是全球第一联赛！哪能是你想进就能进的！嫂子，你这完全就是在给我画大饼忽悠我！”

林烟拍了拍胸口保证道：“我不仅会进，还会拿到巅峰之赛的总冠军。你现在赞助我们车队，绝对是稳赚不赔的生意！”

裴宇堂吐槽：“嫂子，你男朋友千亿身家，还来坑我这点钱，这不太合适吧！”

林烟不满地反驳：“你亲哥也是千亿身家啊，你怎么连这点钱都舍不得？”

裴宇堂反问：“你男朋友千亿身家，你为什么不找你男朋友拉赞助？”

就在两人吵个不停的时候，一旁的裴聿城开口终止了这场辩论：“因为她不需要，我的钱就是你嫂子的钱。”

“……”裴宇堂顿时无语。

“那什么，”林烟扭头瞅着裴聿城，语重心长地说道，“裴先生，有件事情我必须得声明一下了，虽然我很爱钱，但是，我跟你在一起，真不是贪图你的钱……”

裴聿城说：“我知道。你不用贪图，我本来就是替你赚的。”

“……”此时此刻，林烟的脑海里塞满了两个字——想嫁！

Part 23

如果你喜欢女孩，我们未来可以努力。

裴氏总部。

几位高层召开紧急会议，会议的内容大致有两点，关于两个无法无天的小少爷——一个大魔头，一个小魔头。

大魔头在几年前被某个进化者组织掳走，虽然裴家进行了一系列的反攻，成功解救出了大魔头，可他拒绝返回裴氏总部，甚至与裴聿城父子决裂，以不可思议的进化力量创伤了裴聿城。现如今，大魔头对于裴氏总部而言，就是一个讳莫如深的话题。

“小魔头今天回来。”会议厅内，一位老者面色严肃地说道。

“算算时间，的确是今天回来，聿城刚才也联系过了，让他好好待在族内，不可乱跑。”

提到小魔头，裴氏的这些高层也颇为头痛。他对自己的哥哥恨之入骨，恨他打伤父亲裴聿城，更恨他背叛了裴氏。

经过这些年来的调查，裴氏对于大魔头的行踪虽然有了初步的判断，但就不敢同小魔头提起。

“‘不死不灭’，确定是大魔头的组织？”许久后，一位老者眉头深锁，眸内浮现出一抹担忧。

“八九不离十。”

“不死不灭”是一个这两年名声极大的进化者组织，人数虽然不多，但每一位成员都有着近乎超强的进化者力量，尤其是“不死不灭”的首领，更为神秘。

至于裴氏和“不死不灭”也有着一些仇怨。半年前，“不死不灭”对裴家在各国的分部进行了毁灭性打击，让裴氏损失惨重。

“如果近期调查没出现错误，‘不死不灭’的首领，应该就是大魔头。”

“‘不死不灭’吗……”裴氏老者若有所思。

他们并没有忘记大魔头的能力。真正的不死不灭，即便将他的头颅斩掉，他依然能够在最短的时间内新生，比凤凰涅槃还要更加夸张。

当年，裴聿城对大魔头的进化力量十分忌惮，所以对他的管教也尤为严格。然而，这对于大魔头而言，却是另外一番滋味。

在大魔头眼中，裴聿城永远偏爱小魔头，让他没有感受到丝毫的父爱。甚至于……当年某个进化者组织分别对大魔头和小魔头进行掠夺，而裴聿城第一时间救下了小魔头，却没有去管大魔头，这才导致他被掳走。

此后，大魔头的能力完全觉醒，已经成为真正意义上无法无天的大魔头。

裴氏大门外。

男孩身着黑色外套，穿着一双运动鞋，脸上挂着人畜无害的笑意，眸底却浮现出一抹与年龄毫不相符的老成。

“裴乾！”

“小魔头！”

见到男孩孤身一人来到裴氏，数位裴氏族人面色微变。这小魔头不是两个月前被裴聿城送去不夜城深造了吗？怎么突然回来了？！

“裴远叔，裴火叔，你们好啊。”小男孩进入裴氏后，见到前方的两位中年男人，满脸笑意地打着招呼。

闻言，两人赶紧转过身去，装作没听见。

这小魔头看上去人畜无害，甚至有点可爱，但也算是裴氏的半个禁忌。他的进化者力量强得离谱，心眼也比谁都多，尤其像这个层次的进化者，虽然年龄上还是个孩子，但心智早已远超一些成年人。

对于裴乾，裴氏人打心底不想和他有过多交集。裴乾也好，抑或是他的哥哥大魔头，都让他们感到惧怕。尤其是大魔头，他在能力彻底觉醒后，所展现出的凶狠与残忍，常人万不能及。哪怕是裴聿城，都在自己的大儿子手中受过重创。

小儿子裴乾的进化者力量虽然比大儿子差了些许，但是谁又能肯定，与他一奶同胞的裴乾，哪天会不会成长为大魔头那般的混世魔王呢？

在裴氏，大多人遇到裴乾是能躲则躲，能避则避。

“哈哈，裴乾啊，你不是在不夜城学习吗，怎么就回来了？”其中一位中年男人，眼见躲不掉，只能转过身来朝着裴乾笑道。

裴乾一双大眼睛看向身旁的中年男人，脸上挂着稚气未脱的微笑：“裴火叔，你有我哥哥的消息了吗？”

裴火是裴家的情报网一员，大魔头的行踪正是由裴火等人负责调查。

裴火连连摇头："没有，我的小祖宗，我要是有大魔……有你哥哥的消息，我能不告诉你吗？你们兄弟手足感情那么深，我都明白……"

裴乾脸上的笑意更浓，扯着稚声说道："哎呀，裴火叔，你们的调查能力那么强，一定有我哥哥的消息。我哥哥那么恨裴氏，那么恨父亲，你告诉我，我去把他解决了，多好。"

一旁的裴远看着眼前的裴乾感慨，这才多大年龄，就能说出这种话来。那可是他的亲哥哥，可他却能笑眯眯地说出要解决了自己的亲哥哥这种话来，一脸的云淡风轻，让人心中发寒。

这就是裴氏打心底对这两兄弟忌惮的原因。他们好像没有任何感情，小小年纪却有着比很多成年人都要深的心机和城府。

大魔头打伤自己的父亲裴聿城，这小魔头却对自己的亲哥哥如此冷漠。这两兄弟，要说他们不是亲兄弟，只怕都没人相信。

"裴火叔，你怎么这样看着我呀？我是裴氏的一份子，自然是要为裴氏出一份力。你们不是都害怕我哥哥吗，我把他除掉，你们就没有后顾之忧了。"裴乾笑道。

裴火眉头微蹙，有些诧异地看着他："你都知道了？"

裴乾笑着点头："对呀，'不死不灭'……"

裴火叹了口气，果然什么事都瞒不过这个裴乾。

"不死不灭"这个进化者组织，近期对各国的裴氏分部展开了极强的打击，导致裴氏损失惨重，大伤元气。前段时间族里让裴聿城回来，也正是为了处理这件事。

总部已经下定决心，通缉"不死不灭"的所有成员，生死不论。

"裴乾，不准再提此事。不管如何，他是你亲哥哥，即便有什么行动，那也是长辈的事，与你无关！"一旁的裴远盯着裴乾，严肃地说道。

裴远与裴聿城的关系很好，即便对裴聿城的两个儿子有些忌惮和顾虑，但不管如何，也不能让他们兄弟手足相残。而且，若将大魔头的行踪告诉裴乾，他真的去寻，那也只是找死罢了。

"好了好了，逗你们玩呢，我哪敢去找我那不死不灭的哥哥啊！他连父亲都敢伤，我要是去了，那还不是羊入虎口？"裴乾笑道。

"裴乾，你知道就好，这段时间，你好好留在族内，不得擅自离开。这是你父亲的意思，一切等你父亲回来之后再说。"裴远说道。

"哦，我知道了。"裴乾点了点头，朝着氏族内走去。

F国，裴氏建立的最大一处分部。

深夜时分，这处分部却已经燃起了烈火，像是从天而降的神罚，怎么也无法将之熄灭。

分部外，幼小的男孩看着燃起烈火的裴氏分部，眸内没有丝毫人类的情感波动。

“我的表演结束了。”

刹那间，一团火焰自天空落下，重重地砸在裴礼身旁的土地上。

裴礼盯着眼前丈余高的巨形火人，只是微微颔首。

下一秒，火人身上的紫色火焰褪去，化作一位眉清目秀的少年。

“辛苦了。”看着身前的少年，男孩轻声道。

“辛苦？”少年一阵大笑，“裴礼，这话从你嘴巴里说出来有些突兀。再说了，如果当初不是你毁了实验室，把我们救出来，我们现在还是被实验室研究，并且用于制造所谓完美实验体的母体。”

提及实验室，裴礼的眸内闪光一瞬，随之化作一抹戾气，但很快又恢复常态。

此刻，一位中年男人走出，站在裴氏分部前方，一手轻挥，可怖的劲气铺天而至。裴氏的分部，立马被毁去了一半。

“主人。”中年男人返回裴礼的身旁，低头恭声道，“任务完成。”

“嗯。”裴礼点头。

“裴礼，这里好壮观啊！”忽然，一位身着洁白纱裙的少女从附近的钟楼顶层一跃而下，整个人仿佛羽毛一般，飘浮在裴礼面前。

“碍眼。”看着如幽灵一般飘浮在自己身旁的少女，裴礼蹙眉道。

“哪里哪里，我这么好看这么可爱，应该是养眼！哼，白痴！你就应该和你的名字一样，赶快给我赔礼！”少女盯着裴礼，对他的话有些不满。

“主人，裴氏分部好歹是您父亲的……这样做是否有些……”不给少女继续说话的机会，一旁的中年男人轻声问道。

裴礼淡淡地说道：“我只有母亲，没有父亲。”

中年男人没有多言。

这件事，他们也清楚。当初裴礼和他的弟弟同时被实验室的进化者设计抓捕。裴礼的父亲第一时间去了弟弟那边，导致他被抓，在实验室内经历了一段相当黑暗的时光。

而他们这些人，也是当初实验室的最强母体，那些人想用他们的基因来制造完美实验体。

最后，裴礼的能力彻底觉醒，毁灭了那个实验室，并将他们这些最强母体全部解救出来。

之后，他们成为“不死不灭”的一员。“不死不灭”的首领，正是裴礼。

而裴礼对自己父亲的恨，也已经达到了顶点。

当然了，冰冻三尺非一日之寒，或许，这仅仅只是一个导火索。

“母亲？”少女瞪大了双眼，满是好奇，“从来没有听你提起过你的母亲。”

对于裴礼的母亲，少女十分好奇，认识裴礼这么久，她还从来没听他提及过他的母亲。

裴礼看向少女，眸内浮现出一抹复杂的情绪。

到了如今，裴礼才发现，他对母亲的记忆，已经十分模糊，甚至，他已经逐渐忘记了母亲的相貌。

裴礼的脑海中，偶然会浮现出当年自己躲在母亲怀抱中的画面。那时的母亲，会给他买很多极其幼稚的玩具和童话读物。他也记得，他时常会坐在车辆的副驾驶座上，母亲的车技虽然很好，但每次只要自己在车上，母亲开车的速度就会慢下来。

很快，所有对于母亲的记忆画面破碎。

那场惨烈的车祸，让裴礼至今无法释怀。

是裴聿城，害死了他的母亲，害死了那位将他视作至宝的女人。

“我母亲已经去世了。”许久后，裴礼面无表情地开口。

眼前这个年岁不大的孩子，成熟得令人有些诧异。

“父亲你不认，母亲又不在了，那你不是一个亲人都没了？”少女问道。

裴礼微微一笑，说：“你们每一位都是我的亲人，我又怎么会没有亲人呢？”

不知这是否为收买人心的话，可从这个年岁不大的孩子口中说出，又令人觉得无比真挚。

不等少女继续开口，裴氏分部内就传出阵阵怒啸喊杀声。

下一秒，十数位裴氏的大脑进化者飞入空中，部分身体进化者则冲出了近乎被彻底毁去的裴氏分部。

“谁人如此放肆，胆大包天，袭我裴氏分部？！”虚空上方，一位身着黑衣的中年男人厉声喝道。

裴氏的名声何其响亮，分部在F国多年，一直处于进化者的领导地位，从来没有任何进化者敢挑战他们的权威。可今晚，裴氏分部居然被人奇袭!

“胆？”不远处，裴礼负手而立，淡淡地看着中年男人开口，“哪来的无胆事，上敢单手摘星辰，下敢只脚踏九幽，区区裴氏分部，何足挂齿。”

“你们到底是什么人？！”分部为首的中年男人厉声喝道。

“不死亦不灭。”

“‘不死不灭’？！”当即，中年男人的面色顿时一变。

“不死不灭”是最近一段时间突然出名的进化者组织，似乎与裴氏有着极大的矛盾，几个裴氏分部正是被“不死不灭”彻底瓦解的。

“你很面熟……”当看见裴礼的面容后，裴氏分部为首的中年男人蹙眉开口。眼前的孩子，他好像在哪里见过。

“你……”片刻后，男人的眸底浮现出一抹震撼，“大魔头……你是聿爷的儿子！”

裴礼的面容上没有任何表情，甚至连一丝提及裴聿城的憎恶也不曾浮现，只是淡淡说道：“随你怎么理解。”

“裴礼，我是你父亲的部下，这里更是你父亲一手创立的分部，你想怎么样？”男人问道。

“毁了。”

毁灭一处F国最强盛的进化者分部，在裴礼的口中，就好像在说晚上吃什么一样平淡。

男人忍不住发笑，盯着不远处的孩子说道：“我还真没想到，聿爷的儿子居然有这么大能耐，‘不死不灭’居然是你创立的进化者组织。不过，裴礼，你到底只是一个孩子，不可能是我的对手。而且总部对你发出了通缉追杀令，我劝你赶快回总部受罚，或许还能有一线生机。”

裴礼点了点头，说道：“那我还要谢谢你的关心和提醒了。”

“裴礼，难怪当年聿爷视你为禁忌，对你如此忌惮，看来聿爷的担忧，不是没有道理的。我今日念在你是聿爷的儿子，饶你一命，你快走吧！”

“我看你的这份忠心大可不必。”火焰状态下的少年口中发出笑声，“你们到底是消息太闭塞还是怎么回事，还要饶我一命，你可真狂妄。”

“你们别敬酒不吃吃罚酒，我看在聿爷……”

不等男人说完，裴礼即说道：“不必看裴聿城的面子，尽管动手吧。”

“羽爷，总部下达通缉令，生死不论，拿下他，交给总部，大功一件！可如果总部知道我们将人放离……恐怕会……”一位进化者蹙眉说道。

男人沉思片刻，看向裴礼：“裴礼，聿爷因为你，在总部已经够惨了。他是你父亲，你竟然如此大逆不道，也罢，我今天就为聿爷清理门户！”

“好。”裴礼面无表情地开口。

紧接着，他又看着身后跃跃欲试的众人说道：“你们不必出手。”

“主人，这些小杂鱼，不配您出手。”站在裴礼身旁的中年男人说道。

“没关系。”裴礼说道。

见裴礼如此，旁人也不再坚持。

“动手！”

分部为首的男人一声令下，飘浮在虚空的十数位大脑进化者同时出动。

从那十数位进化者身上浮现出的进化者力量，化作“汪洋”汇聚在了一处。刹那之间，虚空中乌云密布，如一条条雷蛇在云中涌动。黑夜中，进化者威压的汇聚，仿佛凝聚成一头远古凶兽，巨大的身躯铺天盖地，遮蔽了月亮。

“诛！”

十数位大脑进化者同时开口，控制着如山峦般的“凶兽”朝着裴礼镇压而去。

“好壮观啊，裴氏在这里的分部，比之前的分部都要强。”少女喃喃道。

“毕竟是F国进化者组织中的NO.1。”化作火人的少年开口。

此时，裴礼面对这般可怖的威压，仍站在原地没有丝毫动作，好似放弃了抵抗，又如同毫不在乎。

就在“凶兽”要将裴礼完全镇压时，只见他双目微睁，如同神迹降临，一只巨大的眼眸挡住了月亮，将所有的光芒收去，好似要将人间化作永无光芒的暗夜炼狱。

在众人难以置信的注视下，裴礼的左眸完全将“凶兽”笼罩，随后将其吸收至左眸内。

“不可能！”

见状，飘浮在空中的十数位大脑进化者满脸震撼。他们十数位高等大脑进化者的神威，居然如此轻易就被这个孩子给收了！

“大脑进化者的神威，对我无用，或许你们可以试试别的办法。”裴礼淡淡出声。

“你是说，你免疫……免疫大脑进化者的进化能力？”分部为首的男人诧异道。

他还从来没见过如此诡异的事。

“你要这么理解也可以。”裴礼说道。

“既然你免疫大脑进化者的能力，那……”

男人朝着数十位身体进化者看去。

刹那间，裴礼已经被团团围住。数十位进化者层次极高的身体进化者同时对裴礼出手，招招致命。

大家都知道，谁拿下裴礼，在裴氏总部必能一跃成龙。

然而，裴礼的身体就仿若一个泥潭，任对方有山河之力，落在他身上都如同滴水进沙漠，不起丝毫作用，特制的刀剑类兵器斩在裴礼的身上也只是溅起一层火花罢了。

“不可能的！”分部为首的男人目瞪口呆。

大脑神威免疫，身体进化神力免疫……不可能会有这样的人存在！

“你们连我基本的防御都无法破去，谈何与我一战？可笑。”裴礼站在人群中，面无表情地看着数十人轰击自身，语气淡漠地说道。

“滚！”

只听裴礼厉声一喝，好似从远古而来的神力爆发。

紧接着，以裴礼为中央地带，他脚下的大地崩碎，裂缝如同千万巨蟒盘旋，朝着四面八方蔓延而去。一股肉眼可见的气浪立时炸开，将裴氏分部这数十位进化者震飞至各处。其中部分进化者受到气浪波及，处于中心地带，刚刚被震飞落地便已彻底昏死当场。

见状，分部为首的男人全身已被冷汗打湿，这个裴氏总部的大魔头，根本就是一个彻头彻尾的怪物。

难怪总部都对他十分忌惮，却不把他赶出裴氏，而是选择将他留下。如今，男人终于明白，这个大魔头，或许曾是裴氏最可怕的一张王牌，用来覆灭外敌所保留的人形兵器！

恐怕谁也想不到，这个人形兵器，终是挣脱了束缚！

分部为首的男人满脸惊恐："聿爷糊涂啊……这种怪物……刚出生时……就应该……毁了他！"

裴礼站在原地，由始至终没有移动过半步。他看向男人，说："我今天饶了你们。"

"就这样吗？"少女奇怪地看向裴礼。

这不像裴礼的性格，他居然饶了这些人？

"回去告诉裴聿城，我会去找他的，等我们相见之日，他会付出应有的代价。顺便告诉我那个愚蠢的弟弟，不要想着找我报仇，他的命，我更不会在乎。"裴礼走至男人身前，一把抓住他的下巴，"看着我。"

男人艰难地抬起头，看向裴礼，只见他的一双眸子，如同星河一般璀璨。

"我说的，记住了吗？"裴礼问道。

"记……记住了……"男人的额头不由得渗出冷汗。被这个孩子的目光注视，就如同一座高山压在他的身上，让他连呼吸都十分困难。

"很好，我相信你是一条忠心的狗，我的话，你一定会带到，对吗？"裴礼嘴角微微上扬，脸上挂着一抹耐人寻味的笑意。

男人刚想开口说些什么，却发现裴礼等人已经消失在了原地，就好像从来都没有出现过。

一切，好似梦一场。

第二天早上。

林烟今天有个访谈活动，所以起了个早。她洗漱完正准备护肤，就看到隔壁的裴聿城也推门走了出来。

"早安。"裴聿城见林烟的房门开着，于是顿住脚步说道。

大概是因为太长时间没见，两只小猫看到裴聿城，全都热情地绕着他打转。

"你醒了。今天不是休息吗，怎么起这么早？是不是我吵醒你了？"林烟问道。

“没有，睡得很好。”

林烟蹙眉道：“可是我看你的脸色似乎不是太好，这段时间肯定又熬夜了。这个月有做检查吗？医生怎么说？”

虽然裴聿城去总部这段时间，她隔三差五就要查岗，让程默告诉自己他的工作日程，但毕竟离得远，总部那边情况又复杂，裴聿城恐怕很难休息好。他这身体状况，林烟实在很难放心。

“查过了，没有大碍。”裴聿城说道。

林烟盯着裴聿城的脸，神色认真地打量半晌，随后对他招招手，说道：“低一点！”

裴聿城神色微怔，随后乖乖地弯下腰。

林烟从抽屉里掏出一个红黑色的瓶子打开，在掌心按压了几下，然后轻轻涂抹在裴聿城的脸上：“这个是自然堂的龙血能量润肤露，我特意给你买了一瓶，男士专用的！”

裴聿城没想到她让自己低头，只是为了给自己涂抹润肤露，有些哭笑不得。

“这瓶是爽肤水、乳液、精华三合一，你只需要用这一瓶就能全部搞定了，很方便的！”林烟看着裴聿城眼睑下淡青色的阴影，神色有些担忧，“是不是这次回去，家里出什么事了？”

似乎每次从总部那边回来，裴聿城都显得很疲惫。虽然他丝毫没有表现出异样，但林烟总觉得他有什么心事。

裴聿城不知想到了什么，面色有一瞬间的失神，随后开口：“是有些事情，不过已经解决了，不用担心。”

“哦，那就好……”裴聿城不说，林烟也没继续追问。

“今天有工作吗？”裴聿城看着林烟手边的瓶瓶罐罐问道。

“是啊，今天有个访谈，不过很快就能结束。”

除非是有活动的时候，林烟才会做全套护肤以及化妆，要是在平时，她基本上抹个护肤水就出门了。

林烟一边说，一边头疼地看着手边的采访提纲：“就是采访的问题有些一言难尽……”

裴聿城关切地问：“怎么了？”

林烟念叨：“你看看这些问题，想什么时候结婚，准备要几个孩子，喜欢男孩还是女孩……会有粉丝对这种无聊的问题感兴趣吗？”

裴聿城镜片后的眸子泛起一抹笑意：“会，我就很感兴趣。林小姐，你想什么时候结婚？”

“呵呵……”林烟干笑，“那什么……我觉得吧，顺其自然就好！”

“那……准备要几个孩子？”裴聿城又继续问道。

林烟想了想，说：“一个就够了吧？多了太闹腾了！”

裴聿城又问：“如果多了呢？多一个可不可以？”

“啊？”林烟觉得裴聿城的这个问题有些奇怪，不过，她也没有多想，犹豫道，“多一个，也还行吧……”

裴聿城注视着女孩，继续问：“喜欢男孩，还是女孩？”

对于这个问题，林烟回答得倒是没有犹豫：“我比较喜欢女孩，如果可以的话，我还挺想生个可爱的小公主！”

裴聿城闻言，神色似乎有些复杂，沉默半晌后，略显无奈地开口：“这样的话，恐怕我们还需要再努力一下……”

林烟眨了眨眼睛：“啊？裴先生你说什么？”

裴聿城轻笑：“没什么，我是说如果你喜欢女孩，我们未来可以努力。”

这时，林烟的手机突然响了起来，打破了暧昧的气氛。

刚一接通，手机那头便传来了多多的咆哮：“烟姐！快看热搜！你的恋情曝光了！”

“你说什么？！”林烟直接被多多这一句话给震得差点魂飞魄散。

她跟裴聿城的恋情曝光了？

万万没想到，她最担心的事情还是发生了。可是不应该啊，她明明已经够小心了，就连裴宇堂的精心尾随都被她发现了……八成是被路人拍到了？

“怎么了？”见林烟脸色骤变，一旁的裴聿城担忧地询问。

林烟连忙捂住手机听筒，焦急不已地对裴聿城开口：“昨天我们好像还是被拍到了，我助理说我们俩恋爱的事情被曝出来了！”

“完了完了，这下死定了……”林烟哆哆嗦嗦地打开微博热搜。

林烟几乎不敢睁开自己的眼睛，小心翼翼地撑开了一条缝隙，便看到头条新闻中曝光的几张照片，全都是她跟裴聿城在游乐园玩的照片。

而热搜第一条赫然显示着——

林烟裴南絮游乐园约会，疑似恋情曝光！！！

“裴……裴南絮……？”

不是裴聿城吗？

林烟盯着热搜上的名字，直接傻眼了：“怎么是裴南絮？”

同样看到了热搜内容的裴聿城，也是一脸蒙。

手机那头的钱多多还在怒吼：“都这个时候了，你以为你还瞒得住吗？”

林烟扶额：“多多，我的意思是，为什么是裴南絮啊？他们到底是怎么看出来是裴南絮的？”

原本还以为是她和裴聿城的关系曝光了，但没想到对象变成了裴南絮……

她真是不知道自己是该哭还是该笑了！

“你们被偷拍的照片虽然只有背面和一些侧影，但是衣服拍得非常清楚。裴南絮身上那套衣服是今年刚出的高定，而且是独一无二的，只有那么一件，裴南絮领奖的时候穿过一次！粉丝一眼就认出来了！”多多回道。

林烟这才留意到裴聿城身上穿的衣服。这是什么情况？

不过，裴聿城和裴南絮是亲兄弟，裴南絮为了照顾裴聿城也会住在云间水庄，两人的衣服偶尔穿混了也是很有可能的事情。所以说，粉丝是把裴聿城错认成了裴南絮？

多多又说：“烟姐，我不是都提醒过你一定要小心点了吗？你怎么敢跟裴南絮去游乐园那种地方？你是真的不要命了啊？”

“多多，你先别急，我马上去公司，见面再跟你细说。”林烟无奈地说道。

挂了电话之后，她小心翼翼地瞅了裴聿城一眼。好不容易消停了一些日子没传绯闻，结果这一闹就闹了个大的，对象还是跟裴南絮，她真是想死的心都有了。

“粉丝好像把你跟裴南絮认错了，你那天穿的衣服裴南絮也穿过？”林烟开口。

“南絮上次出席活动，原本的礼服弄脏了，临时从我这儿拿了一套，应该就是这件。”裴聿城解释道。

林烟叹气：“难怪呢，这也太巧了吧……”

不过，无论如何，林烟总算是松了口气。虽然粉丝把那个人错认成裴南絮，但好歹裴聿城没有被曝光出来，也算是不幸中的万幸了。

“抱歉，不该让你陪我去那种地方。”裴聿城开口。

林烟听到裴聿城这么说，顿时心软得一塌糊涂：“要说抱歉的应该是我才对，都是为了迁就我，一起去游乐园都要提心吊胆的！还好没拍到正面，我现在去公司，跟绫姐商量一下，公关一下就行了。”

“有什么需要我做的吗？”裴聿城问道。

林烟抬头睨了他一眼，犹豫着说：“还真有……你别生气就好……”

“要听实话？”裴聿城轻笑。

林烟点头：“当然要了。”

“实话是，看到你的名字和别的男人的名字出现在一起，确实很生气。”裴聿城眸光微沉，缓缓地说道。

林烟真拿他没办法，急忙解释：“这完全是个意外，我马上就发声明说清楚照片里的人不是裴南絮……”

要是裴聿城一气之下亲自跑出来澄清，或者被刺激得直接附到她身上发个声明宣誓下主权，那画面……她简直不敢想象。

裴聿城看着女孩紧张的模样，开口：“我会尽量克制。”

忽然一阵久违的声音响了起来……

滴！滴！滴！

林烟惊悚地盯着裴聿城腕上那块银色的手表，都要奓毛了，原本一直黏着裴聿城的两只小猫咪也陡然奓起背毛飞快地躲了起来。

林烟腹诽：说好克制的呢……

裴聿城盯着手腕上那块银色的手表，眉头微挑，淡淡说道：“抱歉，我有些高估自己的自制力了。”

在屋子里越来越急促的警报声之下，听裴聿城用无比平静的语气说着这话，林烟简直毛骨悚然！她清楚地知道裴聿城这温柔斯文的外表之下藏着怎样可怕的风暴。

林烟从星沉他们那里听说过这块手表的作用，警报声越急促，就表示裴聿城此刻的状态越危险，身体的承受能力越接近临界点。

滴滴滴滴……

听着这催命一样的警报声，以及屋内铺天盖地属于裴聿城威压的混乱侵袭，林烟完全来不及多想，几乎是条件反射地朝他扑了过去，一头栽进他的怀里：“老公！”

“……”裴聿城哑然。

那急促的滴滴声几乎瞬间消失。房间顿时陷入了一片死寂。

林烟气都不带喘一下，继续说道：“八卦娱乐新闻都是乱写的，绯闻什么的一个字都不能信，就算名字出现在一起又怎样？我的男朋友是你啊，又不是别人！”

裴聿城敛下眸子，眸底的阴霾尽数收尽，声音低哑地开口：“你……刚刚说什么？”

林烟重复道：“我说我的男朋友是你啊，又不是别人！”

裴聿城说：“不是这一句。”

林烟有些疑惑地说：“八卦娱乐新闻都是乱写的？”

裴聿城又说：“上一句。”

林烟猜测道：“老公？”

裴聿城说：“再说一次，就不生气。”

林烟眨了眨眼睛，似乎有些不太相信裴聿城会这么容易消气，依言唤道：“老公……”

安抚好裴聿城之后，林烟开车朝着巅峰娱乐驶去。

刚到公司附近，她便看到门口黑压压地围着一群人，全都是裴南絮的粉丝在那儿拉横幅怒骂。而且，公司大门口已经有一堆烂菜叶、臭鸡蛋，满地狼藉，场面不堪入目。

“什么十八线都敢往我们裴南絮身上蹭！还恋情？她连给裴南絮提鞋都不配！”

“之前因为做慈善，本来我已经对她改观了！万万没想到还没过多久就暴露本性了！她一天不炒绯闻会死吗？”

“管她炒不炒绯闻，跟谁炒，居然敢炒到我们家哥哥身上，真当我们是吃素的？”

“林烟滚出娱乐圈！”

“滚出娱乐圈！”

……

林烟费了九牛二虎之力才找了个杂货间的偏门，然后像做贼一样溜进了公司。

“对不起，绫姐，给你添麻烦了。”

赵红绫盯着办公桌上的电脑屏幕，手机一直在响，旁边的多多也在不停地接电话，忙得团团转。

赵红绫面色凝重地看向林烟：“林烟，这次事件的影响很大。之前就已经有小道消息揣测你跟裴南絮的关系，但是一直没有实锤，所以没闹出什么水花来，但是，这次却被人拍到了照片！裴南絮的粉丝情绪非常激动，甚至已经有人在给巅峰娱乐的高层施压，逼公司跟你解约。我需要你告诉我实情，否则没办法帮你公关。你跟裴南絮，是不是在恋爱？”

林烟扫了眼热门下面的评论，赵红绫一点都没夸张，铺天盖地都是骂声。不仅是热门，她的个人微博、助理和经纪人的微博、公司的官方微博，甚至连她代言的那些品牌官博下面也全都已经被裴南絮的粉丝攻陷。裴偶像家粉丝的战斗力果然名不虚传。

“不是，绝对不是！”林烟叹了口气，语气肯定地说道。

“不是？”赵红绫的语气明显不太相信。

要是换做以前，她或许就信了，但是，从照片中的画面来看，明眼人一眼就看得出这两人是热恋中的情侣。这也是这次裴南絮的粉丝如此暴怒的原因。

“我确实是在和人谈恋爱，但不是跟裴南絮，裴南絮身上那件衣服……是个误会……总之，照片里的人不是他。”

“我可以相信你，但是这话说出去，粉丝怕是不会买账。不仅是衣服，那几张侧脸，跟裴南絮也极其相似。”赵红绫说道。

林烟腹诽：裴南絮和裴聿城是亲兄弟啊，能不像吗？

这时，办公室的门被敲响。

“请进。”

门被推开，走进来的人竟然是裴南絮。

赵红绫和多多看到裴南絮亲自来了，全都满脸惊讶。

赵红绫立即站起身："裴南絮……"

多多也赶紧给他倒水："您怎么亲自过来了！快请坐！"

"抱歉，粉丝的情绪有些激动，给你们添麻烦了。"裴南絮温柔有礼地开口。

赵红绫有些受宠若惊："您言重了，这次的事情也是意外，何况您也是被波及的人。"

裴南絮正要开口说话，余光看到林烟手背上的伤口，顿时变了脸色："手怎么回事？是不是我的粉丝弄的？"

林烟扫了眼手背上那道已经快要愈合的伤口，回道："不是粉丝，应该是我刚才从杂货间偏门进来的时候，匆忙间不小心擦碰到了，一点小伤而已。"

"无论如何，还是因我而起。"裴南絮冷着脸，转身对一旁的助理开口，"去买药。"

林烟顿时傻眼了："啊？不用了，这都快愈合了，就破了一道口子而已啊！"

裴南絮的脸色依旧不太好："还是要注意一下，万一感染了……而且，女孩子身上留疤不好。"

原本这个绯闻就已经让他战战兢兢，若是被大哥知道林烟还因为这件事情受了伤，他简直不敢想象……

一旁的赵红绫和多多看着裴南絮对林烟这副体贴入微的态度，尤其是反应如此紧张，对视一眼，默默无语。

这场景，这两人不是情侣关系实在是让人难以相信好吗？

这次，连赵红绫都无法欺骗自己了。这两人表现得都这么明显了，是把别人都当瞎子吗？

如果不是情侣关系，什么关系能让裴南絮这样一个一贯跟女艺人保持距离的人对林烟这般关心？

就这么点大的口子，刚才她俩在这儿半天都没有发现，可裴南絮一进来就立刻发现了，还紧张成这样。而且，这已经不是裴南絮第一次表现出这种异常了！这俩人没事？谁信啊！

林烟感受到多多和赵红绫投射在自己身上的无比炙热的视线，简直有苦难言。

她心想：真不是你们想象的那样啊！

"放心，待会儿我会发个声明，说清楚照片里的人不是我。"裴南絮开口，随后，试探着问了一句，"只是，你这边，你想好要怎么公关了吗？毕竟照片做不了假。"

林烟头疼地揉了揉脑门："我知道，所以，我现在也只能先公布我恋爱的事情，衣服就说是高仿。反正没有被拍到正脸，她们总不能那么厉害，猜到我男朋友是谁吧？”

裴南絮神色无奈地道：“因为那件衣服的关系，加上照片中，我跟我……我跟你男朋友的侧脸又有些相似，只怕就算是我们澄清了，粉丝也不会相信。不过，现在也只能这样了。短时间内，粉丝的抵制情绪肯定还是会比较激烈，我这边会尽量安抚好他们，你这段时间一定要注意安全。”

“好的，我知道了，麻烦你了，偶像。”

“有什么事情，随时联系我。”

Part 24

聿爷，您的大儿子说，他会回来的，
让你和裴乾少爷都等着。

♥

裴南絮走后，多多和赵红绫一直脸色复杂地盯着林烟。

“你们看着我做啥？”林烟一脸蒙。

多多双臂环胸道：“别说粉丝们不信了，我和绫姐都不信好吗？那件衣服你可以说是高仿，但懂行的人一看就知道是真的，还有这相似的侧颜，哪有这么多巧合？你这简直是把粉丝的智商放在地上摩擦！”

林烟无奈地说：“我摩擦啥了我？你怎么不说是那些粉丝的智商太低呢？穿同一件衣服，长得有点像，那就一定是裴南絮本人了吗？”

多多叉着腰，说道：“瞧瞧你说的这是什么话，独一无二的高定衣服，独一无二的高颜值，你撞一个给我试试？你男朋友是裴南絮的亲兄弟还差不多！”

话音落下的瞬间，林烟顿时沉默了。没想到多多居然猜中了……

完了，不会真被多多给猜出来吧？！

多多说完之后，摸了摸下巴，神色认真地思索道：“对了，裴南絮还真有个亲弟弟，JM集团的三少爷，只是不参与家族管理，很少在公众面前出现。烟姐，你可不要告诉我，你男朋友是三少啊！”

“呵——”林烟的脸色黑如锅底，“宝贝，你的想象力还可以再丰富一点……”

“我也觉得不可能，听说三少有女朋友，而且就是巅峰娱乐的艺人。”多多喃喃道。

“什么？三少有女朋友？还是巅峰娱乐的艺人？”林烟震惊了。

这个把赛车当成老婆的单身狗，居然还有女朋友？她怎么不知道？！

“对啊，你不知道吗？就是巅峰娱乐的一姐乔可瑄！之前跟你一起面试过电影《传奇》里Yeva这个角色的，后来演了浪蟒的女朋友。巅峰娱乐谁不知道乔可瑄的后台是三少啊！我记得我应该跟你说过的吧？”

“不是吧？乔可瑄真是裴宇堂的女朋友？那他们是怎么认识的？交往多久了？”林烟满脸惊讶，急忙追问道。

“我只知道乔可瑄以前玩过赛车，传闻他们是在玩赛车的时候认识的……你问这么清楚做什么？你不会真跟裴宇堂有什么吧？”多多一脸狐疑地盯着林烟道。

“你想太多了。”林烟白了多多一眼。就算有什么，也不是你想的那种。

她的内心无比震惊：没想到啊，这死孩子居然深藏不露？比我还能藏……

“你啊，先别关心别人了，还是想想自己怎么度过这一关吧！这段时间你冒头这么快，早就有人看你不顺眼了，肯定会利用这次的机会打压你！”多多无奈地提醒道。

赵红绫盯着手机，面色有些凝重：“楚总让我过去一趟，应该是为了这件事情。”

“完了，连老板都惊动了？不过也难怪，毕竟这件事情牵扯到了裴南絮！而且公司也受到了很大的压力，老板不会真的要跟烟姐解约吧……”多多满脸担忧。

“先别着急，我去跟楚总谈谈。”赵红绫也觉得情况不太乐观，不过还是强行保持镇定，但是也做好了最坏的打算。

巅峰娱乐老板楚嘉尧的办公室内。

“小赵啊，来了，坐。”楚嘉尧笑眯眯地开口。

赵红绫自然不敢真的坐下，直接请罪道：“对不起，楚总，这件事情都是我的错，是我没有管教好手下的艺人。我知道这次公司也面临很大的压力，粉丝都在施压希望公司跟林烟解约，这次的事情我愿意承担一切后果，辞去经纪人的职位，希望楚总再给林烟一次机会，不要解除合约。”

楚嘉尧一听，和颜悦色地说：“哎呀，坐下坐下，别这么紧张嘛！谁说要罚你们了！”

跟老板娘解约，还开除老板娘的经纪人，他不要命了吗？

几个月前的某次饭局上，楚嘉尧和裴南絮都在，林烟也在场，后来大老板裴聿城也突然出现了。饭局结束后，楚嘉尧原本打算牵个红线，将巅峰娱乐旗下的一对双胞胎姐妹花介绍给裴聿城，谁知道却发现了一个惊天大秘密——林烟是老板的女朋友！

而楚嘉尧当时在不知情的情况下，居然敢当着未来老板娘林烟的面给老板介绍女人！

裴南絮总是一口一个跟林烟是亲戚关系，楚嘉尧还以为裴南絮只是搪塞自己。万万没想到，裴南絮口中的亲戚关系，真相竟然是——林烟是他的大嫂！

一想到这里，楚嘉尧就出了一身冷汗。还好上次的事情裴聿城没有追究，不然他怎么死的都不知道，怎么可能还敢得罪老板娘？

楚嘉尧一边平复好心情，一边态度极其和蔼地对赵红绫说道："小赵啊，你别误会，我找你来，不是要责罚你们，毕竟这件事情林烟也受到了很大的伤害！我叫你过来，是让你务必照顾和安抚好林烟的情绪，别让她受到影响。至于其他的，你不用担心，公司这边会处理，你让林烟只需要安心工作就好！"

赵红绫原本都已经做好了最坏的打算，却没想到楚嘉尧不仅没有责怪她，还对她如此好言安抚，一时愣在了那里，不知道该作何反应。

"我这边已经联系了公关部，全力配合你，一定要把舆论压下去。当然，南絮那边也会配合的，你有什么事情，可以直接跟他的执行经纪人对接。"

赵红绫好半天才回过神来，神色犹豫地开口："谢谢楚总，只是……现在公司面临的舆论压力很大，如果没有任何处理的话，只怕粉丝那边，不太好交代……"

也不能怪赵红绫多想，虽然林烟现在的人气很高，但毕竟另一方是娱乐圈顶流裴南絮。一般这种情况下，公司肯定是选择保裴南絮，不会允许他的形象遭受一点损害的。一旦事情闹大了，林烟注定是被牺牲的那一个，所以，她才打算自己把这件事情扛下来。

巅峰娱乐自然是有压下这件事情的能力，但为了林烟这样一个一线都尚且达不到的艺人付出这么大的代价，绝对不是楚嘉尧这种商人会做出的选择。这一点，赵红绫太清楚了，所以对楚嘉尧不合常理的态度，她才如此狐疑。

楚嘉尧笑了笑，自然知道赵红绫的顾虑，无非是怕公司顶不住压力会牺牲林烟。然而，实际情况却是，大老板就算是牺牲整个巅峰娱乐，牺牲他的亲弟弟，怕是也不会牺牲林烟一根头发！

"小赵，林烟也是咱们巅峰娱乐的艺人，公司自然会竭尽最大的努力保护每一位艺人，不可能因为这种事情就跟艺人解除合约，这一点你大可以放心。"楚嘉尧把话说得十分官方。

看赵红绫这态度，明显还不知道林烟真正的后台是谁。当然，如果她知道，也就不会过来找他，还说这些话了。

楚嘉尧把话说得冠冕堂皇，但是作为一个有着丰富经验的经纪人，赵红绫自然是没有被这番话说服。

"谢谢楚总，谢谢公司。不过，这件事情，我还是要再次跟您道歉。因为林烟虽然跟裴南絮并没有什么，但她谈恋爱的事情却是真的。"

为了避免不必要的麻烦，赵红绫还是跟楚嘉尧交代了这件事情。毕竟，巅峰娱乐是严禁艺人在未经允许的情况下私自恋爱的。

楚嘉尧一听，立即表明立场："这有什么好道歉的，艺人谈恋爱不是很正常的事情吗！林烟一点错都没有啊！"

赵红绫直接傻眼了："可……公司规定，不允许艺人在未经报备的情况下私自恋爱吧？"

楚嘉尧挑眉："公司有这种规定？谁这么没人性定下的这种规定？"

赵红绫犹豫着说："是……楚总您……"

楚嘉尧愣住了，有些尴尬地摸了摸鼻子："……是，是吗？我怎么不记得了！此一时非彼一时，现在都什么时代了，还搞那一套，回头我就把这条规定废除！"

赵红绫顿时目瞪口呆："……"

跟楚嘉尧聊完，赵红绫心情复杂地回到了办公室。

多多一看到赵红绫就立刻跑过来，关切地问："绫姐，怎么样了？楚总有没有为难你？该不会真要和烟姐解约吧？"

林烟也有些担心地朝赵红绫看去——楚嘉尧知道她跟裴聿城的关系，很大可能不会动她，却很有可能会拿赵红绫出来挡枪。她忙问："烟姐，楚总怎么说？"

赵红绫朝着一旁的林烟看了一眼，摇摇头说道："没事，楚总说公司会出面解决。"

"什么？"多多半信半疑，"公司这么好？以前也有试图跟裴南絮炒绯闻的女艺人，公司哪次不是毫不手软地处理了啊？至少也会把经纪人开除吧？"

"没有，楚总已经表明了态度会保护艺人，也没处罚我，你们都别担心了。"赵红绫说完，又叮嘱道，"林烟，活动快开始了，你先去化妆吧，别迟到了。"

"好的，我马上过去。绫姐，这次的事情辛苦你了。"

"多多，你过来。"支开林烟之后，赵红绫才看向多多，把她叫过来。

多多忙问："怎么了绫姐，表情这么严肃？"

赵红绫说："我判断，林烟交往的对象，应该就是裴南絮没错。"

多多满脸震惊："绫姐！你说什么？林烟她交往的对象真的是……"

赵红绫急忙提醒："小声点！"

"哦哦哦……虽然我也差不多断定了，但是烟姐抵死不认，我还以为或许是有什么误会呢。绫姐，你是怎么发现的？"多多激动地问道。

赵红绫沉吟道："这次的事情闹得这么大，楚总却没有任何处理和惩罚，甚至，还要为此废除公司关于不允许艺人私下谈恋爱的规定。除了林烟和裴南絮正在交往之外，我想不出其他可能。"

多多震惊地捂住嘴巴，喃喃道："楚总居然把公司规定都改了？除了裴南絮，还有谁能让楚总这么做啊？"

"所以，多多，往后你跟在林烟身边，要更加小心一点，千万别再让粉丝发现什么了。"赵红绫叮嘱道。

多多连连点头："我知道了，我一定会帮忙打好掩护的！"

化妆室内。

林烟刚走进去，便意外地看到了一个熟人，是在《棋逢对手》剧组时给她化过妆的化妆师。

"Kevin老师？"林烟打了个招呼。

正在专心致志盯着手机的Kevin抬起头："嗨，林烟，又见面了！"

"怎么是您给我化妆？"林烟有些奇怪地问道。

"你们公司请的呀，你不知道？"Kevin开口。

林烟思考了一下，Kevin这个级别的造型师，赵红绫肯定是请不来的，估计是裴南絮那边，要么就是楚嘉尧。

"哎呀，亲爱的，这么久没见，你的皮肤怎么还是这么好啊！连毛孔都看不到！"Kevin的职业病犯了，盯着她的脸一阵打量，啧啧咂舌道，"难怪你出门都敢素颜呢！要是我素颜有这状态，我也天天素颜！"

林烟轻笑一声，也没有反驳。其实吧，她纯粹是因为懒而已。

"现在那些照片在网上都传遍了，你跟裴南絮，到底是不是真的啊？"Kevin忍不住八卦道。

她立即回道："当然是假的了。绫姐已经发了声明，裴南絮那边应该也辟谣了吧。"

裴南絮那边的效率非常快，方才在赵红绫办公室的时候，她就已经看到那边发出来的辟谣声明了。

林烟原本是想说裴聿城身上那套衣服是高仿，不过裴南絮那边更加严谨，如实解释那套衣服其实并不是他的，而是裴南絮的活动服装出了问题，临时借来的，澄清了照片中的人并不是裴南絮。这样，就算到时候粉丝知道了衣服的主人是裴聿城，也挑不出什么毛病来，毕竟他说的也是事实。

Kevin撇撇嘴，说道："这话怕也只有裴南絮的粉丝会相信了好吗？我可不信这次只是你单方面的蹭热度。照片里的男人，这身材、这气质，放眼整个娱乐圈，除了裴南絮，你能给我找出第二个来？不过真没想到啊，你居然跟裴南絮在一起了，我还以为会是卫徐风呢……"

林烟面色微黑："什么？卫徐风？怎么又扯到卫徐风了？"

"你这是什么表情？你该不是到现在都没看出来吧？"Kevin一脸玩味，"算了算了，这种事情我一个外人也不好多说什么，你自己去悟吧。"

林烟正要开口，余光看到手机上微博热搜第一的内容，有些意外，说道："咦？热搜第一怎么变了？"

原本的热搜第一是她跟裴南絮恋爱曝光，现在变成了"林烟素颜"，而热度最高的一条微博居然是Kevin发的。

Kevin瞥了一眼手机，一边回复网友，一边笑眯眯地说："托你的福，我也跟着火了一把！"

"什么情况？"林烟很纳闷。

"虽然裴南絮的正脸没被拍到，但是有几张照片中，你的脸拍得还是挺清楚的，纯素颜状态实在是太好了。大家都是女孩子，除了关心八卦，自然是关心脸，关心怎么保养了。所以，很多人就在问你到底是用的什么护肤品和化妆品。我之前给你化过妆，所以跑来我这边打听的粉丝也很多。"

"原来是这样。"听到这里，林烟大致了解了情况。

"之前你不是还跟我推荐了一个牌子的护肤品吗，我就直接跟粉丝说了，谁知道我一个回复帖居然直接被顶上了热门。"Kevin摊手道。

林烟扫了眼Kevin的那条微博，内容是：林烟拍《棋逢对手》的时候，确实是我给她化的妆，她用的是一个挺不错的国产品牌自然堂，当时还跟我安利过，效果确实蛮好。

然后她便看到Kevin的微博下面铺天盖地都在让他推荐好用的单品。

Kevin笑眯眯地冲着林烟摇了摇手机："没想到这么巧今天会过来给你化妆，你上次跟我说的，我已经都安利了一遍，大家现在比较关心底妆有什么好用的产品，正好问问你本人！"

这个林烟倒是没什么不好说的，直接回道："自然堂家的冰肌粉底液就挺不错的，自带柔焦效果，轻薄细腻，也蛮服帖的。其实，我那天不是纯素颜，因为我涂了这个粉底液。"

毕竟是跟裴聿城出去约会，她多少还是稍微打扮了一下。

"完全看不出来，效果这么自然的吗？我这就去安利给粉丝！"Kevin闻言一脸惊讶，接着立即笑眯眯地回复粉丝去了，一边回复还一边对林烟说，"这个热门估计是你们公司拿来转移视线做的公关，不过，也是因为你的颜值确实能打，这波热度才能做起来。"

Kevin回复完粉丝，便开始给林烟化妆。

刚化好没多久，敲门声响起，进来的是裴南絮。

"哎呀，裴大明星啊，不打扰你们了！"Kevin给林烟使了个眼色，然后就识相地闪人了。

林烟见状，已经放弃解释了。

"裴偶像，有事吗？"

裴南絮拎着一个精致的多层饭盒，小心翼翼地放到了林烟的桌面上，说："我哥给你做了饭，让我帮忙带过来，提醒你按时吃饭。"

"啊……？你哥给我做了饭？"林烟盯着裴南絮手里的饭盒，如同盯着一个定时炸弹。

裴聿城都好久不做饭了，怎么又重出江湖了？

裴南絮似乎看出了她心中所想，失笑道："放心，我哥说他改良了厨艺配方，让你尝尝看。"

林烟有些尴尬地回应："呵呵，哦，这样啊……"

改良了配方？有用吗？还是一点都不放心，听起来更让人担心了好吗？

裴南絮正帮林烟打开饭盒，楚嘉尧就敲门走了进来。

"哎呀，南絮也在啊！"楚嘉尧面上看起来笑呵呵的，私下暗暗磨着牙朝裴南絮看了一眼。

要是这家伙一早跟自己说清楚，他至于误会这么久，上次还作了大死吗！

"楚总……"林烟立即起身。

楚嘉尧吓了一跳，赶紧扶着林烟的椅子让她坐："哎呀，老板娘，您坐，您坐，不用起来……"

"……"林烟很无语。

紧接着，楚嘉尧就搓着手汇报："嘿嘿，我就是过来关心一下。热搜我们这边已经在处理了，强行往下压的效果不好，所以我们用了其他内容转移视线，目前来看效果还不错。如果您这边还有什么其他要求，可以尽管提！"

楚嘉尧这态度实在是让林烟有些无奈，她说道："没有，多谢公司，这次的事情归根结底还是我这边的原因，抱歉给公司添麻烦了。"

"没有没有，要说添麻烦也是公司没有能及时发现这件事情并且阻止，给您和老板造成了困扰。这是我的工作失误，以后我们一定会更加小心！"楚嘉尧无比殷勤地解释，然后小心翼翼地试探道，"还有上次的事情，一直也没找到机会跟您解释。老板娘，当时我是真不知道您跟老板在一起了，所以才多管闲事想要把钟晓薇和钟雪凝姐妹俩介绍给老板，您可千万别放在心里！而且，我发誓，我以前绝对没有做过这种事情，那次是唯一一次！"

要不是楚嘉尧提到，林烟都快忘了这茬了，她轻笑一声，说道："楚总您言重了，我没有放在心上，另外，平时您还是叫我林烟吧。"

"那就好，那就好……"楚嘉尧见她这么好说话，提了这么久的小心脏总算是放下来了。毕竟当时他给老板牵红线的时候，林烟发起火来可吓人了，完全不像是好说话的人。

楚嘉尧说着，余光突然瞥到了桌上的饭盒。他看到那些雕工精致、香气诱人的菜式，眼睛顿时亮了："林小姐，这是你订的饭菜吗？哪家酒店订的，这些菜式我怎么从没见过？"

楚嘉尧是个老饕餮了，平时最爱美食，D城所有出名的饭店他全都去吃过，出名的菜式也都门儿清。

林烟也不好意思说是裴聿城做的，于是说道：“不是在酒店买的，是我一个……朋友做的。”

“原来是你朋友做的，难怪我不知道呢。这雕工实在是太精致了，连大酒店的总厨都比不上啊！林小姐，我能不能尝一口？”一看到美食，楚嘉尧就有些忍不住。

林烟说：“当然可以啊，你尝尝吧！”

楚嘉尧一脸激动，忙拿起筷子，夹起了一块雕刻成花朵形状的胡萝卜。林烟则小心地观察着他的表情。

楚嘉尧闭上眼睛，用心地咀嚼着。

大概三秒钟之后，他却一把掐住了自己的嗓子眼：“菜……菜里有毒……”

见状，裴南絮和林烟都很无语：“……”

裴南絮哭笑不得地看着满屋子找水的楚嘉尧，赶紧给他接了一杯水。

楚嘉尧喝了满满一大杯水才缓了过来，气喘吁吁地盯着林烟开口：“这饭菜到底是哪个厨师做的？想要人命啊？！”

林烟摸了摸鼻子说：“有吗？我觉得，还好吧……”

看来，裴聿城的新配方又失败了，幸亏让楚嘉尧先尝了一下。

楚嘉尧惊呆了，怒道：“还好？这叫还好？这味道差点把我送走！他这是想毒死你吧？你哪个朋友，厨艺这么鬼畜？不是，林烟你可要小心一点，你那朋友该不会也是裴南絮的粉丝，故意打击报复你吧？”

“……”裴南絮目瞪口呆。

林烟有些尴尬地说：“呃，不会的！”

楚嘉尧立刻说道：“怎么不会？这种事情可不能大意，我让公司去好好查查清楚，到底是你哪个朋友！”

林烟没办法，只能实话实说：“我男朋友……”

楚嘉尧顿时像被扼住了喉咙，根本说不出话来：“……”

经过一阵漫长的死寂之后，楚嘉尧擦擦嘴巴，脸色严肃地开口：“原来是裴总的杰作，是我肤浅了，看来我的造诣还不够深，没办法理解裴总的厨艺，见笑见笑。”

云间水庄。

书房内，裴聿城将一叠文件轻放在一旁，刚将眼镜摘下，书桌上的手机就传来一阵震动。

他瞥了一眼手机显示，大约数秒后，接通电话。

“聿爷……”电话里传来一阵沙哑的声音。

“说。”裴聿城淡漠出声。

他不希望听见那个名字，只不过，却让他失望了。

“是……大少爷裴礼……”沙哑的声音似乎带有一种劫后余生的激动。

裴聿城听闻裴礼的名字后，沉默了几秒，轻轻揉了揉自己的太阳穴，才道：“说说吧。”

“聿爷，我们这边的分部……被裴礼给毁了……而且，裴礼让我转告您……”

“转告什么？”裴聿城问道。

“聿爷，您的大儿子说，他会回来的，让你和裴乾少爷都等着。”

沉默许久后，裴聿城冷漠出声：“知道了，这件事不必上报裴氏，我会处理的。”

“啊？聿爷，这么大的事，不上报裴氏？那要是出了问题，我这……”

不等他说完，裴聿城有些不耐烦地说道：“我刚才说，我会处理的。”

“好，我明白了。”

挂断电话后，裴聿城闭上了眸子，不知道在思考着什么。

一直以来，他并不觉得自己做的事情有任何错误。他只是想要好好地保护裴礼，保护他的母亲林烟。可时至今日，却是落了一个父子反目、兄弟相残的下场。

裴礼刚出生时就是天生进化者，拥有极其可怕的进化基因，但是这股进化力量不被裴礼所掌控，十分容易失控。

而林烟刚生下裴礼时，也被他的进化者力量影响，在医院昏睡了两周。

当年，他趁着林烟昏迷时，将裴礼和裴乾两人送往了裴氏，并欺骗林烟，说两个孩子有某种缺陷，双双夭折。

当年的林烟，已经忘记了一切，仅仅是一个普通人。如果让裴礼留在她身边，一旦裴礼的能力失控，林烟必死无疑。

由于裴礼的进化者能力和基因过于强大，有一群实验室势力虎视眈眈。为了林烟的安全，也为了两个孩子的安全，裴聿城只能将他们送去裴氏。

结果也证明，裴聿城当年的决定十分正确。在裴氏两三年的时间内，裴礼的能力失控数次，因为他的失控，裴氏总部损失惨重，两位裴氏的超等级进化者都死在了年幼的裴礼手中，十数位同辈被他重伤。在那之后，裴礼彻底成了所有人眼中的怪物，包括他的亲弟弟裴乾也将他当成怪物对待。

裴乾能力出众，且有着出色的控制力，在裴氏集万千宠爱于一身；裴礼则完全相反，他的能力虽然强过裴乾太多，但容易失控，所以两人的童年待遇属于完全不同的极端。

尤其是裴聿城，对于裴礼的期望太高，也忌惮裴礼容易失控的能力，所以对他格外严格。在裴氏被当做怪物的裴礼，从没有感受过所谓的父爱，这是一切恨意的起源，早已埋下了无可挽回的种子。

同时，因为裴聿城当时自身的状态也极差，无暇顾及，导致这颗种子生根发芽，这才有了今时今日的局面。甚至，这也是当年林烟为了逃离他而发生惨烈车祸的最主要原因。

那时，林烟还在国外，他们两人早已结婚。而裴聿城将裴礼和裴乾两兄弟送走时，被汪景阳发现，并告诉了林烟。所以，林烟勃然大怒，与裴聿城争吵了数日。无奈之下，裴聿城只能将裴乾和裴礼接到林烟身边，并与她约法三章，每年只能和他们见一次面，而且每次不能超过一个月。

在当时裴聿城的强势下，林烟只能选择妥协。或许，正是那时，林烟便已经有了离开裴聿城的想法。

裴礼和裴乾第一次出现在林烟的眼前时，裴聿城便发现，林烟对裴礼不仅是溺爱，还有着深深的愧疚。

裴乾告诉林烟，裴礼是个怪物，让她不要接近裴礼。

由于在裴氏被所有人排斥，裴礼显得十分自卑，看向任何人的眸内都带着一丝惧怕。

母子俩第一次相见时，裴聿城便发出警告，林烟不得和裴礼单独相处。那时的林烟，无论如何也无法理解，那么可怜的裴礼，为什么裴聿城要如此对待他，甚至连亲弟弟裴乾也从来不屑与他说话，连看向裴礼的眸内都充斥着厌恶与嘲弄？林烟自然不会去恨裴乾，却把所有的恨意都算在了裴聿城的头上。

后来，林烟要随车队去比赛，离开了大约半个月的时间。

而在这半个月的时间内，裴乾和裴礼都被实验室的人给盯上了。对方人数众多，诡计频出，导致裴聿城必须在最短的时间内选择救下两兄弟中的一个。

最终，裴聿城选择了裴乾。选择裴乾，并不是意味着放弃裴礼，只是裴聿城认为，以裴礼的能耐，实验室的人只会自讨苦吃。

结果，裴聿城千算万算，也未算到裴礼压根就没还手。

裴礼被抓走后，裴聿城第一时间就找到了实验室总部，救出了他。

让裴聿城更加没有料到的是，裴礼彻底释放，能力完全觉醒。而这一次，裴礼对裴聿城的恨完全爆发，再也没有任何的掩饰。裴礼的能力，让他不会再去惧怕任何人，包括他的父亲。

然后，裴礼毁了实验室，带走了许多能力极强的实验室母体，并且在裴聿城毫无心理准备的情况下，偷袭将他打伤。

此后，“不死不灭”这个组织诞生，而裴礼也像人间蒸发一般，再也没有任何消息。

半个月后，林烟返回，得知此事，悲痛欲绝。她恨裴聿城放弃裴礼，她认为裴聿城不配做一个父亲，也不配做一个丈夫，与裴聿城彻底断绝关系，这也是那场车祸的由来。

而林烟似乎有着某种能力，只要是让她无法接受的记忆，全部都会从大脑中抹杀掉。

在那之后，她忘记了自己的孩子，也忘记了裴聿城。

片刻后，裴聿城的脑海中浮现出裴礼的面容。

如果他没看错，那场车祸发生时，裴礼应该就在附近。他应该是来找自己的母亲林烟，却亲眼目睹了那场惨烈的车祸，认为是裴聿城害死了林烟。

书房内，裴聿城的手指有意无意地敲打着书桌。对于裴礼，他的确心有忌惮，一旦裴礼的能力爆发，即便是他也无法阻止。而在裴氏，裴礼所犯下的重大罪孽也的确证明了他的担忧没错。

只不过，裴聿城没想到，他们父子之间的关系会差到这般田地。裴氏对如今年仅几岁的裴礼下达了通缉追杀令，而自己作为裴礼的父亲，最初也十分担忧。

可最近得到的消息，却让裴聿城发现自己有些多虑了。他太低估裴礼的进化者能力，甚至于，连裴聿城自己也没有料到，只有几岁大的裴礼，居然一手创立了“不死不灭”。而裴礼身边那些恐怖的进化者，正是当初被裴礼从实验室救出的母体。这恐怕已经不能用“棘手”二字来形容了。

想到此处，裴聿城眉头轻蹙，他想到了林烟的曾经。

如今的裴礼，与曾经的林烟何其相似。

谁又能想到，当年名震天下的“山海”的首领，居然会是一位年幼的小女孩。而山海所犯下的滔天大罪，永远也无法被洗刷干净。

如今的裴礼，当年的林烟……仿佛是历史的重现。

可裴礼与林烟不同，裴礼的基因充满了暴戾，他不被世俗的枷锁所桎梏，他的恐怖程度远远大于林烟。如果这样下去，连裴聿城都无法想象以后究竟会发生什么。

裴聿城陷入沉思中，眸子忽然一闪。很快，他缓步起身走出书房，来到院内。

“你就是我小妹的男人？”

院内无人，可一道讥笑声传了过来。

“谁是你小妹？”裴聿城淡淡出声。

“呵呵……”声音轻蔑地笑着，“你的女人很多吗？”

裴聿城的眉头微蹙，难道指的是林烟？

“你叫裴聿城是吧？”

下一秒，男人弯着腰，从一旁走了出来，眸内浮现着一抹十分自然的阴狠。

裴聿城开始认真打量眼前的男人，他好像从来不曾见过这个人，而且此人的进化者层次极高，已经到了某种境界。

裴聿城没有开口说话，似乎是在等着男人先开口。

“从你的眼神我就能看出来，你对我小妹的了解，似乎也没那么多。”男人笑道。

“所以呢？”裴聿城淡淡出声。

“怎么，对舅哥就是这样的态度？你可真让我不爽。”男人冷笑道。

“你是沐家人？”此刻，裴聿城的神色有些疑惑。

“沐家？”男人的眸内浮现出一抹不屑，“你要这么理解倒也可以。我今天来是要告诉你，以后，离我小妹远一点，要远远的。”男人继续说道，“先自我介绍一下，我是林烟的二哥。该说的我都已经说了，小妹的事情以后就不用你瞎操心了。”

说罢，不给裴聿城开口的机会，男人已经消失不见。

裴聿城站在原地，神色疑惑，看来这人似乎和沐家没有丝毫的关系。只不过，他刚才说的一番话却耐人寻味。他不知道，林烟还有一个不知所谓的二哥。

自称“林烟二哥”的男人，离开云间水庄后，在半路被人拦了下来。

男人身着西装，身旁跟着数位年轻男女。

“老大，你这是做什么？”

“我记得我告诉过你，不要招惹小妹身边的人，尤其是她的朋友和亲人。”男人的目光落在老二身上，淡漠出声。

“是吗？我忘了。”老二说道。

“所以，你把我的话当成了耳旁风？”男人问道。

老二沉默了片刻，旋即看向大哥，阴笑一声，说：“我说老大，你管好你自己就行了，何必来管我。”

“我跟你说过，小妹现在的生活不容许被打扰。”男人的眸内浮现出一丝阴霾。

“二哥，不是我说你，大哥的确明确告诉过我们，不要打扰小妹，你怎么还去骚扰她身边的人？”其中一位年轻男人说道。

“那又怎么了，你们觉得现在小妹活得很快乐？”老二冷笑道，“我不这么认为，而且，这也不是我一个人的意思，老五也是这个意思。”

“五哥？”

老大身旁的几位年轻男女纷纷看向他。

细数父亲的众多子女，老五是实力最为强大的一位，其中一部分子女以老五马首是瞻，包括眼前的老二，也属于老五的阵营，所以他才如此不服老大的管教。

老五与老大向来不和，仗着父亲的宠爱以及自身堪称恐怖的进化者层次与实力，完全不将老大放在眼中。

而对于小妹的问题，老五与老大也是争执了多年。老五的意思是想将小妹找回来，告知她一切真相，而老大的意思则是不要打扰小妹目前平静的生活。

因为老五与老大不和，直接导致了老五阵营一方和老大阵营一方的剧烈冲突。最终还是因为父亲出面，两人的关系表面上才稍稍有了一些缓和。

“二哥，即便是五哥的意思也不行。父亲当初是怎么交代的，你应该没忘吧？你不要把父亲的宠爱当做任性妄为的资本！”老大身旁的一位年轻女人蹙眉说道。

啪！下一秒，女人就被老二狠狠扇了一记耳光。

“二哥……你！”女人诧异地看向老二。

“你算老几，大哥和二哥说话，也轮得到你来插嘴？！”

女人咬了咬牙，想要说些什么，一旁的老大却摇了摇头，让她先不要开口。

“我没有任何违背父亲的意思，而且，当年父亲也只是说，让我们保护好小妹，可没说不能把小妹找回来。老大，你到底是何居心？父亲可就只有小妹这一个亲生女儿，你却让小妹一直在外面流浪……”说至此处，老二的声音逐渐小了一些。当看见老大眸内闪过的一抹寒光后，老二的气势也顿时弱了许多，“老大，我就不相信父亲不思念小妹，你不必在这里教训我，这件事我自然会跟父亲请示，你也不必给我和老五安上一些莫须有的罪名。”

说完，老二瞥了老大一眼后，冷哼一声，转身离开。

等老二走后，几位年轻男女迅速围了上来。

“大哥，二哥和老五他们未免也太嚣张了！”

大哥看着离去的老二若有所思，淡淡出声道：“派人看着他，如果老二继续打扰小妹或小妹身边的人，那就只能如实禀告父亲了。”

Part 25

“他也是头一次做爹，没什么经验，
可以理解，你也理解理解。”
“我也是头一次当儿子，没什么经验，
我要杀他，应该也能理解。”
♥

F国，一座山林内。

“裴礼，咱们下一步该干吗？你这么恨裴氏，不如直接把裴氏总部给捣了吧！”“不死不灭”的一位成员看向一旁闭目养神的裴礼，大大咧咧地说道。

裴礼睁开眸子，看了看眼前的年轻男人，旋即说道：“先削弱裴氏的力量，等裴氏伤了元气，即可行动。”

“裴礼，你说话虽然一套一套的，但你这有点口不对心啊。”身着白裙，飘浮在低空的小萝莉盯着裴礼道，“在整个进化者界的大势力中，裴氏根本不算什么，以我们的能力，想要灭一个裴氏，根本就是轻而易举的事情。”

“你想说什么？”裴礼面无表情地开口。

“哼哼，要么是你太谨慎了，谨慎得过于夸张；要么是你不忍心下手，但心里始终憋着一股气。你自己说吧，你是哪种？”小萝莉鼓着腮帮子说道。

“哈哈哈，小萌说得太对了，裴礼，你不会是不忍心下手吧？”

对于旁人的话，裴礼并没有什么表情，只是淡淡说道：“裴氏没有你们想的那样简单。”

“是因为你父亲？”片刻后，一位成员若有所思地说道。

“的确。”一位年长些许的进化者出声，“裴礼的父亲裴聿城并不简单。”

“裴聿城年幼时曾被裴氏送去沐氏学习。”片刻后，裴礼的语气依旧冷漠。

“沐氏……哪个沐氏？没听过啊。”飘浮在低空的小萝莉满脸好奇。

“沐氏在众多进化者势力中算是一等大族。听闻当年的裴氏族长年轻时外出历练，曾救过沐氏的一位小辈，所以同沐氏攀上了一些关系。也正是因为与沐氏的这层关系，他才当上了裴氏的族长。否则，论资排位，根本轮不到他。”一旁那位戴着半截面具，遮住了口鼻的中年男人出声。

“比裴氏还厉害，我怎么没听过？”一身火红衣袍的少年不屑地一笑，似乎对面具男人的话充满了质疑。

“你还太年轻。”面具男人瞥了少年一眼，“还有，沐氏并非只比裴氏厉害一些，沐氏传承至今已有近千年的底蕴，即便是如今的沐氏，后辈的进化者天才也极多，完全不是裴氏可以相比的。如果真要拿来比较，就我所了解的沐氏，恐怕只需出动数位核心成员，即可在短时间内覆灭整个裴氏。”

“死面瘫，你叫沐光，你该不会就是沐家的人吧？这么吹捧沐家。”小萝莉嘲讽道。

“小萌说得对啊，我看这死面瘫就是沐家的人，吹得也太过了。”红衣少年附和道。

面具男人不再作声。

察觉到面具男眸内闪烁的一丝寒光，裴礼若有所思地看向他，问道：“所以，你是沐家人？”

“以前是。”面具男如实说道。

“有趣。”裴礼淡淡出声。

“哇哇哇，真被我说中了！死面瘫，你真是那个什么沐家的人啊！”小萝莉吓了一跳。

以面瘫男的进化者层次而言，在他们的队伍中也属于上流。说不定，正如面瘫男所说的那般，沐家真的很强。

“所以，我对沐家很了解，当年也与裴聿城接触过，他并不简单。”面具男人说道。

说罢，沐光将面具摘掉。

当小萝莉等人看清他的面容后，一个个惊得瞪大了双眸。

沐光有着极其俊秀的面容，只是可惜，在他的左右面颊有狰狞的十字形伤疤。可即便如此，依然能够看出他曾经的帅气出尘。

“怎么来的？”裴礼问道。

“裴聿城赐的。”面具男说着将面具重新戴上。

“明白了。”裴礼说道。

“你不问其中缘由？”面具男有些诧异地看向裴礼。

裴礼面无表情地说道：“不需要，敌人是一致的即可。无论什么缘由，对我来说都不重要。”

“裴礼，无论你和裴聿城有什么样的深仇大恨，但是听我一句，在你没有成长到无懈可击之前，绝对不要动手。”面具男劝说道。

“为何？你以为我会怕一个沐家？”裴礼不解地看向面具男。

面具男摇了摇头，说道：“或许不止一个沐家这么简单，裴聿城的身后还有一个绝对不能招惹的庞然大物。”

“哦？”裴礼眸内浮现出一抹奇色，“什么？”

“圣地！”面具男说道。

“真的假的？！你说的是随便出来一位门人，都能让进化者界发生剧变的那个圣地？”红衣少年诧异道。

“裴聿城年幼时被送往沐家学习，深得沐家主母的喜爱，不久后，他便随着沐家的一位小姐和少爷去往圣地，参加圣地的考核。当时，三人都通过了考核，正式成为圣地门人，据说这三人还成为了圣地之主的弟子。”面具男人说道。

“沐家的小姐和少爷，他们又是什么人？”红衣少年愈发好奇。

“呵……”提到这两人，面具男却是一声冷笑，“两位孤魂罢了，被裴聿城害死的可怜人。”

“啊？”小萝莉神色诧异，“被裴聿城害死了？可我听你这么说，他们的关系不应该很好吗，一起去圣地参加考核，一起留在了圣地学习……怎么会被害死呢？”

对于这个问题，面具男似乎不想细说，所以并没有回答。

“裴礼，你父亲小时候就这么心狠手辣吗？你们果然是父子……呃，我的意思是，我终于明白你为什么那么恨裴聿城了。”红衣少年说道。

“裴聿城虽然离开圣地已久，但他毕竟是圣地之主的弟子，如果贸然对他出手，那将等同于挑战圣地之主。裴礼，这太危险了。”面具男说道。

裴礼坐在远处一动未动，对于面具男口中的圣地与圣地之主似乎也没有特别的感觉。

“我倒想试试，以我现在的进化之力，能否与你口中所谓的圣地一战。”

话毕，裴礼四周的虚空就传来阵阵如闷雷一般的炸响，黑紫色的雷光在他周身盘旋，宛若一条条幼蟒。

感受到这股极其可怕的进化者威压，附近的小萝莉和红衣少年等人顿时呼吸困难，他们的皮肤如被千万根针扎，身上已被冷汗浸湿。

这是绝对的进化者威压，已经超出了他们所能承受的极限。而且，这股威压还在不停地膨胀攀升，仿佛永无尽头，带着令人心悸且无法忍受的暴戾气息。如果只是普通进化者，在距离如此近的范围之内，无论多少人，恐怕都会瞬间当场昏死过去。

等裴礼的这股进化威压散去之后，小萝莉和红衣少年等人才好受了许多，仿佛从地狱来到人间。

“你可真是个怪物啊！”红衣少年擦了擦额头渗出的冷汗，心有余悸地看着裴礼。

他从来没有见过进化能力如此夸张可怕的进化者。最恐怖的是，这裴礼还打不垮，杀不死，自愈能力也堪称逆天，简直当世无敌。

“裴礼，你现在的确已经强得离谱，但是你的能力还处于成长状态，而圣地之主的进化实力具体如何根本无人知晓。如果说，你现在跟圣地之主遇上，孰强孰弱，我也无法判断……那为何不等你完全成长起来之后，再做你想做的事？”面具男说道。

裴礼刚要开口说话，突然朝着远处一瞥。

几乎在瞬间，数位成员飞跃而起，挡在了裴礼的身旁。

唰！下一秒，一道黑色的身影闪现，速度快到极限，用肉眼已经难以看清，四周还带着阵阵可怖强烈的罡风。那道黑影每行一步，其脚下的地面便会迅速崩碎，仿佛是一座高山在奔跑。

“找死！”

虽然不知来人是谁，但以这种形式出现，已经表明对方是敌非友。

下一秒，红衣少年就化作丈余高的火人，空气中的氧气瞬间燃烧，如同成为烈阳的化身。

“离我远点，太烫了！”

见火人靠近，黑影停下身形，身上的衣物都快要燃成灰烬。

“果然是从实验室出来的母体，随便一个人都拥有这样的进化能力吗……”黑影盯着火人，若有所思。

正当火人靠近时，黑影的身上忽然涌出阵阵金色的光泽。

“基因的力量？”突然，由红衣少年变成的丈余高的火人微微愣神。

轰！伴随着一声震天巨响，只见那黑影凌空而起，一拳挥出，肉眼难寻，速度快到极致。甚至于火人还没能回过神来，他那巨大的身躯就被一股难以形容的可怖之力震飞了。

很快，火人重重摔落在地面，再次恢复了人形。

“我这是被火车给撞了？！”红衣少年起身，一时间有些头晕脑昏，“不……我刚才应该是被一百辆……一千辆火车给撞了……”

“都滚开。”黑影一击解决红衣少年后，速度不减，立刻朝着裴礼奔去。

几位守在裴礼身旁的成员皆是面无表情，甚至有人闭上了眸子，用感知来判断黑影的方位。

“让开。”裴礼坐在远处，淡淡出声。

几乎同时，守在他身前的几位成员便已经朝左右两侧退去。

此时此刻，裴礼坐在地面上，一双眸子毫无波动地看向朝自己奔来的黑影。

在黑影一拳挥出的同时，裴礼也象征性地挥出一拳。

轰隆隆隆隆！难以形容的炸响之音此起彼伏，两拳相碰，如同宇宙中两颗陨星碰在了一处，无形的气浪化作狂暴的巨风朝着四面八方涌去，四周数不尽的巨树磐石在这股气浪之下瞬间化作齑粉。

眼下，几乎所有人的目光都落在黑影身上。

“有趣，体魄力量如此变态，我还是第一次遇到这样的进化者。”一位老者成员冷冷开口。

“罕见的打开了基因封印的进化者，体魄的力量怕是已经要登峰造极了。”

“嘻嘻，都让开，都让开。裴礼，你不要出手，让我来杀掉这个人！”小萝莉眸内满是较量一番的渴望。

她很想知道，以自己近乎无可匹敌的精神力量，去碰撞这个无可匹敌的体魄力量，到底孰强孰弱？

然而，裴礼并没有搭理小萝莉，只是淡淡地看着眼前的男人。

“狗叔，别玩了。”裴礼出声道。

被称为“狗叔”的男人，脸上笑意顿时僵住。

“裴礼，我是怎么教你的，叫我狗……汪叔或是景叔，或者是阳叔也没问题！”汪景阳喝道。

“不。”裴礼淡淡说道，“狗叔比较亲切。”

汪景阳嘴角微微抽动，这个称呼到底哪里比较亲切了？

“你真觉得，加个狗字比较亲切？”汪景阳眉头蹙起。

“嗯。”裴礼说道。

当即，汪景阳点了点头：“行，狗侄子，我知道了。”

互相伤害谁不会啊？

“……”有些无语的裴礼很快又说道，“随便你怎么叫，我都没问题。”

见状，一旁的众成员神色莫名，这人和裴礼是认识的？而且，看两人的关系，似乎还非同一般。

飘浮在低空的小萝莉顿时像蔫了的黄花菜：“我不能杀他了对吗？”

“他是我狗叔叔，你说呢？”裴礼瞥了她一眼。

“谁啊，那么大口气，要杀阳叔叔我？”汪景阳四处打量，最终目光落在了小萝莉身上。

“叫狗叔。”裴礼朝着小萝莉说道。

“不！”汪景阳急忙制止，“别叫狗叔，叫汪叔，或者景叔，阳叔也行！不对不对……别叫叔，叫哥！”

“狗叔……”小萝莉无精打采地开口。

“……”汪景阳目瞪口呆。

“原来是小礼的叔叔。”其中一位老者笑眯眯地走上前，朝着汪景阳点头示意，“狗叔您好。”

汪景阳眉头皱成一个“川”字，他莫名其妙地看向媚笑的老者，表情一言难尽。这老者都多大的岁数了，还管自己叫叔，这合理吗？

汪景阳再朝着附近的众人打量，心中不禁泛起了一丝波澜。在场的这些进化者，一个比一个恐怖，进化的层次力量更是一个比一个深不可测。

很快，汪景阳就收回目光，重新看向眼前的裴礼。

“好家伙，今年才几岁，就这样长身体，吃激素了吧！”盯着裴礼，汪景阳笑道。

不得不说，此刻的裴礼，与当年的林烟的确十分相似。无论是长相还是两人的经历，甚至是性格。当年的林烟，也是在幼年时建立了山海，带着一群接近怪物级的进化者四处闯荡。

裴礼看了一眼汪景阳，似乎想说些什么，但最终还是没吐出一个字来。

“这么长时间没见你，你的变化还是挺大的，能力更强了，真是长江后浪推前浪。”汪景阳看着裴礼笑道。

“狗叔，你是怎么找到我的？”片刻后，裴礼问道。

“叫什么叔，叫哥。”汪景阳说道，“找你确实不容易，不过，你最近做了那么多事，稍微费点心，还是能找到蛛丝马迹的。”

“我们又不隐藏行踪，能找到我们不是很正常嘛。”小萝莉开口。

“狗叔，既然来了便是客，坐吧。”裴礼看向汪景阳说道。

汪景阳下意识地朝着四周扫了一圈，旋即笑道：“坐哪儿？”

裴礼看了汪景阳一眼，接着说道：“随意一些，坐地上吧。”

汪景阳腹诽：这待客之道还真挺讲究的。

“狗叔，大老远来找我有什么事吗？应该不仅仅是叙旧这么简单吧。”等汪景阳坐下后，裴礼问道。

裴礼虽然年龄很小，但是进化层次很高，已经不能用看待孩子的眼光来看待他了。

“呵呵。”汪景阳笑了笑，“最近手头有点紧……”

“等等，大叔，你不会……不会是特意跑来借钱的吧？！”方才被汪景阳打退的红衣少年难以置信地问道。

一位顶尖的身体进化者，漂洋过海，翻山越岭，费了那么大劲儿找到裴礼，结果来了一句手头紧？

这种事，他们没听过啊。

汪景阳有些不悦，开口：“什么叫借，怎么能叫借，我是那种人吗？你们可以去打听打听，我汪景阳从来不跟任何人借钱。”他继续说道，“只要我不还，那就不叫借。”

还有这么不要脸的人？所以，他的确是来借钱的，但是没打算还钱！

一位白面少年盯着汪景阳，恍然大悟道：“我明白了，你不是来借钱的。”

汪景阳笑着点了点头。

白面少年捏着下巴沉思道：“按照你这个逻辑来算的话，你是……你是来抢劫的。”

“我和裴礼那是什么关系，叔侄情深！小时候我那么照顾裴礼，当亲儿子一样，任劳任怨！现在裴礼有出息了，孝敬孝敬我这个穷叔叔，那不是应该的吗？所以，怎么能叫借，又怎么能叫抢？你会不会说话？！”

裴礼有些奇怪地看着汪景阳：“狗叔，你是认真的吗？”

汪景阳表情严肃：“当然了，我告诉你，我身上现在一分钱都没有，来的时候钱全买机票了，你要是不给我拿点，我可就回不去了。”

裴礼盯着汪景阳，看他的表情，的确不像是在开玩笑，所以他真是来要钱的？

“我对钱没有什么概念。”裴礼罕见地露出一丝尴尬之色，转身看向小萝莉，“我们有多少钱？”

“啊？我们哪来的钱？我们不偷不抢又没人工作……”小萝莉说道。

“你看我这套衣服穿多久了，不就是因为我们穷，没钱买新衣服吗？”红衣少年说道。

“那机票钱能凑出来吗？”裴礼又问道。

“勉勉强强吧，大家凑凑，一张机票钱应该没什么问题。”红衣少年看向汪景阳，“大叔，那你到底图个什么？倾家荡产买一张机票来找裴礼，然后又让我们倾家荡产凑一张机票钱给你，没意义啊！”

汪景阳微微一笑：“我要知道你们这么穷，我肯定不来。”不给红衣少年开口的机会，他将目光重新落在了裴礼身上，“小礼子，你的事我也听说了一些，你这次是想要你老爸的命？”

“你有兴趣吗？”裴礼问道。

“小礼子，我觉得你还是赶快打消这个念头。裴聿城可是你的亲生父亲，你想要他的命，你脑子进水了？”汪景阳看着裴礼，神色逐渐严肃。

裴礼奇怪地瞥了汪景阳一眼：“倒是有些奇怪，你和裴聿城的关系应该没那么好。”

“我和你父亲关系如何，那是我和他的事情，别混为一谈。裴聿城是你亲爸，你要手刃亲爸，就不怕天打雷劈吗？”汪景阳问道。

“我与裴聿城早已恩断义绝，他从未有一刻将我当成儿子，不过是把我当成可培育的杀人机器、是裴氏的底牌罢了。难道不是吗？”裴礼淡淡出声。

话已至此，汪景阳也犯难了，一时间不知该说些什么。

在他看来，裴聿城的确不是个东西，一个利欲熏心、狼心狗肺的阴险小人罢了。当年欺骗林烟说两个孩子夭折，但暗地里却把他们送回裴氏，不过是看中了两个孩子的能力。尤其是裴礼，裴聿城将裴礼当成杀戮工具，所以把他留在裴氏成为一张裴氏对抗更强进化者势力的王牌。

“你父亲裴聿城吧……他的确是不配当一个父亲，但……他也是头一次做爹，没什么经验，可以理解，你也理解理解。”汪景阳笑道。

听闻汪景阳的话，裴礼沉默了片刻，旋即说道：“我也是头一次当儿子，没什么经验，我要杀他，应该也能理解。”

“……”汪景阳顿时无语。

这小子进化者层次太高，不好忽悠，已经完全不能把他当成几岁的孩子来对待了。此刻的汪景阳，还是怀念当年在林烟身边带着的小萝卜头，再看看现在的裴礼……

“裴礼，你父亲的确是有不对的地方，实在不行，你跟他断绝父子关系就好了，起杀心实在没必要。你要是杀了你的父亲，以后天下人会如何看待你？你只要出现在人前，就会有人议论你。”汪景阳劝说道。

“只要让议论我的人全都消失，不就好了。”裴礼面无表情地说道。

“你这孩子怎么水泄不通呢？”汪景阳蹙眉道。

“大叔，你想说的应该是油盐不进吧？”一旁的小萝莉纠正道。

“对，对对对，口误，纯属口误。是被小礼子气的，不是我没文化，你们别误会。”汪景阳急忙辩解道。

小萝莉小声嘀咕：“此地无银三百两。”

裴礼看向汪景阳，淡淡地说：“所以，借钱不是目的，你来找我是想当说客的。”

汪景阳微微一愣，旋即摇头道：“瞎说，借钱是主要目的，其次才是当说客。”

“狗叔，你并不知道我曾经经历了什么。”裴礼说道。

“不管你经历了什么，也不能有弑父之心，我也想要裴聿城的命，但是一码归一码。”汪景阳说道。

裴礼冷冷一笑：“我母亲真是交错了朋友，亏她还跟我说，你是她在这个世界上最亲的人之一，更是她最好的朋友。”

汪景阳满脸莫名其妙，自己不让裴礼有杀害裴聿城的心，这和林烟有什么关系？

总不能是林烟让裴礼去杀裴聿城的吧？

难道……裴聿城又做了什么对不起林烟的事情让林烟勃然大怒，所以授意自己的儿子去干掉裴聿城？

如果不是这样的话，刚才裴礼又怎么会说林烟交错了自己这个朋友？

沉默数秒后，汪景阳神经兮兮地看向裴礼，小声道："等等，你爸裴聿城，他是不是……背着你妈，在外面搞东搞西，然后被你妈发现了？"

汪景阳说完，裴礼的面容上浮现出一抹莫名其妙的神色，不解地问道："什么意思？"

"唉……你这孩子，意思就是不检点。"汪景阳说道。

"不检点？"裴礼的神色愈发疑惑，他完全不理解汪景阳在说什么。

一旁的红衣少年似乎有些看不下去，大声道："裴礼，狗叔的意思是你爸有没有背着你妈在外面有了别的女人。"

一位年轻成员叹了口气："我爸当年就是这样，背着我妈在外面搞东搞西，被我妈发现后，打断了他两条腿。"

裴礼的眸内浮现出一抹寒芒，说："看来我母亲的确是受尽了他的屈辱。"

汪景阳有些莫名其妙地看向裴礼，为什么这熊孩子说出来的话，他竟然有些听不懂？

"等等。"眼看好像有些言语上的误会，汪景阳立马打住。

"狗叔，又怎么了？"裴礼看向汪景阳。

汪景阳沉思片刻后说道："有点乱，我们来捋一捋……"

"好。"裴礼并未拒绝。

"我刚才只是问你，裴聿城是不是曾经在外面搞七搞八，被你妈发现了。"汪景阳说道。

"不知道。"裴礼面无表情地开口，"或许吧。"

"不应该啊……"汪景阳神色愈发疑惑，"虽然说你父亲裴聿城是个卑鄙无耻的小人，可按照我对他的理解，他应该做不出这么低级的事来。"

裴礼若有所思，问道："然后呢？"

"你刚才说，我来劝你不要伤害你父亲，这么做对不起你的母亲，这是为什么？"汪景阳不解道。

当年在国外时，林烟对裴聿城也只是失望透顶罢了，根本谈不上有什么恨意。而且，当年的那场车祸发生后，林烟的进化能力让她忘记了所有痛苦的记忆，包括自己的两个孩子和裴聿城。

连人都忘了，更不可能有什么恨意。再说了，现在两个人又腻在一起，连爱都来不及，怎么可能会去恨裴聿城？

"你说呢？"裴礼看着汪景阳，反问道。

“我怎么知道。”汪景阳瞪了裴礼一眼。

“我母亲的死，是裴聿城一手导致的，从某种意义上来说，裴聿城就是凶手。如果不是裴聿城，我母亲不可能会死在那场车祸中。”裴礼的眸内浮现出一抹冷光，“我与裴聿城已经断绝父子关系，既然是陌生人，他又是杀害我母亲的凶手，我为母报仇，有何不可？你在意世俗的眼光，我未必在意。”

话音落下，汪景阳彻底蒙了。林烟死了？！被裴聿城给害死的？

这是什么时候的事，他怎么不知道？！

可转念一想，汪景阳似乎又明白了。重点在裴礼口中的车祸上。

的确，当年在国外，林烟遭遇了一场十分惨烈的车祸。如果是普通人，肯定必死无疑，只不过，林烟是普通人吗？

林烟是一位进化者，拥有常人难以理解的进化者基因和进化能力，别说是她开车出了车祸，她就是开宇宙飞船出了事也死不了。

“裴礼，所以说，你当年亲眼目睹了你母亲的车祸，对吗？”汪景阳问道。

“的确。”裴礼如实答道。

汪景阳点了点头。如果裴礼当年亲眼目睹了林烟的车祸，认为自己的母亲死在了那场惨烈的车祸中，其实也能够理解。年幼的裴礼并不知道自己的母亲林烟是一位进化者，别说他了，就连当初的林烟，也早忘记了自己是一位进化者的事实。

所以说，搞了半天，他们两人说的根本就是驴唇不对马嘴，压根就不在一个频道上。

而裴礼认为林烟已死，这误会可太大了！这根本就是一个大乌龙。

汪景阳盯着裴礼，似乎想要说些什么，又有一些犹豫。

他的确不希望看见裴礼真的去伤害裴聿城，这并不是因为当年和裴聿城的兄弟情义，而是裴礼身为裴聿城的儿子，如果真的伤害了裴聿城，天理不容。不仅是世人的闲话，汪景阳更担心的是，谁又能保证某一日的裴礼不会后悔，后悔杀害了自己的亲生父亲？

但是他也不希望裴礼对裴聿城的恨意消散，甚至是继续认贼作父。起码，在汪景阳的眼里，裴聿城根本不配做一个父亲。他们之间的恩怨暂且不提，只说身为一个父亲的责任，哪有一个父亲会欺骗自己产后的伴侣，告诉她生下来的孩子双双夭折，而真相却是把孩子秘密送去了裴氏总部，把孩子当成工具，当成可以让氏族变得更加强大的秘密武器？

退一万步来说，裴聿城当初是如何对待裴礼的？在裴氏时，裴礼被人当做怪物，裴聿城身为父亲，他说过一句安抚的话吗？

裴礼第一次见到母亲，裴聿城却让裴礼跟林烟保持一定的距离，甚至不允许两人单独相处。

在裴礼和裴乾两兄弟被某些进化者势力劫持时，他管过裴礼的死活吗？

这种人，如何有资格当父亲？！

如果，汪景阳不告诉裴礼他的母亲林烟还活着的事实，他们父子之间的情谊才算是真正到头了，这的确是汪景阳希望看见的。只不过，如果他瞒着这件事，那错的便是他了。即便再有苦衷，裴礼也有权知晓真相。

“狗叔？”见汪景阳一直盯着自己沉默不语，裴礼出声唤道。

“裴礼……有件事，狗哥得告诉你。”汪景阳叹了口气。

“狗叔你说。”裴礼说道。

“你母亲也是一位进化者。”汪景阳说道。

裴礼神色有些莫名：“还有吗？”

“你见过哪个进化实力尚不错的进化者，会死在车祸中？”汪景阳继续说道。

见裴礼一时间有些反应不过来，汪景阳干脆直说：“你母亲林烟活得好好的，谁告诉你她死了？”

“你说什么？！”闻言，裴礼原本就很大的眸子睁得更大，瞬间抓住了汪景阳的手臂。

“你妈没死，那场车祸就是让她受了点腿伤而已，别自己在那儿脑补了。”汪景阳说道。

“我母亲没死……”裴礼目瞪口呆，“这怎么可能……我亲眼看见……”

这下，别说裴礼，就是一旁的“不死不灭”成员也有些没回过神来。

“裴礼，你妈复活了？”小萝莉诧异道。

“……”汪景阳很无语。

“狗叔，你说的是真的，不是故意逗我开心？”裴礼急忙问道。

“谁骗你谁是狗。”汪景阳说道。

从汪景阳口中得知母亲林烟居然还活在这个世上，裴礼一双眸内浮现出不敢置信的神色。对于裴礼而言，林烟的确还活着，却是活在他的心中。

“我还能骗你吗？”汪景阳忍不住瞥了裴礼几眼。

裴礼看向他的目光充满了怀疑，让他有些哭笑不得。

“狗叔，我母亲……当真活着？”裴礼看向汪景阳，仍想再继续确认一遍。

“是的，活着。”汪景阳点了点头，笑道，“你母亲好端端地活着，当年的车祸并不致命，而且你母亲也没有你想的那样脆弱。”

“那我母亲现在在哪儿？”裴礼忍不住问道。

“跟你父亲在一起。”汪景阳叹了口气。

“裴聿城？”裴礼的眉头微蹙，“真让人出乎意料。”

“怎么了？”汪景阳不知道裴礼为何会忽然说出这句话来。

“没想到我母亲还活着，更没想到她如今还和裴聿城在一起。”裴礼说道。

“你爸和你妈生活在一起，有什么好出乎意料的？”

裴礼轻摇了摇头，并没有接汪景阳的话。

他依然记得，当年母亲林烟曾经问过他，如果她和父亲分开了，自己愿不愿意跟着她。当然了，裴礼的回答是肯定的。只不过，他却没有等来这一天。而且，裴礼也想不明白，如果母亲没有死在那场车祸中，那她为什么从来没有联系过自己？

她给过母亲自己的联系方式，自己的号码也从来都没有换过。可是，母亲却一直没有联系过他。还是说，母亲也不在乎他？

“裴礼，你怎么了？”见裴礼脸上的神色愈发复杂，汪景阳问道。

裴礼从沉思中回过神来，看向汪景阳：“狗叔，告诉我，她在哪里？”

H国，某商场。

林烟提着大包小包，在商场的专柜旁不停地观望。她打算下午回家看看母亲贺暮云，刚好来商场给母亲买些礼物。正当她看中一件商品，准备开口询价时，林烟的面色陡然大变。

一只手不知何时搭在了她的肩膀上，几乎是瞬间，身旁传来一阵淡淡好闻的香味。下意识地，林烟就要朝着一旁躲去，可那只手死死地搭在她的右肩上，让她无法挣脱。还不等林烟有任何思考的时间，她已经被人搂住。

林烟转头朝着左边打量，搂住她的是一位身着黑色皮衣的年轻男人。

他身高估摸一米八五以上，身穿黑色的皮衣、复古式的牛仔裤和白色的靴子，棕色的头发，耳垂上还戴着黑色的耳钉。模样和打扮都十分时尚，无论是颜值、身高还是气质，都十分出类拔萃。

只不过，林烟并不认识眼前的这个男人，对于他莫名其妙搂住自己的行为，林烟更是火冒三丈。以为自己长相帅气，认为谁都能随便乱撩？而且，还是以这种十分不尊重人的方式。

“看中什么了？”男人忽然低下头，与林烟四目相对，眸内满是温柔的笑意。

年轻男人的举动，彻底让林烟当场蒙圈。这男人不会是从哪家精神病医院跑出来的吧，感觉像是和她亲密无间，连说话的方式都像是认识多年的老友。

“我认识你吗？”林烟看着男人，冷声问道。

男人有些腼腆地笑着，旋即盯着林烟的五官仔细打量：“真像啊，你跟我父亲真的很像。这鼻子，这眼睛，不愧是父亲的女儿，太像了。”

听闻男人所言，林烟嘴角微微抽动。这年轻帅气的男人，的确是脑子有些问题？

说她和他爹很像，这是跑商场找爹来了？就算是来找爹的，好歹也找个男人呀，找个女人算怎么回事。

林烟也不搭理男人，双肩一耸，将男人搭在她肩膀上的手臂震开。只不过，男人却丝毫不在意，依然是满脸笑意地看着她。

不给林烟开口的机会，男人朝着柜台的售货员说道：“都包起来。”

售货员问：“先生，需要把哪件物品包起来？”

“都。”男人笑道。

“都？”售货员微微一愣。

“嗯，都包起来。”男人说道。

“是全部吗？”售货员神色诧异。

“刷卡。”说着，男人从皮衣的口袋里随手掏出一张黑色的卡丢在了柜台上。

“小姐，您男朋友对您真是太好了。”售货员满脸羡慕地看着林烟。

“我男朋友？”林烟下意识地指了指自己。

“我不是她男朋友。”男人笑着出声。

“哦哦哦……对不起，很抱歉，是我没搞清楚。”售货员连忙道歉。

“我是她哥哥。”男人说道。

“小姐，您哥哥对您可真好……”售货员看向林烟，尴尬地一笑。

“……”林烟无语。

“小烟，还要买别的吗？”男人低头看着林烟。

林烟眉头深深蹙起，有些戒备地盯着男人问道：“你到底是什么人，我认识你吗？”

“正式介绍一下，我是你哥，五哥。”男人笑道。

哥？五哥？

“你是在拿我寻开心吗。”林烟面无表情地说道。

她怎么不知道自己还有个哥哥？

“抱歉，我不认识你，你认错人了。”林烟转身就要离开。

只不过，男人又瞬间搂住林烟的肩膀，两人还真像是亲密无间的兄妹。

然而，此刻的林烟，额头已经渗出冷汗。眼前这个男人，是一位进化层次已经高到无法形容的……超级进化者。

自从林烟知晓自己是进化者后，渐渐对进化者的世界有了大概的认知。

不管是后天进化者抑或是那生来便高高在上的先天进化者，还从未有人给过林烟如此大的压迫力。而这种压迫力似有似无，林烟能够感知到并非是眼前这个男人刻意为之，而是他举手投足之间就从骨子里散发出来。

此刻，她重新看向眼前这个颇为帅气的男人。他嘴角挂着迷人且温柔的笑意，但站在他的身旁，林烟不仅没能感受到一丝温暖，反而让她觉得不寒而栗，就如同待在一只凶恶猛兽的身旁，随时都会有毙命的风险。

林烟全身上下已经被冷汗浸透。这个男人，太过危险，而且进化者的层次已经远远超出她所能够理解的极限。

“你不认识我没关系。”男人笑着开口，声音很轻，好似能够蛊惑人心，“但你现在应该认识我了，我是你哥哥，五哥。”

林烟没有开口说话，她心中暗暗思忖，这个男人究竟有着什么目的？

可以确定的是，林烟并不认识这个男人，他们之间没有任何的交集，甚至林烟在此之前都没有见过他，这是两人的第一次碰面。可男人口口声声说是她的哥哥，但是她没有哥哥。

或许他并没有什么阴谋或是想达到怎样的目的。如果他愿意，随时都可以将自己一击毙命。

没多久，林烟微微一惊。他该不会也和白鹤、司白他们一样，认错了人吧？

越想，林烟越觉得有这个可能。毕竟，某个实验室的主人，和她的相貌十分相似。

“林烟妹妹，要一起喝杯饮料吗？”

正当林烟沉思时，男人忽然叫出了她的名字。

林烟的神色顿时一变。可以确定，这绝对不是认错了。他居然能叫出自己的名字。

“你……到底是什么人？”林烟下意识地后退了两步。

“真笨。”男人盯着林烟，“不是说了吗，你哥哥。”

“我没哥哥。”林烟万分戒备地说道。

眼下，一旁的售货员见情况有些不对，眉头蹙了蹙。之前还以为两人有什么关系，但通过两人的谈话，似乎并不是这样。

“小姐，需要……帮忙吗？”售货员朝着林烟轻声问道。

林烟并没有理会售货员。别说这些普通人，就算是一般的进化者来了，也不过是送人头而已。而且，她并没有在男人的身上感受到恶意。

“走吧，我慢慢和你解释。”男人满脸笑意，走至林烟身旁，十分亲密地将手搭在她的肩膀上。

“先生，你认识这位小姐吗？”

不知何时，售货员叫来了数位商场的安保人员。几位安保人员走至林烟和男人的身旁，朝着男人打量。

男人并没有搭理这些安保人员，他一手搂住林烟的肩膀，带着她便要离开商场。

“放开……”林烟挣扎了几次，却丝毫无法挣脱。

感受到了异样，几位安保立马上前拦住男人。

然而，还未能接近男人，这几名安保突然“扑通”一声倒在了地上，看着像是昏睡了过去。

不等林烟回过神来，她已经被男人带出了商场。

“你对普通人出手？”林烟抬头看向男人诧异地说道。

男人轻轻笑道：“你看见我出手了吗？他们可能是喝酒喝多了吧。”

此刻林烟的境地着实有些尴尬，她就像是个傻子一般，任由男人牵着鼻子走，却无力反抗。这感觉就像蚂蚁遇见了大象，只有深深的无力感。

“师姐！”

正当林烟满心绝望时，白鹤的声音从后面传了出来。

林烟的心中顿时大喜。只见白鹤手中拿着两个冰淇淋，大步从商场追了出来。

林烟是带着白鹤一起来的，将他丢在了商场二楼的甜品店，本打算买好东西去找他，结果就遇到了这个男人。

“师姐，你怎么跑了……你不给我付账吗？”白鹤神色着急，他手上冰淇淋的钱还没付。

林烟似乎忘记了自己目前的处境，转身看向白鹤，厉声喝道：“不是给了你两百吗！”

“不……不够啊……”白鹤有些委屈地看着林烟，“一根一百五，两根三百……我给了两百，还少一百。我还吃了很多别的东西，一共还欠六百多……我吃完人家问我要钱，我是偷偷跑出来找你的。”

林烟嘴角微微抽动：“你吃的是黄金啊！”

白鹤还想说些什么，可目光顿时落在了林烟身旁那位帅气的男人身上。

“咦……”白鹤上前几步，眯着眼打量着眼前这个满脸笑意的男人，“师姐……你……换男朋友了？”

林烟腹诽：我换你个头，这大傻子！干啥啥不行，花钱第一名，我这是被挟持了，你瞎啊！

“咳咳！”林烟故意咳嗽了两声，朝着白鹤转着眼珠，并且眨了眨眼。

看着林烟的举动，白鹤一脸迷茫，片刻后，露出一副恍然大悟的神色，赶忙朝着男人说道：“解释一下，我是她师弟，我不是她儿子，你不要误会！”

林烟心道：再见吧朋友。

男人笑着朝白鹤点了点头。

“傻子，我不认识他！”无奈之下，林烟只能急忙朝着白鹤说道。

白鹤看向林烟，露出一副十分诡异的表情。

“我跟他不熟！”林烟又说道。

“那……那师姐你……你好随便啊……这样不好！”白鹤说道。

“笨蛋，他是进化者，我被他劫持了，我还要不要说得更仔细一点？！”林烟欲哭无泪。

当林烟这句话说出口后，白鹤终于明白了过来，作势便要朝林烟和男人冲过去。然而，见林烟在男人的手中，白鹤又急忙止住了身形。

“你是什么人？放开我师姐，我饶你一条狗命，否则我一拳打爆你的头！”白鹤朝着男人威胁道。

“呵。”男人盯着白鹤，轻声笑道，“你误会了。”

“你是不是瞧不起我？”白鹤怒目一睁，“别看我小，我有的是本事。”

“去把欠人家甜品店的钱付了吧。”男人从口袋了抽出一叠钞票，朝着白鹤丢去。

见状，白鹤眼疾手快，一把接住那叠钞票，转身就要朝商场走去。

只不过，还没走两步，他就止住了脚步，立即转身回头，怒视男人：“你是不是瞧不起我？”

说罢，白鹤将手中的钞票装在了口袋里。

男人也不说话，只是静静地看着他。

“好啊，我看你是敬酒不吃吃罚酒，现在后悔已经来不及了。”白鹤说罢，整个人即刻化作一道狂风，原地还留着一抹因速度过快而产生的残影。

白鹤的速度的确快到了极限，不到一瞬，人已经来到林烟和男人的身旁，挥拳便朝着男人轰去。只不过，让林烟难以置信的是，身旁的男人依然没有动手，只是搂着自己的肩膀，十分随意地站在原地。

紧接着，“扑通”一声，林烟眼睁睁看着白鹤挥出的那一拳还没落下，整个人却如同方才商场的那几位安保人员一样，倒在了地上。

此时此刻，林烟的心脏仿佛都要跳出嗓子眼了。这个男人……到底是怎样的怪物？！

倒在地上的男孩可不是普通安保人员，他是超级进化者白鹤！

如果说，男人和白鹤经过一番激战，把他打倒在地，林烟倒还能够接受白鹤战败的事实。可刚才发生了什么？！

这男人搂着她的肩膀，什么也没做，只是静静地看着白鹤，下一秒，白鹤就倒地昏迷了。

“你！”

震惊过后则是愤怒。林烟很喜欢白鹤这熊孩子，呆萌可爱，不仅救过自己，更是陪她出生入死，连实验室都闯了一个来回。不能说同生死，但两人也算共患难过了。这个人，居然伤害白鹤……连一个孩子也不放过！

“你居然连孩子也不放过！”林烟怒视男人。

男人依然面不改色地笑着：“应该是他先对我出手的吧，而且，你看见我动手了吗？”

不等林烟再开口，男人就盯着昏倒在地的白鹤，若有所思道：“应该是……酒喝多了吧。”

“……”林烟颇为无语。

这个男人不仅对一个孩子出手，还几次侮辱她的智商！刚才说那几个安保人员酒喝多也就算了，现在居然说白鹤酒喝多了。这不是把她当智障吗？

“走吧，等酒醒就好了。”男人搂着林烟就要离开，“我带你去见父亲吧。”

林烟此刻满心都在担忧白鹤的安危，哪里听得到男人说了什么。

她虽然知道这男人是一位超级进化者，但没想到，同为超级进化者的白鹤在这男人面前弱得连只蚂蚁都不如。他根本都没动手，白鹤就倒下了。

如果早知道两人的实力如此悬殊，说破了天，林烟也不能说自己被挟持了。

此刻，林烟心中十分愧疚，是她害了白鹤。

Part 26

看不见月亮，更看不见一颗星星，
什么都看不见，是令人绝望的黑。

♥

男人带着林烟还没走几步，就毫无征兆地停了下来。

林烟看见，白鹤不知什么时候醒了过来，正双手死死抱着男人的脚踝，并一口啃了上去，嘴巴里还含糊不清地说着什么。仔细听，他好像说的是：“我咬死你！”

“白鹤，快跑！”见白鹤醒来，林烟松了口气，急忙朝他喊道。

见状，男人脸上的笑意消失，眸内浮现出一抹无奈。

看男人有些分心，林烟也不知哪里来的勇气，所有的潜力爆发而出，用尽全身力气，狠狠地朝男人的脸上打去。

然而，拳头刚刚触碰到男人近乎完美的脸颊时，只见林烟两眼泛白，跟白鹤一样，“扑通”一声昏迷倒地。

林烟刚好倒在了白鹤的身上，把他死死地压在了身下。

“你……你敢打我师姐！你知道我是谁吗？！”白鹤急忙爬起身来，将林烟抱在怀里。

男人轻叹一口气，愈发无奈地说道：“你看见我出手了吗？”

“你没出手，那我师姐是怎么了？！”白鹤怒道。

男人托着下巴，露出一副疑惑的神色，片刻后，说道：“可能……是酒喝多了吧。”

“骗子！”白鹤说道，“我师姐没喝酒！”

“五哥！”正当白鹤还想说些什么时，一个女人从后方走了过来。

女人长发及腰，十分柔顺，相貌甜美，尤其是那一双紫色眸子，灵动十足。

女人穿着旗袍，将修长的身材展现得淋漓尽致，从头到脚都是市面上有价无市的超级奢侈品牌，手腕上戴着的手表也是天价。

“十妹。”见到女人，男人点了点头。

“天哪……”看着倒在地上的林烟，女人的面色微微变了变，“五哥，小妹对你出手了？”

女人心中清楚，男人不可能对林烟动手。但是此刻林烟昏迷在地，那就只有一个可能，小妹林烟对五哥出手了。

“很显然。”男人说道。

女人叹了口气，似乎比男人还要无奈。

五哥是先天进化者，有着一种十分奇特的能力，名为“进化之威”。面对任何对其出手的人，无论是进化者还是普通人，哪怕是野兽，五哥的进化之力就会被动防御。换句话说，他压根不需要动手，任何人一旦对他出手，打他就等于打自己，甚至还要更惨。

听着女人和男人的对话，白鹤忽然站起身，冷笑道：“胡说八道，还有这种能力？我就不信！”

说罢，白鹤又是一拳朝着男人打去。

“扑通”一声，女人就看见白鹤一头栽倒在地，晕了过去。

男人托着下巴，静静地看着白鹤，若有所思道：“酒可能还没醒。”

不知过了多久，林烟忽然睁开了一双眸子，迅速地从地上坐了起来。

她神色有些迷茫，看向自己身旁穿着旗袍且面容姣好的女人。

“小妹，你没事吧？”旗袍女人看着林烟，眸底浮现出一抹担忧。

几乎下意识地，林烟摇了摇头作为回应，可很快又满是戒备地看向旗袍女人。她刚才好像是被人狠狠打了一拳，然后彻底昏了过去。

此刻，白鹤也苏醒了过来，他神色诧异地看向身着皮衣的男人。这男人是什么怪物?

“你们到底是什么人，想做什么？”林烟先是看了一眼旗袍女人，又看了看她身旁的男人。

旗袍女人叹了口气，用有些责备的目光瞥了男人一眼，对他说道：“五哥，现在还不是时候，我们先走。”

男人脸上的笑意不减，轻声说道：“你在教我做事吗？”

“五哥，我不是那个意思。”旗袍女人叹了口气，有些无奈地看向男人。

此刻，林烟和白鹤面面相觑。

白鹤满脸疑惑地盯着林烟，这似乎有点不太像林烟被挟持的感觉，总觉得哪里有些不对。而林烟作为当事人，自然是比白鹤更加莫名其妙。但唯一可以肯定的是，自己并不认识眼前的男人，而后面出现的那个好看的女人，她也从未见过。

但是，这两个她从来都没见过的陌生人，却口口声声说她是他们的小妹。

“沐家的事，你还能记住多少？”片刻后，皮衣男人的目光落在林烟身上，问道。

“沐家？”听到皮衣男人的话，林烟的神色愈发莫名其妙，“我不知道你在说什么。”

“小妹，你不知道沐家？”旗袍女人诧异道，“你小时候就一直在沐家生活，这些你都忘了吗？”

此时，林烟更加一脸莫名其妙。

“五哥，这些是和小妹自身的能力有关吗，还是因为别的原因？”见状，旗袍女人朝着男人问道。

男人摇了摇头，淡淡出声：“她的能力父亲一直都没说过，但当年父亲把她送离自己的身边，安排到相对安全的沐家，一定是有他的道理。”

旗袍女人叹了口气，说：“这些年，都是老大那些人一直在调查小妹的消息，五哥，不然你去问问老大吧？”

“老大？”皮衣男人眸内浮现出一抹不屑，旋即道，“你认为他会告诉我吗？”

“倒也是，以五哥和老大的关系，恐怕……”旗袍女人口中喃喃，旋即看向男人问道，“五哥，你现在打算怎么做？”

她并不知道五哥忽然出现在小妹的面前，究竟是抱着什么目的。父亲虽然没有明说，但态度已经表明了一切，一直都是让老大那边调查小妹离开沐家之后的消息，却从未让人去找回过她。既然父亲没有开这个口，那他就是希望小妹现在的生活不要被旁人打扰。可是，今天五哥的忽然出现，显然打破了父亲所希望看见的。

皮衣男人的目光落在林烟身上，打量许久后开口：“父亲虽然没说过，但他对小妹的思念谁都知道，我们这些做子女的，应该帮父亲做出某些决定。”

此刻，林烟和白鹤站在一旁，都听得一头雾水，压根不知道这两人到底在说些什么。先是一个“小妹”，后来又是“沐家”，现在张口闭口就是“父亲”……

“五哥，你应该清楚，父亲不让我们接触小妹，肯定是有他的原因，就如同当年父亲把小妹送到沐家一样。”

男人的嘴角微微上扬，脸上挂着一抹莫名的笑意：“你是想说，如果让某些人知道了小妹的身份以及能力，小妹会非常危险，即便是在父亲的身边？”

旗袍女人欲言又止，虽然她是这样想的，却不好将这样的话直接说出来。

“当年我们还小，的确没有能力去保护自己身边的亲人。十妹，你认为如今，我们还没办法保护她吗？”男人问道。

“五哥，我不是这个意思……”旗袍女人摇了摇头。

“我不管某些人到底是否看中了小妹的能力妄想一步登天，抑或是别的什么。可是，有我在，无论是谁都不可能逾越半步，我会粉碎这些人的狼子野心。”男人淡淡笑道。

旗袍女人看了看身旁的五哥。的确，眼前的男人在他们众多的兄弟姐妹之中，能力是最为强大的，连父亲都对他赞赏有加，称其千年难遇。只不过，他也有着所有不世奇才的通病——狂妄自大，目空一切。

而这种狂妄，早已经随着他的能力深入骨髓。或许在某一天，即便是这样的天才，也会因为这个致命弱点而陷入万劫不复的深渊。

小妹是父亲唯一的亲生女儿，父亲如何会不疼爱？可是强大如父亲，也不敢将小妹留在身边，而是将她送去了沐家，足以说明连父亲都没有十分的把握能够保证小妹的安全。

由此可见，小妹面临着怎样可怕的威胁。

进化者的世界，远远没有他们想的那样简单。父亲不认小妹，让她过着普通人的生活，这一切都是为了让她能够平安活过这一世，或者说，不让她成为某些有心人的利用工具。

“五哥……”正当旗袍女人还想说些什么，她的面色忽然一变，目光下意识地朝着四处打量。

皮衣男人嘴角微微上扬，似乎一切都在预料之中。

“在很久以前，就有人在暗中跟踪我们兄弟姐妹，似乎是想利用我们来确定小妹的身份。”皮衣男人说道。

“五哥，既然你知道，那为什么……”旗袍女人神色诧异。

如此一来，岂不是将小妹推入了险境？

皮衣男人的脸上没什么表情，只是淡淡地说道：“有些东西是相互的，有些人想通过我们找到小妹。”说至此处，男人脸上的笑容更浓，“但我也可以通过小妹引蛇出洞。”

听闻皮衣男人的解释，旗袍女人的神色有些难看。

这就是五哥的致命缺陷——狂妄自大。她一直都这样认为，或许有那么一天，五哥这种深入骨髓的狂妄终究会害了他自己。

他明明知道小妹的身份如果被某些有心人知晓，小妹就会面临很大的威胁，但他依然这样做了。

不给旗袍女人开口的机会，男人的目光落在一脸蒙的林烟身上，轻声笑道：“看来我们的确是认错了人，你们走吧。”

林烟嘴角微微抽动。这是把她当傻子了？

这两人的对话，她可一直在旁边听着。敢情自己马上就会有危险？

只不过，林烟百思不得其解，这两人到底是进化能力极强的神经病还是真的认错了人？

“赶快走。”林烟给白鹤使了个眼色。

没多久，两人就逃似的离开了此处。

林烟开车来到贺暮云的住处，反复打量，确定没人跟着她后，这才和白鹤下了车。

“给我。”林烟朝着白鹤伸手。

“什么呀？”白鹤问道。

“口袋里的钱。”林烟说着瞥了白鹤一眼。

“这……”白鹤有些不甘心地把一叠钞票拿了出来。

“无功不受禄知道吗？这些钱等我哪天遇到那个神经病再还给他。”林烟语重心长地朝着白鹤说道。

“哦……”白鹤嘴上答应，可脸上却写着“随你怎么说，信你算我输”的表情。

进屋后，贺暮云盯着白鹤，有些好奇。

“姐姐好。”白鹤看向贺暮云，瞪着大眼睛笑道。

“这是谁家孩子？嘴巴可真甜。”贺暮云笑出了声，朝着白鹤说道。

“姐姐，我是圣地的孩子！”白鹤说道。

贺暮云的笑意顿时僵在了脸上，眸内浮现出一抹诧异和惶恐之色。

“到里屋看电视去。”林烟朝着白鹤说道。

等白鹤进屋后，林烟看着有些心不在焉的贺暮云，问：“妈，你怎么了？”

“没事。”贺暮云摇了摇头，脸上恢复了笑意，“对了，那孩子说圣地……什么圣地？”

林烟叹了口气，说道：“这可说来话长了，就是某个学校吧。”

“对了，妈，我今天在外面遇到个神经病，硬说他是我的哥哥。我有哥哥吗？”林烟笑着看向贺暮云。

“你哥哥？”贺暮云眸底的神色愈发有些不对劲，只不过，嘴上却说道，“这傻孩子，你哪来的哥哥。”

“就是啊，还说什么我从小生活在沐家！”林烟疑惑地说道。

“沐家？”贺暮云的额头不由得渗出一丝冷汗来。

难道是沐家的人找过来了？如果真是这样，还不知道会引起多大的事端。

贺暮云尽量保持平静，问道：“你说的神经病在哪儿？”

林烟摇了摇头说：“他们又说认错了人，然后就走了。”

贺暮云觉得事情不简单。如果真是沐家人找了过来，所有人都会有很大的麻烦。

她不经意地朝着林烟打量，眉头深深锁起。林烟的情况十分特殊，其中牵连更广，不单单只是一个沐家，就连贺暮云也不是特别清楚，只有汪景阳才知道全部真相。

当年，汪景阳之所以带着林烟离开，自然是有着他的目的。可一旦沐家的人出现，汪景阳这些年所有的努力恐怕都要化作泡沫。

贺暮云看林烟似乎对沐家很陌生，这正如当初汪景阳所说，林烟早就已经切断了和以往的联系。而这种联系的切断，和旁人无关，是她自己的选择。

“小烟，最近有没有时间？”贺暮云的目光落在林烟身上，笑着问道。

林烟下意识地回答：“最近倒是没什么时间，车队那边还有比赛。妈，怎么忽然这么问，有什么事吗？”

贺暮云说道：“最近想出门旅游，四处玩玩，如果你有时间，我们母女就结伴一起，没时间就等下次。”

贺暮云仔细想想，带林烟离开的念头倒是不该有，应该先将此事告知汪景阳，让他来决定。

“妈，等我这几天忙完，你想去哪里我们就去哪里。”林烟并没有发现贺暮云的异常，朝着贺暮云笑道。

“好……”贺暮云颔首道。

等林烟带着白鹤离开后，贺暮云拨通了汪景阳的电话。

“出了什么事？”电话那头传来汪景阳的声音。

贺暮云很少和汪景阳联系，一旦她主动找汪景阳，肯定是有什么突发情况。

“刚才小姐来过。”贺暮云蹙着眉头道，“好像是沐家的人找过来了。”

当即，贺暮云将来龙去脉全部告知了汪景阳。

得知情况后，电话那头的汪景阳陷入了沉默。

沐家人的出现，并没有让汪景阳感到十分诧异。因为早在几个月之前，那个夜跑的小胖子拍下了他们的视频并且发在了网上，他便已经做好了心理准备。他只是没想到，沐家的人会来得这么快。当然，沐家并不会坑害林烟，但是有些真相，沐家绝不会相信，他也没办法告知沐家。所以，一旦让沐家找到了林烟，很有可能会害了她，甚至是害了沐家。

无论是哪种情形，汪景阳都不希望看见，可目前的情况很难妥善处理，的确让他十分头疼。

“确定是沐家吗？”许久之后，汪景阳才淡淡出声。

贺暮云道：“我也不敢确定。但听小姐那么说，总觉得很可疑，只能说像是沐家的人，否则，怎么会问小姐还记不记得沐家？”

“这样问话未必就是沐家的人，先不要轻举妄动，有事随时向我汇报。”

“好的，我明白。”

挂断电话后，贺暮云的眉头依然紧锁。

这些年的生活，早已经让她习惯了平淡，或者说重回平淡。而对于林烟，贺暮云也的确把她当作自己的女儿看待。如果可以，贺暮云并不希望她和林烟平静的生活被打破。可这仅仅是她所希望的，即便是要发生变故，她也希望可以来得更晚一些。

贺暮云有些失神地坐在沙发上，精神有些恍惚，突然一声巨响从屋外传来。

她下意识地站起身，目光朝着前方望去。只见两位年轻人出现在客厅，大门被那位身着皮衣、相貌俊秀的男人一脚踹开。

“你们是什么人？！”贺暮云看向客厅内的一男一女，厉声喝道。

“五哥，这样是不是不太礼貌？”一旁身着旗袍的女人，看向男人道。

男人并没有回应，目光落在了贺暮云身上。见她来到客厅，男人轻声笑道：“你和我妹妹是什么关系？”

“你妹妹？”

贺暮云看着不远处的男人，沉思数秒，之后面色顿变。眼前这一男一女两位年轻人，他们难道来自沐家？

“她现在叫林烟。”男人盯着贺暮云说道。

原本她只是猜想，当林烟的名字从男人口中说出时，贺暮云的身躯明显一颤。

贺暮云没有说话，只是盯着男人打量。

对沐家的人，她都十分熟悉，可眼前的一男一女，她似乎从来都没见过。

“你们……不是沐家的人！”贺暮云冷声道。

“沐家？”

男人和女人对视了一眼。

不久后，男人淡淡说道：“现在是我问你，不是让你问我。你和我小妹，哦……也就是林烟，有什么关系？”

“没什么关系，这里不欢迎你们，请离开我家！”贺暮云态度坚决地开口。

“我并没有恶意。”男人盯着贺暮云说道，“我只是想知道，在我小妹身上究竟发生了什么事情？”

贺暮云并不清楚这两人的来历，自然不会开口说什么。

直觉告诉贺暮云，他们并不像是沐家的人，但这两人却称林烟为小妹，这让她不太理解。

“真麻烦。”片刻后，皮衣男人叹了口气，“这样看来，小妹的过往的确很复杂。”

“五哥，咱们还是跟上小妹吧，我怕小妹遇到什么危险。”旗袍女人朝着男人小声道。

之前有些来路不明的进化者一直跟着他们，但更多的注意力是放在林烟的身上，很显然，那些来历不明的进化者的目标是林烟。

“没必要。”皮衣男人笑了笑，“一群小鱼小虾罢了，小妹身边的小男孩足够对付他们。”

“你们……到底是什么人？”此刻，贺暮云盯着两人，万般诧异。

“罢了，既然小妹称呼你为母亲，我今天就不为难你。不过……”皮衣男人的眸内闪过一丝寒芒，“你最好不要对我小妹有别的心思。”

等皮衣男人离开后，贺暮云才松了口气。她并不知道刚才那对男女究竟是什么来头，但两人举手投足之间散发出的压力却让她有些无法喘气。

贺暮云左思右想，她对那一男一女的确没有什么印象。以他们的年龄，如果真是沐家人，她也应当认识才对。

大约半刻钟后，皮衣男人和旗袍女人出现在某处僻静之地。

“五哥，有人来了。”女人站在男人身旁，小声提醒道。

话音落下，一位身材矮小的男人悄无声息地出现在两人面前。

“三哥。”旗袍女人朝着忽然出现的男人喊道。

眼前的男人，身高大约只有一米二三，看起来像个侏儒，还留着非常独特的发型，身上穿着定制的短小西装。

被称为“三哥”的男子，一眼扫过皮衣男人和旗袍女人，而后朝着男人说道：“五弟，跟我回去。”

皮衣男人笑了笑，问：“三哥，你是在命令我吗？”

“当然，你也可以选择拒绝，我只是传达父亲的话。”

“父亲……”听闻侏儒男人提起父亲，皮衣男人的脸上才有了一丝郑重之色。

旗袍女人的神色忽然有些紧张，心想：五哥不可能连父亲的话都敢违背吧？

“是父亲让你来的？”片刻后，皮衣男人若有所思地问道。

“没错。”

“既然父亲让我回去，那走吧。”皮衣男人最终妥协。

“五哥，小妹那边……”旗袍女人有些担忧。

他们的出现，必然给小妹带来了麻烦，如果就这样一走了之……

“三哥，父亲有让十妹一起回去吗？”皮衣男人又问道。

“父亲没提十妹。”侏儒男人回答。

皮衣男人给旗袍女人使了个眼色。

旗袍女人会意，转身离开。

“师姐，怎么不走了？”白鹤见车速放缓，看向林烟问道。

“没油了，先去加油站加油。”林烟出声道。

“师姐，那你先停一下。”白鹤连忙说道。

“怎么了？”林烟不解。

“我肚子疼，我要上卫生间。”白鹤皱着眉说道。

“你觉得这里会有卫生间吗？”林烟没好气地开口。

看着白鹤痛苦的神色，林烟只能无奈地将车停了下来，交代道：“找个偏点的地方。”

不知过了多久，林烟在车上有些昏昏欲睡。等她再次醒来时，发现已经是伸手不见五指的黑夜。

林烟睁开双眼，难以置信地朝着车窗外看去。她没看错，的确已是深夜。

她急忙取出手机，想看看现在是什么时间。可是手机处于关机状态，怎么也无法开机。

林烟从包里将备用的充电宝拿出来，并且连接上了手机。可几分钟过去，手机一直处于关机状态，电也没能充上。

鼓捣片刻后，林烟诧异地发现，充电宝里压根没电。

“怎么回事？”林烟揉了揉自己的太阳穴，眼前的一切都过于诡异，根本无法解释。

今早出门前她就把充电宝充满了电，手机的电量也十分健康，但眼下手机关机，充电宝也没电，连车上的灯光也无法打开。

林烟的心中升起一丝不祥的预感，她尝试着启动车辆。正如她心中所想，车辆也无法正常启动，甚至是毫无反应。

“白鹤！”这时，林烟才想起白鹤的存在。

她记得刚才是白鹤说肚子疼，然后就下了车，当时是大白天。

她最多在车上打了一会儿盹，时间却莫名地到了深夜，不仅车上所有的设备都失灵，手机也无法开机，连白鹤也不见了。

林烟下意识地拍了拍自己的脸蛋，之后得出一个结论，自己并不是在做梦，因为脸颊还有一点疼。可如果不是在梦中，那一切都无法得到合理的解释。不说车辆失灵、手机关机、充电宝没电等一系列的问题，自己怎么可能在车上从中午打盹到深夜？这完全不合理。

还有白鹤，除非他离开之后就没回来，否则，一旦白鹤发现她睡着了，肯定也会把她叫醒的。

“白鹤！”林烟摸黑打开车门，朝着黑漆漆的四周喊道。

回应她的只有呼啸而过的刺骨寒风。林烟的心中有些发虚，她该不会是撞鬼了吧？

“小白鹤！”

林烟壮着胆子又喊了几声，依然没有人回应。

无奈之下，林烟只能走到车头处，打开引擎盖，看看车子到底哪里出了问题。

一番检查后，车子的发动机等都没有什么问题，油箱里虽然剩的油不多，但也不至于无法启动车辆。

天黑得十分诡异，林烟下意识地抬头，看不见月亮，更看不见一颗星星，什么都看不见，是令人绝望的黑。

在这样的情况下，如果没有灯光，她根本不可能离开这里。

她本想尝试着步行离开此处，可还没走出几步又退了回来——这里的地形好像十分复杂，仅走出几步的路程，她险些被绊倒数次，如果继续走下去，恐怕连车都找不到了，到时候只怕更危险。

折返的时候也算万幸，路线并没有偏差，林烟双手胡乱地挥舞，总算是摸到了车。打开车门，她重新坐回了车上。

根据目前的情况，她只能在车上度过这一夜，等天亮后离开。至于白鹤那熊孩子，最好别让她找到他，否则一定让他屁股开花。

虽然这样想着，但林烟总觉得哪里有些不对劲，所有的事情都透着诡异。此时在自己身上发生的事情没有一件能够得到合理的解释，她现在也只能希望一切都是巧合。

“师姐？”白鹤有些迷茫地四处打量，别说是林烟，就连车也不见了。

“师姐，你在哪儿呢？”

白鹤朝着四周喊了几声，并没有任何回应。

“怎么回事？”白鹤眉头紧蹙，这才多久的工夫就连人带车一起没了踪影？

白鹤怀疑，是不是林烟自己开车先走了。当即，白鹤取出林烟送给他的手机，拨打了她的电话。

耳边传来一阵忙音，根本没有办法打通。

白鹤总觉得哪里有些不对，按照他对林烟的了解，她不可能连招呼都不打就丢下自己的。

白鹤也不清楚究竟发生了什么，或许林烟真的开车走了？

林烟在车上辗转难眠。她从来没有见过黑得如此彻底的深夜，无论是车内抑或车外，都没有一丁点的光，黑到让她怀疑自己是否还存在。

四周安静得可怕，即便打开车门，也听不见一丝的声音，林烟感觉自己处于一个绝对静止的密闭空间内。

她深深地吸了一口气，坐在驾驶座上终于有了一丝的睡意。

不知过了多久，林烟缓缓睁开眸子。

当她睁开双眼的一瞬间，她不禁全身一震，脸上浮现出一抹难以置信的震撼之色。

透过车窗，林烟发现，天还是黑的。

“怎么会这样？！”林烟急忙打开车门，从车内走了出来。

这一觉，林烟没有睡很沉，但对时间还有着最起码的感知。她至少睡了几个小时，而在正常的情况下，天应该已经亮了才对。

片刻后，林烟的神色愈发迷茫。不同于之前，虽说四周依然很黑，但已经算不上伸手不见五指的程度，隐隐约约地，林烟能够看见身后的车辆。不仅如此，她此刻甚至能够听见一些声音，好像溪水流动的声响。

能看见东西，林烟终于有了一丝安全感。她立即仔细地打量起四周来。这不打量不要紧，一打量，她整个人彻底愣在了原地。目前她的所处之地，和她记忆中车辆停靠的地方压根没有一丝一毫的联系！

朝着前方打量，林烟像是看见了一片海洋。她迅速朝前方跑去。

大约几分钟后，她彻底傻了眼，这大海是从哪儿来的？！

一眼望去，无边无际的海洋，四周也没有任何的建筑物。林烟盯着眼前的海洋一阵失神，她不知道发生了什么，更加不清楚自己身处何处。她甚至怀疑自己是不是早已不在D城。在她的记忆中，D城可没有这样的海。

趁着现在能看见，林烟急忙回到车旁，打开引擎盖，详细检查车辆。的确是有一些故障，但问题不大，对她而言，这种轻微的故障属于小儿科。

过了大约一刻钟左右，林烟返回车内，重新点火。这次车辆顺利启动，车内的灯光也亮了起来。

见状，林烟的面上有了一丝喜色，她赶忙用车载充电器把自己的手机充上电。

看见手机充上电了，她才彻底放下心来。只要手机能够开机，她就可以联系到白鹤，问问这熊孩子昨天到底发生了什么。

林烟盯着正在充电的手机，等了大约几分钟，终于听见了手机开机的提示音。手机屏幕上许多未接来电，白鹤给她打了三个电话，另外一个号码是裴聿城的，一共打了二十七个电话。

她盯着手机屏幕愣了半响，一股不祥的感觉自心底升起。手机上有白鹤的未接来电，说明白鹤并不是没回来找她，恐怕是发生了某些连他自己也不知道的变数。

林烟猜想，自己打盹的时候一定是发生了什么，导致自己和车辆从原地转移到了这个陌生的地域。而白鹤肯定是回去找过她，但却没找到，之后白鹤拨通了她的电话，可也没能打通。

林烟来不及继续深想，立即给裴聿城回了电话。她心情有些忐忑，根本不知道如何跟裴聿城说明自己眼下的情况，只怕是说出来也没人会相信。

数秒后，林烟的脸色微微有了变化——电话没有打通，是一阵忙音。她盯着电话屏幕仔细打量，心中不由得微寒，手机屏幕的左上角显示根本没有信号。

林烟并不死心，又连续拨了数次裴聿城的电话，但还是一样，只有忙音传出。

眼下林烟有些心烦意乱，她不知道自己身处何地，更不清楚下一步应该做些什么。即便是车辆已经能够正常启动，可她连去哪儿也没头绪。

林烟尝试了几次，始终没能将电话拨通，最终只能放弃。

林烟盯着手机屏幕，手机上的时间是早上九点半。

林烟朝着车外望去，已经有了一些光亮，不用借助车灯也能看清周围的情况。可即便如此，按照她对白天的理解，也不应该如此昏暗，这里的白天跟晚上似乎没有什么区别。

没多久，她就开着车缓慢地朝前方驶去——手机在这里没信号，并不代表在所有地方都没信号，只要能够拨通电话，联系到裴聿城，她就有机会离开。

开了大概几公里，林烟隐约听见一阵求救声。

林烟急忙停车，并将车灯关掉，生怕引起旁人的注意。下车后，她轻手轻脚地朝着前方走去。

大约几分钟后，透过微弱的光，她的确看见了人。一个看不清模样的男人倒在地上，胸口不停地起伏，好似还有着微弱的呼吸。

经过一番思想挣扎后，林烟走到那人的身旁，蹲下了身子，仔细地打量。

这人的年龄不算大，估摸二十多岁，好像是被人打成了重伤。

“你……是谁？”正当林烟打量他时，男人一把抓住林烟的胳膊，脸上满是惶恐。

见状，林烟眉头轻皱，后方又传来一阵叫骂声。

“救……救我……他们会……杀了我……”男人咬着牙，想要挣扎着起身，可身上的伤并不允许他这么做。

林烟虽然不想被卷进这趟浑水中，但好不容易遇到一个人，如果救了他，或许能够从他口中知道这是哪里。

林烟沉思片刻，最终有了决定。只见她迅速起身，一把将男人扛在了自己的肩上，下一秒，飞速地朝着后方逃去。

到了车旁，林烟将男人丢入后座，立即开车溜之大吉。

万幸，并没有人追上来。虽然没见到打伤这个男人的凶手，但林烟感受到了几股极具压迫气息的进化者力量。

“你的伤怎么样了？”林烟转过身看了一眼躺在后座的男人，轻声问道。

“你……你觉得呢……”

“你是不是快死了，需要帮忙吗？”林烟又回头看了一眼。

“你会……会医术吗？”

林烟十分干脆地摇了摇头：“不会。”

“……”受伤男人顿时无语。

“先别死，回答我几个问题。这里是什么地方？你又是什么人？为什么会有人追杀你？”林烟盯着男人，急忙问道。

林烟看这个男人未必能坚持多久，万一死在她的车上，那她岂不是白救了？

“你，你还是不是人……不过也是……能到这个地方来的……又怎么可能有……有好人……”说着，男人白了林烟一眼。

林烟微微一愣，尤其是男人的那句“能到这个地方来的，又怎么可能有好人”。

“有……水吗……给我一点……我好渴……”男人用渴求的目光看向林烟。

“我找一下。”

说完，林烟走下车，打开后备箱，最后一瓶矿泉水也已经被她喝完了。

林烟拿着矿泉水瓶，走到海边，灌了一瓶海水后重新返回车上，将矿泉水瓶递给了男人。

刚喝一口，男人“噗”的一声吐了出来。

“你在……水里面……放盐了？”男人诧异地看着林烟。

“没有，海水肯定是咸的。”林烟理所当然地回答。

“算了，我的伤不算致命，休息一会儿应该就没有大碍……”

这个受伤的男人也是一位进化层次不低的身体进化者，有着极强的自愈能力。

Part 27

这里是猎人公会的囚场，能被丢到这里的人，
无一不是罪大恶极的进化者。

♥

大约半个小时后，男人苍白的面色终于恢复了一丝血色。

“谢谢……”许久之后，男人轻吸一口气，从躺在后座上调整成了坐立的姿势，一动不动地盯着林烟。

“不必客气，你这进化层次挺高啊，这么重的伤，半小时就好了？”林烟试探性地开口。

男人的嘴角扬起一抹苦笑：“那又怎么样，防御力和生命力强，但攻击力很弱。”

男人的回答似乎是有意无意地告诉林烟，不必担心他会对她下杀手。

林烟托着下巴说道：“那挺惨……移动的沙包。”

“很感激你救了我，我还以为今天必死无疑，吓死我了。”男人叹了口气。

“你为什么会被人追杀？”林烟有些好奇地盯着男人。

男人苦笑道：“你这不是明知故问吗？在这个地方，不是你死就是我活，一切都是为了活下去的资源。”

听了男人的话，林烟的神色愈发古怪，她到底身处何方？这里昏暗得不正常，好不容易遇到个活人，似乎也不太正常。林烟的心中有着万千疑惑。

“你不是普通人啊，居然连车都能带进来。”男人的目光扫过车内，若有所思地盯着她说。

“我不太明白你说的话。”林烟一脸迷茫。

“不用装蒜了，你是要去罪都吗？”男人继续问道。

林烟腹诽：我想回家！

“看你这个样子，是刚进来的吧。罪都哪个势力的？怎么没人来接你？这外面太危险了。”见林烟没回答，男人继续说道。

“我一个字都听不懂，真的不明白你在说什么。”林烟无奈地开口。

“不会吧？”男人的眸内浮现出一抹诧异，他仔细地打量着林烟，口中喃喃，“不可能啊……”

看林烟的表情并不像说谎，而且也没理由跟他们这种人说谎，他又问道：“小姐，你不知道这是什么地方？”

“我要是知道，就不会问你了。”林烟说道。

“小姐，你是犯了罪的进化者吧？”男人试探性地问道。

林烟微笑道：“我是进化者，但我没犯罪，我是好人！”

“呵呵，这倒是奇怪了，一般罪无可恕的进化者来到这里，都要表现得一个比一个狠，一个比一个恶，说自己是好人的我还是第一次见。”男人笑道，有些调侃的味道，又继续说，“算了，不管你是真不知道还是假不知道，毕竟你救了我，我就告诉你吧。这里是猎人公会的囚场，能被丢到这里的人，无一不是罪大恶极的进化者。”

林烟脸上的笑意逐渐僵住。猎人公会的囚场？！

所以说，是猎人公会趁她打盹的时候，不知道用了什么卑鄙无耻的手段，把她连人带车一起弄到这个囚场来了？！也就是升级版的监狱？！

林烟嘴角微微抽动，自己到底造了什么孽？虽说她和猎人公会有些矛盾，但也不至于如此对待她吧？她可没做过什么罪大恶极的事，最多是触了猎人公会的霉头。

在林烟的心中，猎人公会虽然不算什么好角色，但起码也能代表正义，负责约束进化者。

所以，这算不算公报私仇？

还不等她多想，男人的面色忽然一变，说：“那些人追来了！”

一听有进化者追上来了，林烟也吓了一跳。她虽然还有很多问题想要弄清楚，但当务之急还是先逃离此处，免得自己遭受无妄之灾。

她迅速看了看车上的仪表，油箱里的油虽然剩得不多，但还勉强够用。

“坐好了！”紧接着，林烟手握方向盘坐直了身子头也不回地说。

下一秒，林烟启动车辆。虽然她不一定是那些进化者的对手，但是她开车逃跑，那些人未必就能追上。

轰！她迅速将油门踩到底，利索地放下手刹，车辆传来一阵轰鸣声。

然而，林烟所驾驶的车辆还没能跑出去，一道白影闪过，下一秒，就挡在了车的前方。

“好快！”见状，林烟心中一紧，这人的速度实在太快了，快到她甚至没反应过来。

她下意识地朝着车前望去，整个人不由得一愣，眉头紧紧地皱在一起。紧接着，她揉了揉眼睛，还以为自己看错了。

林烟定睛望去，自己并没有看错，挡在车前的人身材高大，身高大约接近三米，一身白色绒毛……

准确来说，挡在车头的东西，看起来并不像人，但也有手有脚，如人一般站立着。

“这……”林烟心脏怦怦直跳，她是不是在做梦，在有生之年见到传说中的怪物了？

当即，林烟挂了倒挡，并且猛踩油门，想让车辆逆行离开。可出乎她意料的是，车辆似乎被那“怪物”擒住，四个轮子在原地疯狂地转动，但车身在原地纹丝不动。

来不及思考，出于本能，林烟立即打开车门，从车上滚了下去。这要是“怪物”忽然发动攻击，只怕一拳就能把她的车砸扁，她若继续待在车上岂不是成了汉堡里的肉？

来到地面后，林烟立即朝着车辆后方退去。她并不想吸引那怪物的注意力，然而，那“怪物”一双圆鼓鼓的眸子正盯着她打量。

直至此刻，林烟这才看清了那“怪物”的模样。那是一只雪白色的大猩猩，比她在动物园见过的银背大猩猩还要大。林烟甚至能从白色大猩猩的身上感受到一股巨大的压迫力，让她有些无法喘息。

此刻，后座车门被打开，男人也赶紧下了车。

见到那只白色的大猩猩后，男人的神色猛然一变，旋即嘴角微微抽动，欲哭无泪地说道：“大哥，你是我亲大哥！我求你了，你信我吧，你老婆真不是我拐跑的，我发誓！”

话音落下，白色大猩猩的眸子忽然变得凶狠起来。

听闻男人的话，林烟别有深意地打量起了男人。

似乎感受到林烟奇怪的目光，男人转身看向她，急忙说道：“我是无辜的……它老婆真的跟我没关系！”

“哦……这是你个人的事，没必要告诉我的。每个人的喜好不同，其实我也能理解……”林烟笑道。

不等男人开口，白色大猩猩双拳捶胸，口中发出一声怒吼。紧接着，在林烟诧异的目光下，这白色猩猩居然开始打起了手语。

“你到底能不能听懂我说的话？你老婆应该是跑丢了，跟我没关系，真的……你别找我了。”男人神色焦急，继续说道。

当即，白色大猩猩又打起了手语，而且目光不时地朝着林烟望去。当目光接触到林烟时，大猩猩眸内的凶狠散去；而当它继续看向男人时，眸子则是愈发凶狠。

“等等……”忽然，林烟打断了喋喋不休的男人，轻声道，“它想表达的，可能和它老婆没什么关系。”

男人微微一愣，诧异地看向林烟：“你是怎么知道的？”

“你没看到它在跟你打手语吗？”林烟问道。

“手语？”男人眉头微蹙，“看不懂……我以为它是想弄死我的意思，它打的是什么手语？”

林烟自然是不懂与野兽交流，可这只白色大猩猩的智商的确很高，学会了人类的手语。

林烟对手语虽然谈不上精通，但正常的交流没什么问题。

这些年在国内外，她接触过不少聋哑人，交流时只能靠手语。尤其是回国后，林烟也曾在做慈善时接触到聋哑儿童，专门加深过手语的学习。她怎么也没想到，手语居然能够在此刻派上用场。

林烟马上对着白色大猩猩打手语：“你可以看懂我的意思吗？”

白色大猩猩朝她点了点头。

见状，林烟才放下心来，能交流就没问题。即便这只白色大猩猩和眼前的男人有什么深仇大恨，那他们两个解决就好了，她只是一个无辜的可怜路人。

“他想告诉你，他没有拐你的配偶。”

等林烟打完手语后，白色大猩猩也朝她打起了手语。

“你们说什么呢？到底什么意思？”男人看着林烟，急忙问道。

“它说，你在罪城放跑的那只不是它的配偶。”林烟说道。

“不是它老婆，那是谁？”男人问道。

“是它妈。”林烟说道。

“那它妈也不是我拐跑的。小姐，是这样的，我前一段时间的确是想潜入罪城，但是它和它妈都是罪城的守门野兽，我就略施小计，把它和它妈弄出了城外。结果，我被罪城的人发现，一路被追杀……它和它妈走散了，这跟我有什么关系啊？”男人解释道。

林烟腹诽：这个故事好像有些复杂。

“你是进化者，还怕一只大猩猩？”林烟有些不解地朝着男人开口。

男人说道：“普通大猩猩我当然不怕了，可……它也是进化者啊！”

林烟若有所思。当初她和司白战斗时，司白似乎可以控制一些很可怕的野兽，而且那些野兽也不是一般的野兽。所以说，除了人之外，野兽也有可能成为进化者？

“你想啊，这种大猩猩本来就力大无穷，成为进化者后，身体进化……这一拳要是打在身上，谁扛得住？”男人继续说道，“您帮我问问它，它一直追着我，到底想做什么？”

“之前是它把你打伤的？”林烟好奇地问道。

虽然这只大猩猩看起来很凶残，但从它出现到现在都没展开攻击，应该不是它打伤了他。

“不是。”男人摇了摇头，“打伤我的那些人都是争夺罪城以外资源的恶棍。你刚进来还不懂，一会儿再跟你解释吧，你先想办法帮我解决这只大猩猩。”

无奈之下，林烟只能继续同大猩猩交流。

看着大猩猩打完手语，林烟神色复杂地看向男人：“你之前潜入罪城……”

“我可以告诉它我为什么潜入罪城。”男人立刻道。

林烟摇了摇头，说：“它不关心这个，它是想问，当时你身边有一个人类女孩，长得很漂亮的那种，它想认识一下。”

男人站在原地彻底傻了眼。

“就这？”男人不敢置信地问道。

“嗯，就这。”林烟说道。

“那是我在城外结交的同伴，我们的实力太弱小，而罪城外的资源很少，加上我们被人追杀，只能冒险闯入罪城。结果，那女孩被发现，早已经死在了罪城，我是侥幸逃出来的。”男人解释道。

“也就是说，那个女孩已经死了，对吧？”林烟问道。

“是的。”男人很确定地说道。

当即，林烟用手语告诉白色大猩猩，它想认识的女孩已经去世的消息。

“奇怪，它一个大猩猩要结交美女做什么？”男人满脸的莫名其妙。

得知女孩已经死去的消息，大猩猩的眸内浮现出一抹悲伤的神色，它用手背抹了抹眼泪。当然了，林烟并没有看见它流泪，它可能只是在模仿人类想要表达情感。

“节哀顺变。”林烟打着手语。

这到底演的是哪一出啊？这只大猩猩是不是电影看多了，以为自己是金刚？美女与野兽？

片刻后，看似很悲伤的大猩猩又朝着林烟打起了手语。而看完大猩猩的手语后，林烟嘴角微微抽动，这货还真把自己当金刚了。

大猩猩的大概意思是，问她愿不愿意跟它做个朋友。

林烟的确是挺想拒绝的，但看这只白色大猩猩可怜巴巴的表情，又看了看它这壮硕的体型，想着万一自己拒绝，它会不会恼羞成怒，一拳把她捶死？

无奈之下，林烟只能打出“可以”的手语。

见状，大猩猩兴奋地在原地转了个圈。

“你知道怎么才能离开这里吗？”林烟继续朝它打着手语。

见状，大猩猩茫然地摇了摇头，并且朝她摆了摆手，随后打起了手语。

看完，林烟无奈地叹息。大猩猩的意思是，它从小就出生在这里，不知道怎么出去。

如今看来，她只能自己想办法离开了。

见林烟沉默，大猩猩捶胸后又朝她继续打出手语。

“好的，谢谢，麻烦你了。”林烟用手语和大猩猩交流。

旋即，大猩猩狠狠地瞪了男人一眼，离开了这里。

“它什么意思啊，干吗去了？”男人问道。

“它说让我别离开，它去找点吃的给我。”林烟说道。

“一动不动是王八，赶快跑！”男人急忙打开车门钻了进去。

林烟也没打算真留在此处等那只奇怪的白毛大猩猩，转身便打开车门坐进了驾驶位。

“你知道怎么离开这里吗？”林烟启动车辆后问道。

后座上的男人愣了愣神，旋即有些怀疑地朝着林烟问道：“你是在问我吗？”

“这车上除了你还有别人吗……”

“这位美丽的女士，我要是知道怎么能够出去的话，你还会在这里遇见我吗？我比你还想出去。”男人叹了口气，有些无奈地出声。

这里是猎人公会的囚场，有许多能力强大、进化层次极高的进化者被抓进了这里，如果能随随便便地逃出去，那岂不成了大笑话？

“你想出去啊？”片刻后，男人朝着林烟说道。

“废话，我当然想出去了，我还得出去比赛呢。”林烟口中嘀咕了几声。

全球联赛开战在即，这个节骨眼她却被猎人公会给阴了，不知他们用了什么手段把她弄到这个该死的地方。

“那你还是别想了，我刚进来那会儿也跟你想的一样。没事，习惯成自然。”男人笑道。

“……”林烟很无语。

“我叫吴岳，你呢？”男人看着林烟。

“林烟。”

“林烟小姐，你在外面到底干了什么伤天害理的事？”

“伤天害理？”林烟摇了摇头，“从来没做过伤天害理的事情，我是个好人。”

“不可能。”吴岳连连摇头，“但凡是来到这个地方的，没有一个会是好人。好人怎么可能会被关进囚场？”

林烟懒得与吴岳继续解释，于是问道：“你也被关在了这里，那你又做了什么伤天害理的事？”

“呵呵。”男人嘴角微微上扬，脸上挂着神秘的笑意，“你猜。”

“肯定是杀人放火的勾当，烧杀抢掠。”林烟淡淡出声。

“林烟小姐，那你就错了，烧杀抢掠那都是最低级的勾当，我可不屑。”吴岳说道。

吴岳是怎么进来的，林烟一丝兴趣也没有，她此刻只想知道怎么才能出去。

“对了，你之前说的那个罪城是什么？”林烟好奇地问道。

“就是这里的一座城市。”吴岳解释道，“罪城里有着最好的资源，只不过，一般进化者想要在罪城立足几乎不可能，能够在罪城立住脚的没有一个是省油的灯。我听说，当年的山海组织就有成员在罪城！”

“山海？”林烟微微一愣。“山海”这个组织，她倒是听说过。

“是啊，山海。那是什么级别的进化者组织啊！当年‘山海’横行天下的时候，我还在喝奶呢……你想想，像我们这样的进化者，根本没资格进罪城，实力不够，去了只有死路一条。”吴岳说道，“很多大势力的进化者，都住在罪城。林烟小姐，我看你能够把车带进来，你肯定和罪城那些大佬级别的进化者有一些关系吧？是不是猎人公会给你开了后门？”

林烟之前便觉得奇怪，这吴岳为何总认为自己同罪城里的那些大佬进化者有关联？搞了半天是因为自己开着的这辆车。

“没关系，我是个好人。”林烟说道。

“林烟小姐，你别骗我了。”吴岳捏着下巴，盯着林烟道，“我进来挺长时间了，一般只有那些和罪城大佬有关系的进化者，才能享受到一些特殊的关照，带一些私人物品进入这里，但开着车进来的，说实话我也是第一次见。你这待遇，我感觉比罪城那些进化者大佬都要夸张。”

“信不信随你，我连罪城是什么都得问你，我又怎么会和罪城的人有关系？”林烟无奈地说道。

吴岳的脸上挂着一丝狐疑的神色：“那猎人公会能让你把车带进来？”

林烟叹了口气，说：“这么说吧，我在外面好好的，就在车上打了个盹，等我醒来后，人已经在这里了。”

听闻林烟所言，吴岳的眸内浮现出一抹诧异之色。

从后视镜里见吴岳的神色不对，林烟问道：“有什么问题吗？”

“你是被猎人公会用特殊手段阴进来的？”吴岳惊讶地问道。

林烟满脸愤然：“这次你说对了，我就是被猎人公会给阴进来的！”

“大佬！”听林烟说完，吴岳满脸激动，这要不是他是坐在后座上，恐怕此刻就要直接抱住林烟的大腿了。

看见吴岳这种神色，林烟有些摸不着头脑，不太明白这个男人抽什么疯。

“大佬，我真是有眼不识泰山高，刚才多有得罪，大佬千万别怪我……大佬，你身边缺狗吗，你把我收下，我给你当狗怎么样？！”

林烟嘴角微微抽动，这人莫不是疯了？好端端的要给她当狗……

“你没事吧，犯什么病了？我这里可没药给你吃。”林烟说道。

“大佬，你就收下我吧，你人生地不熟的肯定缺少我这样的狗腿子啊，我是这里的小灵通，知道的事情多……”吴岳激动地说道。

“能不能正常点？”林烟的神色愈发古怪。

“林烟大佬，你别装了，我已经知道了一切！”吴岳继续说道。

林烟很无语，他到底知道什么了？

“林烟大佬，如果你只是一个普通进化者，猎人公会还需要用卑鄙的手段把你阴进来吗？”吴岳开始分析，神色认真。

“你到底想说什么？”

“您肯定是一位超级进化者！实力强大到让猎人公会也不敢明目张胆对你出手，只能暗戳戳地等你打盹的时候用卑鄙的手段把你阴进来，我分析得没错吧！”

林烟腹诽：你到底哪来的那么多内心戏？

只不过，有一点林烟还算是比较认同，她的实力的确不错，脚踢司白，拳打高等级进化者，这都是事实吧。或许，还真可能被这个吴岳说中了，猎人公会真是不敢对她明目张胆地出手，所以才阴她……嗯，很有可能！

不知不觉间，她都已经这么强了吗？

见林烟对这个话题似乎没有一丝兴趣，吴岳轻声道：“我觉得，您可以去罪城争一下地盘，城里的资源比外面好太多了！”

林烟依然没有开口，目光在吴岳身上打量，直至他有些发毛。

“你确定不知道怎么离开这里？”

吴岳的眸子闪过一丝诧异，眼前的女人为什么会怀疑他？

“吴岳，你之前偷偷潜入过罪城，这没错吧？”林烟盯着吴岳说道。

“这是没错，我潜入罪城，不过是想看看能不能偷一点资源什么的。”吴岳的眼神有些闪躲。

“你冒着那么大的风险潜入罪城，就为了偷一些资源？”林烟一脸的不相信，“你说之前有个女孩跟你结伴，可那个女孩死在了罪城？”

林烟之前没觉得有什么不对，可眼前的这个男人，一直用言语鼓动自己带他去罪城，所以她现在感觉哪里有些不对。

不给吴岳开口的机会，林烟继续说道：“如果你知道怎么出去，不妨告诉我，我们可以合作。我又不是你的敌人，而且我之前还救了你的命，不是吗？”

吴岳显得有些犹豫。

见吴岳这般神色，林烟心中已经能够确定，他从一开始就没有说实话，他知道怎么离开这里。

此刻，吴岳盯着林烟打量片刻，似乎在做决定。

大约十数秒后，他才叹了口气，说道：“奇怪，你是怎么知道的？”

林烟也没瞒着，将方才吴岳的一些反常表现说了出来。

吴岳难以置信地看着林烟：“就凭这点信息，你就能笃定我知道怎么出去？”

林烟摇了摇头，说：“我刚才也只是试探你。你知不知道出去的路，我并不清楚，但我能确定，你肯定有什么事情瞒着我。起码你鼓动我，让我和你去罪城，一定是别有目的。毕竟为了一点资源，冒着掉脑袋的风险，不划算。”

吴岳无奈，最终只能点了点头，道：“好吧，你很聪明，我让你去罪城，的确不是因为想获得什么资源，我知道离开这里的办法。”

听闻吴岳此言，林烟立即来了兴趣。

“我现在可以告诉你，我究竟是怎么进来的了。”吴岳盯着林烟道。

然而，林烟并不买账，说：“我不想知道你是怎么进来的，我只想知道怎么才能出去。”

“你别打岔，让我说完行吗？”吴岳说道。

林烟耸了耸肩：“长话短说。”

“我是一个神偷，之前因为偷了猎人公会的一些东西，才被丢了进来。我的进化能力很差，所以在这个地方不好生存。但术业有专攻，我经常半夜偷偷潜入罪城，偷一些资源来保证自己可以生存下去。”吴岳说道。

林烟眉头微蹙：“就是个小偷呗？”

“什么小偷！”吴岳怒目一睁，“对我尊重点，我是一个神偷！”

林烟瞥了吴岳一眼，问：“那你去罪城都偷什么？”

吴岳微微一笑，道：“偷吃的，喝的……”

林烟腹诽：还神偷呢，连小偷都不如。

“但是，在罪城偷东西的时候，我发现了一个惊天的大秘密。”吴岳的眸子浮现出一抹诡异的神色。

“你能不能拣重点说？我就是想出去而已，你要不直接告诉我怎么出去吧。”林烟对吴岳所谓的秘密，真是一丁点的兴趣都没有。

“你知道吗，武道联盟公会的会长……居然和一个实验室的魔头暗中勾结！他们每次见面的地点，就是在罪城的一个地下室内，那天正好被我撞见。”吴岳似乎完全没听见林烟说什么，继续娓娓道来。

听闻吴岳提及实验室，林烟的神色微微一变。她依然记得那个据说和自己相貌十分相似的实验室主人。

“你看清他们的样子了吗？”林烟轻声问道。

“没敢看仔细，不过大概有些印象。你知道吗，猎人公会的会长，年龄不大，看起来比你还小一些。至于那个实验室的女魔头，嗯，挺漂亮的，气质太好了，就像仙女似的，长相，好像……”

吴岳说至此处，盯着林烟的双眸忽然一阵收缩，脸色刹那间变得煞白。

“扑通”一声，吴岳一屁股坐倒在地，有些惊恐地盯着林烟。

“长……长得一模一样啊……”吴岳手脚并用，急着朝后方逆行退去。

“你就是实验室的那个女魔头！”吴岳倒吸一口凉气，“我……我不知道你们的秘密，我什么都没听见，什么都没看见，求你把我给放了吧！”

林烟盯着吴岳，眉头深锁，所以，吴岳口中那个实验室的女魔头，就是她知道的那个。

吴岳似乎也没料到，眼前的林烟和那个女魔头的相貌居然一模一样。但两人的气质实在是相差太大了，甚至连说话的声音和语气也有天差地别，所以，他在看见林烟的第一眼时，完全没有将她和前段时间见到的那个女魔头联系起来。

“我不是那个女魔头。”林烟朝着吴岳解释道，“如果我是女魔头，还能在这儿跟你扯这半天？”

吴岳微微一愣，好像的确是这么回事。如果林烟真是那个女魔头，杀了他便好，有什么必要骗他？

吴岳回过神后，诧异地看着林烟说道：“天哪，你们长得太像了，差点吓死我。”

通过和吴岳的交谈，林烟得知，这个地方根本就是一个人工建造的巨大地下城。抬头望天，黑茫茫的一片，其实就是特殊视觉效果，而海洋也是人工建造的。

难怪这里没有一丁点的信号，原来是被屏蔽了。

“对了，我想起来了，女魔头跟猎人公会的会长说……不好意思，我又忘了。”

“到底怎么出去？”林烟直奔主题。

吴岳沉默片刻后，抬起头看着林烟说：“就是女魔头和猎人公会会长秘密相会的那个地下室，有一个暗门，我看见女魔头打开暗门后离开了。”

听吴岳说完，林烟点了点头：“你可别骗我，不然我要让你知道花儿为什么那样红。”

“我骗你干什么！”吴岳急了。

见吴岳的神色不像是在撒谎，林烟也只能暂且相信他。

可她心中还是有疑惑，自己被丢到这个地方，是单方面和猎人公会的矛盾，还是和那个女魔头有关系？

林烟怎么也想不通，堂堂的猎人公会，有什么道理费尽手段趁她打盹的时候把她丢来这里？可如果这和女魔头有关系，那到底又是为了什么？

她和女魔头并不认识，谈不上有仇。即便真的有仇，女魔头要杀她应该是轻而易举，何必大费周折把她丢来这里？

林烟和吴岳商量好，今晚潜入罪城，吴岳会带她一起离开这个鬼地方。

深夜时分，林烟跟着吴岳终于来到了罪城。

这个罪城更像是一个古朴的小镇，有很多进化者在外把守，不允许外面的人进来抢夺资源。

“这要怎么进去？”见状，林烟犯了难。

“跟我走。”吴岳胸有成竹道。

片刻后，林烟看着一处狗洞，愣了愣神。

“这是我花了几个月时间挖的洞，还没人发现，我们钻进去就行。”吴岳满脸傲然。

林烟腹诽：这到底有什么值得骄傲的！

虽然不是很想钻狗洞，但是目前也没有更好的办法，林烟只得跟在吴岳后面钻了进去。

前方是一条街道，四处黑漆漆的，没什么人，但是吴岳显得十分谨慎。

“走……”吴岳轻声朝着林烟说道。

“想去哪儿？”

忽然，一道低沉且平静的声音从两人的附近传出。不仅是吴岳，林烟也吓了一跳。

随后，一个陌生的面孔出现在两人的视线中。男人留着长发，赤裸着上身，相貌极其俊秀，挡在了两人的身前，如同一尊大山。男人的背部有着一条青龙纹身，像是某种图腾，在黑暗中似乎更加耀眼。

当看见男人后背的纹身时，吴岳浑身哆嗦，两人差点昏死当场。

“山……山海……青龙……”吴岳似乎受到了极大的惊吓，颤抖着出声。

男人沉默片刻后，有些怀念地说道：“好久没人这么叫我了。”

当即，吴岳转身看向林烟：“完……完犊子了！”

林烟嘴角微微抽动，她又不瞎，还不知道完犊子了！

“你怎么带的路，还让我钻狗洞，这是回家的路吗，这是回老家的路吧！”林烟瞪了吴岳一眼。

林烟听说过山海的故事，但是没想到今天会亲眼见到山海的成员，还是在这个鬼地方。

不过，山海的成员，不是几乎都已经死了吗？山海青龙的故事，林烟倒也听说过，这人应该也死了才对啊。

林烟此时有些后悔，不该如此冒失地来罪城。

吴岳虽说过罪城内十分凶险，但只听他的言语形容还没太大感觉，现在真正到了罪城，林烟才知道具体是怎么回事。像山海青龙这类的高等级进化者在此处守着，说是有来无回也不为过。

此刻，林烟暗暗打量着身旁的男人，曾经山海组织的一员，倒也在外界的进化者圈内有着许多故事。她做梦也没想到，有朝一日会来到这个鬼地方，还被山海的青龙给堵住。

仔细想想，林烟又觉得，即便是闯入了罪城，但她和青龙无冤无仇，像青龙这等人物，也未必会刻意为难他们，况且她这是第一次来罪城。

“青龙大哥，我……我错了，我再也不敢来罪城了！不怪我，都是她，她是主谋，我也是被逼的啊……”吴岳忽然指着一旁的林烟，一把鼻涕一把泪地开口。

林烟微微一愣，等回过神后，她狠狠地瞪了吴岳一眼——

这吴岳做人还挺不老实的，自己明明是被他给忽悠来的，他这甩锅保命的本事真是让人望尘莫及。

“青龙大哥，她也是刚被抓进来的，就是好奇，所以胁迫我带她来罪城看看。要不……您就大发慈悲，放了我们吧？我们保证，以后绝对不会来罪城了。”吴岳急忙说道。

能够在罪城立住脚的人，几乎都是那些进化层次很高的进化者，而且因为罪城的资源最多，他们拒绝外面的进化者进入罪城。想要进入罪城，除了靠进化实力闯进来之外，别无办法。

罪城有一条规定，任何人偷偷潜入罪城，一旦被发现便会被丢入罪城后方的禁区。关键是，禁区内全是高进化的凶狠猛兽，被丢入其中几乎没有生还的可能。

所以，青龙不会对他们下杀手，但是会把他们丢进禁区，这也是罪城多年以来的规矩。

此刻，青龙的目光缓缓地落在林烟身上，而当目光触及林烟的那一瞬，青龙波澜不惊的面容上浮现出一抹诧异之色。眼前的女孩，他似乎在哪里见过……在很久很久之前。

女孩的脸很陌生，可陌生中却有着一丝难言的熟悉。而这种熟悉的记忆，来源于多年之前，山海的缔造者，曾经山海真正意义上的领袖，一个有着罕见进化程度的小女孩，名为九凤。

刹那间，曾经的记忆涌入青龙的脑海中，温暖和残酷的，甚至是一些他再也不愿回忆起的过往，直至山海的终结。

“九凤……”青龙谈不上多平静的声音，缓缓响起。

“九凤？”一旁，吴岳微愣。

吴岳自然知道九凤的大名，那是属于某个时代的闪光点和传奇。“山海”

真正的首领，一位年龄不大的少女。只是，很少出现在人前，没多少人见过她的真容。

见林烟不为所动，青龙走至她身旁，弯下腰，仔细打量起林烟来。

见青龙如此举动，林烟虽然不解，但也不敢多问。毕竟这个男人的进化层次太高，如果动起手来，她和吴岳两人在他的面前几乎没有还手之力。

在青龙打量林烟的同时，林烟也在暗暗观察青龙。青龙的面容虽然平静，可眸内不时浮现出种种复杂的光泽。

吴岳站在一旁大气也不敢出一口，困惑地看着青龙对林烟。

“是你吗？”许久后，青龙忽然朝着林烟轻声问道。

话音落下，林烟顿时一愣，神色愈发古怪。这青龙说的话她听不懂也就罢了，看着她的眼神也越来越奇怪。

“是你吗？”见林烟没有开口，青龙继续问道。

“我？”片刻后，林烟指了指自己。

“对，我的确是在和你说话。”青龙点头道。

林烟不由得头痛，这青龙莫不是又认错了人？她应该如何回答？

在这样的情况下，她是不是应该告诉青龙，对，你没认错，就是我……按照正常的逻辑，这样说应该最保险，但那之后又该怎么办？

还是说，青龙也把她当成了那个实验室的主人？

不过仔细想想，又不太合理。这个地方是猎人公会的囚场，而那个实验室的主人和猎人公会的会长有勾结，如果两人关系真的不错，青龙也不会被关在这里。

想到此处，林烟急忙摇头道：“不是我，我不是，你认错人了！”

青龙直起了腰，盯着林烟又打量了几眼，说：“你很像我的一位故人。”

林烟的脸上挂着一丝尴尬的笑意。她何止像青龙的故人，她还像司白和白鹤等人的故人……这种事她已经见多不怪，习惯了。

“如果，我那位故人没死的话，应该也有你这么大了。”片刻后，青龙朝着林烟说道。

林烟无言以对地看向青龙，最终还是没忍住，问道：“你说的那位故人……该不会是你的女儿吧？”

什么叫没死也应该有她这么大了，听着像是在怀念自己的女儿。

青龙的脸上没什么表情，轻轻开口：“你叫什么名字？”

“林烟。”林烟也没隐瞒。

“她叫九凤。”青龙说道。

“九凤？”林烟神色诧异，“你是说，山海的一位成员，山海九凤？”

“你是怎么知道的？”青龙又问。

“山海的名气太大了，虽然已经销声匿迹，但我也是一位进化者，听说过她也很正常吧。”林烟解释道。

“也对。可能我住在这个地方太久，已经和外界脱轨了。”不等林烟继续开口，青龙的目光朝着远处扫去，“跟你同行来的男人，应该知道出口在哪里，你们走吧。”

莫要说林烟，连吴岳也吓了一跳。

“自他挖狗洞开始，直至找到出口，全是在我眼皮子底下完成的。所以，你们要做什么，我自然清楚。”青龙继续说道。

听闻青龙所言，一旁的吴岳满脸诧异，甚至有些难以置信。

“青龙大哥，你……早就知道了？”

对于自己的潜伏手段，吴岳有着极大的自信，可没想到，从他进入罪城开始，就已经被人给盯上了。

青龙朝着吴岳瞥了一眼，淡淡地说：“你挖洞的声音太大。”

吴岳哑然：“……”

“青龙大哥，你一开始就知道出口在哪儿？如果是这样，那你怎么不离开这里？”吴岳有些好奇地问道。

如果青龙早就知道出口，没道理一直留在这个鬼地方。虽然以青龙的进化者层次可以轻而易举地称霸这个鬼地方，但是如果能够出去，谁又愿意留在监狱里做大佬？这显然不可能。

“进来的第一天就知道了。”青龙说着，目光重新落在林烟身上。

“那你为什么不离开？”林烟也有些好奇。

“为什么要离开？在这里岂不清净？”青龙笑了笑，“这里也许是难得的净土。”

“青龙大哥，既然你早就发现我，为什么……”吴岳看向青龙，不解地问。

吴岳一直认为自己的潜行功夫了得，数次进入罪城都未被发现，可不曾想，青龙一早便知道他偷偷溜进了罪城。而按照罪城的一贯规矩，像他这样未经同意偷入罪城的人，下场都十分凄惨。

“我有对你出手的必要吗？我来到这里只是图个清静，并不是为了进来争地盘和资源，所以，这里的规矩，是你们的规矩，不是我的。”

吴岳嘴角微微抽动，他居然没办法反驳。

青龙又有意无意地朝着林烟多打量了几眼，如果这次不是吴岳带着林烟来到罪城，而她的相貌又和九凤相似，他也断然不会现身。

Part 28

这个世界上，还有着另外一个你……她蛰伏在暗，
终有一天，她会夺走她曾经失去的。

“你们既然想走，那就别回头了。如果被别人发现，不会太平。”青龙淡淡出声。

“多谢青龙大哥，那我们真的走了？”吴岳朝着青龙说道。

“不想走也可以。”青龙说道。

“还是走吧，下次，下次我进来一定请你吃饭！”吴岳抱拳道。

“如果是请客吃饭，一般我会觉得择日不如撞日。”青龙说道。

“不了不了，下次，等下次你出去，我一定请你吃饭。”林烟笑道。

当林烟和吴岳离开时，青龙的声音从后方传出：“真的变了很多，和小时候完全不一样了。”

林烟的身形微微一顿，转过身，蹙眉问道：“你是跟我在说话？”

“你说呢？”青龙摇了摇头，眸内有着一抹深沉。

林烟摇了摇头，这青龙说的话越来越难理解了。

“或许你把所有痛苦的事都忘了，不过，这就是你的能力吗？果然很奇特，但能力应该不仅是这样吧……”青龙像是在自言自语，又像是在和林烟说话。

“太深奥了。”林烟尴尬地笑道。

“和姓裴的在一起吗？”忽然，青龙目光深邃地朝着林烟问道。

原本林烟着急离开，本想客气两句就赶紧和吴岳去找出口的，可青龙的这句话却让她身躯一震。她和青龙根本不认识，而且，看这情况，青龙在这个囚场的时间也不短，他怎么会知道自己和裴聿城的事？

姓裴的……青龙指的定然是裴聿城，应该不可能是别人。

还不等林烟开口，青龙忽然叹了口气，说：“痛苦……遗忘，继续恶性循环，永无止境……我认识的九凤在失去她最初的记忆时，她应该就已经死了。即便你们是同一个人，可没有同样的思想，没有同样的记忆，还算是同一个人吗？”

“青龙大哥，你到底在说什么？你怎么知道裴……而且，你说的九凤，到底指的是谁？”

林烟再傻也能听出青龙话中有话，但他话中更深层的意思，她却听不出来。

“也罢。”青龙看着林烟，神色严肃地说道，“既然遇见，我可以告诉你一些事。”

“什么事？”林烟好奇地问道。

“姓裴的是你痛苦的根源，他是背叛者，是愚忠人。”青龙盯着林烟说道。

林烟刚想反驳什么，却被青龙挥手打断：“不必反驳，我说我的，你听你的。你如何想，现在已经和我没有关系了。”

林烟话都到嘴边了，也只能咽下去。

“这个世界上，还有着另外一个你……她蛰伏在暗，终有一天，她会夺走她曾经失去的。”青龙继续说道。

“不会是那个女魔头吧，跟你长相一模一样……青龙大哥的话真是太深奥了，像是年老的智者！”吴岳拍着马屁。

“年轻的智者。”青龙瞥了他一眼。

“对对对，年轻的智者，瞧我这张嘴！”吴岳急忙给了自己一个大嘴巴子。

“另外一个我……”林烟无奈地看了看青龙。

她知道青龙想说什么，但能说得明白点吗？说得那么委婉，她的智商跟不上！

如果青龙真的知道一些什么，说的也是实话，那另外一个自己，指的是那个实验室的女主人，也就是那个和她长相相似的女魔头？

“你怎么会知道那么多，我认识你吗？”林烟看向青龙，神情愈发疑惑。

她努力地回忆着，可始终无法回忆出眼前的男人，她真的不认识这个青龙。除非……她失忆过，彻底失去过一段非常重要的记忆，彻底到她没有一丝怀疑。

青龙说她很像九凤，话里话外，自己就是九凤。然而，九凤是什么人，那可是山海的缔造者，在进化者的群体中也算是一个传奇人物！如果她真是九凤，那她还不满世界横着走，还能被抓到这个鬼地方？

而且，她也没有关于九凤的一丁点儿记忆。汪景阳可以作证，他们可是从小一起长大的！

如果她是九凤，汪景阳能不知道吗！即便她失去了记忆，那也不可能所有人都失去了记忆啊？

“你知道自己是怎么进来的吗？”青龙不疾不徐地朝着林烟问道。

林烟下意识地摇了摇头。她只知道自己是被猎人公会的人抓进来的，但具体是谁，又是用了什么样的手段，她一概不知。

“你是被人用了特殊手段，连人带车一起弄进来的。”青龙朝着林烟说道。

“特殊手段……”林烟若有所思。到底是什么样的特殊手段，能够在她没有丝毫察觉的情况下将自己弄到这个鬼地方的？

青龙朝着林烟打量片刻，说道：“针对进化者的特殊迷药，你身上还有残留的药味。估计是在你昏迷时，直接把车开进来了。”

她居然是这样进来的？难怪刚醒来时，林烟一直觉得自己头脑昏沉，而且在正常的情况下，她也不可能睡那么久。

青龙继续说道：“也正巧，你进来的时候动静不小，我就在附近。把你抓进来的是个女人，应该和猎人公会没什么关系，不过那个女人的相貌，和你很像。”

听闻青龙所言，林烟眉头深锁，一旁的吴岳也十分吃惊。

很显然，青龙所说的那个女人，如果不出意外，应该就是那个女魔头，也就是实验室的女主人。但是，如果真如青龙所说，实验室的女主人为什么要大费周折地把她抓进来？

“那个和我很像的女人……你认识她？”林烟的目光落在青龙身上。

“知道一些，但谈不上熟悉。不过，你和她应该有一些关系。”青龙说道。

多年之前，九凤还小，山海还在，的确有个和九凤一模一样的女人出现过，并且对她出过手。青龙曾见过那个女人一次，她的眸底充满了戾气，与九凤完全不同，对青龙而言，并不难分辨真假。

“和我有关系？我怎么不知道……”林烟神色愈发疑惑。

“这需要你自己去调查。如果你车上有行车记录仪的话，你出去后可以看看到底发生了什么。”青龙说道。

林烟眸光微闪，她怎么就没想到还有行车记录仪这个东西呢？

“你真不跟我们一起离开？”许久后，林烟朝着青龙问道。

她还是不太相信，有人愿意留在这个鬼地方。

“我要离开，谁也拦不住我，或许有朝一日，我们还会相见的。希望到时候，你会是我认识的那个人。”青龙说着挥了挥手，“给你最后一句忠告，外面很危险。”

林烟嘴角微微抽动，说：“这里更危险……”

等林烟和吴岳离开后，一位年轻男人来到青龙身旁，淡淡开口：“看来天狗说得对，她的能力很特殊，会删除记忆中的痛苦根源，所以连我们也不记得了。”

“是啊。”青龙颔首道。

“为什么不告诉她真相？如果她忘记，我们可以帮她回忆起来。”

“既然她的能力已经帮她做出了决定——选择忘记，我们又何必重提往事？现在的她，应该知道了幸福的含义，我们为何要去打破她难得的宁静？”

这一路上倒是畅通无阻，吴岳带着林烟悄悄溜进了地下室。原本还有些紧张的林烟，跟着吴岳来到地下室后，反而平静了许多。

吴岳在一旁鬼鬼祟祟，确认地下室很安全后，这才朝林烟挥了挥手。

这间地下室内摆放着一张会议桌，桌边是长形的皮质沙发。或许是因为地下潮湿，沙发表皮已经有些发霉了。

“还好没人，不然今天咱们肯定走不掉。”吴岳朝着林烟笑了笑。

林烟也知道没人，如果有人的话，他们如何能这样轻易地溜进来。

两人来到地下室的大门前，吴岳用力推了推，可大门纹丝不动。

“没钥匙……”吴岳蹙眉道。

“让开。”林烟瞥了吴岳一眼，旋即撸起了袖子。

“大姐，你想做什么？”见林烟的举动，吴岳十分不解。

“我的拳头就是最好的钥匙。”

说罢，林烟走到大门前，二话不说，一拳轰在了铁门上。

只听一声闷响在地下室传开，铁门并没有被打开。甚至林烟全力挥出的一拳，对铁门都没造成一丁点儿实质性的破坏。

吴岳捂着耳朵，诧异地盯着林烟，急忙喊道：“大姐，您这是疯了？！闹出这么大的动静，要是惊动别人怎么办！”

林烟原本还想多来几拳，可这铁门不知是什么材质做的，一拳下去门没坏，她的骨头都快被震散了。

“大姐，别……别动，我来！”吴岳急忙制止了林烟。

吴岳也没想到，眼前的林烟看起来文文弱弱的，骨子里却如此暴力。

只见吴岳从口袋里取出一枚银针，没过多久，铁门就已经被他轻松打开了。这波操作给林烟看傻了，这小子简直就是个神偷。

“你有这本事，干吗早不说！”林烟看着吴岳说道。

吴岳嘴角微微抽动，满脸委屈地说道：“我的亲姐，我是想说，你可倒好，撸起袖子就捶，你也没给我时间说啊。”

林烟托着下巴问：“你能用头发丝开锁吗？”

吴岳微微一愣，满脸古怪地盯着林烟：“姐，你是不是电影看多了？”

林烟有点无语：“……”

“快走！”突然，林烟听闻后方响起了脚步声，面色微变，立即带着吴岳冲出了大门，又反手把大门关上。

门的后方是数层阶梯，仿佛空中阁楼，两人小心翼翼地踏着阶梯直上。

大约半刻钟后，两人终于见到了平地。

“这是哪儿？”吴岳朝着四处打量。

“这个地方……”

看着四周，林烟眉头深锁，她无论如何也不会忘记这里。这就是当年她和弟弟被抓进的那个实验室。

可为什么，猎人公会用来关押进化者的地下囚场，会建在这个实验室的下方？

难道说，这个实验室根本就是猎人公会的？

这仅仅是林烟的猜测。如果猎人公会和那个女魔头有勾结，那这个实验室的主人，也有可能是女魔头。

眼下的实验室早已经荒废，四处都是蜘蛛网，而且布满了灰尘。

还不等林烟深想，白鹤的电话就打了过来。

离开地下囚场后，她的手机终于有了信号。

林烟立马接通了白鹤的电话。

“师姐，是你吗？你说话啊！”电话中传出白鹤焦急的声音。

“是我。”林烟轻声道。

“师姐，你跑哪儿去了？我回来的时候你就不见了，电话也打不通，根本联系不到你！我好着急，你没事吧？你是遇到歹徒了吗，有没有报我的名号？”

“等我回去再找你算账。”林烟说完就挂断了电话。

这小保镖一点都不尽职，还好在地下囚场遇见了神神叨叨的山海成员青龙，否则她连自己是怎么死的都不知道。

“大姐，我们走吧！此地不宜久留，万一遇见猎人公会的人和那个女魔头，我们可就前功尽弃了。”见林烟居然有闲心在这里参观破旧的实验室，吴岳急忙开口。

林烟点了点头，和吴岳离开了此处。

这次也算因祸得福，起码她知道了这个实验室的相关信息。如果这里和猎人公会没关系，那女魔头十有八九就是这个实验室的主人。

这个实验室建在极其偏僻的山村深林中，两人从白天走到傍晚，才见到了公路。

“大姐。”忽然，吴岳叫住了林烟。

林烟莫名其妙地看向吴岳。

“正所谓，天下无不散之筵席，我们就在这里分道扬镳吧。你有没有钱？给我一点。”吴岳脸上堆着笑，“我留着打车、吃饭。”

林烟摇了摇头：“没有。”

“姐，多多少少给一点，我们也算是患难与共的生死之交了。”吴岳央求道。

林烟想了想，说道：“患难与共可以，同生共死也没问题。”

吴岳微微一笑：“那……”

“要钱没有。”林烟摇了摇头。

“姐，你怎么这么抠！你觉得我会是缺钱的人吗？算你借我的，以后五倍奉还！”吴岳说道。

她想了想，就吴岳这手艺，还真不像缺钱的人。

“十倍。”于是，林烟说道。

吴岳愣了愣，万万没想到林烟竟是这种人。

“行行行，我要现金……你给我留个电话或者别的联系方式都行，等我联系你。”

林烟这次出门带了一些现金，本来想借给吴岳一千，可想着十倍奉还，她便咬了咬牙，给了吴岳两千。

“吴岳，如果你敢不联系我，不还我钱……”林烟意味深长地盯着笑眯眯的吴岳，“我一定能找到你，后果你自行想象！”

“抠门的人我见过，姐，但是像你这么抠门的，我还是第一次见。”吴岳边叹气边从林烟手中拿走了钱。

当即，吴岳拦了辆出租车，头也不回地上了车。

“别忘了联系我。”林烟忍不住提醒他。

等吴岳上车走后，林烟也打了一辆出租车。

上车后，她就取出手机开始捣鼓。手机连着她车上的行车记录仪，在她打瞌睡的那段时间究竟发生了什么，她一定要看个究竟。

她的车还留在那个鬼地方，那可是她花了不少钱买的。想到这里，林烟又是一阵心疼。

出租车开了一段路便停了下来。

“师傅？”还没来得及看手机内的监控记录，林烟就朝着司机喊道。

司机没有回应，保持着固定的姿势。林烟有些莫名其妙，转头看去，却吓了一跳。这司机好像是在睡觉。

可很快，她就反应了过来，这司机恐怕不是疲劳驾驶，是昏过去了。

林烟取出手机，显示时间是晚上七点一刻，手机电量已不足百分之三。

不知是不是过于偏僻的原因，林烟所处的地方信号极差，此刻连个电话也没办法拨打出去。

然后，林烟用了各种方法，包括掐人中，依然没能将司机叫醒。她也不敢太过粗暴，毕竟司机是个普通人。

车内，林烟觉得浑身都不自在，说不清楚哪里不对劲，可总觉得不太舒服。

她抬起头，朝着四周看了看。当看见左侧的树林时，她不由得微微一愣。

天虽然黑了，可林烟依然能够看清七八位年轻男人整齐地横向排列，正目光死死地盯着她。也不清楚是因为天凉还是这些人的目光冻人，她不由得打了个寒颤。

林烟立即推门下车，默默低下头，装作没看见，却加快了脚步，朝着前方走去。

她不傻，自然知道此事非同寻常。在这荒郊野外莫名地出现这些人本就诡异，他们的目光还齐刷刷地盯着自己，让人头皮发麻。不仅如此，光是被那些人盯着，林烟就已经感受到了极大的压迫力，她呼吸困难，好似身上压着一座大山，连腰都有些无法直立。

方才那出租车司机的昏厥，应该是承受不住这些人的进化压力所致。别说司机那种普通人，就连她这样的进化者也有些难以支撑住。

“进化者……”林烟额头渗出丝丝冷汗。

这些人不仅是进化者，而且进化层次极高。具体有多高她不知道，但是可以肯定的是比她要高，而且高出了几十层。

她到底是得罪谁了？这刚出虎穴又入狼窝，她是造了什么孽，还能不能让她过两天人过的日子……

林烟低着头没走几步，就感觉前方有一团阴影。她轻轻抬头打量，发现其中一个男人不知什么时候拦在了正前方。

林烟来不及思考，也没办法说话，因为男人已经扼住了她的脖子。她没有任何的还手之力，如同婴儿和成年人的差距，甚至刷新了林烟对进化者强大的认知。

男人只是抬起手，林烟便觉得天塌了下来，压得她无法喘息。

“走吧……”

一道低沉沙哑的声音响起，一位拄着拐杖的老人出现在林烟面前。

“是。”

就这样，林烟像是猎物一般，毫无反抗之力地被带走了。几位年轻男子跟着拐杖老人，缓步朝着深林中走去。

林烟虽然被扼住了脖子，但男人似乎很有分寸，并没有对她造成实质性的伤害。此刻的林烟欲哭无泪，谁来把她重新抓回囚场吧！

她想开口质问，即便是死，起码也得死个明明白白，总好过现在连这些人是谁都不知道。

她突然想起之前自称她五哥的男人和那位旗袍女人的对话，大致是有人盯上了他们，目的是他们的小妹。

如果这群人真是那对男女口中的人，她简直太冤了。这根本是无妄之灾，她压根也不认识那一对男女，更不是他们的小妹。只可惜，现在她没办法开口说话，否则一定要解释清楚。

也不知道男人做了什么，林烟只觉得眼前一黑，下一秒，便失去了意识。

一行人带着林烟刚走没几步，突然被拦住了去路。

老者双手拄在拐杖顶端，冷漠地看向前方。

只见正前方大约十米处，一个约莫五六岁的小男孩穿着一身黑衣，神情冷漠，像是一只拦路虎。这小男孩明明长得粉雕玉琢，周身却散发着令人不寒而栗的气息，那双漆黑的眸子里如同没有人类的任何感情。

小男孩用不带任何温度的目光扫过老者一行人，最后，缓缓地落在昏迷的林烟身上，再也没有挪开。

男孩的四周分布着不少人，有男有女有老有少，他们的打扮奇形怪状。

那小男孩身旁站着一位眉清目秀的红衣少年，他脸上挂着一丝略微狰狞的神色，嚷道："喂喂喂……裴礼，让我来！让我来！"

得到男孩的默认后，红衣少年的四周火光冲天，下一秒，他便消失不见，幻化成了身上燃烧着烈焰的高大火人。

"进化者……"老者见状顿时眉头紧蹙，没想到突然会有进化者出现，而且能力不弱，甚至可以操控自然之力。

进化者的进化方向不同，某些稀有进化者的确可以操控自然之力。

"你们是什么人？"拄着拐杖的老者扫了他们一眼，问道。

"'不死不灭'。"一身白纱裙的小萝莉小萌撑着一把雪白色的伞，飘在低空，笑着回答道。

"竟然是小孩子。"说着，老者的拐杖在地面上震了震。

话音刚落，火人从天而降，撞向老者。

轰——发出一声如闷雷炸开的巨响。

老者没有动，他身后的一位青年立即上前挥出一拳。火人被击飞，重重地摔在地上。

见状，裴礼身旁的众人蹙起了眉头。

"丢人现眼，奇耻大辱。"

"去去去……你懂什么，我……我忽然肚子疼！"被打回原形的红衣少年喝道。

"听你吹牛真是头疼！实力不行就不行，成天找借口，不是肚子疼就是没休息好，不是没休息好就是没在状态，一年三百六十五天，你能找三百六十五个不重样的借口！给我记住，男人，不要找借口！"裴礼身旁的一位青年说道。

红衣少年皱了皱眉，满脸认真地说道："大叔，我现在还只能算是个孩子……"

此时，老者的拐杖在地上又震了震。这似乎是某种指令，老者身后的数位青年立即化作残影，朝着以裴礼为首的众人冲去。

原本抓着林烟的男人将她扔在地上，也参与其中。裴礼看着被扔在地上的林烟，漆黑的瞳仁瞬间缩紧了几分。

裴礼身旁的一位老者走上前，似乎是代裴礼发号施令。老者站在裴礼左侧，一字一句，举手投足之间有着翻江倒海般的威严。

“留活口。”老者冷漠出声。

“龙爷，为什么要留活口？”红衣少年看向老者，满脸不解。

被称为龙爷的老者淡漠出声：“斩草需除根，看看这些人的背后究竟是哪方进化者势力，竟敢对首领的母亲图谋不轨。”

红衣少年摸了摸鼻子说：“哦，龙爷你说得也有道理，不过我今天肚子不舒服……状态不是很好，你们上吧……”

唰——红衣少年话音刚落，只见那位拄着拐杖的老者速度极快，眨眼之间已突破数位“不死不灭”成员的防线，来到了裴礼身旁。

这老者所展现的进化力量，着实让几位“不死不灭”的成员有些诧异。他们数人想要拦截那位老者，不仅没有达到目的，反而在老者的手下吃了亏。

“略略略，我的方圆三十米都是禁区哦！”飘浮在半空的萝莉小萌朝着拐杖老者做了个鬼脸。

“不知天高地厚的小鬼。”老者一声冷喝，伸手便朝着小萌抓去。

下一秒，老者的瞳孔却猛然收缩，那半空中的小女孩竟化作身高达百米的森罗恶鬼。老者抬头上望，连天空也变成了血红色。

“幻术？”老者眉头深蹙，手中的拐杖挥出万斤重量，结果却未能对那森罗恶鬼造成丝毫伤害。

“什么时候中的幻术？”老者脑海中不停回忆，他仅仅和那小女孩对视了一眼。

还不等老者深想，手臂突然传来一阵剧烈的疼痛。

下一秒，恶鬼消失，一切都恢复了原样。

“哈哈哈，你个老不死的，小爷我给你一刀。”红衣少年手中握着一把沾血的匕首，笑得正得意。

然而，半空的小萌却满脸气急败坏：“你个蠢货！我刚把他拖入我的幻境中，你刺伤了他，我的幻术作用也会消散了！”小萌恨铁不成钢地看着红衣少年，“你真一刀结果了他也行啊！你说，你是不是对面派来的奸细！你这个笨蛋、蠢货、大白痴！”

红衣少年有些尴尬地摸了摸鼻子，说道：“我就是打算一刀结果了这个老扒皮，可我肚子疼，刺偏了……”

“火烈，你真是成事不足败事有余！”忽然，一旁的龙爷厉声喝道。

忽然，一阵骇人且狂暴的进化力量涌出，刹那间，火烈的身躯仿佛被一座大山压住，连呼吸都开始变得急促。

“是……裴礼？”

火烈看向裴礼，满脸惊悚，这是裴礼失控的征兆！

“什么情况！裴礼该不会又要失控了吧？！”火烈吓得差点一屁股坐在地上。

小萌和龙爷等人见状，也都是一副天要塌下来的表情。

紧接着，小萌“嗖”的一声飘出老远：“还愣着做什么！找死吗？快逃命啊！”

“速退——”龙爷一眼扫过全场，厉声喝道。

所有“不死不灭”的成员同时朝着裴礼望去。下一秒，众人就像见了鬼似的朝着四面八方退去。他们见识过失控的裴礼，此刻若不退，只怕所有人都得死在他的手上。

失控后的裴礼，是真正意义上的恶魔。

拐杖老者以及手下等人并不知道发生了什么，他们只看到与他们缠斗的进化者纷纷逃离了此处，只有那个小男孩还留在原地。

“杀！”拐杖老者大手一挥，命令道。

一位青年立刻取出一把长形匕首，朝着裴礼刺去。

噗——匕首刺入裴礼的腹部，顺利得让青年有些诧异。

然而，这个少年的脸上却没有丝毫痛苦的神色。紧接着，众目睽睽之下，少年将匕首从腹部拔出，甚至连一丝血迹都没有。

只见裴礼腹部的伤口以肉眼可见的速度恢复如初，只是衣物上留有一道被匕首刺破的口子。

“这？！”青年难以置信，他从未听闻过，更没有见过如此骇人的自愈能力。

“不死不灭”的成员躲在远处，目光一刻不离地盯着前方的情况。

“这群白痴，他们也不想想我们为什么要跑……裴礼可是不死不灭的怪物，尤其是失控后，今天算他们倒霉。”火烈笑道。

“不好！”突然，小萝莉一声惊呼，“裴礼的母亲还在那儿呢！”

“你们这群笨蛋，都只顾着自己跑了？”龙爷顿时眉头深锁。

众人面面相觑，当时他们心中恐惧，就把裴礼他妈给忘了……

“太危险了，你们快去把裴礼的母亲带过来！”小萝莉急忙喊道。

“这么危险，你怎么不去？”

“我可是个女孩子……”小萝莉理所当然地说道。

“我可不去，我上次都差点死在裴礼手上！”

“我想去，可是实力不允许啊。”

“别说了，我们一起去。”龙爷蹙眉道。

眨眼之间，人倒了一地，惨状令人不寒而栗。

见状，拐杖老者神色骇然，难以置信地盯着裴礼。小小年纪，竟能成长到这种地步？！

除了有着无与伦比的可怕战力之外，他还完全免疫精神攻击。

“这种自愈能力，怎么回事……”拐杖老者气喘吁吁地看着裴礼，下意识地后退，口中喃喃道，“这已经不能算是自愈了，这是，再生能力吗？！”

失控状态下的裴礼，没有任何防御机制，即便能够伤害到他，裴礼的自愈能力却令老者惊恐。

“小子，你前途无量，今日你赢了，但你也得罪了不该得罪的人！”

老者说罢，就头也不回地立即逃走了。

任由老者逃走，失控状态下的裴礼并没有追杀过去，而是一步一步缓缓朝着昏迷状态下的林烟走去。

“不好，快点！”

见状，“不死不灭”的众人立即朝着林烟跑去。现在的裴礼六亲不认，这万一把林烟给伤了或者直接杀了……

巧的是，龙爷一行人和裴礼同时来到了林烟身旁。更巧的是，此刻林烟醒了。

林烟睁开眼，迷茫地看着因为着急导致面目有些狰狞的龙爷等人。

随着林烟的苏醒，裴礼的呼吸也逐渐平稳下来，原本死气沉沉的眸子竟然恢复了一丝清明。

看着满地的血迹，林烟有些慌，她下意识地又看了看龙爷等人。

她不是被人绑了吗？怎么现在这些绑她的人全都躺在了地上？面前的这些人又是谁？

刚刚绑她的这些人进化等级都很高，实力很强，而且人数众多。她方才就昏迷了短短几分钟的时间，这些人居然全都倒下了。看样子是螳螂捕蝉，黄雀在后？这几个人是想从那老者手里抢走她？她还真是……够受欢迎的！

总之，不论这几个人是谁，绝对比刚才老者那行人危险千百倍！

此刻，裴礼站在原地，冰冷的眸子扫视一圈倒满地的人，不用想，他方才定然是失控了。

绝对不能让母亲知道是他做的……在裴礼的记忆中，母亲并不喜欢这样的他。

裴礼目光带着骇人的威压，用嘴型对面前的火烈和龙爷等人说了一句：不许吓到我母亲。

随后，只见裴礼伸出白嫩嫩的小手，怯生生地拉了拉林烟的衣角：“姐姐，救救我……”

林烟此时才发现自己身边有个小男孩，小男孩的脸上和身上都沾了不少污渍和血迹，那双漆黑的眸子清澈得如同夏日的溪水，此刻盈满了恐惧和不安，以及深深的依赖。

林烟在看清小男孩的瞬间，脑子里莫名地“嗡”了一下。

此刻，在这个如同炼狱一般可怖的地方，这个软萌的小男孩简直如同天使一样脆弱又易碎。也不知道是不是她的错觉，这个孩子给她一种特别亲切的感觉。

“小朋友，快过来姐姐这里！”林烟想都没想，便认为这孩子也是这几人追杀的对象，她一把将这个小家伙拉到自己的怀里，护到了身后。

裴礼没想到林烟会突然将自己拉到怀里，小小的身躯都僵直了，甚至有些颤抖。

母亲的怀抱软软的，温暖的气息包裹着他，身上还有特别好闻的清香。

过了好几秒，裴礼才缓缓伸出手臂，极其小心又珍重地搂住了林烟的脖子，将小脑袋埋在了她的肩膀上，他扫了一眼龙爷等人，软声说道：“姐姐，我害怕……”

“别怕别怕！不要看就好了！”林烟贴心地用衣服将小家伙包裹住，还伸出手蒙住了他的眼睛，不让他去看这满地血腥。

“……？”龙爷、小萌、火烈等人顿时目瞪口呆。

对面的“不死不灭”众成员们眼睁睁看着自家凶残的首领瞬间变成软萌小天使，一个两个如同被雷劈到了一般，都受到了巨大的惊吓。

老大！您不想吓到你的母亲，所以，您就这么吓我们？！

天色越来越晚。

这满地血腥和眼前几个来历不明的危险人物，让林烟全身的神经都紧绷了起来，她将怀里的孩子抱得更紧了。

林烟扫视着地上的那些人，问：“这些人……都是你们做的？”

火烈、小萌、龙爷等人有苦难言。

裴礼探出半颗小脑袋，奶声奶气地开口：“姐姐，都是这些坏人干的。”

“不死不灭”众成员再次诡异地静默了好几秒。

最后，火烈硬着头皮道：“没错，就是我们干的！怕了吧！”

火烈内心却想着：关我们什么事儿啊！我们一根手指头都没动他们！我们也好害怕！

林烟一听，更加警惕了，这些人太可怕了。

“你们是什么人？到底想要做什么？”林烟问道。

光线太昏暗，她看不清那些人的长相，只能隐约看到还有个矮小的人影飘在半空之中，很是吓人。

对面几人面面相觑，完全不知道这戏该怎么接。

情急之下，火烈脱口而出：“自然是要你的命！”

话刚说完，火烈就被小萌用力拍了一下脑袋，压低声音警告：“你敢要老大母亲的命，我看你是不要命了！”

龙爷也不满地朝着火烈看了一眼。虽然不这么说的话，他们不知道该怎么接下去，但难道还能真要她的命不成？

“那我要怎么说？电视剧上不都是这么演的吗！”火烈捂着脑袋咕哝。

“不想死也行，把钱交出来，我们只求财，不想要你们的命！”火烈又重新改口道。

“啊？那……那你们还是要命算了……”林烟闻言小声嘀咕。

“什么！？”火烈顿时有些蒙。

这女人怎么不按套路出牌？！

林烟急忙说道：“我刚刚是说，几位大佬，你们就算是为了钱，也不该抢劫我啊！我一个小明星能有几个钱！你们这么厉害，就为了抢这么点钱？”

这么多厉害的进化者都败在这群人的手上，可见这群人的可怕。她怕是遇到了那些穷凶极恶的进化者。怀里的这个小奶娃她是不清楚，可能他家里有钱才被人惦记上，但是她，那是真的没钱啊！他们该不会又认错人了吧？

“要是没钱，今天你们哪儿也别想跑！”火烈渐渐找到了当劫匪的感觉，恶声恶气地说道。

这些人这么危险，林烟自然不可能跟他们走，没办法，她今天只能殊死一搏了。

“别做什么无谓的挣扎了，今天就算是天王老子来了，那也救不了你！哈哈哈……”火烈一副反派的模样，哈哈大笑起来。

小萌看着他浮夸的表演，不由得翻了个白眼。

忽然一股极其强大的威压如同风暴一般压了下来，那强大的气息几乎要将人的内脏都搅碎。

火烈一瞬间膝盖一软，差点跪下来：“好……好……好可怕……”

小萌也赶紧进入备战状态，一瞬间她连说话都有些困难了：“怎么回事？D城有这么厉害的进化者吗？”

龙爷谨慎地退后一步，说道：“是裴聿城……”

“裴礼的父亲？有没有搞错！我的嘴是开过光吗？还真是天王老子啊！”火烈满脸惊悚。

“现在怎么办？”

龙爷迟疑片刻后，果断开口：“撤退！”

“对！撤撤撤！赶紧跑！让他们父子俩自己打吧，免得我们被伤及无辜！”

说完，一行人立即如潮水般撤退，很快就没影了。

与此同时，一辆黑色的车子在离林烟不远处停了下来。裴聿城快速打开车门下了车，后面还跟着星沉、凌月和程默三人。

林烟看到裴聿城的瞬间，紧绷的神经瞬间松懈下来：“裴先生……”

裴聿城目光冰冷地扫了一眼那些倒在地上的进化者，随后急忙去查看林烟的情况，担心地问道：“怎么样？有没有哪里受伤？”

虽然他的意识可以附身林烟，但也不是每次都可以成功，而且如果强行附体，需要耗费大量的精神力。他给林烟打了几十个电话都打不通，便知道她肯定是出事了，他的精神力只够支撑着他寻到她的位置。

“没事没事，只是一点小擦伤，不碍事的！”林烟急忙开口。

见状，星沉满脸惊讶：“烟姐，这些人……都是你解决的？”

林烟摆摆手道：“怎么可能啊！就算我再厉害，也打不了这么多人啊！我之前被人阴了，他们把我扔到猎人公会关押犯人的地方，我好不容易逃出来，又被一群进化者给抓住了。我被这些进化者打晕了，醒过来之后就发现这些进化者被另外一群更厉害、更危险的人干掉了。幸亏你们来得及时，把那些奇怪的人吓跑了。”

林烟一口气说完了这段时间发生的事情，一阵心累，她感觉自己实在是太艰难了。

这时，凌月似乎注意到她怀里有个东西，随口问道：“烟姐，你怀里是什么？”

闻言，裴聿城几人也朝着林烟看去。方才裴聿城只顾着查看林烟有没有受伤，并没有注意到其他。

林烟这才拿开外套，回应道：“哦哦，忘了说了，是个小奶娃，我方才从那些人手里救下来的。”

外套拿开后，裴礼一只手保持着搂着林烟脖子的姿势，微微侧过身，漆黑如夜的眸子缓缓地在几人身上掠过，最后定格在了裴聿城的身上。

看清小男孩的脸，裴聿城的瞳孔几乎是瞬间收缩，方才已经撤掉的威压瞬间又爆发出来，甚至比刚才还要强烈百倍。

而凌月、星沉和程默也如同看到了什么极其可怕的事物一般，表情惊恐到了极致。

裴……裴礼！消失已久的裴礼怎么会出现在这里？！

程默的脸色煞白，赶紧把半个身子都藏在了星沉后面：“怎……怎么回事……我是不是看花眼了……那……那是裴礼少爷吗？！”

星沉的脸色也不太好看，虽然很久没见，但是裴礼这张脸太有辨识度了。这孩子就是裴礼，不会有错。

林烟被裴聿城身上陡然爆发出来的可怕气息给吓到了，而且凌月他们的表情也有些不太对劲。

“怎……怎么了？”林烟不解地问道。

此刻，裴聿城的脸色极其难看，严肃地说：“林烟，离开那孩子！”

林烟极少听裴聿城直呼自己的名字，还是用这么冰冷的语气，一时之间有些茫然：“裴先生……到底怎么了？”

裴聿城深吸一口，说：“这孩子来历不明，很危险，你不要靠他太近。”

“啊？怎么会？他只是个小孩子呀！而且，他也很可怜的，都被那些人吓坏了！”林烟以为裴聿城误会了什么，连忙解释道。

“林烟，听话，过来……”裴聿城的声音开始发紧。

林烟听裴聿城的话音不对，似乎那孩子真是什么极其危险的事物，于是依言将怀里的小家伙松开。

虽然她实在不觉得这么个小奶娃能有什么危险，但她对裴聿城的话还是相信的。

最后，她还是将那孩子放下，朝着裴聿城走去。

暖暖的温度瞬间被冷凉的夜风代替，裴礼独自站在原地，目光冰冷地盯着对面的男人，漆黑的瞳孔里泛着不易察觉的猩红。

Part 29

“我妈妈什么都好，只有挑伴侣的眼光不怎么样。
你跟那些一无是处的男人有什么区别？”
“区别是，我挑老婆的眼光不错。”

♥

“裴先生，你应该是误会了，这孩子不是什么坏人，也是受害者。那些人刚才准备绑架他的……”林烟还在试图解释。

裴聿城拉过林烟的手，用力将她拉到怀里，眸底翻腾的暗涌令人心惊。

他并没有反驳林烟的话，只是沉声道：“这孩子我会让程默安排妥当，你不用担心。”

听到这话，程默身体蓦然一抖，内心已是兵荒马乱：什么？让我安排？！

“是啊，林小姐，我会把这孩子送到警局，后续也会跟进，确定他安全找到家为止。”程默只能硬着头皮开口，甚至都不敢抬头去看裴礼一眼。

林烟看着孤零零地站在那里的小奶娃有些不忍心，只是裴聿城都已经这么说了，而且程默办事，她也是放心的。

“这样的话……那，好吧……”

“走吧。”裴聿城似乎是松了口气，目光隔着微凉的夜风与对面的孩子微微一撞。

林烟跟着裴聿城走了几步，不知为何又停住了脚步，转身朝那小男孩看去。

只见那孩子衣衫单薄，脸上和身上沾染着血迹，小脑袋耷拉着，目光有些空洞地站在那里，看向她时，大大的瞳仁里流露着一丝哀伤，就像是一只被人抛弃的小狗。林烟顿时如同心脏被一只巨大的利爪揪住一般，喘不过气来。

几乎是一瞬间，林烟突然推开裴聿城，快步走到那孩子跟前，重新将他拥入怀中。

然后，她握住那孩子冰冷的小手，看向裴聿城道："裴先生，这孩子既然是我救下来的，那么我自然应该负责到底。何况他受了惊吓，现在很容易受惊，害怕生人，我不能就这么丢下他，我不放心……"

裴礼似乎完全没想到林烟会突然折返过来，小家伙眸底几乎已经要挣脱牢笼的猩红骤然消失，有些怔忪地看着自己被温暖的手掌包裹的小手，大大的眼睛里满是震惊。

看着林烟将裴礼抱在怀里，星沉和程默对视了一眼，他们都有些胆战心惊，就好像林烟怀里揣着的是个定时炸弹。

凌月看向星沉，压低声音问道："如果我没认错的话，那是……裴礼？"

星沉点头："应该是吧……"

虽说看样貌确实是裴礼少爷没错，但这是他第一次看到裴礼有普通小孩子的神态，甚至方才聿哥说了那些话，裴礼居然都没有发飙，看起来还有些可怜巴巴的……自己一定是眼睛出问题了！

凌月沉吟道："方才逃走的那些人，应该是"不死不灭"的人，他们怎么可能绑架裴礼？"

星沉挠挠头："我也不明白。"

根据总部那边的最新消息，裴礼消失之后成立了"不死不灭"，他是这个组织的首领。

凌月略作思索，扫了眼倒在地上的那些进化者，说道："我推测，应该是烟姐被这些进化者抓了，裴礼带着'不死不灭'救了烟姐，因为烟姐当时还在昏迷，所以不知道。以裴礼的性格，肯定是不希望烟姐知道他凶残的一面，于是将计就计，装作受害的小朋友了……"

星沉听完连连点头："有道理！我怎么没想到呢？"

凌月吐槽："你没想到不是很正常吗？"

程默一边擦汗，一边无奈地看着拌嘴的两个人，说："现在还是赶紧想想看怎么办吧！"

三人刚说完，就接收到了来自老大裴聿城警告的目光。

星沉赶紧开口："烟姐，交给程助理，还能有什么不放心的啊！程助理一定会好好照顾这孩子的！"

程默瞪了星沉一眼："林小姐，星沉也会陪我一起的。"

林烟听着星沉和程默的话，眉头微蹙："今天你们怎么都有点怪怪的，看起来都这么紧张？"

"啊？有吗……没啊……"

星沉和程默都是一阵心虚。

凌月叹了口气，低声道："我看你们还是别劝了，我觉得没用。小少爷什么都不用做，一个眼神，烟姐就舍不得了。"

一旁的裴聿城静静地看着母子两人，没有说话。

空气突然一阵静默。

不知过了多久，裴聿城似乎是妥协了，一步一步朝着母子二人走去。

“裴先生，我想亲自把这孩子送回去，可以吗？”林烟还是有些担心裴聿城会不同意。

裴聿城走过去，随后缓缓在两人身前蹲了下来，应道：“好。”

林烟顿时神色一喜：“你答应啦！”

她怀里的裴礼朝着裴聿城看了一眼，表情似乎有些困惑不解。

裴聿城看向林烟，说道：“我可以答应你，但是你身上有伤，孩子我来抱吧。”

说完，裴聿城就朝着裴礼的方向伸出手。

话音落下的瞬间，裴礼小脸蛋上的表情似乎瞬间出现了一丝……破裂。

林烟倒是完全没有多想，开心地说道：“那麻烦你了，裴先生！”

然后，裴礼压根都没有反应的时间，就已经被裴聿城抱了过去。

跟林烟的怀抱完全不同，男人的怀抱没有那么柔软，也没有那么温暖，抱他的动作很不自然，硬梆梆的。清甜的香味瞬间被一股冷冽的气息代替。

裴礼似乎想要挣扎，但余光看到了林烟身上的擦伤，最终还是没有动。

一旁的星沉和程默也没料到裴聿城会是这样的决定，一时之间有些反应不过来，呆呆地站在原地。

虽然他们可以理解，裴聿城可能是不想让裴礼接近林烟，所以才自己过去抱裴礼的。但是，这幅画面还是怎么看怎么瘆人。这父子俩形同水火，裴礼更是一心想要裴聿城的命，现在突然这么亲近，实在是让人太不习惯了。

凌月被关了很久，很多事情都不太清楚，不过也从情报之中得知父子俩的关系有多僵。

林烟眨了眨眼睛，看看裴聿城，又看看他怀里的小男孩，忍不住笑道：“裴先生，我怎么觉得这孩子……长得跟你还挺像的？”

她觉得尤其是眉宇之间那一抹清冷又矜贵的感觉，简直就像是一个模子里刻出来的。

“噗……”星沉听到这一句，直接尴尬出声。

他腹诽：那是聿哥的亲儿子，能不像吗！烟姐，您要是自己照照镜子，还会发现这孩子跟你也挺像的。

裴礼听到林烟的话，似乎有些不太高兴，抿了抿唇想要反驳，最后，还是什么都没说。

“上车吧。”裴聿城腾出一只手牵住林烟。

“哦，来了……”林烟连忙跟上去。

星沉、程默和凌月则跟在他们后面。

程默看着走在前面的一家三口，摸了摸鼻子，说道："真没想到有生之年能看到这一幕，还挺温馨的。"

星沉嚼了嚼嘴里的棒棒糖，冷笑一声："温馨？那是聿哥和大魔头在烟姐面前不敢放肆，一个比一个会演而已！而且，你是不是忘了什么？"

"忘了什么？"程默不解。

星沉说："你另一位小祖宗！"

程默的面色顿时一黑，汗如雨下："你别乌鸦嘴了！一个就已经够受的了，可千万别让另一个知道！"

凌月要去周围查探，先行离开了。

程默开车，星沉坐在副驾驶座上，林烟和裴聿城则带着裴礼坐在后座上。

程默和星沉两人坐在前面大气都不敢出一声，生怕这父子俩一言不合打起来。

裴礼左边是裴聿城，右边是林烟，因为后座空间有限，他还是会不可避免地碰触到裴聿城。

林烟倒是没有感觉到气氛哪里不对，她只是担心这孩子因为受到惊吓还在害怕。

等他稍稍适应一些之后，林烟试探着开口："小朋友，你知道自己家住在哪里吗？"

裴礼摇摇头。

林烟又问："那你有爸爸妈妈的手机号码吗？"

裴礼继续摇头。

见状，林烟有些头疼："都不知道，那可怎么办？"

问了半天，什么信息都没问出来，看样子，她只能将这孩子送到警局了。

"别担心，我们会帮你找到爸爸妈妈，送你回家的！"

听着母子俩的对话，前面的星沉和程默一言不发。

林烟想了想，突然问道："对了，小朋友，还不知道你叫什么名字呢？"

听到这个问题，裴礼小朋友半晌都没有说话。

见状，林烟有点奇怪，难道这个问题很难回答吗？这孩子总不会不知道自己的名字吧？

"姐姐，我叫小礼。"片刻后，裴礼终于回答。

林烟沉吟道："小狸？"

"姐姐，是礼貌的礼。"裴礼回道。

林烟眼睛一亮："原来是小礼啊，这个名字很好听，也特别适合你！"

裴礼抿了抿唇，点点头："嗯，我妈妈取的。"

林烟笑道：“是有礼貌的意思吗？你妈妈挺会取名字的！真好听！”

前面一直在听母子俩对话的星沉和程默沉默着对视了一眼，不知道该说什么，两人只希望林烟知道自己儿子的全名之后还能说这话。

裴聿城扶了扶额，也保持了沉默。

“小礼，那你大名是什么呀？”林烟想多得到一点信息，好帮这孩子找到父母。

星沉和程默都紧张得说不出话：“……”

终于还是到了这一刻吗……

裴礼下意识地朝着裴聿城斜睨了一眼，对于这个问题，似乎是真的很不想回答。

“裴总，林小姐，警局到了。”

还好这时候已经到了警局，程默适时打断了这个问题。

林烟连忙带着孩子下了车，低头对小家伙说道：“小礼，别害怕，你现在已经安全了，很快就可以回到爸爸妈妈身边。”

星沉嘴角微抽，心想：他可不就在爸爸妈妈身边吗！

突然，裴礼的小手揪住林烟的衣角，弱弱地开口：“姐姐，如果找不到我爸爸妈妈呢？我可以留在你身边吗？”

林烟听到这话，一时之间愣住了。这孩子什么信息都不知道，就算是送到警局，怕是一时也很难找到他的父母啊。

“怎么会呢！你再仔细想想，能不能回忆起你的家在哪里？或者是周围的特殊建筑之类的也可以。”林烟耐心地询问道。

裴礼垂着眸子，没有再开口。

此时，裴聿城朝着程默看了一眼。

程默实在是左右为难，他不敢得罪大魔头，但更不敢得罪裴聿城。还好目前看来，裴礼应该是不想在林烟面前撕破脸的。所以，现在他们也只有陪着他一起演下去了。

于是，程默开口：“林小姐，这孩子身份暂时不明，确实不适合放在身边。何况您平时也忙，哪有时间照看，剩下的事情，还是交给我来安排吧！”

这边程默还要继续说些什么，不远处突然传来一个男人的声音——

“林烟。”

听到这个熟悉的声音，林烟有些惊讶地看向来人：“老板？你怎么在这儿？”

霄尧穿着一身浅灰色的西装，从车上走了下来。

看到霄尧突然出现，裴聿城的目光与男人在空中交汇，两股威压暗中相撞。

星沉看到来人，瞬间站直了身子，口中喃喃：“三重霄……”

程默也微微蹙眉：“他怎么来了？”

就在几人心思各异的时候，站在林烟一旁的裴礼朝着霄尧看了一眼，随即开口叫了一声：“霄叔叔。”

林烟一听，更加惊讶了：“小礼，你认识这个叔叔？”

“他是我侄子。”霄尧开口。

“不会吧！这也太巧了！”林烟又惊又喜，“那太好了，我正愁找不到这孩子的家人呢！没想到他是老板你的侄子！”

说着说着，林烟发现了不对劲：“等等，你侄子……那就是你大哥家的儿子，所以说，这孩子他爹，是你哥霄纪？”

“……”程默、星沉和裴聿城都很无语。

霄尧沉默了几秒，才重新开口：“我世侄，挚友之子，我跟他妈妈认识。”

林烟拍了拍胸口，一想起霄纪那可怕的聊天方式就心有余悸。

然后，她说：“哦哦，吓我一跳，原来是你朋友的儿子。我就说霄纪怎么可能生出这么乖巧懂事、会说话的孩子！”

“对了老板，刚刚有一行人要绑架这孩子，好像是为了钱，你赶紧送这孩子回家吧！他爸妈肯定担心死了！”林烟催促道。

“她妈妈出车祸失忆了，已经忘了他的存在，并且跟别的男人在一起。”霄尧回答。

“什么？不会吧？！”林烟满脸惊讶，但是也不好打听别人的隐私，于是又问道，“那他爸爸呢？”

霄纪朝着裴聿城看了一眼，说：“不知道，他没有爸爸。”

“……”裴聿城很无语。

林烟则满脸疑惑：“怎么会没爸爸呢，难道她妈妈是未婚先孕？”

霄纪轻声应道：“嗯。”

还真被她猜中了……这孩子也太可怜了，妈妈出车祸把他忘了，爸爸也不知道在哪儿。难怪方才问这孩子的家庭信息时，他什么都不知道，可是她还追着问了这么久。林烟听到这里，顿时有些自责。

旋即，林烟说：“那这孩子……”

霄尧直接打断她，说：“帮我照顾一段时间。”

林烟闻言愣住：“啊？我？我哪会照顾孩子！再说我平时工作也很忙，而且我也不是一个人住，怕是……”

霄尧立刻抛出撒手锏：“一个月十万。”

林烟立马把裴礼往怀里一拉，保证道：“老板，这些都可以克服的！主要是，我觉得救都救了，还是负责到底比较好！”

霄尧说：“那就这么定了。”

“……”一旁的裴礼小脸上挂着一丝惊愕，似乎没料到会这么容易。

见状，星沉和程默对视了一眼。

这霄尧打的什么主意！为什么要帮裴礼演戏说谎！

林烟答应完才想起自己忘了什么，急忙满脸微笑地朝着自己另一位大老板看去。

“那什么……裴先生……您看……可以吗？”

裴聿城看了林烟一眼，伸手掏出一张支票：“你很缺钱？我可以给你。”

林烟盯着那张空白支票咽了口吐沫，忙摆手道：“不行不行！你给我的那怎么能一样呢，你给我，那还不是放在同一个篮子里吗，我现在要赚的可是别人的钱！”

裴聿城沉吟片刻，表示了赞同：“是这个道理。”

对于林烟的这个说法，裴聿城倒是挺满意。只是，裴礼突然出现并留在林烟身边，太危险了。这些年，这孩子的力量越来越强大，越来越难控制，心性也越来越难以捉摸。若是像当年一样，再失控一次……

“裴先生，这孩子多可怜啊！我只是帮忙照顾几天！而且，我看这孩子挺乖的，相信不会打扰到你的！”

虽说钱是一部分原因，不过，林烟也确实挺喜欢这孩子的。

此时，林烟也察觉了裴聿城的态度，于是悄悄拽了拽他的袖子，压低声音问道：“可以吗？老公？”

“……”裴聿城顿时哑然。

林烟又问：“老公？”

裴聿城略作思索便做出了决定：“可以。”

现在裴礼已经知道林烟还活着，就算是今天裴聿城想办法拒绝了，他也总会有别的办法。

此刻，裴礼的表情很复杂，他没想到林烟答应得这么容易，更没想到裴聿城也答应得这么容易。

“那就拜托了，先预付你一半的钱，已经打到你账户上了。”霄尧开口。

话刚说完，林烟就收到了转账信息：“这么快！老板，你太客气了！”

“我还有事，先走了。”霄尧说完，直接开车走了。

见状，林烟有些无语。

老板走得这么干脆，一点都不担心的样子，也不知道问问人家孩子害不害怕，愿不愿意，刚刚有没有受伤吗？

果然是没爹没妈的孩子没人疼，林烟看着身旁的小家伙，心脏有些抽痛。

她担心小家伙失落，于是小心地安抚道：“小礼，你叔叔最近有些忙，这段时间你就跟着姐姐好吗？”

裴礼仰着小脑袋，表情又乖又软，眼睛像星子一样闪闪发光：“我想一直跟着姐姐。”

林烟怔忪了好半晌才微笑着说：“真乖！”

这孩子也太乖太可爱了吧！

林烟在这边被萌得心肝乱颤，完全不知道星沉和程默两人看着这一幕时心理压力有多大。还不如看裴礼残暴的样子呢，这小天使的模样太瘆人了。

“先回家吧。”裴聿城开口。

林烟点点头。

很快，车子开到了云间水庄。

下车之后还有很长一段距离要走，裴聿城站在小家伙跟前，开口询问：“要抱吗？”

裴礼一听，立即朝着林烟身后退了半步，一副明显拒绝的姿态。

林烟也不知道是不是自己的错觉，方才裴礼的眼神似乎是有点嫌弃裴聿城的样子？

“小礼大概是还不习惯跟陌生人太亲近，我们走过去好了！也没有很远。”林烟打圆场。

进屋之后，裴礼不动声色地朝着四周打量。女士拖鞋、抱枕、成对的杯子、赛车模型……屋子里四散着属于林烟的个人物品，她明显是在这里住了不短的时间。看来狗叔的话是真的。

“小礼，今天太晚了，明天姐姐带你去超市，帮你买些日用品！”林烟牵着小家伙在沙发上坐下。

裴聿城脱下身上的外套，一边缓缓卷着衬衣的袖子，一边开口：“饿吗？我去厨房给你们做些吃的。”

林烟刚准备在沙发上坐下来，听到这话又像火烧屁股一样弹了起来：“别别别！你坐着别动！我来就好！我去做！”

林烟心想：裴聿城该不会是对裴礼有什么意见吧！人家还是个孩子啊！

裴聿城说：“我最近有研制新的菜单。”

“那更不必了，我来我来！你坐下等着吃就好！”林烟压低声音在裴聿城耳边道，“你忘了之前答应过我的两件事了吗？”

“……”裴聿城很无语。

林烟正准备去厨房，一旁的裴礼看向裴聿城，目光有些泛冷：“姐姐，厨房有油烟，对女孩子不好，做饭这种事情，应该由男人来做。”

林烟顿时被小家伙这番话给感动得不行，夸赞道：“小礼，这些是谁教你的？真是贴心的小天使！”

而她内心想的却是：孩子！你没经历过人间苦楚，不知道世间险恶啊！

“那什么，小礼，我特别喜欢做饭，一天不做饭就浑身不舒服。所以，还是我来吧，呵呵……”

林烟去厨房之后，客厅里便只剩下了裴聿城和裴礼两个人。

父子俩一个清冷矜贵，一个小脸上满是冰霜。

见裴聿城完全没有要说话的意思，也并没有要为刚才的事情解释，半晌后，还是裴礼先打破沉默。

“虽然妈妈还活着，你没有害死妈妈，但是，当年妈妈明明已经决定离开你，你到底用了什么手段欺骗了妈妈？”小家伙质问道，目光冷冽地盯着裴聿城，等着他的回答。

裴聿城端起茶几上的柠檬水，抿了一口，说：“是你妈妈追的我。”

裴礼瞬间瞪大了眼睛：“不可能！”

裴聿城淡淡地说：“你可以问她。”

裴礼抿了抿唇，对于亲爹的话明显一个字也不相信。

冰箱里还有些新鲜的食材，林烟下了三碗面，虽然她水平一般，但是怎么也比吃裴聿城的黑暗料理要好多了。

“小礼，你吃葱、蒜吗？”

裴礼乖乖坐在餐桌前的椅子上，点了点头，说：“姐姐，我不挑食。”

“真乖！”林烟给小家伙的面里加了些调料，帮他拌匀，说道，“快吃吧！”

小家伙小心翼翼地咬了一口，如同在吃什么山珍海味般，高兴地说道：“姐姐做的很好吃！”

林烟开心不已地捧住自己的脸：“真的吗？那多吃一点！”

她喜滋滋地盯着小家伙吃面，半晌才发现裴聿城还没动筷子，于是说道：“裴先生，你也吃啊！”

裴聿城吃不出味道，所以林烟自然也不用问他好不好吃了。其实，这么一想的话，倒也不错，不管她做啥，他都能吃。

裴礼安安静静地吃完了一整碗面，连最后一口汤汁也喝完了。

然后，小家伙看向林烟，直接开口求证：“姐姐，你跟叔叔是怎么认识的？”

林烟挠挠头，这孩子叫她姐姐，叫裴聿城叔叔，这是不是差辈分了？

“这个嘛，说来话长……”

她和裴聿城在一起的过程实在是太梦幻了，她还真不知道该怎么跟一个小孩子解释。

于是，裴礼看了眼裴聿城，然后直接向林烟问道：“姐姐，是叔叔追你的吗？还是你追的叔叔？”

谁追的谁？这个问题，林烟还真得仔细回忆一下。

当时，林烟以为附身自己的色鬼是裴聿城的红颜知己，那个红颜知己各种挑衅她，说什么裴聿城是她追到的，跟林烟没关系。于是，林烟火冒三丈，气得当场跟裴聿城分手。然后，她又花了十秒钟亲自把裴聿城追到了手。

也是在那个时候她才知道原来压根不是什么色鬼，也不是红颜知己，附身于她的从头到尾都是裴聿城本人。

要说是裴聿城追林烟的？裴聿城貌似还真没追她，他那是自己追自己！

要说是林烟追的裴聿城吧？她还真追过，虽然只花了十秒钟……

林烟纠结了半天，无语地瞄了裴聿城一眼，最后只能开口："这怎么说呢，我确实是追了你叔叔……"

毕竟追了十秒钟也是追嘛。

裴礼显然没料到这个回答，满脸的无法置信。

"对了，小礼晚上要睡在哪儿啊？"林烟突然想起这个问题来。

裴聿城说："我已经让人把三楼的房间收拾出来了。"

"啊？三楼？"林烟蹙眉，"太高了吧，孩子这么小，让他一个人住三楼他会不会害怕？"

裴聿城又说："二楼的客房也可以。"

见状，裴礼抿了抿唇，说："姐姐，我没关系的，睡在哪里都可以。"

看着裴礼这么懂事，林烟有些发愁，她实在不太放心这孩子。小小年纪，爹妈都不在身边，连个安慰照顾他的人都没有。受了这么大的惊吓，晚上一个人睡觉该多害怕！

最后，林烟说道："这孩子受了这么大的惊吓，我不放心他一个人睡，不然，晚上让他先跟我一起睡吧？"

裴礼猛地抬起小脑袋，小脸上有些惊讶，还有一丝不敢相信的欢喜。

不过，裴礼眸底的光亮还没开始闪烁就已经熄灭，化作一抹冷意，静静地看着裴聿城。他很清楚，以自己这位父亲的性子，是绝对不会让他跟妈妈这么亲近的。

果然，下一秒，裴聿城就说："不行。"

林烟不解地问："为什么？"

裴聿城不知道该如何回答。

林烟和裴礼才刚见面，事情就已经一点点偏离了他的预料。他错估了林烟对裴礼的感情，即使已经失去了记忆，但潜意识里，她还是很自然地亲近这孩子。若是他继续阻止，结果会不会又和当年一样惨烈？

而他和林烟的关系，又会差到不可调和的地步。那是他绝对不想看到的。

不知沉默了多久，裴聿城的面色恢复如常。他微微抬起眸子，看向对面的女孩，说："你的担忧也有道理。"

"对吧，对吧！"林烟面色顿时一喜。

裴聿城继续说道："这次想对你不利的那些人，凌月已经去调查了。他们这次没有成功，肯定还会有下一次。”

林烟也知道裴聿城说得没错，叹气道：“我也不知道我到底招惹到什么人了，一拨又一拨……不过，有好几拨人应该是认错人了。”

裴聿城有些严肃地说：“无论如何，这段时间，你随时可能会有危险。”顿了顿，他又不紧不慢地继续说道，“所以，晚上我陪你们一起睡。”

林烟和裴礼都非常震惊：“……”

林烟还真没哄过孩子睡觉，所以不知道该怎么做。

于是，她给霄尧发了条短信询问：

老板，要怎么哄孩子睡觉？

不一会儿，霄尧回了一句：

为什么睡觉还需要哄？

林烟心想：这家伙是不是没有童年？以后谁要是做了他儿子可真惨！

无奈之下，林烟只能自己想办法。

“小礼，你要听故事吗？”林烟柔声询问。

裴礼的神色似乎有些犹豫，半晌后才小心地询问道：“可以吗？”

看着裴礼这副明明很想听，又不敢麻烦她的神情，林烟顿时更加心疼了：“当然可以了！”

可是，说完她才发现不对。

“可是……我好像不会讲故事……”林烟不好意思地挠挠头。

然后，她下意识地朝着门口的裴聿城看去。

“……”裴聿城很无语。

“裴先生，你会讲故事吗？”林烟几乎不抱希望地问了一句。

裴聿城手里端着两杯热牛奶走过来，说：“先把牛奶喝了。”

裴礼看了裴聿城一眼，没有接。

林烟接过牛奶，见裴礼不动，又帮忙把他的那杯端了过来，劝道：“小礼，喝牛奶吧！能长高哦！”

裴礼这才乖乖地把牛奶喝了。

喝完牛奶，裴聿城靠坐在床头，问道：“想听什么？”

林烟立即说出几个有名的童话：“《卖火柴的小女孩》！《海的女儿》！但好像都是悲剧啊，有结局开心一点的吗？”

“嗯。”裴聿城点头，随后开始讲故事，“从前，有一个可爱的小姑娘，因为她常常戴着外婆送给她的漂亮小红帽，因此大家都叫她小红帽。有一天，外婆病了，妈妈带着小红帽去看外婆……”

林烟的眼睛亮了亮，没想到裴聿城真的会讲童话故事，说的还是小红帽和大灰狼。这也太可爱了吧！

裴聿城因为林烟的眼神愣住，问：“怎么了？”

林烟微笑着说：“没什么，就是没想到你居然会说童话故事！”

“听人说过，就记住了。”

听人说过？什么人会在裴聿城面前说童话故事？该不会是裴宇堂那个熊孩子吧？

这些天，林烟一直在逃命的路上，就算身体素质再好也撑不住，早已疲惫不堪。这会儿躺在软绵绵的床上，耳边是裴聿城令人安心的声音，怀里还有个又软又香的小抱枕，她很快就睡熟了。

过了一会儿，裴礼也缓缓地闭上了眼睛。

“狼醒来之后想逃走，可是那些石头太重了，它刚站起来……”裴聿城一点点放低了声音，直到见母子俩都闭上眼睛睡着了才停下来。

女孩的脸瓷白无瑕，因为熟睡泛着红晕，眉宇之间满是香甜，似乎没有任何烦恼。

裴聿城摘下金丝眼镜，放在床头，随后帮母子两人掖了掖被角。

然后，他的目光缓缓落在林烟怀里的小家伙身上。

小家伙平日里都是一副充满警惕的模样，看向他时眸子里从来都是冰冷和疏离，此刻蜷缩在林烟怀里才终于像个孩子，如果不是天生就拥有那种可怕的能力……

离开云间水庄的路上，星沉和程默靠在车里，两人吓得几乎要虚脱，好半晌才缓了过来。

星沉越想越奇怪，说道：“虽然现在内部也有一部分高层知道烟姐的存在，但是聿哥把消息封得那么死，那些人顶多以为聿哥交了个女朋友，或者找了个长得像的替身，到底是谁透露了烟姐的消息？难道大魔头已经知道了林烟是他妈妈？”

“看大少爷的态度，像是已经知道了。当然了，大少爷的心思这么难猜，也有可能是在试探。”程默扶着方向盘苦笑，“不过，这些问题现在都已经不重要了，重要的是大少爷找上门了。”

“这确实是够让人头疼的。刚刚好几次我都差点以为那大魔头要发飙，吓得我今天吃的棒棒糖数量都是平时的三倍！”星沉一边撕糖纸，一边心有余悸地说道。

“其实……我觉得比大少爷更可怕的是聿总！”程默心有戚戚然地说道。

星沉深表赞同："这要是放到以前，遇到这种情况，烟姐不仅失联这么久，大魔头还敢这么亲近她，聿哥早就发飙到天翻地覆了。"

程默叹气道："这两年聿总的脾气确实收敛了很多。"

星沉立即惊声道："何止是收敛，简直是脱胎换骨！"

今晚，在一大一小父子俩随时可能失控发飙的压力之下，星沉和程默仿佛是在死亡线上挣扎。

程默叹了口气，说道："你们经常执行任务不用待在聿总身边，我可是天天都要跟在聿总身边的。"

星沉咬着嘴里的棒棒糖，脸色微沉："倒是便宜了秦欢那个混蛋，躲得清净。"

程默已经知道了秦欢是内鬼的事情，安慰道："虽然秦欢是内鬼，但他最后也没有想要伤害你，还为了你和凌月跟那个黑衣人求情，我相信，他也是有不得已的苦衷。"

星沉冷哼一声，似乎不想再继续这个话题，怒道："叛徒就是叛徒！不提他了！"然后，他又拍了拍程默的肩膀说，"对了，程哥，我给你个建议。"

程默问："什么建议？"

星沉严肃地说："这段时间，你如果想好好活着的话，抱紧烟姐的大腿！"

第二天早上。

林烟刚睡醒，就收到了程默发过来的短信。

程默：夫人早，我给小朋友准备了一些日用品，已经放在客厅。如果还有什么需要，请随时吩咐我。

林烟看着程默这条信息，目光落在"夫人"这两个字上。

程默以前都是很正常地称呼她"林小姐"，这好端端的，怎么开始称呼她"夫人"了？语气还这么殷勤……

彼时，客厅里，裴聿城和裴礼已经起来了。

裴聿城坐在沙发上处理公务，程默抱着一堆文件战战兢兢地等在一旁。

原本裴聿城是要去公司的，只是小少爷在这里，他不可能留小少爷和林烟单独在家里。但林烟严格规定了裴聿城每天的工作时间，所以程默不得不抓紧时间把文件送过来让裴聿城处理，他真的是一点都不想同时面对这父子二人！

裴礼看着坐在沙发上处理文件的裴聿城，面色不善地问道："你不做早饭吗？"

裴聿城头都没有抬，说道："不做。"

裴礼冷着脸说："看样子，我妈妈什么都好，只有挑伴侣的眼光不怎么样。你跟那些一无是处的男人有什么区别？"

裴聿城抬起头，说："区别是，我挑老婆的眼光不错。"

"……"裴礼和程默顿时哑然。

程默默默擦汗，看着被怼的大魔头，硬着头皮打圆场："厨房已经准备好早餐了，大少……"

话还没说完，裴礼森冷的眼光就已袭来。

程默赶紧噎回去那句"大少爷"，说道："要是想吃什么，可以跟我说。"

程默欲哭无泪：怎么一大早的就这么重的火药味啊！

这时，"吱呀"一声，如同仙乐一般的推门声响起。

"大腿"总算是醒了！

"你们起得这么早啊！"林烟说着看向裴聿城和裴礼。

裴礼看到林烟，冰冷的小脸蛋几乎瞬间软成一团棉花糖，奶萌奶萌地扬起了小脸，乖巧地打招呼："姐姐，早安！"

早上一起来就见到这么可爱、这么天使的一张脸，真是心情太好了！

林烟微笑道："早安！小礼，昨晚睡得怎么样？还习惯吗？"

裴礼说："一半习惯。"

林烟心想：一半习惯？小朋友的表达方式都这么独特吗？

"那什么……我去准备早餐！"

见林烟来了，程默大大松了口气，赶紧让人把早餐全都准备好，然后适时闪人。

"今天有工作吗？"餐桌上，裴聿城问道。

林烟一边给裴礼夹荷包蛋，一边开口："全球联赛快开始了，参赛的队员名单要赶紧定下来，早上我得去一趟车队。下午有个通告，不过很简单，应该很快就能结束。"林烟说着，有些头疼地看向裴礼，"小礼怎么办？不能让他一个人在家里吧……"

"我今天在家休息，可以帮你带他。"

裴礼一听，顿时扭头看向裴聿城，简直不敢相信亲爹会这么无耻！

倒是林烟，听完简直感动到不行，裴聿城居然要帮她带孩子！JM集团总裁啊！亲自帮她带孩子啊！

霄尧老板，你这十万块钱出得简直太值了好吗？赚大发了！

裴礼仰头看向林烟，有点委屈地说："姐姐，我想跟你在一起。"

林烟看着小家伙，满脸为难地说道："对不起啊宝贝，姐姐今天有工作，实在是抽不开身，让这个哥哥陪你好吗？"

如果她是别的职业，或许还能带着小礼一起，可她是个艺人，带着小礼确实太不方便了，所以她只能让小礼留在家里。有裴聿城帮忙照顾，她自然是一万个放心的。

裴礼在林烟面前永远都是自卑而又敏感的性子，不会提任何要求。方才的请求已经是他能做的最大限度的事情了。所以，听到林烟这么说之后，裴礼还是点了点头。

他都已经这么糟糕了，只有听话，妈妈才不会讨厌他。

林烟看着小家伙失落的样子，心疼得不行，伸手轻轻摸了摸他的脑袋，安慰道："小礼乖，姐姐一收工就立刻回来陪你！好吗？"

裴礼感受着头顶久违的温暖柔软的掌心，眼眶有些发酸。

他已经记不清，有多久妈妈没有这样温柔地摸他的脑袋了。就算他拥有再多的东西，再强大的能力，他想要的，也只有妈妈的亲近而已。

等林烟的手放下之后，小家伙还有些恍惚。似乎是留恋那温度，裴礼又伸出自己的小手摸了摸自己，紧绷的嘴角也稍稍上扬了几分。

然后，裴礼的脸色好了不少，努力地扬起笑脸说："好，姐姐你快去工作吧！我会乖乖的！"

林烟瞬间被萌得都不想去工作了，这孩子也太乖太懂事了！

"好，那姐姐先出门了。你起得这么早，可以再去睡一会儿。小孩子正是长身体的时候，要多睡觉！"

"嗯，姐姐，我会听话的。"

裴聿城把林烟送到门口，将车钥匙递给她："你的车子我让人帮你找回来了。"

"太好了！省了一大笔钱！不然还要买新的！"林烟一脸开心，宝贝不已地看着自己的老爷车。

车子破烂一点也是有好处的嘛，有点划痕刮痕什么的也看不出来，反而有种复古的感觉，都不用去补漆了！

"开慢点。"裴聿城嘱咐道。

林烟点头："嗯嗯，知道啦！裴先生，小礼就拜托你了。这孩子真是太乖太懂事了，也不知道他爸妈怎么这么忍心，放着这么好的儿子不要！"

"不要就给我算了！我来养！"林烟生气地嘀咕。

"……"裴聿城哑然。

"那我先走啦！"

"哦，对了，那十万块钱，到时候我分你一半！"林烟大方地开口。

裴聿城轻笑道："不用分我。"

"那怎么行！你也帮忙照顾小礼了，肯定要分给你的！"林烟连忙说道。

突然，裴聿城俯身，扣着林烟的腰身深深地吻了下去。一吻结束，他微笑着说：“好了。已经给过了。”

林烟内心抓狂：妈耶！亲一下五万？这个吻是不是有点太贵了？

她挠挠头，最后踮起脚尖，攀着裴聿城的肩膀，回亲了他一下。

男人因为林烟难得的主动一时未反应过来。

林烟有些尴尬地开口：“再附赠你一个吧，不然这钱赚得太轻松了，我心里过意不去。”

Part 30

下一个更好，下一个更乖！

林烟离开之后，客厅内便只剩下了父子两人。

裴礼的小脸瞬间从不谙世事的小奶娃变成了面无表情的机器，冷声道：“如果你是想用这种方法监视我，大可不必，你认为你看得住我？”

裴聿城没有反驳，只是手里在翻看着什么。

裴礼继续冷冷地说道：“我知道你想赶我走，但你最好也死了这条心。”

裴聿城手里拿着林烟的通告表，不紧不慢地开口：“你妈妈下午四点结束通告，我带你去接她下班。”

听到这话，裴礼冰冷的小脸顿时愣住。接妈妈下班！裴聿城会带他一起去接妈妈下班吗？他会这么好心？

想必这个男人不过是为了时刻盯着他罢了。

他现在的身份对于林烟而言就是个陌生的小孩子，没办法冒然去找妈妈，只能通过裴聿城。无论裴聿城抱着什么目的，去接妈妈下班的诱惑还是太大了，裴礼没有办法拒绝。

于是，父子俩就这么心照不宣地暂时维持了和平。

到了公司之后，林烟先去找了霄尧。

“老板，小礼在我那儿挺好的，我男朋友今天在家，正好可以帮忙照顾，你尽管放心！”

霄尧面无表情地开口：“嗯。”

反正是他俩的儿子，他自然不担心。

“老板，以后要是还有这种单子，记得还找我！”林烟不忘拉生意。

霄尧抬头，看了她一眼，说：“没了。”

林烟笑道：“老板，你话说得别这么死嘛！说不定就有呢！总之，记得找我，我给你打折！第二个半价！”

“好了，老板，我去车队那边了。你放心，一定不会让你的投资亏本的！”林烟还不忘向老板表忠心。

霄尧开口：“全球第三联赛，我要上场。”

“……你说什么？！”林烟差点吓得心脏骤停，“老板，你可是我们车队最大的股东，哪有跟自己的钱过不去的？”

霄尧看了她一眼：“你什么意思？”

林烟腹诽：还能有什么意思！当然是你的车技太烂了啊！

但她嘴上急忙解释道：“没，没什么意思！我不是说你的车技不好啊！我的意思是，老板你的车技实在是太好了，您要是上场了，那还有别人什么事呢？您也给手下的员工一个表现的机会嘛！等需要老板您出马的时候，我一定请老板您上场！”

听到林烟这么说，霄尧才满意地点点头，说：“嗯，缺钱跟我说。”

林烟顿时眼睛一亮：“谢谢老板！老板大气！”

赛车是个很烧钱的职业，幸亏有霄尧这个投资商在，资金方面她完全不用担心。

跟霄尧聊完之后，林烟来到赛车训练场。队员们正在紧张地训练中。

“女神，你来了！”莫书昀打了声招呼。

看到林烟，正在做记录的贺乐风立即迎了上去：“姐，你来了！”

“最近车队怎么样？”林烟看向赛场，询问道。

“姐，你放心，一切顺利。有我在，你还有什么好担心的！”贺乐风拍着胸口说。

林烟心想：就是有你在才不放心，你自己心里难道没点数吗！

还好，贺乐风有自知之明，知道自己的技术水平不行，就主动做起了后勤工作。他对一些规则性和应试性的东西门儿清，倒也做得有模有样。

林烟一边看队员们训练一边开口：“霄老板又追加投资了，你们好好干！”

“哇！霄老板也太大方了吧！姐，你到底是从哪儿找的这么一个人傻钱多的投资商啊？”贺乐风惊叹道。

林烟瞪了他一眼：“说什么呢？什么叫人傻钱多？霄老板投资我们极光战队，那是多英明神武的决定！”

贺乐风立刻附和道：“呵呵……是是是……”

林烟的赛车技术确实挺好的，但这是全球联赛，贺乐风觉得，以霄尧的财力，其实完全可以投资其他更有实力的车队，就算是不投资国外的车队，国内还有H国赛车公会组建的一号战队以及那两支已经宣布将会代表H国征战全球联赛的老怪物车队。

这时，一旁的莫书昀开口："对了，你听说了吗，最近我刚得到的消息，光速车队和雷音车队也确定要参加比赛了。"

"这两支车队，不是据说好久都没消息了吗？"林烟道。

"是啊，听说这两支车队秘密训练了一年多，就是为了这次的全球联赛，实力估计比之前还要强悍！所以，我们这次要面对的不仅是国外的车队，还有国内的强队！"莫书昀面色凝重地说道。

贺乐风咕哝道："H国参加全球第三联赛的几个车队里，我们车队好像是实力最弱的……"

这时，齐枫从后面走了过来，他一边摘下头盔，一边开口："那也是没办法的事情，虽然赛车公会那边让林小姐随便挑人，但是，之前实力强的赛车手都已经被一号车队先挑完了。"

"像是D1车队的队长、K1车队的总队长，那些厉害的车手全都在一号战队。"

"我们车队参加第三联赛的队员名单定了没有？"林烟询问道。

虽说国内这些车手目前并不在她的考虑范围之内，但是，如果他们车队能多几个人闯入全球第一联赛，甚至全球第二联赛，他们极光战队的身价就会更高。

贺乐风忙拿着本子走过来，说道："差不多已经定了，除了烟姐你、莫队长、枫哥，还有云轩、周悦、郑旭冉、邵海成！烟姐你看一下，要是没什么问题的话，我们今天就公布名单了！"

"可以。"林烟点点头，有莫书昀把关，这份名单肯定没什么问题。

莫书昀拍了拍手，把所有人都叫过来集合开会。

"首先说一个好消息，霄老板追加投资了，所以大家不要有后顾之忧，只需要拼尽全力！"

听到莫书昀的话，众人顿时一阵欢呼。

虽然他们当初被迫来这里的时候都挺不乐意的，但是看林烟在H国赛车公会像是有后台的样子，极光战队也有全球第三联赛的入场资格，而更关键的是车队有钱，设备都很好，相处下来，莫书昀这个队长的管理能力也得到了他们的认可，所以这段时间他们都在努力争取这宝贵的七个全球第三联赛参赛资格。

"现在，我公布一下参加全球第三联赛人员的名单！"

莫书昀从贺乐风那里接过名单，先报了自己的名字，然后继续喊出其他人的名字："齐枫、云轩、周悦、郑旭冉、邵海成、林烟！"

被选上的人欢天喜地，没被选上的人都一脸失望，但是名单都是根据这段时间的测试成绩决定的，他们实力不够，没被选上也没办法。毕竟这是全球第三联赛，高手云集，就算是得到参赛资格去体验一下也是非常难得的机会。

“等等，我有问题。”这时，周悦站了出来。

“什么问题？说。”莫书昀看向周悦。

“对于其他人选我没什么意见，只是，林烟……”周悦目光质疑地朝着林烟看去。

莫书昀说：“林烟怎么了？有话就说！”

周悦有些不满地说：“我们几个都是通过这段时间的测试选出来的，可林烟三天两头不见人影，更是连一次测试都没有参加，凭什么她可以直接获得参赛资格？就算她是车队的老板，但是作为队员，总得凭实力说话吧！”

周悦的话得到了在场不少人的认同，尤其是那几个差一点点就选上的队员，心中都有点不服气。全球联赛可以说是所有赛车手心中的圣地，这样珍贵的参赛名额随便就给了一个人，他们自然不能接受。再说了，他们这些人哪个不是国内的顶尖车手？而林烟只是一个参加过几次比赛的新人。

“是啊，如果都这样不按照规矩来，以后车队岂不是乱套了？”

听着众人在那儿七嘴八舌地议论，齐枫走了出来，吼道：“喂，你们是把我放在哪里了？”

听到齐枫的话，一部分人没了声音。毕竟当初在定级赛上，林烟是赢了齐枫的，这说明林烟比齐枫强。按道理来说，齐枫都入选了，那么林烟入选也没有问题。

周悦脸色微沉，又说：“赛场上突发情况这么多，情况千变万化，赢了一次而已，又不代表每次都能赢！其他人可都是测试了无数遍才定下来的参赛选手！”

齐枫脸一黑，正要继续说，林烟就按住了他的肩膀。

“周悦是吧？”林烟开口。

“干什么？老板难道还不准人说实话？”周悦警惕地说道。

林烟笑了笑，说道：“没什么，我作为车队的队员之一，在这里确实要跟大家解释一下。因为我身兼数职而没能参加每次的训练，我跟大家道歉，这确实是我个人的问题。”林烟继续说道，“其次，作为车队的老板，我也要说一句：在我的车队，我从不要求以及规定大家每天要训练多少时间，用什么样的方式训练。毕竟赛车跟普通职业不同，我不需要看这些表面的东西。无论你们怎么训练，我只需要一个结果。那就是快！只要你们开得快，一切好说，就算是每天都不来都行！这是你们刚进车队的时候我就说过的。”

众人闻言，不出声了。林烟的话确实有道理。

“话虽然是这么说，但赛车本身是需要不断地艰苦训练的，你成天忙着演戏，一次都看不到你训练，哪里还有心思放在赛车上？”周悦面色不善。

林烟点点头，说道："周悦同学你这话也很有道理，所以，我希望在坐的诸位不要学习我，除非对自己的实力有足够的自信和清醒的认识，才可以这么做。"

听到林烟的话，周悦直接笑出了声，抱胸冷笑道："我说林烟，你这话说得也太自大了吧！对自己的实力有足够的自信和清醒的认知？你确定你有吗？不如林小姐也让我认知认知，下赛道跟我跑一场？"

林烟点点头说："可以。"

贺乐风见林烟今天脾气这么好，不仅费力解释，还有求必应要下场跟周悦比赛，满脸惊讶道："姐，你今天怎么这么好说话？"

要是在寻常，有这时间，她早就忙着赚钱去了。

林烟斜睨他一眼，说："我可是车队老板，车队最重要的是内部团结。要是弄散了，你赔我钱啊！"

贺乐风无语，腹诽：好吧，敢情最后还是为了赚钱。

周悦心里一直不太服气这个靠走后门上位的女演员，认为她能赢齐枫是偶然的运气所致，听到林烟答应了自己的提议，顿时踌躇满志。

旁边跟他相熟的同伴也笑着拍他的肩膀，劝说道："周悦，她毕竟是老板，待会儿你还是收敛点吧，别让老板输得太难看了！"

周悦笑了笑，说："抱歉，让我跑慢一点，这可有点强人所难。"

很快，两辆赛车同时停在了起点处。

林烟将头探出车窗，淡淡地开口："速战速决，跑一圈吧，比最快单圈速度。"

周悦应道："可以啊！老板，你要怎么比我都奉陪！"

嗡——悦耳的汽车引擎声响起，随后，开始的指令放下，两辆赛车瞬间冲出了起跑线。

"开始了开始了！"

"要不我们录个像吧！省得回头老板恼羞成怒输了把周悦开了！"

"对对对！快录像！"

几名队员一边笑闹一边录像，渐渐地，他们就盯着录像里的画面，有些笑不出来了。因为不到十秒钟的时间，林烟就跟周悦拉开了距离。

等他们再看的时候，画面里已经只剩下林烟，周悦被远远地甩在了后面。

五分四十八秒之后，林烟到达了终点。

"好……好快！"

"五分四十八秒？！这是我们所有人测试以来的最快单圈速度！"

"骗人的吧！这也太快了吧！比云轩那个怪物都快！"

这时，一直在旁边保持沉默的云轩突然从人群中挤了出来，站到了前面。

这段时间林烟虽然来的次数不多，但是她亲自帮云轩调试了赛车，还经常会看他的赛车录像，然后精准地帮他指出一些错误和问题。他的赛车水平从没进步这么快过，甚至一度超过了齐枫和莫书昀，这个车队的水平已经不能满足他。

他甚至以为自己也已经超越了林烟，但是，此刻他才发现，他简直错得离谱。

“噢噢噢噢——”

“帅！”

“太厉害了！”

……

众人虽然对林烟不满，但是他们看到她的赛车水平之后还是激动不已。

“看来林烟确实有两把刷子啊！”

“不然怎么可能在定级赛赢了齐枫！”

比赛结束，周悦落后了二十多秒。

看似也就几十秒的差距，但在比赛之中就算是短短一秒钟往往都是天差地别。多少赛车手穷尽一生可能都无法超越那一秒。

周悦直到下车都没回过神来，轻声喃喃道：“不可能……”

林烟看了周悦一眼，说道：“再来一次？”

周悦立马抬起头，毫不犹豫地应道：“好！”

他就不相信，这女人的运气能一直这么好！

很快，第二场比赛开始了。

“啊啊啊！天哪！林烟又刷新单圈最快纪录了！”

“这次是多久？”

“又快了三秒钟！”

“我听说，一队那边的最快单圈速度也就只有五分四十三秒吧！林烟的速度都快赶上一队了！”

……

到达终点之后，林烟并没有下车的意思，而是看向周悦问：“继续？”

林烟知道队里很多人不服她，今天她也有要立威的意思。否则，她这个老板，后面怕是不好继续管理车队。

周悦这会儿还恍惚着，听到林烟问他是不是要继续，就下意识地点了点头：“再来！”

然后，这虐心的第三场比赛又开始了。

第三次，林烟继续刷新纪录！

“林烟的速度已经超过一队了！超了半秒钟！”

“这女人怎么能越来越快！”

然后，是第四次……

第五次……

第六次……

……

林烟足足跟周悦比了八场，不仅连赢八场，而且每场的速度都越来越快。

周悦到最后已经输得两眼发花了。

无论他怎么跑都跑不赢，林烟就像是一座巨大的山峰挡在他的前面，不给他丝毫的机会。他参加比赛这么多年，从来没有过这么强大的压迫感！这个女人，太可怕了！

“还要继续吗？”林烟再一次看向周悦问道。

周悦这会儿全身都已经湿透了，回过神来之后赶紧摇头：“不，不用了！”

林烟爽快地点点头：“OK，那就到这里。”说完看向其他队员，“你们有想跟我切磋的，也可以提，我待会儿还有别的工作，现在还有一个小时的时间。”

其他队员面面相觑，同时后退好几步。

林烟的单圈最快速度都超过一队了，他们哪里敢啊！没看到周悦都被虐得精神恍惚了吗？简直连一点反击的余地都没有。

如果说赢齐枫那次是运气和巧合，那林烟今天连赢八场还能说是运气吗？

难怪她能拉到莫书昀和齐枫，还能让H国赛车公会破例让她组建车队参加全球第三联赛。

谁都没有想到，林烟的实力这么强，比她之前显露出来的还要强！凭林烟的实力，就算是到一队也足够了！就是不知道跟那两个超级豪门车队比会怎么样？

那两支老怪物车队封闭式训练了一年，目前所有的训练依旧在全程保密之中，没人知道他们现在的水平到了什么地步。

林烟见大家不说话了，这才开口：“那今天就到这里。”

对于每一场比赛，林烟都是认真对待，她对每一场比赛都有清醒的认知。全球第三联赛对她而言确实完全没有必要浪费时间，如果是让她有压力的比赛，她同样会不眠不休地训练。

当然，这些队员不了解内情，会有质疑，她也很理解。

“确定不继续了？”林烟看向周悦，再次问道。

周悦身体僵直，双腿发软，吓得差点眼前一黑，急忙道：“不……真的不用继续……老板，您口渴吗？我……我去给您倒杯水……”

其他队员们也赶紧回避林烟的眼神，就像是上课时怕被老师点名的学生，生怕被她喊到。

“老板！我……我们也去！”

“老板……您喝咖啡吗？”

“老板，我去给您买奶茶！”

“老板，您吃不吃冰淇淋？”

一群人各自找借口飞快地跑了个没影。

见状，林烟很是无语：“……”

“女神，你这……这也太强了吧！”莫书昀摸了摸鼻子，满脸惊讶，“没想到你平时还隐藏了一部分实力啊！”

贺乐风激动得满脸通红：“烟姐！你太厉害了！你知道吗，你的单圈最快速度已经超过一队了！我突然有了信心，说不定我们真的能跟那两支老怪物车队拼一拼，最后代表H国征战全球第二联赛！”

齐枫笑得最开心，林烟这八场比赛也总算是为他正名了。否则，平日里总有人故意嘲讽他，说他连个女人都跑不过。

莫书昀看了一眼不远处逃窜的队员们，作为队长，他好声好气地跟林烟商量道：“我说，咱能不能打个商量？”

林烟问：“怎么了？”

“以后，你对付自家人的时候，手下留情一点。你看，周悦都被你虐出心理阴影了。咱们好歹收敛一点！”莫书昀开口。

林烟摸了摸下巴，疑惑道：“我没收敛吗？我已经很收敛了啊，就怕打击到他们的自信心！”

“……”莫书昀、齐枫、贺乐风和周悦齐齐哑然。

这也叫收敛？她是说大话还是认真的？

贺乐风嘴角抽搐，似乎想要说什么，但硬是一个字都没敢说出口。

虽然他也觉得林烟这话有点夸张了，八成是在吹牛，但是，刚才林烟在赛场的时候，他只是作为旁观，都感受到了一股几乎要令人窒息的强大压迫感。没想到，烟姐认真起来的样子会这么可怕！

林烟的这八场比赛，不仅是立威，同时也给了其他队员很大的动力和希望。

原本他们就是抱着去全球第三联赛参观一下的心态，可是现在，他们搞不好真的能进全球第二联赛！

就算是名额有限，很多队员不能上场，只能作为替补，但只要极光战队进了第二联赛，他们的资历和身价都会有很大的提升！

车队这边的事情解决之后，林烟便准备离开。

刚准备走，一个人影就小心翼翼地从角落里追了上去：“烟……烟姐……”

“云轩？”林烟看向来人。

只见青年穿着车队统一定制的赛车服，天生浅亚麻色的头发略有些长，稍稍遮住了眼睛，那张比女孩子还要白皙精致的脸上挂着腼腆羞涩的笑。以这副谁都能欺负的模样，真是丝毫看不出他在赛场上会有那么令人惊艳的表现。

云轩是车队进步最快的一名队员。林烟虽然当初很看好他，但是没想到云轩的天赋比她想象中还要高。她心想：我真是捡到宝了！

“云轩！有事吗？”看到自家车队的种子选手，林烟顿时满脸笑容。

云轩有些社交障碍，不擅长跟人交流，见林烟突然对自己笑，顿时紧张得耳尖通红，手都不知道往哪里放了。

另一边，林烟看着云轩紧张的样子，不由得失笑：“到底怎么了？今天怎么这样紧张？我有那么可怕吗？”

云轩赶紧摇头：“不……不是……烟姐，我没有这个意思……”

“跟你开玩笑的，不急，你慢慢说。”林烟安抚道。

这孩子，平时的状态跟上赛道的状态真是天差地别。

最后，云轩努力了好半天，憋红了脸，才终于紧张不已地开口：“烟姐，你……你……能……能不能……”

林烟问：“能不能什么？”

不远处，贺乐风瞧见云轩跟林烟单独站在一块儿，云轩还紧张得满脸通红的模样，顿时八卦不已地躲在一旁偷看起来。

走在后面的莫书昀敲了敲他的脑袋，问道：“你鬼鬼祟祟地干吗呢？”

“是云轩。他那么闷的一个人，能发短信绝不说话，一天恨不得一个字都不说，除了他那辆车，任何人都不接触，居然主动去找烟姐说话了！”贺乐风说道。

莫书昀不解：“那又怎样？”

“我看那小子状态不对，他……他该不会是要对我姐告白吧？！”贺乐风一拍大腿，猜测道。

莫书昀被贺乐风的脑回路惊到了，吐槽：“你是不是想太多了？”

“我想太多？你自己看啊！不是告白，他那么紧张干吗？居然还脸红！他虽然说话结巴，可从来不会紧张成这样！绝对有猫腻！这小子沉迷赛车无法自拔，该不会是刚才被我姐的车技给惊艳到了，爱上我姐了吧！”贺乐风信心满满地分析道。

莫书昀瞅着不远处的两个人，摸了摸下巴，虽然贺乐风有点神经兮兮的，但是林烟和云轩俊男美女站在一起，还真有点冒粉红泡泡。

“队长，你也不管管！”贺乐风焦急不已，“这小子，我以为是个闷葫芦，没想到胆大包天，连我姐的主意都敢打！”

莫书昀白了他一眼，说道：“我管人家训练就算了，还能管人家谈恋爱？”

“都快比赛了，谈恋爱多影响训练啊！不行，队长，这事儿你必须得管！这可关系着咱们车队的未来！”贺乐风说着就撸起袖子，“你不去我去！臭小子！敢打我姐的主意！”

就在他准备冲出去的时候，耳边传来云轩鼓起勇气的声音——

“烟姐，你能不能……能不能收我为徒？”

云轩紧张得满头是汗，似乎是用尽了全身的力气才说出这句话。

“啊？”

这下，不仅是贺乐风和莫书昀愣了，林烟也是一愣。

云轩话刚说完勇气就没了，像个泄了气的皮球又赶紧摆手：“我……我就是随便说说的……对不起……我太……太冒昧了……”

林烟心有余悸地拍了拍胸口，说：“吓死我了，你原来是想拜师啊……我还以为……”

似乎是为了缓解尴尬，贺乐风转头看向莫书昀道：“你看吧，烟姐也以为那小子是想告白，不是我多想了！”

继而听到林烟说：“我还以为你是要跟我借钱呢！”

“……”贺乐风顿时无语了。

莫书昀腹诽：我觉得你们姐弟俩想得都挺多的！

手里打包好的奶茶包装袋都快被揪烂了，云轩急忙解释道：“不……不是的……车队给我的工资够用……我……我还有多……不是借钱……”

林烟想了想，她好像很久都没有收徒了。之前，浪蟒、屠夫、孙烁然他们几个，一个比一个不让人省心，不知道多能给她惹事，简直让她心力交瘁。

浪蟒是浪到飞起，屠夫太过好斗，孙烁然成天被女人骗，也就老二还稳重一点。但他也仅限于在她这个师父面前稳重一点，平时特别喜欢欺负、挑衅几个师兄弟，其他人天天找她告状，成天闹得鸡犬不宁……总之，林烟在收完孙烁然这个徒弟之后，就已经发过誓再也不收徒弟了。

云轩似乎看出了林烟的犹豫，努力扯出一抹笑容，开口：“烟姐，对不起……我就这么随便一说……你……你不要放在心上……”

林烟朝面前的青年看去。云轩今年才二十岁，年纪轻轻加上这样的天赋，前途不可限量。

很多赛车手的性子都比较火爆，但云轩异常安静温和，来车队之后没有惹过一次事，训练也特别刻苦。

说真的，对这种难得一遇的好苗子，林烟其实是有些心动的。若是他能遇到一个好师父，说不定将来的成就不会低于浪蟒他们几个。但是，万一他自己走了歪路，就太可惜了。当然了，最重要的还是……他够乖。

徒弟嘛，那几个反正都出师了，不管也罢，再收一个听话的就是了。下一个更好，下一个更乖！

林烟仔细考虑了良久，最后看向面前强掩着失望的云轩，笑着开口：“你就这么拜师的吗？连杯茶也没准备？”

云轩似乎是不敢相信自己的耳朵，惊讶道：“烟姐……你……你的意思是……”

林烟轻笑：“如果你不嫌弃我，是真心想要拜我为师的话，你这个徒弟我就收下了！”

云轩激动不已地开口：“怎么可能嫌弃！我是认真的！茶……我去找茶……”

云轩慌慌张张地，差点一头撞到墙上。林烟无奈地一把抓住他的后衣领，避免了他的脑袋跟墙壁亲密接触。

随后，她从云轩手里把他提着的奶茶给拿了过来，吸管一插，直接喝了一口，说：“OK！从现在开始，你就是我的徒弟了！”

“可，这是奶茶……”云轩呆呆地说道。

林烟无所谓地说：“是茶不就行了！”

没想到林烟就这么答应了自己，云轩看着那杯奶茶，似乎还有些不敢相信这是真的，眼尾微微有些泛红：“烟姐……我……”

林烟：“嗯？”

云轩赶紧改口：“师父！”

“谢谢！谢谢师父愿意收我！我一定不会让您失望的，也绝对不会让您为今天所做的这个决定后悔！”云轩难得说话没有结巴。

“乖。”林烟看着云轩这副乖巧的模样，越看越舒心，这才应该是徒弟正确的打开方式嘛！

不远处，贺乐风再也忍不住了，赶紧从后面冲了出来，吼道：“你这个臭小子，也太有心机了吧！我以为你是要跟我姐告白！结果，你更过分，居然是要拜师！姐！你真要收这小子为徒啊！”

“不收他，难道还收你吗？”林烟挑眉道，“等等，告白？你这是什么神奇的脑回路！正常情况下，这个表现不应该是借钱吗？”

旁边的莫书昀腹诽：你的脑回路也没好到哪里去！

“为什么不能收我？怎么也该有个先来后到吧！而且，我可是你弟弟！凭什么被他抢了先！”贺乐风哭丧着脸。

“别说你是我弟弟了，你就算是我儿子，我也不可能收你！你姐姐我还想多活两年呢！”

林烟没搭理贺乐风的哀嚎抗议，又看向莫书昀道：“莫队，云轩这星期留出三天时间给我，我给他做个特训。”

莫书昀笑道：“OK！你要人我哪敢不给，让他全天跟着你都行！”

云轩立即点头：“好！”

林烟失笑：“他逗你呢，哪用全天跟着我，回头训练的时候我会提前跟你说的！”

收了个乖巧懂事又听话的徒弟，林烟心情挺不错，特意抽空登录了她已经好久没有登录的网名是“Yeva”的国外社交账号，在朋友圈发了一条动态。

下一个更好，下一个更乖^_^

知道林烟国外私人社交账号的人不多，大部分都是车队的人以及她的徒弟和徒孙们。

这条动态一发出来，最先炸锅的就是那群徒弟们。

浪蟒：天哪！师父，您终于出现了！你知不知道我等你等得海枯石烂！全球联赛马上就要开始了！师父！都两年了！您真的还不回来吗？师父，今年全球联赛是在H国举行，我们很快就准备出发去H国比赛了，师父您现在还在H国吗？我要去见你啊啊啊！

死亡屠夫：我更关心这句“下一个更好，下一个更乖”是什么意思？

孙烁然：为什么我莫名地有种不太好的预感……

K：师父，你该不会是……外面有狗了吧？收新徒弟了？

浪蟒：不会吧！师父不可能的！老二你个乌鸦嘴！×××××××别瞎说，我×××你个××××××××！

孙烁然：师父明明说我是她最后一个徒弟，不会再收别人了！说不定师父只是新交了一个男朋友呢！

K：以师父的情商，你觉得她是新收一个徒弟的可能性大还是新交一个男朋友的可能性大？

孙烁然：师父交男朋友不太可能，好，好像是新收一个徒弟的可能性大！

……

林烟随手刷新了一下，发现这群孩子居然在她那条朋友圈下面聊起来了，不仅如此，居然还低估她的情商？

她的情商怎么了？她不仅新收了徒弟，还新交了男朋友呢！

到时候她一定要偷偷带着男朋友，亮瞎这些兔崽子的双眼！

全球联赛……是啊！全球联赛就要开始了，到时候那些熊孩子肯定要过来找她，别又闹出什么幺蛾子来。

离开车队之后，林烟在多多的陪同下去参加了一个活动。

活动快结束的时候，她看到了裴聿城给她发的短信。

裴聿城：晚上要一起吃饭吗?

林烟：好啊！可是……小礼怎么办?

裴聿城：带孩子一起。

林烟：好啊好啊！

裴聿城：我们在地下停车场等你。

林烟从VIP通道下到负三楼的地下停车场。

多多一路走，一路在耳边跟她碎碎念："刚才那个乔可瑄什么意思啊？明明人家主办方是安排你压轴出场的，她磨磨蹭蹭地非要拖到最后，抢了你的压轴！"

林烟摆摆手，无所谓地说道："哎呀！我赶着吃饭呢！早点出场不是更好！"

多多瞪她一眼，怒其不争道："你能不能长点心？！现在你的咖位越来越高，资源也越来越好，等《传奇》一播出，肯定会更火。你已经威胁到了她的位置，所以她一直在暗地里想方设法打压你！而且，我看她最近跟林书雅走得挺近的，不知道又在盘算着什么！"

林烟揉了揉多多的小脸蛋，安慰道："你看你，成天担心这担心那，都快成小老太太了！放心好了，不管她们暗地里做了什么，这巅峰娱乐，还没人能动到我头上来。"

多多闻言叹气："你别以为有裴南絮撑腰就没事，就是因为他，我才更担心呢！"

虽然林烟有裴南絮那层关系，但乔可瑄的后台是太子爷裴宇堂，所以这么多年她的地位一直都很稳固。而糟糕的是，林烟跟裴南絮之间的关系是非常危险的，一旦被爆料出去，她就完了。裴南絮那些粉丝绝对能把她挫骨扬灰。

自从确定林烟跟裴南絮在秘密交往之后，多多每天都心惊胆战，如同走在高空的钢丝线上。

这孩子，怎么还以为她跟裴南絮有什么呢?

林烟正要开口说话，这时，一个小小的身影突然朝着她飞奔过来："姐姐——"

"小礼！"看到萌萌软软的小家伙，林烟顿时满脸微笑，什么烦恼、疲惫都抛在了脑后。

"姐姐，小礼好想你！"小家伙看到她，满眼都是光亮，如同拥有了全世界一般的喜悦。

好像是不太习惯说这样的话，小家伙的耳尖红红的，小脸上也有几分赧然。

林烟都快被萌化了，她摸了摸小家伙的脑袋，温柔地说道："姐姐也想你啊！等下姐姐带你去吃大餐！"

明明她平时不怎么喜欢小孩子的，怎么就这么喜欢这个萍水相逢的小家伙呢！

与此同时，林烟身后的多多盯着突然出现的小奶娃，已经吓得整个人都快风化了。

"这孩子是……"不等林烟介绍，多多突然尖叫一声，"天哪！"

"你怎么了？"林烟一脸迷茫。

多多一把将林烟拉到一边，一边疯狂摇晃着她一边急切地问道："你，你你你……烟姐！这……这该不会是你跟裴南絮的私生子吧？！"

林烟满头问号："请问，这么可怕的想法，你是从哪里来的？"

多多一边偷偷朝着那孩子看去，一边有些语无伦次地开口："不是吗……这孩子的眼睛长得跟你这么像，嘴巴和眉毛又跟裴南絮有几分神似……"

林烟扶额："拜托！这孩子这么可爱，哪里跟我像了？跟裴南絮更不……呃……"

说着，林烟朝小礼看了一眼，发现他好像跟裴南絮是有点点相似的样子……

但是，长得好看的人有某些方面的相似，不是很正常吗！

林烟赶紧摇摇头说："多多！你想太多了好吗！这是我车队老板他一个朋友家的孩子，父母都不在身边，所以拜托我照顾几天！"

多多满脸怀疑："你当我傻吗？你天天忙着赚钱，走通告间隙的那几分钟都要拿出来代练一把游戏赚外快，你会这么闲帮别人带孩子？你老实交代，你跟这孩子到底是什么关系？！"

林烟说："老板给我一个月十万块辛苦费！"

"呃……"多多顿时哑口无言。

"你还有啥要问的吗？"

多多沉默了好半天才开口："演员、赛车手、歌手、游戏代练，现在还干起了保姆！你这跨界是不是太大了？"

不想当赛车手的演员，不是好保姆？

林烟瞄了她一眼，用理所当然的语气说道："有钱干吗不赚！"

"所以，你还真是帮别人带孩子啊……"多多咕哝着，反思自己是不是有点反应过激了，"可是，真的跟你长得有点像，你跟这孩子站在一起像是母子俩……"

"我跟姐姐站在一起，应该是像姐弟才对！"

这时，身后传来裴礼奶声奶气的声音。

林烟闻言顿时心花怒放，揉了揉裴礼的脑袋，夸赞道：“哈哈哈，小礼乖！”然后，她又看向多多，说道，“你看人家孩子，多会说话啊！”

多多看林烟这态度，确实不像是心虚的样子，也不好再说什么。如果真是私生子，她应该也不敢这么光明正大地带出来。

“不过，这孩子长得还真是可爱，这眼睛也太漂亮了吧！他爸妈基因得该有多好，才能生出这么漂亮的孩子！我感觉就算是以你跟裴南絮的基因，都不一定生得出来！”多多盯着裴礼的小脸，忍不住夸道。

“那是当然了！”林烟听到多多夸小礼，自己也莫名地感觉特别自豪。

多多又叹了口气，说：“那你带着孩子小心一点，别被拍到了！”

“知道啦知道啦！你快回去吧！我要带小礼去吃饭了！”

Part 31

照顾孩子，本来就应该是两个人的事情，
没有什么帮不帮忙、麻不麻烦。

♥

钱多多离开之后，裴聿城才从对面一辆黑色的车子里走了下来。

林烟有些不好意思地说："对不起，等很久了吧！"

裴聿城说："没事。"

林烟忍不住跟裴聿城吐槽："多多最近有点神经兮兮的，她刚才居然怀疑小礼是我跟裴南絮的私生子！"

裴聿城很无语："……"

"她还说小礼的眼睛长得和我很像，眉毛、嘴巴跟裴南絮神似，哪里像了啊……"林烟边说边叹气，"我要是能有一个这么可爱的儿子，我不得开心死啊！"

听着林烟的话，裴礼的小脸上满是欣喜。

但旋即，他眸子里的光亮瞬间又黯淡下去。妈妈喜欢的，是可爱的孩子……如果妈妈知道他真正的模样，一定不会再喜欢他了。

所以，绝对……绝对不可以让妈妈发现……

裴聿城闻言，扶了扶眼镜，问道："你不是想要女儿吗？"

林烟反问："啊？谁说的？"

裴聿城说："上次我问你想要几个孩子，儿子还是女儿。你说，一个，女儿。"

听到裴聿城的话，裴礼立即朝着林烟看去，眸底满是紧张。

林烟这才回想起之前自己说的话，她好像确实说过，只想要一个孩子，而且想要个女儿。

紧接着，她轻咳一声，说道："要是跟小礼一样可爱，儿子也行啊！两个都行！"

裴聿城眉梢轻扬，继续问道："那女儿还要吗？"

林烟挠挠脑袋，说："女儿也挺好啊！"

裴聿城点头："嗯，你想要，都可以。"

嗯？等等，不对！裴聿城干吗这么认真地问她这种问题，搞得他们好像真的在做未来的生育计划似的，甚至好像他们真的有两个儿子似的。

"姐姐，你以后想生一个小妹妹吗？"裴礼看向林烟问道。

林烟失笑道："刚才就是随便聊聊的，我还没考虑这么长远。"

裴礼朝着裴聿城的方向看了一眼，随即面色认真地对林烟说道："姐姐，如果你想要生一个小妹妹，我觉得宝宝的基因很重要。当然了，姐姐你的基因特别好，但是，爸爸的基因也很重要。"

裴礼特意加重了"爸爸的基因"几个字的语气。

林烟看着小家伙一本正经的样子，有些好笑地说："嗯，你说的有道理，所以啊，你看我这不就找了一个基因特别好的吗。"

说到这里，林烟还真想象了一下以后她和裴聿城的孩子会长什么样。

裴礼原本是提醒林烟的，没想到直接被她堵了回去。

裴聿城听到这一句，镜片后的眸子里不由得浮现一抹笑意。

与此同时，M国，裴氏总部。

小花园里，一个粉雕玉琢的小男孩正无精打采地托着下巴坐在椅子上，时不时朝院门口的方向看去。

不一会儿，一个穿着管家制服的青年行色匆匆地走了过来。

"你怎么才来啊？"小家伙看到青年，满脸的不悦，"你这次迟到了整整半个小时！"

"对……对不起，少爷！"青年战战兢兢地认错。

"还不快拿过来！"小家伙迫不及待地盯着他手里的东西。

青年怀里抱着一台昂贵的超高清相机，神色有些慌张地说道："少……少爷……不如你等我把照片整理一下再给您看吧？"

小家伙的脸色顿时黑了下来："元宝，你今天话怎么这么多？"

说话间，小家伙已经站在青年的跟前，夺过了他怀里的相机。随后，他心满意足地坐回躺椅上，开始翻里面的照片。

相机里所有的照片都是同一个女人，照片的像素很高，清晰到连一根头发丝都可以看清。

"妈妈真好看！"小家伙难得露出小孩子的模样，捧着小脸蛋，一会儿开心，一会儿又失落，"妈妈，你忘了爸爸，忘了裴礼就算了，为什么要连我都一起忘了……我这么可爱……”

青年内心狂乱：可……可爱？可怕还差不多吧……

裴乾在看照片的时候，青年一直神色慌张地瞄着他的反应，似乎生怕他发现什么。

“元宝，你这么紧张做什么？做了什么亏心事吗？”裴乾似乎发现了青年的慌乱，冷着脸问道。

青年一听，赶紧摇头解释道：“没有没有！少爷，我怎么敢！我只是害怕聿爷他发现……”

裴乾冷哼一声：“就算他发现了又怎样，我都已经答应了不去打扰妈妈，现在只是想看看妈妈的照片难道都不行吗？”

“不是……我没有那个意思……”青年弱弱地说道。

“看在你拍得不错的分上，我就原谅你了！比那些狗仔拍得好多了！”

裴乾一张一张仔仔细细地看完之后，把相机递给青年。

为了防止被父亲发现，每次他都要看完照片就删掉。

青年见裴乾似乎没有发现什么，这才松了口气。

“等等！”

然而，就在青年准备接相机的瞬间，裴乾猛地又将相机收了回去。

青年吓得腿一抖：“少爷，怎么了？”

“这是什么？”裴乾将其中一张照片放大，随后死死地盯着别墅门内的一个影子问道。

青年定睛看去，发现是一个小小的影子以及一个侧影。

糟糕！

青年管家强压下慌乱，说：“少爷，应该只是影子吧？”

裴乾磨着牙说：“影子！？裴礼的影子吧！”

管家内心泪流不止：不是吧，这都能认出来？

裴乾气得小巴掌一拍，一下子把旁边的玻璃桌子给拍裂了：“别说是一个影子，一个侧身，他就算化成灰我也认识！你给我老实交代，到底是怎么回事！为什么那混蛋会在妈妈身边？”

管家吓得都快哭了：“我……我不知道……我真的不知道啊……”

裴乾死死地捏着拳头：“所以，你一开始就拍到了裴礼对不对？你故意把有裴礼的照片全部删掉了，怕我发现。只可惜漏了一张，还是被我发现了！我说你今天怎么这么紧张呢！原来是有事情瞒着我！”

说着，裴乾气得团团转，如同一只着火的风火轮。

管家没想到他这么聪明，甚至能从一张遗漏的照片上的影子发现裴礼。

不一会儿，整个花园就遭了殃。

“凭什么！凭什么裴礼可以去找妈妈！我却不可以！我乖乖听话，忍了这么久，你们居然全都瞒着我！让裴礼去见妈妈！却不让我去见！”

“少爷，您冷静……冷静……”管家急得连滚带爬地跟在后面，差点被一个飞过来的石凳子砸到脑袋。

“冷静！你让我怎么冷静！大骗子！只知道让我乖！只知道威胁我！只知道不让我见妈妈！却背着我让裴礼见妈妈！凭什么让裴礼见妈妈，不让我见！凭什么让裴礼见妈妈，不让我见！凭！什！么！”

……

青年一边躲着裴乾扔的各种东西，一边狼狈地追在后面。

完了完了，小魔头彻底暴走了！

林烟正准备和裴聿城一起带着裴礼去吃饭，这时，手机铃声突然响了起来。

来电显示：霄老板

“等下，我接个电话。”看到是财神爷打来的电话，林烟忙接了起来，“喂，老板！您找我？”

手机那头传来霄尧的声音：“小礼怎么样？”

林烟心想：原来是关心侄子啊，真是难得！

她连忙回答道：“小礼啊，老板您放心，他挺好的。昨晚担心他会害怕，我是带着他一起睡的。这会儿我刚收工，正准备带他去吃饭呢！”

霄尧说：“一起吧。”

“啊？”什么一起？林烟一时没反应过来霄尧的意思。

“一起吃饭。我担心小礼不适应，过去看看他。”霄尧回道。

林烟语速放缓、开始拖延，说：“您想看看小礼，要过来一起吃饭啊！可以当然是可以，只是……”

她心想：霄尧的说辞没有任何问题，相当合理，只是，她是和裴聿城一起的啊！

林烟下意识地朝裴聿城看去，指了指手机，用口型对裴聿城说道：“我们老板，要过来一起吃饭，怎么办？”

裴礼仰着小脑袋朝林烟看去，表情有些期待地开口：“姐姐，是霄叔叔吗？我想霄叔叔了。”

说完，裴礼还故意朝着裴聿城看了一眼，似乎想知道他的反应。

听到裴礼这么说，林烟更加不好拒绝了，又说：“是啊，你叔叔很记挂你，想过来陪你吃饭呢！”

裴聿城镜片后的眸子没有任何波澜，风轻云淡地开口：“那就一起，我没关系。”

裴礼见裴聿城的神色完全没有他意想之中的暴怒，更没有丝毫生气的迹象，眸底不由得划过一抹错愕。

如果不是因为他精神力强大，能识破任何伪装，确认眼前这个人就是他的父亲，他甚至都要怀疑他是不是别人假装的。毕竟他亲眼见识过从前他那位父亲，是怎样独断专行、喜怒无常的。仅仅时隔两年，他没想到裴聿城的变化会这么大。

在决定出现在妈妈面前的时候，他就已经做好了一切最坏的打算，万万没想到裴聿城的表现完全出乎了他的意料。

如果说昨晚只是因为碍于妈妈在场，他才没有发作，那后来妈妈去上班了，他们单独相处的时候，他完全是有机会的。但是，他依旧什么都没做，甚至还真的信守承诺，带他来一起接妈妈下班了。甚至现在，裴聿城明知道他是故意选择跟霄尧合作，故意要联合霄尧来抢妈妈的，他竟然还是没有任何反应。

这实在是太不可思议了！

这个男人到底打的什么主意？

因为这种强烈的不确定，裴礼第一次生出了不安的感觉。

裴聿城答应之后，林烟便问手机那头的霄尧：“老板，你要过来一起吃饭，当然是可以的，不过我男朋友也在，您方便吗？”

“方便。”霄尧答道。

林烟说：“那行，我把待会儿吃饭的地点发给你吧！您直接过来就好！”

很快，林烟和裴聿城带着裴礼一起到了吃饭的地方。

霄尧的公司距离他们吃饭的地方很近，最多十分钟就到了，所以他们就只点了些饮料和点心，准备等霄尧过来了再一起点菜。

林烟把菜单递给裴礼，说：“小礼，你先看下菜单，看看有没有什么喜欢吃的东西。”

“姐姐你来点吧，我都可以的。”

林烟看着小家伙乖巧的样子，真是越看越喜欢。

这孩子真是人如其名，太有礼貌了，难怪叫小礼呢！只是还不知道这孩子姓什么？

听霄尧说不知道小礼的父亲是谁，所以林烟自然不会去问这个问题。

三人等了大概有半个小时，霄尧还没到。林烟估摸着是不是路上堵车了，考虑他这会儿应该在开车，她就没打电话问。

接着，三人又等了十分钟，霄尧还没到。林烟只好给他发了个语音，问他什么时候到。

霄尧回复说马上就到了，于是林烟继续等。

结果，这一等……就又等了小半个小时……

“什么情况啊……再怎么堵车这也该到了吧？”

于是，林烟第二次发信息过去，问他什么时候到。

霄尧又回了她一句“快了”。

“是不是路上有什么事情耽搁了？”

林烟捏了捏眉心，他和裴聿城两个大人等等倒是无所谓，别把小礼一个孩子给饿着了。

“先把小礼吃的点了，让孩子先吃饭吧！别饿着了！”林烟开口。

“好。”裴聿城点头。

裴礼却善解人意地说：“姐姐，我没关系的，我可以等，霄叔叔不是说马上就到了吗？”

林烟摸了摸小家伙的脑袋，说道：“我们等一会儿没关系，但你是小孩子，还是长身体的时候，不可以饿的。没事，你点了先吃，你霄叔叔也不会介意的。”

裴礼垂眸不言，脸色有些发沉，他也没想到霄尧居然会迟到这么久。

约女孩子吃饭迟到这么久，这种事霄纪或许能做得出来，但是依照霄尧的性子，不应该会犯这种低级错误才对，难道真是有什么重要的事情耽误了？

最后，林烟还是坚持让裴礼先把菜点了，然后继续等霄尧。

又等了一会儿还没见人，林烟只能继续发信息：老板，您人在哪儿，不会出什么事儿了吧？

霄尧很快回复：没事，我快到了。

林烟只好用语音回道：“好吧……”

又过了半个小时，他们的菜都快上齐了，霄尧终于到了。

因为林烟是带着裴礼坐在一边的，裴聿城单独坐在对面。所以，霄尧来了之后，只能坐在裴聿城旁边的位置上。

两个男人，一个戴着金丝眼镜，清冷矜贵，慵懒淡漠；一个西装革履，面无表情，两个人对视一眼，算是打过招呼了，随后就这么一起坐在了林烟的对面。

霄尧出现的瞬间，林烟莫名地有种空气中噼里啪啦冒出无形火花的错觉。

她看了眼手机上的时间，霄尧足足迟到了两个小时，担心他是不是路上出了什么事，于是问道：“老板，你怎么这么久！该不会是路上出车祸了吧？”

霄尧说：“没有。”

林烟又问：“那是中途有什么其他事情耽搁了？”

裴礼也朝着霄尧看去，有什么事情比见他妈妈更重要？

霄尧又说：“没有。”

林烟继续问：“那是出什么事情了？”

霄尧抬眸朝着林烟看了一眼，说：“没什么事，我迷路了。”

林烟满头黑线，简直无语。

迷路了……他居然又迷路了！重点是，这么近啊！只有十分钟的路程啊！居然都能迷路？

林烟第一次见到他的时候，他就在迷路。后来，记得上次她去救星沉，自己没把握，就找了霄尧帮忙。结果，最后还是她自己把黑衣人打跑的，等了一整个晚上都没能等到他。也是因为他迷路了，所以找了一夜。

林烟长叹了口气，无奈地说："这么近怎么会迷路？而且，我不是给你发定位了吗？"

霄尧面无表情地开口："迷路只是意外，和定位无关。"

林烟简直要投降了："呵呵……这对话……您有没有觉得很熟悉……"

林烟腹诽：您上次也是这么跟我说的！一模一样的话！

她旁边的裴礼小脸也有些变色。裴礼显然没想到，看似各方面都很完美的霄尧，居然会是个如此严重的路痴。没办法，人都已经选了，裴礼只能出声打破了这尴尬的气氛。

"姐姐，霄叔叔，你们一定饿了，赶紧点东西吃吧。"

林烟这才感觉到肚子已经咕咕叫，忙拿起菜单，说道："快点菜快点菜，好饿！"

桌上只有两个菜单，林烟自己拿了一个，把另一个给了霄尧和裴聿城，问道："你们俩看一个？"

好像哪里怪怪的……

"不用了，你帮我点。"裴聿城开口。

林烟问："你不用自己点些想吃的吗？"

裴聿城说："你知道我的口味，你点吧。"

裴聿城的口味？她知道吗？

对哦，裴聿城吃不出味道来，所以他的口味就是啥口味都行。

虽然林烟是这么想的，霄尧和裴礼却不知道，这话听在他们的耳朵里显得好似林烟和裴聿城已经非常亲密，亲密到了解他对食物的所有喜恶。

"这里的鸡尾酒不错，你可以尝尝。"霄尧开口。

林烟立即来了精神："好啊好啊！"

今天裴聿城也在，他可以开车。

裴聿城看了林烟一眼，说道："你今天不可以喝酒。"

"为什么？你可以帮我开车！"林烟知道裴聿城不喝酒。

裴聿城喝了口柠檬水，神态自若地说道："今天是你生理期，不宜饮酒。"

霄尧和裴礼顿时目瞪口呆："……"

林烟一愣，忙问："你……你怎么知道？！"

裴聿城反问："我知道很奇怪吗？"

林烟想了想，之前好像有一次裴聿城附身的时候，她大姨妈正好来了，他应该是那个时候记住了她生理期的日子？

"哦，那好吧……"林烟只能遗憾地说道。

虽然裴聿城平时非常温柔，但是在一些原则性的问题上态度还是很强硬的。

裴礼眼见情况不对，不由得脸色更沉了。事情的发展跟他想象中的完全不一样！好不容易撮合了霄尧和妈妈，他可不是来看他爹秀恩爱、塞狗粮的！

除了林烟之外，桌上的三人可谓是各怀心思。

一时之间，现场气氛有些尴尬。

沉默良久之后，裴礼开口："姐姐，霄叔叔做饭很好吃的，下次让霄叔叔做饭给你吃吧。"

林烟有些意外："老板你居然还会做饭？"

"还可以。"霄尧开口。

"不过还是算了，我哪敢让老板给我做饭吃！"林烟笑道。

裴礼连忙开口："姐姐，男孩子给女孩子做饭是应该的！"说着，他又朝对面的裴聿城看了一眼，问道，"裴叔叔，你会做饭吗？"

这可真是个危险的问题……

裴聿城说："还可以。"

"……"林烟很无语。

裴聿城说着，目光与儿子微微一对，继续说道："下次我可以做给你们吃。"

裴礼不甘示弱地看过去，说："好啊，希望裴叔叔不只是嘴上说说。"

林烟顿时被柠檬水呛到，默默扶额朝着裴礼看去，宝贝儿啊，你知道你给自己挖了一个多大的坑吗？

这顿饭姑且算是相安无事地吃完了。

"我来买单吧。"买单的时候，霄尧主动付了账。

林烟顿时眼睛一亮，殷勤地说道："谢谢老板！老板，你实在是太大方了！"

裴礼见状，面色稍微好了一些。还好，大方这一点，霄尧做得足够到位，而这也是非常能吸引妈妈的优点。

三人走出餐厅，正等人把车开过来，这时，对面的商场大屏幕上正播放着一则比较火的娱乐新闻。

"本年度H国财富榜新鲜出炉！JM集团CEO裴聿城蝉联榜首，再次排名财富榜NO.1！说起H国最有钱的男人，那一定非裴聿城莫属。自两年前开始，JM集团近乎疯狂地扩大商业版图，其业务遍布……"

突然在电视上看到男朋友的八卦，林烟感觉还真有点神奇。

虽然裴氏集团是H国的顶级财阀，但平时裴聿城极其低调，很少在公开场合露面，也从不接受媒体的采访，除非是一些特别重大的商务活动才有一些报道出来。没有媒体敢报道裴聿城的私人信息，他唯一一张出圈的照片还是从裴南絮那里不小心传出去的。

关于裴聿城的个人财富，媒体未经JM集团公关的允许，也极少敢多加报道。所以，林烟虽然知道裴聿城很有钱，但还是第一次知道，他居然是H国首富，而且还是蝉联多届！

刹那间，林烟看向裴聿城的时候，感觉他整个人仿佛在闪闪发光，犹如一尊活生生的财神爷！

一旁的裴礼刚缓和一点的表情，在看到这则八卦新闻之后，顿时又沉了下来。他甚至有些怀疑，裴聿城是不是故意的？

林烟仰头看着对面大屏幕上的新闻，满脸遗憾地说道："裴聿城，你知道我的梦想是什么吗？"

裴聿城问："什么？"

"我的梦想是努力赚钱！我可是要成为首富的女人！只是没想到，这首富却被你抢了！"说完，林烟还叹了口气。

裴聿城朝着林烟看了一眼，眉梢轻扬，眸底满是温柔之色："你已经是了。"

巅峰娱乐，楚嘉尧的办公室。

乔可瑄似乎刚参加完活动赶过来，身着一袭无比华丽的重工礼服，坐在楚嘉尧对面的沙发上，面色微冷。

一旁穿着香槟色套装的经纪人脸色也不太好看，她看向楚嘉尧，板着脸开口："老板，您这是什么意思？今天的活动居然让林烟压轴出场？把我们可瑄放在哪里了？"

楚嘉尧一副笑面虎的模样，打着圆场道："郑总监，让林烟压轴出场，这不是公司决定的，而是人家活动方的要求。"

"公司难道不应该维护可瑄的利益吗？竟然让林烟一个新人压到了可瑄的头上，传出去我们可瑄的脸面往哪儿放！"郑思婕怒气冲冲地说道。

"郑总监，相信你也清楚，这是金主的要求，即使是公司也是无法改变的。如果可瑄不满这个出场顺序，担心降低自己的咖位，也可以不参加的嘛！"楚嘉尧说道。

郑思婕气极了，这么重要的活动，多少明星挤破了头去争取，可瑄怎么可能不参加！但偏偏她又无法反驳楚嘉尧的话，以这次主办方的来头，巅峰娱乐确实无法左右主办方的决定。

“而且我听说，今天压轴出场的，最后不还是可瑄嘛！”楚嘉尧继续打圆场。

楚嘉尧不提还好，一提起这个，乔可瑄的脸色更难看了。

为了这个压轴出场，害得她足足多等了半个多小时，以她的咖位和背景，什么时候受过这种气？

一旁的经纪人郑思婕立即怒道：“楚总，您这是在故意装不懂吗？今天要不是我帮着可瑄据理力争，硬是让可瑄熬着不上台，她能最后压轴出场吗？以往可瑄哪次不是压轴的？什么时候受过这种委屈！”郑思婕这段时间的憋屈此刻全都爆发了出来，“好，就算是这次的活动不算，最近公司的资源分配呢？以前公司的资源都是任由可瑄挑选的，现在却把那么多顶级资源都分给了林烟！上周的杂志封面，上上周的联合国会议，还有公司自制的那部大女主戏，明明是可瑄先看上的，最后为什么也给了林烟？”

楚嘉尧捏了捏眉心，解释道：“那些资源，确实是因为林烟的形象比较合适，那部戏的女主也是导演经过正规试镜后选出来的。”

郑思婕双臂环胸道：“楚总的意思难道是说，可瑄连林烟都不如？”

楚嘉尧嘴角微抽，乔可瑄的业务能力，本来就不如林烟。

林烟来巅峰娱乐之后，所展现出的各项业务能力都特别强，还是个工作狂。就算是撇去跟裴聿城之间的那层关系，楚嘉尧作为老板，也是非常喜欢这样的员工的。郑思婕告状的这些资源全都是林烟凭自己的能力拿到的，他还真没有给林烟开过什么后门。

只是，没办法，明知道乔可瑄是在无理取闹，他也不能撕破脸。毕竟乔可瑄跟裴宇堂的关系不一般。他夹在林烟和乔可瑄中间真是左右为难，也只能尽量打圆场，两边都不得罪。

乔可瑄在一旁冷眼听了半天，此刻也已经是怒火中烧。她算是看出来了，楚嘉尧今天就是在和稀泥、打太极，明显就是要护着那个林烟。

以往，楚嘉尧对她可绝对不敢是这个态度。什么能力不能力，适合不适合，只要是她想要的资源，就一定会是她的。这巅峰娱乐就是她乔可瑄说了算，没有任何人敢跟她争。

她倒是没想到，林烟居然能连楚嘉尧都搞定了。

乔可瑄冷笑一声，似笑非笑地朝着楚嘉尧看去：“楚总，您这么护着林烟，不知道跟她是什么关系？”

楚嘉尧听到这话差点被吓死。开什么玩笑！他跟林烟能是什么关系啊！

楚嘉尧一边摆手，一边赶紧解释道：“可瑄，你这话可不能乱说！我跟林烟能是什么关系？当然只有上级跟下级，老板和员工的关系了！”

没错，他跟林烟，那就是清清白白的上级跟下级，老板娘跟员工的关系而已！

“是吗？”乔可瑄显然并不相信，“楚总，英雄难过美人关，这一点我懂。只是，希望楚总别被美色冲昏了头脑，有些事情，三思而后行。”

乔可瑄这番话的威胁意味很明显，让他别为了一个女人得罪裴宇堂。

楚嘉尧这会儿真是连想死的心都有，这怎么还说不清了呢！万一这种话传到裴总耳朵里，他可就没命了！

楚嘉尧原本还想两边都不得罪的，但是乔可瑄实在太咄咄逼人，他也不得不放狠话了。反正，论后台他又不怕乔可瑄。乔可瑄的后台是三少，林烟的后台可是裴总。

于是，楚嘉尧绷直了脸，面色严肃地说道：“可瑄，我再说一遍，事情并非你想的那样，请你谨言慎行，别空穴来风做这些无端的揣测。我话已经说得很清楚，一直以来林烟拿到的所有资源都是她自己凭实力拿到的，公司的任何人包括我，都没有对林烟有过特殊照顾。娱乐圈本来就是个谁红谁就有资源的地方，林烟的公益形象和演技都是有目共睹的，是投资方认可她的实力！”

一旁的郑思婕嘲讽道：“看来林烟这勾搭男人的功力确实是名不虚传，没想到连楚总您都拜倒在了她的石榴裙下！”

乔可瑄没想到楚嘉尧的态度这么强硬，直接被气笑了：“既然楚总这么说，那我也没什么好说的了。楚总，您尽管护着她。不过，我也有句话要告诉楚总，我乔可瑄想封杀的人，还没有能翻身的！”

楚嘉尧震惊了：乔可瑄还想封杀林烟？

乔可瑄直接站起身，又不紧不慢地开口：“对了，忘了通知楚总了，下周的公司年会，我的男伴是三少，届时，他也会出席。”

乔可瑄说完就走了出去。郑思婕听到她的话面色一喜，也是满脸的趾高气扬。三少亲自过来给可瑄撑腰，看谁还敢说什么。

楚嘉尧摸了摸下巴，着实有些头疼。

三少要是亲自出面的话，还是有些棘手的。听说裴总对这个弟弟很是疼爱，如果三少闹起来，不知道裴总还会不会站在林烟这边？

与此同时，赵红绫的办公室内。

“绫姐！绫姐！不好了！”多多气喘吁吁地推门进来。

“怎么了？”赵红绫从一堆剧本之间抬起头。

钱多多凑过去，压低声音道：“绫姐，我听说乔可瑄刚回公司，就在办公室跟楚总大吵了一架！还放出狠话要封杀烟姐呢！”

赵红绫闻言，揉了揉太阳穴，她最担心的事情，还是发生了。

多多的神色有些慌，在屋里来回踱着步：“虽然乔可瑄有三少撑腰，但是烟姐也有裴南絮啊，应该不会有什么事吧？”

毕竟这种事情乔可瑄不是第一次做了，以往那些不顺她意的人都再也没有出头的机会。

赵红绫沉吟道："话是这么说，但林烟跟裴南絮的关系不能曝光。这种情况下，裴南絮要顾忌的东西太多，很多事情也不方便插手。否则，万一两人关系暴露，就糟糕了。"

一旦关系暴露的话，对林烟反而有害无利。

"说的也是……"多多忧心忡忡，"而且，我听说裴南絮跟三少兄弟俩的关系也非常好，还挺疼这个弟弟的。到时候要是真闹起来，我觉得裴南絮还真不一定会帮烟姐。"

"绫姐，现在怎么办啊？听说下周年会，三少会出席，到时候乔可瑄肯定会发难的！"多多着急道。

"这件事情先别告诉林烟，她最近工作很多，本来就很累。而且，她的车队马上就要比赛了，别让她分心。"赵红绫开口。

多多点头："我知道了，瞒也只能瞒这几天。下周就公司年会了，到时候还不知道会闹出什么事来。"

云间水庄。

林烟刚洗完澡，习惯性地搜了一下八卦新闻。她发现有关裴聿城财富的八卦居然上了热门，而JM集团也没有要公关的意思。

看JM 集团似乎是默认了这则报道，各家媒体迅速转载，导致热度越来越高。

恰巧，前几天林烟在微博发过一条动态，内容是：我是要成为首富的女人，谁也不能阻止我赚钱的脚步。

下面大部分评论都是她家粉丝在跟她打趣开玩笑，让林烟成为首富之后包养自己。

而黑粉们都在嘲讽她不自量力。最近财富榜出来之后，还有不少黑粉故意把榜单截图发在了评论里，让她别自取其辱。

除了裴聿城的八卦之外，林烟还意外看到了裴宇堂的名字。不是在赛车专区，竟然是在花边新闻里看到的。

最近，有不少流量不错的八卦博主，发了裴宇堂和乔可瑄的八卦。大致是两人因赛车结缘，相知、相伴、相守的爱情故事，写得还挺唯美。

只是，对裴宇堂还算比较了解的林烟，怎么看怎么觉得这段唯美的爱情故事，裴宇堂他不配。不过，看在他给极光战队投资的份上，就不嘲讽他了。

过几天，她会找他聊聊，让他再追加一点投资。

不是她想多搞点钱，而是他那个车队真的没有前途，完全是白烧钱，还不如把钱拿来投资极光战队。

一分投资，十倍回报。

第二天。

赵红绫说林烟最近很勤奋，所以给她放了两天假休息一下。于是，她准备正好趁着这个时间抓紧给云轩做特练。

距离比赛没有几天了，如果云轩能接受她的特训方式，以他的天赋，肯定能有所突破。

“小礼，姐姐今天有工作要做，你愿不愿意跟姐姐一起去工作的地方？”林烟柔声跟小家伙商量，“到时候姐姐可能有点忙，而且姐姐工作的地方有点危险，你不能待在旁边，姐姐让一个小哥哥帮忙照顾你，可以吗？”

裴礼低垂着脑袋，沉默了一会儿。

他愿意，他当然愿意跟妈妈在一起。只是，他也很清楚，这种情况下跟着妈妈，会给妈妈添麻烦。如果妈妈觉得他是个麻烦，是不是就会不喜欢他了？

他绝对不允许！

最终，裴礼还是抬起脑袋，摇摇头道：“姐姐，你要工作，带着我不方便，我可以自己待在家里。你不用担心我，我不会乱跑的。”

林烟知道这孩子很懂事，却没想到才这么点大的他，竟然这么会替别人考虑。而且，方才她其实能感觉到，他应该是不想一个人待在家里的。到底是什么样的环境，才能让一个这么小的孩子养成这么乖巧懂事的性格？

乖巧懂事是好事，可是这孩子，似乎有点懂事过头了。虽然他刚来家里没两天，但事事小心谨慎，生怕她会不开心似的。

林烟放柔声音，生怕吓到他：“姐姐倒是没什么不方便的，就是担心你不喜欢跟陌生人接触。”

“我来照顾他吧。”

这时，裴聿城从书房里走了出来，身后跟着程默。

“你今天不是有个会要开，必须得去公司吗？”林烟说道。

“没关系，可以带他去公司，会有人照顾。”

听到裴聿城的话，裴礼顿时不易察觉地蹙了蹙眉头。

而裴聿城身后正抱着一叠文件的程默瞬间全身僵直。

程默心想：我每天早上都要过来这里见到大魔头就算了，现在裴总还要把这大魔头带去公司！我……我可照顾不来啊！

林烟有些犹豫。

车队人多口杂，而且到时候她要给云轩特训，没什么时间照顾小礼。车队的人都很忙，再说他们都是大老爷们，哪里会照顾孩子？贺乐风也是个不靠谱的。裴聿城的提议，确实帮她解决了大难题。

只是，让裴聿城帮她把孩子带去公司照顾的话，又有些太麻烦他了。

林烟有些不好意思地挠挠头：“可这明明是我揽过来的事情，怎么能全都交给你，让你来帮我照顾呢？这样太麻烦你了。”

裴聿城镜片后的眸子不经意地朝着林烟看了一眼，语气自然：“照顾孩子，本来就应该是两个人的事情，没有什么帮不帮忙、麻不麻烦。”

林烟听着这话，顿时觉得裴聿城的三观真是太正了！

确实！照顾孩子就应该是夫妻两个人的事情，而不应该只是妈妈的事情！

林烟正这么想着，突然发觉有哪里不对！听裴聿城这话，怎么说得好像他们俩是夫妻，而小礼是他们的孩子似的？

他们又不是夫妻，小礼又不是他们的儿子，她是收了别人的钱帮忙照顾的，怎么能理所当然地麻烦裴聿城？

“那就这么定了，孩子我来带，你去车队。”不等林烟反应过来，裴聿城就已经把事情敲定了。

这语气……真的没有哪里怪怪的吗？

裴聿城说：“不用担心，我们相处得还不错。”

“……”裴礼很震惊。

程默直接无语了：哪里不错了！谁不知道你们父子俩势如水火啊！大魔头从出现到现在还没弑父，已经算得上是奇迹了！

完全不知道内情的林烟，听到这话倒是没有多想，昨天就是小礼和裴聿城一起待在家里，好像相处得还不错。

“那小礼，你愿意跟叔叔去公司吗？”林烟询问小家伙的意见。

裴礼再次陷入了沉默。

小家伙极会察言观色，他很清楚，现在裴聿城对妈妈而言，是她非常信任的人。所以，把自己交给裴聿城照顾，是能让妈妈放心的。

最终，裴礼乖乖点了点头：“我听姐姐的。”

说完，裴礼暗暗捏了捏小拳头，心里总觉得哪里不太对。他明明是来见妈妈的，为什么大部分时间都跟裴聿城待在一起？！

裴礼知道，裴聿城无论是留在家里照顾他还是要带他去公司，不过就是为了近距离监视他，不让自己离开他的视线范围罢了。

只是，明知道这是他的诡计和陷阱，裴礼依旧甘之如饴。裴聿城在设计他，而他何尝不是在利用裴聿城？

程默怎么也没想到这大魔头居然真的愿意乖乖接受裴聿城的管束，要跟着一起去公司，眼珠子都差点惊掉了。

一想到今天一整天大魔头都要在公司，而他要肩负看护的责任，他真是恨不得当场从JM顶楼跳下去！

林烟揉了揉小家伙的脑袋，说：“小礼，今天姐姐只需要去车队训练一下，不用赶通告，应该能早点结束。等我忙完了，就去公司接你们俩下班！”

裴礼眸子里闪过一抹光亮：“好，姐姐，我会乖乖听话。”

眼见事情就这么定了下来，一旁的程默整个人已经完全石化了。

确定吗？真的要让他来照顾大魔头一天？！到时候裴总要开会，这照顾的任务，肯定是落在他的头上没跑啊……

短短几秒钟之内，程默已经连遗嘱都想好要怎么写了。

林烟没发现程默的异常，把他拉到一旁叮嘱道："程助理，小礼就麻烦你了。这孩子的父母都不在身边，性格有些内向怕生，胆子特别小，还麻烦你多点耐心，多照顾一下，千万别吓到他了。"

程默感觉三观都被震碎了：内向……怕生……胆子特别小……别吓到他？被吓到的到底是谁啊？！

程默泪流满面地点点头："老板娘，您放心，我……我会小心，不会吓到他的……"

听到程默的话，林烟放下心来。

随后，她走到裴礼跟前，从包里拿出一部儿童手机，说："对了，小礼，这个你拿着。姐姐给你买了一部手机，你可以用来跟我联系！"

这部手机是林烟抽空去买的，特意挑选了小孩子应该会喜欢的小猪佩奇的卡通图案，上面还挂了一只可爱的小螃蟹形状的手机吊坠。

林烟继续说道："手机是我挑的，也不知道你喜不喜欢。对了，还有这只小螃蟹，跟姐姐手机上的是一对哦！"

说着，她晃了晃自己的手机，上面也挂着一只一模一样的小螃蟹吊坠。她喜欢螃蟹，因为螃蟹有钳（钱）任性！

买这个吊坠的时候刚好赶上搞活动，买一对送一对，她就买了四只一模一样的。自己挂了一只，还剩下三只，她就随手给小礼也挂了一只，用来哄小朋友。

裴礼无比珍惜地伸出小手将那部手机接了过去，难以置信地问："是……给我的吗？"

"对啊，送给你的。如果有什么事情，你就给姐姐打电话。当然了，没事也可以打给我，随时都行！无论什么时候，姐姐一定都会接小礼的电话的！"林烟信誓旦旦地说道。

裴礼的眼眶微微有些泛红。

他已经记不清有多少个日日夜夜，只能在梦里才能看到妈妈。他几乎已经记不清妈妈的样子了……只有无尽的黑暗，暴戾，荒芜，杀戮……

他以为妈妈死了，以为自己这辈子都不会再见到妈妈。但是现在，妈妈却如此真实地站在自己面前，送给他手机，还告诉他无论什么时候都会接他的电话。这一切，是如此的不真实。

裴礼的神色有些恍惚，似乎害怕这只是一个梦。

“怎么了，小礼？”林烟见小家伙的神色有些恍惚，担心地询问。

裴礼急忙摇摇头，小心翼翼地捧着手机，又无比爱惜地摸了摸那只小螃蟹吊坠，说：“谢谢姐姐！我会很珍惜姐姐送我的礼物，不会弄坏的。”

他知道妈妈最喜欢的动物就是螃蟹，妈妈把最喜欢的东西送给了他，那是不是表示，妈妈其实是有一点点喜欢自己的呢？！

林烟温柔地摸了摸小家伙的脑袋，说：“弄坏了也没关系，姐姐再给你买就是了。”

裴礼看着妈妈温柔的手掌，心里默默数着……第四次……从跟妈妈见面开始，这是妈妈第四次摸他的脑袋了！

“姐姐，我不会弄坏的。”小家伙的神色极其认真。

他怎么会舍得弄坏？这可是妈妈送给他的东西！他绝对不会让任何人碰的。

Part 32

姐姐送我的小螃蟹，被坏人碰到了。

♥

林烟将裴聿城和小礼送到门口。

小礼和程默上车后，林烟又和裴聿城交代了几句。

最后，林烟说："我一定尽快忙完，你这边要是有什么事，就给我打电话！"

裴聿城"嗯"了一声，目光却落在她的手上。

林烟看裴聿城心不在焉的样子，疑惑道："怎么了？"

裴聿城说："我也想要。"

"要什么？"林烟不解。

裴聿城伸出手，拿起她手机上挂着的小螃蟹，开口："螃蟹。"

林烟有点无语："呃……"

裴聿城想要这只小螃蟹的手机吊坠？她怎么没看出来他这么有童心？

林烟举起螃蟹的钳子摇了摇，失笑道："我挂这个是因为螃蟹有钱，用来招财的，您……应该就不需要了吧？"

裴聿城说："不为了招财，可以要吗？"

面对裴聿城近乎撒娇的请求，林烟有些顶不住。交往这么久，难得他主动向她要礼物，而且就一个便宜的小挂件，她当然不可能不给。

于是，她爽快地说："可以啊！当然可以！这个又不贵，当时买一对送一对，我买了两对，自己用了一只，送了小礼一只，还剩两只呢。你要是喜欢，晚上回来我拿一只给你。"

裴聿城微笑着说："嗯，谢谢夫人。"

说完，他俯身在林烟的唇角蜻蜓点水般地印下一吻，随即上了车。

几秒钟后，林烟有些呆滞地盯着开走的车子。等等！裴聿城叫她什么？

之前程默叫她“老板娘”的时候她就觉得不对劲了，现在怎么连裴聿城的称呼都变得如此之快？明明不久前还是“林小姐”的呢？

车队。

林烟到的时候，队员们正在紧张地训练。

跑道上，莫书昀、齐枫、云轩、周悦、郑旭冉和邵海成六人一组，目前领先的是云轩，其次是齐枫和莫书昀并驾齐驱，周悦等人紧随其后。

最终，云轩以三秒钟的差距，率先冲破终点。

到站后，一旁围观的车队成员纷纷尖叫欢呼。只是，云轩面色发白，看上去丝毫没有喜悦之色。

“今天的训练云轩一场都没输，这也太厉害了吧！不过，他怎么赢了还一副谁欠他八百万的样子？”

“那谁知道，他脾气这么古怪……”

“我感觉云轩这个速度，有很大的机会进全球第二联赛！”

“这话你就太夸张了吧！就算是林烟的水平，也不敢打包票说有机会进全球第二联赛。先不说那些国外车队实力多可怕，一队最近进步也特别快，更别说那两支到现在都还没暴露过真正实力的老怪物车队了。”

训练结束后，莫书昀领着云轩走到林烟跟前，说道：“女神，我带其他人去复盘，云轩就交给你了。这是他这个月的训练记录。”

林烟点头：“好，谢谢莫队，辛苦了。”

“这小子，刚来的时候就是个几乎没什么经验的新人。这才多久，就把我们一个一个都超了，现在连我和齐枫都赢不了他！”莫书昀无奈地开口。

齐枫也笑道：“长江后浪推前浪啊！我这还没老的，都要死在沙滩上了！不过，像云轩进步这么快的新人，确实不多。”

林烟翻了翻莫书昀给她的训练记录，上面清楚地记录了云轩这段时间以来的进步。原本云轩在队伍里的水平只能算下游，却在短短几个月的时间内一个一个地超越其他人，从郑旭冉、邵海成，再到周悦、莫书昀，然后是齐枫。

林烟仔细翻看了一下，说道：“进步是很快，不过，最近一个月速度几乎没怎么提升。”

云轩脊背微微僵直，脸色更白了。

旁人只看到他一次又一次地赢了齐枫、莫书昀和周悦这样厉害的队员，却不知道他维持在这个水平很久，几乎没有进步空间了。

林烟翻完记录后，隐隐发现了什么。这小子该不会……

正好，今天可以证实一下。

“已经很好了，哪有人能不停变快啊！那不是成神了吗！”莫书昀开口。

“那可说不定……”林烟盯着手册上的记录，喃喃开口。

莫书昀问：“你说什么？”

林烟说：“没什么，只不过突然发现了一件很有意思的事情。”

“什么有意思的事情？”莫书昀好奇地追问道。

“云轩这孩子跟我当年还挺像的。”林烟说道。

“跟你很像？哪里像了？”莫书昀更加不解了。

“试试就知道了。云轩今天的时间都归我了，你带人去复盘吧，别来打扰我们。”林烟看向莫书昀说道，眸子里透出几分久违的兴奋之色。

莫书昀见林烟满脸兴奋和迫不及待，又朝着看上去柔柔弱弱的云轩看了一眼，担忧道：“那……那你温柔一点啊……快比赛了……别太激烈……”

“知道了，怎么这样啰嗦！”林烟不耐烦地赶人，说完就直接揪着云轩的衣领，像拎小鸡一样把人给带走了。

齐枫和莫书昀对视一眼，说道：“不会出什么事吧……”

这时，贺乐风不知道从哪里冒出来，激动地撸起袖子：“什么事？什么事？云轩那臭小子难道要大逆不道，对我烟姐做什么？看我不揍得他满地找牙！”

齐枫和莫书昀无语地看了贺乐风一眼，吐槽：“你是不是说反了？”

他们担心的是林烟对云轩做什么好吗！

林烟换好赛车服，也没急着开始训练，而是把云轩带到了看台上坐着。

“聊聊？”林烟率先开口。

云轩低垂着脑袋，声音极低地说：“师父……我可能要辜负你的期望了……”

林烟失笑：“怎么了？我这刚收你做徒弟，你怎么就要辜负我的期望了？你这负心得也太快了吧？”

云轩面色涨红，有些焦急地解释：“我……我……虽然我最近进步很快，可是，我的水平……或许……只能达到全球第三联赛的门槛……和那些人说的一样……去观光而已……”

林烟严肃地问：“为什么你对自己会有这种结论？”

云轩的手微微颤抖地按在自己的膝盖上，说：“师父，您也看到了，这一整个月，我试过无数方法，始终无法突破我一个月前的记录。”

林烟点头：“看到了，瓶颈期而已，打破就好。”

云轩摇摇头，有些激动地说：“可是，我知道这种事情不是那么容易的，很多赛车手终其一生可能也无法打破瓶颈，只能永远停留在那一步。”

林烟很清楚云轩的担心。普通人有这样的水平可能已经很开心了，但云轩进步太快，天赋也太高了，短短几个月就达到了普通赛车手好几年的水平，有这样惊人的天赋，突然陷入死局之后，难免就会陷入自我怀疑和否定之中。而这种否定情绪对于赛车手来说是非常可怕的，如果得不到正确的引导，或许这么一棵好苗子就会泯为常人。

好的心态，对于云轩这样经验较浅的天才赛车手来说，几乎比技术还要重要。

林烟轻笑一声，伸手按住云轩的肩膀拍了拍，说："终其一生？乖徒弟，你是不是对你自己有什么误解？要么，就是你对你的师父我有什么误解。"

"起来，跟我上赛道，十圈定胜负。"林烟说完，戴上头盔，灿若星辰的眸子透过头盔朝着青年看去，"现在，我就打破给你看。"

半晌后，云轩才反应过来，急忙戴上头盔跟了上去。

很快，两辆赛车从起跑线出发。

虽然云轩的状态低迷，但上了赛道之后还是能迅速进入状态，很快就赶上林烟，甚至稍稍领先。

两人就这么保持着一肩之隔的距离，跑了将近四分之一的时间，云轩一直保持着稍微领先林烟半个车身的距离，但也没有再快。

林烟朝着左侧方的云轩看了一眼。云轩虽然年纪很小，经验不多，但是很稳，几乎很少出错。

林烟跟他保持着这样的距离继续行驶，观察得差不多了，在接近三分之一的赛程之后，开始提速。一个弯道，林烟迅速反超，越过云轩，到了他的前面。

云轩只觉得在一个几乎不可能的位置就被林烟超过去了，完全没有反应的余地。

他顿时呆滞在那里，不过很快就反应过来，随后迅速加大油门，追赶上去。

此时，云轩原本死寂的眸底也泛起了一丝波澜。

下一个弯道，云轩以近乎疯狂的速度追上去，试图赶超。结果，林烟的防守天衣无缝，他完全没有赶超的机会。他甚至连林烟的车尾都没有擦到，反而差点因为惯性过大冲出赛道，险险地转动方向盘才回到了正轨。

第二个弯道，反超失败。

第三个弯道，依旧失败。

……

怎么回事……云轩昨天看林烟跟周悦的比赛，根本没有这么可怕。他甚至特意分析过林烟的跑法，过方才那几个弯道时，他明明是有把握超过去的。

云轩额上渗出一抹冷汗，死死地盯着前方，几乎所有的注意力都放在了赛车上，就好像和整个赛车融为了一体。但可怕的是，无论他怎么做，林烟就像一只遮天蔽日的庞然巨兽挡在他的面前，不给他丝毫超越的机会。

从他接触赛车开始，就没这么绝望过。但是，从他接触赛车开始，他也没有这么疯狂过。此刻，就好像全身的血液都在燃烧，整个世界都在眼前消失了，只剩下前面的林烟，只剩下那辆赛车的影子，让他不顾一切地追逐。

云轩的身体早已经到了可承受的极点，但是他丝毫不觉得疲惫，死死咬着前方的赛车不放。

不知道过了多久，伴随着野兽般的赛车引擎声，林烟终于达到了终点，而他，只能看到林烟的赛车尾气。

每一次快要追上的时候，他总是被林烟远远地甩开。最后，他甚至落后了林烟至少十秒的时间。

这是一个很可怕的数字。

云轩在赛车里呆呆地坐着，灵魂却好像依旧被禁锢在方才被林烟主宰的赛场上。他捂着胸口，满头大汗，呼吸稀薄，心脏几乎都要炸裂。

林烟也不催促，在车外面等着他。

等云轩出来的时候，他的赛车服都已经汗湿了，身体几乎站立不稳。

以前，他就算是训练三天三夜也不会觉得累，但今天只训练了十圈，才一个小时的时间，他就感觉整个人几乎透支了。

林烟扶了他一把，云轩才堪堪站住。

看着云轩汗湿了黏在额头的头发和发软的双腿，林烟轻问："云轩，你还好吧？"

看云轩的表情，他几乎要哭出来了，近乎绝望地颤声道："师父，对不起……让您失望了……我果然……还是不行……"

整整跑了十圈，他都没能追上林烟，反而越跑越慢，最后落后林烟这么多。

林烟微微挑眉："不行？谁说你不行了？"

云轩朝着林烟看去，眼泪终于忍不住掉落下来。他胡乱地用手抹着，一边哽咽，一边开口："可是，我……我输了……我甚至比您慢了整整十秒……我更慢了……"

他没有进步，没有更快，甚至还慢了。

林烟有些哭笑不得地说道："你输了，也不代表你更慢了呀！"

云轩呆呆地站着，此刻他的大脑还无法思考，没能理解林烟的意思。

林烟没说话，直接按下一个按钮，说："你自己看看你的单圈车速。"

很快，头顶的显示屏上出现了方才两人的成绩——

林烟和云轩一共跑了十圈，将近一个小时。

林烟的最快单圈速度是：5分39秒

云轩的最快单圈速度是：5分49秒

云轩盯着显示屏上这次训练的成绩，几乎无法相信自己的眼睛。

5分49秒……这怎么可能！

他之前的最快速度只有5分52秒！

现在，居然在短短一个小时之内，快了整整3秒钟！

他已经有一个多月的时间，连零点零一秒都无法再提高了，却在刚才的一场训练之中快了3秒钟。

更让他震惊的，不是自己的成绩，而是林烟的成绩。

林烟昨天的最快单圈速度是5分48秒，当时已经震惊了所有人，但是今天，她的单圈最快速度一口气又快了9秒！这就好像是从一个次元跳到了另一个次元！

林烟在云轩眼前挥了挥手，问："怎么了？看到自己终于打破瓶颈，开心傻了？"

"你……到底是什么人？"云轩呆呆地盯着林烟，好似不认识眼前的人一般。

这样的成绩，整个H国，就算是那两支在秘密训练的老怪物车队，怕是也无人能及。

这是可以上国际赛场的水平了！

此时此刻，云轩才知道，原来不是他更慢了，而是林烟太快了！

林烟眨了眨眼睛，说："不会真被我虐傻了吧，我当然是你师父啊！"

"您……您对我做了什么……为什么我会……会……那么快……"云轩想说的话太多，想问的问题太多，一时之间又卡壳了，急得不知道该怎么表达。

林烟笑了笑，说："我可没有对你做什么，是你自己体质的原因。"

"我体质的原因？"云轩不解。

"你的能力，有点依赖对手。"林烟说道。

云轩一脸迷茫："依赖对手？师父，我……我还是不太明白……"

林烟解释道："意思就是，你是遇强则强，遇弱则弱。你自己没发现吗？遇到的对手越强，你进步得就越快。之前那一个月，你之所以毫无进步，是因为你已经超越了极光战队里最快的人，已经没有对手了，所以，你进入了瓶颈期。而方才那一场训练，我故意提高了一下速度来做个实验，想证实一下我的想法。事实证明，确实如此，而且，效果比我想象的还要好。就是战况似乎有点太激烈了……"

看着云轩几乎要虚脱的样子，想到莫书昀之前的叮嘱，林烟难免有些心虚。

云轩觉得太过梦幻了，眼前的林烟竟然如此轻易地说出"故意提高了一下速度来做个实验"的话。就好像这种程度的提速对她而言不过就是顺手而为之。他甚至有种错觉，他现在所见到的只是冰山一角，林烟的能力可能远不止于此。

"现在相信自己了吧？你可以的，而且你的实力远不止于此，只是缺少人引导你。"林烟拍拍云轩的肩膀，鼓励道。

云轩盯着林烟，说不出话。

其实，他依旧不相信自己。只是，他相信眼前的这个人。

另一边，莫书昀终究还是有些不放心，复盘结束之后就过来看林烟训练了。

结果，他一过来看到的就是这样一幅画面。云轩全身汗透、湿发凌乱，双腿发软，被林烟扶着，几乎站都站不稳。云轩的眼眶还有些发红，好像是刚哭过。

“女神……你……你……我不是让你温柔一点了吗？你这也太激烈了吧？”莫书昀焦急不已地冲了过来。

林烟无奈地说道：“我已经挺温柔了呀！”

话刚说完，云轩“扑通”一声，直接晕了过去，摔在地上。

莫书昀吓得一个箭步飞奔过去，赶紧把人扶起来，有些不满地说：“您这叫温柔？！你到底对他做什么了？”

林烟说：“我真没对他做什么……”

就是稍微带他飙了个车而已……

大赛在即，云轩又是队里的种子选手，莫书昀赶紧把人给送去医院了，贺乐风和齐枫也跟着一起去。

还好人没什么事，只是短时间内体力透支虚脱了。

莫书昀喃喃道：“透支？”

齐枫难以置信地说：“虚脱？”

贺乐风问：“姐，你到底对人家做了什么？”

林烟抓了抓头发，说：“就是普通训练啊……”

莫书昀、齐枫和贺乐风齐齐无语：“……”

与此同时，JM集团。

裴聿城在会议室内开会，程默将裴礼领到了总裁办公室。

裴礼手里捧着林烟送给他的儿童手机，面无表情地环视一圈，随后找了个沙发坐下来。

“裴礼少爷，您还有什么吩咐吗？”

林烟走了之后，裴礼完全换了一副面孔，原本软弱可爱的小脸上满是生人勿近的冷漠。

不过，大概是因为心情不错，他看上去虽然冷漠，但也没那么可怕了。

裴礼只是摆了摆小手，示意程默可以离开了。

程默顿时松了口气，连忙退了出去。

一向干练沉稳、泰山崩于前都面不改色的JM集团总裁特助程默，在一个几岁的小孩面前却如临大敌！

“林秘书，人员都清空了没有？”

“程助理，顶楼人员已经全部清空。”

“不是顶层，是上面三层！”

“三层？全部？”

“对，全部。不允许任何人靠近三层范围，尤其是总裁办公室，听明白了吗？”

“是！”

很快，星沉和凌月也赶了过来。

“护卫的人调过来了吗？”程默立即问道。

星沉气喘吁吁地点头：“人已经到了，全都是F级，还有两个E级，就在外面。”

“好。”程默听到星沉说连E级都调过来了，心神稍定。

一旁的凌月耸耸肩道：“据我所知，以里面那位的进化者等级，别说是两个E级了，就算是有A级的进化者在，也没用吧？”

被戳中痛处的程默和星沉顿时脸色一僵。

星沉探着脑袋朝里面看了一眼，问：“大魔头现在的状态怎么样？”

程默沉声道：“还好，挺安静的。根据我这两天的观察，裴礼少爷的性情似乎并不像外界传闻的那样，或许是我们紧张过度了。”

凌月无奈地说道：“但愿如此吧。”

楼层入口处，一男一女两个E级进化者正严阵以待地守卫着。其间，留着短发的女进化者进去送了一些果盘和零食，裴礼的反应没有什么异常。

很快，过了两个小时。

星沉、程默和凌月等人，一直神经紧绷地守在外面。

程默一边朝办公室里看了一眼，一边扫了眼手机上的时间，稍稍舒了口气。

星沉掏出了一根棒棒糖，神情也放松了些，叹气道：“还有一会儿就可以下班了。”

程默却不敢掉以轻心，朝着一旁的短发女进化者询问：“小柯，裴礼少爷的情况怎么样？”

女进化者柯蔓是裴家最核心的心腹，等级和星沉不相上下，这次她被紧急抽调过来，到了之后才知道，要看守的竟然是失踪已久的裴礼少爷。

传闻裴礼少爷极其危险，不过她方才接触了几次却发现，传闻中那位身份尊贵又能力可怕的大魔头，竟然只是个特别漂亮可爱的小奶娃。

季澜离开之后，她手头的事务都交给了柯蔓。柯蔓是资质极佳的天生进化者，目前的进化等级是E级，以她现在的进化速度，很大可能会比星沉还要率先进化到D级，所以她目前在裴家的地位也不低。

柯蔓神色自若地开口：“程助理放心，裴礼少爷那边一切如常。”

程默看了下时间，应该要安排下午茶了，忙让人将茶点安排好送了上来。

星沉顺手接了过来，开口：“这次我进去送吧，我们一群大老爷们总不能一直让个女孩子进去冒险。”

突然，柯蔓身形一侧，手一伸，从星沉手里将茶点抢了回来，微笑道：“星沉，能力可不是按照性别算的。虽然我是女人，不过，现在我的进化者等级是最高的，这种事情，自然应该交给我。”

星沉不愿意在凌月面前被人看低，于是冷声道：“柯蔓，论进化者，你我同级。”

柯蔓微微一笑，说：“一周前，我已经突破，进化到了D级。”

听到柯蔓的话，星沉和程默都惊讶地朝她看去。他们没想到她竟然进化得这么快！

“再说了，之前两次都是我进去送的，裴礼少爷很温和，并没有对我做出任何伤害的行为，甚至对我点头致谢。”柯蔓继续说道。

星沉仿佛是听到了天大的笑话，好笑道：“温和？！你对裴礼少爷是有什么误解？就算是你没有亲眼看过他发狂时的模样，也该有所耳闻吧？你以为这次的任务很简单，只是照顾个小孩？”

“但前两次我都顺利完成了任务，不是吗？”柯蔓显然没有把星沉的话放在眼里，“何况，正因为任务重要，才应该由我来做。否则，你若是自己能搞定，何必把我从总部调过来？”

“你……”

星沉还想继续说些什么，却被凌月一把拉住。

然后，凌月往他嘴里塞了一根棒棒糖，堵住了他的话，又扫了柯蔓一眼，道：“费这么多话做什么？她愿意去就让她去，毕竟人家自己想找死，你还能拦着？”

听到凌月的话，星沉顿时不说话了。

凌月说得没错，他原本是好意，可人家搞不好以为他是为了抢功，他何必自讨没趣？

程默见状，倒也没有反驳柯蔓的话。毕竟论进化者等级，现在这里等级最高的确实是柯蔓，她进去要相对安全一些。而且听柯蔓的话，裴礼对她也是接受的，并没有攻击的意思。

柯蔓又说：“程助理就放心交给我吧，就算是出现什么突发情况，我也足以应对。”

程默的神色却丝毫不敢放松，提醒道：“小柯，千万记住我的话，裴礼少爷的性子阴晴不定，说不定说错什么、做错什么就会惹恼他。你进去的时候，千万不要说不该说的、做不该做的事。总之，放下东西就离开便好，千万不要多做逗留。”

这话程默前前后后已经说了不知多少次，柯蔓难免有些不耐烦，敷衍地应了一声，随即便敲了敲门，端着茶点推门进去了。

星沉冷哼一声：“狗咬吕洞宾，不识好人心。难不成还担心我去抢她的功劳？”

程默拍了拍他的肩膀，劝道：“小柯的进化等级高，进去确实合适一些。而且，正因为她是女孩子，裴礼少爷对她的攻击性应该也会小一点。很快就能下班了，别出什么岔子就好。”

星沉不再说话，他双手环胸，背靠墙壁，等着下班去吃饭。

总裁办公室内。

裴礼依旧保持着之前的姿势乖乖地坐在沙发上，身前的茶几上放着林烟送给她的手机。小家伙双手托着下巴，神色苦恼地盯着手机。

他想妈妈了。想给妈妈发信息，想给妈妈打电话，想听妈妈的声音……特别想。

可是，他担心会打扰到妈妈工作。

他告诉自己：裴礼，不可以。你要做一个懂事的乖孩子。不然，妈妈会讨厌你的！妈妈摸了你的脑袋，妈妈陪你睡觉，妈妈还送了你手机和小螃蟹，你应该知足了……

一旁的柯蔓进来后，轻轻地将茶点放在茶几上。她看着小家伙一会儿微笑，一会儿又苦恼的模样，完全就是个可爱的小奶娃。

她来裴家的时候，还没有资格进总部，所以只听闻过一些关于这位裴礼少爷的事情。裴聿城的两个儿子天赋都极强，大儿子更是强到了可怕的地步，甚至有传闻说他不死不灭。还有传闻说他因为能力太过强大，所以无法控制，经常会发狂，而且每次发狂起来都极其骇人。只是，后来，不知道为什么，他会失踪了那么久。

可是，此刻，柯蔓看着眼前的小家伙，灵动的眼睛如同黑葡萄一般，里面盈满了光彩，粉雕玉琢的小脸，皮肤吹弹可破，五官神似裴聿城，苦恼的表情看上去憨态可掬，简直是可爱极了，这样的小天使，怎么会被人说成是可怕的小魔头呢？！

以裴礼这样的能力，所有人都知道，他极有可能会是未来裴氏的继承人。

好不容易得到这个机会接近小太子，她怎么可能会让给星沉？若是得到小太子的青眼，那么裴总那边……

不过，如果只是送送茶点，怎么可能给裴礼留下印象呢？他怕是连她是谁都不知道。

此刻的柯蔓早就把程默的话忘在了脑后，放下东西之后，她并没有立即离开。

然后，柯蔓整了整衣襟，露出一个温柔和善的表情，笑着搭话道：“小少爷，我给您准备了些茶点，您尝尝看，看喜不喜欢。如果不喜欢的话，我立即去给您换。或者，您有什么特别想吃的吗？”

柯蔓在一旁说了半天，裴礼却一直沉浸在自己的世界里，没有丝毫回应。

“少爷……少爷……”柯蔓又叫了两声，裴礼还是不理会她。

柯蔓有些挫败，但依旧不死心。见裴礼一直盯着茶几上的手机，她有些奇怪，这部手机有什么特别的吗？

见手机上还挂着一只可爱的小螃蟹，柯蔓失笑。居然喜欢这种东西，果然还是个小孩子。

柯蔓瞄到那只小螃蟹，顿时找到了话题，开口：“少爷，你的手机真好看，这只小螃蟹好可爱呀！”

她一边说一边故意凑近些，还伸出手轻轻碰了一下那只小螃蟹手机挂件。

几乎就在柯蔓的手碰触到那只小螃蟹的瞬间，那庞大到令人毛骨悚然的威压从四面八方呼啸着汹涌袭来，原本静谧的房间在这一瞬间如同连空间都扭曲了。

紧接着，柯蔓从手指关节一直到胳膊的骨骼都发出了一阵可怕的碎响，随后身体如同断线的风筝一般摔在了身后的墙上。

那威压可怕得让柯蔓耳膜疼痛难忍，连视线都开始模糊。在模糊的视线之中，她只看到，原本乖巧可爱坐在沙发上的小奶娃面色阴沉，周围萦绕着骇人的威压，如同地狱里爬出来的恶鬼。

与此同时，正在门外的程默、星沉和凌月骤然捂住胸口，齐齐吐出一口血来。守卫在外面的那些等级稍微低一些的进化者则直接晕死了过去。

程默神情惊慌地朝着总裁办公室看去，面上满是绝望之色：“糟了！”

“凌月，你怎么样？”星沉赶紧去查探凌月的情况。

“咳……咳咳……没事……赶紧通知聿哥！”凌月抹掉嘴角的血迹，想要直起身，然而，那威压一瞬间竟然又强大了几分。

那种天然的来自高等级的压迫感，让他们连膝盖几乎都要弯下去。

三人互相对视一眼，眸子里全是恐惧。这是他们第一次真实地感受到由裴礼所带来的恐惧，仅仅凭借威压就能让他们完全失去反抗的能力，这是怎样可怕的进化能力！

难怪裴氏从小就把裴礼单独放在守卫那么严密的地方，派出裴家所有的顶尖高手去守卫，不允许他接近任何人，甚至是林烟这个亲生母亲。他虽然是裴氏的秘密武器，但同时也是一个巨大的定时炸弹。如果裴氏控制不住他，随时可能被反噬。

“柯蔓之前进去的时候不是好好的吗？到底出什么事了？”星沉艰难地抵御着威压，缓缓靠近办公室的门，想进去查看情况。

等三人好不容易终于推门进去之后，就看到柯蔓正痛苦地捂着自己的一只手臂，整个人瘫倒在墙角。

裴礼此刻已经完全是一个“恶魔”，他拿起放在茶几上的手机，一步一步朝着柯蔓走去，一字一顿地开口：“谁，准你碰的？！”

那道声音可怕得令人骨头都打颤。

星沉听到这话就意识到了不对，瞪着柯蔓问道：“柯蔓！你碰什么了？”

柯蔓的嘴角还在涌血，此刻她哪里还有半点镇定，慌得整个人都在颤抖。她无法置信，她一个D级的进化者，在这个孩子面前，居然连他的威压都抵挡不住。

“我……我没有……我没有碰……我什么都没有碰……”柯蔓这会儿都蒙了，她完全不知道自己做了什么。

裴礼面色冰冷得没有丝毫感情，小手轻轻地摸着手机上的小螃蟹，抽出桌上的消毒纸巾，一点点轻轻地擦拭着，幽幽地开口：“你碰了它。”

碰了它？碰了什么？

处在惊恐中，大脑一片空白的柯蔓此时才终于想起来，她刚才似乎是碰了那只小螃蟹。不就是个廉价的手机挂件吗？她不过是碰了一下而已！怎么可能会让他如此失控？

听到这里，程默算是弄清楚了状况。

他简直要崩溃了，怒道：“小柯，我不是反复交代了你，放下东西就立刻走吗？为什么要去碰不该碰的东西？”

“我不过是觉得可爱，碰了一下而已，少爷就因为这种事情动怒？那不过是个廉价的小玩意而已，如果少爷喜欢，我可以去买无数个。”柯蔓无论如何也不能理解，这种事情为什么会让裴礼动怒。

程默强撑着捂住胸口，他简直无法跟柯蔓沟通。

他当然无法知道什么事情会惹怒裴礼，没有任何人能知道裴礼的心思，所以他才让她别做不该做的事情！

这只小螃蟹……因为是林烟送给他的！

无论如何，仅仅是因为别人碰了一下就发狂，裴礼确实是太危险了。难怪裴总对裴礼少爷一直以来都如此忌惮。

“你是不是傻的？你没事去碰那玩意儿做什么？你脑子有病吧！”星沉忍不住大骂。

方才，几乎就在柯蔓话音落下的瞬间，周遭的威压再次强盛了好几倍。柯蔓再次吐出一口鲜血，几乎要晕死过去，星沉和程默也撑不住了。

就在这时，一股同样强大的威压陡然如同声浪一般袭来。两股威压撞在一起，他们的骨骼几乎都要碎裂。

裴聿城收到凌月的通知，已经结束会议赶了过来。

“小礼。”

裴礼闻言，不带丝毫感情地朝着裴聿城这个父亲看去。父子两人的目光在空中碰撞，冰冷的神情仿佛是一个模子里刻出来的。

程默和星沉同时从父子两人的眼中看到了杀意。

星沉咽了口吐沫，一点点往后退；程默也慌了神，不知道该如何处理这种情况。一旦这两人真的打起来，整栋JM集团大厦都扛不住。

就在众人满脸绝望之色的时候，“咚咚咚”的敲门声响起。

下一秒，“吱呀”一声，办公室的门被人从外面推开。

“小礼！”

同样是一句“小礼”，林烟熟悉的声音响起的瞬间，两股强大到骇人的威压几乎瞬间便撤去，消失得无影无踪。

裴礼面上的冰冷顿时化作惊喜，眸子里的冷漠也完全被热情代替，仿若整个世界只剩下林烟一人，裴礼整个人都变得又软又糯。

小家伙迅速朝着林烟跑过去，甜甜地喊道：“姐姐！”

林烟刚推门进来，就看到一个短发女孩虚弱地靠着墙壁，胸前满是鲜血，奄奄一息。而星沉和程默还有凌月也好不到哪里去，三人都是脸色发白，站立不稳。

此刻，一贯神色温和的裴聿城，面上是令她陌生的冰冷。不过，这种冰冷在他推门进来的瞬间便消失不见，如同是她的错觉。

林烟一时没有反应过来发生了什么，只是在察觉到可能有危险的时候，立即蹲下来将裴礼抱住，护到了怀里，担忧地问道：“小礼，出什么事了？”

裴礼闻言顿时脸色微僵，小手也攥紧了，冷静之后，他立即便后悔妈妈会发现真相。

见裴礼不说话，林烟只当他是吓坏了，于是朝着裴聿城看去：“这是怎么了？发生了什么？”

裴聿城推了推鼻梁上的眼镜，走过去，随手接过林烟挂在手腕上的包和外套，随后神色淡定地开口：“没事，有几个入侵者闯入。”

林烟一听这话，顿时满脸紧张：“是不是上次要抓小礼的人？”

裴聿城点头：“嗯，应该是。不过放心，人已经解决了。”

“那就好！”林烟闻言松了口气，难怪程默他们都受伤了。

此刻，裴礼的小脸上满是惊讶，他神情复杂地朝着裴聿城看去——他根本没想到，裴聿城会一次又一次地帮自己隐瞒。

林烟赶紧把裴礼抱住，一顿安抚：“小礼，别怕别怕，坏人已经被赶跑了！有姐姐和裴叔叔在，不会再让坏人把你带走的！你尽管放心就好！怎么样，你没有受伤吧？有没有哪里不舒服？”

裴礼感受着妈妈的担心，听着妈妈温柔的安抚，被妈妈那么紧张地抱在怀里，顿时心里所有的委屈都涌了上来。

小家伙将小脑袋往林烟的怀里蹭了蹭，大大的眼睛微微泛红，他的小手拿着手机上的小螃蟹，声音有些沙哑，哽咽道："姐姐……姐姐送我的小螃蟹，被坏人碰到了，脏了……这可是姐姐送我的礼物。"

林烟看着小家伙宝贝似的捏着小螃蟹，如同受到了巨大委屈的模样。她虽然觉得这小家伙的关注点有些歪，不过，在她眼里，裴礼只是个五六岁大的小孩子，什么也不懂，天真无邪，说出这话也很正常。

林烟被萌得心都化了，顿时又是好一阵安抚："小礼不气不气，别伤心了，姐姐帮你擦擦！擦擦就不脏了！"

倒在旁边奄奄一息的柯蔓、身受重伤的程默、有气无力的星沉，以及站立不稳的凌月齐齐无语。

受伤的明明是他们啊，为什么你却这么委屈，好像被他们一群人欺负了一样？！

裴礼的变化之迅速，柯蔓都看傻了，裴聿城的睁眼说瞎话也让柯蔓一脸震惊，不过，求生欲让她选择了闭嘴。

"凌月、星沉，还有程助理和这位小姐，你们还好吗？赶紧去医院看一下吧！今天真是多亏有你们在！"林烟看向凌月等人感谢道。

紧接着，裴礼黏在林烟怀里，探出半颗脑袋看向四人，软软地道谢："小礼谢谢哥哥，谢谢姐姐保护我！"

程默等人一齐打了个寒噤，连鸡皮疙瘩都起来了。

柯蔓甚至不敢正视裴礼的眼睛，一边擦拭嘴角的血迹，一边唯唯诺诺："没……没事……"

程默一边抹汗，一边配合地说道："不……不客气，职责所在。"

星沉则嘴角微抽，说："应该的。"

（第四册 完）

《余生有你，甜又暖5》（完结）
敬请期待！